Kelley Armstrong, née en 1968, est canadienne. Elle a publié douze romans à ce jour, la plupart situés dans l'univers que les lecteurs ont découvert avec *Morsure*, qui remportent un succès étourdissant aux États-Unis et en Grande-Bretagne. Son œuvre se place dans la lignée d'Anne Rice et Laurell K. Hamilton.

Du même auteur, chez Milady :

Femmes de l'Autremonde :

1. *Morsure*
2. *Capture*
3. *Magie de pacotille*
4. *Magie d'entreprise*
5. *Hantise*

www.milady.fr

Kelley Armstrong

Morsure

Femmes de l'Autremonde – 1

Traduit de l'anglais (Canada) par Mélanie Fazi

Bragelonne

Milady est un label des éditions Bragelonne

Cet ouvrage a été originellement publié en France par Bragelonne.

Titre original : *Bitten*

1re édition : janvier 2010
2e tirage : septembre 2010

ISBN : 978-2-8112-0257-6

Bragelonne – Milady
35, rue de la Bienfaisance – 75008 Paris

E-mail : info@milady.fr
Site Internet : www.milady.fr

Pour Jeff, qui m'en a toujours crue capable.

Remerciements

Comme il s'agit d'un premier roman, j'ai beaucoup de gens à remercier pour m'avoir aidée non seulement pour ce livre, mais pour tous les poèmes, nouvelles et divagations littéraires qui l'ont précédé. Merci à ma famille, à mes amis, enseignants, camarades auteurs, à tous ceux qui m'ont offert louanges ou critiques. Je remercie particulièrement mon ancien atelier d'écriture (Anonymous Writers of London). Ce roman y est né, et, sans l'encouragement des participants, il serait resté mort-né.

Je remercie également ceux qui ont soutenu ce livre de sa conception à sa publication. Brian Henry, professeur d'écriture qui a vu le potentiel de cette histoire et l'a conseillée à mon formidable agent. Helen Heller, le « formidable agent » susmentionné, qui a pratiquement accompli des miracles. Sarah Manges et Carol DeSanti de Viking US pour leur enthousiasme et leurs suggestions éditoriales toujours très judicieuses. Antonia Hodgson de Little, Brown and Co., au Royaume-Uni, pour avoir été la première à me donner ma chance. Anne Collins de Random House Canada pour son aide et ses encouragements. Et enfin mon mari, Jeff, pour avoir compris qu'une porte de bureau fermée signifiait que c'était à lui de préparer le dîner, ainsi que ma fille Julia, qui a grandi en sachant que cette porte close voulait dire qu'elle pouvait manger autant de friandises que le cœur lui en disait.

Prologue

Il faut que j'y aille. J'ai résisté toute la nuit. Je vais perdre. Combat aussi vain que celui d'une femme qui éprouve les premières contractions et juge le moment mal choisi pour accoucher. La nature va gagner. Comme toujours.

À près de 2 heures du matin, il est trop tard pour ces bêtises et j'ai besoin de sommeil. Les quatre dernières nuits passées à bosser comme une dingue pour respecter une date limite m'ont épuisée. Peu importe. La peau commence à me brûler, là où elle picotait au niveau des coudes et des genoux. Mon cœur bat si vite que je peine à respirer. Je serre les paupières, souhaitant de toutes mes forces que ces sensations disparaissent, mais en pure perte.

Philip dort auprès de moi. C'est pour lui aussi que je préfère éviter de sortir, de me glisser dehors cette fois encore, au beau milieu de la nuit, pour revenir lui présenter un torrent d'excuses minables. Si seulement je pouvais attendre un jour de plus. Mes tempes se mettent à palpiter. L'impression de brûlure s'étend à la peau de mes bras et de mes jambes. La rage forme une boule compacte dans mes tripes, au bord de l'explosion.

Il faut que je sorte d'ici – il me reste peu de temps.

Philip ne bouge pas quand je quitte furtivement notre lit. J'ai fourré un tas de vêtements sous ma coiffeuse pour éviter de faire grincer tiroirs et placards. Je ramasse mes clés en crispant le poing pour les empêcher de cliqueter, puis j'ouvre tout doucement la porte et je me faufile dans l'entrée.

Tout est silencieux. La lumière semble affaiblie, comme terrassée par le vide. Quand j'appuie sur le bouton de l'ascenseur, celui-ci se plaint d'un grincement qu'on le dérange à pareille heure. Le rez-de-chaussée et le vestibule sont tout aussi vides. À cette heure-ci, les gens qui ont les moyens de payer un loyer si près du centre de Toronto dorment à poings fermés.

Une démangeaison gagne mes jambes, s'ajoutant à la douleur, si bien que je recroqueville les orteils dans l'espoir qu'elle disparaisse. Peine perdue. Je baisse les yeux vers les clés de voiture dans ma paume. Il est trop tard pour rouler jusqu'à un lieu sûr – la démangeaison vient de s'intensifier pour devenir vive brûlure. Clés en poche, j'arpente les rues à la recherche d'un endroit tranquille où procéder à la Mutation. Tout en marchant, je note mentalement la progression de la sensation le long de mes jambes, puis dans mes bras et ma nuque. Bientôt. Bientôt. Quand mon cuir chevelu commence à picoter, je comprends que j'ai marché aussi loin que possible et me mets en quête d'une ruelle. Dans la première, deux types se serrent dans un carton déchiré qui a contenu un téléviseur grand écran. La suivante est vide. Je me dirige d'un pas vif vers l'autre extrémité où je me déshabille rapidement derrière une barricade de poubelles, avant de cacher mes vêtements sous un vieux journal. Puis commence la Mutation.

Ma peau s'étire. Tandis que la sensation s'amplifie, je tente de repousser la douleur. Quel mot insignifiant – souffrance conviendrait mieux. « Douleur » traduit mal l'impression de se faire écorcher vive. J'inspire profondément, concentre mon attention sur la transformation et me laisse tomber à terre, pliée en deux. Ce n'est jamais facile – je suis peut-être trop humaine. Tout en luttant pour garder les idées claires, je m'efforce d'anticiper chaque phase et de positionner correctement mon corps – à quatre pattes, tête baissée, bras et jambes tendus, poings fermés, dos cambré. Les muscles de mes jambes se nouent et se contractent. Haletante, j'essaie de me détendre. La sueur coule à flots, mais mes muscles acceptent enfin de se dénouer. Suivent les dix secondes infernales qui me faisaient autrefois jurer que je préférerais mourir plutôt que de revivre ça. Puis tout prend fin.

Me voilà transformée.

Je m'étire en clignant des yeux. Autour de moi, le monde a gagné une gamme de couleurs inconnues de l'œil humain, subtiles nuances de noirs, de bruns et de gris que mon cerveau s'obstine à convertir en bleus, rouges et verts. Je lève le nez et j'inspire. Avec la Mutation, mes sens déjà perçants s'affinent encore davantage. Je perçois des senteurs d'asphalte frais, de tomates pourries, de chrysanthèmes en pot, de vieille sueur, et un million d'autres encore, mêlées en une odeur si puissante qu'elle me fait tousser et secouer la tête. Quand je me tourne, j'aperçois des fragments déformés de mon reflet sur une poubelle cabossée. Mes propres yeux me regardent fixement. Je retrousse les babines et me montre les dents. Mes crocs blancs étincellent sur la surface métallique.

Je suis un loup de soixante-cinq kilos à la fourrure d'un blond pâle. Mes yeux, où brille un éclat de froide intelligence, où couve une férocité qui ne saurait être qu'humaine, sont la seule partie de moi-même qui n'ait pas disparu.

Je regarde autour de moi et inhale de nouveau les parfums de la ville. Ici, je me sens nerveuse. L'espace trop confiné empeste l'humain. Je dois me montrer prudente.

Si l'on me voit, on me prendra pour un chien, un bâtard de grande taille, peut-être un croisement de husky et de labrador couleur paille. Cela dit, on est en droit de s'inquiéter devant un chien de ma taille en liberté. Je m'enfonce dans la ruelle et me mets en quête d'un chemin traversant le ventre de la ville.

Mon cerveau est engourdi, désorienté non pas par mon changement de forme, mais par l'anormalité de mon environnement. Je n'arrive pas à me repérer et la première ruelle que j'emprunte se trouve être celle que j'avais explorée sous forme humaine, celle où deux hommes s'entassaient dans un carton Sony décoloré. L'un d'entre eux est à présent réveillé. Il distend entre ses doigts les vestiges d'une couverture incrustée de crasse comme s'il espérait l'agrandir assez pour se protéger de la froideur de cette nuit d'octobre. Il lève la tête et me voit. Ses yeux s'écarquillent. Il commence par se faire tout petit, mais se ressaisit ensuite. Il prononce quelques mots. Sa voix se fait caressante, adopte l'intonation chantante et exagérée que les gens réservent aux petits enfants et aux animaux. Si je me concentrais, je pourrais identifier ces mots, mais ça ne sert à rien. Je sais bien ce qu'il est en train de me dire, une variation de « gentil le chien » répétée en boucle sur différentes notes. Il tend les mains, paumes en avant, de manière à me repousser, contredisant par son langage physique le message que sa voix voudrait transmettre. *N'approche pas – gentil le chien – n'approche pas*. Et les gens se demandent pourquoi les animaux ne les comprennent pas.

Je flaire les relents de négligence et de déclin que dégage son corps. Une odeur de faiblesse, comme celle d'un vieux cerf en marge du troupeau qui représente une proie de choix pour les prédateurs. Si j'avais faim, ce serait l'odeur de mon repas. Par bonheur, ce n'est pas encore le cas, ce qui m'évite de devoir lutter contre la tentation, le conflit, la répugnance. Je m'ébroue, ce qui fait jaillir la condensation de mes narines, puis je me détourne pour remonter l'allée en bondissant.

Devant moi, un restaurant vietnamien. L'odeur de nourriture s'est incrustée jusque dans la charpente de bois du bâtiment. Un ventilateur aspirant tourne lentement, émettant un cliquetis chaque fois qu'une de ses lames accroche la grille. Au-dessous, une fenêtre est ouverte. Des rideaux ornés d'un motif délavé de tournesols ondulent dans l'air nocturne. À l'intérieur, j'entends des gens qui sifflent et grognent dans leur sommeil. J'ai envie de les voir. De passer le museau par la fenêtre ouverte pour y jeter un œil. Un loup-garou peut s'amuser comme un fou dans une pièce remplie d'humains sans défense.

Je décide d'approcher lentement quand un craquement suivi d'un sifflement me fige. Le sifflement s'adoucit avant d'être noyé par une voix cassante évoquant des glaçons qui se détachent. Je tourne la tête des deux côtés, cherchant sa source comme un radar. L'individu se trouve un peu plus loin dans la rue. J'abandonne le restaurant pour me diriger vers lui. Nous sommes curieux de nature.

Je le localise dans un parking de trois places coincé au bout d'un étroit passage entre deux bâtiments. Il tient un talkie-walkie contre son oreille et s'appuie d'un coude à un mur de briques, décontracté sans être au repos pour autant. Ses épaules sont détendues. Il se sait à sa place, conscient d'être en droit de se trouver ici et de n'avoir pas grand-chose à redouter de la nuit. Le pistolet qui pend à sa ceinture y contribue sans doute. Il cesse de parler, enfonce un bouton et fourre le talkie-walkie dans son étui. Ses yeux balaient le parking mais n'y voient rien qui retienne son attention. Puis il s'enfonce dans le labyrinthe de ruelles. Ça pourrait être amusant. Je le suis.

Mes ongles claquent sur le trottoir. Il ne remarque rien. Je prends de la vitesse, contournant sacs-poubelle et cartons vides. Puis je me trouve enfin à portée. Il entend ce cliquetis régulier derrière lui et s'arrête. Je me réfugie derrière une benne d'où je l'observe à moitié cachée. Il se tourne et scrute l'obscurité en plissant les yeux. Après une seconde d'hésitation, il se met en marche. Je le laisse s'éloigner de quelques pas, puis reprends la traque. Cette fois, lorsqu'il s'arrête, j'attends une seconde de plus avant de plonger aux abris. Il lâche un juron étouffé. Il a vu quelque chose – un bref mouvement, un vacillement des ombres. Sa main droite glisse vers son arme, caresse le métal puis se retire, comme rassurée. Il examine attentivement la ruelle, comprend qu'il est seul, hésite quant à ce qu'il doit faire. Il marmonne puis se remet en marche, plus vite cette fois.

Tandis qu'il avance, ses yeux balaient les alentours avec une méfiance qui confine à l'inquiétude. J'inspire profondément mais ne décèle que des effluves de peur qui suffisent à faire battre mon cœur mais pas à emballer mon cerveau grisé. C'est là une proie que je peux, sans risque, m'amuser à traquer. Il ne va pas se mettre à courir. Je peux réprimer la plupart de mes instincts. Le traquer sans le tuer. Subir les premiers tiraillements de faim sans le tuer. Le regarder tirer son arme sans le tuer. Mais, s'il se met à courir, je ne pourrai plus me retenir. Je ne peux pas lutter contre cette tentation. S'il court, *c'est sûr*, je lui donnerai la chasse. Et alors, soit il me tuera, soit c'est moi qui le tuerai.

Lorsqu'il bifurque pour emprunter une ruelle menant à une grande artère, il se détend. Tout est silencieux derrière lui. Je me glisse hors de ma cachette, déplaçant mon poids sur l'arrière de mes pelotes plantaires afin d'étouffer le bruit de mes ongles. Bientôt, je ne suis plus qu'à un ou deux mètres derrière lui. Je sens l'après-rasage qui masque presque l'odeur naturelle d'une longue journée de travail. Je vois ses chaussettes blanches apparaître et disparaître entre ses chaussures et ses jambes de pantalon. J'entends sa respiration, la légère hausse de tempo trahissant le fait qu'il marche plus vite qu'à l'ordinaire. J'avance tout doucement, juste assez pour pouvoir bondir si je le veux et le faire basculer à terre avant qu'il envisage seulement de sortir son arme. Il relève brusquement la tête. Il sait que je suis là. Il sait qu'il y a là *quelque chose*. Je me demande s'il va se retourner. Va-t-il oser regarder, affronter ce qu'il ne voit ni n'entend, dont il devine simplement la présence ? Sa main glisse vers son arme, mais il ne se retourne pas. Il presse le pas. Puis regagne la sécurité de la grande artère.

Je le suis jusqu'au bout et l'observe depuis les ténèbres. Il se dirige à grands pas, clés en main, vers un véhicule de patrouille garé, déverrouille les portières et bondit à l'intérieur. La voiture quitte le bord du trottoir dans un concert de grincements et de rugissements. Je regarde s'éloigner les feux arrière et lâche un soupir. Fin de partie. J'ai gagné.

C'était agréable, mais ça n'a pas suffi à me satisfaire. Ces ruelles de quartier sont trop étroites. Mon cœur cogne d'excitation non assouvie. Une douloureuse énergie s'est accumulée dans mes pattes. Je dois *courir*.

Une rafale de vent soufflée du sud charrie la senteur forte et piquante du lac Ontario. J'envisage de me diriger vers la plage, je m'imagine courir sur cette étendue de sable tandis que l'eau glacée me giflerait les pattes, mais ce serait imprudent. Si je veux courir, je dois aller jusqu'au ravin. C'est loin, mais je n'ai pas tellement le choix, à moins que j'envisage de passer le reste de la nuit à rôder dans des ruelles imprégnées d'odeurs humaines. Je m'oriente vers le nord-ouest et commence mon voyage.

Près d'une demi-heure plus tard, je me tiens au sommet d'une colline. Mon nez s'agite, flairant les derniers effluves de feuilles mortes qu'on brûle illégalement dans une cour toute proche. Un vent frisquet, presque froid, tonifiant, me hérisse la fourrure. Au-dessus de moi, la circulation gronde sur le pont autoroutier. Au-dessous, mon sanctuaire, parfaite oasis au cœur de la ville. Je me jette brusquement en avant. Au moins, je peux courir.

Mes jambes trouvent leur rythme avant que je sois à mi-chemin du fond du ravin. Je ferme les yeux une seconde et sens le vent me cingler le museau. Tandis que mes pattes martèlent la terre compacte, de minuscules flèches de douleur remontent le long de mes jambes, mais elles me donnent la sensation d'être en vie, comme lorsqu'on se réveille en sursaut d'un sommeil prolongé. Mes muscles se contractent et se détendent en parfaite harmonie. Chaque extension s'accompagne d'une douleur et d'une bouffée de plaisir physique. Mon corps me remercie de cet exercice, me gratifie en récompense de doses d'adrénaline aux effets quasi narcotiques. Plus je cours, plus je me sens légère, plus la douleur s'estompe comme si mes pattes ne heurtaient plus le sol. Alors que je fonce le long du ravin, j'ai l'impression de continuer à dévaler la colline, d'accumuler de l'énergie au lieu de la dépenser. J'ai envie de courir jusqu'à ce que toute la tension de mon corps se dissipe pour ne laisser que les sensations du moment. Même si je voulais m'arrêter, j'en serais incapable. Et je n'en ai aucune envie.

Des feuilles mortes craquent sous mes pattes. J'entends une chouette ululer doucement dans la forêt. Elle a fini sa chasse et se repose, repue, sans se soucier qu'on découvre sa présence. Un lapin jaillit d'un fourré sur mon chemin, comprend son erreur et fonce se réfugier dans les broussailles. Je continue à courir. Mon cœur bat la chamade. L'air paraît glacial contre mon corps dont la température s'accroît, et me pique les narines et les poumons lorsqu'il s'y engouffre. Je l'inhale et savoure son impact dans mes entrailles. Je cours trop vite pour percevoir la moindre odeur. Des bribes de senteur traversant mon cerveau se fondent en un méli-mélo au parfum de liberté. Incapable de résister, je m'arrête enfin en dérapant, rejette la tête en arrière et me mets à hurler. La musique se déverse de ma poitrine, expression d'un plaisir intense. Elle se répercute dans le ravin et s'élève vers le ciel sans lune pour apprendre ma présence au monde qui m'entoure. Cet endroit m'appartient ! Quand j'en ai fini, je laisse retomber ma tête, épuisée par l'effort. Je reste immobile, yeux baissés vers les feuilles d'érable rouges et jaunes qui jonchent le sol, quand un bruit m'arrache à mes méditations. C'est un grondement étouffé, menaçant. Quelqu'un d'autre prétend à mon trône.

Levant les yeux, j'aperçois un chien jaune brunâtre à quelques mètres de moi. Non, pas un chien. Mon cerveau met une seconde à identifier l'animal. Un coyote. C'est la surprise qui m'a fait hésiter. J'ai entendu dire qu'il y en avait en ville, mais je n'en avais jamais vu. Le coyote est tout aussi déconcerté. Les animaux ne savent jamais que faire de moi. Ils sentent une odeur humaine mais voient un loup, et, lorsqu'ils décident que leur nez leur joue des tours, ils me regardent droit dans les yeux et les découvrent humains. Les chiens que je croise m'attaquent ou prennent le large. Le coyote ne fait ni l'un, ni l'autre. Il lève le museau et renifle l'air, puis se hérisse et retrousse les babines pour lâcher un grondement prolongé. Il fait la moitié de ma taille et mérite à peine que je le remarque. Ce que je lui signale d'un grondement paresseux qui signifie « Dégage », en secouant la tête. Le coyote ne bouge pas. Je le regarde fixement. C'est lui qui détourne le regard le premier.

Je m'ébroue, secoue de nouveau la tête, puis me détourne lentement. Alors même que je pivote, un éclair de fourrure brune bondit derrière moi. Je fais un écart, roule hors de portée, puis me redresse tant bien que mal. Le coyote montre les dents. Je lui réponds d'un grognement agacé, équivalent canin d'un « Tu commences à me les briser ». Le coyote s'obstine. Il veut la bagarre. Très bien.

Fourrure dressée et queue tendue derrière moi, je baisse la tête entre mes épaules et j'aplatis les oreilles. Mes lèvres se retroussent et je sens le grondement me remonter dans la gorge en picotant, avant de se répercuter dans la nuit. Le coyote ne cède toujours pas. Je me tapis, prête à bondir, quand quelque chose me heurte violemment l'épaule et me déséquilibre. Je trébuche, puis me tortille pour faire face à mon agresseur. Un deuxième coyote, brun-gris, pend à mon épaule, crocs plantés jusqu'à l'os. Avec un rugissement de rage et de douleur, je me secoue et déplace mon poids sur le côté.

Tandis que le deuxième coyote se dégage, le premier m'attaque au visage. Je baisse la tête pour le saisir à la gorge, mais mes dents se referment sur la fourrure au lieu de la chair, si bien qu'il parvient à esquiver. Il recule pour bondir de nouveau, mais je lui saute dessus et l'accule à un arbre. Il se cabre et tente de m'échapper. Je le vise à la gorge. Cette fois, j'ai prise. Un sang épais, salé, me gicle dans la bouche. Le partenaire du coyote atterrit sur mon dos. Mes jambes cèdent. Des dents s'enfoncent dans la peau flasque au-dessous de mon crâne. Des éclairs de douleur me traversent. Je me concentre pour garder prise sur la gorge du premier coyote. Je me remets d'aplomb puis le relâche une fraction de seconde, juste assez longtemps pour me préparer au coup fatal. Lorsque je tire d'un coup sec, du sang m'asperge les yeux et m'aveugle. Je secoue la tête de toutes mes forces pour ouvrir la gorge du coyote. Dès que je le sens faiblir, je le relâche puis me jette à terre et roule sur le dos. Derrière moi, l'autre coyote stupéfait pousse un glapissement et lâche prise. Je me relève d'un bond et pivote dans un même mouvement, prête à le mettre hors jeu lui aussi, mais il parvient à se relever et plonge vers les broussailles. C'est à peine si j'ai le temps de voir disparaître sa queue évoquant une brosse métallique. Je regarde le cadavre de l'autre. La terre sèche sur laquelle il repose absorbe goulûment le sang coulant de sa gorge. Un frisson me parcourt, pareil au tout dernier qui accompagne l'assouvissement du désir. Je ferme les yeux et frémis. Je n'y suis pour rien. Ce sont eux qui m'ont attaquée. Le silence qui retombe sur le ravin reflète le calme qui m'envahit. On n'entend pas même le chant des grillons. Le monde est sombre, silencieux, endormi.

J'essaie d'inspecter et de nettoyer mes plaies, mais elles sont hors d'atteinte. Je m'étire pour évaluer la douleur. Deux profondes coupures, qui ne saignent que juste assez pour coller ma fourrure. J'y survivrai. Je fais demi-tour et entreprends de quitter le ravin.

Dans la ruelle, je procède à la Mutation, m'empresse de me rhabiller puis m'esquive comme une camée surprise à se piquer parmi les ombres. La frustration m'envahit.

Ça ne devrait pas se terminer comme ça, de manière aussi sordide et furtive, parmi les ordures et la crasse de la ville. Ça devrait finir dans une clairière où j'aurais abandonné mes habits sous un fourré, où je pourrais m'étirer nue, éprouver sous mon corps la fraîcheur de la terre et le chatouillis du vent nocturne. Je devrais m'endormir dans l'herbe, trop épuisée pour réfléchir, l'esprit seulement baigné d'un miasme de contentement. Et je ne devrais pas être seule. Je me représente mentalement les autres étendus autour de moi. J'entends leurs ronflements familiers, des rires et murmures occasionnels. Je sens la tiédeur d'une peau contre la mienne, un pied nu accroché à mon mollet, agité de spasmes par un rêve de course. Je perçois leur odeur, leur haleine, mêlées au parfum du sang, celui d'un cerf tué à la chasse. Puis cette image vole en éclats et je me retrouve face à une vitrine où je ne vois que mon propre reflet. Ma poitrine se comprime sous l'effet d'une solitude si profonde et si totale qu'elle m'étouffe.

Je me détourne rapidement pour passer ma colère sur l'objet le plus proche. Un lampadaire tremble et résonne sous l'impact. La douleur me remonte le long du bras. Bienvenue dans la réalité, où je me transforme dans les ruelles avant de rentrer discrètement chez moi. Je suis condamnée à vivre entre deux mondes. D'un côté, la normalité. De l'autre, un endroit où je peux être moi-même sans crainte de représailles, où je peux aller jusqu'au meurtre sans susciter le moindre haussement de sourcils dans mon entourage, où j'y suis même encouragée pour protéger le caractère sacré de ce monde. Mais je l'ai quitté et je ne peux désormais plus le rejoindre. Je ne le ferai pas.

Tandis que je regagne mon appartement à pied, ma colère couve à chaque pas. Une femme blottie sous un tas de couvertures sales jette un œil au moment où je passe et se recroqueville aussitôt dans son nid. Lorsque je tourne au coin de la rue, deux hommes me jaugent comme une proie potentielle. J'accélère et ils décident apparemment que je ne mérite pas qu'ils me donnent la chasse. Je ne devrais pas être ici. Je devrais me trouver chez moi, au lit, pas rôder dans le centre de Toronto à 4 heures du matin. Une femme normale ne se trouverait pas ici. Encore un de ces détails me rappelant que je ne suis pas normale. Pas normale. Dans la rue obscure, j'arrive à lire un tract collé à un poteau téléphonique à un kilomètre et demi. Pas normale. Je sens une odeur de pain frais échappé d'une boulangerie qui commence sa production à des kilomètres de là. Pas normale. Je m'arrête devant une boutique, agrippe un barreau à la fenêtre, bande mes muscles. Le métal gémit entre mes mains. Pas normale. Pas normale. Je scande ces mots dans ma tête pour m'en flageller. La colère ne fait que s'amplifier.

Devant la porte de mon appartement, je m'arrête pour inspirer profondément. Je ne dois pas réveiller Philip. Et, même si je le fais, il ne doit pas me voir comme ça. Je n'ai pas besoin de miroir pour savoir à quoi je ressemble : joues rouges, peau tendue, yeux brûlant de cette rage qui semble désormais toujours succéder aux Mutations. Vraiment pas normale.

Quand je pénètre enfin dans l'appartement, j'entends le souffle paisible de Philip dans notre chambre. Il dort toujours. J'ai presque atteint la salle de bains quand j'entends sa respiration changer.

— Elena ? appelle-t-il d'une voix rauque, engourdie par le sommeil.

— Je vais juste aux toilettes.

Je m'efforce de franchir très vite la porte, mais il se redresse déjà pour me regarder en plissant ses yeux myopes. Il fronce les sourcils.

— Tout habillée ? demande-t-il.

— Je suis sortie.

Silence. Il passe la main dans ses cheveux sombres et soupire.

— C'est dangereux. Et merde, Elena. On en a déjà parlé. Tu n'as qu'à me réveiller et je t'accompagne.

— J'ai besoin d'être seule. Pour réfléchir.

— C'est dangereux.

— Je sais. Désolée.

Je me faufile dans la salle de bains où je m'attarde plus que nécessaire. Je fais semblant de me servir des toilettes, me lave les mains avec assez d'eau pour remplir un Jacuzzi, puis trouve un ongle qui réclame d'être limé avec soin. Quand je décide enfin que Philip a dû se rendormir, je me dirige vers la chambre. La lampe de chevet est allumée. Il est appuyé contre son oreiller, lunettes en place. J'hésite sur le pas de la porte. Je ne peux pas me résoudre à franchir le seuil, à le rejoindre au lit. Je m'en veux de réagir comme ça, mais rien à faire. Le souvenir de cette nuit s'attarde et je ne me sens pas à ma place ici.

Comme je ne bouge pas, Philip passe les jambes par-dessus le bord du lit et s'y assied.

— Je ne voulais pas te brusquer, s'excuse-t-il. Mais je m'inquiète. Je sais que tu as besoin de liberté et j'essaie de…

Il s'interrompt et passe la main sur ses lèvres. Ses paroles me transpercent. Je sais qu'elles n'ont rien d'une réprimande, mais elles me rappellent que je suis en train de tout foutre en l'air, que j'ai la chance d'avoir trouvé quelqu'un d'aussi patient et compréhensif, mais que je suis en train d'épuiser sa patience à vitesse grand V, et il me semble n'être capable que de reculer pour attendre la collision finale.

— Je sais que tu as besoin de liberté, répète-t-il. Mais il doit exister une autre solution. Tu pourrais peut-être sortir tôt le matin. Si tu préfères la nuit, on pourrait rouler jusqu'au lac. Tu pourrais t'y balader. Je resterais dans la voiture et je te surveillerais. Je pourrais peut-être t'accompagner. Rester un peu en arrière, quelque chose comme ça. (Il parvient à m'adresser un sourire ironique.) Ou peut-être pas. Peut-être que je me ferais coffrer par les flics, qui verraient un type d'âge moyen en train de traquer une jolie jeune blonde.

Après une pause, il se penche en avant.

— Là, c'est à toi de répondre, Elena. Tu es censée me rappeler que quarante et un ans, c'est loin de l'âge moyen.

— On va trouver une solution.

Mais je sais bien que non. Je dois courir sous le couvert de la nuit et je dois le faire seule. Aucun compromis possible.

Tandis qu'il me regarde, assis au bord du lit, je sais que nous sommes voués à l'échec. Mon seul espoir consiste à rendre cette relation si parfaite à tout autre égard que Philip puisse ignorer notre seul problème insurmontable. Dans cette optique, mon premier pas devrait consister à le rejoindre au lit, à l'embrasser, à lui dire que je l'aime. Mais je ne peux pas. Pas cette nuit. Pour l'heure, je suis autre chose, qu'il ignore et ne pourrait comprendre. Je ne veux pas aller vers lui comme ça.

Je réponds :

— Je ne suis pas fatiguée. Autant que je reste debout. Tu veux un petit déjeuner ?

Il me regarde. Quelque chose vacille dans son expression et je comprends que j'ai échoué – une fois de plus. Mais il ne répond rien. Il réendosse son sourire.

— On n'a qu'à sortir. Il doit bien y avoir quelque chose d'ouvert en ville à cette heure-ci. On n'aura qu'à rouler jusqu'à ce qu'on trouve. Boire cinq tasses de café en regardant le soleil se lever. D'accord ?

Je hoche la tête car je n'ai pas confiance en ma voix.

— On se douche d'abord ? demande-t-il. Ou on fonce ?

— Prends ta douche en premier.

Il m'embrasse sur la joue en passant. J'attends jusqu'à ce que j'entende couler la douche, puis je me précipite vers la cuisine.

Ce que je peux avoir faim, parfois…

Humaine

Je demeurai un moment devant la porte avant de sonner. C'était la fête des Mères et je me tenais sur ce seuil avec un cadeau dans les mains, ce qui aurait été parfaitement normal si je le destinais à ma mère. Mais elle était morte depuis longtemps et je n'avais gardé aucun contact avec mes mères adoptives, sans parler de leur apporter des cadeaux. Celui-ci était pour la mère de Philip. Ce qui, encore une fois, aurait été tout à fait normal s'il m'accompagnait. Mais il avait appelé du bureau une heure plus tôt pour me prévenir qu'il ne pourrait pas se libérer. Avais-je envie d'y aller seule ? Ou préférais-je l'attendre ? J'avais choisi d'y aller quand même et je me demandais à présent si c'était une bonne idée. Une femme rendait-elle visite à la mère de son petit ami le jour de la fête des Mères sans l'intéressé ? Peut-être que j'en faisais trop. Ce ne serait pas la première fois.

Les règles des humains me déconcertaient. Ce n'était pas comme si j'avais été élevée dans une grotte. Avant de devenir loup-garou, j'avais déjà appris les processus de base : comment appeler un taxi, me servir d'un ascenseur, ouvrir un compte en banque, tous les menus détails de la vie humaine. C'étaient les interactions avec d'autres individus qui me posaient un problème. Mon enfance avait été plutôt chaotique. Et puis, alors que je me préparais à commencer ma vie d'adulte, j'avais été mordue et avais passé les neuf années suivantes en compagnie d'autres loups-garous. Je n'étais pas restée isolée du monde des humains pendant tout ce temps. J'étais retournée à la fac, j'avais voyagé avec les autres, et même décroché quelques boulots. Mais les loups-garous avaient toujours été là pour me soutenir, me protéger, me tenir compagnie. Je n'avais pas eu besoin de me débrouiller seule. De me faire des amis, de prendre des amants, de déjeuner avec mes collègues de travail. Je m'en étais donc abstenue. L'année précédente, quand j'avais rompu avec les autres pour revenir seule à Toronto, j'avais cru que l'intégration serait le cadet de mes soucis. Ça ne devait pas être bien sorcier. Il me suffirait de retrouver les bases apprises dans l'enfance, d'y ajouter le talent adulte pour la conversation acquis avec les autres, ainsi qu'un soupçon de prudence, et voilà, je me ferais des amis et nouvelles connaissances en un rien de temps. Ha !

Était-il trop tard pour repartir ? Je n'en avais aucune envie. J'inspirai profondément et sonnai. Quelques instants plus tard, j'entendis des pas à l'intérieur. Puis une femme au visage rond et aux cheveux bruns grisonnants vint m'ouvrir.

— Elena ! s'écria Diane en ouvrant la porte à toute volée. Maman, c'est Elena. Philip est en train de garer la voiture ? Je n'en reviens pas de voir la rue aussi bondée. C'est le jour des visites familiales pour tout le monde.

— En fait, Philip n'est… pas avec moi. Il avait du travail, mais il ne va plus tarder à nous rejoindre.

— Du travail ? Un dimanche ? Il faut que tu lui parles, ma grande. (Diane maintint la porte ouverte.) Viens, entre. Tout le monde est là.

Anne, la mère de Philip, apparut derrière sa fille. Elle était minuscule, ne m'arrivait même pas au menton, et ses cheveux d'un gris argenté luisant étaient coupés au carré.

— Tu utilises toujours la sonnette, ma chère ? dit-elle en tendant les bras pour m'étreindre. Il n'y a que les représentants qui le fassent. La famille entre sans sonner.

— Philip va être en retard, dit Diane. Il travaille.

Anne émit un petit bruit de gorge et me fit entrer. Le père de Philip, Larry, était à la cuisine, en train de chaparder des pâtisseries sur un plateau.

— C'est pour le dessert, papa, le réprimanda Anne avant de le chasser.

Larry me salua d'une seule main, l'autre serrant toujours un brownie.

— Alors, où est…

— En retard, répondit Diane. Viens au salon, Elena. Maman a invité nos voisins Sally et Juan à déjeuner. (Elle baissa la voix et murmura :) Leurs gamins sont tous en vadrouille. (Elle poussa les portes-fenêtres.) Avant ton arrivée, maman nous montrait tes derniers articles dans *Focus Toronto*.

— Ouille. Bon signe ou mauvais signe ?

— Ne t'en fais pas. Ce sont des libéraux convaincus. Ils ont adoré. Ah, nous y voici. Sally, Juan, je vous présente Elena Michaels, la copine de Philip.

La copine de Philip. Ça me faisait toujours un drôle d'effet, non pas parce que je tiquais d'être appelée « copine » plutôt que « petite amie » ou autres expressions ridicules et bien comme il faut. Ça me frappait parce que je n'avais été la copine de personne depuis des années. Je ne nouais pas de relations. Pour moi, si ça durait tout un week-end, ça devenait déjà trop sérieux. Ma seule et unique relation à long terme avait été un désastre. Pire encore. Une catastrophe.

Mais Philip était différent.

Je l'avais rencontré quelques semaines après mon retour à Toronto. Il vivait dans un appartement à quelques rues du mien. Comme nos immeubles partageaient un même gestionnaire, les locataires de sa résidence avaient accès à la salle de remise en forme de la mienne. Un soir, il était venu à la piscine après minuit, m'y avait trouvée seule en train de faire des longueurs et m'avait demandé si je l'autorisais à m'imiter, comme si j'étais en droit de le chasser. Lors du mois qui avait suivi, nous nous étions souvent retrouvés seuls, tard le soir, dans la salle de remise en forme. Il commençait chaque fois par s'assurer que sa présence ne me dérangeait pas. J'avais fini par lui répondre que, si je fréquentais cette salle, c'était pour ne pas devoir m'inquiéter d'être attaquée par des étrangers, et que ce serait donc un échec sur toute la ligne si sa présence me rendait nerveuse. Ma réponse l'avait amusé, et il s'était attardé après sa séance d'entraînement pour m'acheter un jus d'orange au distributeur. Une fois le jus d'orange postexercice devenu une habitude, il avait remonté la chaîne alimentaire pour m'offrir un café, puis un déjeuner, puis un dîner. Quand nous en étions arrivés au petit déjeuner, il s'était écoulé près de six mois depuis notre première rencontre à la piscine. C'est peut-être en partie ce qui explique que je me sois laissé séduire, flattée qu'un homme puisse consacrer autant de temps et d'efforts à essayer de me connaître. Philip m'avait courtisée avec la patience réservée à un animal à demi sauvage qu'on amadoue pour le faire entrer chez soi, et, comme bien des animaux errants, je m'étais retrouvée domestiquée avant même de penser à résister.

Tout s'était très bien passé jusqu'à ce qu'il me propose d'emménager ensemble. J'aurais dû refuser. Mais je n'en avais rien fait. Une partie de moi ne pouvait résister au défi consistant à voir si je pouvais m'en sortir. Une autre craignait de le perdre si je disais non. Le premier mois avait été une catastrophe. Ensuite, alors même que je croyais la bulle prête à éclater, la pression avait diminué. Je me forçais à retarder plus longtemps mes Mutations et m'autorisais à courir quand Philip travaillait tard ou passait la nuit ailleurs dans le cadre de ses voyages d'affaires. Bien sûr, je ne peux pas m'attribuer tout le mérite du sauvetage de notre relation. J'abuserais déjà si je m'en attribuais la moitié. Même après avoir emménagé avec moi, Philip avait fait preuve de la même patience que lors des premiers rendez-vous. Quand j'agissais d'une manière qui aurait fait hausser les sourcils de la plupart des humains, Philip balayait le sujet d'une seule blague. Quand le stress de mes efforts d'intégration me terrassait, il m'emmenait dîner ou voir un spectacle pour me changer les idées, me faisait savoir qu'il était là si je voulais parler, et comprenait si je répondais que non. Au départ, je me disais que c'était trop beau pour être vrai. Chaque jour, je rentrais du travail, marquais une pause devant la porte de l'appartement, et me préparais mentalement à découvrir en ouvrant qu'il était parti. Mais non. Quelques semaines plus tôt, il avait commencé à parler de trouver un logement plus grand dès la fin de mon bail, laissant même sous-entendre qu'il serait judicieux d'investir dans un appartement en copropriété. La vache. C'était presque semi-permanent, non ? La semaine d'après, j'étais toujours sous le choc – mais un choc agréable.

Nous étions en milieu d'après-midi. Les voisins s'étaient retirés. Ken, le mari de Diane, était parti tôt conduire leur cadet au travail. Judith, l'autre sœur de Philip, qui vivait en Grande-Bretagne et ne pouvait souhaiter une bonne fête à sa mère que par téléphone, avait appelé après le déjeuner et parlé à tout le monde, moi comprise. À l'instar de toute la famille, elle me traitait comme une belle-sœur plutôt que comme la copine du moment de son frère. Ils se montraient tous si accueillants, si prêts à m'accepter que j'avais du mal à me convaincre qu'ils n'agissaient pas par simple politesse. Il était fort possible qu'ils m'apprécient vraiment, mais, n'ayant jamais eu de bol en matière de familles, je répugnais à y croire. J'en avais beaucoup trop envie.

Tandis que nous faisions la vaisselle, le téléphone sonna. Anne prit l'appel dans le salon. Elle revint me chercher quelques minutes plus tard. C'était Philip.

— Désolé, chérie, me dit-il. Est-ce que maman est furieuse ?

— Je ne crois pas.

— Parfait. Je lui ai promis de l'emmener dîner une autre fois pour me racheter.

— Alors tu nous rejoins ?

Il soupira.

— Je ne vais pas pouvoir. Diane te reconduira chez nous.

— Oh, ce n'est pas la peine. Je peux prendre un taxi ou le…

— Trop tard, répondit-il. J'ai déjà dit à maman de le demander à Diane. Maintenant, elles ne te laisseront plus sortir de cette maison sans escorte. (Il marqua une pause.) Je n'avais vraiment pas l'intention de t'abandonner. Tu survis ?

— Très bien. Tout le monde est très gentil, comme toujours.

— Parfait. Je rentrerai vers 7 heures. Ne prépare rien. J'achèterai quelque chose en route. Tu veux manger antillais ?

— Tu détestes ça.

— Je fais pénitence. On se voit à 7 heures, alors. Je t'aime.

Il raccrocha avant que je puisse protester.

— Tu aurais dû voir les robes, me dit Diane qui me reconduisait chez moi. Atroces. De vrais sacs à patates. Les stylistes doivent s'imaginer qu'à l'âge où les femmes ont besoin de robes de mère de la mariée, elles se contrefoutent de leur apparence. J'en ai trouvé une bleu marine qui était sublime, sans doute destinée à la jolie jeune épouse du père de la mariée, mais elle était un peu juste au niveau de la taille. J'ai bien envisagé un régime express pour rentrer dedans, mais j'y ai renoncé. Question de principe. J'ai eu trois gamins, j'ai bien gagné cette bedaine.

— On doit pouvoir trouver mieux. Tu as cherché ailleurs que dans les boutiques de tenues de mariage ?

— C'est la prochaine étape. J'allais justement te demander si tu voulais m'accompagner. La plupart de mes amies se contentent de ces sacs à patates. Le camouflage de l'âge moyen. Sans parler de mes filles, qui refusent de regarder quoi que ce soit qui ne dévoile pas leur piercing au nombril. Ça ne te dérangerait pas ? Je te paie le déjeuner. Avec trois martinis.

J'éclatai de rire.

— Après trois martinis, toutes les robes me paraîtront formidables.

Diane sourit.

— C'est l'idée. Alors c'est oui ?

— Bien sûr.

— Génial. Je t'appelle pour fixer la date.

Alors qu'elle empruntait le rond-point situé devant mon appartement, je me rappelai les règles de savoir-vivre.

— Tu veux entrer prendre un café ?

J'étais persuadée qu'elle allait refuser poliment, mais elle répondit :

— Avec plaisir. Encore une heure de paix avant de regagner les tranchées. Et l'occasion d'engueuler mon petit frère pour t'avoir livrée aux requins.

Je ris et lui indiquai la direction du parking visiteurs.

Appel

J'ai peut-être donné une fausse impression en insistant à ce point sur mes efforts pour vivre dans le monde des humains, comme si tous les loups-garous s'en coupaient totalement. Pas du tout. La plupart y vivent par nécessité. À moins de fonder une communauté au Nouveau-Mexique, ils n'ont pas tellement le choix. Ce monde leur fournit de la nourriture, un abri, du sexe et autres nécessités premières. Ils considèrent les interactions avec les humains comme un mal nécessaire, adoptant des attitudes qui vont du mépris à un amusement à peine déguisé. Ce sont des acteurs qui jouent un rôle, apprécient parfois leur passage sur scène, mais sont généralement soulagés d'en sortir. Je n'avais pas envie de leur ressembler. Je voulais vivre dans le monde des humains, en restant moi-même dans la mesure du possible. Je n'avais pas choisi cette vie et refusais de capituler en renonçant à tous mes espoirs, à mes rêves médiocres de foyer, de famille, de carrière et, par-dessus tout, de stabilité. Rien de tout ça n'était possible dans une vie de loup-garou.

J'avais grandi dans des foyers adoptifs. Et pas les meilleurs. Privée de famille dans mon enfance, j'étais déterminée à m'en créer une. Devenir loup-garou avait pour ainsi dire relégué tous ces projets aux oubliettes. Cela dit, même si un mari et des enfants semblaient exclus, ça ne m'empêchait pas pour autant de m'accrocher à une partie de ce rêve. Je me construisais une carrière, un foyer à Toronto. Ainsi qu'une famille avec Philip, bien qu'elle ne soit pas franchement traditionnelle. Nous étions ensemble depuis assez longtemps pour que j'aie commencé à penser qu'une certaine stabilité était possible dans ma vie. Je n'en revenais pas d'avoir trouvé quelqu'un d'aussi normal et gentil que lui. Je me connaissais bien. J'étais raisonneuse, caractérielle, cyclothymique, pas le genre de femme dont un homme comme lui tomberait amoureux. Bien sûr, je n'étais pas comme ça en sa présence. Je cachais cette partie de moi, celle du loup-garou, en espérant à terme m'en défaire comme lors d'une mue. Avec Philip, j'avais l'occasion de me réinventer, de devenir le genre de femme qu'il voyait en moi.

Les membres de la Meute ne comprenaient pas pourquoi j'avais choisi de vivre parmi les humains. Ils n'y comprenaient rien car ils n'étaient pas comme moi. En premier lieu, je n'étais pas née loup-garou, contrairement à la plupart d'entre eux qui sont venus au monde avec ce sang dans les veines et connaissent leur première Mutation en atteignant l'âge adulte. L'autre façon de devenir loup-garou est d'être contaminé par morsure. Très peu de gens y survivent. Les loups-garous ne sont ni stupides, ni altruistes. S'ils mordent, c'est dans l'intention de tuer. S'ils mordent et échouent à tuer, ils traquent leur proie pour achever le boulot. Simple question de survie. Quand un loup-garou réussit à s'intégrer dans une ville, il n'a vraiment pas besoin qu'un nouveau loup-garou à moitié fou vienne rôder sur son territoire en massacrant des gens et en attirant l'attention. Même si une victime de morsure s'échappe, ses chances de survie sont infimes. Les premières Mutations sont un véritable enfer, pour le corps comme pour la santé mentale. Les loups-garous héréditaires grandissent avec la conscience de ce qui les attend, et bénéficient de la présence de leur père pour les guider. Les loups-garous par morsure sont seuls. S'ils ne meurent pas des bouleversements physiques, le stress mental les conduit soit à se suicider, soit à faire assez de grabuge pour qu'un autre loup-garou les trouve et mette fin à leurs souffrances avant qu'ils causent davantage d'ennuis. Les loups-garous par morsure ne courent donc pas les rues. Au dernier recensement, il y avait environ trente-cinq loups-garous dans le monde. Parmi lesquels trois non-héréditaires, dont je fais partie.

Moi. La seule femme loup-garou en vie. Le gène se transmet uniquement par les hommes, de père en fils, si bien qu'une femme ne peut devenir loup-garou que si elle est mordue et y survit, ce qui est, comme je le disais, extrêmement rare. Compte tenu des probabilités, rien d'étonnant à ce que je sois la seule femme. Délibérément mordue et changée en loup-garou. C'est incroyable, vraiment, que j'aie survécu. Après tout, quand une espèce se compose d'une bonne trentaine de mâles et d'une seule femelle, celle-ci devient une sorte de trophée. Et les loups-garous ne règlent pas gentiment leurs différends autour d'une partie d'échecs. Pas plus qu'ils ne sont réputés pour leur respect des femmes. Elles ne leur servent qu'à deux choses : faire l'amour et se nourrir, ou, s'ils sont d'humeur paresseuse, se nourrir après l'amour. Même si je doute qu'un loup-garou fasse de moi son repas, je suis un objet irrésistible quand il s'agit de satisfaire l'autre besoin primaire. Livrée à moi-même, je n'aurais pas survécu. Par chance, ça n'avait pas été le cas. Je me trouvais depuis ma morsure sous la protection de la Meute. Chaque société possède sa classe dirigeante. Dans le monde des loups-garous, c'était la Meute. Pour des raisons qui n'avaient rien à voir avec moi, mais tout à voir avec le statut du loup-garou qui m'avait mordue, je faisais partie de la Meute depuis l'époque de ma conversion. Un an plus tôt, je l'avais quittée. Je m'en étais coupée et ne souhaitais pas y revenir. Entre une vie d'humaine et une vie de loup-garou, j'avais choisi la première option.

Philip dut rester travailler tard le lendemain. Le mardi soir, j'attendais son appel m'avertissant de son retard quand il rentra chez nous en apportant notre dîner.

— J'espère que tu as faim, dit-il en déposant sur la table un sac de plats indiens.

C'était le cas, même si j'avais acheté deux saucisses sur le trajet du retour après le travail. Cet en-cas avait calmé mon appétit, si bien qu'un dîner normal suffirait à présent. Encore une des innombrables astuces que j'avais apprises pour m'adapter à la vie humaine.

Tout en parlant boulot, Philip tira les cartons du sac et mit la table. Je déplaçai de bonne grâce mes papiers pour le laisser installer mes couverts. Ce que je peux être serviable, parfois. Même une fois la nourriture disposée dans mon assiette, je continuai à griffonner la dernière ligne de l'article auquel je travaillais, résistant à l'envie de manger. Puis je repoussai mon bloc de papier et attaquai mon repas.

— Maman m'a appelé au travail, dit Philip. Elle avait oublié de te demander hier si tu pouvais l'aider à organiser la soirée des cadeaux de mariage de Becky.

— C'est vrai ?

Je m'étonnai du ravissement que j'entendis dans ma propre voix. Il n'y avait rien de follement excitant à organiser une fête d'avant-mariage. Mais on ne m'avait encore jamais demandé de contribuer à en préparer une. Merde, on ne m'y avait même jamais invitée, à part Sarah, ma collègue du boulot, mais elle avait invité toute la boîte.

Philip sourit.

—Je suppose que ça veut dire oui ? Parfait. Maman sera ravie. Elle adore ces choses-là, tous les chichis et les préparatifs.

—Je n'ai pas beaucoup d'expérience de ce genre de fête.

—Aucun problème. Les demoiselles d'honneur de Becky organisent la fête principale, alors ce sera juste une petite fête familiale. Je crois que maman compte inviter toute la famille d'Ontario. Tu vas rencontrer la tribu au grand complet. Je suis sûr que maman leur a déjà parlé de toi. J'espère que ça ne fait pas trop d'un coup.

—Non, répondis-je. Je m'en réjouis d'avance.

—Oui, enfin tu dis ça maintenant. Tu ne les connais pas encore.

Après le dîner, Philip descendit faire de la musculation. Quand il travaillait aux horaires habituels, il aimait s'entraîner tôt et se coucher tôt, et avouait avec ironie qu'il devenait trop vieux pour survivre à cinq heures de sommeil par nuit. Lors de notre premier mois de vie commune, je me joignais à sa séance d'entraînement. J'avais du mal à feindre de peiner sur des poids de cinquante kilos alors que je pouvais en soulever cinq fois plus. Puis vint le jour où une conversation avec mon voisin m'absorba tellement que je ne me rendis pas compte que je soulevais trente kilos d'une main en bavardant avec autant d'insouciance que si je baissais un store. Quand je vis mon voisin vérifier mes poids, je compris ma gaffe et tentai de me rattraper en baratinant une histoire d'appareil mal réglé. Après cet incident, je ne m'entraînai plus qu'entre minuit et 6 heures du matin, lorsque la salle de musculation était vide. J'avais raconté à Philip que je profitais d'un regain d'énergie nocturne. Il l'avait gobé aussi facilement que la plupart de mes excentricités. Quand il rentrait tard du travail, je descendais avec lui à la salle de remise en forme où nous faisions des longueurs et nous exercions sur le tapis de course comme lors de notre rencontre. Le reste du temps, j'y allais seule.

Ce soir-là, après son départ, j'allumai la télé. Quand il m'arrivait de la regarder, ce que je faisais rarement, c'était pour me vautrer dans les bas-fonds télévisuels, zappant programmes éducatifs et fictions de qualité au profit des talk-shows et autres émissions à sensation. Pourquoi ? Parce que ça me rassurait de savoir qu'il existait dans le monde des gens encore plus mal barrés que moi. Quand ma journée s'était mal passée, je pouvais toujours allumer le poste, regarder un salaud annoncer à sa femme et au monde entier qu'il couchait avec sa fille et songer : « Au moins, je vaux mieux que ça. » Rien de tel que la télé poubelle pour se redonner confiance en soi. Imparable.

Ce soir, *Inside Scoop* s'intéressait à un psychopathe qui s'était échappé d'une prison de Caroline du Nord quelques mois plus tôt. Du sensationnalisme pur jus. Ce type était entré par effraction chez un parfait étranger qu'il avait attaché et abattu parce qu'il voulait, déclarait-il, savoir ce qu'on ressentait alors. Les auteurs de l'émission avaient parsemé le tout de termes comme « sauvagerie », « barbare » et « animalité ». Quel monceau de conneries. Montrez-moi donc un animal qui tue pour le seul plaisir de regarder mourir sa proie. Pourquoi le stéréotype du tueur animal persiste-t-il à ce point ? Parce qu'il plaît aux humains. Il leur explique bien gentiment les choses en plaçant leur espèce tout en haut de l'échelle de l'évolution et en reléguant les tueurs parmi les monstres mythologiques mi-hommes, mi-bêtes, comme les loups-garous.

En réalité, si un loup-garou se comportait comme ce psychopathe, ce ne serait pas parce qu'il serait en partie animal, mais au contraire bien trop humain. Seuls les hommes tuent pour se divertir.

L'émission touchait à sa fin lorsque Philip rentra.

— Tu t'es bien dépensé ? lui demandai-je.

— Jamais assez, répondit-il en faisant la grimace. J'attends le jour où on inventera une pilule pour remplacer l'exercice. Qu'est-ce que tu regardes ? (Il se pencha par-dessus moi.) Ça se bagarre bien ?

— C'est Jerry Springer. Je n'arrive pas à regarder son émission. J'ai essayé une fois, pendant dix minutes, en m'efforçant d'ignorer les jurons pour comprendre ce qu'ils disaient. Jusqu'à ce que je comprenne qu'il n'y avait que des jurons, quand ils faisaient une pause entre deux bagarres. Un vrai combat de catch. Non, même pas. Au moins, dans le catch, il y a un scénario.

Philip éclata de rire et m'ébouriffa les cheveux.

— Et si on allait se balader ? Je prends ma douche pendant que tu finis de regarder ton émission.

— Bonne idée.

Philip se dirigea vers la salle de bains. Je me faufilai jusqu'au frigo où je récupérai un bout de provolone que j'avais caché parmi les légumes. Quand le téléphone sonna, je l'ignorai. Manger était plus important, et, comme Philip faisait déjà couler l'eau, il n'entendrait pas la sonnerie et ne saurait donc pas que je ne répondais pas. Lorsque le bruit de l'eau cessa, je fourrai le fromage derrière la salade et fonçai vers l'appareil. Philip était du genre à répondre au téléphone en plein dîner plutôt que d'imposer le répondeur à qui que ce soit. Je m'appliquais à suivre son exemple, du moins en sa présence. J'avais traversé la moitié de l'appartement quand le répondeur se déclencha. Ma voix enregistrée récita un message d'accueil sur un ton enjoué jusqu'à l'écœurement, invitant mon correspondant à laisser un message. Ce qu'il fit.

« Elena ? C'est Jeremy. (Je m'arrêtai net.) Rappelle-moi, s'il te plaît. C'est important. »

Sa voix s'estompa. Le téléphone chuinta lorsqu'il inspira brusquement. Je compris qu'il voulait m'en dire plus, ajouter un ultimatum pour me contraindre à le rappeler, mais qu'il ne pouvait pas. Nous avions un accord. Il ne pouvait ni venir ici, ni envoyer l'un des autres. Je résistai à l'envie de tirer la langue au répondeur. *Tu ne m'auras pas, nananère !* C'est très surfait, la maturité.

« C'est urgent, Elena, poursuivit Jeremy. Tu sais que je ne t'appellerais pas dans le cas contraire. »

Philip tendit la main vers le téléphone mais Jeremy avait déjà raccroché. Il souleva le combiné et me le tendit. Je détournai le regard et allai m'asseoir sur le canapé.

— Tu ne le rappelles pas ? demanda-t-il.

— Il n'a pas laissé de numéro.

— Il avait l'air de penser que tu l'avais. Qui c'était, d'abord ?

— Un… cousin.

— Alors ma mystérieuse orpheline a donc une famille ? Il faudra que je rencontre ce cousin un de ces jours.

— Tu n'aimerais pas.

Il éclata de rire.

— Chacun son tour. Je t'ai fait subir ma famille. Tu tiens enfin l'occasion de te venger. Après la fête de Betsy, tu m'en voudras à mort. Sors-moi donc tes cousins déments cloîtrés des années dans le grenier. Remarque, à la réflexion, ce seraient sans doute les meilleurs. Ils feraient sensation dans les soirées. Ça vaudra toujours mieux que les grands-tantes qui te racontent la même histoire depuis que tu es gosse et qui s'endorment au moment du dessert.

Je roulai des yeux.

— Ça y est, tu es prêt pour la balade ?

— Laisse-moi finir ma douche. Et si tu appelais les renseignements ?

— Pour qu'ils me facturent le service, qu'ils trouvent le numéro ou pas ?

— Ça coûte moins de un dollar. On peut se le permettre. Appelle-les. Si tu ne trouves pas son numéro, tu pourras peut-être joindre quelqu'un qui te le donnera. Tu dois bien avoir d'autres cousins, non ?

— Tu crois qu'ils ont le téléphone dans leur grenier ? C'est déjà beau s'ils ont de la lumière.

— Appelle-les, Elena, insista-t-il en feignant de me gronder, avant de disparaître dans la salle de bains.

Lorsqu'il eut quitté la pièce, je gardai les yeux braqués sur le téléphone. Philip avait l'air de blaguer, mais je savais qu'il attendait que je rappelle Jeremy. Rien d'étonnant à ça, non ? C'était ce que feraient les gens bien. Philip avait entendu le message et perçu l'insistance dans la voix de Jeremy. En refusant de répondre à un appel qui semblait important, je lui paraîtrais dure et insensible. Un humain rappellerait. Le genre de femme que je voulais être le ferait.

Je pouvais toujours lui faire croire que j'avais passé cet appel. C'était tentant, mais ça n'empêcherait pas Jeremy de rappeler encore… et encore… et encore. Ce n'était pas la première fois qu'il tentait de me contacter ces derniers jours. Les loups-garous partagent une sorte de don télépathique. La plupart l'ignorent pour lui préférer des moyens de communication moins mystiques. Jeremy avait affiné ce talent jusqu'au rang d'art, essentiellement parce qu'il lui fournissait un moyen supplémentaire de nous harceler pour se faire obéir. Lorsqu'il avait essayé de me contacter, j'avais bloqué sa tentative. Il avait donc recouru au téléphone. Moins efficace que de bombarder le cerveau d'autrui, mais, après quelques jours passés à accumuler des messages sur la bande, je finirais par céder, ne serait-ce que pour me débarrasser de lui.

Je restai immobile près du téléphone, fermai les yeux et inspirai. J'en étais capable. Je pouvais passer cet appel, découvrir ce que voulait Jeremy, le remercier poliment de m'avoir prévenue et refuser de faire ce qu'il demandait, sachant très bien qu'il allait exiger quelque chose de moi. Même s'il était l'Alpha de la Meute et que j'étais conditionnée pour lui obéir, je n'y étais plus contrainte. Je n'appartenais plus à la Meute. Il ne me contrôlait pas.

Je pris le combiné et composai le numéro de mémoire. Le téléphone sonna quatre fois, puis le répondeur se déclencha. J'entendis une voix enregistrée, non pas l'intonation grave de Jeremy, mais une voix à l'accent traînant du sud des États-Unis, qui me poussa aussitôt à raccrocher avant la fin du message. La sueur perla sur mon front. La température semblait avoir monté de six degrés dans l'appartement et l'air paraissait soudain vidé de son oxygène. Je m'essuyai le visage des deux mains, secouai vigoureusement la tête et allai chercher mes chaussures pour la promenade avec Philip.

Le lendemain, avant le petit déjeuner, il me demanda ce que voulait Jeremy. J'avouai que je n'avais pas réussi à le joindre, mais promis de continuer à essayer. Quand on eut fini de manger, Philip descendit chercher le journal. J'appelai Jeremy et tombai de nouveau sur le répondeur.

Malgré ma répugnance à l'admettre, tout ça commençait à me tracasser. Ce n'était pas ma faute, en réalité. Cette inquiétude pour mes anciens frères de Meute relevait d'un instinct incontrôlable. Ce fut du moins ce que je me répétai lorsque mon cœur battit la chamade au troisième appel sans réponse.

Jeremy aurait dû être là. Il s'éloignait rarement de Stonehaven, préférant régner depuis son trône et envoyer ses sous-fifres s'occuper du sale boulot à sa place. D'accord, ce n'était pas là une description très juste de la façon dont Jeremy dirigeait la Meute, mais je n'étais pas d'humeur aux louanges. Puisqu'il m'avait demandé d'appeler, il aurait dû être présent quand je le faisais, bordel de merde.

Quand Philip revint, je m'attardais devant le téléphone en lui lançant des regards mauvais comme si je pouvais obliger mentalement Jeremy à décrocher.

— Toujours pas de réponse ? demanda Philip.

Je fis signe que non. Il scruta mon visage avec assez d'attention pour me mettre mal à l'aise. Quand je me détournai, il traversa la pièce pour venir poser la main sur mon épaule.

— Tu es inquiète.

— Pas vraiment. C'est seulement…

— Ne t'en fais pas, chérie. Si c'était ma famille, je m'inquiéterais. Tu devrais peut-être aller voir ce qui se passe. Ça m'avait l'air urgent.

Je m'écartai.

— Non, c'est ridicule. Je rappellerai…

— C'est ta famille, chérie, dit-il comme si ça répondait à tous les arguments que je puisse lui opposer.

Pour lui, c'était le cas. Je ne pouvais pas lutter contre ça. Quand notre relation était devenue sérieuse, le bail de son appartement avait pris fin et il m'avait bien fait comprendre qu'il voulait emménager avec moi, mais j'avais résisté. Ensuite, il m'avait emmenée à une réunion de sa famille. J'avais rencontré sa mère, son père, sa sœur, vu comment il se conduisait avec eux, compris qu'ils faisaient partie intégrante de sa vie.

Philip attendait à présent que je vienne en aide à quelqu'un qu'il croyait membre de ma famille. Si je refusais, allait-il penser que je n'étais pas le genre de femme dont il voulait ? Pas question que je coure ce risque. Je promis de réessayer. Je promis, si je n'arrivais pas à joindre Jeremy avant midi, de prendre l'avion pour l'État de New York afin d'aller voir ce qui se passait.

Lors des heures qui suivirent, je rappelai en priant chaque fois pour qu'on me réponde. Mais je n'entendais que le déclic du répondeur.

Philip me conduisit à l'aéroport après le déjeuner.

Prodigue

L'avion atterrit à Syracuse-Hancock à 19 heures. J'essayai d'appeler Jeremy mais n'obtins que le répondeur. Une fois de plus. J'étais désormais plus agacée qu'inquiète. À mesure que la distance s'amoindrissait, mes souvenirs se précisaient et je me remémorais la vie à Stonehaven, refuge campagnard de Jeremy. Je me rappelai en particulier les habitudes téléphoniques des résidents, ou plutôt l'absence d'icelles. Deux personnes habitaient Stonehaven, Jeremy et Clayton, son fils adoptif doublé d'un garde du corps. Cette maison à cinq chambres possédait deux téléphones. Celui de la chambre de Clay était raccordé au répondeur, mais le téléphone lui-même ne sonnait plus depuis le jour, quatre ans plus tôt, où Clay l'avait jeté à travers la pièce parce qu'il avait osé déranger son sommeil deux nuits de suite. Il y en avait un autre dans le bureau, mais, si Clay avait besoin de la ligne pour son ordinateur portable, il omettait souvent de rebrancher le téléphone, parfois plusieurs jours d'affilée. Même s'il y avait, par le plus grand des hasards, un appareil en état de marche dans la maison, il pouvait arriver aux deux hommes d'être assis à moins de deux mètres sans prendre la peine de décrocher. Et Philip qui critiquait mes habitudes téléphoniques…

Plus j'y pensais, plus j'étais furieuse et résolue à ne pas quitter l'aéroport avant qu'on réponde à mes putain de coups de fil. Puisque c'étaient eux qui m'appelaient, c'était à eux de venir me chercher. Du moins, je me justifiais ainsi. En réalité, je répugnais à quitter l'agitation de l'aéroport. Oui, ça peut paraître insensé. La plupart des gens estiment qu'un voyage en avion est une réussite quand ils ont passé le moins de temps possible dans l'aéroport. En temps ordinaire, moi aussi, mais tandis que j'absorbais les images et odeurs du terminal presque vide, je me délectais de ce qu'elles avaient d'humain. Ici, dans l'aéroport, j'étais un visage anonyme parmi la foule. Je trouvais un certain réconfort dans ce sentiment d'appartenir à quelque chose de plus grand sans en être le centre. Tout changerait dès l'instant où je sortirais d'ici pour rejoindre Stonehaven.

Deux heures plus tard, je décidai que je ne pouvais plus attendre davantage. Je passai mon dernier appel à Stonehaven et laissai un message. En deux mots. « J'arrive. » Ce serait suffisant.

Rejoindre Stonehaven n'avait rien d'évident. La maison se situait dans un coin isolé du nord de l'État de New York, près d'une petite ville baptisée Bear Valley. Lorsque mon taxi quitta l'aéroport, il faisait déjà nuit. Syracuse luisait quelque part au sud, mais le taxi prit la direction du nord dès qu'il atteignit l'autoroute 81. Les lumières de North Syracuse apparurent sur ma gauche, s'estompèrent bientôt, puis s'évanouirent dans la nuit. Vingt kilomètres plus loin, le chauffeur quitta l'autoroute et les ténèbres se firent absolues. Dans le calme de la nuit campagnarde, je me détendis. Les loups-garous n'étaient pas faits pour la vie urbaine. En ville, il n'y avait nulle part où courir, et la densité de la foule fournissait davantage de tentations que d'anonymat. Je me dis parfois que j'ai choisi de vivre au centre de Toronto au seul motif que c'est contraire à ma nature, un instinct de plus à combattre.

Je regardais par la vitre et marquais le passage du temps à l'aide du défilement des bornes. Chaque fois qu'on en dépassait une, mon ventre se nouait davantage. C'était l'appréhension, me répétais-je. Pas l'anticipation. Même si j'avais passé près de dix ans à Stonehaven, je ne considérais pas cet endroit comme mon foyer. Ce concept me posait un problème, construction mentale éthérée bâtie davantage à partir de rêves et d'histoires que d'expérience réelle. Bien entendu, j'avais eu un foyer, autrefois, un bon foyer ainsi qu'une bonne famille, mais ça n'avait pas duré assez pour me laisser plus qu'un souvenir fugitif.

Mes parents étaient morts quand j'avais cinq ans. Nous revenions de la fête foraine par une petite route de campagne car ma mère voulait me montrer un minuscule bébé poney qu'elle avait aperçu dans une ferme. J'entendis rire mon père, qui demanda à ma mère comment je pouvais espérer distinguer quoi que ce soit dans un champ à minuit. Je le revois se tourner pour regarder derrière lui et me sourire tandis qu'il taquinait ma mère auprès de moi. Je ne me rappelle pas ce qui se produisit ensuite. Ni crissement de pneus, ni hurlements, ni dérapage incontrôlé. Rien que le noir.

J'ignore comment je me retrouvai sur le bas-côté. J'avais ma ceinture de sécurité, mais sans doute étais-je sortie après l'accident. Je me revois simplement assise dans le gravier près du corps ensanglanté de mon père, en train de le secouer, de lui parler, de le supplier de me répondre sans comprendre pourquoi il n'en faisait rien, sachant simplement qu'il me répondait toujours, qu'il ne m'ignorait jamais, mais il ne faisait plus que me regarder fixement, yeux écarquillés, sans jamais ciller. Je me rappelle m'être entendue commencer à geindre, petite fille de cinq ans accroupie en bord de route, regardant mon père droit dans les yeux, geignant parce qu'il faisait noir, que personne ne venait à mon aide, que ma mère se trouvait toujours dans la voiture accidentée, immobile, et que mon père était étendu ici dans la terre, sans me répondre, ni me serrer dans ses bras, ni me réconforter, ni aider ma mère à sortir de la voiture, et parce qu'il y avait du sang, tout ce sang, et du verre brisé partout, qu'il faisait si noir, si froid, et que personne ne nous venait en aide.

S'il existait d'autres membres de la famille, je n'en eus jamais de nouvelles. Après la mort de mes parents, seule la meilleure amie de ma mère voulut me recueillir, ce qu'on lui refusa au motif qu'elle n'était pas mariée. Je ne passai que deux ou trois semaines à l'orphelinat avant d'être embarquée par le premier couple qui me vit. Je me les rappelle encore en train de s'agenouiller devant moi, de s'extasier sur ma jolie frimousse. Si petite, si parfaite avec mes cheveux d'un blond très clair et mes yeux bleus. Ils me qualifièrent de poupée de porcelaine. Ils rentrèrent chez eux avec leur poupée pour commencer leur vie parfaite. Mais ça ne se passa pas tout à fait comme ils l'espéraient. Leur jolie poupée restait assise dans un fauteuil toute la journée sans jamais ouvrir la bouche, puis, la nuit – toutes les nuits – elle hurlait jusqu'à l'aube. Au bout de trois semaines, ils me ramenèrent à l'orphelinat. Je passai donc de famille adoptive en famille adoptive, toujours choisie par celles qui étaient totalement charmées par mon visage, et totalement incapables de composer avec les cicatrices de ma psyché.

À l'approche de l'adolescence, les couples qui me recueillaient changèrent. Ce n'était plus la femme qui me choisissait mais le mari, attiré par ma beauté enfantine et ma peur. Je devins la proie favorite des prédateurs mâles qui cherchaient un type d'enfant bien particulier.

Ironiquement, ce fut grâce à ces monstres que je retrouvai ma force. En grandissant, je commençai à les voir tels qu'ils étaient vraiment, non comme des croque-mitaines tout-puissants qui se glissaient la nuit dans ma chambre, mais comme de faibles créatures terrorisées à l'idée d'être rejetées ou découvertes. Avec cette révélation, la peur s'éclipsa. Ils pouvaient me toucher, mais pas m'atteindre, *moi*, le moi qui se trouvait au-delà de mon corps. La rage disparut en même temps que la peur. Je les méprisais, ainsi que leurs épouses faibles et aveugles, mais ils ne méritaient pas ma colère. Je m'interdisais d'être furieuse contre eux, de gâcher un temps et des efforts que je pouvais mieux dépenser ailleurs. Si je voulais échapper à cette vie, je devais le faire moi-même. Ce qui ne signifiait pas m'enfuir. Mais rester et survivre. Travailler d'arrache-pied afin de faire partie des meilleurs, même si je passais rarement une année entière sans changer d'école. Ma réussite scolaire me permettrait d'être acceptée dans les universités, puis d'obtenir un diplôme, puis une carrière, puis le genre de vie que mes assistantes sociales et mes familles adoptives estimaient hors de ma portée. Je découvris à la même époque une autre source de puissance – celle de mon propre corps. Je devenais plus grande, plus élancée. Un professeur m'inscrivit en athlétisme en espérant que ça m'aiderait à me rapprocher des autres enfants. Au lieu de quoi j'appris à courir et découvris l'extase absolue, le plaisir sans pareil de l'effort physique, prenant conscience pour la première fois de ma force et de ma vitesse. Avant la fin de mes années de lycée, je faisais chaque jour des haltères et de la musculation. Mon père adoptif d'alors ne me touchait pas. Je n'avais plus le profil de victime.

— C'est ici, mademoiselle ? demanda le chauffeur.

Je n'avais pas senti la voiture s'arrêter, mais, lorsque je regardai par la vitre, je vis que nous nous trouvions devant les grilles de Stonehaven. Une silhouette était assise sur l'herbe, chevilles croisées, adossée au mur de pierre. Clayton.

Le chauffeur plissa les yeux pour s'efforcer de distinguer la maison dans le noir, sans voir davantage la plaque de cuivre portant le nom du propriétaire que l'homme qui attendait tout près de la grille. La lune s'était réfugiée derrière un nuage et les lampadaires du bout de l'allée étaient éteints.

— Je vais descendre ici, lui dis-je.

— Non non. Pas question, mademoiselle. C'est dangereux. Il y a quelque chose, là, dehors.

Je crus qu'il parlait de Clay. L'expression « quelque chose » le décrivait assez bien. Je m'apprêtais à dire que je connaissais malheureusement ce « quelque chose » lorsqu'il poursuivit :

— Il s'est passé des choses affreuses dans ces bois, mademoiselle. Des chiens sauvages, à ce qu'il semble. On a retrouvé une jeune fille de la ville pas très loin d'ici. Massacrée par ces chiens. C'est un copain à moi qui l'a découverte, et il m'a dit… Enfin, que ce n'était pas beau à voir. Restez là, je vais aller ouvrir le portail et vous conduire jusqu'à la maison.

— Des chiens sauvages ? répétai-je, certaine d'avoir mal entendu.

— C'est ça. Mon copain a trouvé des empreintes. Énormes. Un type de l'université a dit qu'elles provenaient toutes d'un seul animal, mais c'est impossible. Il doit s'agir d'une meute. On ne voit pas…

Ses yeux s'égarèrent sur la vitre latérale et il sursauta sur son siège.

— Nom de Dieu !

Clay avait quitté son poste auprès de la grille pour se matérialiser devant ma vitre. Il m'observait, immobile, tandis qu'un sourire éclairait lentement son regard. Il chercha des yeux la poignée de la portière. Le chauffeur mit la voiture en prise.

— Tout va bien, répondis-je à mon grand regret. Je le connais.

La portière s'ouvrit. Clay plongea la tête à l'intérieur.

— Vous sortez ou vous attendez le dégel ? demanda-t-il.

— Pas question qu'elle sorte ici, répondit le chauffeur qui se tortillait pour regarder par-dessus le siège. Si vous êtes assez idiot pour vous balader dans ces bois la nuit, c'est votre problème, mais je ne laisserai pas cette jeune dame parcourir à pied je ne sais quelle distance jusqu'à cette maison. Si vous voulez que je vous dépose, ouvrez-moi le portail et montez. Sinon, fermez ma portière.

Clay se tourna vers le chauffeur comme s'il le remarquait pour la première fois. Sa lèvre se retroussa et il ouvrit la bouche. J'ignorais ce qu'il s'apprêtait à dire, mais certainement pas des gentillesses. Avant qu'il puisse faire une scène, j'ouvris la portière opposée et me glissai dehors. Tandis que le chauffeur baissait sa vitre pour me retenir, je laissai tomber un billet de cinquante dollars sur ses genoux et contournai son taxi par l'arrière. Clay claqua l'autre portière et prit la direction de la maison. Le chauffeur hésita, puis s'empressa de filer, soulevant une pluie de graviers comme pour exprimer une dernière fois le dégoût que lui inspirait notre juvénile insouciance.

Tandis que j'approchais de lui, Clay recula d'un pas pour me regarder. Malgré la froideur de l'air nocturne, il ne portait qu'un jean délavé et un tee-shirt noir, dévoilant ses hanches minces, sa large poitrine et ses biceps tout en reliefs. Depuis dix ans que je le connaissais, il n'avait pas changé.

J'espérais toujours remarquer une différence – quelques rides, une cicatrice, tout ce qui pourrait gâter la perfection de son physique de mannequin et le rabaisser au niveau du commun des mortels, mais j'étais toujours déçue.

Tandis que je me dirigeais vers lui, il inclina la tête, sans que ses yeux quittent les miens une seule seconde. Son sourire dévoila des dents blanches.

— Bienvenue à la maison, chérie.

Son accent traînant du Sud profond déformait ses syllabes au point de le faire ressembler à un chanteur de country. Je détestais la country.

— Tu joues les comités d'accueil ? Ou Jeremy s'est enfin décidé à t'enchaîner au portail, à la place qui te revient ?

— Toi aussi, tu m'as manqué.

Il tendit la main vers moi, mais je fis un pas de côté pour rejoindre la route, puis entrepris de remonter les quatre cents mètres de l'allée jusqu'à la maison. Clay me suivit. Un vent nocturne et frais souleva de ma nuque une mèche de cheveux, charriant un nuage de parfums – forte odeur piquante de cèdre, faible senteur des fleurs de pommier, ainsi que l'odeur aguichante d'un repas depuis longtemps dévoré. Chacune détendit mes muscles raidis. Je me secouai pour chasser cette impression et me forçai à garder les yeux sur la route, concentrée à ne rien faire, ne pas parler à Clay, ne sentir aucune odeur, ne regarder ni à gauche, ni à droite. Je n'osais pas demander à Clay ce qui se passait. Ça nécessiterait d'engager la conversation avec lui, ce qui impliquerait que j'aie envie de lui parler. Avec lui, même les ouvertures les plus simples étaient dangereuses. Malgré mon envie d'apprendre la nature du problème, je devrais l'entendre de la bouche de Jeremy.

Quand j'atteignis la maison, je m'arrêtai à la porte et levai les yeux. La maison de pierre ne semblait pas se pencher vers moi mais plutôt en arrière, dans l'expectative. Elle m'adressait un message de bienvenue, mais retenu, comme si elle attendait que je fasse le premier geste. Bien dans la manière de son propriétaire. Je touchai l'une des pierres fraîches et sentis une bouffée de souvenirs bondir à ma rencontre. Je m'y arrachai, ouvris la porte à toute volée, jetai à terre mon nécessaire de voyage et me dirigeai vers le bureau, où je m'attendais à voir Jeremy en train de lire près du feu. Il s'y trouvait toujours quand je rentrais, et, même s'il ne guettait pas mon arrivée au portail comme Clay, il m'attendait néanmoins.

La pièce était vide. Un exemplaire replié du quotidien milanais *Corriere della Sera* reposait près du fauteuil de Jeremy. Des piles de revues d'anthropologie et de publications universitaires appartenant à Clay jonchaient bureau et canapé. Le téléphone principal, sur le bureau, semblait intact et branché.

— Je vous ai appelés, dis-je. Pourquoi est-ce qu'il n'y avait personne ?

— On était là, répondit Clay. Enfin, pas loin. Tu aurais dû laisser un message.

— C'est ce que j'ai fait. Il y a deux heures.

— Eh bien, ça explique tout. J'ai passé la journée à t'attendre devant la grille, et tu sais que Jer ne vérifie jamais ses messages.

Je ne lui demandai pas comment il avait su que je reviendrais aujourd'hui alors que je n'avais pas laissé de message. Je ne lui demandai pas davantage pourquoi il avait passé sa journée assis devant la grille. Le comportement de Clay était impossible à mesurer selon les critères humains de normalité… Ou quelque critère de normalité que ce soit.

— Alors où est-il ? demandai-je.

— J'en sais rien. Je ne l'ai pas vu depuis qu'il m'a apporté à manger il y a quelques heures. Il a dû sortir.

Je n'eus pas besoin de chercher la voiture de Jeremy dans le garage pour comprendre que Clay ne parlait pas de sortir dans le sens habituel du terme. Les expressions humaines les plus courantes prenaient un tout autre sens à Stonehaven. Sortir voulait dire qu'il était allé courir – et pas dans le sens de « faire du jogging ».

Jeremy croyait-il que j'allais venir jusqu'ici en avion, puis attendre son bon vouloir ? Évidemment. Était-ce une punition pour avoir ignoré ses appels ? Une partie de moi regrettait de ne pouvoir l'en accuser, mais Jeremy n'était jamais mesquin. S'il avait prévu d'aller courir ce soir, il y serait allé, qu'il ait su ou non que je venais. Un pincement de douleur se mêla à ma colère, mais je tentai de m'en défaire. M'attendais-je à ce que Jeremy me guette comme Clay ? Bien sûr que non. Je ne m'y attendais pas et je m'en moquais bien. Vraiment. J'étais agacée, rien de plus. À bon chat bon rat. Jeremy tenait à son intimité lorsqu'il courait. Alors qu'allais-je donc faire ? Envahir cette intimité, bien sûr. Jeremy n'était jamais mesquin, mais moi, je pouvais l'être comme pas deux.

— Sortir ? répétai-je. Alors je n'ai plus qu'à aller le chercher.

Je fis un écart pour contourner Clay et regardai la porte. Il vint se placer devant moi.

— Il ne va plus tarder. Assieds-toi et on va…

Je le contournai pour gagner la porte de derrière, qui était entrouverte. Il me suivit à la trace, à un pas de distance. Je traversai le jardin clos pour rejoindre le chemin qui menait à la forêt. Le sentier de copeaux crissait sous mes pas. Les odeurs de la nuit commençaient à me parvenir : combustion de feuilles, bétail lointain, terre humide, myriade d'odeurs alléchantes. Quelque part, au loin, une souris glapit lorsqu'une chouette l'arracha au sol de la forêt.

Je marchai sans m'arrêter. Au bout de quinze mètres, le chemin rétrécit pour devenir un petit sentier d'herbe piétinée, puis disparut parmi les broussailles. Je m'arrêtai pour renifler l'air. Rien. Ni odeur, ni bruit, ni trace de Jeremy. Je me rendis alors compte que je n'avais entendu aucun son, pas même les pas lourds de Clay derrière moi. Je me retournai et ne vis que des arbres.

— Clayton ! m'écriai-je.

L'instant d'après, j'obtins une réponse sous la forme d'un bruit provenant des buissons au loin. Il était parti avertir Jeremy. Je frappai de la paume le tronc le plus proche. Avais-je vraiment cru qu'il me laisserait si facilement déranger l'intimité de Jeremy ? Si oui, j'avais oublié pas mal de choses lors de l'année écoulée.

Je me frayai un chemin parmi les arbres. De petites branches me cinglaient le visage et des plantes grimpantes s'accrochaient à mes pieds. J'avançais toujours tant bien que mal mais je me sentais énorme, maladroite, et certainement pas la bienvenue ici. Ce sentier n'était pas fait pour les gens. N'ayant aucune chance de distancer Clay de cette façon, je cherchai donc une clairière et me préparai pour la Mutation.

La précipitation la rendit atroce et difficile, si bien que je dus me reposer ensuite, haletante, à même le sol. Quand je me levai, je fermai les yeux et inhalai l'odeur de Stonehaven. Un frisson d'exultation naquit dans mes pattes, remonta le long de mes jambes puis agita mon corps tout entier. Il laissa dans son sillage un indescriptible mélange de calme et d'excitation qui me donnait envie, tout à la fois, de traverser la forêt à toute allure et de m'effondrer en proie à un bien-être sublime. J'étais chez moi. En tant qu'humaine, je pouvais nier que Stonehaven soit mon foyer, ses habitants ma Meute, que les bois soient ici autre chose qu'une parcelle de terre appartenant à quelqu'un d'autre. Mais quand j'étais louve dans cette forêt, tout un chœur s'époumonait sous mon crâne. La forêt m'appartenait. C'était le territoire de la Meute et par conséquent le mien. Je pouvais y courir, y chasser, y jouer sans crainte des ados fêtards, des chasseurs trop zélés, ou des renards et ratons laveurs enragés. Pas de vieux canapés abandonnés pour me bloquer la voie, de boîtes de conserve rouillées sur lesquelles m'écorcher les pattes, de sacs-poubelle empestant l'air que j'inspirais, ni de produits chimiques polluant l'eau que je buvais. Ce n'était pas là une parcelle boisée qu'on s'approprie une heure ou deux. C'étaient deux cents hectares de forêt formant un réseau de chemins familiers, peuplés de cerfs et de lapins, véritable buffet garni pour mon plaisir. Mon plaisir. J'avalai d'immenses goulées d'air. Tout ça était à moi. Je m'élançai hors du fourré vers le sentier usé. À moi. Je me frottai contre un chêne, sentis l'écorce me gratter et arracher des touffes de fourrure morte qui me chatouillaient. À moi. Le sol frémit selon trois basses vibrations – un lapin détalait quelque part sur ma gauche. À moi. Mes jambes brûlaient de courir, de redécouvrir le monde complexe de la forêt. Au plus profond de mon cerveau, une minuscule voix humaine criait : « Non, non, non ! Tout ça n'est pas à toi. Tu y as renoncé. Tu n'en as pas envie ! » Je l'ignorai.

Il ne me manquait qu'une seule chose, une dernière chose qui différenciait ces bois des ravins déserts de Toronto. Alors même que je me faisais cette réflexion, un hurlement transperça la nuit ; non pas un chant nocturne et mélodieux, mais le cri insistant d'un loup solitaire, la voix du sang appelant le sang. Je fermai les yeux et sentis ce bruit me traverser comme une vibration. Puis je jetai la tête en arrière et lui répondis. La petite voix méfiante, dans ma tête, cessa de m'invectiver tandis qu'un sentiment plus proche de l'effroi noyait sa colère. « Non, murmurait-elle. Pas ça. Revendique la forêt. L'air, les sentiers, les arbres, les animaux. Mais ne revendique pas ça. »

Les buissons craquèrent derrière moi et je me retournai pour voir Clay en plein saut. Il me saisit par les pattes avant et me renversa sur le dos, puis se plaça au-dessus de moi et pinça la peau qui pendait au niveau de mon cou. Quand je voulus riposter d'un coup de dent, il esquiva. Perché sur moi, il geignait en m'administrant de petits coups de truffe dans le cou pour me supplier de venir jouer avec lui, me dire combien je lui avais manqué. Je sentais une résistance en moi, mais trop profondément enfouie. J'agrippai sa patte antérieure entre mes mâchoires et le déséquilibrai d'un coup sec. Lorsqu'il tomba, je bondis au-dessus de lui. On culbuta parmi les épaisses broussailles, nous mordillant l'un l'autre, battant l'air de nos pattes, luttant pour prendre le dessus. Alors même qu'il s'apprêtait à me coincer, je me libérai en me tortillant et m'enfuis d'un bond. Nous tournions l'un autour de l'autre. La queue de Clay me fouetta les côtes, qu'elle frôla comme une main caressante. Il s'approcha pour frotter le flanc contre le mien. Lors du tour suivant, il plaça une jambe devant la mienne pour m'arrêter et enfouit le nez contre mon cou. Je sentis son haleine chaude sur ma peau tandis qu'il inhalait mon odeur. Puis il me saisit à la gorge et me renversa, poussant un glapissement de triomphe lorsque je tombai dans le panneau – et tombai tout court. Il ne conserva cette position victorieuse que quelques secondes avant que je le détrône. On lutta encore un moment, puis je me dégageai. Clay recula et se tapit, l'arrière-train surélevé. Sa bouche était ouverte, sa langue pendante, ses oreilles tendues vers l'avant. Je m'accroupis comme pour anticiper son assaut. Lorsqu'il s'élança, je bondis de côté et me mis à courir.

Il se rua à ma suite. On traversa la forêt à toute allure, hectare après hectare. Puis, alors que je mettais le cap vers la façade de la propriété, un coup de feu troubla le calme des bois. Je m'arrêtai en dérapant.

Un coup de feu ? Avais-je vraiment entendu un coup de feu ? Évidemment, j'avais déjà croisé des armes à feu, car fusils et chasseurs étaient un danger auquel s'attendre quand on vagabondait dans des forêts inconnues. Mais je me trouvais à Stonehaven. Ici, j'étais en sécurité.

Un deuxième coup retentit. Mes oreilles pivotèrent. Ces coups de feu provenaient du nord. Il y avait des vergers, loin au nord. Le fermier se servait-il d'un de ces engins imitant le bruit des fusils pour effrayer les oiseaux ? Sans doute. Ou bien quelqu'un chassait dans les champs voisins. La forêt de Stonehaven était clairement délimitée au moyen de barrières et de panneaux. Les gens du coin respectaient ses limites. Depuis toujours. Jeremy bénéficiait auprès d'eux d'une réputation hors pair. Ce n'était peut-être pas le propriétaire le plus sociable qui soit, mais on l'estimait.

Je pris la direction du nord afin de percer ce mystère. J'avais à peine parcouru trois mètres quand Clay bondit devant moi. Il se mit à gronder. Et pas par jeu. Je me demandai si j'avais mal interprété ce qu'il voulait dire. Il gronda de nouveau et je compris que non. Il m'interdisait d'y aller. J'aplatis les oreilles et rugis. Il me bloqua le chemin. Je plissai les yeux et lui lançai un regard noir. De toute évidence, j'étais partie trop longtemps s'il croyait qu'il pouvait me mener à la baguette comme les autres. S'il avait oublié qui j'étais, j'allais lui rafraîchir la mémoire. Je retroussai les babines et lâchai un ultime grondement d'avertissement. Il ne recula pas. Je me jetai sur lui. Il m'atteignit en plein vol et me coupa le souffle. Quand je recouvrai mes esprits, j'étais étendue à terre avec les dents de Clay plantées dans la peau flasque derrière ma tête. Je manquais de pratique.

Il gronda et me secoua rudement tel un chiot espiègle. Au bout de quelques secondes, il recula et se leva. Je me remis sur pied avec toute la dignité dont je fus capable. Avant que je me sois pleinement redressée, Clay m'assena un coup de museau dans le flanc. Je me tournai pour lui lancer un regard indigné. D'un autre coup de museau, il me poussa dans la direction opposée. Je me laissai faire sur près de quatre cents mètres, puis fis une embardée pour tenter de le contourner. Quelques secondes après l'avoir dépassé, je sentis un poids de cent kilos me tomber sur le dos et dérapai dans la poussière. Les dents de Clay se plantèrent dans mon épaule, assez profondément pour faire couler le sang et naître une onde de douleur et de choc qui traversa tout mon corps. Cette fois, il ne me laissa même pas me relever avant de se remettre à me pousser vers la maison, me mordillant les pattes arrière si je faisais mine de ralentir.

Clay me conduisit jusqu'à la clairière où j'avais muté et se transforma lui-même de l'autre côté du fourré. Ma métamorphose fut plus précipitée encore qu'elle ne l'avait été dans l'autre sens. Mais, cette fois, je n'eus pas besoin de me reposer ensuite. La fureur me donnait de l'énergie. Je me rhabillai à gestes brusques, déchirant la manche de ma chemise. Puis je quittai la clairière à grands pas.

Clay m'attendait là, bras croisés. Il était nu, bien sûr, ayant abandonné ses habits dans une clairière, un peu plus loin dans la forêt. Il était encore plus parfait nu qu'habillé, rêve de sculpteur grec incarné. Quand je le vis, une vague de chaleur déferla lentement en moi, charriant le souvenir d'autres courses et de leur suite inévitable. Je maudis la trahison de mon corps et m'approchai de lui.

— Mais tu jouais à quoi ? m'écriai-je.

— Moi ? Moi ? Ce n'est pas moi, l'andouille qui courait vers des hommes armés. Mais où tu avais la tête, Elena ?

— Arrête tes conneries. Je ne quitterais pas la propriété et tu le sais très bien. J'étais curieuse, c'est tout. Une heure que je suis revenue et tu es déjà en train de tâter le terrain. De voir jusqu'où tu peux me pousser, dans quelle mesure tu peux contrôler…

— Ces chasseurs étaient sur nos terres, Elena.

Clay parlait à voix basse, les yeux fixés aux miens.

— Oh, mais quel… (Je m'arrêtai pour étudier son visage.) Tu es sérieux, hein ? Des chasseurs ? Sur les terres de Jeremy ? Tu te ramollis avec l'âge ?

Il mordit plus vite à l'hameçon que je ne l'avais espéré. Sa bouche se pinça. Son regard se durcit. La rage y couvait, à quelques degrés de l'explosion. Sa colère n'était pas dirigée contre moi, mais contre ceux qui avaient osé envahir son sanctuaire. Chaque fibre de son corps devait se rebeller contre l'idée de laisser des hommes armés pénétrer dans la propriété. Un seul être pouvait l'empêcher de donner la chasse à ces hommes – Jeremy. Lequel lui avait donc sans doute interdit de s'occuper de ces intrus, défendu non seulement de les tuer, mais aussi d'employer ses célèbres techniques d'intimidation, qui étaient sa méthode habituelle lorsqu'il s'agissait de s'occuper d'intrus humains. Deux générations d'ados du coin en quête de lieux où faire la fête avaient grandi avec la rumeur selon laquelle les bois de Stonehaven étaient hantés. Tant que ces contes parlaient de fantômes et d'apparitions, sans mentionner des loups-garous, Jeremy les autorisait et allait jusqu'à les encourager. Après tout, laisser Clay effrayer les gens du secteur était plus sûr et moins salissant que l'alternative. Alors pourquoi l'en empêchait-il dans le cas présent ? Qu'est-ce qui avait changé ?

— Il devrait être rentré, maintenant, me dit Clay. Va lui parler.

Puis il se détourna et partit rechercher ses habits dans les bois.

Tandis que je regagnais la maison, je réfléchissais à ce qu'avait dit le chauffeur de taxi. Des chiens sauvages. Il n'y en avait pas ici. Aucun ne s'aventurait près du territoire des loups-garous. Et les chiens ne passaient pas leur temps à massacrer de jeunes femmes en bonne santé. Les énormes traces canines trouvées près du corps ne pouvaient signifier qu'une chose. Un loup-garou. Mais qui tuerait si près de Stonehaven ? Question si énigmatique en soi qu'il ne pouvait exister aucune réponse. Pour un loup-garou extérieur à la Meute, il serait suicidaire de franchir la frontière de l'État de New York. Les méthodes qu'employait Clay contre les intrus étaient si célèbres qu'aucun n'avait approché de Stonehaven depuis plus de vingt ans. On racontait qu'il avait charcuté doigt par doigt, membre par membre, le dernier loup-garou qui s'y était introduit, en le gardant en vie jusqu'au tout dernier moment, pour lui arracher ensuite la tête. Clay avait alors dix-sept ans.

L'idée que Clay ou Jeremy puissent être responsables de la mort de cette femme était tout aussi ridicule. Jeremy ne tuait jamais. Ce qui ne signifiait pas qu'il ne le pouvait pas ou n'en éprouvait jamais le besoin, simplement il avait compris qu'il valait mieux canaliser son énergie ailleurs, tout comme un général doit renoncer au feu de la bataille afin de se consacrer aux questions de stratégie et de commandement. S'il fallait tuer quelqu'un, Jeremy en chargeait les autres. Et seulement dans des cas extrêmes, qui impliquaient très rarement des humains. Quelle que soit la menace, Jeremy n'ordonnerait jamais la mise à mort d'un humain sur son territoire. Quant à Clay, ses défauts étaient peut-être légion, mais tuer des humains par jeu n'en faisait pas partie. Pour les éliminer, il fallait les toucher, c'est-à-dire s'abaisser à entrer en contact physique avec eux, ce qu'il ne faisait qu'en cas d'absolue nécessité.

Quand je rentrai dans la maison, elle était toujours silencieuse. Je retournai dans le bureau, le cœur de Stonehaven. Jeremy ne s'y trouvait pas. Je décidai d'attendre. S'il était dans la maison, il m'entendrait. Pour une fois, il pouvait bien venir vers moi.

Jeremy exerçait sur la Meute une autorité absolue. C'est la loi des loups sauvages, bien qu'elle n'ait pas toujours été celle de la Meute. À certaines époques, l'histoire des Alphas de la Meute avait de quoi faire passer la succession des empereurs romains pour un modèle de civilisation. Un loup-garou de la Meute luttait pour grimper tout en haut du tas, occupait la place d'Alpha quelques mois, parfois même quelques années, puis se faisait assassiner ou exécuter par l'un de ses frères de Meute les plus ambitieux, qui prenait alors le pouvoir jusqu'à connaître sa propre fin – rarement naturelle.

Vers le milieu du XXE siècle, la Meute commençait à décliner. Le monde postindustriel n'était pas tendre pour les loups-garous. L'expansion urbaine engloutissait d'immenses forêts, de vastes espaces. Les habitants de cette société moderne respectaient beaucoup moins que ceux de l'Angleterre féodale l'intimité de leurs riches voisins reclus. Si des loups-garous étaient aperçus, la radio, la télévision, les journaux pouvaient répandre l'information en quelques heures. En raison des nouvelles méthodes de travail de la police, on pouvait très vite établir un lien entre d'étranges meurtres à Tallahassee, attribués à des canidés, et des meurtres semblables à Miami et à Key West. Le monde commença à se resserrer autour de la Meute. Au lieu de se regrouper, les membres se disputaient les derniers vestiges de sécurité, allant jusqu'à voler du territoire à leurs propres frères de Meute.

Jeremy avait changé tout ça.

Bien qu'il n'ait jamais été considéré comme le meilleur combattant de la Meute, il possédait un avantage qui jouait un rôle plus important pour la survie et le succès de la Meute moderne. Jeremy faisait preuve d'un sang-froid absolu. Comme il était capable de maîtriser ses propres instincts et besoins, il pouvait aussi voir les problèmes qu'affrontait la Meute et les régler de manière rationnelle, en prenant des décisions détachées de toute impulsivité. Tandis que les banlieues absorbaient les terres autour des villes, il avait fait reculer la Meute à la campagne. Il lui avait appris à traiter avec les humains, à se trouver tout à la fois dans le monde et en dehors. À présent que les récits concernant les loups-garous circulaient plus vite et plus facilement que jamais, il exerçait son pouvoir non seulement sur la Meute, mais aussi sur les loups-garous extérieurs. Par le passé, ces derniers, surnommés les cabots, étaient considérés comme des citoyens médiocres, indignes de l'attention de la Meute. Sous le règne de Jeremy, ils ne gagnèrent aucun statut, mais la Meute apprit qu'elle ne pouvait plus se permettre de les ignorer. Des ennuis causés au Caire par un cabot pouvaient avoir des répercussions jusqu'à New York. La Meute commença à tenir des dossiers sur les cabots, apprit leurs habitudes, les suivit à la trace. Quand un loup-garou causait des ennuis où que ce soit dans le monde, la Meute prenait des décisions fermes et rapides. Le prix à payer pour avoir menacé sa sécurité pouvait prendre aussi bien la forme de manœuvres d'intimidation ou d'un passage à tabac que d'une exécution. Sous le règne de Jeremy, la Meute était plus forte et stable que jamais, ce que personne ne contestait. Ses membres étaient assez malins pour savoir reconnaître leurs atouts.

Je m'arrachai à ces pensées et me dirigeai vers le bureau, inspectant le nid de papiers qui s'y empilaient. Le titre d'un article annonçait : « Des fouilles ouvrent de nouvelles perspectives sur le phénomène de Chavín ». Au-dessous dépassait un autre article consacré aux anciens cultes du jaguar de Chavín de Huántar. *Fascinant*, me dis-je en étouffant un bâillement. Même si ça stupéfiait la plupart des gens qui le rencontraient, Clay possédait un cerveau, assez brillant, même, qui lui avait permis d'obtenir un doctorat en anthropologie. Il se spécialisait dans les religions anthropomorphiques. En d'autres termes, il étudiait le symbolisme de l'homme-animal dans les cultures anciennes. Sa réputation reposait sur ses recherches, car il n'aimait pas les interactions directes avec le monde des humains, mais, lorsqu'il jugeait nécessaire de faire une incursion dans le monde universitaire, il jouait brièvement les profs. C'était ainsi que je l'avais rencontré.

J'eus cette fois plus de mal à chasser ces pensées. Je m'éloignai du fouillis de papiers de Clay et m'affalai sur le canapé. Lorsque je regardai autour de moi, je vis que la pièce était telle que je l'avais laissée quatorze mois plus tôt. Je me représentai le bureau tel que dans mes souvenirs, le comparai à ce que je voyais et ne notai pas la moindre différence. Ce qui me surprit beaucoup. Jeremy redécorait si souvent cette pièce, et le plus gros de la maison, qu'on disait en blaguant qu'il suffisait de cligner des yeux pour voir changer le décor. Clay m'avait dit une fois que ces changements étaient liés à de mauvais souvenirs, mais il avait refusé de développer. Peu après que Clay m'avait amenée ici, Jeremy m'avait désignée comme assistante décoratrice. Je me rappelais des nuits entières passées à étudier des catalogues, à déplacer des meubles et à tester des échantillons de couleur. Levant les yeux vers le plafond, près de la cheminée, je vis des traces de colle de papier peint durcie datant d'une séance de tapissage à 4 heures du matin qui avait transformé le bureau en champ de bataille, alors que Jeremy et moi étions trop épuisés pour faire autre chose que nous balancer de la colle.

Je me rappelai avoir regardé ces masses de colle séchée la dernière fois que je m'étais trouvée dans cette pièce. Debout devant la cheminée, Jeremy me tournait le dos. Lorsque je lui appris ce que j'avais fait, je brûlais d'envie de le voir se retourner et me dire que ça n'avait rien de mal. Mais je savais que ce n'était pas vrai. Pas du tout, même. Je mourais quand même d'envie qu'il dise quelque chose, n'importe quoi, pour me sentir mieux. Comme il n'en avait rien fait, j'étais partie en me promettant de ne jamais revenir. Je levai les yeux vers la colle durcie. Encore une bataille de perdue.

— Alors tu es revenue… enfin.

Cette voix grave me fit sursauter. Jeremy se tenait à l'entrée. Depuis la dernière fois, il s'était laissé pousser une barbe taillée à ras, ce qui se produisait généralement quand il était trop distrait pour se raser mais ne trouvait pas le courage ensuite de remédier aux dégâts. Elle le vieillissait sans lui faire paraître pour autant ses cinquante et un ans. Nous vieillissons lentement. Jeremy pouvait se faire passer pour un homme d'environ trente-cinq ans : ses cheveux à longueur d'épaule, noués derrière la nuque, ajoutaient à cette illusion de jeunesse. Il avait adopté ce style non par souci de mode, mais pour limiter la fréquence des coupes. Les passages chez le coiffeur l'insupportaient, si bien que c'étaient Clay et moi qui lui coupions les cheveux, expérience qu'il n'acceptait de subir que quelques fois par an. Quand il entra dans la pièce, sa frange lui retomba dans les yeux, dissipant l'austérité de son visage. Il la repoussa d'un geste si familier qu'il me serra la gorge.

Il regarda autour de lui.

— Où est Clay ?

Typique. D'abord il me reprochait mon retard. Ensuite il me demandait où était Clay. Un pincement de douleur me traversa, mais je le chassai. Je ne m'attendais pas franchement à ce qu'il m'accueille à grand renfort d'étreintes et de baisers. Ce n'était pas dans sa manière, même si j'aurais apprécié un « Content de te voir » ou un « Comment s'est passé ton vol ? »

— On a entendu des coups de feu dans la forêt, répondis-je. Il a marmonné quelque chose à propos d'une histoire de tombes et il a foutu le camp.

— Ça fait trois jours que j'essaie de te contacter.

— J'étais occupée.

Un tic lui contracta les joues. C'était chez lui l'équivalent d'un débordement émotionnel.

—Quand je te téléphone, rappelle-moi, dit-il d'une voix à la douceur trompeuse. Je ne le ferais pas si ce n'était pas important. Si j'appelle, tu réponds. C'était notre arrangement.

—Exactement, *c'était* notre arrangement. À l'imparfait. Il a pris fin quand j'ai quitté la Meute.

—Quand tu as quitté la Meute ? Et quand était-ce ? Pardonne-moi si j'ai manqué quelque chose, mais je ne me rappelle pas qu'on ait abordé le sujet, Elena.

—Je croyais que c'était implicite.

Clay entra dans la pièce muni d'un plateau de fromages et de viande froide. Il le posa sur le bureau et nous regarda tour à tour.

Jeremy poursuivit.

—Alors tu ne fais plus partie de la Meute, maintenant ?

—Exactement.

—Donc tu es l'une d'entre eux, un cabot ?

—Bien sûr que non, Jer, dit Clay en s'affalant lourdement près de moi sur le canapé.

Je me rapprochai de la cheminée.

—Alors tu es de quel côté ? demanda Jeremy dont le regard transperçait le mien. Celui de la Meute ou pas ?

—Allez, Jer, insista Clay. Tu sais que ce n'est pas ce qu'elle veut dire.

—Nous avions un accord, Elena. Je ne te contacterais qu'en cas de besoin. Eh bien, j'ai justement besoin de toi mais tu ne fais que bouder et fulminer parce que j'ai eu le culot de te rappeler tes responsabilités.

—Tu as besoin de moi pour quoi ? Pour m'occuper d'un cabot intrus ? C'est le boulot de Clay.

Jeremy fit non de la tête.

— On ne se sert pas d'un boulet de démolition pour exterminer une souris. Clay a ses points forts. La subtilité n'en fait pas partie.

L'intéressé me sourit en haussant les épaules. Je détournai le regard.

— Alors, qu'est-ce qui se passe donc de si important pour que tu aies besoin de moi ? demandai-je.

Jeremy se détourna et se dirigea vers la porte.

— Il se fait tard. J'ai convoqué une assemblée demain. Je te raconterai tout à ce moment-là. J'espère que tu seras d'humeur un peu moins agressive après une bonne nuit de sommeil.

— Holà ! répondis-je en m'avançant pour lui bloquer le chemin. J'ai tout laissé tomber pour venir ici. J'ai manqué le travail, acheté un billet d'avion et débarqué le plus vite possible parce que personne ne répondait à ce putain de téléphone. Je veux savoir pourquoi je suis là, et tout de suite. Si tu passes cette porte, je ne te promets pas que tu me trouveras toujours ici demain matin.

— Qu'il en soit ainsi, dit Jeremy d'une voix assez glaciale pour me faire frissonner. Si tu décides de partir, demande à Clay de te conduire à Syracuse.

— Ouais, c'est ça, répondis-je. Je préférerais encore rejoindre l'aéroport en stop avec le psychopathe du coin.

Clay sourit.

— T'oublies un truc, chérie. C'est moi, le psychopathe du coin.

Je grommelai quelques mots exprimant mon acquiescement le plus sincère. Jeremy ne répondit rien, il se contenta de rester planté là en attendant que je m'écarte. Ce que je fis. Difficile de renoncer aux vieilles habitudes. Puis il quitta la pièce. La minute d'après, la porte de sa chambre se refermait à l'étage.

— Quel fils de pute arrogant, bougonnai-je.

Clay se contenta de hausser les épaules. Il se renfonçait dans son siège tout en m'observant, lèvres recourbées en un sourire pensif qui me fit grincer des dents.

— Qu'est-ce que tu me veux, bordel ? demandai-je.

Son sourire se fit rictus, dévoilant ses dents blanches.

— Toi. Que veux-tu que ce soit d'autre ?

— Où ça ? Juste ici ? Par terre ?

— Nan. Pas comme ça. Pas tout de suite. Je veux seulement ce que j'ai toujours voulu. Toi. Ici. Pour de bon.

J'aurais préféré qu'il s'en tienne à mon interprétation. Il croisa mon regard.

— Je suis content que tu sois rentrée, ma chérie. Tu m'as manqué.

Je faillis trébucher quand je quittai la pièce en courant.

Assemblée

Quoi qu'ait pu dire Jeremy, je savais qu'il ne serait pas judicieux de quitter Stonehaven. Il pouvait toujours prétendre se moquer de ce que je faisais, mais il m'empêcherait de partir avant qu'il m'ait dit ce qu'il avait à me dire. Trois possibilités s'offraient à moi. Premièrement, le prendre au mot et m'en aller. Deuxièmement, débouler dans sa chambre et exiger qu'il m'explique ce qui se passait. Troisièmement, regagner mon ancienne chambre, dormir, et découvrir ce qu'il voulait le lendemain matin. Je soupesai ces choix. Trouver un taxi pour Syracuse serait impossible à cette heure-là, car la compagnie de taxis locale avait fermé une heure plus tôt. Je pouvais prendre l'une des voitures et l'abandonner à l'aéroport, mais mes chances de trouver un vol pour Toronto à 3 heures du matin étaient proches de zéro et l'idée de dormir là-bas ne m'emballait guère. Je n'aimais pas davantage l'idée d'affronter Jeremy. On ne se battait pas contre Jeremy Danvers ; on criait, on fulminait, on le maudissait tandis qu'il restait immobile, une expression insondable sur le visage, attendait qu'on s'épuise, puis refusait calmement de débattre de la question. J'avais découvert des moyens de lui taper sur les nerfs, mais je manquais de pratique. Non, ce soir, j'allais me battre en refusant de jouer leur jeu. J'irais me coucher, passer une bonne nuit de sommeil, je réglerais cette question le lendemain matin, puis je partirais. Tout simplement.

Je repris mon nécessaire de voyage et montai dans mon ancienne chambre, en essayant de ne pas remarquer que la pièce avait été aérée, la fenêtre entrouverte, le lit fait et les couvertures rabattues (bien que personne ne soit censé avoir su que j'arrivais). Je pris mon téléphone portable dans mon sac et appelai Philip. Chaque sonnerie sans réponse faisait naître en moi un pincement de déception. Quand le répondeur se déclencha, je pensai raccrocher puis rappeler en espérant qu'une nouvelle sonnerie le réveillerait, mais je savais que c'était égoïste, que j'avais simplement envie de lui parler pour renouer contact avec le monde extérieur. Je résolus donc de laisser un bref message pour lui dire que j'étais arrivée à bon port et que je rappellerais avant mon départ.

Le silence de la maison me réveilla le lendemain matin. J'avais pris l'habitude de me réveiller en ville, en maudissant les bruits de la circulation. Comme rien ne conspirait à me faire lever ce matin, je m'éveillai en sursaut à 10 heures, m'attendant presque à constater que la fin du monde avait eu lieu. Puis je me rappelai que j'étais à Stonehaven. Je ne dirais pas que j'en éprouvai du soulagement.

Je m'arrachai aux draps brodés et aux épais oreillers de plume et repoussai les rideaux de mon lit à baldaquin. Se réveiller dans ma chambre de Stonehaven, c'était comme dans un cauchemar de roman victorien. Le lit à baldaquin tout droit sorti de *La Princesse au petit pois* valait déjà son pesant d'or, mais le reste était pire encore. Au pied de mon lit, une commode Hepplewhite en cèdre renfermait des édredons parfumés, au cas où les deux couettes de coton égyptien disposées sur mon lit ne suffiraient pas. De somptueuses couches de dentelle ondulaient autour des fenêtres, ruisselant sur une banquette de satin. Les murs étaient rose pâle, ornés d'aquarelles de fleurs et de couchers de soleil. De l'autre côté de la pièce, une immense coiffeuse de chêne sculpté, munie d'une psyché au cadre doré et d'un service de coiffeuse en argent. Même le dessus du meuble était surchargé de figurines de porcelaine. Scarlett s'y serait sentie chez elle.

C'était pour cette banquette placée devant la vitre que Jeremy m'avait réservé cette chambre, ainsi que pour les cerisiers qui fleurissaient juste sous la fenêtre. Ça lui avait semblé très joli, très féminin. En réalité, il n'y connaissait strictement rien en matière de femmes, et croire que j'allais bêtifier devant des fleurs de cerisier avait été sa première erreur. À sa décharge, il lui aurait été difficile d'en connaître un rayon sur le sujet. Les femmes jouaient un rôle des plus insignifiants dans le monde des loups-garous. La seule raison qui pouvait pousser ceux-ci à explorer l'esprit d'une femme était l'envie de trouver le meilleur moyen de coucher avec elle. Et la plupart ne prenaient même pas la peine d'apprendre ça. Quand on est dix fois plus fort que la jolie rousse qui se tient au bar, pourquoi gaspiller son argent à lui offrir un verre ? C'était du moins le point de vue des cabots. Les loups-garous de la Meute avaient développé plus de finesse. Si un loup-garou souhaite vivre quelque part, il ne peut pas prendre l'habitude de violer une femme chaque fois que le besoin s'en fait sentir. Les membres de la Meute ont même des maîtresses et copines, bien qu'ils ne nouent jamais ce que les humains qualifieraient de relations proches. Et ils ne se marient jamais. Pas plus qu'ils ne laissent les femmes élever leurs fils. Comme je l'ai déjà dit, seuls les fils héritent du gène de loup-garou. Les filles étaient donc ignorées, mais la loi de la Meute voulait que les enfants de sexe masculin soient retirés à leur mère dès la petite enfance et que tous les liens avec elle soient rompus. On ne pouvait s'attendre à ce que Jeremy connaisse grand-chose au sexe opposé, dans la mesure où il avait grandi dans un monde où mères, sœurs et tantes n'étaient que des mots du dictionnaire. Et il n'y avait pas de loups-garous femelles. À part moi, bien sûr. Quand j'avais été mordue, Jeremy s'était attendu à une créature d'une docilité infantile qui accepterait tranquillement son sort et se réjouirait de sa jolie chambre et de ses beaux habits. S'il avait pu prévoir l'avenir, il m'aurait peut-être flanquée à la porte… ou pire encore.

L'homme qui m'avait mordue m'avait trahie de la pire façon possible. Je l'aimais, j'avais confiance en lui, et il avait fait de moi un monstre avant de m'abandonner à Jeremy. Dire que j'avais mal réagi est un euphémisme. Je n'étais pas restée longtemps dans cette chambre. Moins d'une semaine plus tard, Jeremy avait dû m'enfermer en cage. Mes Mutations devenaient aussi incontrôlables que mes crises de rage, et je n'écoutais rien de ce qu'il me disait. Je le méprisais. Il était mon geôlier, la seule personne que je puisse accuser de tous les supplices physiques et émotionnels que j'endurais. Si la cage était mon enfer, Jeremy était mon Satan.

J'avais fini par m'échapper. J'avais rejoint Toronto en stop en échange de la seule marchandise dont je disposais – mon corps. Mais j'avais compris, quelques jours après mon arrivée, que j'avais affreusement mal jugé cette cage. Ce n'était pas l'enfer. Juste une étape du voyage. Vivre sans entraves et sans pouvoir contrôler mes Mutations était le neuvième cercle de l'enfer.

Je commençai à tuer des animaux pour survivre, des lapins, des ratons laveurs, des chiens et même des rats. Je perdis rapidement toute illusion de pouvoir me maîtriser et sombrai dans la folie. Incapable de raisonner, à peine capable de penser, je n'obéissais plus qu'aux besoins de mon estomac. Les lapins et ratons laveurs ne suffisaient pas. Je tuai des gens. Jeremy me trouva après le deuxième meurtre, me ramena chez lui et me dressa. Je ne tentai plus jamais de m'enfuir. J'avais retenu la leçon. Il existait bien pire que Stonehaven.

Après m'être tirée du lit, je trottinai sur le plancher froid pour rejoindre au plus vite le tapis. La commode et l'armoire débordaient de vêtements que j'avais accumulés au fil des années. Je trouvai un jean et une chemise que j'enfilai. Trop paresseuse pour me peigner, je me passai la main dans les cheveux et les tressai rapidement.

Une fois à moitié présentable, j'ouvris la porte de la chambre et jetai un coup d'œil dans le couloir. Quand j'entendis les ronflements de Clay résonner depuis sa chambre, la tension s'apaisa dans mes épaules. Voilà un problème que je pouvais éviter ce matin.

Je me glissai dans le couloir et dépassai sa porte fermée. Les ronflements cessèrent avec une étrange soudaineté. Jurant à mi-voix, je descendis les premières marches à toute vitesse. La porte de Clay s'ouvrit en grinçant, suivie d'un bruit de pieds nus sur le plancher. *Ne t'arrête pas,* m'ordonnai-je, *ne te retourne pas.* Suite à quoi, bien sûr, je m'arrêtai et me retournai.

Debout en haut des marches, il semblait assez épuisé pour y dégringoler si on le poussait ne serait-ce qu'un peu. Ses boucles blondes coupées ras, ébouriffées et collées par la sueur pendant son sommeil, étaient dans le plus grand désordre. Une ombre de barbe blond-roux couvrait ses joues et son menton carré. Ses yeux mi-clos s'efforçaient de faire le point. Il ne portait qu'un boxer-short blanc imprimé d'un motif de traces de pattes noires que je lui avais acheté à titre de blague pendant une de nos périodes d'harmonie. Avec un bâillement, il s'étira et fit rouler ses épaules, faisant onduler les muscles de sa poitrine.

— Tu as passé une sale nuit à surveiller les voies par lesquelles je pouvais me barrer ? demandai-je.

Il haussa les épaules. Chaque fois que j'avais passé une dure journée à Stonehaven, Clay surveillait toute la nuit les issues par lesquelles je risquais de m'échapper. Comme si ça me ressemblait de filer lâchement en pleine nuit. Bon, d'accord, je l'avais fait une fois, mais la question n'était pas là.

— T'as envie d'un peu de compagnie au petit déj ? me demanda-t-il.

— Non.

Nouveau haussement d'épaules somnolent. D'ici quelques heures, il ne se laisserait plus rabrouer de la sorte sans se battre. Merde, dans quelques heures, il ne prendrait même plus la peine de me *demander* s'il pouvait se joindre à moi. J'entrepris de finir de descendre l'escalier. J'avais avancé de trois marches quand il se réveilla brusquement, me poursuivit dans l'escalier et m'agrippa le coude.

— Laisse-moi aller te chercher ton petit déj, dit-il. On se retrouve dans le grand salon. Je veux te parler.

— Je n'ai rien à te dire, Clayton.

— Donne-moi cinq minutes.

Avant que je puisse répondre, il avait remonté les marches au pas de course et disparu dans sa chambre. J'aurais pu lui emboîter le pas, mais ça aurait impliqué de le suivre dans sa chambre. Pas franchement une bonne idée.

Au bas de l'escalier, une odeur m'arrêta net. Crêpes et jambon au miel, mon petit déjeuner préféré. J'entrai dans le grand salon et jetai un œil sur la table. Oui, des piles de jambon et de crêpes attendaient sur une assiette fumante. Elles n'étaient pas apparues seules, mais j'aurais été moins surprise d'apprendre que c'était le cas. Seul Jeremy aurait pu les préparer, mais il ne cuisinait pas. Ce n'est pas qu'il ne *pouvait* pas, mais il ne le *faisait* pas. Je ne veux pas dire qu'il attendait qu'on le serve, Clay et moi, mais, lorsqu'il s'occupait du petit déjeuner, seul le café était fumant. Le reste se composait toujours d'un salmigondis de pain, de fromage, de viande froide, de fruits, et toute autre nourriture exigeant le moins de préparation possible.

Jeremy entra dans le salon à ma suite.

— Ça va refroidir. Assieds-toi et mange.

Je ne fis aucun commentaire sur le petit déjeuner. Quand Jeremy faisait un geste, il n'aimait pas qu'on le reconnaisse ouvertement, sans parler de l'en remercier. L'espace d'un instant, j'eus la certitude que c'était sa façon d'accueillir mon retour. Puis les vieux doutes refirent surface. Peut-être n'avait-il préparé ce repas que pour m'amadouer. Même après toutes ces années, j'avais encore du mal à déchiffrer ses intentions. À certains moments, j'étais persuadée qu'il voulait ma présence à Stonehaven. À d'autres, qu'il ne m'avait acceptée que parce qu'il n'avait pas le choix, parce que j'avais débarqué soudainement dans sa vie et que la Meute avait tout intérêt à me garder calme et sous contrôle. Je savais que je passais trop de temps à ressasser tout ça, à me bagarrer pour interpréter ses moindres gestes, beaucoup trop avide de signes d'approbation. Peut-être que je restais coincée dans les vieux schémas de l'enfance, et que j'avais plus besoin d'un père que je ne l'admettais. J'espérais que non. Je n'avais pas franchement envie de projeter une image d'orpheline en quête d'attention.

Je m'assis et attaquai les crêpes. Elles provenaient d'une préparation en sachet, mais je n'allais pas me plaindre. Elles étaient chaudes et copieuses, accompagnées de beurre et de sirop d'érable – du vrai, pas cet ersatz que j'achetais toujours pour économiser quelques dollars. J'engloutis la première pile et entamai la seconde. Jeremy ne leva pas même les sourcils. Voilà quelque chose que j'appréciais à Stonehaven : pouvoir manger autant que je voulais sans que personne fasse de commentaire ou le remarque seulement.

Alors que Clay avait surveillé la fenêtre de ma chambre la nuit précédente, il semblait que Jeremy soit resté étendu là à m'attendre ce matin. Son chevalet était installé entre sa chaise et la fenêtre. Une page neuve y reposait, ornée de quelques lignes disjointes. Il n'était pas allé très loin dans son nouveau croquis. Les quelques lignes qu'il avait tracées avaient visiblement été effacées puis redessinées à plusieurs reprises. À un endroit, le papier menaçait de se trouer pour dévoiler le chevalet.

— Tu veux bien me dire ce qui se passe ? lui demandai-je.

— Tu vas m'écouter ? Ou tu essaies juste de provoquer une dispute ?

Il traça une nouvelle ligne par-dessus le fantôme de la précédente.

— Tu ne l'as pas digérée, hein ? demandai-je. La raison de mon départ. Tu es toujours en colère.

Il ne leva pas les yeux de son ouvrage. Merde, pourquoi donc ?

— Je n'ai jamais été en colère contre toi, Elena. Mais toi, tu étais furieuse contre toi-même. C'est pour ça que tu es partie. Tu n'aimais pas ce que tu avais fait. Ça t'effrayait, et tu pensais pouvoir tout effacer en partant. Est-ce que tu l'as digéré ?

Je ne répondis rien.

Seize mois plus tôt, j'étais partie enquêter sur une rumeur selon laquelle un individu vendait des informations relatives aux loups-garous. Je précise que la Meute ne donne pas la chasse à tous les quidams qui affirment avoir des preuves de notre existence. Ça représenterait un boulot à temps plein pour tous les loups-garous vivants, dans la Meute aussi bien qu'en dehors. Mais nous gardons un œil sur les témoignages qui paraissent plausibles, en écartant tout ce qui contient des mots-clés comme « balle d'argent », « meurtre de bébés » et « féroces créatures mi-hommes, mi-bêtes ». Le reste représentait un travail à temps plein pour deux personnes : Clay et moi. Si un loup-garou externe causait des ennuis et que Jeremy voulait le punir pour l'exemple, il envoyait Clay. Si les ennuis avaient dépassé le stade auquel on pouvait les régler rapidement, ou s'ils impliquaient un humain, alors la tâche nécessitait prudence et subtilité. Pour ce genre de cas, c'était moi qu'il envoyait. Je semblais tout indiquée pour celui de Jose Carter.

C'était un escroc à la petite semaine spécialisé dans les phénomènes paranormaux. Il avait passé sa vie à blouser les gens crédules et vulnérables avec ses histoires d'êtres chers qui tentaient de contacter leurs proches depuis l'au-delà. Puis, deux ans plus tôt, alors qu'il travaillait en Amérique du Sud, il avait découvert une petite ville dont les habitants se disaient la proie d'un loup-garou. N'étant pas du genre à manquer une occasion, Carter s'y installa et se mit à rassembler des preuves qu'il supposait fausses et qu'il comptait vendre aux États-Unis. Seul problème, elles n'étaient pas factices. L'un des cabots s'était baladé en Équateur, attaquant village après village et laissant des cadavres dans son sillage. Il croyait avoir trouvé la stratégie parfaite en attaquant des bleds tellement isolés que personne ne remarquerait le schéma. C'était compter sans Jose Carter. Lequel ne s'était jamais attendu à découvrir un jour des preuves réelles, mais il les reconnut bien vite quand il les vit. Il quitta l'Équateur avec des récits de témoins oculaires, des échantillons de poils, des moulages en plâtre d'empreintes de pattes et des photos. De retour aux États-Unis, il contacta plusieurs associations d'étude du paranormal et tenta de leur vendre ses informations. Il était si sûr de sa découverte qu'il proposait d'accompagner le plus offrant sur les traces de la bête en Amérique du Sud.

J'avais rattrapé Jose Carter à Dallas alors qu'il vendait ses informations aux enchères. J'avais tenté de le discréditer. Puis de voler ses preuves. Comme ça ne marchait pas, j'avais choisi la seule voie restante. Je l'avais tué. J'avais agi seule, sans ordres de Jeremy, sans même le consulter. Après quoi j'étais rentrée à l'hôtel où je m'étais nettoyée et endormie pour la nuit. À mon réveil, j'avais reçu en pleine figure l'impact de mes actes. Pas tant ce que j'avais fait que la façon dont je m'y étais prise et la facilité avec laquelle j'avais agi. J'avais tué un homme avec autant de remords que si j'écrasais une mouche.

De retour à New York, j'avais préparé les arguments à présenter à Jeremy, afin de lui expliquer pourquoi j'étais passée à l'acte sans lui demander son avis. Carter représentait une menace évidente. J'avais fait mon possible pour le neutraliser. Le temps me manquait. Si j'avais appelé Jeremy, il aurait voulu que je fasse la même chose, si bien que j'avais seulement sauté une étape en m'en chargeant moi-même. Avant d'atteindre Stonehaven, je compris la vérité. Ce n'était pas Jeremy que je cherchais à convaincre. C'était moi-même. J'avais franchi la ligne. J'avais agi avec la ferme intention de protéger ma Meute, totalement dénuée de compassion ou de pitié. Je m'étais comportée comme Clay. Ça m'avait effrayée à un point tel que je m'étais enfuie en me jurant de ne jamais revenir à cette vie.

L'avais-je digéré ? Me sentais-je de nouveau parfaitement maîtresse de mes instincts et impulsions ? Je n'en savais rien. Pendant plus d'un an, je n'avais rien fait d'aussi ouvertement répréhensible, mais je ne m'étais pas non plus trouvée dans une position où l'occasion se présentait. Autre raison expliquant mon refus de retourner à Stonehaven. Je ne savais pas si je l'avais digéré et je n'étais pas sûre d'avoir envie de le découvrir.

Le vacarme que j'entendis à la porte d'entrée m'arracha à mes souvenirs. Quand je levai les yeux, une haute silhouette aux cheveux sombres déboula dans le salon. Nick m'aperçut, traversa la pièce en trois pas précipités et me souleva de mon siège en un geste. Mon talon accrocha le bord de ma chaise et la renversa. Nick feignit un grondement tout en m'étreignant.

— T'es partie trop longtemps, petite sœur. Beaucoup trop longtemps.

Tout en me soulevant, il m'embrassa. Malgré le salut qu'il m'avait lancé, ce baiser-là n'avait rien de fraternel. Ce fut au contraire un profond baiser qui me laissa haletante. Toute autre personne aurait récolté une gifle, mais tout le monde n'embrassait pas aussi bien que lui, si bien que je lui passai cette familiarité.

— Eh ben, fais comme chez toi, dit la voix traînante de Clay depuis l'entrée.

Nick se tourna vers lui avec un rictus aux lèvres. Me tenant toujours captive d'un bras, il s'avança vers Clay à grands pas pour lui assener une vigoureuse tape dans le dos. Le bras de Clay se leva brusquement et alla lui entourer la gorge. Il me libéra et repoussa Nick. Celui-ci retrouva son équilibre et son sourire.

— Tu es arrivée quand ? me demanda-t-il avant de donner un coup dans les côtes de Clay. Et pourquoi tu ne m'as pas dit qu'elle revenait ?

Quelqu'un m'attrapa par-derrière pour me serrer très fort et me soulever de terre.

— Le retour de la fille prodigue.

Je me tortillai et reconnus un visage aussi familier que celui de Nick.

— Tu ne vaux pas mieux que ton fils, dis-je en échappant à sa prise. Vous ne pouvez pas vous contenter de serrer la main ?

Antonio éclata de rire et me reposa.

— Je devrais serrer plus fort. Ça t'apprendrait peut-être à rester chez toi plus longtemps.

Antonio Sorrentino possédait les mêmes cheveux noirs et yeux bruns stupéfiants que son fils. Ils se faisaient généralement passer pour frères. Antonio avait cinquante-trois ans et en paraissait la moitié, ce qu'il devait autant à sa passion pour une vie saine qu'à sa nature de loup-garou. Il était plus petit et plus robuste que son fils, avec de larges épaules et des biceps à faire passer Clay pour un poids plume.

— Peter est arrivé ? s'enquit-il, tirant une chaise près de Jeremy qui sirotait son deuxième café sans se laisser distraire par ce tumulte.

Jeremy fit signe que non.

— Alors tout le monde vient ? demandai-je.

— Finis ton petit déj, répondit Jeremy en me jaugeant d'un air critique. Tu as perdu du poids. Tu ne peux pas te le permettre. Si tu n'as pas assez d'énergie, tu auras plus de mal à te maîtriser. Je t'ai déjà mise en garde.

Repoussant enfin son chevalet, Jeremy se tourna vers Antonio pour lui parler. Clay tendit la main par-dessus mon épaule et s'empara d'une tranche de jambon qu'il engloutit d'un coup. Comme je lui lançais un regard mauvais, il haussa les épaules avec une expression désarmante signifiant qu'il ne faisait que rendre service.

— Vire tes pattes de son assiette, dit Jeremy sans se retourner. La tienne est dans la cuisine. Il y en a assez pour tout le monde.

Antonio sortit le premier. Comme Nick s'apprêtait à le suivre, Clay l'agrippa par le bras. Sans dire un mot. Il n'en avait pas besoin. Nick hocha la tête et s'en alla remplir deux assiettes tandis que Clay s'installait près de moi.

— Sale brute, marmonnai-je.

Clay haussa les sourcils, un éclat innocent dans ses yeux bleus. Ses doigts vifs voulurent faucher un autre morceau de jambon sur mon assiette. Je m'emparai de ma fourchette et la lui plantai assez fort dans le dos de la main pour le faire crier. Jeremy nous ignorait, buvant son café.

Antonio revint dans le grand salon muni d'une assiette tellement remplie que je m'attendais à voir sa pile de crêpes glisser à terre d'une seconde à l'autre, surtout dans la mesure où il tenait l'assiette d'une seule main. L'autre s'affairait à enfourner une crêpe dans sa bouche à l'aide d'une fourchette. Nick suivit son père et lâcha l'assiette de Clay devant lui, puis tira une cinquième chaise qu'il retourna pour s'y asseoir à califourchon. Un silence bienvenu se prolongea quelques minutes. Les loups-garous n'aimaient guère bavarder pendant les repas. Le remplissage de leur estomac exigeait leur entière concentration.

Le calme se serait prolongé si la sonnette n'avait brisé le silence. Nick alla répondre et revint accompagné de Peter Myers. Peter était petit, maigre et nerveux, avec un sourire décontracté et des cheveux d'un roux ardent qu'il semblait toujours avoir oublié de peigner. On répéta une fois de plus le rituel des étreintes, des tapes dans le dos et coups de poing factices. Les saluts, au sein de la Meute, étaient aussi démonstratifs que physiques, laissant parfois tout autant de bleus que des bagarres.

— Quand est-ce que Logan arrive ? demandai-je tandis que tout le monde se remettait à manger.

— Il ne vient pas, répondit Jeremy. Il a dû se rendre à Los Angeles pour un procès. Remplacement de dernière minute. Je l'ai contacté hier soir pour lui dire ce qui se passait.

— Pendant que j'y pense, dit Clay en se tournant vers moi. La dernière fois que j'ai discuté avec Logan, il a laissé sous-entendre qu'il t'avait parlé. Mais bon, c'est impossible, hein, vu que tu as totalement coupé les ponts avec la Meute ?

Je regardai Clay sans répondre. C'était inutile. Il lut la réponse dans mes yeux. Son visage rougit de colère et il embrocha une tranche de jambon assez vigoureusement pour ébranler la table. Je parlais à Logan au moins une fois par semaine depuis mon départ, en me répétant que je ne rompais pas réellement mon serment tant que je n'allais pas lui rendre visite. Et puis Logan était plus que mon frère de Meute ; c'était mon ami, peut-être le seul véritable que j'aie jamais eu. Bien qu'étant du même âge, nous partagions beaucoup plus de points communs que le seul fait de pouvoir nommer les deux membres de WHAM ! Logan comprenait l'attrait du monde extérieur. Il appréciait la protection et la compagnie que lui offrait la Meute, mais se sentait tout aussi à son aise dans le monde des humains, où il possédait un appartement à Albany, une copine de longue date et une florissante carrière d'avocat. Dès que j'avais compris que Jeremy convoquait une assemblée, ma première pensée avait été : *Génial, Logan va venir.* À présent, je me voyais refuser cette compensation.

Quelques minutes plus tard, Jeremy et Antonio sortirent parler derrière la maison. En tant qu'ami le plus proche et le plus ancien de Jeremy, Antonio jouait souvent le rôle de conseiller sur lequel Jeremy testait ses idées et projets. Ils avaient grandi ensemble, fils des deux familles les plus distinguées de la Meute. Le père d'Antonio était Alpha juste avant Jeremy. À la mort de Dominic, bien des membres avaient supposé qu'Antonio lui succéderait, quoique le titre de chef de Meute ne soit pas héréditaire. Comme chez les loups véritables, l'Alpha était traditionnellement le meilleur combattant. Avant que Clay devienne adulte, Antonio était le guerrier le plus redoutable de la Meute. Sans compter qu'il avait de la cervelle et plus de sens commun qu'une douzaine de loups-garous ordinaires. Mais après le décès de son père, Antonio avait soutenu Jeremy, reconnaissant en lui des qualités capables de sauver la Meute. Avec son aide, Jeremy avait pu écraser toute objection à sa succession. Personne ne l'avait défié depuis. Le seul loup-garou en mesure de contester sa position était Clay, lequel aurait préféré se couper le bras droit plutôt que défier l'homme qui l'avait sauvé et élevé.

Quand Jeremy avait vingt et un ans, son père était revenu d'une de ses virées à l'étranger avec une curieuse histoire. Il traversait la Louisiane quand il avait senti l'odeur d'un loup-garou. Il l'avait suivi à la trace et avait découvert un très jeune loup-garou qui vivait dans les marais comme un animal. Malcolm Danvers n'y avait vu qu'une anecdote intrigante pour égayer les dîners, car personne n'avait jamais entendu parler d'enfants loups-garous. Alors que les loups-garous héréditaires ne connaissaient leur première Mutation qu'à l'âge adulte, généralement entre dix-huit et vingt et un ans, un humain mordu par un loup-garou le devenait aussitôt à son tour, quel que soit son âge. La plus jeune personne connue à s'être transformée avait quinze ans. Si un enfant était mordu, on supposait qu'il mourrait du choc sinon de la blessure elle-même. Et, s'il survivait par miracle à l'agression, un enfant n'avait pas la force de survivre à la première Mutation. Ce gamin de Louisiane ne semblait pas avoir plus de sept ou huit ans, mais Malcolm l'avait vu sous les deux formes et savait donc qu'il s'agissait d'un véritable loup-garou contaminé par morsure. La Meute attribuait sa survie à la chance pure et simple, un hasard de la nature qui n'avait rien à voir avec la force ni la volonté. L'enfant-loup avait peut-être vécu jusque-là, mais il ne pourrait certainement pas survivre plus longtemps. Lors de sa visite suivante en Louisiane, Malcolm s'attendait à ce que l'enfant soit mort depuis longtemps. Il avait même parié une coquette somme avec ses frères de Meute.

Le lendemain, Jeremy prit un vol pour Baton Rouge où il trouva l'enfant, qui ignorait totalement ce qui lui était arrivé et depuis combien de temps il était loup-garou. Il vivait dans les marais et les bâtiments abandonnés et subsistait en tuant des rats, des chiens et des enfants. À un si jeune âge, les Mutations étaient incontrôlables, si bien qu'il hésitait en permanence entre les deux formes et avait presque sombré dans la folie. Même sous sa forme humaine, l'enfant évoquait un animal, en raison de sa nudité, de ses cheveux emmêlés et de ses ongles pareils à des serres.

Jeremy avait ramené l'enfant chez lui et tenté de le civiliser. La tâche s'était avérée aussi impossible qu'avec un animal sauvage. Dans le meilleur des cas, on ne peut espérer que l'apprivoiser. Clay vivait depuis si longtemps cette existence solitaire de loup-garou qu'il ne se rappelait pas avoir été humain. Il était devenu loup, plus proche du véritable animal que la plupart des loups-garous, gouverné par les instincts les plus basiques, le besoin de chasser pour se nourrir, de défendre son territoire, de protéger sa famille. Si Jeremy avait conçu le moindre doute à ce sujet, la première rencontre de Clay avec Nicholas l'avait balayé.

Enfant, Clay refusait tout contact avec les gosses humains, si bien que Jeremy avait décidé de lui présenter l'un des fils de la Meute, songeant que Clay accepterait plus facilement un camarade de jeu qui, s'il n'était pas encore loup-garou, en avait au moins le sang dans les veines. Comme je le disais, les fils de la Meute étaient retirés à leur mère et élevés par leur père. Plus encore, par la Meute elle-même. Elle chérissait ces enfants et leur passait tous leurs caprices, peut-être pour compenser leur pénible existence à venir, mais plus probablement afin d'encourager les liens nécessaires pour assurer sa propre puissance. Lors des vacances d'été, les enfants étaient souvent baladés d'une maison à l'autre, passant le plus de temps possible avec les « oncles » et « cousins » qui deviendraient leurs frères de Meute. Comme la Meute n'était jamais très étendue, il n'y avait généralement pas plus de deux garçons du même âge. Quand Clay vint vivre avec Jeremy, il n'y avait que deux fils de Meute âgés de moins de dix ans : Nick, qui venait d'en avoir huit, et Daniel Santos, qui en avait presque sept – l'âge que Jeremy avait décidé de donner officiellement à Clay. Parmi les deux, Nick allait être le premier camarade de jeu de Clay. Peut-être Jeremy l'avait-il choisi parce qu'il était le fils de son meilleur ami. Ou peut-être voyait-il déjà en Daniel quelque chose qui ferait de lui, à ses yeux, un camarade moins adapté. Quelle qu'en ait été la raison, ce choix opéré par Jeremy aurait une influence considérable sur la vie des trois garçons. Mais ceci est une autre histoire.

Lors de leur première rencontre, Antonio amena Nick à Stonehaven et le présenta à Clay, s'attendant à voir les deux enfants partir ensemble jouer tranquillement au gendarme et au voleur. D'après Antonio, Clay resta planté là un moment, à jauger ce garçon plus grand et plus âgé, puis bondit sur Nick, qu'il cloua au sol d'un bras passé autour de sa gorge, sur quoi Nick urina aussitôt dans sa culotte. Dégoûté par le manque de valeur de son adversaire, Clay décida de le laisser vivre et lui découvrit bientôt une utilité… en tant que punching-ball, garçon de courses et fidèle disciple. Je ne dis pas qu'ils ne jouèrent jamais plus classiquement au gendarme et au voleur, mais, lorsqu'ils le faisaient, quel que soit le rôle tenu par Nick, c'était toujours lui qui finissait bâillonné, attaché à un arbre, et parfois même abandonné.

Clay apprit finalement à mieux contrôler ses instincts, mais ça revenait aujourd'hui encore à lutter contre sa nature. Pour lui, l'instinct avait le dessus. Il avait appris des tours auxquels recourir s'il était averti à l'avance, par exemple lorsqu'il entendait des chasseurs au loin sur la propriété. Mais, sans cet avertissement, son caractère prenait le dessus et il explosait, ce qui mettait parfois la Meute en danger. Malgré son intelligence – on avait un jour mesuré son QI à 160 –, il ne pouvait contrôler ses instincts. J'avais parfois l'impression que ça lui compliquait la tâche d'avoir assez de cervelle pour comprendre qu'il foutait tout en l'air, mais d'être totalement incapable de s'en empêcher. À d'autres moments, je songeais que, s'il était si malin, il aurait dû pouvoir se maîtriser. Peut-être n'y mettait-il pas assez du sien. Je préférais cette explication.

Lorsque Jeremy et Antonio, ayant fini de parler, nous rejoignirent, on se dirigea tous vers le bureau, où Jeremy nous exposa la situation. Il y avait un loup-garou à Bear Valley. Cette histoire de chien sauvage était une explication plausible mise au point par des gens du coin en quête acharnée de réponses. Des traces de canidé entouraient le corps. L'état dans lequel on avait retrouvé ce cadavre partiellement dévoré, la gorge ouverte, évoquait également un chien. Bien entendu, personne n'expliquait comment cette jeune femme s'était, en premier lieu, retrouvée dans la forêt en pleine nuit, surtout vêtue d'une jupe et de talons hauts. Les gens du coin avaient décidé qu'elle avait été tuée par un chien. Mais nous savions bien que non.

C'était l'œuvre d'un loup-garou. Tout concourait à l'indiquer. Le plus étonnant était qu'il se trouve encore à Bear Valley, et même qu'il y soit arrivé en premier lieu. Comment un cabot s'en était-il à ce point approché ? Comment avait-il tué une femme du coin avant même que Jeremy et Clay s'aperçoivent de sa présence ? La réponse était simple : question de suffisance. Aucun loup-garou n'ayant été vu au nord de New York depuis vingt ans, Clay avait baissé sa garde. Jeremy avait continué à surveiller les journaux, mais il accordait davantage d'attention aux événements survenus sur le reste du territoire de la Meute. S'il attendait des ennuis, c'était ailleurs, peut-être à Toronto ou à Albany, où Logan possédait un appartement, ou bien dans les Catskills, où se situait la propriété des Sorrentino, ou encore de l'autre côté de la frontière, dans le Vermont, où vivait Peter. Mais pas dans les environs de Stonehaven. Jamais.

Quand cette femme avait disparu, Jeremy en avait entendu parler mais n'y avait guère prêté attention. Des humains disparaissaient à longueur de temps. Rien ne suggérait l'implication d'un loup-garou. Trois jours plus tôt, on avait retrouvé son corps, mais il était déjà trop tard. Le moment où l'on aurait pu régler vite fait bien fait le compte de cet intrus était passé. L'incident avait bouleversé les gens du coin. Quelques heures plus tard, des chasseurs ratissaient les bois en quête de prédateurs, humains ou canins. Malgré tout le respect qu'inspirait Jeremy à la communauté, il restait un étranger – quelqu'un qui vivait là mais se tenait à l'écart. Depuis des années, les gens de Bear Valley et des environs accordaient aux Danvers une certaine intimité, encouragés en grande partie par les chèques importants qui leur parvenaient chaque Noël de Stonehaven, destinés à l'achat d'équipements scolaires, à la construction d'une nouvelle bibliothèque, ou à tout autre projet que le conseil municipal peinait à financer. Mais, face au danger, la nature humaine poussait à se tourner vers l'étranger. D'ici peu, quelqu'un s'intéresserait à Stonehaven ainsi qu'à ses habitants généreux mais mystérieux et dirait : « Au fait, on ne les connaît pas vraiment, hein ? »

— Ce qu'on doit faire en premier lieu, c'est trouver ce cabot, dit Jeremy. Comme Elena a le meilleur odorat, c'est elle qui…

— Je ne compte pas rester, répondis-je.

Le silence retomba dans la pièce. Tout le monde se tourna vers moi, Jeremy avec une expression insondable, Clay avec la mâchoire serrée, prêt à se battre, Antonio et

Peter avec l'air choqué, et Nick affichant un air perdu. Je me maudis d'avoir laissé les choses en arriver là. En pleine réunion, le moment était mal choisi pour affirmer mon indépendance par rapport à la Meute. J'avais tenté de le dire à Jeremy la veille, mais il avait visiblement choisi de l'ignorer en espérant qu'une bonne nuit de sommeil me remettrait les idées en place. J'aurais dû le prendre à part ce matin pour le lui expliquer, au lieu de déjeuner en laissant croire aux autres que tout était revenu à la normale. Mais les choses fonctionnaient comme ça, à Stonehaven. J'étais revenue, je m'étais laissé reprendre au jeu – en courant avec Clay, en me disputant avec Jeremy, en dormant dans ma chambre, en retrouvant les autres – et j'avais oublié tout le reste. À présent que Jeremy commençait à faire des projets pour moi, je retrouvais la mémoire.

—Je croyais que tu étais revenue, déclara Nick, rompant le silence. Tu es ici. Je ne comprends pas.

—Je suis ici parce que Jeremy m'a laissé un message insistant me demandant de le rappeler. J'ai essayé, mais personne ne répondait, donc je suis venue voir ce qui n'allait pas.

Alors même que ces mots franchissaient mes lèvres, je les trouvai pitoyables.

—J'ai appelé, poursuivis-je. Et rappelé une fois, deux fois, trois fois. Je m'inquiétais, d'accord ? Alors je suis venue voir ce que voulait Jeremy. Je lui ai posé la question hier soir mais il n'a rien voulu me dire.

—Et maintenant que tu le sais, tu t'en vas. Une fois de plus, répondit Clay d'une voix étouffée mais tranchante.

Je me tournai vers lui.

—Je t'ai dit hier soir…

—Jeremy t'a appelée pour une bonne raison, Elena, intervint Antonio, s'interposant entre Clay et moi. On doit découvrir qui est ce cabot. C'est toi qui tiens les dossiers. C'est toi qui les connais. C'est ton boulot.

— *C'était* mon boulot.

Nick se redressa, affichant une expression où l'inquiétude se mêlait désormais à la perplexité.

— Qu'est-ce que tu veux dire ?

Clay se redressa.

— Ça veut dire qu'Elena et moi devons discuter en privé, répondit Jeremy. On poursuivra cette réunion plus tard.

Héritage

Peter et Antonio s'empressèrent de quitter la pièce. Nick s'attarda, cherchant à croiser mon regard. Quand je le détournai, il hésita, puis suivit son père. Clay se laissa retomber sur son siège.

— Clayton, dit Jeremy.

— Je reste. Ça me concerne autant que toi. Peut-être même plus. Si Elena croit qu'elle peut se pointer ici, puis repartir aussitôt, après m'avoir fait attendre plus d'un an…

— Tu feras quoi ? demandai-je en m'avançant vers lui. Tu vas m'enlever pour m'enfermer dans une chambre d'hôtel, comme l'autre fois ?

— Ça remonte à six ans. Et je voulais juste te convaincre de ne pas partir sans m'avoir parlé.

— Me convaincre ? Ha. J'y serais sans doute encore si je ne t'avais pas *convaincu* de me libérer en te tenant par les chevilles par-dessus le balcon. Si j'avais eu un peu de bon sens, je t'aurais lâché tant que je pouvais.

— Ça n'aurait servi à rien, ma chérie. Je retombe sur mes pattes. Tu ne peux pas te débarrasser de moi si facilement.

— Mais moi, si, dit Jeremy. Sors d'ici. C'est un ordre.

Clay marqua une pause puis soupira, s'arracha à son siège, quitta la pièce et ferma la porte. Ce qui ne signifiait pas pour autant qu'il était parti. Je ne l'entendis pas s'éloigner dans le couloir. Le sol vibra lorsqu'il s'y laissa tomber pour s'asseoir devant la porte et nous espionner. Jeremy décida de l'ignorer.

— On a besoin de ton aide, commença-t-il en se retournant vers moi. Tu as fait des recherches sur les cabots. C'était ton travail. Tu en sais plus sur eux que n'importe lequel d'entre nous.

— C'était mon travail quand je faisais partie de la Meute. Je t'ai dit…

— On a besoin de ton flair pour le trouver et de tes connaissances pour l'identifier. Ensuite, on aura besoin de ton aide pour nous débarrasser de lui. C'est une situation délicate, Elena. On ne peut pas demander à Clay de s'en charger. On doit agir avec une prudence absolue. Ce cabot a tué sur notre territoire et s'est infiltré dans notre ville. On doit le pousser à se dévoiler sans attirer l'attention sur nous ni le faire paniquer. Tu en es capable. Toi seule.

— Désolée, Jer, mais ça ne me concerne pas. Je ne vis plus ici. Je ne suis pas censée traquer les cabots. Ce n'est pas à moi de le faire.

— C'était à moi, je sais. Ça n'aurait jamais dû se produire. Je n'étais pas assez attentif. Mais ça ne change rien au fait que cette histoire se soit produite et nous ait tous mis en danger – toi comprise. Si ce cabot continue à semer le trouble, il risque d'être capturé. Et alors, qu'est-ce qui l'empêchera de parler de nous aux autorités ?

— Mais je…

— Tout ce que je veux, c'est que tu nous aides à régler ce problème. Une fois que tout sera arrangé, tu pourras faire ce que tu veux.

— Et si je choisis de quitter la Meute ? Tu pensais vraiment ce que tu m'as dit hier soir ? Que le choix m'appartient ?

Son expression changea l'espace d'un bref instant. Puis changea de nouveau lorsqu'il écarta une mèche de ses yeux.

— J'étais en colère, hier soir. Ça ne sert à rien de prendre cette décision aussi précipitamment, Elena. J'ai dit que je te laisserais partir, vivre ta vie, et que je ne t'appellerais qu'en cas d'urgence. C'en est une. Je ne t'ai téléphoné pour rien d'autre. Je n'ai pas laissé Clay te contacter. Je ne t'ai pas convoquée à d'autres assemblées. Je n'ai pas attendu de toi que tu tiennes les dossiers à jour, ni que tu t'occupes de ce que tu fais normalement pour nous. Personne d'autre ne bénéficierait d'un pareil traitement. Toi, si, parce que je veux te donner toute liberté de prendre la bonne décision.

— Tu espères que je changerai d'avis.

— Tu as eu plus de mal que n'importe qui d'autre à t'habituer à tout ça. Tu n'as pas grandi en sachant que tu deviendrais loup-garou. La simple morsure aurait déjà été pénible, mais la façon dont ça s'est produit, les circonstances, ont rendu l'événement dix fois plus difficile. Il est dans ta nature de lutter contre ce que tu n'as pas choisi. Quand tu feras ton choix, je veux que ce soit parce que tu auras passé assez de temps dehors pour savoir que c'est ce que tu veux, pas parce que tu es une tête de mule et que tu veux affirmer sur-le-champ ton droit à choisir par toi-même.

— En d'autres termes, tu espères que je changerai d'avis.

— Je te demande ton aide, Elena. Mais je ne l'exige pas. Aide-moi à résoudre ce problème et tu pourras retourner à Toronto.

Il jeta un coup d'œil à la porte, guettant une protestation de la part de Clay, mais n'entendit que le silence.

— Je vais te donner le temps d'y réfléchir. Reviens me voir quand tu seras prête.

Je restai plus d'une heure dans le bureau. Une partie de moi me maudissait d'être revenue, maudissait Jeremy de m'imposer tout ça, maudissait Clay de… eh bien, de tout le reste. J'avais envie de taper du pied comme une gamine de deux ans en plein caprice, de crier que ce n'était pas juste. Mais ça l'était. Jeremy se montrait tout à fait raisonnable. C'était là le pire.

Je gardais envers la Meute une dette que je n'avais pas fini de payer. Envers Antonio, Peter, Nick et Logan pour leur amitié et leur protection, et, même s'ils avaient tendance à me traiter comme une petite sœur qu'on cajole, dorlote et taquine, ils m'avaient acceptée et s'étaient occupés de moi quand je ne pouvais le faire moi-même. Mais j'avais par-dessus tout une dette envers Jeremy. J'avais beau pester contre ses exigences et son autorité tyrannique, je n'avais jamais oublié ce que je lui devais.

Quand j'avais été mordue, il m'avait accueillie, protégée, nourrie, m'avait appris à contrôler mes Mutations, à maîtriser mes impulsions, à m'intégrer dans le monde extérieur. La Meute raconte souvent, sur le ton de la blague, que la tâche la plus difficile qu'il ait jamais connue avait été d'élever Clay, tous les travaux d'Hercule réunis en un seul. S'ils savaient ce qu'avait subi Jeremy avec moi, ils changeraient peut-être d'avis. Je lui ai fait vivre un véritable enfer pendant toute une année. Quand il m'apportait de la nourriture, je la lui jetais. Quand il me parlait, je lui lançais jurons et crachats. Quand il approchait de moi, je l'agressais. Plus tard, quand je m'étais enfuie, j'avais mis en danger la Meute tout entière. Tout autre loup-garou aurait renoncé, m'aurait pourchassée et tuée. Jeremy m'avait poursuivie et ramenée à Stonehaven avant de tout reprendre.

Quand j'étais allée mieux, il m'avait encouragée à poursuivre mes études jusqu'à l'obtention du diplôme et avait payé les frais, un logement, tout ce dont j'avais besoin. Quand j'avais fini mes études et commencé à travailler comme pigiste, il m'avait encouragée et soutenue. Quand j'avais annoncé que je voulais essayer de vivre seule, il avait exprimé son désaccord mais m'avait laissé faire tout en me surveillant. Peu importait à mes yeux qu'il fasse ces choses par affection pour moi, ou plutôt, comme je le craignais, parce qu'il était dans l'intérêt de la Meute de me protéger et de me contrôler. Seul importait le fait qu'il ait agi ainsi. Je le maudissais à présent d'être intervenu dans ma nouvelle vie. En réalité, sans son aide, je n'aurais pas de nouvelle vie. À supposer seulement que j'aie survécu, je serais pareille aux cabots, à peine capable de contrôler mes Mutations, totalement incapable de maîtriser mes impulsions, et je tuerais sans doute des humains, en me déplaçant de ville en ville pour échapper à tout soupçon, sans travail, ni appartement, ni amis, ni amant, ni futur.

Il me demandait à présent quelque chose. Un service, même s'il ne le formulait pas ainsi. Il voulait simplement mon aide.

Je ne pouvais pas refuser.

J'avais dit à Jeremy que je resterais assez longtemps pour les aider à trouver et tuer ce cabot à la condition que je puisse, quand tout serait fini, partir sans que Clay ou lui tentent de me retenir. Il avait accepté. Puis il était allé l'annoncer aux autres, avant de sortir avec Clay pour de plus longues explications. Clay revint de très bonne humeur, blagua avec Peter, feignit de se bagarrer avec

Nick, discuta avec Antonio et me laissa le canapé quand on regagna le bureau pour reprendre la réunion. Étant donné que Jeremy n'avait pas pu lui présenter une version édulcorée de notre accord, Clay avait dû réinterpréter les faits selon sa propre grille de logique, aussi indéchiffrable que son code d'éthique et de comportement. Je le remettrais bien vite sur la bonne voie.

Comme je m'y attendais, le plan consistait à traquer et tuer le cabot. Compte tenu de la nature risquée de cette affaire, elle se déroulerait en une ou deux phases. Ce soir, on se rendrait tous les cinq en ville, sans Jeremy, pour traquer le cabot. On se scinderait en deux groupes, Antonio et Peter dans le premier, les autres dans le deuxième. Si l'on découvrait la tanière du cabot, Antonio ou moi déciderions s'il était ou non possible de le tuer sans risques. Dans le cas contraire, on rassemblerait assez d'informations pour planifier sa mise à mort un autre soir. Après le fiasco de l'affaire Jose Carter, je m'étonnais que Jeremy me confie la responsabilité d'une telle décision, mais, voyant que personne ne la contestait, je gardai le silence.

Avant le déjeuner, je regagnai ma chambre et appelai Philip. En bas, Peter et Antonio débattaient bruyamment d'une question de haute finance. Dans la cuisine, des tiroirs s'ouvraient et se fermaient à grand fracas et l'odeur du rôti d'agneau que préparaient Clay et Nick flottait jusqu'à mes narines. Bien que je n'entende pas Jeremy, je savais qu'il se trouvait toujours où je l'avais laissé, dans son bureau, en train d'étudier des cartes de Bear Valley afin de déterminer dans quelles zones de la ville commencer notre traque ce soir.

Une fois dans ma chambre, je me dirigeai vers mon lit, repoussai les rideaux, m'y faufilai avec mon téléphone portable et les laissai se refermer seuls, masquant le reste de la chambre. Comme Philip ne répondait pas au bureau, j'essayai son portable. Il décrocha à la troisième sonnerie. Lorsque sa voix grésilla sur la ligne, tous les bruits semblèrent se taire en bas et je me retrouvai transportée dans un autre monde, où les préparatifs de la traque d'un loup-garou n'étaient qu'une intrigue de série B.

— C'est moi, dis-je. Tu es occupé ?

— Je pars déjeuner avec un client. Un client potentiel. J'ai bien eu ton message. Je suis descendu faire une demi-heure de musculation et j'ai manqué ton appel. Je peux avoir ton numéro ? Deux secondes, je cherche un bout de papier.

— J'ai mon portable.

— Ce que je peux être idiot. Bien sûr que tu l'as. Si j'ai besoin de toi, je peux t'appeler sur ton portable, hein ?

— Je ne peux pas le prendre à l'hôpital. C'est contraire au règlement. Mais je vérifierai mes messages.

— À l'hôpital ? Merde. Désolé. Cinq minutes qu'on parle et je n'ai pas demandé ce qui est arrivé à ton cousin. Un accident ?

— C'est sa femme, en fait. Avant, je venais ici passer l'été avec toute cette bande : Jeremy, ses frères, Celia – c'est sa femme.

Philip savait que mes parents étaient morts, mais je ne lui avais jamais parlé des détails sordides, par exemple mon âge quand ça s'était produit, ce qui me laissait toute liberté d'improviser.

— Enfin bref, Celia a eu un accident de voiture. Quand Jeremy m'a appelée, elle est restée un moment entre la vie et la mort. Mais, maintenant, elle est tirée d'affaire.

— Dieu merci. La vache, c'est affreux. Tout le monde tient le coup ?

— Ça va. Mais le problème, ce sont les gamins. Il y en a trois. Jeremy est un peu paumé, entre les petits dont il doit s'occuper et son inquiétude pour Celia. J'ai proposé de rester quelques jours, au moins jusqu'à ce que les parents de Celia débarquent d'Europe. Tout le monde est pas mal secoué, pour l'instant.

— J'imagine. Attends une seconde. (Crépitements sur la ligne.) Bien. J'ai quitté la voie express. Désolé. Alors tu restes pour les aider ?

— Jusqu'en début de semaine prochaine. Ça ne t'ennuie pas ?

— Bien sûr que non. Si je n'étais pas aussi débordé cette semaine, je viendrais même te donner un coup de main. Tu as besoin de quoi que ce soit ?

— J'ai ma carte de crédit.

Il eut un petit rire.

— C'est tout ce dont on a besoin ces jours-ci. Si tu te retrouves à court, passe-moi un coup de fil et je te ferai un transfert de mon compte. Merde, j'ai raté ma sortie.

— Je vais te laisser.

— Désolé. Rappelle-moi ce soir si tu en as l'occasion, même si tu vas sans doute être pas mal occupée. Trois gamins. Quel âge ?

— Moins de cinq ans, tous les trois.

— Ouille. Alors tu vas être occupée. Tu vas me manquer.

— Je n'en ai que pour quelques jours.

— Parfait. On se rappelle. Je t'aime.

— Moi aussi je t'aime. Au revoir.

Lorsque je raccrochai, je fermai les yeux et soupirai. *Tu vois ? Rien de si terrible*. Philip restait Philip. Rien n'avait changé. Philip et ma nouvelle vie étaient toujours là, à attendre mon retour. D'ici quelques jours, je pourrais enfin les retrouver.

Après le déjeuner, j'allai dans le bureau consulter mes dossiers, espérant y trouver quelque chose qui puisse m'aider à découvrir quel cabot semait le trouble à Bear Valley. L'une de mes tâches, au sein de la Meute, consistait à garder à l'œil les loups-garous extérieurs. Je leur avais consacré un dossier, agrémenté de photos et de schémas de comportement. J'étais capable de réciter plus d'une vingtaine de noms avec leur dernier domicile connu, et de séparer la liste entre les bons, les brutes et les salopards – ceux qui étaient capables de réprimer leurs pulsions meurtrières, ceux qui ne l'étaient pas, et ceux qui n'essayaient même pas. À en juger par le comportement de ce cabot, il entrait dans la troisième catégorie. Ce qui réduisait le nombre de candidats de vingt-sept à vingt.

Je me dirigeai vers le placard situé sous la bibliothèque. Ouvrant la deuxième porte, j'écartai les verres à eau-de-vie et inspectai à tâtons la paroi du fond en quête d'un clou en bois saillant. Quand je le localisai, je le fis tourner et la cloison s'ouvrit. Nous rangions dans ce compartiment secret les deux seuls objets incriminant Stonehaven, les seules choses qui pouvaient établir un lien entre nous et notre nature. Le premier était le classeur contenant mes dossiers. Mais je ne le trouvai pas quand je l'y cherchai. Je soupirai. Seul Jeremy pouvait l'avoir pris, et il était sorti marcher une heure plus tôt. Je pouvais toujours aller le rejoindre, mais je savais qu'il n'était pas simplement parti faire de l'exercice, et qu'il finalisait les plans de notre chasse au cabot prévue ce soir-là. Il n'apprécierait pas l'interruption.

Alors que je refermais le compartiment, je vis le deuxième livre rangé là et le sortis sur un coup de tête, bien que je l'aie déjà lu si souvent que je pouvais en réciter par cœur la majeure partie. La première fois que Jeremy m'avait parlé de l'Héritage, je m'étais attendue à un vieux tome moisi, puant, à moitié pourri. Mais ce livre vieux de plusieurs siècles était en meilleur état que mes textes universitaires. Naturellement, les pages en étaient jaunies et fragiles, mais tous les Alphas de la Meute l'avaient gardé dans un compartiment spécial, à l'abri de la poussière, de l'humidité, de la lumière et autres facteurs susceptibles de tuer un livre.

L'Héritage prétendait raconter l'histoire des loups-garous et plus particulièrement de la Meute, même s'il ne s'agissait pas d'une simple récitation de dates et d'événements. Chaque Alpha y avait consigné ce qui lui semblait important, si bien que l'ensemble formait un méli-mélo d'histoire, de généalogie et de folklore.

L'une des sections traitait entièrement d'expériences scientifiques sur la nature et les limites de la condition de loup-garou. Un Alpha de la Renaissance était tout particulièrement fasciné par les légendes sur l'immortalité. Il les avait toutes détaillées, depuis les histoires de loups-garous devenus immortels en buvant le sang de bébés jusqu'à celles où ils devenaient vampires après leur mort. Puis il avait poussé jusqu'à des expériences maîtrisées, impliquant des cabots qu'il capturait, étudiait, puis tuait pour attendre leur résurrection. Aucune de ses expériences n'avait marché, mais il avait réduit avec une grande efficacité la population des cabots en Europe.

Un siècle plus tard, un Alpha était devenu obsédé par la quête de l'amélioration des rapports sexuels – la seule chose qui soit surprenante là-dedans, c'est qu'il ait fallu plusieurs siècles pour qu'on se penche sur la question. Il était parti de l'hypothèse que le sexe entre humains et loups-garous était intrinsèquement frustrant car il impliquait deux espèces différentes. Il avait donc mordu plusieurs femmes. Comme elles ne survivaient pas, il conclut que les rumeurs de femmes loups-garous à travers les âges étaient fausses et qu'une telle chose était impossible sur le plan biologique. Partant de là, il testa des variations sur le sexe sous les deux formes – en tant que loup et en tant qu'humain, avec des loups ordinaires aussi bien que des hommes. Comme rien de tout ça n'était à moitié aussi satisfaisant que les bonnes vieilles relations sexuelles entre humains, il revint donc aux femmes et se mit à expérimenter avec des variations sur les positions, les actes, les lieux, et cetera. Il découvrit enfin l'acte apportant la satisfaction sexuelle suprême : il attendit les premiers signes d'orgasme puis trancha la gorge de sa partenaire. Il décrivit sa méthode avec force détails, ainsi qu'avec l'enthousiasme et le style fleuri d'un récent converti à une religion. Par chance, cette pratique ne connut jamais une grande popularité parmi la Meute, sans doute parce que cet Alpha fut brûlé quelques mois plus tard, après avoir décimé la totalité des jeunes femmes bonnes à marier de son village.

Plus concrètement, l'Héritage contenait d'innombrables histoires de loups-garous à travers les âges. La plupart étaient de celles que les pères racontent à leurs enfants, dont beaucoup dataient d'avant la rédaction de la première édition de l'ouvrage. Il y avait des récits sur les loups-garous qui avaient vécu à l'envers, restant loups la plupart du temps et ne se transformant en humains que lorsque le besoin physique s'en faisait ressentir. Des histoires de chevaliers, soldats, bandits et maraudeurs qu'on soupçonnait d'être des loups-garous. La plupart de ces noms s'étaient effacés des mémoires, mais l'un d'entre eux était encore connu, même par ceux qui n'avaient jamais ouvert un livre d'histoire de leur vie. L'histoire humaine raconte la légende selon laquelle l'arbre généalogique de Gengis Khan commençait par un loup et une biche. D'après l'Héritage, il y avait là davantage de vérité que d'allégorie, le loup étant un loup-garou et la biche un symbole représentant une mère humaine. Si l'on suit ce raisonnement, Gengis Khan lui-même aurait été loup-garou, ce qui expliquerait sa soif de sang et ses talents quasi surnaturels pour la guerre. Ce n'était sans doute pas plus exact que les innombrables généalogies humaines dont l'arbre inclut Napoléon et Cléopâtre. Mais ça faisait une bonne histoire.

On en trouve une autre du même genre dans la mythologie humaine concernant les loups-garous. Le village d'un aristocrate marié depuis peu était la proie d'un loup-garou. Une nuit où il traque la bête, l'aristocrate entend un bruit dans les buissons et voit un loup monstrueux. Il saute au bas de sa selle et le pourchasse à pied dans les bois. La bête lui échappe. À un moment donné, il l'approche d'assez près pour lui trancher la patte avant d'un coup d'épée. La créature s'enfuit, mais, lorsque l'aristocrate retourne chercher la patte, elle s'est changée en main humaine. Épuisé, il rentre chez lui raconter les événements à sa femme. Il la trouve cachée au fond de la maison, en train de panser un moignon sanglant là où se trouvait auparavant sa main. Il comprend alors la vérité et la tue. La version humaine de l'histoire s'arrête ici, mais l'Héritage y ajoute une fin ouvertement favorable aux loups-garous. Dans cette version, le noble tue sa femme en lui ouvrant le ventre. Il en voit alors s'échapper une portée de louveteaux, ses propres enfants. Il devient fou à la vue de ce spectacle et se tue avec son épée. En tant que femme loup-garou, je n'aime pas trop cette idée de portée de louveteaux. Je préfère l'interpréter comme un symbole de culpabilité. Quand l'aristocrate comprend qu'il a tué sa femme sans lui laisser l'occasion de s'expliquer, il perd la tête et se suicide. Une fin bien plus appropriée.

En plus de ces histoires et réflexions, chaque Alpha faisait la chronique de la généalogie de la Meute durant son règne. Ce qui inclut non seulement des arbres généalogiques, mais aussi de brèves descriptions de la vie de chaque individu. La plupart des arbres étaient longs et alambiqués. Sur celui de la Meute actuelle figuraient toutefois trois anomalies, trois noms qui n'étaient ni précédés ni suivis d'un autre. Clay et moi étions les deux premiers, Logan le troisième. Contrairement à Clay et moi, il était un loup-garou héréditaire. Mais personne ne savait qui était son père. Il avait été abandonné bébé, seulement accompagné d'une enveloppe à ouvrir le jour de ses seize ans. Elle contenait une page sur laquelle figuraient deux noms et deux adresses, celle des Danvers à Stonehaven et celle de la propriété des Sorrentino près de New York. Il était peu probable que le père de Logan appartienne à la Meute, car aucun membre ne ferait adopter son fils. Pourtant, son père savait que la Meute ne rejetterait pas un jeune homme de seize ans, quels que soient ses parents, et leur avait donc envoyé son fils afin de s'assurer qu'il apprenne sa nature avant sa première Mutation et puisse donc commencer sa nouvelle vie en bénéficiant d'une préparation et d'une protection. Ce qui prouvait peut-être que tous les cabots ne sont pas des pères minables, ou simplement que les anomalies étaient partout possibles.

La plupart des autres arbres de la Meute possédaient de nombreuses branches. Comme les Danvers, la famille Sorrentino pouvait retrouver ses racines jusqu'au début de l'Héritage. Le père d'Antonio, Dominic, avait été Alpha jusqu'à sa mort. Il avait eu trois fils : Gregory, qui était décédé, Benedict, qui avait quitté la Meute avant mon arrivée, et Antonio, le benjamin. Nick était le fils unique d'Antonio. Dans l'Héritage, ses initiales s'accompagnaient de la mention « LKB » entre parenthèses. Nick en ignorait le sens. Pour autant que je sache, il n'avait jamais posé la question. S'il avait seulement lu l'Héritage, ce dont je doutais, il avait dû se dire que, si personne n'avait pris la peine de le lui expliquer, c'est que ça n'avait aucune importance. Nick était comme ça, il acceptait toujours tout sans se poser de questions. Ces lettres avaient leur importance, mais lui apprendre leur signification n'aurait servi qu'à soulever des questions sans réponse et réveiller des émotions impossibles à assouvir. LKB étaient les initiales de la mère de Nick. Dans l'Héritage, c'était le seul endroit où l'on pouvait commémorer une mère. C'était Jeremy qui les avait ajoutées. Ni Antonio ni Jeremy ne me l'avaient expliqué, mais Peter m'avait raconté cette histoire des années auparavant.

Quand Antonio avait seize ans et fréquentait une école privée très huppée des environs de New York, il était tombé amoureux d'une jeune fille du coin. Il avait eu le bon sens de ne rien dire à son père, mais avait confié ce secret à son meilleur ami, Jeremy, alors âgé de quatorze ans, si bien qu'ils avaient conspiré pour cacher cette relation à la Meute. Ça avait fonctionné pendant un an. Puis la jeune fille s'était retrouvée enceinte. Sur les conseils de Jeremy, Antonio en avait parlé à son père. Jeremy croyait manifestement que Dominic comprendrait que son fils était amoureux et enfreindrait les lois de la Meute pour lui venir en aide. On a tous été jeunes, j'imagine. Jeunes, romantiques et affreusement naïfs. Même Jeremy. Mais les choses ne s'étaient pas déroulées comme il le prévoyait. Grosse surprise. Dominic avait retiré Antonio de l'école et l'avait assigné à domicile tandis que la Meute attendait la naissance du bébé.

Avec l'aide de Jeremy, Antonio s'enfuit pour retourner auprès de la jeune fille et déclara son indépendance vis-à-vis de la Meute. À partir de là, les choses prirent une sale tournure. Peter passait sur les détails, expliquant seulement qu'Antonio et sa petite amie s'étaient cachés tandis que Jeremy jouait les intermédiaires entre père et fils, souhaitant du fond du cœur qu'ils se réconcilient. Nick était venu au monde au beau milieu de toute cette affaire.

Trois mois plus tard, Antonio vécut sa première Mutation. Au cours des six mois qui suivirent, il comprit que son père avait raison. Malgré son amour pour la mère de Nick, ça ne pouvait pas marcher. Non content de gâcher sa vie à elle, il gâcherait aussi celle de son fils en le condamnant à une vie de cabot. Une nuit, il emporta Nick, laissa sur la table une enveloppe contenant de l'argent et sortit. Il confia Nick à Jeremy et lui demanda d'amener le bébé à Dominic. Puis il disparut. Pendant trois mois, Antonio resta introuvable, même Jeremy ignorait où il se trouvait. Il réapparut tout aussi soudainement. Il reprit Nick pour l'élever et ne mentionna plus jamais la jeune fille. Tout le monde crut que c'était là la fin de l'histoire. Mais, des années plus tard, Peter, venu rendre visite à Antonio, suivit sa trace jusque dans une banlieue où il le trouva assis sur une voiture, près d'un terrain de jeu, en train de regarder une jeune femme jouer avec un bébé. Je me demandais combien de fois il avait fait ça, et s'il allait toujours voir ce que devenait la mère de Nick, la regardant peut-être même jouer avec ses petits-enfants. Quand je vois Antonio – bruyant, tapageur, sûr de lui –, j'ai du mal à l'imaginer en train de ruminer un amour perdu, mais, depuis que je le connaissais, je ne l'avais jamais entendu mentionner une seule femme dans sa vie. Oh, il y en a bien quelques-unes, mais elles vont et viennent, sans jamais rester assez longtemps pour apparaître même dans les conversations les plus futiles.

Je me demandais à l'époque pourquoi Peter m'avait raconté ce chapitre de l'histoire de la Meute qui n'apparaîtrait jamais dans l'Héritage. Je compris plus tard qu'il avait pensé que me confier un secret inoffensif m'aiderait peut-être à me sentir plus intégrée, à mieux comprendre mes frères de Meute. Peter faisait souvent ça. Je ne veux pas dire par là que les autres me tenaient à l'écart ou me donnaient l'impression d'être indésirable. Rien de la sorte. La seule personne à m'avoir jamais fait douter de son acceptation était Jeremy, et le problème venait peut-être davantage de moi que de lui. J'avais rencontré Logan et Nick, par l'intermédiaire de Clay, avant de devenir loup-garou. Ils étaient tous deux présents après ma morsure et, lorsque j'avais été prête à accepter leur aide, ils s'étaient efforcés de me remonter le moral – dans la mesure où l'on peut distraire une femme qui vient d'apprendre que la vie qu'elle connaissait jusqu'alors est terminée. Quand on m'avait présenté Antonio lors de ma première réunion de Meute, il m'avait flattée, taquinée, fait la conversation avec autant d'aisance que s'il me connaissait depuis des années. Mais Peter avait été différent. Se contenter d'accepter ne lui suffisait pas. Il faisait toujours un pas supplémentaire. Il avait été le premier à me parler de son passé, comme un oncle qu'on vient à peine de rencontrer nous raconte des pans de l'histoire familiale.

Peter avait été élevé par la Meute mais avait décidé de la quitter à l'âge de vingt-deux ans. Son départ n'avait été précipité ni par une dispute, ni par la rébellion. Il avait simplement décidé de tester la vie de l'autre côté, davantage pour expérimenter différents styles de vie que pour se révolter contre la Meute. Comme l'expliquait Peter, Dominic ne le considérait ni comme un dangereux élément s'il quittait la Meute, ni comme un facteur indispensable à son fonctionnement, et l'avait donc laissé partir. Titulaire d'un diplôme d'ingénieur audiovisuel, Peter s'était lancé dans le métier le plus prestigieux à ses yeux, celui d'ingénieur du son pour des groupes de rock. Il avait débuté auprès de groupes de bar et avait progressé, en l'espace de cinq ans, jusqu'aux grandes salles de concert. C'était alors que sa soif d'expériences nouvelles était devenue dangereuse, lorsqu'il avait adopté le style de vie associé aux groupes de rock : les drogues, l'alcool, les fêtes qui duraient jusqu'au petit matin. Puis quelque chose s'était produit. Quelque chose de terrible. Peter n'entrait pas dans les détails, mais il disait que c'était assez moche pour lui valoir une condamnation à mort si jamais la Meute l'apprenait. Il aurait pu s'enfuir, se cacher, espérer. Mais il n'en avait rien fait. Il avait au contraire passé sa vie en revue, réfléchi à ce qu'il venait de commettre et compris qu'il n'arrangerait rien en prenant la fuite. Il ne ferait que tout gâcher une fois de plus. Il décida de se soumettre au jugement de la Meute. Si Dominic ordonnait son exécution, au moins sa première erreur serait-elle la dernière. Mais il espérait qu'il lui accorderait l'absolution et le laisserait rejoindre la Meute, où l'on pourrait l'aider à regagner le contrôle de sa vie. Afin d'améliorer ses chances, il demanda au frère de Meute auquel il se fiait le plus de plaider sa cause auprès de Dominic. Il appela Jeremy. Au lieu d'aller trouver Dominic, celui-ci prit un vol pour Los Angeles, accompagné de Clay alors âgé de dix ans. Pendant que Peter veillait sur Clay, Jeremy passa une semaine à effacer toute trace de son erreur. Puis il le ramena à New York et orchestra son retour au sein de la Meute sans souffler mot de son écart de conduite en Californie. De nos jours, personne ne devinerait que Peter a jamais commis une telle erreur ou quitté la Meute. Il avait pour Jeremy la même dévotion que Clay ou Antonio, encore que d'une façon qui lui était propre : tranquille et docile, sans jamais rien contester ni émettre ne serait-ce qu'une opinion contraire. La seule trace qui persistait de son ancienne vie était son boulot. Il travaillait toujours comme ingénieur du son et il était même l'un des meilleurs dans son domaine. Il s'embarquait fréquemment pour de longues tournées, mais Jeremy ne s'inquiétait jamais pour lui, ni ne doutait qu'il fasse preuve d'une absolue prudence dans sa vie extérieure. Jeremy m'avait même laissé partir quelques semaines avec Peter alors que je commençais à peine à trouver mes marques en tant que loup-garou. Peter m'avait invitée à le suivre pendant une tournée canadienne de U2. Ça avait été une expérience fabuleuse qui m'avait permis d'oublier tous les problèmes relatifs à ma nouvelle vie, ce qui était exactement l'intention de Peter.

J'en étais là de mes méditations quand une paire de mains me saisit sous les aisselles et me souleva de ma chaise.

— Réveille-toi ! me dit Antonio en me chatouillant avant de me laisser retomber sur mon siège.

Il se pencha par-dessus mon épaule et me prit l'Héritage.

— Tu arrives juste à temps, Pete. Si elle avait passé cinq minutes de plus à lire ça, elle serait tombée dans le coma.

Peter vint se placer devant moi, reprit le livre à Antonio et fit la grimace.

— On est donc une si mauvaise compagnie, que tu préfères te planquer ici pour lire ce vieux truc ?

Antonio sourit.

— J'ai dans l'idée que ce n'est pas nous qu'elle évite, mais une certaine tornade blonde. Jeremy l'a envoyé faire les courses avec Nicky, alors tu peux sortir de ta planque.

— On est venus te demander si tu avais envie d'une balade, dit Peter. Pour nous dégourdir les jambes et bavarder un peu.

— En fait, j'étais..., commençais-je.

Antonio me souleva de nouveau par les aisselles et me remit cette fois sur mes pieds.

— En fait, elle était en train de se dire qu'elle allait venir nous voir, nous dire qu'on lui avait manqué et qu'elle mourait d'envie de bavarder.

— J'étais...

Peter me saisit les poignets et me tira vers la porte. Je résistai.

— D'accord, je viens, répondis-je. J'allais juste dire que j'étais venue ici lire les dossiers, mais que c'est Jeremy qui doit les avoir. J'espérais qu'ils m'aideraient à comprendre qui peut se cacher derrière tout ça. Vous avez une idée, vous ?

— Plein, même, répondit Antonio. Maintenant, si tu viens te balader avec nous, on va t'expliquer tout ça.

Quand on eut quitté la cour pour pénétrer dans la forêt, Antonio commença :

— Je parie sur Daniel.

— Daniel ? répéta Peter en fronçant les sourcils. Qu'est-ce qui te fait dire ça ?

Antonio leva une main et se mit à compter les raisons sur ses doigts.

— Premièrement, c'est un ancien de la Meute, qui sait donc que ce genre de meurtre sur notre territoire est dangereux, et il sait aussi qu'on ne peut pas, et qu'on ne veut pas, quitter la ville. Deuxièmement, il déteste Clay. Troisièmement, il déteste Jeremy. Quatrièmement, il nous déteste tous – sauf notre chère Elena, qui était justement absente de Stonehaven et ne serait donc pas affectée par cette histoire, ce que Daniel savait certainement. Cinquièmement, il ne peut vraiment pas sacquer Clay. Sixièmement – attendez, je change de main –, c'est un enfoiré de meurtrier cannibale. Septièmement, ai-je déjà dit qu'il avait choisi de frapper en l'absence d'Elena ? Huitièmement, s'il faisait assez de dégâts, Elena se retrouverait peut-être libre et en quête d'un nouveau partenaire. Neuvièmement, il ne peut vraiment, mais vraiment pas voir Clay en peinture. Dixièmement, il a juré de se venger de la Meute tout entière, et surtout des deux membres qui se trouvent vivre actuellement à Stonehaven. Je n'ai plus de doigts, là, les copains. Il vous faut encore combien de raisons ?

— Ai-je besoin de vous rappeler que ça impliquerait aussi de sa part une bêtise quasi suicidaire ? Ça ne lui ressemble pas. Ne le prends pas mal, Tonio, mais je crois que tu soupçonnes Daniel parce que tu as envie que ce soit lui. Il fait un parfait bouc émissaire – pas que l'envie me manque de le voir sacrifié, ce bouc-là. Mais si tu commences à ouvrir les paris – sur des petites sommes, sois gentil, je n'ai pas ton capital à claquer –, je verrais bien Zachary Cain. Lui, il est assez crétin, aucun doute là-dessus. Cette grosse brute s'est sans doute réveillée un matin en se disant : « Tiens, et si j'allais tuer une fille sur le territoire de la Meute pour rigoler ? » Il a dû se demander pourquoi il n'y avait pas pensé plus tôt. Parce que c'est débile, crétin.

— Ça pourrait être quelqu'un de moins important, répondis-je. Un figurant qui en a marre d'être relégué en coulisses. Est-ce qu'il y a des cabots qui se sont fait remarquer récemment ?

— Rien que de petits incidents, dit Antonio. Aucun des gros poissons n'a fait quoi que ce soit de notable. Parmi les quatre principaux, Daniel, Cain et Jimmy Koenig se tiennent tranquilles. Karl Marsten a tué un cabot à Miami l'hiver dernier, mais je ne crois pas qu'il soit lié à cette histoire à Bear Valley. Ce n'est pas sa manière de procéder, à moins qu'il se soit mis non seulement à tuer les humains, mais aussi à les dévorer. Peu probable.

— Qui a-t-il tué ? demandai-je.

— Ethan Ritter, dit Peter. Net et sans bavures. Il s'est débarrassé du corps sans laisser de traces. Bien dans sa manière. On n'est au courant que parce que j'ai traversé la Floride au printemps dernier pendant une tournée. Marsten m'a contacté, invité à dîner, m'a dit qu'il avait buté Ritter et qu'on pouvait donc le rayer des dossiers. On a gentiment bavardé et il a réglé en espèces une note astronomique. Il m'a demandé si on avait eu de tes nouvelles et il a passé le bonjour à tout le monde.

— Ça m'étonne qu'il n'envoie pas de cartes de Noël, dit Antonio. Je les imagine très bien. Des cartes de vélin frappé de très bon goût, les meilleures qu'il puisse voler. Avec de petits mots parfaitement calligraphiés : « Joyeuses fêtes. J'espère que tout le monde va bien. J'ai zigouillé Ethan Ritter à Miami et dispersé ses restes dans l'Atlantique. Tous mes vœux pour la nouvelle année. Karl. »

Peter éclata de rire.

— Ce type n'a jamais décidé de quel côté de la barrière il se trouvait.

—Oh, si, répondis-je. C'est justement pour ça qu'il nous invite dans des restos de luxe et nous avertit quand il tue des cabots. Il espère qu'on oubliera quel côté il a choisi.

—Pas très probable, dit Antonio. Un cabot est un cabot et Karl Marsten en est un, sans doute possible. Et dangereux avec ça.

Je hochai la tête.

—Mais, comme tu le disais, je le vois mal dévorer des humains à Bear Valley. Je suis aussi partiale que toi, mais l'idée qu'il puisse s'agir de Daniel me plaît assez. Est-ce qu'on sait où il se trouvait ces derniers temps ?

Il y eut un moment de silence. Plus qu'un moment. Beaucoup plus.

—Personne n'a suivi sa trace, dit enfin Peter.

—Enfin, c'est pas bien grave, intervint Antonio avec un grand sourire, avant de me soulever dans les airs. Laissons de côté les affaires de la Meute. Raconte-nous un peu ce que tu as fait pendant tout ce temps. Tu nous as manqué.

Mais si, c'était grave. Je comprenais pourquoi ils essayaient de prendre ça à la légère. Parce que tout ça était ma faute. Suivre la piste des cabots, c'était mon boulot. Si j'avais dit à Jeremy que je partais, l'an dernier, il aurait trouvé quelqu'un d'autre pour le faire à ma place. Si j'avais appelé pour dire que je ne reviendrais pas, il m'aurait remplacée. Mais j'avais laissé planer un doute sur mon départ. Comme toujours. J'étais déjà partie de Stonehaven, après m'être bagarrée avec Clay, pour aller chercher un repos dont j'éprouvais grandement le besoin. J'étais revenue quelques jours, peut-être quelques semaines plus tard. Je pensais qu'ils avaient compris, deviné que je ne reviendrais pas cette fois, mais peut-être que non, peut-être qu'ils attendaient toujours, comme

Clay planté toute la journée devant la grille, persuadés que je finirais par revenir car je le faisais toujours et n'avais pas dit le contraire. Je me demandais combien de temps ils m'auraient attendue.

Après le dîner, je regagnais ma chambre lorsque Nicholas jaillit de celle de Clay, m'agrippa par la taille et m'attira à l'intérieur. La chambre de Clay était à l'opposé de la mienne, en termes d'emplacement aussi bien que de style. Elle était décorée en noir et blanc. L'épaisse moquette était blanc neige. Jeremy avait peint les murs en blanc avec des motifs géométriques noirs. Il y avait un grand lit recouvert d'un dessus-de-lit noir et blanc, brodé de motifs appartenant à quelque obscure religion. Le long du mur ouest se trouvait un *home cinema* dernier cri ainsi qu'une chaîne hi-fi, les seuls de la maison. Le mur d'en face s'ornait de portraits de moi, montage de photos et de croquis qui me rappelait les « autels » découverts chez les psychopathes obsessionnels, ce qui, en y réfléchissant, décrivait assez bien Clay.

Nick me jeta sur le lit et bondit au-dessus de moi, tirant ma chemise de mon jean pour me chatouiller le ventre. Il me gratifia d'un sourire suggestif, ses dents blanches luisant sous son épaisse moustache.

— Tu n'as pas hâte d'être à ce soir ? demanda-t-il en faisant remonter ses doigts depuis mon nombril pour plonger plus profondément sous ma chemise.

Je giflai sa main qui redescendit vers mon ventre.

— On n'est pas censés s'amuser, dis-je. C'est une affaire sérieuse qui exige une attitude sérieuse.

Un éclat de rire retentit dans la salle de bains. Clay sortit en s'essuyant les mains sur une serviette.

— Tu arrives presque à dire ça en gardant ton sérieux, chérie. Tu m'impressionnes.

Je roulai les yeux et ne répondis rien.

Clay s'affala près de moi et fit grincer les ressorts.

— Allez. Avoue. Tu es impatiente.

Je haussai les épaules.

— Menteuse. Je te dis que si. On n'a pas si souvent l'occasion de courir en ville. Une chasse aux cabots autorisée officiellement.

Les yeux de Clay scintillaient. Il tendit la main pour caresser l'intérieur de mon avant-bras et je frissonnai. Un sentiment d'anticipation mêlé de nervosité virevoltait dans mon estomac. Clay tourna la tête vers la fenêtre pour regarder tomber le crépuscule. Ses doigts me chatouillèrent la saignée du bras. Je balayai son visage du regard, scrutant la ligne de sa mâchoire, les tendons de son cou, l'ombre d'un blond foncé sur son menton et la courbe de ses lèvres. Une vague de chaleur née au creux de mon ventre se diffusa vers le bas. Il pivota pour me faire face. Ses pupilles étaient dilatées et je sentais l'odeur de son excitation. Il émit un petit rire rauque, se pencha vers moi et murmura ces quelques mots magiques :

— C'est l'heure de la chasse.

Chasse

Bear Valley était une ville ouvrière de huit mille habitants, fondée à l'apogée de l'industrialisation, qui avait connu son essor lors des années quarante et cinquante. Mais trois récessions ainsi qu'un dégraissage avaient eu des conséquences néfastes. Il y avait une usine de tracteurs à l'est et une usine de papeterie au nord, et la plupart de ses habitants travaillaient dans l'un de ces deux monstres. Bear Valley s'enorgueillissait de bonnes vieilles valeurs et ses habitants travaillaient dur, jouaient le plus sérieusement du monde et remplissaient le stade de base-ball sans se soucier que l'équipe locale soit première ou dernière de la ligue. À Bear Valley, les bars fermaient à minuit en semaine, la vente de charité de l'association de parents d'élèves et de professeurs était un événement, et la réglementation du port d'armes consistait à empêcher vos gamins de tirer avec quoi que ce soit de plus gros qu'un calibre 20. La nuit, les jeunes femmes qui marchaient dans les rues n'avaient à craindre que les sifflets des conducteurs de camion sur leur passage, de la part de types qu'elles connaissaient depuis l'enfance. Elles ne se faisaient pas assassiner par des étrangers ni entraîner, massacrer puis dévorer par des chiens sauvages.

On se sépara pour le trajet. Antonio et Peter se dirigèrent vers la partie ouest de la ville, où se trouvaient quelques immeubles à trois étages sans ascenseur et deux motels en bord d'autoroute. Ce qui signifiait qu'ils devaient avoir le meilleur secteur, car le cabot occupait probablement ce genre de logement provisoire, l'inconvénient étant que Jeremy leur imposait de chercher sous forme humaine, car ils ne pourraient pas se balader dans une résidence sous forme de loups.

Clay, Nick et moi devions ratisser la partie est, où nous espérions trouver le repaire du cabot. On prit ma voiture, une vieille Camaro que je trouvais toujours une excuse pour laisser à Stonehaven. Clay conduisait. C'était ma faute, en réalité : il m'avait défiée à la course jusqu'au garage. Mon ego avait accepté, mes jambes avaient perdu. On arriva en ville peu après 21 h 30. Clay me déposa derrière une clinique qui avait fermé à 5 heures. Je procédai à la Mutation entre deux bennes qui empestaient le désinfectant.

Changer de forme ressemble à toute autre fonction corporelle dans le sens où celle-ci se produit plus facilement quand le corps en a besoin. Un loup-garou qui ne se contrôle pas subit la transformation en deux circonstances : lorsqu'il est menacé et lorsque son cycle interne dicte ce besoin. Lequel se conforme vaguement aux cycles lunaires, même si ça a peu à voir avec la pleine lune. Nos cycles naturels sont à peu près hebdomadaires. Quand le moment approche, on en ressent les symptômes : agitation, démangeaisons, crampes internes, sensation écrasante de devoir agir en sachant que le corps et l'esprit ne trouveront pas le repos avant que ce soit fini. Ces signaux deviennent aussi reconnaissables que celui de la faim, et même s'il est possible de tout remettre à plus tard, le corps reprend bientôt le dessus et nous impose une Mutation. Et, toujours comme pour la faim, nous pouvons en anticiper les symptômes et satisfaire ce besoin à l'avance. Ou bien renoncer au cycle naturel et apprendre à nous transformer aussi souvent que ça nous chante. C'est ce que la Meute nous apprenait à faire, nous transformer plus souvent afin d'améliorer notre maîtrise et de nous assurer de ne pas attendre trop longtemps, car l'attente pouvait entraîner des effets secondaires désagréables, comme voir nos mains se transformer en pattes en plein milieu de nos courses à l'épicerie, ou encore, une fois devenu loup, nous laisser envahir par une rage frustrée et la soif de sang. À Toronto, j'ignorais l'enseignement de Jeremy et ne cédais à ce besoin qu'en cas de nécessité, en partie pour prendre de la distance par rapport à cette « malédiction », et en partie parce que c'était, en ville, un événement qui exigeait tant de prudence et de préparation qu'il m'épuisait trop pour que je le répète plus d'une fois par semaine. Si bien que, là encore, je manquais de pratique. J'avais muté pas plus tard qu'hier et je savais que ce serait l'enfer de recommencer moins de vingt-quatre heures après. Comme lorsqu'on fait l'amour sans préliminaires, soit ce serait extrêmement douloureux, soit je n'y arriverais pas du tout. J'aurais dû en avertir Jeremy quand il nous avait demandé de chasser sous forme de loups, mais je n'avais pas pu. Je me sentais, eh bien, un peu gênée. À Toronto, je le faisais le moins possible car j'en avais honte. Deux jours plus tard, je me retrouvais à Stonehaven, refusant d'avouer que je ne pouvais plus le faire aussi souvent que les autres à cause de cette honte. Encore une chose à même de me plonger dans une confusion permanente.

Il me fallut plus d'une demi-heure pour venir à bout de la transformation, soit trois fois le temps normal. Était-ce douloureux ? Eh bien, je n'ai pas une grande expérience des douleurs non liées à la métamorphose, mais je crois pouvoir affirmer qu'il m'aurait été moins pénible de me faire écarteler. Quand ce fut fini, je me reposai vingt bonnes minutes, reconnaissante d'avoir au moins été capable d'aller jusqu'au bout. À choisir entre subir le supplice de la Mutation et avouer à Clay et aux autres que je ne pouvais plus le faire à la demande, j'aurais choisi l'écartèlement sans hésiter. La douleur physique s'estompe plus vite que les blessures d'orgueil.

Je commençai par un quartier de vieilles maisons identiques et contiguës qui n'avaient pas été converties en appartements en copropriété et ne le seraient sans doute jamais. Il était 22 heures passées, mais les rues étaient déjà désertes. Les parents inquiets avaient arraché leurs enfants aux terrains de jeu plusieurs heures auparavant. Même les adultes s'étaient abrités au coucher du soleil. Malgré la tiédeur de cette nuit de mai, personne n'était assis devant sa maison ni ne jouait à marquer des paniers dans son allée. La lueur bleue et vacillante des téléviseurs traversait des rideaux tirés. Les rires préenregistrés des feuilletons transperçaient la nuit, aidant les nerveux à fuir la réalité. Bear Valley avait peur.

Je me faufilai le long des maisons, cachée entre les briques et les massifs d'arbustes. Devant chaque porte, je tendais le museau et reniflais, puis filais vers l'abri qu'offrait la série suivante de buissons. Je me figeais chaque fois que j'apercevais des phares de voiture. Mon cœur battait à toute allure sous l'effet de la nervosité et de l'agitation. Je prenais peu de plaisir à tout ça, mais le danger ajoutait un élément que je n'avais pas connu depuis des années. Si l'on me voyait, ne serait-ce qu'une seconde, j'aurais des ennuis. J'étais un loup qui rôdait dans une ville en proie à des cauchemars collectifs de chiens sauvages. Si ma silhouette se retrouvait projetée sur un store baissé, les fusils se braqueraient sur moi.

Plus d'une heure plus tard, j'étais à mi-chemin de ma quatrième allée quand un « clac-clac » régulier m'arrêta net. Je m'appuyai contre la brique fraîche et tendis l'oreille. Quelqu'un approchait sur le trottoir, en émettant des cliquetis à chaque pas. Clay ? J'espérais bien que non. Même si chasser ensemble serait plus amusant, Jeremy nous avait donné la consigne de travailler séparément afin de couvrir plus de terrain. Je m'arrêtai derrière un cèdre, jetai un œil à l'extérieur et vis une femme qui marchait à vive allure, claquant des talons sur le béton. Elle portait un uniforme dont la jupe de polyester couvrait à peine ses larges hanches. Serrant un sac à main en similicuir, elle avançait aussi vite que le lui permettaient ses talons de cinq centimètres. Tous les quelques pas, elle jetait un coup d'œil par-dessus son épaule. Je reniflai l'air et sentis une vague bouffée du parfum *Obsession* étouffé par la puanteur de la graisse et de la fumée de cigarette. Une serveuse qui rentrait chez elle après son service et ne s'était pas attendue à ce que les ténèbres soient déjà profondes à ce point. Lorsqu'elle approcha, je perçus autre chose. La peur. Une peur brute, reconnaissable entre toutes. Je priai pour qu'elle se mette à courir. Elle n'en fit rien. Avec un ultime coup d'œil craintif derrière elle, elle se précipita chez elle et verrouilla la porte. Je me remis au travail.

Quelques minutes plus tard, un cri retentit. Clay. Il n'employa pas le cri distinctif du loup, qui aurait certainement attiré l'attention, mais choisit d'imiter celui d'un chien solitaire. Il avait trouvé quelque chose. J'attendis. Quand j'entendis un deuxième cri, je m'en servis pour le localiser, puis me mis à courir. Je me cantonnai aux caniveaux, mais ne m'inquiétai pas trop de rester cachée. À cette vitesse, si des gens m'apercevaient, ils ne verraient qu'une ombre de fourrure pâle.

Je rencontrai un obstacle quand je rejoignis la route principale et compris que je devais la traverser. Peu d'habitants traînaient encore dehors, mais cette route principale se révéla être une autoroute, ce qui signifiait que des camions passaient de temps en temps à toute allure. J'attendis un intervalle assez grand entre deux semi-remorques pour m'élancer. Le secteur assigné à Clay se trouvait de l'autre côté, quartier peuplé de vieilles maisons datant de la guerre, et de duplex. Quand je tentai de flairer sa piste, j'en repérai une autre qui me fit freiner brusquement, si bien que mes pattes arrière dérapèrent et que je basculai en arrière. Je me secouai, maudissant ma maladresse, puis revins sur mes pas. Là, au croisement de deux rues, je sentis l'odeur d'un loup-garou que je ne reconnus pas. La piste était vieille mais nette. Il était passé ici plus d'une fois. Je balayai la rue du regard. Comme tout était calme dans la direction où j'avais entendu Clay, je changeai de cap et suivis la piste du cabot.

Elle conduisait à une maison de brique d'un seul étage munie d'un appentis en tôle d'aluminium. La cour était petite et le gazon fraîchement tondu, mais des mauvaises herbes lui disputaient l'espace. Des ordures s'entassaient près d'un des montants du portail, et leur odeur me fit grimacer. À en juger par les trois boîtes aux lettres de devant, il y avait là trois appartements. Toutes les lumières étaient éteintes. Je flairai le trottoir. Une odeur omniprésente de loup-garou l'imprégnait, au point que j'avais du mal à distinguer où se terminait une piste et où commençait la suivante. Mais certaines étaient plus récentes que d'autres, ce qui permettait de les différencier. Il passait régulièrement ici depuis plusieurs jours.

Surexcitée d'avoir trouvé le logement de mon cabot, je ne vis pas une ombre se glisser près de moi. Je levai la tête et aperçus Clay sous forme humaine. Il tendit la main et la passa dans la fourrure derrière ma tête. Je claquai des mâchoires et plongeai dans les buissons. J'en ressortis une fois redevenue humaine.

— Tu sais que j'ai horreur de ça, marmonnai-je en passant les doigts dans mes cheveux emmêlés. Quand je suis sous forme de louve, soit tu restes loup, soit tu respectes mon intimité. Ça ne m'aide pas si tu commences à me tripoter.

— Je n'étais pas en train de te tripoter, Elena. Et merde, même les plus petits gestes… (Il s'interrompit, inspira puis reprit :) Le cabot habite ici, dans l'appartement de derrière, mais il n'est pas là.

— Tu es entré ?

— J'ai jeté un œil en t'attendant.

Je regardai son corps nu, puis le mien.

— J'imagine que tu n'as pas pensé à chercher des vêtements pendant que tu poireautais.

— Tu t'attends à ce que je trouve des fringues sur une corde à linge à cette heure-là ? Désolé, chérie. Enfin bref, ça a quand même ses avantages. Si quelqu'un sort, tu pourras sans doute le dissuader d'appeler les flics.

Je m'étranglai de rire et me dirigeai vers la porte de derrière de l'appartement. Elle ne comportait qu'une serrure. Il nous suffit de tirer brusquement sur la poignée. J'avais à peine entrouvert la porte qu'une odeur fétide de viande pourrie me frappa de plein fouet. J'eus un haut-le-cœur et ravalai un besoin de tousser. Cet endroit évoquait un charnier. Enfin, pour moi. Un humain n'aurait sans doute rien senti.

La porte s'ouvrit sur un salon qui évoquait un stéréotype de logement de célibataire : vêtements sales abandonnés sur un canapé élimé, canettes de bière vides entassées dans un coin comme un château de cartes. Des cartons remplis de croûtes de pizza jonchaient une table dans un coin. Mais ce n'était pas la source de la puanteur. Le cabot avait tué ici. Aucune trace de corps, mais une odeur écœurante de sang et de chair pourrie le trahissait. Il avait ramené une femme chez lui, l'avait tuée puis gardée un jour ou deux avant de se débarrasser du cadavre.

Je commençai par la pièce principale, inspectai les placards et le dessous des meubles. Même si je ne reconnaissais pas l'odeur de ce cabot, je pourrais peut-être déduire son identité de quelques indices. Comme je ne trouvais rien, j'allai dans la chambre où je vis Clay par terre, en train de regarder sous le lit. Lorsque j'entrai, il en tira une mèche de cheveux à laquelle le cuir chevelu était encore attaché, la jeta de côté, et continua à chercher quelque chose de plus intéressant. Je regardai fixement cette trouvaille sanglante et mon cœur se souleva. Clay y prêta autant d'attention qu'à un Kleenex usagé, plus inquiet de se salir les mains qu'autre chose. Tout brillant qu'il était, il ne comprenait pas pourquoi tuer les humains était tabou. Il ne massacrait pas d'innocents, pas plus que monsieur Tout-le-monde ne ferait volontairement une embardée en voiture pour heurter un animal. Mais, si un humain représentait une menace, son instinct lui dictait de prendre les dispositions nécessaires. S'il évitait de tuer les humains, c'était uniquement parce que Jeremy le lui interdisait.

— Rien, dit-il d'une voix étouffée avant de ressortir. Et toi ?

— Même chose. Il est assez futé pour éviter de laisser chez lui des traces permettant de l'identifier.

— Mais pas assez pour éviter de toucher aux gens du coin.

— Héréditaire, mais jeune, dis-je. Il a l'odeur d'un nouveau, mais aucun loup-garou par morsure n'aurait ce genre d'expérience, donc il doit être récent. Et effronté. Papa lui a appris les bases, mais il n'a pas assez d'expérience pour se tenir à carreau ou rester à l'écart du territoire de la Meute.

— En tout cas, il ne va pas vivre assez longtemps pour acquérir cette expérience. Sa première gaffe aura été la dernière.

Nous finissions de ratisser l'appartement quand Nick franchit la porte, essoufflé.

— Je t'ai entendu appeler, dit-il. Tu as trouvé son appartement ? Il est là ?

— Non, répondis-je.

— On peut attendre ? demanda Nick, les yeux remplis d'espoir.

J'hésitai puis secouai la tête.

— Il nous sentirait avant même d'atteindre la porte. Jeremy nous a dit de ne tuer que si on pouvait le faire sans risque. Ce n'est pas le cas. À moins d'être un novice total, il va percevoir notre odeur en rentrant. Avec un peu de chance, il saisira l'allusion et quittera la ville. Si c'est le cas, on pourra le pourchasser plus tard et le tuer hors de notre territoire. Ce sera beaucoup moins risqué.

Clay se pencha vers le meuble de chevet, où il avait posé des objets tirés de sous le lit. Il me tendit deux pochettes d'allumettes.

— J'ai une petite idée de l'endroit où ce cabot passe ses soirées, dit-il. S'il est trop crétin pour se casser de cette ville avant qu'on se lance à sa poursuite demain soir, on le trouvera sans doute en train de chercher son repas dans les réservoirs à viande du coin.

Je regardai les pochettes d'allumettes. La première était au nom de *Rick's Tavern*, l'un des trois seuls établissements du coin autorisés à vendre de l'alcool. La deuxième était un modèle brun et bon marché avec une adresse tamponnée au dos. Je mémorisai l'adresse car nous ne pouvions rien emporter, n'ayant rien pour l'instant qui fasse office de poches.

— On retourne chercher nos habits, dit Clay. Nick et moi, on a laissé les nôtres de l'autre côté de la grand-rue, près de l'endroit où on t'a déposée, alors on va pouvoir faire le gros du chemin ensemble. Tu veux muter dans la chambre ? On reste ici.

Mon cœur se mit à cogner.

— Muter ?

— Ouais, muter. Tu comptes regagner la bagnole à poil, chérie ? Remarque, ça ne me dérange pas, tant que personne ne se rince l'œil. Mais la traversée de l'autoroute risque d'être un peu délicate.

— Il y a des habits ici.

Clay s'étrangla de rire.

— Je préférerais être chopé à poil que porter les fringues d'un cabot.

Comme je ne répondais pas, il fronça les sourcils.

— Quelque chose ne va pas, chérie ?

— Non, c'est juste… Non. Tout va bien.

J'entrai dans la chambre, refermai presque complètement la porte afin de pouvoir sortir quand j'aurais réussi ma Mutation (ou *si* j'y parvenais). Heureusement, personne ne sembla s'étonner de ce besoin d'intimité. Aussi proches que soient les membres de la Meute, la plupart aimaient se transformer en privé. Comme toujours, Clay faisait exception. Il se moquait bien qu'on le voie muter. C'était à ses yeux un état naturel dont il ne devait donc pas avoir honte, même si les étapes intermédiaires vous transformaient en créature hybride aux allures de phénomène de foire. La vanité était un des nombreux concepts humains qui lui paraissaient bizarres et étrangers. Rien de naturel n'avait à être caché. Les verrous des salles de bains de Stonehaven étaient cassés depuis plus de vingt ans. Personne ne prenait la peine de les réparer. Certaines choses ne méritaient pas qu'on lutte contre notre nature. Mais les Mutations étaient l'exception.

Je me dirigeai de l'autre côté du lit afin que Clay et Nick ne puissent me voir à travers la porte. Puis je me laissai tomber à quatre pattes, me concentrai et espérai. Pendant cinq longues minutes, il ne se passa rien. Je me mis à transpirer et redoublai d'efforts. Plusieurs autres minutes passèrent. Je sentis mes mains se transformer en griffes, mais, lorsque je baissai les yeux, je ne vis que mes doigts très humains qui s'enfonçaient dans la moquette.

Du coin de l'œil, je vis bouger la porte. Une truffe noire avança dans la pièce. Un museau doré la suivit. Je me précipitai pour claquer la porte avant que Clay me voie. Il m'interrogea d'un son plaintif. Je répondis d'un grognement que j'espérais suffisamment canin. Clay grogna en retour et s'éloigna de la porte. Un répit, mais bref. D'ici moins de cinq minutes, il allait réessayer. Il n'était pas connu pour sa patience.

Je m'avançai en silence et entrebâillai la porte afin de l'ouvrir si je mutais (*quand*, par pitié, *quand* je muterais). Juste au cas où, je réfléchis à des solutions de secours. M'emparer de vêtements et sortir par la fenêtre ? Tandis que j'inspectais la minuscule fenêtre, ma peau se mit à picoter et à s'étirer. Je baissai les yeux et vis mes ongles s'épaissir, mes doigts raccourcir. Poussant un profond soupir de soulagement, je fermai les yeux et laissai la transformation s'effectuer.

On se faufila à travers le jardin de la maison pour ressortir du côté nord du secteur des fast-foods de Bear Valley, qui concentrait toutes les chaînes de restaurant connues où l'on pouvait passer commande sans quitter sa voiture. Après avoir traversé les parkings de derrière, on pénétra dans un dédale de ruelles sillonnant un bloc d'entrepôts. Une fois à l'abri des lumières, on se mit à courir.

Je fis bientôt la course avec Clay. C'était davantage un parcours du combattant qu'une course à fond de train, et on glissait dans les flaques et trébuchait sur des sacs-poubelle. J'avais pris la tête quand une poubelle se renversa au bout de la ruelle. On freina brusquement, tous les trois.

— Mais qu'est-ce que tu fous ? demanda une voix jeune et masculine. Regarde un peu où tu mets les pieds et bouge ton cul. Si mon vieux découvre que je me suis barré, il va clouer mon scalp à la porte de la remise.

Une autre voix masculine ne fournit pour toute réponse qu'un gloussement ivre. La poubelle fit crisser le gravier, puis apparurent deux têtes qui progressaient le long de la ruelle. Je m'avançai petit à petit parmi les ombres jusqu'à ce que ma croupe heurte le mur de brique. Je me retrouvai coincée entre un tas d'ordures et une pile de cartons. De l'autre côté de la rue, Clay et Nick reculèrent dans une entrée et disparurent dans le noir, où ne transparaissaient plus que les yeux bleus et luisants de Clay. Son regard passa de moi aux jeunes gens en approche, m'apprenant que les ombres ne faisaient pas leur boulot et que j'étais donc exposée. Trop tard pour me déplacer. Je ne pouvais qu'espérer que les garçons étaient trop saouls pour nous prêter attention lorsqu'ils passeraient en titubant devant nous.

Ils bavardaient mais leurs mots me traversèrent les oreilles comme du bruit blanc. Pour comprendre le langage humain sous cette forme, je devais me concentrer, tout comme je le ferais pour comprendre quelqu'un qui parlerait français. Je ne pouvais pas me soucier de ça maintenant. J'étais trop occupée à observer leurs pieds qui approchaient.

Lorsqu'ils longèrent le tas d'ordures, je m'accroupis, m'aplatissant au sol. Leurs chaussures parcoururent trois pas de plus, les rapprochant de ma cachette. Je me forçai à ne pas écouter, mais à scruter plutôt leurs visages pour interpréter leur réaction. Ils n'avaient pas plus de dix-sept ans. L'un des deux était grand, cheveux sombres, vêtu d'une veste en cuir, d'un jean déchiré et de bottes de combat, avec un tatouage autour du cou et des piercings dans les lèvres et le nez. Son camarade rouquin portait une tenue semblable, mais sans les tatouages et piercings, car il lui manquait le courage (ou la bêtise) de transformer une mode en défigurement permanent.

Ils s'éloignèrent en jacassant toujours. Puis le gamin aux cheveux sombres trébucha. Dans sa chute, il se tortilla, se retint à une poubelle et m'aperçut. Il cligna des yeux. Puis tira sur la manche de veste de son ami et me montra du doigt. L'instinct me poussait à contrer la menace par une attaque. La raison me forçait à attendre. Dix ans plus tôt, j'aurais tué les gamins à l'instant même où ils pénétraient dans la ruelle. Cinq ans plus tôt, j'aurais bondi dès que je me serais assurée que personne ne me voyait. Aujourd'hui encore, je ressentais ce conflit dans mes tripes, une peur qui contractait mes muscles, prêts à l'assaut. C'était ça, cette lutte pour le contrôle de mon corps, que je détestais par-dessus tout.

Un grondement sourd résonna dans la ruelle. Lorsque j'en éprouvai les vibrations dans ma gorge, je compris que je grognais. Mes oreilles étaient collées contre mon crâne. L'espace d'une seconde, mon cerveau tenta de combattre l'instinct, puis comprit l'avantage de céder, afin de montrer aux gamins à quel point ils se trouvaient près de la mort.

Je retroussai les lèvres et grondai. Les deux garçons bondirent en arrière. Le rouquin se détourna et se mit à courir dans la ruelle, puis trébucha et s'affala parmi les ordures. Les yeux de l'autre le suivirent. Puis, au lieu de se précipiter vers lui, il plongea le bras dans le tas d'ordures. Lorsqu'il le retira, la lune fit briller quelque chose dans sa paume. Il se tourna vers moi, un tesson en main, tandis qu'un sourire confiant remplaçait la peur sur ses traits. Je vis bouger quelque chose derrière lui et levai les yeux pour découvrir Clay tapi. Les muscles de ses épaules étaient contractés. Je jetai un coup d'œil au gamin, puis bondis. Clay sauta. En plein vol, je parvins à esquiver le garçon et heurtai Clay en pleine poitrine. Heurtant le sol après un vol plané, on se mit à courir avec Nick sur nos talons jusqu'à rejoindre nos habits.

On regagna Stonehaven à 2 heures passées. Antonio et Peter n'étaient pas encore rentrés. Nous n'avions eu aucun moyen de les retrouver pour leur dire que nous avions déjà découvert où logeait le cabot. La maison était sombre et silencieuse. Jeremy n'avait pas veillé pour nous attendre. Il savait qu'on le réveillerait s'il s'était passé quoi que ce soit. On monta les marches à toute allure, Clay et moi, en nous chamaillant et en jouant des coudes pour nous disputer la première place. Derrière nous, Nick singeait notre bagarre mais restait sur nos talons. Atteignant le haut des marches, on fonça vers la chambre de Jeremy au bout du couloir. Avant qu'on l'atteigne, la porte s'ouvrit en grinçant.

— Vous l'avez trouvé ? demanda Jeremy, voix désincarnée dans le noir.

— On a trouvé où il loge, répondis-je. Il…

— Vous l'avez tué ?

— Nan, répondit Clay. Trop risqué. Mais on…

— Parfait. Vous me raconterez le reste demain matin.

La porte se referma. J'échangeai un coup d'œil avec Clay. Puis je haussai les épaules et me dirigeai vers l'autre bout du couloir.

— Il faudra juste que je te prenne de vitesse demain, dis-je.

Clay bondit et me plaqua contre le plancher. Il m'écrasa de tout son poids et me cloua les bras au sol avec un sourire aux lèvres, les yeux brillant toujours de l'excitation de la chasse.

— Tu crois ? Et si on le pariait au jeu ? C'est toi qui choisis lequel.

— Au poker, dit Nick.

Clay se tortilla pour le regarder.

— Et pour quel enjeu ?

Nick sourit.

— Comme d'habitude. Ça fait un bail.

Clay éclata de rire, se releva et me souleva dans ses bras. Quand on atteignit sa chambre, il me jeta sur le lit, puis se dirigea vers le bar pour nous servir des verres. Nick bondit sur moi. Je le repoussai et me relevai tant bien que mal.

— Qu'est-ce qui te fait croire que j'ai envie de jouer ? demandai-je.

— On t'a manqué, répondit Nick.

Il déboutonna sa chemise et la retira à grands gestes, s'assurant que j'aie une bonne vue sur ses muscles.

Avec ces mecs-là, se déshabiller ressemblait à une parade amoureuse. Ils croyaient que la vue d'un beau visage, de biceps bien fermes et d'un ventre plat allait me transformer en masse d'hormones sans défense, désireuse de me prêter à leurs gamineries. Ça marchait la plupart du temps, mais la question n'était pas là.

— Whisky soda ? proposa Clay depuis l'autre côté de la pièce.

— Parfait, répondit Nick.

Clay ne me demanda pas ce que je voulais. Nick retira la pince de mes cheveux et se mit à me mordiller l'oreille, l'haleine tiède et légèrement imprégnée de l'odeur de son dîner. Je me détendis sur le lit. Tandis que ses lèvres descendaient le long de mon cou, je tournai la tête, fourrai le nez dans son cou et inhalai son odeur musquée. Je descendis jusqu'au creux de sa clavicule et sentis battre son cœur.

Nick bondit. Je levai les yeux et vis Clay qui appuyait un verre froid contre le dos de Nick. Il l'agrippa par l'épaule et l'éloigna brusquement de moi.

— Va chercher les cartes, dit-il.

— Où sont-elles ? demanda Nick.

— Cherche. Ça devrait t'occuper un moment.

Clay s'assit près de ma tête et me tendit un verre. J'en goûtai le contenu. Rhum Coca. Il vida une gorgée du sien, puis se pencha vers moi.

— Soirée parfaite, hein ?

— Ça aurait pu. (Je lui souris.) Sauf que tu étais là.

— Ce qui signifie que ce n'était que le début d'une soirée parfaite.

Lorsqu'il se pencha vers moi, ses doigts frôlèrent ma cuisse et glissèrent sur ma hanche. Son odeur épaisse, presque palpable, fit naître dans mon ventre une sensation de brûlure qui se diffusa lentement vers le bas.

— Tu t'es amusée, dit-il. Avoue.

— Peut-être.

Nick sauta de nouveau sur le lit.

— C'est l'heure des jeux. Vous vous en tenez à vos enjeux ? Le gagnant raconte à Jeremy ce qui s'est passé ce soir ?

Les lèvres de Clay esquissèrent lentement un sourire.

— Nan. Je choisis autre chose. Si je gagne, Elena sort avec moi, dans les bois.

— Pour quoi faire ? demandai-je.

Son sourire s'élargit, dévoilant de parfaites dents blanches.

— Quelle importance ?

— Et si c'est moi, je gagne quoi ?

— Ce que tu veux. Si tu gagnes, tu choisis ta récompense. Tu peux raconter à Jeremy ce qui s'est passé, ou te charger de la mise à mort demain, ou tout ce que tu voudras.

— Je peux me charger de la mise à mort ?

Il jeta la tête en arrière et éclata de rire.

— Je savais que ça te plairait. Bien sûr, chérie. Si tu gagnes, le cabot est à toi.

Je ne pouvais pas résister à une telle offre. J'acceptai donc de jouer.

Clay gagna la partie.

Reproches

Je le suivis dans les bois. Nick avait voulu nous accompagner, mais un seul regard de Clay avait suffi à le faire changer d'avis. Lorsqu'on atteignit une clairière, Clay s'arrêta, pivota et me regarda sans rien dire.

— On ne peut pas, dis-je en frissonnant dans l'air nocturne.

Il ne répondit pas. Combien de fois avions-nous rejoué cette scène ? Je n'en tirais donc jamais de leçons ? Je savais bien comment ça se terminait quand je prenais les cartes – je n'avais pensé à rien d'autre de toute la partie.

Il m'embrassa. Je percevais la chaleur de son corps, si familière que je pouvais m'y noyer. Son odeur riche dériva dans mon cerveau, aussi grisante que celle de la fumée de peyotl. Je me sentis succomber à cette odeur, mais une partie de mon cerveau, toujours capable de réflexion, sonna l'alarme. *Tu es déjà passée par là. Tu as déjà fait ça. Tu te rappelles comment ça se termine ?*

Je reculai, davantage pour tester sa réaction que par résistance sérieuse. Il m'appuya contre un arbre tandis que ses mains glissaient vers mes hanches pour les agripper fort. Ses lèvres retrouvèrent les miennes et ses baisers s'intensifièrent. Je commençai à lutter pour de bon. Il me coinça entre l'arbre et son corps. Je lui donnai un coup de pied qui le força à reculer, secouant la tête. Je luttai pour reprendre mon souffle et regardai autour de moi.

La clairière était vide. Clay avait disparu. Tandis que mon cerveau embrumé s'efforçait d'intégrer ces données, on tira mes bras derrière ma tête avant de me faire basculer sur les genoux.

— Mais qu'est-ce…

— Tiens-toi tranquille, dit Clay derrière moi. Je t'aide.

— Tu m'aides ? À faire quoi ?

Je tentai de baisser les bras, mais il les tenait fermement. Quelque chose de doux glissa autour de mes poignets. Un jeune arbre oscilla au-dessus de nos têtes. Puis Clay me lâcha. Je voulus agiter les bras mais ne parvins qu'à bouger de quelques centimètres avant que le tissu m'enserre fermement les poignets. Quand je fus bien attachée, il me contourna pour venir s'agenouiller devant moi, visiblement bien trop content de ce spectacle.

— Ce n'est pas drôle, dis-je. Détache-moi. Tout de suite.

Souriant toujours, il agrippa le haut de mon tee-shirt et le déchira en son milieu. Puis il dégrafa mon soutien-gorge. J'allais dire quelque chose mais m'arrêtai, inspirant brusquement. Il avait pris mon sein dans sa bouche et en agaçait le mamelon à l'aide de ses dents. Il donna un coup de langue qui le fit durcir et se dresser. Une vague de désir m'embrouilla le cerveau. Mon corps se cambra. Lorsqu'il gloussa de rire, la vibration diffusa un chatouillis dans mon corps.

— C'est mieux comme ça ? demanda-t-il. Comme tu ne peux pas résister, on ne peut pas s'attendre à ce que tu m'en empêches. Ça échappe à ton contrôle.

Sa main s'écarta de mon sein pour me caresser le ventre, descendant avec une lenteur frustrante. Une image de son corps nu m'apparut malgré moi. Mon désir s'embrasa. Il me contourna. Je sentis son érection glisser le long de ma cuisse. J'écartai un peu les jambes et le tissu rêche de son jean me frôla. Puis il recula.

— Tu éprouves encore les sensations de cette soirée ? chuchota-t-il en se penchant à mon oreille. La chasse. La poursuite. La course à travers la ville.

Je frissonnai.

— Où est-ce que tu les ressens ? demanda-t-il d'une voix soudain plus grave, les yeux brillant d'un bleu phosphorescent.

Ses mains atteignirent mon jean, qu'elles déboutonnèrent avant de le faire glisser sur mes hanches. Il effleura l'intérieur de ma cuisse où ses doigts s'attardèrent juste assez pour faire bondir mon cœur.

— Tu les ressens ici ?

Il fit glisser ses mains jusqu'au creux de mes genoux, suivant à la trace les frissons qui me parcouraient. Je fermai les yeux et laissai les images de cette nuit déferler dans mon esprit, les portes verrouillées, les rues silencieuses, l'odeur de la peur. Je me rappelai les mains de Clay dans ma fourrure, l'étincelle avide dans ses yeux lorsqu'il était entré dans l'appartement, l'extase de cette course à travers la ville. Je me rappelai le danger dans la ruelle, tandis que nous observions les deux garçons, aux aguets, l'oreille tendue, et le grondement de Clay lorsqu'il avait bondi sur eux. L'excitation était toujours là, palpitant dans mon corps tout entier.

— Tu les ressens ? insista-t-il en approchant le visage du mien.

Je voulus fermer les yeux.

— Non, murmura-t-il. Regarde-moi.

Ses doigts remontèrent lentement le long de ma cuisse. Il joua un moment avec le bord de ma culotte puis plongea les doigts en moi. Je lâchai un soupir. Ses doigts s'agitèrent en moi, trouvèrent le centre du plaisir. Je me mordis la lèvre pour m'empêcher de crier. Alors même que je sentais les vagues d'orgasme s'accumuler, mon cerveau eut un sursaut et je compris ce que j'étais en train de faire. Je luttai pour m'écarter de sa main, mais il tint bon, agitant toujours les doigts en moi. L'orgasme se remit à monter mais je le repoussai, n'ayant aucune envie d'accorder ce plaisir à Clay. Je fermai les yeux très fort pour lutter contre lui et tirai sur mes liens. L'arbre gémit mais les liens résistèrent. Soudain, sa main s'interrompit et se retira. Le ronronnement métallique d'une fermeture Éclair traversa l'air nocturne.

Mes yeux s'ouvrirent d'un coup pour le voir baisser son jean. Lorsque je lus la faim dans ses yeux et son corps, mes hanches se soulevèrent malgré moi à sa rencontre. Je secouai vivement la tête afin de m'éclaircir les idées. Je me tortillai pour lui échapper. Clay se pencha, approchant le visage du mien.

— Je ne vais pas t'y forcer, Elena. Tu aimes faire comme si j'en étais capable, mais tu sais bien que non. Il te suffit de me dire non. Dis-moi d'arrêter. Dis-moi de te détacher. Et je le ferai.

Sa main se glissa entre mes cuisses et les écarta avant que je puisse les serrer. Mon corps me trahit lorsque chaleur et humidité se précipitèrent à la rencontre de Clay. Je sentis son extrémité me frôler, mais il n'alla pas plus loin.

— Dis-moi d'arrêter, murmura-t-il. Il suffit d'un mot.

Je lui lançai un regard mauvais mais les mots refusèrent de franchir mes lèvres. On resta étendus un moment sans pouvoir dissocier nos regards. Puis il me saisit sous les bras et s'enfonça en moi. Mon corps se convulsa. Pendant une longue seconde, il ne bougea pas. Je le sentais en moi, ses hanches appuyées contre les miennes. Il se retira lentement et mon corps protesta, avançant involontairement vers lui pour tenter de le retenir. Je sentis ses bras se lever au-dessus de ma tête. Mes liens se tendirent une fois puis cédèrent entre ses mains. Il s'enfonça en moi et ma résistance céda. Je l'agrippai, entortillant les mains dans ses cheveux, enroulant mes jambes autour de lui. Il lâcha mes bras et m'embrassa, me dévorant de ces profonds baisers tandis qu'il s'activait en moi. Si longtemps. Ça faisait si longtemps et il m'avait tellement manqué.

Quand ce fut terminé, on s'effondra sur l'herbe, aussi essoufflés qu'après un marathon. On y resta allongés, toujours enlacés. Clay enfouit le visage dans mes cheveux, me dit qu'il m'aimait puis s'endormit. Je restai étendue là, noyée dans une brume d'hébétude. Puis je tournai enfin la tête pour le regarder. Mon amant démon. Onze ans plus tôt, je lui avais tout donné. Mais ça n'avait pas suffi.

— Tu m'as mordue, murmurai-je.

Clay m'avait mordue dans le bureau de Stonehaven. Je m'y trouvais seule avec Jeremy qui cherchait un moyen de se débarrasser de moi, même si je l'ignorais alors. Il posait des questions simples et anodines, du genre de celles qu'un père pose à la jeune femme que son fils compte épouser. Clay et moi étions fiancés. Il m'avait déjà présenté à ses meilleurs amis, Nicholas et Logan. À présent, il venait de m'amener à Stonehaven pour que je rencontre Jeremy.

Pendant que celui-ci m'interrogeait, j'avais cru entendre les pas de Clay, mais ils s'étaient interrompus. Soit je les avais imaginés, soit il s'était dirigé ailleurs. Jeremy se tenait près de la fenêtre, tourné de quart de profil dans ma direction. Il regardait dans la cour.

— D'ici à ce que vous vous mariiez, Clayton aura fini son année universitaire, disait Jeremy. Et s'il trouve du travail ailleurs ? Êtes-vous prête à abandonner vos études ?

Avant que je puisse formuler une réponse, la porte s'ouvrit. J'aimerais pouvoir ajouter « en grinçant » ou toute autre expression menaçante. Mais non. Elle s'ouvrit simplement. Je me tournai vers elle. Un chien se faufila dans la pièce, tête basse, comme s'il s'attendait à une réprimande pour s'être attardé si longtemps dans cette partie de la maison. Il était énorme, presque aussi gros qu'un danois, mais aussi robuste qu'un chien de berger bien musclé. L'or de sa fourrure scintillait. Lorsqu'il entra dans la pièce, il tourna vers moi des yeux d'un bleu très vif. Il les leva vers moi, bouche ouverte. Je lui souris. Malgré sa taille, je savais n'avoir rien à craindre. Je le ressentais clairement.

— La vache, m'exclamai-je. Il est magnifique. Il ou elle ?

Jeremy se tourna. Ses yeux s'écarquillèrent et je le vis blêmir. Il fit un pas en avant, puis s'arrêta et appela Clay.

— Clay l'a laissé sortir ? demandai-je. Pas de problème. Ça ne me dérange pas.

J'agitai les doigts pour faire signe au chien d'approcher.

— Ne bougez pas, dit Jeremy d'une voix basse. Retirez votre main.

— Ne vous en faites pas. Je le laisse me renifler. C'est ce qu'on est censés faire avec un chien qui ne nous connaît pas avant de le caresser. J'ai eu des chiens, quand j'étais petite. Enfin, ils appartenaient à mes familles adoptives. Vous voyez sa position ? Oreilles en avant, bouche ouverte, en train de remuer la queue ? Ça veut dire qu'il est calme et curieux.

— Retirez votre main tout de suite.

Je lançai un coup d'œil à Jeremy. Il était tendu, comme s'il se préparait à bondir sur le chien s'il m'attaquait. Il appela de nouveau Clay.

— Pas de problème, je vous assure, répétai-je, un peu agacée à présent. S'il est nerveux, vous allez seulement l'effrayer en criant. Faites-moi confiance. Une fois, j'ai été mordue par un chien, un petit chihuahua qui aboyait tout le temps. Il m'a fait très mal, j'ai encore la cicatrice. Celui-ci est une grosse brute, mais il a l'air gentil. C'est souvent le cas, avec les gros chiens. C'est des petits roquets dont il faut se méfier.

Le chien s'était approché, un œil craintif tourné vers Jeremy, scrutant son langage corporel comme s'il s'attendait à être frappé. La colère monta en moi. Ce chien était-il battu ? Jeremy n'avait pas le profil, mais je venais à peine de le rencontrer. Je me détournai de lui pour tendre la main plus près de l'animal.

— Hé, mon grand, murmurai-je. T'es un joli bestiau, tu sais ça ?

Le chien s'avança avec lenteur et prudence, comme si chacun d'entre nous craignait d'effrayer l'autre. Son museau se dirigea vers ma main. Lorsqu'il leva la truffe pour me renifler les doigts, il se dressa soudain pour les agripper et les mordiller. Je poussai un cri, davantage de surprise que de douleur. Le chien se mit à me lécher la main. Jeremy traversa la pièce d'un bond. L'animal fila aussitôt par la porte ouverte. Jeremy se lança à sa suite.

— Non, lui dis-je en me relevant. Il ne l'a pas fait exprès. Il jouait, c'est tout.

Jeremy se précipita vers moi et saisit ma main pour inspecter la morsure. Deux dents avaient transpercé la peau, laissant deux plaies minuscules d'où ne coulaient que quelques gouttes de sang.

— Il a à peine traversé la peau, dis-je. C'est juste un suçon. Vous voyez ?

Il s'écoula plusieurs minutes au cours desquelles Jeremy inspecta ma plaie. Puis j'entendis une grande agitation à la porte. Je levai les yeux, m'attendant à ce qu'il s'agisse du chien. Mais ce fut Clay qui entra. Je ne voyais pas son expression. Jeremy, placé entre nous, me bouchait la vue.

— Le chien m'a mordue, dis-je. Rien de méchant.

Jeremy se tourna vers Clay.

— Sors d'ici, dit-il d'une voix si basse que je l'entendis à peine.

Clay resta figé dans l'entrée.

— Sors d'ici ! cria Jeremy.

— Ce n'est pas sa faute à *lui*, dis-je. Il a peut-être laissé entrer le chien, mais…

Je m'interrompis. Ma main commençait à brûler. Les plaies jumelles avaient viré au rouge vif. Je secouai vivement la main et regardai Jeremy.

— Je ferais mieux d'aller la nettoyer, dis-je. Vous avez de la Bactine ou un équivalent ?

Quand je m'avançai, mes jambes cédèrent. La dernière chose que je vis fut Clay et Jeremy qui se penchaient pour me retenir. Puis tout devint noir.

Après ma morsure, je ne repris conscience qu'au bout de deux jours, même si je crus sur le moment qu'il ne s'était écoulé que quelques heures. Je m'éveillai dans l'une des chambres d'amis, celle qui deviendrait plus tard la mienne. Ouvrir les yeux me demanda le plus gros effort. Mes paupières étaient brûlantes et gonflées. Ma gorge me faisait mal, tout comme mes oreilles et ma tête. Merde, même mes dents. Je clignai des yeux plusieurs fois. La pièce se mit à tanguer, puis devint plus nette. Jeremy était assis dans un fauteuil près de mon lit. Je levai la tête. Explosion de douleur derrière mes yeux. Je la laissai retomber sur l'oreiller avec un gémissement. J'entendis Jeremy se lever, puis le vis me regarder.

—Où est Clay ? demandai-je.

Ça ressemblait plutôt à « wéééklééé », comme si je parlais avec de la guimauve plein la bouche.

J'avalai ma salive en grimaçant de douleur.

—Où est Clay ?

—Vous êtes malade, dit Jeremy.

—Ah bon ? Je ne m'en étais pas rendu compte.

Cette repartie me coûta cher. Je dus fermer les yeux et avaler de nouveau ma salive avant de continuer.

—Qu'est-ce qui s'est passé ?

—Il vous a mordue.

Je revis aussitôt défiler la scène. Je sentais à présent des élancements dans ma main. Je m'efforçai de la soulever. Les deux piqûres avaient enflé jusqu'à la taille d'œufs de rouge-gorge. Elles dégageaient de la chaleur. Aucun signe de pus ni d'infection, mais quelque chose allait manifestement de travers. Une bouffée de peur m'envahit. Le chien était-il enragé ? Quels étaient les symptômes de la rage ? Que pouvait-on attraper d'autre suite à une morsure de chien ? La maladie de Carré ?

—L'hôpital, dis-je d'une voix rauque. Il faut que j'aille à l'hôpital.

—Buvez ça.

Un verre apparut. Son contenu ressemblait à de l'eau. Jeremy glissa la main sous ma nuque et me souleva la tête pour m'aider à boire. Je m'écartai brusquement, heurtai le verre du menton et le renversai sur le lit. Jeremy jura et retira le dessus-de-lit trempé.

— Où est Clay ?

— Il faut que vous buviez, dit-il.

Il tira un nouveau dessus-de-lit posé au pied du lit, le secoua pour le déplier puis m'en recouvrit. Je me tortillai pour m'en dégager.

— Où est Clay ?

— Il vous a mordue.

— Je le sais bien, que ce sale clebs m'a mordue. (Je m'écartai lorsque Jeremy posa la main sur mon front.) Répondez-moi. Où est Clay ?

— Il vous a mordue. Clay vous a mordue.

Je cessai de me débattre et clignai des yeux. Je crus avoir mal entendu.

— Clay m'a mordue ? répétai-je lentement.

Jeremy ne me corrigea pas. Il resta planté là, les yeux baissés vers moi.

— C'est le chien qui m'a mordue, dis-je.

— Ce n'était pas un chien. C'était Clay. Il… il avait changé de forme.

— Changé de forme ? répétai-je.

Je regardai fixement Jeremy, puis me tortillai pour tenter de me lever. Il m'attrapa par les épaules et m'immobilisa. La panique s'enflamma en moi. Je luttai avec davantage de force que je ne pensais en posséder, battant l'air des pieds et des poings. Il me cloua au lit avec aussi peu d'efforts que si j'étais une gamine de deux ans.

— Arrêtez, Elena.

Mon nom sonnait faux dans sa bouche, comme un mot étranger.

— Où est Clay ? criai-je, ignorant la douleur qui me brûlait la gorge. Où est Clay ?

— Il est parti. Je l'y ai obligé après qu'il… vous a mordue.

Jeremy m'agrippa les deux bras et les maintint en place, m'immobilisant de manière à m'empêcher totalement de bouger. Il inspira puis reprit :

— C'est un… (Il hésita, puis secoua la tête.) Je n'ai pas besoin de vous dire ce qu'il est, Elena. Vous l'avez vu changer de forme. Vous l'avez vu devenir un loup.

— Non ! m'écriai-je en essayant de lui balancer un coup de pied, mais je ne fis que l'agiter dans le vide. Vous êtes taré, putain, complètement taré. J'ai vu un chien. Laissez-moi partir ! Clay !

— Il vous a mordue, Elena. Ce qui signifie… que vous êtes maintenant comme lui. Vous êtes en train de devenir la même chose. C'est pour ça que vous êtes malade. Vous devez me laisser vous aider.

Je fermai les yeux et hurlai, noyant ses paroles. Où était Clay ? Pourquoi m'avait-il laissée avec ce cinglé ? Pourquoi m'avait-il abandonnée ? Il m'aimait. J'en avais la certitude.

— Je sais que vous ne me croyez pas, Elena. Mais regardez-moi. Regardez simplement.

Je plaquai ma tête de côté afin de ne pas le regarder. Je ne voyais que son bras qui maintenait le mien contre le lit. Au bout de quelques instants, son avant-bras sembla miroiter et se contracter. Je secouai vivement la tête et sentis la douleur ricocher à l'intérieur comme un charbon ardent. Ma vision se brouilla, puis s'éclaircit. Le bras de Jeremy se convulsa, son poignet s'affina, sa main se tordit et se déforma. Je voulus fermer les yeux, mais en vain. J'étais clouée sur place par ce spectacle. Les poils noirs s'épaissirent sur ses bras. D'autres poussèrent, sortirent de sa peau et s'allongèrent à vue d'œil. La pression de ses doigts se détendit. Une patte noire reposait sur mon bras. Je fermai les yeux et me mis à hurler jusqu'à ce que le monde devienne tout noir.

Il me fallut plus d'un an pour absorber pleinement ce que j'étais devenue, comprendre que ce n'était ni un cauchemar ni une illusion, que ça ne prendrait jamais fin, qu'il n'existait aucun remède. Jeremy laissa revenir Clay dix-huit mois plus tard, mais rien entre nous ne serait jamais plus comme avant. Impossible. Certaines choses sont impardonnables.

Je m'éveillai quelques heures après et sentis les bras de Clay autour de moi, mon dos appuyé contre lui. Une vague de paix me berça lentement. Puis je m'éveillai en sursaut. Les bras de Clay autour de moi. Mon dos appuyé contre lui. Allongés ensemble dans l'herbe. Oh, merde.

Je m'extirpai de son étreinte sans le réveiller, puis sortis de la clairière et regagnai précipitamment la maison. Jeremy se trouvait à l'arrière, en train de lire le *New York Times* aux premiers rayons de l'aube. Je m'arrêtai quand je l'aperçus, mais il était trop tard. Il m'avait vue. Oui, j'étais nue, mais ce n'était pas pour ça que j'aurais préféré l'éviter. Des années au sein de la Meute m'avaient dépouillée de toute pudeur, sans mauvais jeu de mots. Lorsqu'on courait, on terminait souvent nus et loin de nos habits. C'était déconcertant, au début, de se réveiller d'un somme après la course pour se retrouver étendu dans une grotte à côté de trois ou quatre types à poil. Déconcertant, mais pas franchement déplaisant, compte tenu du fait qu'ils étaient tous des loups-garous, donc en excellente forme physique, et pas désagréables à regarder au naturel. Enfin je digresse. Ce que je veux dire, c'est que Jeremy me voyait nue depuis des années. Quand je sortis du couvert des arbres, il ne remarqua même pas l'absence de vêtements.

Il replia son journal, se leva de sa chaise longue et attendit. Levant le menton, je me dirigeai vers l'entrée. Il allait sentir l'odeur de Clay sur moi. Aucun moyen d'y échapper.

— Je suis fatiguée, dis-je en essayant de le dépasser vite. La nuit a été longue. Je retourne au lit.

— J'aimerais bien savoir ce que vous avez découvert hier soir.

Il parlait d'une voix douce. C'était une question, pas un ordre. Il m'aurait été plus facile d'ignorer un ordre direct. L'idée d'aller me coucher, de me retrouver seule avec mes pensées, me parut soudain insoutenable. Jeremy m'offrait une distraction. Je décidai de l'accepter. Je m'affalai dans un fauteuil et lui racontai toute l'histoire. D'accord, pas dans son intégralité, mais je lui parlai de la découverte de l'appartement du cabot, en laissant de côté l'épisode des gamins dans la ruelle et en excluant strictement tout ce qui s'était passé après notre retour. Jeremy m'écouta sans faire de commentaires. Alors que je terminais, j'aperçus un mouvement dans la cour. Clay sortit de la forêt à grands pas, les épaules raides, ses lèvres pincées formant une ligne bien droite.

— Rentre, dit Jeremy. Va dormir. Je m'occupe de lui.

Je me réfugiai dans la maison.

De retour dans ma chambre, je pris mon téléphone portable dans mon sac et appelai Toronto. Si je n'avais pas appelé Philip, ce n'était pas parce que j'éprouvais de la culpabilité, mais au contraire parce que je n'en éprouvais aucune alors que j'aurais dû. Est-ce que ça se tient ? Sans doute que non.

Si j'avais couché avec tout autre homme que Clay, je me serais sentie coupable. D'un autre côté, les chances que je trompe Philip avec qui que ce soit d'autre étaient tellement infimes que ça ne voulait rien dire. J'étais fidèle de nature, que ça me plaise ou non. Mais ce qui se passait entre Clay et moi était si ancien, si complexe, que coucher avec lui n'avait rien de comparable aux relations sexuelles normales. Ça revenait à céder à quelque chose que j'éprouvais si profondément que toute la colère, la douleur, la haine du monde n'auraient pas pu m'empêcher de revenir vers lui. Ma nature de loup-garou, ma présence à Stonehaven et la compagnie de Clay se mêlaient si étroitement que je ne pouvais les dissocier. Céder à l'un signifiait céder à tous les autres. En me donnant à lui, ce n'était pas Philip que je trahissais, mais moi-même. Ce qui me terrifia. Assise dans mon lit, serrant mon téléphone d'une main, je me sentis déraper. La barrière entre mes deux mondes se solidifiait et je me retrouvais piégée du mauvais côté.

Je restai assise là, fixant mon téléphone, cherchant à décider qui appeler, quel contact de ma vie humaine avait le pouvoir de me tirer en arrière. L'espace d'une seconde, j'envisageai d'appeler Anne ou Diane. Je chassai aussitôt cette idée, puis me demandai pourquoi je l'avais seulement envisagée. Si parler à Philip ne m'aidait pas, quel serait l'intérêt d'appeler sa mère ou sa sœur ? Je jouai un moment avec cette idée, mais elle avait quelque chose d'effrayant qui me fit renoncer. Après une courte pause, mes doigts trouvèrent tout seuls les touches. Lorsque la sonnerie retentit, je me demandai, hébétée, qui j'avais appelé. Puis la messagerie vocale se déclencha. « Bonjour, vous êtes bien sur le poste d'Elena Michaels de *Focus Toronto*. Je ne suis pas au bureau actuellement, mais laissez-moi votre nom et votre numéro après le signal sonore et je vous rappellerai dès que possible. » Je raccrochai, tirai les couvertures, me réfugiai dans mon lit, puis tendis la main vers mon téléphone et appuyai sur la touche bis.

Au quatrième appel, je m'endormis.

Il était presque midi quand je m'éveillai. Tandis que je m'habillais, des pas dans le couloir m'arrêtèrent net.

— Elena ?

Clay secoua la poignée de la porte. Celle-ci était verrouillée. Le seul verrou de la maison que Clay n'osait pas briser.

— Je t'ai entendue te lever, dit-il. Laisse-moi entrer. Je veux te parler.

Je finis d'enfiler mon jean.

— Elena ? Allez ! (La porte s'ébranla de plus belle.) Laisse-moi entrer. Il faut qu'on parle.

Je tirai mes cheveux en arrière et les attachai derrière ma nuque à l'aide d'une pince. Puis je traversai la pièce, ouvris la fenêtre et enjambai le rebord, heurtant le sol au-dessous avec un bruit sourd. Des ondes de choc me remontèrent dans les mollets, mais je n'avais pas mal. Un loup-garou ne risquait rien à sauter de deux étages.

Au-dessus de moi, Clay cognait à ma porte. Je contournai la maison pour rejoindre la façade. En entrant, je croisai Jeremy et Antonio. Jeremy s'arrêta et leva un sourcil.

— Les escaliers, ce n'est plus un défi assez stimulant ? demanda-t-il.

Antonio éclata de rire.

— Ça n'a rien à voir avec le défi, Jer. Je dirais que c'est le grand méchant loup qui gratte et souffle à sa porte, là-haut.

Il se pencha pour crier vers le haut des escaliers :

— Tu peux arrêter de faire trembler la maison, Clayton. Tu es battu. Elle est en bas.

Jeremy secoua la tête et me conduisit vers la cuisine.

Lorsque Clay descendit, je prenais mon petit déjeuner. Jeremy lui désigna une chaise à l'autre bout de la table. Il obéit en grommelant. Nick et Peter arrivèrent peu après et l'agitation qui s'ensuivit lors du petit déjeuner me permit d'ignorer Clay. Quand on eut fini de manger, je racontai aux autres ce que nous avions trouvé la veille. Pendant que je parlais, Jeremy feuilletait les journaux. J'étais en train de conclure quand il reposa son journal et me regarda.

— C'est vraiment tout ? demanda-t-il.

Une nuance contenue dans sa voix me mettait au défi de répondre que oui. J'hésitai, puis hochai la tête.

— Tu en es vraiment sûre ? demanda-t-il.

— Heu… Oui. Je crois.

Il replia le journal en prenant tout son temps, le plus bruyamment possible, puis le posa devant moi. Première page du *Bear Valley Post*. Premier gros titre. DES CHIENS SAUVAGES APERÇUS EN VILLE.

— Ah, dis-je. Oups.

Jeremy émit un bruit de gorge qu'on aurait pu interpréter comme un grondement. Je parcourus l'article. Les deux gamins que nous avions vus dans l'allée avaient réveillé leurs parents pour leur raconter cette histoire, et les parents, à leur tour, avaient réveillé le rédacteur en chef du journal. Les gamins déclaraient avoir vu les tueurs. Deux chiens énormes, ou peut-être trois, qui ressemblaient à des chiens de berger et rôdaient au cœur même de la ville.

— Trois, dit Jeremy d'une voix basse. Vous trois. Ensemble.

Peter et Antonio s'esquivèrent. Clay se tourna vers Nick et lui indiqua d'un geste du menton qu'il était lui aussi libre de partir. Personne ne le lui reprocherait. Jeremy savait distinguer les instigateurs des simples suiveurs.

Nick secoua la tête et ne bougea pas. Il allait accepter sa part de responsabilité.

— On revenait de l'appartement du cabot, commençai-je. Les gamins sont entrés dans la ruelle. Et ils m'ont vue.

— Elena n'avait pas assez de place pour se cacher, intervint Clay. L'un d'entre eux s'est emparé d'un tesson de bouteille. J'ai perdu la tête. Je leur ai sauté dessus. Elena m'en a empêché et on a pris la fuite. Il n'y a eu aucun dégât.

— Ah non, vraiment ? répondit Jeremy. Je vous avais dit de vous séparer.

— C'est ce qu'on a fait, répondis-je. Comme je te le disais, c'était après la découverte de l'appartement.

— Vous aviez consigne de reprendre forme humaine après l'avoir trouvé.

— Et ensuite ? On aurait rejoint la bagnole à poil ?

Un tic agita les lèvres de Jeremy. Suivit une pleine minute de silence. Puis Jeremy se leva, me fit signe de le suivre et quitta la pièce. Clay et Nick me regardèrent, mais je secouai la tête. C'était une invitation privée, même si j'aurais adoré la partager. Je suivis Jeremy hors de la maison.

Il me conduisit dans les bois en empruntant les sentiers de randonnée. On parcourut près de huit cents mètres avant qu'il dise quoi que ce soit. Et même alors, au lieu de se retourner, il continua simplement de marcher devant moi.

— Tu sais que nous sommes en danger, dit-il.

— On sait tous…

— Je ne suis pas sûr que tu en aies bien conscience. Tu es peut-être restée trop longtemps loin de la Meute, Elena. Ou tu crois peut-être que tout ça ne t'affecte pas parce que tu as déménagé à Toronto.

— Tu es en train de dire que je saboterais tout volontairement…

— Bien sûr que non. Je dis que tu as peut-être besoin qu'on te rappelle à quel point tout ça est important pour nous, quel que soit l'endroit où on habite. Les gens de Bear Valley cherchent un tueur, Elena. Et c'est un loup-garou. Comme nous tous. S'il est attrapé, combien de temps crois-tu qu'il se passera avant que la ville vienne frapper à notre porte ? S'ils capturent ce cabot vivant et comprennent sa nature, il va parler. Il ne se trouve pas à Bear Valley par accident. Tout cabot ayant un père sait que nous vivons dans le coin. Si celui-ci est découvert, il va conduire les autorités jusqu'ici, jusqu'à Clayton et moi, et, à travers nous, jusqu'au reste de la Meute, puis enfin à tous les loups-garous, y compris ceux qui essaient de nier tout lien avec la Meute.

— Tu crois que je ne m'en rends pas compte ?

— Je te faisais confiance pour donner l'exemple hier soir, Elena.

Aïe. Cette réplique me blessa. Plus que je ne voulais l'admettre. Je le cachai donc à ma manière habituelle.

— Alors c'est toi qui as commis une erreur, lançai-je. Je ne t'ai pas demandé ta confiance. Regarde ce qui s'est passé avec Carter. Tu m'avais fait confiance sur ce coup-là, non ? Chat échaudé…

— De mon point de vue, ta seule erreur dans l'affaire Carter a été de ne pas me consulter avant d'agir. Je sais que ça représente bien plus que ça pour toi, mais c'est justement pour cette raison que tu dois me contacter afin que je te donne des ordres. Je prends la responsabilité de la décision. De la mise à mort. Je sais que…

— Je n'ai pas envie d'en parler.

— Bien sûr.

On continua à avancer en silence. Je sentais les mots s'accumuler dans ma gorge, brûlant de les prononcer, de pouvoir parler de ce que j'avais fait et ressenti. Tandis que je marchais, une odeur atteignit mes narines et dissipa ces mots.

— Tu as senti ? demandai-je.

Jeremy soupira.

— Elena, si tu voulais bien…

— Là. Désolée. Je ne voulais pas t'interrompre, mais… (mon nez s'agita, reniflant l'odeur dans le vent)… cette odeur. Tu la sens ?

Les narines de Jeremy frémirent. Il renifla d'un air impatient, comme s'il s'attendait à ne rien sentir. Puis il cligna des yeux. Cette infime réaction me suffit. Il avait senti, lui aussi. Du sang. Du sang humain.

INTRUSION

Je suivis la piste jusqu'à la clôture est. À mesure qu'on approchait, une autre odeur dominait celle du sang. Pire encore. Celle de la chair en décomposition.

On atteignit un pont de bois peu élevé qui surplombait un cours d'eau. Une fois parvenue de l'autre côté, je m'arrêtai. L'odeur avait disparu. Je reniflai de nouveau le vent d'est. L'air charriait des traces de pourriture, mais l'écœurante puanteur avait disparu. Je me tournai pour regarder le cours d'eau. Quelque chose de pâle dépassait de sous le pont. Un pied nu, gonflé, aux orteils gris tournés vers le ciel. Je descendis précipitamment la pente et pataugeai dans le courant. Jeremy se pencha par-dessus le pont, vit le pied, puis recula et attendit que je mène l'enquête.

Agrippant le côté du pont, je m'agenouillai dans l'eau glaciale, trempant mon jean de la cheville au genou. Le pied nu était relié à un mollet mince. La puanteur était infecte. Lorsque je me mis à respirer par la bouche, mon estomac se souleva. Je sentais à présent le goût de cette pourriture en plus de son odeur. Je me remis donc à respirer par le nez. Le mollet me conduisit à un genou, puis à des lambeaux de peau et de muscle à travers lesquels brillait l'os apparent, ce qui donnait au fémur l'allure d'un gros os de jambon rongé par un chien qui a plus envie de détruire que de manger. L'autre cuisse était un moignon grouillant d'asticots, dont l'os avait été brisé par de puissantes mâchoires. Quand je regardai sous le pont, je vis le reste de la deuxième jambe, ou en tout cas des fragments éparpillés, comme si quelqu'un avait secoué un sac-poubelle pour en faire tomber les derniers déchets. Au-dessus des cuisses, le torse était une masse méconnaissable de chair mutilée. Si les bras étaient toujours attachés, je ne les voyais pas. Ils faisaient sans doute partie des fragments dispersés plus loin. La tête était tordue en arrière, le cou presque tranché à coups de dents. Je n'avais pas envie de regarder le visage. C'est plus facile quand on ne le voit pas, quand on arrive à se faire croire qu'un corps en décomposition n'est qu'un accessoire de film d'horreur. Mais je préférai renoncer à la facilité. Elle ne méritait pas qu'on la traite comme un accessoire. Je supposais qu'il s'agissait d'une femme en raison de sa taille et de sa sveltesse, mais je compris mon erreur en retournant la tête. C'était un jeune garçon, presque un enfant. Ses yeux écarquillés, encroûtés de boue, étaient aussi ternes que des billes éraflées. Mais son visage ne portait aucune autre marque : bien nourri, la peau lisse, et très, très jeune.

Encore une victime de loup-garou. Même sans percevoir l'odeur du cabot derrière la pourriture et le sang, je le devinais à la brutalité avec laquelle la gorge avait été arrachée, ainsi qu'aux morsures béantes sur le torse. Le cabot avait apporté le corps ici. À Stonehaven. Il n'avait pas tué ce garçon sur place. Il n'y avait aucune trace de sang, mais la boue séchée indiquait qu'on l'avait enterré puis exhumé. La nuit précédente, tandis que nous explorions l'appartement du cabot, il emportait le corps à Stonehaven pour que nous l'y trouvions. Cette insulte fit naître en moi des frissons de rage.

— Il va falloir nous en débarrasser, dit Jeremy. Laissons-le pour l'instant. On va regagner la maison…

Un bruit dans les buissons l'arrêta net. Je sortis brusquement la tête de dessous le pont. Quelqu'un piétinait les broussailles avec la légèreté d'un rhinocéros. Des humains. Je me penchai très vite, me rinçai les mains dans le cours d'eau et gravis péniblement la rive. J'atteignais à peine le haut lorsque deux hommes vêtus de vestes de chasse orange déboulèrent de la forêt.

—Vous êtes sur une propriété privée, déclara Jeremy dont la voix calme transperça le silence de la clairière.

Les deux hommes sursautèrent et se retournèrent. Jeremy s'attarda sur le pont et tendit une main derrière son dos pour m'attirer à lui.

—Je viens de vous dire que vous étiez sur une propriété privée, répéta-t-il.

Un robuste gamin approchant de la vingtaine s'avança.

—Alors qu'est-ce que vous faites là, vous?

L'autre homme, plus âgé, saisit le coude du gamin pour le tirer en arrière.

—Veuillez excuser mon fils, monsieur. Vous devez être…

Il laissa sa phrase en suspens, cherchant un nom sans parvenir à le trouver.

—La propriété m'appartient, oui, répondit Jeremy d'une voix toujours calme.

Un homme et une femme déboulèrent derrière eux et manquèrent les renverser. Ils s'arrêtèrent tout net et nous regardèrent comme des apparitions. L'aîné leur murmura quelque chose, puis se tourna de nouveau vers Jeremy et s'éclaircit la voix.

—Oui, monsieur. Je comprends bien que ce terrain vous appartient, mais, voyez-vous, nous avons un problème. Vous avez certainement entendu parler de cette jeune fille qui a été tuée il y a quelques jours. C'étaient des chiens, monsieur. Des chiens sauvages. Des gros. Deux gamins de la ville les ont vus hier soir. Et on a reçu un appel, ce matin, disant qu'on avait aperçu quelque chose de l'autre côté des bois, par ici, vers minuit.

—Alors vous faites une battue ?

L'homme se redressa.

—Voilà, monsieur. Alors, si ça ne vous dérange pas…

—Si, ça me dérange.

L'homme cligna des yeux.

—Oui, mais voyez-vous, nous devons fouiller les environs et…

—Vous êtes-vous arrêtés chez moi pour demander la permission ?

—Non, mais…

—Avez-vous téléphoné pour me la demander ?

—Non, mais…

La voix de l'homme avait grimpé d'une octave et le gamin, derrière lui, gigotait en marmonnant. Jeremy poursuivit sur le même ton imperturbable.

—Alors je vous suggère de revenir sur vos pas et de m'attendre chez moi. Si vous voulez fouiller ces bois, il vous faudra une autorisation. Compte tenu des circonstances, ça ne me pose absolument aucun problème de vous l'accorder, mais je n'ai pas envie de m'inquiéter de la présence d'hommes armés quand je me balade sur ma propriété.

—Nous cherchons des chiens sauvages, dit la femme. Pas des gens.

—Dans l'excitation de la chasse, toutes les erreurs sont possibles. Comme cette terre m'appartient, je choisis de ne pas courir ce risque. Je me sers de ces bois. Ma famille et mes invités aussi. C'est pourquoi je n'autorise pas les chasseurs à venir jusqu'ici. Maintenant, si vous voulez bien vous diriger vers la maison, je termine ma balade et je vous y retrouve ensuite. Je peux vous fournir des cartes de la propriété et avertir mes invités de se tenir à l'écart de la forêt quand vous vous y trouverez. Ça vous paraît raisonnable ?

Le couple s'était joint aux grommellements du jeune homme, mais le plus âgé semblait y réfléchir, peser le pour et le contre. Alors qu'il semblait prêt à céder, une voix retentit derrière eux.

— C'est quoi, ce bordel ?

Clay déboula de la forêt à toute allure. Je grimaçai et crus voir Jeremy faire de même, mais il pouvait s'agir d'un jeu de lumière à travers les arbres. Clay s'arrêta au bord de la clairière et son regard passa tour à tour de nos visiteurs à nous, pour revenir ensuite sur eux.

— Qu'est-ce que vous foutez là ? demanda-t-il en s'avançant vers le groupe.

— Ils cherchent des chiens sauvages, dit doucement Jeremy.

Les poings de Clay se crispèrent à ses côtés. La chaleur dégagée par sa rage consuma toute la clairière. L'autre jour, quand nous avions entendu les chasseurs sur la propriété, Clay avait été furieux. On envahissait son territoire. Mais il était parvenu à se maîtriser car il n'avait pas vu les intrus, car on lui avait interdit de s'approcher assez pour les voir, sentir leur odeur, réagir comme son instinct le lui commandait. Même s'il leur était tombé dessus par hasard, il avait été prévenu assez longtemps à l'avance pour se contrôler. Cette fois, c'était différent. Il était venu nous chercher et n'avait senti leur odeur que lorsqu'il était trop tard pour s'y préparer. Les intrus n'étaient plus des fusils invisibles qui tiraient dans le noir, mais de véritables humains, devant lui, cibles vivantes contre lesquelles diriger sa rage.

— Vous n'avez pas vu ces putain de panneaux en arrivant, ou quoi ? rugit-il en se tournant vers le jeune homme, le plus costaud du groupe. Ou c'est le mot « intrus » qui ne figure pas dans votre dico ?

— Clayton, l'avertit Jeremy.

Clay ne l'écouta pas. Je le savais. Il n'entendait plus que le sang cognant à ses oreilles, tandis que le besoin de défendre son territoire envahissait son cerveau. Il s'approcha du jeune homme. Lequel recula contre un arbre.

— C'est une propriété privée, dit Clay. Vous comprenez ce que ça veut dire ?

Je suivis Jeremy lorsqu'il s'éloigna du pont. On avait parcouru la moitié du chemin vers la clairière lorsqu'un bruit retentit dans les bois. Un chien en alerte. Qui flairait une piste. Je regardai Jeremy puis Clay. Ils s'étaient tous deux arrêtés pour écouter, s'efforçant de distinguer d'où venait ce bruit. Je reculai en direction du pont. À chaque seconde, la voix du chien approchait, le tempo augmentait, mêlé d'une nuance de triomphe. Il sentait le corps sous le pont.

Je reculai encore d'un pas. Avant que je puisse réfléchir, l'animal déboula de la forêt. Il se dirigeait droit vers moi, yeux aveugles, cerveau concentré sur cette odeur. Il approcha à un mètre de moi, puis s'arrêta brusquement. Il venait de sentir autre chose. Moi.

Le chien me regarda. C'était un bâtard imposant, quelque part entre un chien de berger et un redbone coonhound. Il baissa le museau et cligna des yeux, perplexe. Puis il leva la tête et retroussa les babines en grondant. Il ignorait ce que j'étais, mais une chose était sûre, il ne m'aimait pas. L'un des hommes cria. Le chien l'ignora. Il lâcha un autre grondement à titre d'avertissement. L'aîné du groupe courut vers le chien. Voyant se réduire mon éventail de réactions possibles, je croisai le regard du chien et montrai les dents. *Viens me chercher*. Ce qu'il fit.

Il bondit. Ses dents se refermèrent autour de mon avant-bras. Je tombai à terre, levai les bras au-dessus de mon visage comme pour me protéger. Le chien s'accrocha. Quand ses dents se plantèrent dans mon avant-bras, je lâchai un cri de douleur et de peur. Je lui donnai de faibles coups de pied qui atteignirent à peine son ventre. Au-dessus de ma tête, j'entendis du tumulte. Quelqu'un m'arracha le chien, tirant mon bras en même temps que lui. Puis le corps de l'animal devint flasque. Ses dents relâchèrent mon bras. Je levai les yeux et vis Clay penché sur moi, les mains serrant toujours la gorge du chien mort. Il jeta le corps de côté et se mit à genoux. J'enfouis la tête dans mes bras et me mis à sangloter.

— Là, là, dit-il en m'attirant plus près et en me caressant les cheveux. C'est fini.

Il tremblait de tout son corps et faisait de gros efforts pour ne pas rire. Je résistai au besoin de le pincer et continuai à pleurer. Jeremy exigea de savoir à qui appartenait ce chien et si ses vaccins étaient à jour. Les voix des fouilleurs bredouillant des excuses se noyaient mutuellement. Quelqu'un partit comme un bolide chercher le propriétaire du chien. On resta à terre, Clay et moi, tandis que je sanglotais et qu'il me consolait. Il y prenait beaucoup trop de plaisir mais je n'osais pas me lever, de peur que les fouineurs ne remarquent que j'avais les yeux secs et l'air remarquablement calme pour une femme malmenée par une bête sauvage.

Le propriétaire arriva quelques minutes plus tard et ne fut pas franchement ravi de voir son chien étendu mort dans l'herbe. Il se tut quand il apprit ce qui s'était passé et promit de payer les frais médicaux, redoutant sans doute des poursuites judiciaires. Jeremy lui passa un savon pour avoir laissé son chien courir sans laisse sur une propriété privée. Quand il en eut fini, l'homme lui assura que son chien avait reçu tous ses vaccins, puis emporta la carcasse avec l'aide du jeune homme. Cette fois, quand Jeremy leur demanda de quitter la propriété, personne ne protesta. Lorsque le silence succéda enfin au chaos, je repoussai Clay et me relevai.

— Comment va ton bras ? demanda Jeremy en marchant vers moi.

J'examinai la blessure. Il y avait quatre profondes marques de piqûre, qui saignaient toujours, mais la déchirure était minime. Je serrai et desserrai le poing. C'était très douloureux, mais tout semblait en état de marche. Je ne m'inquiétais pas trop. Les loups-garous guérissent vite, ce qui explique sans doute la désinvolture avec laquelle nous nous infligeons des blessures les uns aux autres.

— La première blessure de guerre, déclarai-je.

— Espérons que ce soit la dernière, dit Jeremy avec flegme en prenant mon bras pour inspecter les dégâts. Ça aurait pu être pire, j'imagine.

— Elle a fait un beau boulot, dit Clay.

Je le fusillai du regard.

— Je n'aurais pas eu à le faire si tu n'avais pas débarqué ici en fulminant comme un cinglé. Jeremy s'était presque débarrassé d'eux quand tu es arrivé.

Jeremy se déplaça sur la gauche, me cachant la vue de Clay comme si nous étions des poissons combattants qui n'attaqueraient pas s'ils ne se voyaient pas.

— Rentre à la maison avec moi et on va te nettoyer le bras. Clay, il y a un corps sous le pont. Cache-le dans la remise et on s'en débarrassera en ville ce soir.

— Un corps ?

— Un jeune garçon. Sans doute un fugueur.

— Tu veux dire que le cabot a apporté un corps...

— Évacue-le d'ici avant qu'ils décident de revenir.

Jeremy prit mon bras valide et m'éloigna avant que Clay puisse protester.

Je discutai avec Jeremy sur le trajet du retour vers la maison. Je devrais plutôt dire qu'il parlait tandis que je l'écoutais. Le danger paraissait croître à chaque heure qui passait. Dans un premier temps, on nous avait repérés en ville. Ensuite, nous avions trouvé un corps sur la propriété. Puis nous avions eu une confrontation avec des gens du coin, attirant ainsi l'attention sur nous et suscitant certainement des soupçons. Tout ça en douze heures. Le cabot devait mourir. Cette nuit.

Quand Clay regagna la maison, il voulut nous parler, à Jeremy et à moi. Je trouvai une excuse pour monter à toute berzingue dans ma chambre. Je savais qu'il voulait s'excuser d'avoir tout gâché, d'avoir affronté nos visiteurs et causé des ennuis. Que Jeremy l'absolve donc. C'était son boulot, pas le mien.

Quand Jeremy et Clay eurent fini de parler, Jeremy rassembla les autres dans le bureau pour leur expliquer ce qui s'était passé. N'ayant pas besoin qu'on me rejoue la scène, je restai dans ma chambre et appelai Philip. Il me parla d'une campagne publicitaire qu'il essayait de décrocher, une histoire d'appartements au bord du lac. J'avoue que je ne prêtais pas grande attention à ses paroles.

J'écoutais plutôt sa voix, fermant les yeux et imaginant que je me trouvais auprès de lui, dans un endroit où l'on réagissait à la découverte d'un cadavre en éprouvant de l'horreur, pas en planifiant le moyen le plus rapide de s'en débarrasser. Je m'efforçais de penser comme l'aurait fait Philip, d'éprouver de la compassion et du chagrin pour ce jeune garçon mort, cette vie sans doute aussi pleine que la mienne, mais brutalement interrompue.

Tandis que Philip parlait, mes pensées revenaient à ma nuit passée avec Clay. Je n'avais pas besoin de réfléchir beaucoup pour deviner comment y réagirait Philip. Mais qu'est-ce que j'avais dans la tête ? Rien du tout, c'était bien là le problème. Tandis que je l'écoutais parler, j'imaginais sa réaction s'il apprenait où j'avais passé la nuit, et j'éprouvais la culpabilité que je n'avais pas ressentie un peu plus tôt. Quelle idiote je faisais. J'avais un homme merveilleux qui tenait à moi et je me retrouvais à faire des galipettes avec un monstre égocentrique et manipulateur qui m'avait trahie de la pire manière possible. Je me jurai de ne pas répéter cette erreur.

Après un déjeuner tardif, Jeremy alla se promener avec Clay afin de lui donner des instructions pour la nuit à venir. J'avais déjà reçu les miennes. Clay et moi partions chasser le cabot ensemble. Je le trouverais et l'attirerais jusqu'à un endroit sûr où Clay l'achèverait. C'était une vieille routine et, même si je répugnais à l'admettre, elle fonctionnait.

Je m'esquivai pendant que les autres faisaient la vaisselle. J'errai à travers la maison et finis dans l'atelier de Jeremy. Dehors, le soleil du milieu d'après-midi dansait à travers les feuilles du châtaignier, projetant à terre des ombres cabriolantes.

Je passai en revue des toiles appuyées contre le mur, représentant des loups qui jouaient, chantaient, dormaient ensemble, entassés en amas de fourrure multicolore et de membres entrelacés. Juxtaposées à celles-ci, des images de loups dans les ruelles des villes, qui observaient des passants et laissaient les enfants les toucher pendant que leurs mères regardaient ailleurs. Quand Jeremy acceptait de vendre un de ses tableaux, c'était la deuxième catégorie qui lui rapportait gros. Ces scènes étaient énigmatiques, surréalistes, peintes dans des rouges, des verts, des violets si sombres qu'ils évoquaient des nuances de noir. D'audacieuses touches de jaune et d'orange électrifiaient la noirceur à des endroits incongrus, comme le reflet de la lune dans une flaque. Sujet dangereux, mais Jeremy, prudent, les vendait sous pseudonyme et ne faisait jamais d'apparitions publiques. Personne, en dehors de la Meute, ne venait jamais à Stonehaven, à part des employés des services que nous escortions de près, si bien qu'il ne courait aucun risque en affichant ses peintures dans cet atelier.

Jeremy peignait également des modèles humains, mais uniquement des membres de la Meute. L'une de ses toiles préférées était accrochée au mur, près de la fenêtre. Je m'y tenais nue au bord d'un à-pic, tournant le dos au spectateur. Clay était assis par terre près de moi, m'entourant la jambe de ses bras. Au bas de l'à-pic, une meute de loups jouait dans une clairière. Le titre était griffonné en bas, dans un coin : *Éden*.

Au mur opposé étaient accrochés deux portraits. Le premier montrait Clay peu avant vingt ans. Il était assis dehors dans un fauteuil d'osier blanc, un demi-sourire mélancolique sur le visage tandis que son regard se concentrait sur un objet situé au-dessus du peintre. Il évoquait le *David* de Michel-Ange incarné, perfection juvénile toute d'innocence et de rêvasserie. Les bons jours, je voyais dans ce portrait les souhaits candides de Jeremy. Les mauvais jours, une illusion pure et simple.

Le portrait voisin était tout aussi déstabilisant. Il me représentait. J'étais assise et tournais le dos au peintre en me tortillant de sorte qu'on voie entièrement mon visage et mon torse. Mes cheveux lâchés retombaient en boucles emmêlées et cachaient mes seins. Mais, comme dans le portrait de Clay, mon expression était le point focal. Mes yeux d'un bleu sombre paraissaient plus clairs et plus perçants qu'à l'ordinaire, ce qui leur donnait un éclat animal. Je souriais, dévoilant les dents entre mes lèvres entrouvertes. L'impact produit évoquait une sensualité animale, avec une nuance menaçante que je ne voyais pas quand je me regardais dans le miroir.

— Ah-ah, s'écria Nick depuis l'entrée. C'est donc ici que tu te caches. Un coup de fil pour toi. C'est Logan.

Je franchis la porte si vite que je faillis renverser une pile de tableaux. Nick me suivit et me désigna le téléphone du bureau. Tandis que je remontais le couloir, Clay franchit la porte de derrière. Il ne me vit pas. Je me faufilai dans le bureau et fermai la porte quand j'entendis Clay demander à Nick où j'étais. Celui-ci lui fournit une réponse évasive, n'osant pas risquer sa colère s'il lui avouait la vérité. Clay m'en voulait toujours d'avoir contacté Logan pendant mon absence. Il ne me soupçonnait pas de baiser avec lui ou quoi que ce soit d'aussi banal. Il savait parfaitement que Logan et moi étions simplement amis, de très bons amis, mais ça suffisait à enflammer sa jalousie, non par rapport à mon corps, mais à mon temps et mon attention.

Je pris le combiné et le saluai.

— Ellie ! retentit la voix de Logan à travers un nuage de friture. Je n'arrive pas à croire que tu es vraiment là. Comment ça va ? Toujours en vie ?

— Jusqu'ici, mais ça ne fait que deux jours. (La ligne se mit à bourdonner, se tut une seconde, puis se réveilla en sifflant.) Soit les lignes téléphoniques de Los Angeles sont pires que celles du Tibet, soit tu appelles d'un portable. Où es-tu ?

— En route vers le palais de justice. Écoute, j'en ai presque fini ici. On est parvenus à un accord. C'est pour ça que j'appelais.

— Tu reviens ?

Son rire grésilla sur la ligne.

— Impatiente de me revoir ? J'en serais flatté si je ne te soupçonnais pas de vouloir simplement un bouclier entre Clayton et toi. Oui, je reviens. Je ne sais pas quand au juste, mais ce sera sans doute ce soir ou demain matin. On a du boulot à finir ici, et ensuite, je prends le premier vol.

— Génial. J'ai hâte de te voir.

— Moi de même, encore que je sois toujours un peu vexé que tu ne m'aies pas laissé venir à Toronto pour Noël. J'avais hâte de goûter à ton pain d'épice brûlé. Encore une grande tradition de perdue.

— Peut-être cette année.

— Cette année sans faute.

Le téléphone se mit à grésiller, se tut, puis j'entendis après un déclic :

— … lô ?

— Je suis toujours là.

— Je ferais mieux de conclure avant de te perdre. Ne veille pas pour m'attendre. On se voit demain et je t'emmènerai déjeuner pour que tu puisses te détendre un peu et reprendre ton souffle. D'accord ?

— Et comment ! À demain.

Il me salua et raccrocha. Quand je reposai le combiné sur le support, j'entendis Nick dans le couloir, rassemblant des joueurs pour une partie de *touch football*[1]. Il s'arrêta devant la porte du bureau et frappa.

— J'arrive, lui dis-je. Je vous rejoins dehors.

Je reportai mon regard sur le téléphone. Logan allait venir. Ça suffisait à me faire oublier tous les problèmes et contrariétés de la journée. Je souris pour moi-même et me ruai vers la porte, soudain impatiente de me bagarrer un peu avant l'excitation de la chasse au cabot.

1. Sport apparenté au rugby, mais en moins violent, où les plaquages sont remplacés par de simples contacts physiques et où le jeu au pied est interdit. (*NdT*)

Prédateur

Après dîner, je me préparai pour la soirée. Le choix de ma tenue me posait un problème. Si je voulais aguicher ce cabot, il fallait enfiler le masque qui fonctionnait le mieux sur les loups-garous : Elena la prédatrice sexuelle. Ce qui ne signifiait pas minijupes, bas résille et chemisiers transparents, car je n'en possédais pas. Et ce, parce que c'était ridicule sur moi. Les hauts minuscules, talons aiguilles et jupes ras-le-bonbon me donnaient l'air d'une pouliche de quatorze ans jouant les dames. La nature ne m'avait pas gratifiée de courbes et mon style de vie ne me permettait pas de me remplumer un peu. J'étais trop grande, trop mince et trop musclée pour jouer les pin-up de magazine.

Quand j'avais commencé à vivre à Stonehaven, ma garde-robe se composait strictement de vêtements sport d'occasion, quelle que soit la somme que me donnait Jeremy pour les courses. Je ne savais pas quoi acheter d'autre. Quand Antonio nous avait offert des places pour une première à Broadway, j'avais paniqué. Il n'y avait aucune femme dans mon entourage à qui demander de m'aider à choisir une robe et je n'osais pas m'adresser à Jeremy, de peur de me retrouver vêtue d'une monstruosité de taffetas et dentelle taillée pour un bal de promo du lycée. J'avais visité une série de boutiques haut de gamme à New York, mais je m'y étais perdue, au propre comme au figuré. Mon sauveur était apparu sous la forme la plus improbable qui soit, celle de Nicholas. Nick passait plus de temps en compagnie de femmes, surtout jeunes, riches et belles, que tout autre homme de ma connaissance qui ne soit pas James Bond. Il avait un goût impeccable, aimait les coupes classiques, les tissus simples et les lignes lisses qui parvenaient à transformer en avantages ma taille et mon absence de courbes. Toutes mes tenues habillées, je les avais achetées avec Nick dans mon sillage. Non seulement ça ne le dérangeait pas de passer une journée entière à écumer la Cinquième Avenue, mais il posait sa carte de crédit sur le comptoir avant que je puisse tirer la mienne de mon portefeuille. Pas étonnant qu'il soit si apprécié des dames.

Tandis que je me maquillais, Clay entra et jaugea ma tenue d'un coup d'œil.

— Joli, dit-il.

Puis il balaya du regard ma chambre de princesse et esquissa un rictus.

— Évidemment, ça ne colle pas trop avec le décor. Il manque un truc. Comme un châle fait avec la dentelle des rideaux. Ou un brin de fleurs de cerisier.

Je lui montrai les dents dans le miroir et retournai à mon maquillage, examinant un pot de matière rose en essayant de me rappeler s'il servait à se farder les lèvres ou les joues. Derrière moi, Clay rebondit sur le lit et fit bouffer les oreillers trop remplis en riant. Il avait enfilé un pantalon baggy, un tee-shirt blanc et une veste de lin ample. Cette tenue masquait sa carrure et lui donnait un air soigné et sérieux d'étudiant, l'idée étant de le faire paraître le moins menaçant possible. Nick avait dû l'aider à choisir ses habits. Clay ignorait ce que signifiait « avoir l'air inoffensif ».

On partit à 21 heures dans l'Explorer de Jeremy. Clay détestait ce véhicule utilitaire trop massif, mais nous avions besoin de tout cet espace de rangement si nous parvenions à capturer et tuer ce cabot. Plus tard dans la nuit, Antonio et Nicholas se débarrasseraient du corps du jeune garçon à la décharge locale. On aurait pu leur épargner le voyage en l'emportant nous-mêmes, mais l'eau de chair décomposée n'était pas un choix de parfum très judicieux quand on se mêlait aux humains.

Bien que répugnant à l'idée de côtoyer Clay toute la soirée après ce qui s'était passé entre nous, je me détendis bientôt. Il ne mentionna ni la nuit précédente, ni le coup de fil de Logan. Lorsqu'on atteignit la ville, on discutait le plus calmement du monde des cultes du jaguar d'Amérique du Sud. Si je le connaissais moins, j'aurais presque cru qu'il faisait un effort conscient pour être gentil. Mais je savais à quoi m'en tenir. Quelle que soit sa motivation, je jouais son jeu. Nous avions une tâche à accomplir et nous passerions donc toute la soirée ensemble. Le devoir avant tout.

Notre première étape fut l'appartement du cabot. Je me garai près du McDonald's implanté derrière la maison, avant de contourner le bâtiment. Il n'y avait pas de lumière dans l'appartement. Il ne restait plus qu'à espérer qu'il se trouve dans l'un des bars.

Fiasco intégral dans les trois. Le quatrième endroit figurant sur notre liste était celui qui n'avait pas de nom, rien que l'adresse mémorisée sur la pochette d'allumettes. Elle nous conduisit à un entrepôt abandonné derrière la papeterie. À en juger par la musique bruyante qui s'en échappait, il n'avait rien d'« abandonné » ce soir.

— Qu'est-ce que c'est ? demanda Clay.

— Une rave. Ni tout à fait un bar, ni une fête privée.

— Ah. Tu peux entrer ?

— Sans doute.

— Alors vas-y. Je vais me poster à la fenêtre.

Je gagnai l'arrière de l'entrepôt. L'entrée était une porte donnant sur un sous-sol au bas de quelques marches. Un filet lumineux en soulignait les bords. Quand je frappai, un homme chauve vint m'ouvrir. J'inclinai la tête, affichai mon sourire le plus prometteur, et me voilà entrée avec une poignée de tickets boisson gratuits. J'avais espéré un plus grand défi.

L'entrée menait à une pièce immense de forme globalement rectangulaire. Une passerelle, au deuxième étage, avait été convertie en étroit balcon muni d'un escalier de fortune mais dépourvu de rambarde. Les gens s'asseyaient donc au bord du balcon, jetant des capsules de bière à la foule au-dessous d'eux. Des cartons poussiéreux et de vieilles planches servaient de bar le long du mur de gauche. Devant le bar s'éparpillaient des tables et chaises rouillées, le genre de meubles pliants qu'on trouve dans les vide-greniers et qu'on évite quand nos vaccins antitétanos ne sont pas à jour.

J'avais craint que ça ne ressemble aux raves de Toronto, où le fêtard ordinaire se souciait davantage de vacances universitaires que de remboursements d'emprunts immobiliers. Là-bas, je ne risquais pas de passer inaperçue. Je faisais jeune, mais j'avais nettement passé l'âge des appareils dentaires et produits contre l'acné. Cela dit, je n'avais pas de soucis à me faire. Bear Valley n'était pas une grande ville. Il y avait bien ici quelques mineurs, mais ils étaient battus en nombre par des adultes jeunes et moins jeunes, dont la plupart s'en tenaient aux Miller et à la marijuana, excepté ceux qui se shootaient à l'héroïne aussi ouvertement qu'ils vidaient leur verre. C'était un aspect de Bear Valley que les conseillers municipaux choisissaient d'ignorer. Si un homme politique local s'était aventuré ici, il se serait convaincu qu'ils venaient tous d'ailleurs, sans doute de Syracuse.

À droite de la pièce, la piste de danse, à savoir un espace non meublé, envahi de gens dont je me demandais s'ils dansaient ou s'ils étaient en proie à une crise d'épilepsie. La musique était assourdissante, ce qui ne m'aurait pas dérangée si elle ne donnait pas l'impression d'avoir été enregistrée par les videurs dans le *back room*. Les effluves d'alcool bon marché et de parfum moins cher encore me retournaient l'estomac. Je réprimai ma nausée et me mis à chercher.

Le cabot était ici.

Je localisai son odeur lors de mon deuxième tour de la pièce. Me faufilant à travers la foule, je suivis cette odeur jusqu'à ce qu'elle me conduise à quelqu'un. Quand je vis qui, je doutai de la fiabilité de mon flair et refis un tour pour m'en assurer. Oui, le type assis à cette table était notre cabot, sans doute possible. Et je n'avais encore jamais vu de loup-garou moins convaincant. Même *moi*, je faisais plus peur que ce type. Il avait des cheveux châtains, une carrure mince et un visage impeccable respirant la santé – parfait archétype de l'étudiant, jusqu'aux Doc Martens et au pantalon de coton. Son visage m'était familier mais je n'avais pas mémorisé tous les dossiers de la Meute. Son identité importait peu. Seule sa présence comptait. Une bouffée de rage m'envahit. C'était donc là le cabot qui causait tous ces ennuis ? Ce gosse au visage de bébé plongeait toute la Meute dans la panique, nous faisait regarder par-dessus notre épaule, ratisser tout Bear Valley à sa recherche ? Je dus m'empêcher de marcher droit vers lui, de l'attraper par le col et de le jeter dehors à portée de Clay.

Je résistai même à l'impulsion d'aller vers lui. Il sentirait vite mon odeur et comprendrait qui j'étais. Tous les cabots me connaissaient. Rappelez-vous que j'étais la seule de mon espèce. Un cabot pouvait deviner à mon odeur que j'étais à la fois loup-garou et femme. Pas besoin d'être Sherlock Holmes pour en déduire mon identité. J'approchai à six mètres de sa table sans qu'il perçoive mon odeur. Soit celles de la pièce étaient trop puissantes, soit il était trop crétin pour se servir de son nez. Je penchais pour la deuxième solution.

Sachant qu'il finirait par me sentir, j'échangeai un ticket boisson contre un rhum Coca, trouvai une table proche de la piste de danse et attendis. Tandis que je parcourais la foule, je retrouvai facilement le cabot. Avec ses cheveux courts, son polo et son visage bien rasé, il faisait tache, comme un fan de Yanni à un concert d'Iron Maiden. Assis en solitaire, il balayait la foule avec une expression affamée qui chassait toute innocence de son regard.

Je bus quelques gorgées puis me tournai de nouveau vers sa table. Il avait disparu.

— Elena.

Sans me retourner, j'inhalai son odeur. C'était lui. Je m'installai confortablement sur ma chaise, repris une gorgée et continuai à observer la piste de danse. Il contourna la table et me regarda avec un sourire. Puis il tira une chaise.

— Je peux m'asseoir ? demanda-t-il.

— Non.

Il fit mine de prendre place.

Je levai les yeux vers lui.

— Je viens de dire non, je crois ?

Il hésita, souriant, guettant un signe qui lui indiquerait que je blaguais. Je retins la chaise à l'aide de mon pied et l'attirai brusquement contre la table. Il cessa de sourire.

— Je m'appelle Scott, dit-il. Scott Brandon.

Ce nom me titilla les neurones. Je tentai de tirer mentalement sa page du dossier de la Meute, mais en vain. Ça remontait à trop loin. J'aurais dû faire mes devoirs avant de partir.

Il s'avança vers moi. Quand je lui lançai un regard noir, il recula. Je bus une nouvelle gorgée, puis le regardai par-dessus le bord du verre.

— Vous avez la moindre idée de ce qui arrive aux cabots qui font intrusion sur le territoire de la Meute ? lui demandai-je.

— Je devrais ?

Je ricanai et secouai la tête. Jeune et effronté. Une mauvaise combinaison, mais plus agaçante que dangereuse. Visiblement, le père de ce cabot ne lui avait pas raconté d'histoires sur Clay à l'heure d'aller se coucher. Flagrante lacune éducative à laquelle nous allions bientôt remédier. Cette idée me fit presque sourire.

— Alors, qu'est-ce qui vous amène à Bear Valley ? lui demandai-je en feignant un intérêt blasé. Comme la papeterie n'emploie plus depuis des années, j'espère que vous ne cherchez pas de travail.

— Du travail ? (Un sourire mauvais éclaira son visage.) Nan, c'est pas trop mon truc, le travail. Je cherche à m'amuser. Comme on sait le faire, nous autres.

Je le fixai une longue minute, puis me levai et m'éloignai. Brandon me suivit. J'atteignis le mur opposé avant qu'il m'attrape par le coude. Ses doigts s'enfoncèrent dans l'os. Je retirai vivement mon bras et pivotai pour lui faire face. Le sourire avait disparu de son visage, remplacé par une dureté à laquelle se mêlait une mauvaise humeur d'enfant gâté. Très bien. Parfait. Il ne me restait maintenant qu'à sortir et à le laisser me suivre dehors. Il serait alors assez en colère pour ne pas voir Clay avant qu'il soit trop tard.

— Je viens de vous parler, Elena.

— Et alors ?

Il m'attrapa par les deux bras et me projeta contre le mur. Mes bras se levèrent pour le repousser, mais je me retins. Je ne pouvais pas me permettre de me faire remarquer, et, curieusement, la vue d'une femme en train de se bagarrer avec un homme attire toujours l'attention, surtout quand elle arrive à le jeter à l'autre bout de la pièce.

Lorsque Brandon se pencha vers moi, un hideux sourire déformait ses traits. Il tendit la main pour me caresser la joue d'un doigt.

— Ce que vous êtes belle, Elena. Et vous savez ce que m'évoque votre odeur ? (Il inspira et ferma les yeux.) Une chienne en chaleur. (Lorsqu'il s'appuya contre moi, je sentis son érection.) On pourrait beaucoup s'amuser, tous les deux.

— Je ne crois pas que vous aimeriez ma façon de m'amuser.

Son sourire se fit avide.

— J'ai entendu dire que vous ne vous amusiez pas beaucoup, dans votre vie. Avec cette Meute toujours sur votre dos, qui vous étouffe sous les règles et consignes débiles. Une femme comme vous mérite mieux que ça. Vous avez besoin de quelqu'un qui vous apprenne ce que c'est que de tuer, de tuer vraiment, pas d'abattre simplement un lapin ou un cerf, mais un humain. Un humain conscient et vivant.

Après une pause, il reprit :

— Vous avez déjà vu les yeux d'une personne sur le point de mourir, lorsqu'elle comprend que c'est *vous* qui incarnez la mort ? (Il inspira, puis expira lentement, pointant le bout de la langue entre ses dents, les yeux baignés de désir.) C'est ça, le pouvoir, Elena. Le vrai pouvoir. Je peux vous le révéler ce soir.

Sans lâcher mes bras, il s'écarta pour me montrer la foule.

— Choisissez quelqu'un, Elena. N'importe qui. Ce soir, il va mourir. Ce soir, il est à vous. Ça vous fait quel effet ?

Je ne répondis rien.

Brandon poursuivit :

— Choisissez quelqu'un et fermez les yeux. Imaginez-vous en train de le conduire dehors, dans les bois, et de lui ouvrir la gorge. (Un frisson le parcourut.) Vous voyez ses yeux ? Vous sentez l'odeur de son sang ? La sensation du sang qui vous imprègne, omniprésente, le pouvoir de la vie qui s'écoule à vos pieds ? Ça ne suffira pas. Ça ne suffit jamais. Mais je serai là. Je ferai en sorte que ça suffise. Je vous baiserai sur place, au milieu d'une mare de son sang. Vous imaginez ?

Je lui souris sans répondre. Je fis glisser un doigt le long de sa poitrine, jusqu'à son ventre. Je jouai un moment avec le bouton de sa braguette puis glissai lentement la main sous sa chemise et lui caressai le ventre, dessinant des cercles autour de son nombril. Tandis que je me concentrais, je sentis ma main s'épaissir, mes ongles s'allonger. C'était Clay qui m'avait appris ce tour dont peu d'autres loups-garous étaient capables, consistant à ne transformer qu'une partie de leur corps. Quand mes ongles devinrent des griffes, je les appuyai contre le ventre de Brandon.

— Et ça, vous le sentez ? murmurai-je à son oreille en m'appuyant contre lui. Si vous ne reculez pas tout de suite, je vous arrache les tripes et je vous les fais bouffer. Moi, c'est comme ça que je m'amuse.

Brandon recula vivement. Je le retins fermement de ma main libre. Il me poussa violemment contre le mur. Je plongeai mes griffes récemment formées dans son ventre et les sentis transpercer la peau. Ses yeux s'écarquillèrent et il poussa un cri qu'étouffa le vacarme de la musique. Je regardai autour de moi pour m'assurer que personne ne prêtait attention au jeune couple qui s'étreignait dans un coin. Quand je me tournai de nouveau vers Brandon, je compris que j'avais laissé le jeu s'attarder un peu trop. Son visage se déformait, sa mâchoire se raffermissait, les veines saillaient à son cou. Son visage ondulait comme un reflet dans un cours d'eau presque inerte. Son front s'élargit et ses joues remontèrent pour rejoindre son nez. Le réflexe classique d'un loup-garou sans entraînement confronté à la peur : la Mutation.

Je le saisis par le bras et l'attirai vers le couloir le plus proche. Tandis que je cherchais une sortie, je sentis son bras changer sous mes doigts, sa manche de chemise se déchirer, son avant-bras palpiter et se contracter. J'atteignais presque le bout du couloir quand je compris qu'il n'y avait pas d'issue, seulement deux portes de toilettes. Celle des hommes s'ouvrit et quelqu'un rota bruyamment. Un autre éclata de rire. Je jetai derrière moi un coup d'œil à Brandon, espérant qu'il ne s'était pas transformé au-delà du stade auquel on pourrait encore croire à une difformité physique. Malheureusement, si – à moins que les clients du bar soient assez ivres pour ignorer quelqu'un dont la peau du visage semblait grouiller d'asticots. Un homme sortit des toilettes. Je fis pivoter Brandon et aperçus la porte d'une réserve à quelques mètres de là. Je le poussai devant moi, fonçai vers la porte puis tirai le verrou, ouvris et jetai Brandon à l'intérieur.

Tandis que je m'appuyais contre la porte, mon esprit s'emballait en quête d'une solution. Pouvais-je le faire sortir ? Ouais, bien sûr, il suffisait de flanquer une laisse et un collier à un loup de soixante-quinze kilos et de le conduire jusqu'à la porte. Personne n'y prêterait attention. Je me maudis intérieurement. Comment avais-je laissé cette situation se produire ? Je le tenais. Au moment où il m'avait proposé de me montrer comment tuer un humain, je le tenais. Je n'avais qu'à dire oui. Choisir un type qui quittait le bar et le suivre dans la rue. Brandon m'aurait emboîté le pas et Clay l'aurait attendu dehors. Fin de la partie. Mais non, ça n'avait pas suffi. Il avait fallu que je teste les limites, que je voie jusqu'où je pouvais aller.

— Merde, merde, merde, murmurai-je.

J'entendis derrière la porte close un assourdissant rugissement de douleur que même la musique ne parvenait pas à noyer. Deux femmes qui passaient par là se retournèrent.

— C'est mon copain, dis-je en essayant de sourire. Il est malade. La nouvelle came ne lui réussit pas. On a changé de dealer.

L'une des femmes regarda la porte fermée.

— Vous devriez peut-être l'emmener à l'hôpital, dit-elle avant de se remettre en marche, conseil dispensé, devoir accompli.

— Clayton, murmurai-je. Où es-tu ?

Je ne m'étonnais pas qu'il n'ait pas démoli quelques portes quand Brandon m'avait acculée. Clay ne sous-estimait jamais ma capacité à me défendre. Il ne viendrait à mon secours que quand je courrais un réel danger. Ce qui n'était actuellement pas le cas, mais j'avais néanmoins besoin de son aide. Malheureusement, où qu'il se cache, il ne me voyait sans doute pas.

Un grand bruit retentit dans la réserve. Sa transformation achevée, Brandon tentait de sortir. Je devais l'en empêcher. Et, à cette fin, je devais presque certainement le tuer. Pouvais-je le faire sans attirer l'attention ? Nouveau fracas, suivi d'un bruit de bois en train de se fendre. Puis le silence.

J'ouvris la porte d'un coup. Des lambeaux de vêtements jonchaient le sol. Le mur sud était percé d'une deuxième porte qui donnait sur l'entrepôt. Au milieu du contreplaqué bon marché béait un large trou.

Chaos

Je me précipitai vers la pièce principale. Personne ne hurlait. Pour l'instant. J'entendis d'abord des voix plus agacées qu'inquiètes. « Mais qu'est-ce… » « Vous avez… » « Faites gaffe… » Quand je débouchai du couloir, je vis une piste de chaises renversées et de tables formant un demi-cercle ivre depuis la réserve jusqu'à la piste de danse. Des gens s'agitaient tout autour, ramassant manteaux, sacs à main et verres brisés. Un jeune garçon bien en dessous de l'âge légal pour boire, assis en tailleur sur le sol, serrait contre lui son bras cassé. Debout sur une chaise, une femme jetait un verre en direction du carré qu'avait taillé Brandon sur la piste de danse, exigeant que ce « putain d'enfoiré » rembourse sa boisson renversée, n'ayant visiblement pas remarqué que l'enfoiré en question avait des crocs, une fourrure et aucun emplacement où transporter un portefeuille.

Je progressais toujours en direction de la piste quand Brandon gronda. Puis le premier hurlement s'éleva. Suivi du vacarme d'une centaine de personnes se ruant vers la sortie.

La bousculade n'arrangea vraiment pas les choses, surtout dans la mesure où ma cible se trouvait dans la direction exactement inverse de ce flot humain. Au départ, je restai polie. Si, je vous assure. Je disais « s'il vous plaît », j'essayais de me faufiler dans les brèches, je m'excusai même pour avoir écrasé quelques orteils. Que voulez-vous, je suis canadienne. Après m'être ramassé plusieurs coudes dans la poitrine et une bonne dose d'obscénités criées dans les oreilles, je renonçai et me frayai moi-même un chemin. Quand un gros malabar tenta de me repousser, je l'agrippai par le col et lui montrai le chemin le plus rapide vers la porte. Après quoi les choses s'arrangèrent quelque peu.

Bien que ne risquant plus d'être piétinée, je progressais désormais petit à petit. Je n'y voyais rien. Je ne suis pas franchement petite (je mesure précisément un mètre soixante-quinze), mais même un champion de basket n'aurait rien vu par-dessus cette masse grouillante d'humanité. S'il y avait une porte de derrière ou une sortie de secours, personne ne la connaissait. Ils se dirigeaient tous vers l'entrée principale et se retrouvaient coincés dans l'étroit couloir.

En plus de ne rien voir, je n'entendais que le bruit de la foule, cris et jurons qui se fondaient en une masse indistincte de voix, où plus rien n'était clair sinon le langage universel de la panique. Les gens se repoussaient, se martelaient, comme si approcher d'un pas de la porte pouvait faire la différence entre la vie et la mort. Ceux qui ne bougeaient pas de leur propre chef se retrouvaient charriés par la marée humaine. Je scrutai les visages mais n'y lus rien. Ils étaient aussi blancs et inexpressifs que des masques de plâtre. Seuls les yeux mobiles et hagards disaient la vérité, montraient l'instinct de survie reprenant le dessus. La plupart ignoraient même ce qu'ils fuyaient. Ils sentaient l'odeur de peur que dégageait la foule, tout comme le fait un loup-garou, et qui s'infiltrait dans leur cerveau pour les contaminer de sa puissance. Ils la sentaient, l'éprouvaient, la fuyaient. Ils donnaient à Brandon tout ce qu'il adorait.

Je me trouvais à mi-chemin de la piste de danse quand je trébuchai sur une femme étendue dans une mare de sang. Le sang giclait toujours de son cou comme l'eau d'une fontaine, aspergeant tous ceux qui approchaient. Des gens trébuchaient sur elle et glissaient dans son sang, mais aucun ne baissa seulement les yeux. Moi non plus, je n'aurais pas dû regarder. Mais je le fis néanmoins. Ses yeux roulèrent, croisant les miens l'espace d'une seconde. Une écume sanglante perlait à ses lèvres. Sa main se soulevait du sol, agitée de convulsions, comme si elle essayait de la tendre. Puis elle s'immobilisa en plein air et retomba dans la mare. Ses yeux s'éteignirent. Le sang avait cessé de gicler et coulait à présent. Un homme trébucha sur elle, baissa les yeux, jura et l'éloigna de son chemin d'un coup de pied. J'arrachai mon regard à ce spectacle et me remis en marche.

Tandis que j'enjambais ce corps, du verre se brisa au-dessus de ma tête. Je levai les yeux et vis les pieds de Clay traverser une haute fenêtre près du bar. Il se balança à l'intérieur et se laissa tomber à terre. C'était une chute de six cents bons mètres, pas le genre de chose que Jeremy nous encourageait à faire devant une foule, mais, comme personne ne prêtait attention à un corps sous leurs pieds, les gens n'allaient pas davantage remarquer un type qui sautait par la fenêtre derrière eux. Clay grimpa sur le bar pour observer la foule. Quand il me vit, il me fit signe. Je lui désignai un point situé plus au cœur de la foule, là où je pensais trouver Brandon. Clay secoua la tête et me fit de nouveau signe. Choisissant un angle qui suivait vaguement le flux de la foule, je me dirigeai vers lui.

— J'ai adoré ton entrée, criai-je pour couvrir le vacarme alors que je grimpais sur le bar.

— T'as vu la porte, chérie ? Il m'aurait fallu un lance-flammes pour traverser la foule. La seule autre sortie est murée.

Je regardai au-dessus de la foule.

— Alors Brandon n'est pas dans ce coin-là ?

— Qui ça ?

— Le cabot. Il est là ?

— Ah ça, oui, il est là. Mais tu gaspilles ton énergie à essayer de l'atteindre.

Je repérai Brandon. Comme je m'en doutais, il était pleinement transformé en loup. Il semblait rebondir d'un mur à l'autre, dans un coin, et donner des coups de griffes dans le vide. Je m'apprêtais à dire qu'il semblait avoir pété un plomb. Puis la foule s'écarta et je vis qu'il attaquait bien plus que de l'air. Un homme reposait à terre, dos tourné vers le haut, genoux contre la poitrine, tête baissée, mains jointes pour se protéger la nuque. Ses vêtements étaient en lambeaux et imbibés de sang. Il était immobile, visiblement mort, mais Brandon refusait de le lâcher. Il lui bondit dessus, lui attrapa le pied et lui fit décrire un cercle. Puis il recula, la queue dressée. Il se tapit, feignit de bondir, puis fit un écart. L'homme se trouvait à présent à demi tourné sur le flanc, me dévoilant ses blessures bien davantage que je ne voulais. Sa chemise était déchirée. Son torse était maculé de sang, son ventre d'un rouge uni. L'extrémité de sa ceinture pendait à terre. Puis je compris que ce n'était pas sa ceinture, mais un bout d'intestin. Alors que je me détournais, le corps bougea. L'homme se balança comme s'il tentait de basculer sur le ventre pour se protéger.

— Oh, mon Dieu, murmurai-je, il n'est pas mort.

Brandon bondit de nouveau sur sa proie et planta les dents dans son cuir chevelu. Il tira d'un coup brusque, jeta le corps de côté et s'éloigna une fois de plus en caracolant.

— Il n'essaie même pas de le tuer, dis-je.

— Pourquoi il ferait ça ? demanda Clay en retroussant la lèvre. Il s'amuse.

Le dégoût suintait de chacun de ses mots. Il ne s'agissait pas de tuer pour survivre ou se nourrir. Ça, Clay pouvait le comprendre. Mais c'était là, à ses yeux, la démonstration d'un autre de ces traits humains incompréhensibles : tuer pour le plaisir.

— Tant qu'il est occupé, je pars en reconnaissance, poursuivit-il. Donne-moi cinq minutes. Quand la foule se dispersera, mets-toi en marche. Conduis-le jusqu'à ce couloir latéral. Je t'attendrai.

Clay bondit au bas du bar et disparut parmi la foule. Je me tournai vers Brandon en train de torturer sa proie. Là encore, je n'avais aucune envie de regarder, de penser à ce qui se déroulait au-dessous de moi, à un homme en train d'agoniser atrocement mais toujours en vie, sans que j'intervienne. Je me rappelai qu'il était presque certainement trop tard pour le sauver et que, même s'il survivait, il faudrait le conduire à l'hôpital, ce que nous ne pouvions permettre car, mordu par Brandon, il était désormais lui-même un loup-garou. Même si je ne pouvais rationnellement pas risquer d'aller vers lui, je m'y sentais obligée, ne serait-ce que pour abréger ses souffrances. Je me disais parfois qu'il vaudrait mieux que je ressemble à Clay, que je sois capable d'estimer que Brandon agissait mal mais de comprendre également que je n'avais pas le pouvoir d'y remédier et de m'éloigner sans remords. Mais je refuse de ressembler un jour à ça, de devenir aussi dure que lui. Clay avait une excuse. Pas moi.

J'arrachai mon regard à Brandon et à sa proie. Sale psychopathe. Aucun animal ne ferait ça. Alors que cette pensée me traversait, un déclic se produisit dans mon esprit, une pièce de puzzle qui se mit en place avec une telle soudaineté que l'écho me fit sursauter. Le silence tomba soudain dans la pièce et le bourdonnement dans mes oreilles noya la foule, m'accordant un moment de parfaite lucidité au cœur du chaos.

Je sus alors où j'avais déjà vu le visage de Brandon, entendu son nom, et compris pourquoi il ne figurait pas dans les dossiers de la Meute. C'était à la télé. *Inside Scoop*. Le reportage sur le tueur en Caroline du Nord. L'enregistrement de l'interrogatoire par la police défila de nouveau dans ma tête et l'image granuleuse s'anima soudain. « Je voulais regarder quelqu'un mourir. » Scott Brandon. Je secouai vivement la tête. Non, impossible. Ça n'avait aucun sens. Un loup-garou ne survivrait pas en prison sans être découvert. Puis je me rappelai son odeur, la nuance que j'avais perçue dans son appartement. « C'est un nouveau », avais-je dit à Clay. Je le sentais à son odeur et j'avais cru en déduire que c'était un loup-garou héréditaire, en âge de se transformer depuis peu. Mais non. Il avait été mordu.

Là encore, mon cerveau rejeta cette idée. Brandon s'était échappé de prison quelques mois plus tôt. Il fallait à un loup-garou un délai bien plus long pour guérir du choc de la conversion. À moins que ce ne soit pas le cas ? Était-il impossible qu'il ait guéri si vite ? Je dus m'avouer que non. Ma propre guérison avait été gênée par mon refus d'accepter mon sort. Et si ce n'était pas le cas ? Si quelqu'un *voulait* devenir loup-garou, s'y était préparé, le subissait de son plein gré ? Ça pouvait faire toute la différence.

Restaient cependant pas mal d'éléments incompréhensibles. Que faisait-il ici ? S'il était un loup-garou héréditaire, ça expliquerait qu'il connaisse Bear Valley, la Meute et Stonehaven. Comment un loup-garou récemment transformé saurait-il tout ça ? Mais Brandon était au courant. Il m'avait appelée par mon nom. Il avait parlé de la Meute, déclaré avoir entendu des choses à mon sujet. De la part de qui ? D'un autre loup-garou, bien sûr. Un expérimenté. Mais les cabots ne faisaient pas ces choses-là. Ils ne laissaient pas vivre les loups-garous contaminés par morsure, sans parler de les aider. C'était impossible. Non, rectifiai-je. Pas impossible. Seulement d'une probabilité tellement infime que mon cerveau refusait d'en étudier les implications.

Je ne pouvais pas réfléchir à tout ça maintenant. Nous avions sur les bras un problème bien plus grave que d'étudier le pourquoi et le comment de l'existence de Brandon. Le simple fait de savoir qu'il existait suffisait. Il me serait moins facile de l'éliminer que je ne l'avais cru. Ce n'était pas un sale gosse irréfléchi, mais quelque chose de bien plus dangereux, un véritable tueur. Je cherchai Clay pour l'avertir. Puis compris que ça ne servirait à rien. Brandon était un tueur du monde humain. Si j'en parlais à Clay, ça aurait sur lui autant d'impact que si je lui annonçais qu'il était expert-comptable. Il ne comprendrait pas.

Je bondis au bas du bar et me faufilai parmi les derniers vestiges de la foule. Dans le coin du fond, Brandon jouait toujours avec son repas, agité de temps à autre d'un soubresaut de vie. La foule avait presque évacué la pièce principale et s'entassait désormais dans l'entrée. Je continuai à avancer. Brandon esquiva sa proie, puis bondit dessus pour s'en emparer. Il plantait les crocs dans son avant-bras et le secouait comme un jouet en caoutchouc quand il me remarqua. Il gronda d'un air hésitant, sans que son cerveau brouillé par le sang prenne le temps de m'identifier.

Je m'arrêtai. On se dévisagea. Je songeai à quel point il était dangereux de le défier du regard sous cette forme. Je me rappelai la soif de sang quasi charnelle qui brillait dans ses yeux lorsqu'il parlait de tuer. Je pensai à ce qu'il pouvait me faire subir avant que Clay vienne à mon secours. Ça fonctionna. La peur suintait de tous mes pores comme de la sueur. Ce qui attira l'attention de Brandon. Il lâcha sa proie et plongea vers moi. Alors qu'il était en plein vol, je me détournai et me mis à courir. Bien entendu, il me suivit. Une proie en fuite, c'est tellement plus amusant qu'un corps quasi comateux.

Je décrivis un cercle pour rejoindre le mur du fond afin d'éloigner Brandon de la sortie encombrée et courus derrière le bar en direction des escaliers du balcon. Je posai le pied sur la première marche, puis changeai de cap et fonçai vers le couloir des toilettes. Clay s'y trouvait. Je passai devant lui et freinai brusquement. Derrière moi, Brandon m'imita, raclant le linoléum de ses griffes. Il s'arrêta devant Clay. Narines dilatées, il semblait de nouveau hésiter. Son nez lui disait que Clay était un loup-garou, et une partie de son cerveau, vaguement fonctionnelle, comprit qu'il devait s'en inquiéter. Il hasarda un grondement. Le pied de Clay jaillit soudain, le frappa sous le museau et l'envoya valdinguer sur l'arrière-train. Brandon se releva tant bien que mal, pivota et prit la fuite. Clay lui courut après. Ils disparurent dans la pièce principale. Lorsque j'y parvins à mon tour, Clay avait conduit Brandon jusqu'au balcon.

J'arrivais presque au sommet des marches quand Brandon sauta par-dessus bord, suivi par un « Merde ! » sonore de Clay. Avant que je puisse me retourner, Clay bondissait à terre. Je descendis l'escalier à toute allure et me précipitai vers la sortie afin de détourner Brandon s'il tentait de s'échapper. Le couloir était toujours encombré. Personne n'entrait ni ne sortait.

Brandon ne se dirigea pas vers la porte. Il choisit plutôt de rejoindre le coin le plus éloigné de la pièce. Clay se trouvait derrière lui. J'allai me poster près de la sortie. Brandon se précipita vers le coin, peut-être parce qu'il lui paraissait vaguement familier. Quand il l'atteignit, il faillit heurter le mur. Il tourna brusquement et décrivit un cercle étroit, trébuchant sur le corps à terre. Cette fois, l'homme ne bougea pas. Ses yeux morts fixaient le plafond. Récupérant de sa chute, Brandon se dirigea de nouveau vers le coin comme s'il attendait qu'une porte y apparaisse. Il comprit enfin qu'il était pris au piège et se retourna pour faire face à Clay.

L'espace de quelques longues secondes, Clay et Brandon se dévisagèrent. La première étincelle d'inquiétude véritable s'enflamma en moi. Même Clay courait un risque face à un loup-garou sous sa forme animale. Je sentais la tension monter en moi et l'instinct me dictait de protéger Clay tandis que le bon sens me soufflait de garder la sortie.

Brandon rompit son immobilité. Il gronda et se tapit, poils du cou hérissés. Clay ne bougea pas. Brandon gronda de nouveau comme pour l'avertir. Puis il bondit. Clay se laissa tomber à terre et roula sur le flanc. Brandon dérapa et glissa sur le linoléum. Avant qu'il recouvre ses esprits, Clay fondit sur lui. Il l'attrapa par la peau lâche de son cou et passa la jambe par-dessus son dos. Puis il lui plaqua la tête au sol pour le clouer sur place.

Brandon se débattait furieusement. Ses griffes dérapaient sur le sol, incapables de trouver prise. Il grondait, montrait les dents, claquait des mâchoires de droite à gauche, s'efforçant de mordre les mains de Clay. Celui-ci posa le genou gauche sur le dos de Brandon et lui entoura la gorge des deux mains. Tandis que Clay serrait, Brandon rua vigoureusement une dernière fois. Le pied droit de Clay rebondit sur le sol, juste assez pour le faire changer de position. Et retomba droit vers une flaque du sang de l'homme mort.

— Clay! m'écriai-je.

Trop tard. Lorsque sa chaussure atterrit dans la flaque, sa cheville se tordit et se déroba sous lui. Brandon se jeta en avant, pile au bon moment. Clay bascula à terre. À la seconde où Brandon se libérait, il vit la sortie et fila droit vers elle.

Je ne pris pas la peine de bloquer le couloir. Il aurait pu me faucher comme si je n'étais pas là. Au lieu de quoi, lorsqu'il passa, je plongeai sur lui et agrippai deux poignées de fourrure. On bascula ensemble. Tout en roulant, il tenta de me mordre le bras. Je l'éloignai, mais pas assez vite. L'une de ses canines m'atteignit sous l'avant-bras, m'entaillant jusqu'au coude et rouvrant mes blessures du matin. Agitée d'un haut-le-corps, je ne lâchai pas prise pour autant, mais la desserrai quelque peu. Ce fut suffisant. Brandon se libéra brusquement. Clay arriva une seconde trop tard. Brandon traversait déjà le couloir. L'autre extrémité était toujours encombrée, mais les gens trouvèrent quand même moyen de décamper en le voyant arriver.

Clay voulut se lancer à sa suite, mais je tendis la main et l'attrapai par l'arrière de la chemise.

— On ne devrait pas sortir ensemble, lui dis-je.

— C'est vrai. Suis-le. Je sortirai par la fenêtre.

J'ignorais comment c'était possible, à moins qu'il ait développé la capacité d'escalader les murs, mais ce n'était pas le moment d'en débattre.

Je hochai la tête et remontai en courant le reste du couloir. Je franchis la porte à toute allure et me retrouvai au milieu d'un chaos deux fois pire que celui qui régnait dans l'entrepôt un peu plus tôt. La foule s'était précipitée dehors puis arrêtée. Certains paraissaient en état de choc. Les autres ne bougeaient pas, car ils ne voulaient rien manquer. Qui plus est, toute la police de Bear Valley venait d'arriver, accompagnée d'un bataillon de la police d'État. La plupart des flics, encore à moitié endormis, tournaient en rond, hébétés et confus. Des sirènes hurlaient. Des flics aboyaient des ordres. Personne n'écoutait. Brandon avait disparu.

Je m'arrêtai pour reprendre mes marques. Je parvins enfin à raisonner en procédant par élimination. Sur ma gauche, on avait renversé une barricade. L'un des fêtards désignait la route. Trois flics se dirigeaient vers lui. Je les suivis. Quand je dépassai la barricade, je découvris un autre groupe de policiers déployés sur la largeur de la route, occupés à crier des instructions tout en désignant une ruelle. Quand deux officiers se mirent à courir, quelqu'un les arrêta en hurlant qu'il n'y avait pas à se presser, que c'était une impasse. Brandon était pris au piège.

J'explorai la zone, cherchant à déterminer la probabilité d'atteindre Brandon avant les flics, de préférence sans intercepter de balles perdues. Alors que je descendais du trottoir, on me saisit par le bras. Je me retournai et vis un policier d'âge moyen.

— Retournez derrière la ligne, mademoiselle. Il n'y a rien à voir.

Alors qu'il voulait m'entraîner vers le trottoir, il baissa les yeux. Le sang de ma coupure lui coula sur les doigts.

— Dieu merci, dis-je d'une voix essoufflée. J'essayais de trouver quelqu'un. Personne ne me prête attention… Tout le monde est… (Je m'arrêtai pour aspirer une goulée d'air.) À l'intérieur. Il y a des gens. Ils sont toujours dedans. Il y avait un chien, un gros chien… Ils sont blessés. Mon copain…

L'officier jura et me lâcha le bras. Il se tourna vers un groupe de flics qui se dirigeaient vers la route.

— Il reste des gens à l'intérieur ! s'écria-t-il. Quelqu'un est allé voir ?

L'un des flics fit une réponse que je ne compris pas. Je reculai petit à petit tandis que les deux officiers braillaient en faisant de grands gestes. Aucun d'entre eux ne savait apparemment qui était responsable, ni si on avait appelé des ambulances ou si quelqu'un était déjà entré. Plusieurs partirent en courant vers l'entrepôt. La plupart décidèrent qu'il valait mieux gâcher leur temps à se disputer. Je traversai furtivement la rue. Personne ne me remarqua.

Il restait encore assez de flics gardant la ruelle pour m'empêcher d'aller y affronter Brandon. Je cherchai un autre accès. Tandis que je me faufilais le long d'une ruelle voisine, des poubelles cliquetèrent devant moi. Au loin, quelque chose se détacha brièvement au clair de lune. Une silhouette à quatre pattes apparut au sommet d'un mur de brique. Visiblement, la ruelle n'était pas l'impasse qu'y voyaient les flics – même si, à leur décharge, ils ne pouvaient pas s'attendre à ce qu'un animal saute sur un mur de près de deux mètres cinquante.

Je me précipitai, puis compris que Brandon s'échappait dans la direction opposée et me fonçait droit dessus. J'attendis donc. Il se rua sur moi, trop paniqué pour prêter attention à son environnement. Tandis qu'il approchait, je sautai, atterris derrière lui, enchaînai par une roulade et me retrouvai accroupie. Mouvement absolument parfait, que j'aurais été incapable de reproduire pour un million de dollars. Bien sûr, personne n'était là pour l'apprécier. Je me mis à courir. J'avais bien calculé. Chez Brandon, l'amour de la chasse surpassait l'instinct de survie. Quand je bifurquai à un coin, il me suivit. Je me frayai un chemin parmi les ruelles, l'éloignant de la rue barrée et de la police. À une ou deux reprises, je flairai l'odeur de Clay. Il était tout proche, attendant l'embuscade, mais pas au bon endroit. Je jetai enfin un coup d'œil à une ruelle communicante et aperçus l'autoroute. De l'autre côté, la zone industrielle cédait la place à un espace boisé. Parfait. Un endroit où muter avant de tendre un guet-apens à Brandon sans courir trop de risques, puis d'embarquer discrètement le corps.

Je fonçai vers la route. J'avais malheureusement oublié la règle d'école maternelle la plus basique : regarder des deux côtés avant de traverser. Je me précipitai devant un semi-remorque, si près que le souffle faillit me renverser. Je roulai sur le bas-côté et bondis sur mes pieds. Alors que je me retournais, un coup de feu transperça l'air nocturne. Brandon traversait la route en courant quand le coup l'atteignit. Le haut de son crâne explosa dans une gerbe de sang et de cervelle. L'impact le renversa sur le flanc, sur le trajet d'un camion en approche. Celui-ci le heurta avec un bruit écœurant, puis perdit tout contrôle. Il passa devant moi en tournoyant à 360 degrés avec Brandon accroché à la grille avant, la tête pulvérisée, tandis que d'autres parties de son corps flottaient dans les airs. Sous l'effet de la force de rotation, le corps de Brandon se dégagea et atterrit sur la route. Du moins, la majeure partie de son corps. Quand le chauffeur retrouva le contrôle de son véhicule et freina, je vis des lambeaux de fourrure, de sang et de peau toujours incrustés dans la grille. Ça suffisait à me faire regretter que les légendes ne soient pas vraies, qu'on puisse supprimer les loups-garous par des méthodes ordinaires, car j'aurais aimé savoir Scott Brandon toujours en vie au cœur de cette masse sanguinolente sur la route, conscient mais incapable de crier. Une fin appropriée pour un sadique. Malheureusement, il était mort à l'instant où le premier coup de feu le percutait. Les balles d'argent ajoutaient une sympathique touche gothique, mais elles n'étaient pas nécessaires pour tuer un loup-garou. Tout ce qui peut venir à bout d'un humain ou d'un loup nous élimine tout aussi efficacement.

Une foule s'assemblait autour de la dépouille. Ils ne verraient qu'un canidé brun, très gros et bien mort. Il ne se transformerait pas en humain. Autre idée reçue à propos des loups-garous. D'après le mythe, ils sont censés se retransformer en humains quand ils sont blessés. Il existe des milliards de légendes dans lesquelles un fermier ou un chasseur tire sur un loup, mais, lorsqu'il s'approche de l'animal blessé, il ne trouve – Dieu du ciel ! – que des empreintes humaines ensanglantées. Joli, mais ça ne marche pas comme ça. Ce qui vaut mieux pour nous, car, dans le cas contraire, on changerait de forme chaque fois qu'un frère de Meute nous mordillerait trop fort. Vachement pratique, quand on y pense. En réalité, quand on meurt sous forme de loup, on peut renoncer à se faire enterrer à cercueil ouvert. La dépouille de Brandon serait embarquée à la Humane Society[1] de Bear Valley qui s'en débarrasserait sans cérémonie ni autopsie. Scott Brandon, le tueur en fuite de Caroline du Nord, resterait introuvable.

— Merde, j'espère qu'il sera enterré en bonne et due forme, dit une voix traînante derrière moi. Ce pauvre bâtard mérite bien ça, non ?

Je me tournai vers Clay et secouai la tête.

— J'ai tout fait foirer.

1. Équivalent de notre SPA. (*NdT*)

— Non. Il est mort. C'était le but de la soirée. Tu t'en es bien sortie, ma chérie.

Il passa le bras autour de ma taille et se pencha pour m'embrasser. Je me tortillai pour esquiver son étreinte.

— On devrait y aller, dis-je. Jeremy n'aimerait pas qu'on traîne.

Clay tendit de nouveau la main vers moi et s'apprêta à dire quelque chose. Je me détournai très vite et me remis en marche. Au bout de quelques pas, il me rejoignit en trottinant. Le trajet du retour jusqu'au parking fut silencieux.

On bifurqua près de l'épicerie, là où j'avais laissé l'Explorer. Le parking était sombre, car les lumières de la boutique s'éteignaient quand elle fermait pour la nuit, Bear Valley étant le genre d'endroit où l'éclairage servait encore davantage au confort des clients qu'à la sécurité. On avait laissé l'Explorer au coin du parking, près d'un grillage. Il y avait quelques voitures à notre arrivée, mais elles avaient à présent disparu, les bars légaux ayant fermé depuis longtemps. Je pris les clés dans mon sac. Elles émirent un cliquetis brutal dans le silence.

— Fils de pute, marmonna Clay.

Je me tournai en croyant que c'était le bruit des clés qui l'avait fait sursauter, mais il regardait fixement l'Explorer. Il ralentit et secoua la tête.

— J'en connais un qui a pris son vol, finalement, dit-il.

Je suivis son regard. Un homme barbu aux cheveux clairs était assis sur l'asphalte, chevilles croisées, adossé au pneu avant de l'Explorer. Un sac de voyage reposait à ses côtés. Logan. Je souris et me mis à courir. Derrière moi, Clay cria. Je l'ignorai. Je n'avais pas vu Logan depuis un an. Sa jalousie, Clay pouvait se la coller où je pensais. Mieux encore, il pouvait fulminer dans sa barbe tandis qu'il rentrerait à pied à Stonehaven. Après tout, c'était moi qui avais les clés.

— Hé ! m'écriai-je. Une heure de retard. Tu as manqué les réjouissances.

Clay m'appelait toujours et courait à présent. Je m'arrêtai devant Logan et lui souris.

— Tu comptes rester assis là, ou bien…

Je m'interrompis. Les yeux de Logan regardaient fixement le parking. Vides. Aveugles. Morts.

— Non, murmurai-je. Non.

J'entendais vaguement Clay courir derrière moi, je sentis ses bras m'entourer, me rattraper quand je tombai. Un hurlement assourdissant fendit le silence nocturne. Quelqu'un hurlait. C'était moi.

Chagrin

Je ne me rappelle pas comment je rentrai à Stonehaven. Sans doute Clay me poussa-t-il dans l'Explorer avant de fourrer le corps de Logan dans le coffre et de nous ramener chez nous. Je me revois vaguement franchir la porte du garage pour rentrer dans la maison, où Jeremy apparut dans l'entrée et nous demanda ce qui s'était passé avec le cabot. Il dut voir mon expression, car il laissa sa question en suspens. Je passai près de lui sans lui prêter attention. Derrière moi, Clay dit quelque chose, Jeremy poussa un juron, puis j'entendis des pas précipités lorsque les autres, qui avaient entendu, nous rejoignirent depuis l'endroit où ils attendaient notre retour. Je continuai à marcher en direction des escaliers. Personne ne tenta de m'arrêter. À moins qu'ils l'aient fait et que je ne m'en souvienne pas. J'allai dans ma chambre, fermai la porte derrière moi, tirai les rideaux de mon lit et m'y réfugiai à l'abri.

J'ignore combien de temps s'écoula. Peut-être des heures. Plus probablement des minutes, juste assez longtemps pour que Clay explique la situation aux autres. Puis j'entendis ses pas dans l'escalier. Il s'arrêta devant ma porte et y frappa légèrement. Comme je ne répondais pas, il frappa plus fort.

— Elena ? appela-t-il.

— Va-t'en.

La porte gémit comme s'il s'y appuyait.

— Je veux te voir.

— Non.

— Laisse-moi entrer pour te parler. Je sais à quel point tu souffres…

Je me levai tant bien que mal et aboyai en direction de la porte.

— Tu n'en as aucune idée. Pourquoi ce serait le cas ? Tu dois être content qu'il soit mort. Un obstacle de moins qui te prive de mon attention.

Il inspira brusquement.

— Ce n'est pas vrai. Tu le sais très bien. C'était mon frère. (La porte gémit de nouveau.) Laisse-moi entrer, chérie. Je veux être avec toi.

— Non.

— Elena, s'il te plaît. Je veux…

— Non !

Il se tut un moment. Je l'écoutai respirer, l'entendis retenir son souffle. Puis il émit un petit bruit angoissé qui monta *crescendo* pour se changer en grondement de douleur. Ses chaussures crissèrent lorsqu'il se détourna soudain, puis abattit son poing contre le mur opposé. Une pluie de morceaux de plâtre tomba à terre. La porte de sa chambre claqua. Suivit un autre bruit indiquant qu'il avait dû projeter contre le mur quelque chose de plus gros – une lampe ou une table de nuit. Je suivis mentalement son trajet tandis qu'il saccageait tout sur son passage, imaginant chaque meuble voler en éclats et regrettant de ne pouvoir faire de même. J'avais envie de jeter des objets, de les détruire, de sentir la douleur de mon corps heurtant le mur, de me déchaîner sur tout ce qui m'entourait jusqu'à ce que l'épuisement vienne à bout de la douleur et de la rage. Mais je ne pouvais pas. La partie rationnelle de mon cerveau m'en empêchait, me rappelait qu'il y aurait des conséquences. Quand je retrouverais la raison, j'aurais honte d'avoir perdu mon sang-froid et laissé un sillage de destruction que Jeremy devrait rembourser. Je levai les yeux vers les bergères de porcelaine sur ma coiffeuse et m'imaginai les écraser contre le plancher, voir leurs visages insipides se briser en éclats de verre acérés comme des rasoirs. Ce serait un tel soulagement, mais je ne le ferais jamais. Je me rappellerais combien de temps Jeremy avait consacré à les choisir pour moi, à quel point il serait blessé que je détruise son cadeau. Malgré mon envie d'exploser, je ne pouvais m'y résoudre. Je ne pouvais me permettre ce luxe. Et je détestais Clay d'en être capable.

N'ayant aucun moyen de laisser libre cours à mon chagrin, je passai les heures suivantes recroquevillée au-dessus des couvertures, sans bouger, même lorsque les muscles de mes jambes s'ankylosèrent et me supplièrent de changer de position. Je regardais fixement les rideaux du lit, en m'efforçant de me vider la tête, redoutant de penser ou d'éprouver quoi que ce soit. Quelques heures plus tard, j'étais toujours étendue ainsi lorsque Jeremy frappa à ma porte. Je ne répondis pas. La porte s'ouvrit, puis se referma avec un déclic. Les rideaux du baldaquin chuchotèrent, et le matelas s'enfonça lorsque Jeremy s'assit derrière moi. Sa main se posa sur mon épaule. Je fermai les yeux et sentis la chaleur de ses doigts traverser ma chemise. Pendant plusieurs minutes, il ne dit rien. Puis il tendit la main pour écarter une mèche de mon visage et la caler derrière mon oreille.

Je ne méritais pas sa gentillesse. Je le savais. C'était sans doute la raison pour laquelle je m'interrogeais toujours sur ses motivations. Au tout début, chaque fois qu'il faisait preuve de gentillesse envers moi, je cherchais derrière quelque chose de malfaisant, quelque vil dessein. Après tout, c'était un monstre. Il devait forcément être mauvais. Quand j'avais compris qu'il n'y avait rien de mauvais en lui, je m'étais accrochée à une autre excuse : il était bon avec moi parce qu'il m'avait sur les bras, parce que c'était quelqu'un de bien et qu'il se sentait peut-être même responsable de ce que m'avait infligé son protégé. S'il m'emmenait voir des pièces à Broadway et dîner à deux dans des restaurants coûteux, c'était parce qu'il voulait que je sois heureuse et me tienne tranquille, pas parce qu'il appréciait ma compagnie. Je voulais qu'il l'apprécie, mais ne pouvais y croire car je ne voyais pas grand-chose en moi qui le justifie. Je ne me croyais pas indigne d'amour et d'attention, mais je n'en attendais pas de la part de quelqu'un du calibre de Jeremy. N'ayant pu gagner l'attention d'une dizaine de pères adoptifs, j'avais du mal à croire que j'y parvenais à présent, de la part de quelqu'un qui valait mieux que tous ces hommes-là réunis. Il y avait malgré tout des moments où je m'autorisais à croire que Jeremy m'appréciait vraiment, lorsque je souffrais trop pour me refuser ce fantasme. J'étais en train de vivre l'un de ces moments. Yeux fermés, je ressentais sa présence et m'autorisais à y croire.

On resta un moment ainsi en silence, puis il dit doucement :

— On l'a enterré. Y a-t-il quelque chose que tu aimerais faire ?

Je compris ce qu'il me demandait : y avait-il un rite funéraire humain qui m'aiderait à me sentir mieux ? J'aurais aimé pouvoir plonger en moi pour y trouver quelque rituel rassurant. Mais les expériences religieuses de mon enfance ne m'avaient pas disposée à croire en la toute-puissance d'un être divin. Le souvenir le plus net que je gardais d'une église, c'était celui où je me trouvais assise sur un banc entre mes parents du moment, tandis que ma mère adoptive, penchée en avant, s'efforçait d'écouter le pasteur pour ne pas voir que la main de son mari explorait les mystères spirituels enfouis sous ma jupe. La seule chose pour laquelle j'aie jamais prié, c'était la délivrance. Dieu devait avoir des choses bien plus importantes à l'esprit. Il m'avait ignorée et j'avais appris à bien le lui rendre.

Malgré tout, en dépit de mes croyances, j'avais le sentiment de devoir marquer le décès de Logan, ne serait-ce qu'en assistant à son enterrement pour lui rendre hommage. Quand je fis cette réponse à Jeremy, il proposa de m'accompagner, ce que j'acceptai d'un hochement de tête. Il m'aida à me lever et plaça la main sous mon coude pour me guider gentiment jusqu'au bas des marches. À tout autre moment, ou en toute autre compagnie, j'aurais refusé cette aide. Mais, pour l'heure, j'en étais reconnaissante. Le sol tanguait sous mes pieds. Je descendis prudemment l'escalier. La porte du bureau s'ouvrit et Antonio jeta un coup d'œil à l'extérieur, un verre de brandy en main. Il regarda Jeremy. Comme celui-ci secouait la tête, Antonio lui répondit d'un signe, puis se retira dans la pièce. Lorsqu'on eut dépassé la porte, elle s'ouvrit de nouveau. Sans regarder, je compris qui en sortait. Jeremy jeta un œil par-dessus son épaule et leva la main. Je n'entendis ni la porte se refermer, ni les pas de Clay en train de nous suivre. Je l'imaginai qui nous regardait nous éloigner depuis l'entrée et je pressai un peu l'allure.

On avait enterré Logan dans un bosquet, dans les bois situés derrière la maison. C'était un endroit charmant où le soleil de midi dansait sur les fleurs sauvages à travers les feuilles. J'y réfléchis et compris l'absurdité de choisir un bel endroit où enterrer les morts. Logan n'y voyait rien.

Il se moquait bien de savoir où il reposait. Cet endroit sélectionné avec tant de soin ne servait qu'à réconforter les vivants. Mais pas moi.

Je me penchai pour cueillir de minuscules fleurs blanches à déposer sur la terre retournée. Cette fois encore, j'ignorais pourquoi je faisais ça. Logan s'en moquerait bien. Encore un geste absurde destiné à procurer un minimum de réconfort, celui d'un rituel accompli pour les morts depuis que les humains avaient commencé à pleurer leurs défunts. Debout devant cette tombe, serrant mon bouquet ridicule, je me rappelai le seul et unique enterrement auquel j'aie jamais assisté. Celui de mes parents. La meilleure amie de ma mère, celle qui avait voulu m'adopter, avait organisé de modestes funérailles. J'avais appris plus tard que mes parents ne possédaient pas d'assurance vie, si bien qu'elle avait certainement tout payé elle-même. Elle m'emmena à l'enterrement, resta auprès de moi et me tint la main. C'était la toute dernière fois que je la voyais. Le système d'adoption croyait aux cassures bien nettes.

Ce jour-là, j'étais restée plantée, les yeux baissés vers les tombes, et j'avais attendu. Mes parents allaient revenir. Je le savais. Bien sûr, j'avais vu les cercueils et on m'avait laissé entrevoir le corps de ma mère dans l'un d'entre eux. J'avais vu des hommes les faire descendre dans la tombe et les couvrir de terre. Mais aucune importance. Ils allaient revenir. Je n'avais aucune expérience de la mort véritable et n'en connaissais que la version bruyante, extravagante, des dessins animés du samedi matin où le coyote passait son temps à mourir mais revenait toujours à temps pour concevoir un dernier plan débile avant le générique de fin. Ça marchait comme ça. La mort était temporaire et ne durait que le temps de faire rire les gamins en pyjama qui se gavaient de céréales devant la télé. J'avais même assisté à un tour semblable avec de vraies personnes, le jour où mon père m'avait emmenée voir un spectacle de magie dans le cadre de la fête de Noël de son bureau. On avait placé une femme dans une boîte qu'on avait coupée en deux avant de la faire pivoter. Quand on l'avait rouverte, elle en avait surgi tout entière, souriante, sous les rires et vivats de la foule. Mes parents aussi allaient jaillir de leur boîte, tout aussi entiers et souriants. C'était une blague. Merveilleuse et terrifiante. Il me suffisait d'attendre qu'elle se termine. Debout devant la tombe de mes parents, je m'étais mise à pouffer de rire. Le pasteur s'était alors tourné pour braquer sur moi un regard noir, condamnant mon ingratitude et mon insensibilité. Je m'en moquais. Il n'était pas au courant de la blague. Souriant pour moi-même, j'attendis… et attendis encore.

Baissant les yeux vers la tombe de Logan, je brûlais de retrouver ce fantasme, de m'autoriser à croire qu'il allait revenir, que la mort n'était que temporaire. Mais je savais maintenant que non. La mort, c'était la mort. Quand on enterrait les gens, c'était pour de bon. Quand ils s'en allaient, c'était pour de bon. Je tombai à genoux, écrasant les fleurs dans mon poing. Quelque chose céda en moi. Je basculai en avant et me mis à sangloter. Une fois lancée, plus moyen de m'arrêter, si bien que les larmes coulèrent jusqu'à ce que mes yeux et ma gorge me fassent mal. Puis une voix transperça enfin mon chagrin. Non pas celle de Jeremy, qui était resté debout derrière moi, en silence, sachant qu'il valait mieux ne pas intervenir. C'était celle de quelqu'un qui osait le faire.

— Mais enfin ! braillait Clay. Je ne peux pas l'écouter et rester sans…

La voix de Jeremy, étouffée jusqu'au murmure.

— Non ! s'écria Clay. Ils ne peuvent pas faire ça. Pas à Logan. Pas à elle. Je refuse de rester planté là…

Un autre murmure l'interrompit.

— Et merde ! Comment tu peux…

La voix de Clay s'étrangla de rage.

J'entendis quelque chose, un bruissement de branches, quand Jeremy entraîna Clay vers les bois pour lui parler, me laissant à ma douleur. Agenouillée là, je les écoutai. Clay voulait partir à la recherche du tueur de Logan – pas demain ni même ce soir, mais tout de suite. Ils avaient senti sur le cadavre l'odeur d'un loup-garou inconnu. Tandis qu'on pourchassait Brandon, un autre cabot avait tué Logan. Jeremy cherchait à dissuader Clay, à lui dire qu'il faisait encore jour, qu'il cédait à la colère, qu'ils devaient réfléchir à un plan. Mais peu importait le bon sens de ses paroles. L'intensité de la fureur de Clay noyait toute logique. J'attendis que Jeremy lui interdise de partir à la poursuite du cabot. Je tendis l'oreille pour guetter ces mots. Mais ils ne vinrent pas. Distrait par sa propre douleur, Jeremy protesta, tenta de raisonner Clay, mais ne lui interdit pas ouvertement de se venger. Oubli fatal. Tandis que je frottais mes mains maculées de terre sur mon visage humide, la peur absorba le chagrin. Ils se disputaient toujours quand je m'éloignai du bosquet et me précipitai vers la maison.

Dix minutes plus tard, Clay ouvrit la porte de sa Boxster et s'affala sur le siège conducteur.

— Où est-ce qu'on va ? demandai-je à travers une gorge douloureuse qui me laissait à peine murmurer.

Il sursauta et se tourna pour me voir blottie sur le siège du passager.

— Tu vas à sa recherche, dis-je avant qu'il puisse répondre. Je veux être là. J'en ai besoin.

C'était en partie vrai. J'avais besoin d'exorciser mon chagrin et, comme Clay, je ne connaissais qu'une manière d'y parvenir. La vengeance. Une rage terrifiante m'envahissait quand je pensais qu'un cabot avait tué Logan. Elle parcourait tout mon corps comme un serpent démoniaque, incitant chaque partie de moi à la colère, évoluant si vite, hors de tout contrôle, que je dus physiquement serrer les poings et les tenir crispés pour éviter de frapper quelque chose. Je connaissais ces crises de rage depuis l'enfance. À l'époque, j'étais frustrée par mon incapacité à les utiliser, à les évacuer de manière constructive. Aujourd'hui, je pouvais employer cette rage bien au-delà de tout ce que j'avais imaginé. Ce qui ne rendait ces colères que plus terrifiantes. Moi-même, j'ignorais ce qui se produirait si je leur donnais libre cours. Savoir que je me préparais à une action concrète en partant à la poursuite du tueur m'aidait à maîtriser ma fureur.

Une autre raison me poussait à accompagner Clay. J'avais peur de le laisser seul et craignais qu'il lui arrive quelque chose si je n'étais pas là pour le surveiller, et qu'il y ait ensuite une autre tombe dans le bosquet. Cette idée suscitait en moi des sentiments que je refusais de m'avouer.

— Tu es sûre ? demanda-t-il en se tortillant pour me faire face. Tu n'es pas obligée de venir.

— Oui. N'essaie pas de m'en empêcher ou je dirai à Jeremy que tu es parti. Je le forcerai à te l'interdire. Si tu es déjà parti, je le conduirai jusqu'à toi.

Clay tendit la main pour me toucher mais je me détournai pour regarder la fenêtre. Après un moment de silence, la porte automatique du garage s'ouvrit en grinçant et le moteur du véhicule s'anima en rugissant. Il recula le long de l'allée à une vitesse étourdissante, et on partit pour Bear Valley.

Sur la route, le brouillard de chagrin et de colère qui me tournoyait dans le cerveau se dissipa devant la perspective de l'action – une action nette et définitive. Je préférai me concentrer sur elle. Toute impulsion me dictant de me précipiter à Bear Valley pour y chercher frénétiquement le tueur de Logan se dissipa sous le poids glacial de la réalité. Si je voulais ma revanche, il nous fallait un plan.

À l'entrée de Bear Valley, on se retrouva pris dans les embouteillages de l'heure de pointe qui nous obligèrent à attendre pendant tout un cycle à un feu rouge avant de tourner à gauche de la grand-rue jusqu'à Elm Street. Quand le feu passa au rouge pour la deuxième fois, Clay força le passage malgré tout, ignorant les klaxons autour de lui.

— Tu sais où on va ? demandai-je.

— Nous garer.

— Et ensuite… ?

— Trouver l'enfoiré qui a tué Logan.

— Génial. Ça, c'est ce que j'appelle un plan détaillé.

J'agrippai la poignée de la portière tandis que Clay bifurquait vigoureusement vers le seul parking public à proximité des commerces du centre-ville.

— On ne peut pas le pourchasser pour l'instant, continuai-je. Il fait encore jour. Même si on trouvait le cabot, on ne pourrait rien faire.

— Alors qu'est-ce que tu suggères ? Aller tranquillement dîner pendant que le tueur de Logan est en liberté ?

Bien que je n'aie rien mangé depuis la veille au soir, penser à la nourriture me soulevait l'estomac. Je voulais tout autant que lui partir en quête du tueur, mais la raison me dictait de rester prudente. Même si je détestais l'idée que quoi que ce soit puisse nous détourner de notre vengeance, nous n'avions pas le choix. Il fallait nous distraire quelques heures.

— On doit découvrir ce qui s'est passé hier soir.

Clay s'arrêta brutalement sur une place de parking.

— Quoi ?

— Découvrir comment la ville réagit à ce qui s'est passé à la rave la nuit dernière. Estimer les dégâts. Est-ce qu'ils cherchent d'autres chiens sauvages ? Que font-ils du corps de Brandon ? Est-ce qu'on t'a vu sauter par la fenêtre du deuxième étage ? Est-ce qu'on m'a vue éloigner le cabot ?

— Mais nom de Dieu, qu'est-ce qu'on en a à foutre de ce qu'ils ont vu et de ce qu'ils en pensent ?

— Vraiment ? S'ils décident de soumettre ce qui reste de Scott Brandon à des analyses et qu'ils découvrent quelques petites bizarreries, ça ne te concerne pas ? Mais si, Clay. C'est ton foyer. Tu ne peux pas te permettre de t'en foutre.

Il émit un bruit entre soupir et rugissement de frustration.

— Bon. Qu'est-ce que tu suggères ?

Je marquai une pause, n'ayant pas encore réfléchi jusque-là. Des images de Logan emplissaient toujours mon cerveau engourdi. Je me forçai à les chasser pour me concentrer sur les prochaines étapes. Au bout de quelques minutes, je répondis :

— On achète le journal et on va le lire au café en écoutant de quoi les gens parlent. Ensuite, on réfléchit à un moyen de traquer le cabot. Après la tombée de la nuit, on y va.

— Ce n'est pas en lisant un putain de journal qu'on trouvera le tueur de Logan. On ferait mieux d'aller dîner.

— Tu as faim ?

Il coupa le contact et se tut.

— Non, je n'ai pas faim.

— Alors, à moins que tu connaisses un moyen plus efficace pour tuer quelques heures, on va suivre mon plan.

Piste

Après avoir acheté un journal, je m'arrêtai à un téléphone public pour appeler Jeremy. Ce fut Peter qui répondit, ce qui m'évita de devoir parler à Jeremy lui-même. Je demandai à Peter de l'avertir que j'étais avec Clay et que je l'avais convaincu que le moment était mal choisi pour partir à la poursuite du meurtrier de Logan. Nous allions plutôt évaluer les dégâts suscités par les événements de la veille. Bien sûr, je m'abstins de préciser qu'on irait chercher le meurtrier *plus tard*. Tout était question d'interprétation. Je ne mentais pas vraiment. Pas tout à fait.

Bear Valley possédait trois cafés, mais le *Donut Hole* était le seul qui comptait. Les deux autres étaient réservés aux étrangers à la ville, aux routiers et à toute autre personne quittant l'autoroute pour prendre sa dose de sucre et de caféine. Lorsqu'on entra, la cloche de vache suspendue au-dessus de la porte sonna. Tout le monde se retourna. Quelques personnes sourirent au comptoir et l'une d'entre elles leva la main pour nous saluer. Je leur semblais peut-être vaguement familière, mais c'était Clay qu'ils reconnaissaient. Dans une ville de huit mille habitants, un type ayant sa dégaine passait autant inaperçu que sa Porsche Boxster dans le parking local. Clay détestait attirer l'attention. Lui maudissait son visage, pas son sang de loup-garou. Il ne voulait rien tant que se fondre dans l'arrière-plan de la vie humaine. Je crois qu'il se serait même débarrassé de la Boxster s'il avait pu, mais, comme ma chambre, c'était un cadeau de Jeremy, la dernière d'une série de voitures de sport achetées pour satisfaire l'amour que portait Clay à la vitesse et aux courbes dynamiques.

Malgré tout, il avait de la chance à Bear Valley. Même si les gens se retournaient devant sa voiture de sport et son visage agréable, personne ne l'ennuyait comme on l'aurait fait en ville. L'alliance en or qu'il portait à l'annulaire de la main gauche lui épargnait l'attention excessive des femmes, Bear Valley étant le genre d'endroit où ces choses-là vous rendaient encore intouchable aux yeux de l'autre sexe. Ce n'était d'ailleurs pas une ruse. Clay ne se serait pas abaissé à ce genre de mensonge mesquin. Son alliance faisait partie d'une paire assortie que nous avions achetée dix ans plus tôt, avant qu'une petite histoire de morsure balaie d'un coup euphorie matrimoniale et projets conjugaux. Clay se moquait bien qu'aucun mariage n'ait lieu. La cérémonie elle-même importait peu, ce n'était qu'un absurde rituel humain auquel il avait consenti pour me faire plaisir. Ce qui importait pour lui, c'était l'engagement sous-jacent : l'idée d'une partenaire pour la vie, que le loup en lui reconnaissait, qu'on l'appelle mariage, accouplement ou autre chose encore. Il portait donc l'alliance. *Ça*, je pouvais vivre avec, en y voyant un fantasme de son cerveau égaré. C'était quand il me présentait comme sa femme que les choses dégénéraient parfois.

Le *Donut Hole* était un café typique comme on en trouve à tous les coins de rue, jusqu'aux banquettes de vinyle rouge craquelé et à l'odeur tenace de chicorée brûlée. Impossible d'échapper à la section fumeurs – même quand on parvenait à trouver une table dépourvue de cendrier, la fumée des tables voisines vous rattrapait en quelques secondes, ignorant le chemin ascendant vers le système de ventilation insuffisant. Le personnel se composait de femmes d'âge moyen qui avaient décidé de gagner un peu d'argent après que leurs petits avaient quitté le nid, et découvert que c'était le seul boulot pour lequel le monde les jugeait qualifiées. À cette heure de la journée, la plupart des clients étaient des travailleurs qui prenaient une dernière tasse de café avant de regagner leur foyer ou s'attardaient ici pour éviter de rentrer plus tôt que nécessaire.

Pendant que je choisissais une table, Clay se dirigea vers le comptoir et revint muni de deux cafés et de deux parts de tarte aux pommes maison. J'écartai la nourriture et ouvris le *Bear Valley Post* sur la table de formica. L'incident de la rave party figurait en première page. Bien entendu, le journal n'employait pas le terme de rave, dans la mesure où la majeure partie de son lectorat (ainsi que de son personnel, sans doute) ignorait de quoi il s'agissait. On la décrivait donc plutôt comme une grande fête privée où les « activités illicites » étaient monnaie courante, ce qui la faisait paraître beaucoup plus amusante qu'en réalité. Sans le dire explicitement, le journal laissait sous-entendre que la plupart des fêtards étaient extérieurs à Bear Valley. Bien évidemment.

On dévoilait peu de détails de l'« incident », suite à une conjonction de circonstances atténuantes, à savoir, le fait que la plupart des témoins aient été saouls ou défoncés, et que le criminel ait été un chien mort, ce qui le rendait difficile à interviewer. Les maigres faits relatés dans l'article se résumaient ainsi : un gros canidé avait tué deux personnes lors d'une fête avant d'être abattu par la police. Pas franchement le genre d'histoire susceptible de faire la une, si bien que le journaliste l'avait enrichie d'assez de spéculations pour gagner un boulot dans les tabloïds. On supposait que le canidé était un chien, explication qui semblait satisfaire tout le monde et signifiait que les autorités n'avaient aucune intention de faire appel à des experts animaliers ni d'expédier la dépouille à un laboratoire hors de prix. On s'était déjà débarrassé des restes de Brandon (comprenez : on l'avait incinéré à la Humane Society locale). On avait même renoncé à faire des tests afin de découvrir s'il était ou non enragé, décidant sans doute que toute personne ayant participé à la rave avait bien mérité un vaccin contre la rage. Par ailleurs, le journaliste supposait que le chien mort était lié au meurtre de la jeune femme la semaine précédente, même si la police n'avait pas exclu la possibilité que d'autres chiens sauvages errent en forêt, surtout dans la mesure où deux adolescents avaient aperçu au moins deux canidés la nuit précédente. Enfin, malgré toutes les spéculations, l'article n'indiquait nulle part qu'on ait remarqué un homme blond ou une femme qui semblaient impliqués de manière peu naturelle dans l'incident. Comme je l'espérais, Clay et moi n'avions été que deux spectateurs égarés au milieu du chaos.

— On perd notre temps, marmonna Clay, qui avait parcouru l'article à l'envers tandis que je le lisais. Y a rien là-dedans.

— Parfait. C'est ce qu'on espérait, donc on n'a pas vraiment perdu de temps à nous en assurer.

Il s'étrangla de rire et planta sa fourchette dans sa part de tarte intacte, soulevant une gerbe de fragments de croûte, puis la repoussa sans y avoir goûté.

— Tu es sûr que la personne dont tu as senti l'odeur sur… sur… (j'inspirai pour chasser une bouffée de douleur)… sur Logan appartenait à quelqu'un que tu ne connaissais pas ?

— Ouais. (Son regard se voila, puis s'enflamma de colère.) Un cabot. Un enfoiré de cabot. Il y en a deux à Bear Valley. Dans un bled comme…

— On ne peut pas penser à ça maintenant. Oublie le pourquoi et le comment. Concentre-toi sur le « qui ».

— Je n'ai pas identifié l'odeur. Ni personne d'autre. Ce qui signifie que c'est un cabot que nous n'avons pas croisé assez souvent pour le reconnaître.

— Ou alors, un nouveau. Comme Brandon.

Clay fronça les sourcils.

— Deux nouveaux cabots ? Un, c'est déjà assez bizarre, mais…

— Passons. Tu ne l'as pas reconnu. Restons-en là pour l'instant. Voyons si tu entends quelqu'un parler d'hier soir.

Clay grommela. Je l'ignorai et m'enfonçai dans mon siège pour écouter les conversations autour de nous tandis que je feignais de boire mon café. Expérience déprimante, non parce que personne ne parlait de l'« incident », mais parce que la majeure partie de leurs sujets de discussion ne brossait pas un tableau très encourageant de la vie humaine ordinaire. Dans tous les coins, on se plaignait de l'injustice des patrons, de collègues qui vous poignardaient dans le dos, d'enfants ingrats, de voisins mêle-tout, de boulots assommants et de mariages qui ne l'étaient pas moins. Personne n'était heureux. Ce n'était peut-être pas aussi terrible que ça en avait l'air. Peut-être les relations impersonnelles qu'on forme dans les cafés étaient-elles parfaites pour évacuer les frustrations ordinaires de la vie, comme le font les citadins chez leur psy – et ça ne leur coûtait que le prix d'une tasse.

Tandis que je les écoutais, une vieille vague de colère et de ressentiment commença à remonter. Pourquoi les gens se plaignaient-ils toujours de leur boulot, de leur conjoint, de leurs enfants et de leur parentèle ? Ne comprenaient-ils donc pas leur chance ? Même enfant, je détestais entendre les gamins se plaindre de leurs parents, frères et sœurs. J'avais envie de leur crier : *Si vous n'aimez pas votre famille, donnez-la-moi – je la prendrai et je ne pleurnicherai jamais qu'on me force à me coucher trop tôt ou que ma petite sœur m'énerve.* J'avais grandi entourée d'images de familles. Comme tous les enfants. Ça semble être le sujet de tous les livres, toutes les séries télévisées, tous les films, toutes ces saloperies de pubs. Mère, père, frère, sœur, grands-parents, animaux domestiques et foyer. Des mots si familiers dès l'âge de deux ans que tout autre style de vie paraît impensable. Et terriblement anormal. Quand j'avais cessé de m'apitoyer sur moi-même, j'avais compris que manquer de ces choses-là dans l'enfance ne signifiait pas que je ne les posséderais jamais. Je pourrais me trouver une famille en grandissant. Je n'étais même pas obligée de choisir le modèle traditionnel, un mari, trois enfants, un chien et un adorable petit pavillon. N'importe quelle variation ferait l'affaire. Adulte, je pourrais me procurer tout ce dont la vie m'avait privée. Puis, peu avant de basculer dans la vie adulte, j'étais devenue loup-garou.

Tous mes projets d'avenir s'étaient volatilisés en l'espace d'une seule nuit. Je pourrais faire ma vie dans le monde des humains, mais ce ne serait jamais celle que j'avais imaginée. Je n'aurais pas de mari. Vivre avec quelqu'un était bien assez risqué, et partager ma vie avec lui, impossible – il y avait dans toute cette expérience trop d'aspects que je devais garder pour moi. On ne connaissait aucun témoignage sur une femme loup-garou ayant donné la vie, mais, à supposer même que je sois prête à courir le risque, je ne pourrais jamais infliger cette vie-là à un enfant. Ni mari, ni enfants, et par conséquent aucun espoir de fonder famille ou foyer. Tout ça m'était arraché, placé aussi loin de ma portée que dans mon enfance.

Clay m'observait, le regard inquiet.

— Ça va ?

Il chercha mon contact, non pas en tendant une main compatissante, en me tapotant le genou ou quoi que ce soit d'aussi évident. Il fit glisser sa jambe en avant pour toucher la mienne et continua à scruter mon visage. Je me tournai vers lui. Quand je croisai son regard, j'eus envie de l'enguirlander, de lui dire que ça n'allait pas, que ça n'irait jamais, qu'il s'était assuré que ça ne soit plus jamais le cas. Il m'avait volé tous mes espoirs et mes rêves de famille par un acte d'un égoïsme impardonnable. J'arrachai ma jambe à la sienne et détournai le regard.

— Elena ? demanda-t-il en se penchant par-dessus la table. Ça va ?

— Non. Ça ne va pas.

Je m'arrêtai. À quoi servirait-il d'en dire plus ? Nous étions ici pour donner la chasse au meurtrier de Logan, pas pour ressasser nos problèmes personnels. Ce n'était pas le moment. Une partie de moi savait que ça ne le serait jamais. Si on en parlait, on les résoudrait peut-être. Je ne voulais pas prendre ce risque. Je ne voulais jamais oublier ni pardonner. Je ne me l'autoriserais pas.

Me réconcilier avec Clay revenait à me rendre. Ça signifierait qu'il avait gagné, que cette morsure en valait la peine. Il aurait sa partenaire, celle qu'il avait choisie pour la vie, et concrétiserait ses rêves domestiques. J'avais mes propres rêves, et Clay n'y jouait aucun rôle. Loup-garou ou pas, je ne pouvais supporter d'y renoncer, surtout maintenant que j'avais enfin entrevu les possibilités que m'offrait ma vie avec Philip. J'avais un partenaire attentif et gentil qui encourageait mon potentiel pour la bonté et la normalité, choses que Clay ne voyait pas, dont il se moquait bien, et qu'il n'encouragerait certainement jamais. Notre avenir ne prenait pas forcément la forme d'un mariage, d'enfants et d'une maison en banlieue, mais, comme je le disais, n'importe quelle variation ferait l'affaire. Avec Philip, je pouvais en imaginer une satisfaisante, avec un partenaire, un foyer et une famille. J'étais à deux doigts de décrocher la timbale. Tout ce que j'avais à faire, c'était me sortir de cette sale histoire avec la Meute, retourner à Toronto et attendre le bon moment.

— Non, répétai-je. Ça ne va pas. Logan est mort, son meurtrier est en liberté et je suis coincée dans un café minable avec… (Je ravalai la suite.) On est censés écouter les rumeurs, tu te rappelles ? Tais-toi et tends l'oreille.

Je me forçai à reporter mon attention sur les conversations autour de nous. Les gens se plaignaient toujours de leur vie, mais je les ignorai pour chercher plutôt ce que je voulais entendre. Pour ajouter au désespoir ambiant, des clients discutaient ici et là des événements de la veille sur ce ton de lassitude qui signifie « Où va le monde ? » et que les gens emploient sans doute depuis que l'homme préhistorique a vu ses voisins marcher debout. Alors que la plupart se contentaient de répéter le contenu de l'article, quelques-uns donnaient naissance à des rumeurs qui se propageraient dans toute la ville à la tombée de la nuit. Dans un coin, une femme déclara qu'elle avait entendu dire que l'animal n'était pas du tout sauvage, mais qu'il s'agissait d'un chien de garde en fuite appartenant à un parent du maire, et qu'on avait soudoyé ou menacé les policiers pour les empêcher de faire circuler cette histoire. Certains pensaient même que le chien n'était pas impliqué du tout, mais que les fêtards défoncés, en proie à une sorte d'hystérie collective, avaient tué eux-mêmes ces deux personnes, puis que les policiers avaient abattu un chien innocent. C'est fou ce que les gens sont créatifs, parfois. Mais une chose était sûre, personne ne parlait de loups énormes ni n'exigeait une enquête afin de découvrir pourquoi la bête avait agi ainsi. Tout le monde semblait trouver parfaitement naturel qu'un chien devenu fou furieux massacre des gens dans un entrepôt bondé. Pendant que j'espionnais les conversations, Clay faisait semblant de lire le journal. Je dis « faisait semblant » car il se moquait de l'actualité de Bear Valley ou du reste du monde comme de sa première chemise. Lui aussi guettait les rumeurs, même s'il refusait de l'admettre.

— On peut y aller maintenant ? demanda-t-il enfin.

Je bus une gorgée de café froid. La tasse était encore pleine aux trois quarts. Clay n'avait même pas entamé la sienne. Aucun de nous n'avait touché à la tarte. Pour une fois, la faim n'était qu'un souci lointain.

— Je pense que oui, dis-je en jetant un coup d'œil par la fenêtre. Il ne fait pas encore noir, mais on ne trouvera sans doute pas la piste avant un moment. On commence par le parking ?

Je ne pus me résoudre à préciser « celui où on a trouvé Logan », mais Clay avait compris. Il hocha la tête, se leva et sortit derrière moi sans ajouter un mot.

Alors qu'on approchait de l'épicerie, je m'arrêtai avant de tourner au coin de la rue afin de ne pas voir l'emplacement où nous avions trouvé Logan. Mon cœur battait si vite que je devais me concentrer pour respirer.

— Je peux y aller, dit Clay en posant la main sur mon dos. Reste ici. Je vais chercher la piste et voir dans quel sens elle mène.

Je m'écartai de sa main.

— Tu ne peux pas. L'odeur était faible hier soir. Ce sera encore pire maintenant. Tu as besoin de mon flair.

— Je peux essayer.

— Non.

Je tournai, hésitante, faillis m'arrêter, puis me forçai à avancer. Quand je vis l'emplacement où l'Explorer avait été garé, j'en arrachai mon regard, mais il était trop tard. Mon esprit rejouait déjà la scène de la nuit précédente, où je me précipitais et où Clay m'appelait tout en courant vers moi. Il avait saisi ce qui se passait avant moi. C'était pour ça qu'il avait voulu me retenir. Je le comprenais maintenant – non que son motif ait d'importance à présent. Ce n'était qu'une idée insignifiante qui me passait par la tête et m'empêchait de réfléchir à ce qui s'était passé ici la nuit précédente.

En plein jour, le parking semblait un tout autre endroit. Des gens faisaient des allers et retours de leur voiture à la boutique. Comme le café, le parking était rempli de travailleurs, la plupart en jean, quelques-uns en costume, trimballant des sacs de courses contenant le dîner, ou bien du lait ou du pain qu'ils étaient passés acheter avant de rentrer. Personne ne nous prêta attention lorsqu'on traversa le parking en direction du grillage du fond. La place que nous occupions la veille était vide, car trop éloignée de l'épicerie pour être utilisée en dehors des jours d'affluence.

Je me plaçai du côté où s'était trouvée la portière droite de l'Explorer. Je fermai les yeux et inspirai. L'odeur de Logan m'emplit la tête. Mes genoux cédèrent. Clay me saisit par le coude. Je me remis d'aplomb, puis reniflai de nouveau en essayant d'écarter l'odeur de Logan. En vain. Son odeur tenace chassait les senteurs moins familières. Paupières closes, je l'imaginais debout devant moi, assez proche pour que je puisse le toucher. J'ouvris les yeux. La vive lueur du jour repoussa cette illusion dans les ombres de mon cerveau.

— J'ai…, commençai-je. J'ai du mal.

— C'est ici, dit Clay. L'odeur est ténue, mais je sens quelque chose. Attends une seconde, je vais voir si je peux m'y accrocher.

Il s'avança vers la gauche, s'arrêta, secoua la tête, puis revint à son point de départ et se remit en marche dans une autre direction. Lorsqu'il eut fait deux fois le tour de la boussole, il se tourna vers moi.

— Je l'ai, dit-il. Le cabot est entré par l'est, mais il est sorti par là.

Même le meilleur traqueur ne pouvait déduire d'une odeur si son propriétaire arrivait ou partait. Ce qui permettait à Clay de différencier les deux pistes, c'était le fait que la première se mêle de l'odeur de Logan, ce qu'il s'abstint de préciser.

— Viens essayer par ici, dit-il.

Une fois éloignée de la place de parking, je me détendis. Clay se tenait près d'un monospace. Je le rejoignis et reniflai l'air. Oui, l'odeur était celle d'un loup-garou inconnu. La piste traversait le parking à partir de l'épicerie pour se diriger vers une boutique d'articles de chasse. De là, elle longeait le trottoir en direction de l'ouest, décrivait un cercle pour revenir vers la grand-rue, puis menait vers les commerces du centre. Ça peut paraître rapide et facile, expliqué comme ça, mais détrompez-vous. Marcher en ligne droite du point A au point B nous aurait pris un quart d'heure. On y passa une heure pendant laquelle on perdit régulièrement la piste, revenant chaque fois sur nos pas, pour y découvrir l'endroit où le cabot avait bifurqué. À une ou deux occasions, je la perdis totalement. La suivre sous forme humaine nous compliquait la tâche, non seulement parce que j'avais l'odorat moins développé, mais aussi parce que je ne pouvais pas franchement poser le nez à terre et suivre la piste en reniflant. Enfin si, je *pouvais*, mais c'est le genre de chose qui ne passe pas inaperçu en bonne société et vous gagne souvent un petit tour gratuit chez le psychiatre le plus proche. Même la vue de quelqu'un qui remue le nez ou décrit des cercles à un coin de rue suscite des haussements de sourcils. La discrétion était donc de mise. Même si Clay se laissait convaincre d'attendre la tombée de la nuit, on ne pourrait pas se changer en loups. Après tout ce qui s'était produit dans cette ville, ce ne serait pas un défi, mais du suicide pur et simple.

Le centre de Bear Valley fermait à 17 heures, ce qui permettait aux employés de rentrer chez eux pour dîner, ignorant le fait que la plupart des gens travaillaient jusqu'à cette même heure et devaient faire leurs courses ensuite. Cette négligence expliquait peut-être le taux d'absentéisme qui se répandait dans le coin tel un cancer, affectant un commerce, puis ses voisins, et leurs voisins à leur tour, jusqu'à ce que le quartier évoque une publicité géante pour une agence immobilière. Le temps qu'on regagne le centre, il était 19 heures passées et même les plus bosseurs des commerçants avaient fermé. Les rues étaient vides. La ville tout entière semblait avoir cessé toute activité le temps d'une heure de dîner collective. Je pus m'autoriser à renifler avec moins de prudence, ce qui nous permit de parcourir en vingt minutes les huit cents mètres suivants. La piste s'arrêtait devant un Burger King qui s'était retrouvé isolé de ses copains fast-foods à l'autre bout de la ville. Le cabot y était sans doute entré se ravitailler. Après vingt autres minutes passées à tourner en rond et revenir sur mes pas, je retrouvai la piste. Dix minutes plus tard, nous arrivions dans le parking du motel Big Bear.

— Ce qu'on peut être cons, marmonnai-je en balayant du regard un assortiment de camionnettes et de berlines de dix ans d'âge. Deux hôtels en ville et il loge dans l'un d'entre eux. Tss.

— Hé, c'est toi qui as insisté pour qu'on commence par l'épicerie.

— Je ne t'ai pas entendu suggérer autre chose.

— Ça s'appelle la survie, ma chérie. Je sais quand je dois la boucler.

— Depuis quand…

Je m'interrompis lorsque je m'aperçus qu'une femme nous écoutait depuis l'entrée de sa chambre d'hôtel, sans chercher à s'en cacher le moins du monde. C'est toujours agréable de savoir qu'on peut distraire les gens après la fin de leur feuilleton.

Je me dirigeai vers une camionnette et inspectai, yeux plissés, ce bâtiment à un étage.

— Combien de chambres, d'après toi ?

— Trente-huit, dit Clay sans se démonter. Dix-neuf par niveau. Pour celles du bas, l'entrée se fait de l'extérieur. Pour les autres, par un vestibule et une sortie de secours.

— Si j'étais lui, je prendrais une chambre au rez-de-chaussée, dis-je. Accès direct à la chambre. C'est plus facile d'aller et venir quelle que soit l'heure.

— Mais il y a des balcons au premier, chérie. Et une sacrée vue.

De l'autre côté de la route, je regardais un terrain inoccupé, envahi de mauvaises herbes, de blocs de béton qui s'effritaient et d'assez de détritus pour occuper une troupe de scouts pendant toute une journée de l'environnement.

— Rez-de-chaussée, dis-je. Je commence. Va te cacher quelque part.

— Pas question. On a déjà joué à ce jeu-là. Quand je me cache, tu ne viens jamais me chercher. Je suis peut-être lent à la détente, mais je commence à distinguer une sorte de schéma.

— Vas-y.

Avec un rictus, Clay me saisit par la taille et m'embrassa, puis plongea hors d'atteinte avant que je puisse me venger. C'était agréable de le voir de meilleure humeur, mais ça l'aurait été plus encore s'il n'avait pas fallu un meurtre pour en arriver là. Lors de ces quelques heures passées à traquer le cabot, le vieux ressentiment qui avait refait surface au café s'était estompé dans mon inconscient, où il attendrait, comme une plaie impossible à guérir et susceptible de se rouvrir au moindre choc. Nous avions du travail et je devais traiter avec Clay pour l'accomplir. Par égard pour Logan, je ne pouvais me laisser distraire par mes propres problèmes. Si je m'attardais sur ma colère envers Clay à chaque seconde que je devais passer en sa compagnie, je me serais transformée depuis longtemps en harpie amère et hargneuse. Bien sûr, certains pourraient rétorquer que j'avais franchi ce seuil depuis des années, mais la question n'était pas là.

Tandis que Clay partait à la recherche d'une cachette adéquate, je balayai la zone du regard en quête d'accessoires. J'aperçus une feuille de papier près d'une Chevrolet Impala rongée par la corrosion. C'était une facture pour un autoradio neuf que j'espérais destiné à une autre voiture, car il aurait sinon coûté plus cher que le véhicule. J'écartai une feuille d'arbre collée au coin de la page, l'aplatis puis le pliai en deux et me dirigeai vers les portes des chambres du rez-de-chaussée. Je commençai par la sortie de secours et longeai lentement le mur, feignant d'inspecter le papier et m'autorisant des pauses généreuses pour renifler devant chaque porte. La femme qui nous espionnait un peu plus tôt avait regagné sa chambre. Deux personnes sortirent d'une chambre située tout au bout, mais elles ignorèrent la jeune femme qui avait tant de mal à trouver le numéro indiqué sur sa feuille de papier. Les gens sont très indulgents vis-à-vis des capacités mentales des blondes.

Parvenue à l'extrémité, je retrouvai l'odeur du loup-garou qui menait non pas à une chambre, mais au vestibule. La piste était bien nette, indiquant qu'il était passé là plusieurs fois. Une chambre du premier étage, accessible uniquement par le vestibule. Peut-être aimait-il se réveiller devant le spectacle du soleil levant sur un terrain inoccupé. Je suivis une boucle qui me ramena au parking. Clay sortit de derrière le bâtiment avant que je puisse le chercher.

— En haut, dis-je.

— Tu vois, chérie ? Personne n'a jamais dit que les cabots avaient de la cervelle.

Je jetai la facture d'autoradio dans les buissons et on se dirigea vers l'entrée. Alors qu'on pénétrait dans le vestibule, Clay me passa un bras autour de la taille et commença à se plaindre d'un repas imaginaire dans un restaurant du coin. Tandis qu'il jacassait, je repérai l'escalier à gauche de la réception et nous y dirigeai, hochant la tête tandis qu'il râlait sur les vingt minutes passées à attendre l'addition. Son petit numéro n'était pas nécessaire. Le réceptionniste ne leva même pas les yeux à notre passage.

À l'étage, la piste s'arrêtait devant la troisième porte sur la gauche. Clay saisit la poignée qu'il brisa d'un coup sec. Tandis que je guettais l'arrivée d'autres clients du motel, Clay attendit de voir si quelqu'un, dans la chambre, réagissait au bruit du pêne en train de se briser. Comme il n'entendait rien, il entrouvrit la porte. Les rideaux tirés plongeaient la chambre dans l'obscurité. Une porte s'ouvrit dans le couloir. Je poussai Clay en avant et me glissai à l'intérieur.

Clay inspecta la salle de bains pour s'assurer du départ du cabot, puis tira une pièce de vingt-cinq cents de sa poche.

— Pile, on part en chasse, face, on reste à attendre.

— On ferait mieux de rester ici, dis-je. D'inspecter la chambre, de chercher des indices pendant qu'on attend.

Clay roula des yeux.

— Oh, très bien, répondis-je. Lance-la, ta pièce.

Quand elle retomba côté face, je tirai la langue à Clay. Il avança vivement la main pour la saisir, mais je la rentrai à temps.

— La prochaine fois, tu seras moins rapide, dit-il avant de balayer la chambre du regard. Alors, qu'est-ce que tu espères trouver ?

— Tout ce qui peut expliquer pourquoi il y a deux cabots à Bear Valley la même semaine. Ça ne t'inquiète absolument pas ?

— Bien sûr que si, chérie. Mais je fais passer l'inquiétude et la curiosité au second plan. On aura bien le temps d'y réfléchir quand le cabot sera mort. Pas question que je me tourne les pouces à essayer de deviner ce qu'il fait ici pendant qu'il s'en prend à toi ou aux autres.

— Tu crois que j'essaie de gagner du temps ?

— Non, je crois que tu essaies d'employer ton temps efficacement. Aucun problème. Je te demande seulement de ne pas t'attendre à ce que je me réjouisse de farfouiller dans des tiroirs pendant que ce cabot erre dans nos rues.

— Alors va faire le guet sur le balcon pendant que je fouille.

Clay n'en fit rien, bien entendu. Il m'aida à chercher, après m'avoir simplement fait comprendre que le cœur n'y était pas. Pour moi non plus, mais j'ai assez de bon sens pour ne pas manquer une occasion. Et puis farfouiller dans les affaires de ce cabot m'occupait les mains comme l'esprit, ce qui me laissait peu de temps pour ruminer la *raison* de cette traque.

Clay commença par la salle de bains. Il était parti depuis une dizaine de minutes quand je l'entendis crier :

— Voilà notre scoop. Ce type utilise le shampooing et le savon de l'hôtel. Il n'a pas retiré le plastique de l'après-shampooing. Il y a un rasoir Bic mais aucune trace de brosse à dents, de dentifrice ou de bain de bouche. Donc on cherche un mec avec les cheveux qui fourchent et une haleine infecte. Ça peut nous être utile, chérie ?

Je serrai les dents pour ne pas lui répondre. Les murs étaient trop minces pour qu'on se dispute. Et puis je n'avais pas trouvé grand-chose de plus dans la chambre. Deux jeans, trois chemises, chaussettes et sous-vêtements assortis, tous déjà portés et posés sur une chaise pour être réutilisés. La bible laissée sur le chevet par la Gideon Society avait été couverte de pentagrammes et de croix inversées. Mignon. Et d'une terrifiante absence d'originalité. Quand on est pris d'une irrésistible envie de gribouiller des symboles sataniques sur une bible, autant dessiner des trucs qu'on ne voit pas dans toutes les éditions du *World Weekly News*. Un loup-garou sans aucune créativité et visiblement très mal informé. Il serait très déçu quand il découvrirait que nos semblables avaient plus de chances de connaître la recette du bœuf Wellington que celle des rites sataniques. En dix ans, le diable ne m'avait jamais contactée une seule fois pour me donner des consignes ni même me dire bonjour. D'un autre côté, Dieu non plus. Ce qui signifiait peut-être qu'ils n'existaient pas. Ou, plus probablement, qu'aucun ne souhaitait me prendre sous sa responsabilité.

— Putain, chérie, tu devrais voir les trucs qu'il y a là-dedans, me dit Clay alors qu'il quittait la salle de bains. Après-rasage, eau de Cologne, déodorant musqué. Si on n'avait pas déduit de son odeur qu'il était nouveau, on l'aurait deviné à sa façon de se parfumer.

Aucun loup-garou expérimenté ne s'abaisserait à porter d'eau de Cologne, surtout s'il avait un système olfactif en état de marche. Sa propre odeur suffirait à couvrir toutes les autres, ce qui rendrait son flair inutile. Je n'utilise même pas de savon parfumé. Ce n'était pas facile de trouver des produits de toilette féminins qui ne sentent rien. Il fallait toujours qu'ils en rajoutent sans chercher à obtenir une odeur uniforme, si bien qu'on se retrouvait à superposer du shampooing aux plantes sur du talc sur du savon au lilas sur le dernier parfum de Calvin Klein. Quand j'avais le malheur de me retrouver coincée le matin dans un ascenseur plein, cet étourdissant contraste de senteurs pouvait me filer une migraine qui durait jusqu'à midi.

Après avoir jeté un coup d'œil par la fenêtre, Clay me rejoignit là où je passais en revue le contenu de la poubelle près du lit.

— Je te proposerais bien un coup de main, dit-il. Mais on dirait que tu maîtrises la situation.

— Merci.

— Tu n'as pas regardé sous le lit ?

— Je ne peux pas. Le sommier est au ras du sol.

Je me servis d'un stylo de l'hôtel pour écarter un Kleenex usagé. Je ne préciserai pas à quoi il avait servi. Je dirai simplement que les loups-garous ne contractent ni les rhumes, ni la grippe.

— Je vais regarder sous le matelas, dit Clay.

Je n'y avais pas pensé. Les loups-garous transportent souvent de fausses pièces d'identité et cachent les vraies dans des endroits comme le dessous de leur matelas.

— Pas de papiers d'identité, dit Clay. Rien qu'un album. Je suppose que ça ne t'intéresse pas.

Je bondis si vite que je me heurtai la tête à la lampe en cou de girafe. Avec un rictus, Clay tendit un livre bleu hors de ma portée.

— C'est à moi, dit-il tandis que son sourire s'élargissait.

Le tenant toujours hors de ma portée, il le feuilleta, puis retroussa la lèvre et le jeta sur le lit.

— À la réflexion, il est entièrement à toi. Bonne lecture, chérie. Je vais faire le guet à la fenêtre. Tu me feras un résumé plus tard.

Je le pris et m'assis au bord du lit. C'était un de ces albums de photos munis d'un film plastique qu'on peut décoller des pages pour fixer les photos au-dessous. Au lieu de clichés, le cabot l'avait rempli de coupures de journaux. Non pas choisies au hasard, mais consacrées à un thème bien précis : les tueurs en série. Tournant une page après l'autre, je vis quelques visages familiers – Berkowitz, Dahmer, Bundy – et d'autres que je ne connaissais pas. Non seulement toutes les coupures concernaient des tueurs, mais elles contenaient toutes un élément clé que le cabot avait souligné : le nombre de victimes. Il avait même employé un code de couleurs, soulignant en jaune le nombre de victimes revendiquées par le tueur, en bleu le nombre de corps trouvés, en rose le nombre de morts dont les autorités le pensaient responsable. Dans les marges, le cabot avait pris des notes, comparant les chiffres tel un fan compilant ceux d'un macabre événement sportif.

Vers la moitié de l'album, les articles s'arrêtaient. Je m'apprêtais à le refermer quand je compris qu'il y avait d'autres coupures vers la fin. Je feuilletai les pages vides et découvris un autre article. Contrairement aux autres, celui-ci ne parlait pas de statistiques. En fait, il ne nommait même pas le tueur. Daté du 18 novembre 1995 et tiré du *Chicago Tribune*, il annonçait simplement qu'on avait trouvé le corps d'une jeune femme. L'article suivant donnait plus de détails, expliquant qu'elle avait disparu depuis plus d'une semaine et avait sans doute été maintenue en captivité dans l'intervalle, avant d'être étranglée puis abandonnée derrière une école primaire. Je feuilletai les pages suivantes. Trois autres corps de femmes découverts, selon le même schéma. Puis une autre s'était échappée et avait raconté l'effrayante histoire d'une atroce semaine de viols et de tortures, qu'elle avait passée emprisonnée dans le sous-sol d'une maison abandonnée. La police avait identifié le propriétaire des lieux comme Thomas LeBlanc, trente-trois ans, technicien de laboratoire médical. Mais, lorsque le moment était venu pour elle d'identifier LeBlanc, elle n'avait pas pu. Son agresseur ne venait la voir que dans le noir et ne lui avait jamais parlé. De plus, LeBlanc était en voyage d'affaires la semaine de la troisième disparition. Sur la photo du journal, il aurait pu passer pour le frère aîné de Brandon, non pas en raison d'une ressemblance physique mais de l'absolue banalité de son visage très soigné, d'une beauté un peu fade et dénué de tout charisme, archétype du WASP de Wall Street dépourvu d'intérêt ou de caractère ethnique. Le visage du tueur en série bon voisin.

Malgré une enquête intensive, la police n'avait pu rassembler assez de preuves pour accuser LeBlanc. D'après le dernier article du *Tribune*, il avait plié bagage et quitté Chicago. Si le système judiciaire n'avait pu le déclarer coupable, la population de l'Illinois l'avait fait. C'était le dernier article de Chicago, mais l'album ne s'arrêtait pas là. Je comptai six autres coupures datant de ces dernières années, et qui suivaient la piste d'une série de disparitions de femmes, du Midwest jusqu'en Californie avant de revenir vers la Côte Est. Thomas LeBlanc était sur la route. La dernière coupure datait de huit mois plus tôt, à Boston.

— Merde, s'exclama Clay, ce qui me fit sursauter. Oh non. J'y crois pas. Laisse tomber le bouquin, chérie. Faut que tu voies ça.

Je me précipitai à la fenêtre. Clay écarta le lourd rideau, juste assez pour que je jette un coup d'œil dehors. Une Acura venait de se garer sur une place proche des portes du vestibule. Trois hommes en sortirent. Quand je vis celui qui s'éloignait du côté du chauffeur, j'identifiai sans grande surprise le visage qui me regardait depuis l'article du *Tribune* : Thomas LeBlanc, nettement moins soigné que sur cette photo. Bien entendu, Clay ne le reconnut pas, et ne comprit pas à cette distance qu'il s'agissait d'un loup-garou. C'étaient les deux autres types qui avaient retenu son attention. Karl Marsten et Zachary Cain, deux cabots que nous connaissions tous deux très bien.

— Marsten et Cain ? Mais qu'est-ce qu'ils foutent ensemble ? demanda Clay. Et c'est qui, l'autre type ? Ça doit être notre homme.

— Le meurtrier de Logan, répondis-je. Thomas LeBlanc. Il faut qu'on sorte d'ici.

— Holà, dit Clay qui résista lorsque je l'entraînai vers la porte. On ne va nulle part. C'est ce qu'on est venus chercher, chérie.

— On est venus tuer un cabot. Un cabot sans expérience. Trois contre deux, c'est déjà risqué, mais…

— On peut y arriver.

— Sans avoir mangé ni dormi depuis vingt-quatre heures ?

— On pourrait…

— Je ne peux pas.

Clay s'arrêta là. Il garda un moment le silence.

— Si tu restes, poursuivis-je, alors moi aussi. Mais je ne suis pas en état de me battre. Je suis épuisée, j'ai faim et mon bras me fait mal, à cause de la morsure et de Brandon.

Je venais de frapper sous la ceinture, mais je m'en moquais. J'aurais dit n'importe quoi pour nous faire sortir de cette chambre. L'expression de Clay se modifia, d'abord hésitante, puis déterminée.

— D'accord, dit-il. On file. On a encore le temps… ?

— Le balcon. On va devoir descendre par là. Pas question de sauter.

— Ton bras ? demanda-t-il en baissant les yeux vers la plaie couverte de croûtes.

Nous guérissons vite et je n'avais plus mal, mais je n'étais pas prête à l'avouer. Pas encore.

— J'y survivrai, répondis-je.

Clay se dirigea à grands pas vers le balcon, écarta les rideaux et fit coulisser la porte.

— Je passe en premier et je te rattrape si ton bras te lâche.

Il enjamba la balustrade avant que je franchisse la porte. Je passai une jambe par-dessus bord, puis jetai un coup d'œil en arrière dans la chambre et vis l'album de photos sur le lit. J'aurais dû l'emporter. Il devait contenir d'autres indices qui m'en apprendraient davantage sur Thomas LeBlanc. Règle numéro un en matière de chasse : connaître sa proie.

— Je reviens tout de suite, lançai-je à Clay par-dessus la balustrade.

— Non !

— Ça ne marche pas, dit une voix inconnue à travers la porte. Le voyant vert devrait s'allumer.

Je me précipitai du lit au balcon, trébuchant sur des sous-vêtements, et faillis valdinguer tête la première par la porte coulissante. Alors que j'enjambais la balustrade, quelqu'un tenta d'ouvrir la porte, la trouva déjà entrebâillée et la poussa. Je me laissai tomber à terre. Clay n'était pas là pour me rattraper. Quand je me retournai, je le vis se précipiter vers la porte du vestibule. Je voulus l'appeler mais me ravisai et me ruai plutôt pour le saisir à bras-le-corps. On culbuta sur le béton juste devant la porte de la première chambre. L'album vola de mes mains et le heurta sous le menton.

— Oups, dis-je. Désolée.

— Tu as presque l'air sincère, grogna-t-il en soulevant le livre d'une main. Tu es retournée chercher ça ? Ce truc ?

— J'en avais besoin.

Il marmonna quelque chose à mi-voix. Je ne compris pas quoi, ce qui valait sans doute mieux. Nous étions toujours étendus sur le trottoir, moi au-dessus de lui. Je levai la tête pour écouter. Quelqu'un sortit sur le balcon de la chambre de LeBlanc. J'entendis grincer la balustrade quand cette personne s'y pencha pour regarder le parking. Nous étions cachés sous le balcon.

— Chhht ! murmurai-je.

— Je sais, articula-t-il en silence.

Il remua au-dessous de moi et déplaça les mains de manière à les poser sur mes fesses. La position n'avait rien d'inconfortable, quoique je n'aie aucune envie d'être là, à choisir, mais… Oh, laissez tomber.

— Tu m'as fait peur, murmura-t-il.

Il leva une main vers ma nuque, m'attira vers lui et se mit à m'embrasser. Je fermai les yeux et lui rendis son baiser. Après tout, quitte à se retrouver allongés par terre, autant faire quelque chose qui puisse le justifier, non ? Au bout d'un moment, les yeux de Clay se dirigèrent vers la droite et se plissèrent. Tandis que je me retirais, il se dégagea et concentra son regard sur un point situé derrière nous. La femme qui nous regardait nous disputer un peu plus tôt était de retour à sa porte, buvant cette fois un Coca Light tout en observant le spectacle.

— Vous voulez du pop-corn avec ça ? demanda Clay qui se levait en s'époussetant.

— On vit dans un pays libre, répondit-elle.

Si Clay avait, en règle générale, peu de patience avec les humains, il en avait moins encore avec ceux qui envahissaient son intimité et manquaient de répondant. Serrant la mâchoire, il vint se placer à mes côtés. Il s'arrêta, dos tourné vers moi pour faire face à cette femme. Ça ne dura qu'une seconde. Elle ouvrit de grands yeux, recula d'un pas instable, puis la porte claqua et les verrous se remirent en place. Clay n'avait rien dit. Il avait juste braqué fixement sur elle son fameux regard rempli de pure malveillance, qui ne manquait jamais de faire décamper les humains. À une époque, j'avais moi aussi tenté de le parfaire. Quand j'avais cru être au point, je l'avais testé sur un crétin qui me draguait dans un bar. Au lieu de le faire fuir, je n'avais réussi qu'à emballer son moteur.

Ça m'avait servi de leçon. Les femmes ne sont pas douées pour la malveillance.

La personne qui s'était trouvée sur le balcon de LeBlanc, quelle qu'elle soit, était partie à présent. Leur étape suivante consisterait peut-être à sortir regarder de plus près, car Marsten et Cain devineraient bien à l'odeur que Clay et moi étions entrés dans la chambre de LeBlanc et supposeraient sans doute que nous n'étions pas allés loin. Je poussai Clay pour le faire avancer. Alors qu'on longeait le trottoir, rasant le bâtiment, je croisai les doigts en espérant que les cabots ne sortiraient pas. Ce n'était pas qu'on ne puisse pas s'échapper. On en était capables. Mais Clay ne le ferait pas. S'ils sortaient et le voyaient, il refuserait de courir.

On parvint à contourner le bâtiment et à s'esquiver sans être vus. Le trajet jusqu'à la voiture fut rapide. Moins de vingt minutes plus tard, on retournait à Stonehaven chercher des renforts.

Synchronisme

Hors de question, dit Jeremy en se levant de son fauteuil pour s'avancer vers la cheminée.

Nous étions tous rassemblés dans le bureau. Les autres nous avaient attendus. Clay et moi étions assis sur le canapé, lui perché au bord, prêt à bondir à la seconde où Jeremy nous autoriserait à partir à la poursuite des cabots. Nick se tenait près de Clay, tapotant des doigts sur le dossier du canapé, tout aussi inquiet, mais imitant l'attitude de Clay. Peter et Antonio étaient assis de l'autre côté de la pièce. Tous deux semblaient furieux de la nouvelle, mais ils restaient calmes et attendaient la décision de Jeremy avec la maîtrise que confèrent l'âge et l'expérience.

— Je n'arrive pas à croire que vous me demandiez ça, poursuivit Jeremy. Je vous avais bien signifié mon désaccord, mais vous êtes partis quand même. Ensuite, Elena nous appelle pour dire que vous êtes simplement en train de faire le point sur les rumeurs à propos d'hier soir, et je ne sais trop comment, vous vous retrouvez…

— On ne l'a pas fait intentionnellement, répondis-je. On a trouvé sa piste par hasard. On ne pouvait pas manquer cette occasion.

Jeremy me lança un coup d'œil qui me conseillait de la boucler avant de m'enfoncer encore davantage. Je m'exécutai.

Il rejoignit son siège mais ne s'assit pas.

— Personne ne va poursuivre ces trois-là ce soir. Nous sommes tous épuisés et bouleversés par ce qui s'est passé hier soir, surtout vous deux. Si je n'avais pas eu confiance en la parole d'Elena quand elle a appelé, je serais descendu là-bas cet après-midi pour vous ramener ici.

— Mais on n'a rien fait, protesta Clay.

— Seulement parce que l'occasion ne s'est pas présentée.

— Mais…

— Hier, on avait un cabot en ville. Aujourd'hui, il est mort et trois autres se pointent. Sans compter que, parmi ces quatre-là, il y a Marsten et Cain, deux cabots qui poseraient déjà problème individuellement.

— Vous êtes absolument certains que c'étaient eux ? demanda Antonio. De tous les cabots, ce sont les deux que j'imaginerais le moins en train de s'associer. Qu'est-ce qu'ils peuvent bien avoir en commun ?

— Le fait d'être tous deux des cabots, dit Clay.

— Je ne crois pas qu'ils se soient associés, répondis-je. Marsten doit exercer une forme de pouvoir sur Cain. Une relation très nette de meneur et de suiveur. Karl veut son territoire. Depuis des années.

— Il n'a qu'à rejoindre la Meute, rétorqua Jeremy.

— Et merde, lâcha Clay. Karl Marsten est un sale fils de pute, un escroc qui poignarderait son père dans le dos pour parvenir à ses fins.

— N'oublie pas les nouvelles recrues, dis-je. Brandon et LeBlanc sont tous deux des tueurs. Des tueurs humains. Quelqu'un, sans doute Marsten, les a trouvés, mordus et formés. Pas n'importe quels cabots, mais deux anciens qui savent déjà chasser et tuer. Et qui aiment ça.

Antonio secoua la tête.

—Je n'arrive toujours pas à m'imaginer Marsten derrière toute cette affaire. Derrière une partie des faits, oui. Mais cette histoire de créer de nouveaux cabots, ça manque de… finesse. Et recruter Cain ? Ce type est un crétin. Un tueur de première, mais un crétin. Il risque trop de tout faire foirer. Marsten doit bien le savoir.

—Mais qu'est-ce qu'on en a à foutre ? explosa Clay en se levant de son siège. On a trois cabots en ville. L'un d'entre eux a tué Logan. Comment vous pouvez rester assis à discuter de leurs motivations et…

—Rassieds-toi, Clayton, ordonna Jeremy tout bas.

Clay fit mine d'obéir, puis s'arrêta. Il resta figé un moment tandis que des instincts jumeaux se disputaient en lui. Puis ses poings se crispèrent. Il se redressa, tourna les talons et se dirigea à grands pas vers la porte du bureau.

—Si tu sors, ne reviens pas, lança Jeremy d'une voix dépassant à peine le murmure, mais qui suffit à figer Clay sur place. Si tu n'es pas capable de contrôler ce besoin, Clayton, alors descends dans la cage. Je t'y enfermerai jusqu'à ce que ça passe. Mais le problème, c'est que tu ne *veux pas* le contrôler. Donc, si tu pars, tu n'es plus le bienvenu ici.

Jeremy ne pensait pas ce qu'il disait. Enfin si, mais ce n'était pas ce qu'on pourrait croire. Si Clay partait et que Jeremy avait menacé de le bannir, alors il irait jusqu'au bout. Mais il ne le laisserait pas partir sans se battre. Le meilleur moyen d'empêcher que ça se produise consistait à le menacer. Clay resta planté là, les poings serrés, remuant la mâchoire comme s'il ruminait sa colère. Mais il ne bougea pas. Il ne le ferait pas. Pour lui, l'exil signifierait la mort – résultant de forces non pas externes mais internes, la mort lente de celui qui se coupe de ce en quoi il croit le plus. Il ne quitterait jamais Jeremy ni la Meute. C'était sa vie ; Jeremy pouvait tout aussi bien menacer de le tuer s'il partait à la poursuite des cabots.

Lentement, délibérément, Clay se tourna vers Jeremy. Chacun soutint le regard de l'autre. Il y eut une longue pause pendant laquelle l'horloge de la cheminée égrena les secondes comme une bombe à retardement, puis Clay se détourna et franchit la porte, en se dirigeant non pas vers le garage ou la porte d'entrée mais vers l'arrière de la maison. La porte de derrière s'ouvrit et se claqua. Je regardai Jeremy, puis suivis Clay.

Je le suivis dans les bois. Il marcha jusqu'à ce qu'on se retrouve hors de vue de la maison, trop loin pour être entendus. Puis il abattit son poing contre l'arbre le plus proche, qui oscilla et gémit de protestation. Des gouttelettes de sang voltigèrent.

— On ne peut pas laisser Cain et Marsten s'en sortir comme ça, dit-il. On ne peut pas leur laisser croire qu'on baisse les bras. On doit agir. Maintenant.

Je ne répondis rien.

Il se tourna pour me faire face.

— Il se trompe. J'en suis persuadé.

Il ferma les yeux et inspira profondément, les traits tendus, comme si ces mots le blessaient. L'idée même de remettre en doute l'opinion de Jeremy le transperçait comme la pire trahison possible.

— Il a raison, poursuivit Clay au bout d'un moment. On n'est pas prêts. Mais je ne peux pas rester planté là pendant que le meurtrier de Logan court les rues, en sachant que les cabots peuvent très bien s'en prendre à toi ou à Jeremy ensuite. Je ne peux pas. Il faut qu'il le sache.

Je ne dis toujours rien, sachant qu'il n'attendait pas de réponse mais cherchait simplement à ordonner ses pensées.

—Merde! hurla-t-il à l'intention de la forêt. Merde! Merde! Et merde!

Il abattit de nouveau son poing contre l'arbre, puis passa les doigts à travers ses boucles, maculant l'or de rouge vif, laissant une trace rouge sur son front. Il ferma les yeux et sa poitrine se souleva tandis qu'il inspirait profondément. Puis il expira, frissonnant, et me regarda. Un éclat de rage frustrée brûlait dans ses yeux, mêlé à un soupçon d'effroi.

—Je fais de gros efforts, chérie. Tu le sais bien. Tout mon être hurle de me lancer à leur poursuite, de les pourchasser, de leur arracher la gorge, à ces enfoirés. Mais je ne peux pas lui désobéir. Je ne peux pas.

—Je sais.

Il s'avança vers moi, m'entoura de ses deux bras, approcha sa bouche de la mienne. Ses lèvres frôlèrent les miennes, hésitantes, attendant que je les repousse. Je sentais le goût de sa panique, ses efforts pour contrôler les instincts contraires qui se livraient une lutte plus féroce que je ne pouvais l'imaginer. Je l'entourai de mes bras, levai les mains pour lui agripper les cheveux et l'attirer plus près. Un soupir de soulagement le parcourut. Il se dépouilla de toute maîtrise et m'empoigna pour me repousser contre le tronc d'arbre.

Il me retira brutalement mes habits, ses ongles raclant ma peau lorsqu'il m'arracha ma chemise et mon slip. J'ouvris son jean avec des doigts maladroits tandis que la chaleur de son désespoir me gagnait comme un feu de broussailles. Il baissa son jean puis s'en débarrassa.

Ses lèvres retrouvèrent les miennes, assez rudement pour me faire mal. J'enfouis les mains dans ses cheveux pour l'attirer plus près. Il poussa un gémissement rauque. Ses mains caressèrent et pétrirent mon corps nu, saisissant mes hanches, ma taille, mes seins. L'écorce de l'arbre me mordit le dos. Lorsque ses doigts revinrent à mon visage, je sentis le sang sur sa main, qui me maculait les joues tandis que Clay me caressait. Je goûtai la saveur métallique et familière du sang coulant sur nos lèvres.

Sans prévenir, ses mains redescendirent vers mes fesses pour me soulever brusquement de sorte que je l'enfourche. Il grogna lorsqu'il se glissa en moi. Mes pieds ne touchaient plus terre, battaient l'air, si bien que c'était Clay qui contrôlait les opérations. Il se colla brusquement à moi. Ses yeux restaient fixés aux miens. Du plus profond de sa poitrine s'échappait un grognement rythmique de désir ardent. Il serrait les dents. Lorsque ses doigts s'enfonçaient dans mes hanches, je sentais le bord de son alliance m'entailler. Puis ses yeux se voilèrent. Son regard se fit flou et son corps s'agita de tremblements convulsifs. Il poussa un long gémissement saccadé puis ralentit, visage enfoui contre ma clavicule, remontant les mains pour protéger mon dos meurtri de l'arbre. Il continua à bouger lentement en moi, toujours dressé. Il n'avait pas encore atteint l'orgasme. C'était une libération d'une autre sorte, soudain apaisement de la violence qui s'était déchaînée en lui.

Ses mains caressèrent mon corps et m'attirèrent plus près. Visage toujours enfoui contre moi, il chuchota : « Je t'aime, Elena. Je t'aime tellement. »

Je l'entourai de mes deux mains, nez contre son oreille, murmurant des bruits qui ne formaient pas de mots. Bougeant toujours en moi, il m'éloigna doucement de l'arbre, recula puis nous abaissa à terre, lui au-dessus de moi. J'enveloppai ses hanches de mes jambes, puis me redressai et repris mon rythme. J'inclinai la tête en arrière, fermai les yeux et goûtai la fraîcheur de l'air nocturne sur mon visage. J'entendais la voix de Clay, comme issue de très loin, ainsi que ma propre voix qui l'appelait par son nom dans la forêt silencieuse. L'orgasme vint lentement, presque languissant, par vagues qui me traversèrent avec une splendide singularité. Je le sentis jouir lui aussi, de manière tout aussi lente et décadente, et je gémis pour accompagner sa libération.

Il leva les bras pour m'attirer contre sa poitrine, fourrant ma tête sous son menton. On resta un long moment sans bouger. Je demeurai immobile, écoutant le battement de son cœur et guettant ce moment redoutable où la réalité nous rattraperait. Ça se produirait forcément. Les brumes de l'amour physique se dissiperaient et il dirait, ferait, exigerait quelque chose qui donnerait à chacun envie de sauter à la gorge de l'autre. Je le sentis avaler sa salive, compris que les mots arrivaient, et regrettai de ne pouvoir me boucher les oreilles pour ne pas les entendre.

— J'aimerais bien courir, dit-il.

Je restai silencieuse un moment, ne sachant trop si j'avais bien entendu, guettant la chute.

— Courir ? répétai-je.

— Si tu n'es pas trop fatiguée.

— Tu as encore besoin de te dépenser ?

— Non. J'ai juste envie de courir. De faire quelque chose. Avec toi.

J'hésitai, puis hochai la tête. On resta étendus quelques minutes de plus avant de nous lever pour trouver un endroit où muter.

Je pris mon temps et la Mutation se déroula avec une étonnante facilité. Après quoi je me levai dans la clairière et m'étirai – tournant la tête, remuant les oreilles, étirant mes pattes arrière et agitant la queue. C'était délicieux, comme si je n'avais pas muté depuis des semaines. Je clignai des yeux pour m'accoutumer au noir. L'air avait une odeur savoureuse que j'inhalais avidement, remplissant mes poumons, puis le soufflais par la truffe en regardant d'infimes volutes de condensation s'échapper de mes narines.

Je m'apprêtais à regagner la clairière quand un poids lourd me percuta en plein flanc et m'envoya valser. J'aperçus brièvement une fourrure dorée, puis me retrouvai seule avec des traces de l'odeur de Clay pour toute compagnie. Je me relevai et avançai de quelques pas hésitants. Rien ne se produisit. Je penchai la tête et reniflai. Toujours rien. Je fis trois pas de plus et reçus une nouvelle torpille, qui m'expédia cette fois latéralement dans un buisson sans que j'aie vu ne serait-ce qu'un poil de mon agresseur.

J'attendis, retrouvai mon souffle, puis bondis sur mes pieds et me mis à courir. Derrière moi, Clay jaillit de nouveau dans la clairière et glapit en voyant sa proie disparue. J'accélérai. Des craquements retentirent dans les buissons, quelque part derrière moi. Je décrivis un virage, plongeai tête la première dans un carré de broussailles et me laissai tomber à terre. Une forme floue et dorée passa à toute allure. Je me redressai d'un bond et fis marche arrière. Il fallut quelques secondes à Clay pour comprendre l'astuce, mais j'entendis bientôt ses pattes marteler le sol derrière moi.

Quand je bondis de nouveau sur le côté du chemin, je dus faire preuve d'un peu trop de lenteur, lui laissant ainsi entrevoir mes pattes arrière ou ma queue. Je venais de me tapir derrière un buisson quand cent kilos de muscles foncèrent droit sur moi et me tombèrent dessus.

On passa quelques minutes à lutter, à glapir et gronder, nous débattre et mordiller. Je parvins à fourrer le museau sous sa gorge et le fis basculer en arrière, puis me relevai. Des dents pointues se refermèrent sur ma patte arrière et tirèrent, me renversant du même coup. Clay bondit et m'immobilisa sur place. Il resta planté au-dessus de moi une minute, un éclat d'exultation dans ses yeux bleus. Puis, sans prévenir, il se précipita dans la forêt. Maintenant, c'était moi le « chat ».

Je pourchassai Clay sur huit cents mètres. Il s'écarta du chemin à un moment donné et tenta de me perdre dans les épaisses broussailles. Cette astuce lui donna un avantage de soixante mètres, mais guère plus. J'attendais une autre ruse quand une ombre de petite taille fila devant moi à travers la clairière. Le vent charria une odeur de lapin. Clay ralentit et se tortilla pour mieux regarder l'animal en fuite. J'accélérai, me raidis et sautai sur son dos, mais je m'y étais prise trop tard. Il n'était plus là.

Alors que je retrouvais mon équilibre, un cri aigu traversa la forêt. Quelques secondes plus tard, Clay franchissait de nouveau les buissons d'un bond, avec le lapin mort qui pendait entre ses mâchoires. Il me regarda en secouant l'animal, tandis que ses yeux transmettaient le même message que ses actions : « Tu en veux ? » Lorsqu'il secouait le lapin, du sang aspergeait le sol. L'odeur remontant par bouffées se mêlait à celle de la viande chaude. Je m'avançai en reniflant. Mon estomac grondait. Clay émit un bruit de gorge, demi-grondement qui évoquait presque un rire, et éloigna brusquement le lapin de moi. « Arrête de me chercher », lui dis-je d'un regard mauvais. Il feignit de jeter le lapin dans ma direction, mais ne le lâcha pas. Avec un grondement, je plongeai. Il recula en sautillant, tenant le lapin juste assez près pour que son odeur me remplisse le cerveau et me torde l'estomac. Je dardai sur lui un regard menaçant, puis me tournai vers la forêt. L'endroit d'où provenait ce lapin recelait bien d'autres choses à manger.

Alors que je me détournais pour partir, Clay jeta sa proie à mes pieds. Mon regard passa de l'un à l'autre, car je m'attendais à une nouvelle ruse. Mais il s'assit simplement sur son arrière-train et attendit. Je lui lançai un dernier regard noir puis m'attaquai au lapin, avalant la viande tiède par grosses bouchées. Clay s'avança pour se frotter contre moi, léchant sur mon museau et mon cou des gouttelettes de sang. Je cessai de manger assez longtemps pour le remercier d'un coup de truffe. Quand je repris mon repas, il s'enfonça dans les bois en bondissant pour aller chasser sa propre pitance.

Quand je me réveillai le lendemain matin, j'étais étendue seule dans l'herbe humide de rosée. Je me relevai et cherchai Clay du regard. Mon dernier souvenir était que nous avions repris forme humaine avant de nous pelotonner et de nous endormir. Je tâtai l'emplacement sec qu'il avait occupé, près de moi. Balayant du regard la clairière vide, j'éprouvai un pincement d'inquiétude. Clay n'avait pas l'habitude de m'abandonner comme ça. Le problème, en général, consistait plutôt à me débarrasser de lui. Tandis que je le cherchais, de l'eau froide m'aspergea la tête. Je sursautai et le vis penché vers moi, un rictus aux lèvres. De l'eau coulait de ses mains et luisait sur ses avant-bras. Il était toujours nu ; nous n'avions pas pris la peine de retourner chercher nos habits la veille, car nous ne savions plus trop où nous les avions laissés, et nous n'étions pas sûrs de les retrouver en état d'être portés.

— Tu me cherches ? demanda-t-il en se laissant tomber à mes côtés.

— Je me disais que cette meute de chiens sauvages t'avait peut-être chopé.

— Tu avais l'air inquiète.

— Oui. Dieu sait quelle indigestion tu leur aurais donnée, les pauvres.

Il éclata de rire et se mit à quatre pattes, me repoussa à terre et m'embrassa. Je lui rendis son baiser, entourai son corps de mes deux jambes, puis reculai en sursaut quand mes pieds touchèrent les siens, qui étaient mouillés et glacés.

— J'étais parti inspecter l'étang, expliqua-t-il avant que je puisse l'interroger. Je me disais qu'on pourrait peut-être aller nager. Pour la première fois de la saison. Ça nous réveillerait pour de bon.

— Il y a de quoi manger ?

Il gloussa de rire.

— Ton lapin d'hier soir ne t'a pas suffi ?

— Loin de là.

— D'accord. Voilà le marché. Si tu ne peux pas attendre, on va prendre notre petit déj, et ensuite aller nager. Sinon, viens nager avec moi et je te ferai à manger ensuite, avec tout ce que tu voudras.

Je n'hésitai pas longtemps avant d'accepter l'option numéro deux. Non pas parce que je voulais qu'on me prépare le petit déjeuner, mais parce que je savais que, si nous rentrions d'abord, nous ne ressortirions jamais nager. Quelque chose se produirait. On se rappellerait que Logan était mort et qu'il y avait trois cabots à Bear Valley. La vie réelle détruirait le monde fantasmatique que nous avions créé avec tant de soin la nuit précédente. Je ne voulais pas que ça se termine. Si ça pouvait simplement durer quelques heures de plus, le temps de nous faire croire que la vie pouvait ressembler à ça, sans passé ni futur pour faire intrusion dans notre utopie.

Quand j'acceptai de nager d'abord, Clay sourit, m'embrassa, puis se releva d'un bond.

— On fait la course ? demanda-t-il. Le dernier arrivé se fait jeter à l'eau.

Je feignis d'y réfléchir, puis me redressai d'un bond et m'élançai. Cinq secondes trop tard, je m'aperçus que je m'étais trompée de direction. Quand je me précipitai dans la clairière voisine de l'étang, Clay se tenait sur la rive nord, souriant.

— Tu t'es perdue, ma chérie ? cria-t-il.

Je m'approchai de lui en boitillant, traînant le pied droit.

— Saloperies de plantes grimpantes, marmonnai-je. Je crois que je me suis tordu la cheville.

Après toutes ces années, j'aurais cru qu'il me connaissait mieux que ça. Mais non. Lorsque je rejoignis la rive en sautillant, il s'avança vers moi, ses yeux bleus voilés d'inquiétude. J'attendis qu'il se penche pour inspecter ma cheville, puis l'envoyai dans l'étang d'une poussée.

On regagna la maison plus tard, toujours nus, sans y prêter attention ni nous en soucier. Après la baignade, on avait fait l'amour au bord de l'étang, si bien qu'on devait maintenant donner l'impression d'avoir disputé une partie de catch dans la boue, ce qui n'était pas tout à fait inexact. On s'était lavés vite fait dans l'étang, mais Clay avait toujours une trace de boue sur la joue. Il évoquait un gamin de douze ans, lueur espiègle dans le regard, lèvres figées en sourire tenace qui se changeait en rire chaque fois qu'on trébuchait sur quelque chose en route.

— Des crêpes, c'est ça ? demanda-t-il tout en m'aidant à me relever alors que je venais de buter sur une racine cachée.

— Faites maison. Pas de préparation en sachet.

— Et du jambon, j'imagine. Quoi d'autre ?

— Un steak.

Il éclata de rire et me passa un bras autour de la taille, comme le chemin s'élargissait assez pour qu'on y passe à deux.

— Au petit déj ?

— Tu as dit que je pouvais avoir tout ce que je voulais.

— Je peux te servir des fruits pour équilibrer ?

— Non, mais tu peux dénicher du bacon. Et des œufs.

— Oserai-je te demander un petit coup de main ?

— Je ferai le café.

De nouveau, il éclata de rire.

— La vache, merci beauc...

Il s'interrompit. Nous avions atteint la limite de la forêt et pénétré dans la cour. Là, sur le patio, à moins de quinze mètres, se tenait Jeremy... entouré de cinq ou six visages humains inconnus, qui s'étaient tous tournés vers nous à la seconde où nous étions sortis des bois. Clay lâcha un juron et s'avança devant moi pour couvrir ma nudité. Jeremy pivota et poussa le groupe sur le côté. Il leur fallut quelques secondes pour se déplacer, et quelques-unes de plus pour cesser de nous dévisager.

Quand les visiteurs eurent disparu, je saisis Clay par le bras, puis on se mit à courir jusqu'à la porte de derrière, en ne nous arrêtant qu'une fois à l'étage. Avant qu'il puisse dire quoi que ce soit, je le poussai dans sa chambre et regagnai la mienne. Je n'avais enfilé qu'une culotte et un soutien-gorge quand j'entendis sa porte s'ouvrir. Comme je m'attendais à ce qu'il se précipite en bas pour affronter les intrus, je courus vers ma porte que j'ouvris d'un coup, et le découvris avec la poignée en main.

— Hé, dit-il en souriant tandis qu'il retrouvait son équilibre. Si tu tiens tellement à me laisser entrer dans ta chambre, je devrais proposer plus souvent de te préparer le petit déjeuner.

— J'étais… tu n'es pas… tout va bien ?

— Tout va bien, chérie. Je passais juste te chercher pour le petit déj pendant que Jeremy se débarrasse de nos hôtes indésirables. (Il se pencha, posa la main sur mon dos et m'embrassa.) Et non, je ne vais pas lui donner de coup de main. Je suis de trop bonne humeur pour la laisser gâcher par une bande d'humains. Jeremy est capable de s'en occuper seul.

— Parfait, répondis-je en lui passant les bras autour du cou.

— Ravi que tu approuves. Alors allons déjeuner, après quoi on pourra rêvasser à quelques façons de nous distraire jusqu'à ce que Jeremy soit prêt à nous dire comment il compte s'occuper de Marsten et de Cain.

Alors qu'il se penchait pour m'embrasser, quelqu'un s'éclaircit la voix dans l'entrée. Jetant un coup d'œil par-dessus l'épaule de Clay, je vis Jeremy, bras croisés, un léger sourire aux lèvres.

— Désolé de vous interrompre, dit-il, mais j'ai besoin d'Elena en bas. Et tout habillée, si on espère se débarrasser de ces types.

— Oui, chef, répondis-je en me dégageant de l'étreinte de Clay. J'arrive tout de suite.

— Deux secondes, dit Clay alors que Jeremy se détournait pour quitter la pièce. Il faut que je te parle.

Ils sortirent. J'entendis Clay s'excuser de son comportement de la veille, mais je les ignorai pour ne pas être indiscrète. Je finis de m'habiller puis me dirigeai vers l'entrée. Jeremy et Clay s'y trouvaient toujours.

—Je commence à préparer le petit déjeuner, dit Clay en descendant les premières marches. Amuse-toi, chérie.

—Ça va être une vraie partie de plaisir, répondis-je.

Tandis qu'on descendait, je regardai Jeremy par-dessus mon épaule.

—Désolée. Pour notre sortie des bois complètement à poil. On ne s'attendait pas à croiser des visiteurs.

—Il n'y avait aucune raison, répondit-il en me dirigeant vers la porte de derrière. Inutile de t'excuser. Vous devriez pouvoir aller et venir ici comme bon vous semble. S'il n'y avait pas ces foutues intrusions…

Il secoua la tête et laissa sa phrase en suspens.

—Qu'est-ce que c'est, cette fois ?

—Encore une disparition.

—Le gamin de l'autre jour ?

Jeremy fit signe que non tout en me tenant la porte ouverte.

—Cette fois, ils cherchent un des hommes qui sont venus sur la propriété vendredi. Le type d'une cinquantaine d'années. Le chef du groupe.

—Il a disparu ?

—Pire encore, il a disparu après avoir laissé un message à un ami disant qu'il venait ici la nuit dernière jeter un nouveau coup d'œil. Quelque chose le dérangeait à propos de cet endroit. Il voulait l'inspecter de nouveau.

—Ah, merde.

—En deux mots, c'est exactement ça.

Méfiance

Les fouilleurs étaient six, trois flics du coin et trois civils. Je sortis en compagnie de Jeremy, de Peter et de Nick pour les aider à chercher tandis qu'Antonio regagnait la maison pour garder l'œil sur Clay, des fois qu'il ne tienne pas longtemps sa promesse de ne pas s'en mêler. On jouait tous les quatre le rôle de bons citoyens inquiets, fouillant les buissons tout en restant sur nos gardes au cas où l'on tomberait sur quelque chose que les fouilleurs ne devaient surtout pas trouver. On découvrit très tôt quelque chose dont j'aurais préféré qu'ils ne le voient jamais.

— Vous avez trouvé quelque chose ? cria l'un des hommes.

— C'est Mike ? demanda un autre qui se ruait à nos côtés.

Comme tous se rassemblaient au même endroit, la voix de Nick s'éleva, étouffée par un rire contenu à grand-peine.

— Laissez tomber. C'est, hum, ce n'est rien d'important.

— Comment ça ? demanda le premier homme. Tout ça n'est peut-être qu'une blague pour vous, mon vieux, mais…

Il laissa sa phrase en suspens alors qu'on déboulait dans la clairière pour trouver l'un des fouilleurs penché sur une chemise déchirée. Des lambeaux de vêtements jonchaient le sol et pendaient aux buissons. Nick éleva en l'air une culotte blanche et me sourit.

— Des chiens sauvages ? Ou simplement Clayton ?

— Oh, mon Dieu, marmonnai-je à mi-voix.

Je m'avançai pour lui arracher mes sous-vêtements, mais il les souleva au-dessus de sa tête avec un sourire d'écolier.

— Je vois l'Italie, je vois l'Etna, je vois le slip d'Elena, chantonna-t-il.

— On a tous déjà vu bien plus que ça, dit Jeremy. Je crois qu'on peut reprendre la fouille sans courir trop de risques.

Peter ramassa la chemise de Clay accrochée à une branche basse et l'éleva pour regarder à travers un trou en son milieu.

— Vous n'y allez pas de main morte, tous les deux. Où est la caméra cachée quand on en a besoin ?

— Alors ce n'est… hum… pas l'œuvre des chiens sauvages ? demanda l'un des fouilleurs.

Peter sourit et jeta la chemise à terre.

— Non. Rien que des hormones sauvages.

Les autres hommes, qui avaient enfin cessé de me jeter des coups d'œil obliques suite à l'incident de mon arrivée nue dans la cour, me regardaient à présent avec un intérêt renouvelé. Je souris en faisant de gros efforts pour ne pas montrer les dents, puis me précipitai de nouveau dans les bois.

Jeremy, deux des fouilleurs et moi explorions les buissons de la section nord-est quand retentit un autre cri, chargé cette fois d'assez de panique pour nous faire courir. Quand on arriva sur place, Nick et deux membres du groupe se tenaient au-dessus d'un corps. Nick leva les yeux, croisa mon regard, et son expression m'apprit qu'il avait essayé en vain de distraire l'attention de ses compagnons. On approcha du corps, Jeremy et moi, pour l'inspecter. C'était le disparu. Le col de sa chemise était déchiré et trempé de sang. Au-dessus, sa gorge était déchiquetée et des lambeaux de chair pendaient de la plaie. Des orbites vides nous fixaient. Des corbeaux ou des vautours l'avaient trouvé avant nous, exposé dans la clairière. En plus de ses yeux, ils lui avaient picoré le visage, constellé de trous sanglants sous lesquels apparaissait la blancheur de l'os. Des lambeaux de chair couvraient le devant de sa chemise et entouraient sa tête, comme si les fouilleurs avaient effrayé les charognards en plein repas.

— Comme les autres, dit l'un des hommes avant de se détourner.

— Mais avec une différence, dit un de ses compagnons. Il n'a pas été dévoré. En tout cas, pas par les chiens. Ce sont les oiseaux qui l'ont eu. Ils ne perdent pas de temps, les enfoirés.

Un homme plus jeune se précipita dans les bois à toute allure. Quelques secondes plus tard, un bruit de vomissements remplit l'air. Deux des hommes secouèrent la tête pour exprimer leur compassion, mais tous deux semblaient un peu verdâtres. Mon estomac se soulevait lui aussi, sans aucun lien toutefois avec la vue du cadavre. Quand le jeune homme cessa de vomir, il resta un moment silencieux, puis sortit du fourré en courant.

— Venez voir ! Faut que vous voyiez ça !

Je savais ce qu'il avait trouvé. Et je redoutais de pénétrer dans ce fourré pour confirmer mes soupçons, mais Jeremy me poussa pour me faire avancer. Quand je pénétrai dans les bois, l'odeur écœurante et douceâtre du vomi me souleva le cœur. Puis je baissai les yeux à terre dans la direction indiquée par les doigts du jeune homme. Et là, dans la terre humide, je vis des empreintes de pas.

— Non mais vous avez vu leur taille ? demanda le jeune homme. Nom de Dieu, elles sont grosses comme des soucoupes. Exactement comme le disaient les gamins. Ces chiens sont énormes !

Tandis que j'inspectais le fourré, mes yeux aperçurent quelque chose accroché à un buisson épineux. Pendant que tout le monde fixait les empreintes de pattes, je me faufilai vers le buisson, me plaçai devant, tendis la main derrière mon dos et glissai le bout de fourrure dans ma poche. Puis j'en cherchai d'autres autour de moi. N'en voyant aucun, je me tournai de nouveau vers les empreintes, aussi reconnaissables que celles d'une paire de chaussures familière. En les regardant, je me sentis mal. Puis la déception céda la place à autre chose. De la colère.

— Je dois y aller, marmonnai-je en me détournant du fourré.

Personne ne tenta de me retenir, car les humains crurent y voir une réaction tardive à la vue du cadavre, et ceux de la Meute ne voulaient pas faire une scène.

— Clayton ! m'écriai-je quand la porte se referma derrière moi.

Clay apparut dans l'entrée de la cuisine, cuiller de bois en main.

— Ça n'a pas duré longtemps. Viens préparer le café.

Je ne bougeai pas.

— Tu ne me demandes pas s'ils ont trouvé le disparu ?

— Ça sous-entendrait que ça m'intéresse.

— Ils l'ont trouvé.

— Bon, alors ils vont sans doute partir. Tant mieux. Maintenant, viens t'asseoir et…

— J'ai trouvé ça près du corps, dis-je en tirant de ma poche le morceau de fourrure.

— Ha. On dirait la mienne.

— C'est la tienne. Et il y avait tes empreintes, aussi.

Clay s'adossa au montant de la porte.

— Ma fourrure et mes empreintes dans la forêt ? Tiens, c'est étonnant. J'espère que tu n'es pas en train de sous-entendre ce que je pense, chérie, parce que si tu te rappelles bien, j'ai passé toute la nuit avec toi, et c'est à ce moment-là que le type a disparu d'après Tonio.

— Tu n'étais pas avec moi ce matin, quand je me suis réveillée.

— Je suis parti cinq minutes ! bafouilla-t-il en manquant lâcher la cuiller. Cinq minutes pour traquer et tuer un mec ? Je suis bon, mais quand même pas à ce point-là.

— Je ne sais absolument pas combien de temps tu es parti.

— Mais si, parce que je te le dis. Allez, tu sais bien que ce n'est pas moi. Sers-toi de ta cervelle, Elena. Si j'avais pété un plomb et tué ce type, je te l'aurais dit. Je t'aurais demandé ton aide pour me débarrasser du corps et décider s'il fallait en parler à Jeremy. Je ne serais pas allé batifoler dans l'étang en sachant qu'il y avait dans la forêt un cadavre humain qui attendait qu'un groupe de chasseurs tombe dessus.

— Tu ne pensais pas qu'ils partiraient tout de suite à sa recherche, alors tu croyais disposer de plus de temps. Tu comptais cacher le corps plus tard, après m'avoir éloignée de là.

— C'est n'importe quoi, et tu le sais bien. Je ne te cache jamais rien. Je ne te mens pas. Je ne te raconte pas d'histoires. Jamais.

Je m'avançai, levant le visage vers le sien.

— Ah oui, vraiment ? C'est marrant, j'ai oublié la discussion qu'on a eue juste avant que tu me mordes, celle où tu me parlais de tes projets. Une crise d'amnésie qui tombe à pic, on dirait.

— Ça, je ne l'avais pas prévu, dit Clay en se penchant vers moi, avant de briser la cuiller en deux dans son poing crispé. On a déjà parlé de tout ça. J'ai paniqué et…

— Je n'ai pas envie d'écouter tes excuses.

— Tu n'en as jamais envie, hein ? Tu préfères parler de choses que je n'ai *pas* faites, et puis me balancer ça en pleine figure quand l'occasion se présente, pour faire bonne mesure. Je me demande bien pourquoi je prends la peine de me défendre. Tu as déjà décidé tout ce que je fais ou ne fais pas, sans parler de mes motivations. Rien de ce que je peux dire n'y changera jamais quoi que ce soit.

Il pivota sur ses talons et regagna la cuisine à grands pas. Je pris la direction opposée, entrai dans le bureau et claquai la porte.

Assise dans le bureau, je compris, non sans surprise, que je n'éprouvais pas le besoin de m'enfuir. Ma bagarre avec Clay n'avait pas réveillé en moi l'habituelle envie de couper les ponts avec Stonehaven. Oui, la nuit précédente avait été une erreur, mais instructive. J'avais baissé ma garde, laissé libre cours à mon désir le plus inconscient de retrouver Clay, et que s'était-il passé ? Quelques heures plus tard, il me mentait. Alors même qu'on se trouvait ensemble dans les bois, pendant mon sommeil, il était parti céder au côté le plus sombre de sa nature. Il ne changerait jamais. Je n'y arriverais pas. Il était violent, égoïste et totalement indigne de confiance. S'il avait fallu une nuit regrettable pour me le rappeler, elle en avait valu la peine.

Une vingtaine de minutes plus tard, la porte du bureau s'ouvrit et Nick y jeta un coup d'œil. J'étais pelotonnée dans le fauteuil de Jeremy. Quand Nick ouvrit la porte, je me redressai.

— Je peux entrer ? demanda-t-il.

— Je sens une odeur de nourriture. Si tu peux partager, tu es le bienvenu.

Il se glissa dans la pièce et posa une assiette de crêpes et de jambon sur le tabouret. Les crêpes étaient nature, de sorte que je pouvais les manger avec les doigts, sans beurre ni sirop. J'en pris une que j'engloutis trop vite pour la savourer, car je ne voulais me rappeler ni qui les avait faites, ni pourquoi.

— Tout est fini, dehors ? demandai-je.

Nick s'assit sur le canapé et s'étira.

— Pratiquement. D'autres flics se sont pointés. Jeremy nous a dit de rentrer, à Peter et à moi.

Antonio nous rejoignit.

— Ils sont en train d'inspecter les lieux du crime ? demanda-t-il en repoussant les jambes de son fils pour s'asseoir sur le canapé.

Nick haussa les épaules.

— Je pense que oui. Ils ont apporté des appareils photo et un sac contenant plein de trucs. Quelqu'un va venir de la morgue récupérer le cadavre.

— Tu crois qu'ils vont trouver quoi que ce soit ? me demanda Antonio.

— Si on a de la chance, rien qui permette d'attribuer cette mort à autre chose qu'un chien sauvage, dis-je. Si ça semble une conclusion évidente, ils devraient mettre fin à l'enquête assez vite et consacrer tous leurs efforts à chercher les chiens. Ça ne sert à rien de gaspiller du temps à rassembler des preuves alors que les meurtriers présumés ne verront jamais un tribunal.

— Rien que la gueule d'un flingue, dit Antonio. S'ils font ne serait-ce qu'apercevoir de la fourrure dans les bois, ils vont tirer. Quand on voudra courir, il faudra trouver un endroit éloigné d'ici et de Bear Valley.

— Merde, dit Nick en secouant la tête. Quand on trouvera les responsables, ils vont nous le payer.

— Oh, j'ai bien ma petite idée, répondis-je.

Je tirai le morceau de fourrure de ma poche et le jetai sur le tabouret. Nick le regarda fixement, perplexe. Puis ses yeux s'écarquillèrent et il se tourna vers moi. J'évitai son regard pour ne pas y lire l'incrédulité. Antonio lança un coup d'œil au morceau de fourrure, puis se renfonça sans un mot dans son siège.

Une heure plus tard, je me retrouvai de nouveau seule dans le bureau car les autres étaient partis chercher des activités moins sédentaires ou une compagnie plus aimable. Tandis que je restais assise là, je laissai mon regard errer jusqu'au bureau, de l'autre côté de la pièce. Il était toujours encombré de tas de papiers et de journaux d'anthropologie. Ils me rappelèrent comment j'avais rencontré Clay, comment je m'étais embarquée dans cette galère. Quand j'étais étudiante à l'université de Toronto, je m'étais un peu intéressée à l'anthropologie. Lors de ma seconde année, j'avais rédigé une dissertation sur les religions anthropomorphiques, la spécialité de Clay, et je m'étais assez référée à son travail pour reconnaître son nom quand j'avais vu annoncer sa série de conférences dans le journal étudiant. Ses apparitions publiques étaient si rares que ces conférences affichaient complet et que j'avais dû ruser pour m'y faufiler. La plus grande erreur de ma vie.

J'ignore ce que Clay avait vu en moi qui l'ait convaincu de passer outre son mépris pour les humains. Il disait avoir vu le reflet de quelque chose qu'il reconnaissait en lui-même. C'est du baratin, évidemment. Je ne lui ressemblais en rien, ou, si c'était le cas, seulement depuis ma morsure. Sans lui, j'aurais grandi, je me serais intégrée au monde des humains et j'aurais été une personne équilibrée, parfaitement heureuse, capable de laisser derrière moi toute ma colère et tout le bagage de mon enfance. J'en suis certaine.

— Le sang, dit Clay en ouvrant la porte du bureau si brusquement qu'elle heurta le mur, ajoutant à tous les impacts accumulés depuis une décennie. Où était le sang ?

— Quel sang ?

— Si j'avais tué ce type, j'aurais du sang sur moi.

— Tu l'as nettoyé dans l'étang. C'est pour ça que tu as raconté que tu vérifiais la température de l'eau, pour justifier que tu sois mouillé.

— Justifier ? Mais qu'est-ce que…

Il s'arrêta, inspira puis reprit :

— D'accord, supposons que je me sois nettoyé dans l'étang et que j'aie trouvé plus facile d'inventer une excuse plutôt que de me sécher, tu aurais quand même senti l'odeur du sang sur moi. Ça ne serait pas parti si facilement.

— Elle ne devait pas être très forte. J'aurais dû renifler pour la sentir.

— Alors vas-y, renifle. Viens. (Il croisa mon regard et le soutint.) Chiche.

— Tu as eu largement le temps de t'en débarrasser.

— Alors va inspecter ma douche. Va voir si elle est humide. Examine mes serviettes. Regarde si elles sont mouillées.

— Tu as eu le temps d'éliminer les preuves. Tu n'es pas idiot.

— Non, juste assez crétin pour abandonner un corps dans les bois en laissant mes empreintes et ma fourrure tout autour. Mais pourquoi je me casse la tête ? Rien de ce que je peux dire ne te fera changer d'avis. Et tu sais pourquoi ? Parce que tu as envie de croire que c'est moi. Comme ça, tu peux te terrer ici, te répéter que tu as eu tort de me suivre hier soir, te maudire de m'avoir cédé une fois de plus, d'avoir oublié quel monstre je suis.

— Ce n'est pas ce que je…

— Ah non ? (Il s'avança d'un pas.) Regarde-moi droit dans les yeux et dis-moi que ce n'est pas ce que tu viens de faire pendant une heure.

Je le fusillai du regard sans répondre. Il resta planté là une bonne minute, puis leva les bras au ciel et se rua hors de la pièce.

Jeremy entra un peu plus tard. Sans rien dire, il s'avança jusqu'au tabouret, ramassa le morceau de fourrure de Clay, l'inspecta puis le reposa avant de s'asseoir dans son fauteuil.

— Tu ne crois pas que c'est lui, hein ? lui demandai-je.

— Si je te réponds non, tu essaieras de me convaincre du contraire. Si je dis oui, tu t'en serviras de munition contre lui. Mon opinion n'a aucune importance. Ce qui importe, c'est ce que tu penses, toi.

— Une fois, je suis allée voir un psy qui parlait comme ça. J'ai laissé tomber au bout de deux séances.

— Ça ne m'étonne pas.

Ne sachant que répondre, je m'abstins. Je feignis plutôt un grand intérêt pour le motif du tapis turc qui ornait le sol. Jeremy se renfonça dans son fauteuil et m'observa un moment avant de poursuivre :

— Tu l'as appelé ?

— Qui ça ? demandai-je, alors même que je le devinais.

— Le type, à Toronto.

— Il a un nom, mais je pense que tu le sais déjà.

— Tu l'as appelé ?

— Avant-hier. Hier, c'était un peu la panique, si tu te rappelles, et j'étais quelque peu préoccupée ce matin.

— Tu dois l'appeler tous les jours, Elena. T'assurer qu'il sache que tu vas bien. Ne lui donne pas de raisons d'appeler ou de se pointer ici.

— Il n'a que mon numéro de portable.

— Je ne veux pas le savoir. Ne prends aucun risque. Clay connaît son existence, même s'il essaie de l'oublier. Ne lui donne pas de raison de s'en souvenir. Et ne commence pas à m'accuser de protéger les sentiments de Clay. C'est la Meute que je protège. Et on ne peut vraiment pas se permettre de voir ce type se pointer ici. On a déjà eu assez de visiteurs comme ça.

— Je vais l'appeler.

— Pas tout de suite. J'ai envoyé Nick rassembler les autres pour une réunion.

— Tu n'auras qu'à tout me raconter ensuite.

— Une réunion, ça implique la présence de tout le groupe, dit Jeremy. Tous les membres sont censés y assister.

— Et si je ne suis pas un membre du groupe ?

— Tu l'es, tant que tu restes ici.

— Je peux y remédier.

Jeremy posa les pieds sur le tabouret et la nuque contre l'appui-tête.

— Beau temps, hein ?

— Ça t'arrive de discuter de choses dont tu n'as pas envie ?

— C'est le privilège de l'âge.

Je m'étranglai de rire et répondis :

— Ou de ta position.

— Oui, ça aussi.

Ses lèvres esquissèrent un faible sourire et ses yeux noirs se mirent à briller. Je reconnus cette expression, mais il me fallut quelques minutes pour l'identifier. Le défi. Il attendait que je m'engage de nouveau dans ce débat qui nous opposait depuis mon arrivée dans la Meute. Issue d'une société humaine et démocratique, j'avais du mal à digérer l'idée d'un dirigeant tout-puissant et incontestable. Combien de nuits avions-nous passées à en débattre dans cette même pièce, Jeremy et moi, tout en buvant du brandy jusqu'à ce que je sois trop ivre et trop fatiguée pour regagner ma chambre et que je m'endorme ici, pour me réveiller ensuite dans mon lit ?

Il m'avait manqué. Encore maintenant, alors que je vivais sous le même toit que lui depuis près de cinq jours, il me manquait. Tous les autres membres de la Meute m'avaient accueillie sans poser de questions, sans me garder rancune. Mais pas Jeremy. Il ne s'était montré ni froid, ni inamical, mais il n'était pas lui-même. Il me tenait à distance, comme s'il répugnait à s'engager de nouveau avant de s'assurer que je n'allais pas m'enfuir une fois de plus. Seulement, je n'en étais moi-même pas du tout certaine.

Je cherchai une réplique, mais mon cerveau rouillé avait oublié cette vieille dispute et luttait pour s'en rappeler les tenants et aboutissants. Tandis que je méditais, Jeremy ferma les paupières et son sourire s'estompa. Je vis l'occasion me filer sous le nez et plongeai pour la rattraper.

Alors que j'ouvrais la bouche, prête à dire la première chose qui me passerait par la tête, la porte s'ouvrit. Les autres entrèrent et ce moment d'intimité avec Jeremy s'évapora.

La première question abordée lors de la réunion fut l'interdiction par Jeremy de courir sur la propriété tant que cette sale histoire avec la police ne serait pas réglée. Quand viendrait l'heure de courir, on partirait tous se balader dans les forêts du nord. Je n'ai rien contre le fait de courir en groupe, et j'aime le faire avec la Meute dans des circonstances normales, mais ça me gâchait tout le plaisir de transformer ça en événement organisé et planifié. D'ici peu, on se retrouverait en train de préparer notre casse-croûte, de nous embarquer dans un bus de location et de chanter des chants de colonie de vacances.

La deuxième question portait sur le plan d'action de Jeremy. Cette fois encore, Clay ne le digéra pas très bien. Moi non plus, mais ce n'est pas moi qui me levai d'un bond et piquai une crise avant que Jeremy en ait fini.

— Tu ne peux pas me laisser ici, s'écria Clay.

Les sourcils de Jeremy se haussèrent très légèrement.

— Ah non ?

— Mauvaise idée. C'est déb… ça ne rime à rien.

— Mais si, ça rime à quelque chose. Et tu n'es pas le seul à rester en arrière.

Je grommelai calmement à mi-voix, mais les yeux de Jeremy se dirigèrent brièvement vers moi.

— Je refuse que vous nous accompagniez, Elena et toi, poursuivit Jeremy, tant que vous êtes en rogne l'un contre l'autre.

— Mais je n'ai rien fait ! protesta Clay. Tu ne m'as même pas accusé d'avoir tué ce type. Tu sais bien que ce n'est pas moi. Alors pourquoi faudrait-il que je sois puni…

— Ce n'est pas une punition. Que tu l'aies fait ou pas n'a aucune importance. Tant que vous vous bagarrez, tous les deux, je veux que vous restiez ici, où vous ne pourrez faire de mal qu'à vous-mêmes… et à quelques meubles.

— Pourquoi nous laisser tous les deux ? demandai-je.

— Parce que je n'ai besoin d'aucun d'entre vous. Je n'ai pas l'intention de traquer ni de combattre quelqu'un. Il s'agit simplement de rassembler des informations. Même si vous n'étiez pas en train de vous battre, je ne vous emmènerais pas pour autant. C'est un risque inutile. Je veux en apprendre davantage sur ces cabots. Je ne veux pas me reposer sur des informations de seconde main, alors j'y vais moi-même et j'emmène Tonio et Peter en renfort. Nick ne vient pas non plus, et je ne l'ai pas entendu se plaindre.

— Ça n'a pas l'air très marrant, dit Nick.

— Exactement, répondit Jeremy, souriant.

— Mais…, commençai-je.

— L'heure du déjeuner est passée, dit Jeremy en se levant. On ferait bien de manger avant de partir.

Il sortit avant qu'on puisse protester, ce qui était sans doute le but recherché. Après son départ, je me levai.

— Je crois que je ferais bien de me rendre utile et de préparer à manger.

Nick proposa de m'aider. Pour une fois, Clay n'en fit rien. Il ne nous suivit même pas dans la cuisine pour superviser la préparation du repas.

Après le déjeuner, Jeremy, Antonio et Peter partirent en mission de reconnaissance. C'était la façon dont Jeremy réglait le problème que nous posaient les cabots.

La Meute avait l'habitude de ne traiter qu'avec un cabot à la fois. Comme je le disais, ils ne s'associaient pas. Jamais. La Meute était donc mal équipée pour faire face à cette menace. Comme Jeremy n'avait encore jamais dû gérer une attaque de plusieurs à la fois, il prenait son temps, rassemblait des informations avant de réfléchir à une ligne de conduite. D'un point de vue logique, ça tenait la route. D'un point de vue émotionnel, c'était rageant. Si c'était moi qui commandais, j'aurais planifié une riposte directe et immédiate contre les cabots, peu importent les risques. Raison pour laquelle Jeremy était l'Alpha, et moi, un humble fantassin.

Après leur départ, je me retirai de nouveau, cette fois dans ma chambre, où j'appelai Philip. Je l'avertis que j'allais rester quelques jours de plus.

Il inspira.

— D'accord. (Une pause.) Tu me manques.

— Je…

— Je n'essaie pas de te faire culpabiliser, chérie. C'est juste que… tu me manques. Je sais que tu fais ce qu'il faut et je ne te demande pas d'abandonner tes cousins. C'est juste que… je ne pensais pas que ça durerait si longtemps. (Il s'arrêta, puis fit claquer sa langue.) Eurêka. J'ai une idée. J'arrive. Demain, ça irait ?

Mes mains se crispèrent sur le combiné tandis que mon cerveau hurlait : « Ah, merde ! » Je me forçai à garder la bouche close jusqu'à ce que j'aie évacué la panique.

— Et tu perdrais un jour de vacances ? lui dis-je ensuite d'une voix aussi légère que possible. Tu m'as promis une semaine aux Caraïbes. En formule tout compris. Tu te rappelles ? Je meurs d'envie de te voir, mais ça voudrait dire renoncer à une semaine de bronzette et de boissons à volonté…

Il émit un petit rire.

— Une journée passée à t'aider à veiller sur trois gamins, ça ne remplacerait pas, hein ? Je vois. Mais je peux peut-être permuter avec James, travailler samedi prochain à la place… Cela dit, à la réflexion, je vais sans doute déjà devoir travailler samedi, et dimanche aussi.

— Non, ne commence pas à négocier d'échanges ou je risque de ne pas te voir pendant des semaines à mon retour.

— Pas faux. Je survivrai quelques jours de plus sans toi. Mais si ça se prolonge encore…

— Ça ne se prolongera pas.

On discuta quelques minutes de plus avant de raccrocher. Encore quelques jours. Pas plus. Cette fois, je n'avais pas le choix. Si je ne ramenais pas mes fesses à Toronto d'ici quelques jours, Philip risquait de se débrouiller pour obtenir sa journée de congé et débarquer à New York. Ce qui serait… eh bien, je préférais ne pas trop y penser.

Après avoir parlé à Philip, je m'étendis de nouveau sur mon lit et somnolai pour tenter de rattraper deux nuits de sommeil en retard. Ça ne marcha pas. Je m'inquiétais du risque de voir Philip se pointer à Stonehaven, ce qui fit grimper mon niveau de stress d'une demi-douzaine de crans. Puis je me rappelai pourquoi j'étais toujours à Stonehaven, pensai à Logan et sentis le chagrin refluer et m'envahir le cerveau jusqu'à m'empêcher de penser à autre chose, surtout à dormir. Nick vola enfin à mon secours en entrant dans ma chambre sans prévenir.

— Ça t'arrive de frapper ? lui demandai-je tout en me redressant.

—Jamais. Je manquerais tout si je le faisais. (Il écarta les rideaux du lit avec un sourire malicieux.) J'ai manqué quelque chose ?

—Tout.

—Alors je vais devoir commencer quelque chose moi-même, dit-il en s'affalant sur le lit près de moi et en laissant les rideaux se refermer. C'est sympa, ici. Tranquille, très intime.

—Parfait pour dormir.

—Trop tôt pour ça. J'ai mieux en tête.

—Ça, je n'en doute pas.

Il sourit et se pencha pour m'embrasser, puis s'écarta juste assez pour éviter une gifle.

—En fait, je pensais à autre chose, pour changer. Comme on n'a pas le droit de muter dans la propriété, je me disais qu'on pourrait peut-être prendre la voiture pour aller courir quelque part ce soir, tous les trois ?

—J'ai couru la nuit dernière.

—Mais pas moi, et il va falloir que je mute très bientôt.

—Alors vas-y avec Clay. Pas besoin qu'on y aille à trois.

—Je lui en ai déjà parlé. Il n'ira que si tu y vas. Il ne veut pas que quelqu'un reste ici seul, des fois que les cabots nous rendent une visite surprise.

—Ça m'étonnerait beaucoup qu'ils… (Je m'interrompis en comprenant que je n'en étais pas si sûre. Un frisson me parcourut.) Vous êtes obligés d'y aller ce soir ? La journée a été longue et…

Je pensais à une chasse.

—Je ne suis pas sûre de…

—Une chasse au cerf.

—Au cerf?

Il éclata de rire.

— Maintenant, elle dresse l'oreille. Ça fait combien de temps que tu n'as rien chassé de plus gros qu'un lapin ? Tu ne faisais pas ces choses-là toute seule, j'imagine.

— Il a raison, intervint la voix de Clay, de l'autre côté des rideaux, qui nous fit tous deux sursauter.

Quand je me retournai, je vis sa silhouette, mais il n'écarta pas les rideaux.

— Une chasse, ce serait une bonne idée, poursuivit Clay. Pour nous occuper en attendant Jeremy. Nick a besoin de muter et ne peut pas le faire ici. Je refuse de te laisser seule, Elena. Je suis sûr que tu pourras supporter ma compagnie une heure ou deux.

J'ouvris la bouche pour répondre, mais il était déjà parti. J'hésitai un moment, puis me tournai vers Nick et hochai la tête. Il sourit et quitta la pièce le premier d'un pas sautillant, me laissant le suivre.

Traque

On prit ma voiture. Nick conduisait et Clay était assis à l'avant avec lui. Je m'installai sur la banquette arrière et somnolai pour qu'on n'attende pas que je participe à la conversation. Je n'avais pas à m'inquiéter. Clay n'était pas d'humeur à me faire la causette, et Nick comblait le vide en jacassant à l'intention de qui voulait l'entendre.

Il parlait de sa dernière entreprise en date, une histoire de commerce en ligne et de financement d'une nouvelle société. La question n'était pas de savoir si cette nouvelle entreprise allait réussir, mais combien elle allait perdre. Les chiffres exacts importaient peu, car les Sorrentino étaient assez riches pour faire passer Jeremy pour un type des classes moyennes. Antonio dirigeait trois multinationales. Nick n'avait pas hérité de son père ce don de tout transformer en or. Il avait enchaîné les tentatives de lancement de sa propre boîte, mais elles ne lui avaient fait gagner, au bout du compte, que des amis et des maîtresses, qui étaient tout ce qu'il attendait réellement de la vie. Comment Antonio réagissait-il en voyant son fils dilapider sa fortune ? Il l'encourageait. Il comprenait que ce style de vie était le seul pour lequel Nick soit réellement qualifié, alors s'il pouvait le permettre et que ça le rendait heureux, pourquoi s'en priver ? Ayant passé ma vie à me serrer la ceinture, je ne comprenais pas cette philosophie. J'enviais Nick, non pas tant d'avoir assez d'argent pour se permettre de le jeter par les fenêtres, que de grandir dans un monde où quelqu'un se souciait tant de votre bonheur et si peu de ce que vous faisiez de votre vie.

Nick roula jusqu'à la lisière d'une forêt où nous nous étions déjà rendus. Il franchit une barrière et emprunta un chemin forestier abandonné, esquintant le châssis plus de fois que je ne voulus en compter. Ma voiture n'était pas dans une forme éblouissante et je soupçonnais le châssis de comporter davantage de rouille que d'acier, quoique je n'aie jamais trouvé le courage de vérifier ma théorie. Jeremy me proposait constamment de la réparer pour moi ou, mieux encore, de m'en acheter une autre. J'avais fait assez d'histoires pour qu'il ne soit jamais tenté de me surprendre avec une voiture neuve ou fraîchement rénovée. Je n'avais rien contre l'idée de faire remettre ma Camaro en état, ne serait-ce que pour qu'elle dure plus longtemps, mais je craignais de la retrouver d'un joli rose bonbon si je laissais Jeremy s'en approcher.

Nick arrêta et gara la voiture plus loin dans la forêt. Le moteur s'éteignit avec un bruit inquiétant. Je m'efforçai de ne pas y penser, dans la mesure où ça sous-entendait qu'elle ne redémarrerait peut-être pas, ce qui nous mettrait vraiment dans une sale situation, coincés dans le fin fond de l'État de New York, là où les téléphones portables ne passaient pas, avec une voiture morte et deux types incapables de différencier l'huile de l'antigel.

Tandis qu'on marchait dans les bois, Nick continuait à parler.

— Quand toute cette histoire sera réglée, on devrait faire quelque chose. Partir en voyage. Peut-être en Europe. Clayton était censé aller skier en Suisse avec moi cet hiver, mais il est revenu sur sa décision.

— Pas du tout, répondit Clay. (Il me précédait pour écarter les broussailles, peut-être afin de se rendre utile, mais plus probablement pour ne pas devoir marcher à mes côtés.) Je n'ai jamais dit que j'irais.

—Mais si. À Noël. J'ai dû te pourchasser pour te poser la question. (Nick se tourna vers moi.) Il a à peine montré le bout de son nez pendant toute la semaine que la Meute a passée à Stonehaven. Il se terrait avec ses livres et ses papiers. Il s'attendait à ce que tu viennes, et comme tu n'arrivais pas…

Sur un regard de Clay, Nick s'interrompit.

—Enfin bref, tu m'as bien dit que tu viendrais skier. Je t'ai posé la question, et tu as grommelé quelque chose qui ressemblait à un oui.

—Mph.

—Oui, voilà. Exactement comme ça. D'accord, ce n'était pas vraiment un oui, mais ce n'était pas non plus un non. Alors tu me dois un voyage. On y va tous les trois. Tu aimerais aller où quand tout ça sera fini, Elena ?

J'avais « Toronto » sur le bout de la langue, mais je m'abstins de lui faire cette réponse. Foutre en l'air les projets de Nick alors qu'il faisait tant d'efforts pour arranger les choses, ça revenait à dire à un gamin que le Père Noël n'existe pas, simplement parce qu'on a eu une sale journée de travail. Ce n'était pas juste et il ne le méritait pas.

—On verra, répondis-je.

Clay jeta vivement un coup d'œil par-dessus son épaule et croisa mon regard. Il comprenait très bien ce que je voulais dire. Il se renfrogna, écarta brusquement une branche et s'éloigna à grands pas pour trouver un endroit où procéder à la Mutation.

—Je ne suis pas sûre que ce soit une si bonne idée, dis-je à Nick après le départ de Clay. Je devrais peut-être attendre dans la voiture.

— Allez. Ne fais pas ça. Tu vas pouvoir te défouler un peu. Tu n'as qu'à l'ignorer.

J'acquiesçai. En fait, pas exactement, mais Nick déguerpit avant que je puisse protester, et c'était lui qui avait les clés de voiture.

Ignorer Clay. Quel judicieux conseil. Vraiment. Pour ce qui était de la mise en pratique, ça revenait à dire à un acrophobe : « Ne regarde pas en bas. »

Quand je sortis du fourré après ma Mutation, Clay était là. Il recula en remuant le nez. Puis sa bouche s'ouvrit en grand, langue pendante, dessinant un sourire de loup comme si on ne s'était jamais disputés. Je cherchai ma propre colère, sachant qu'elle devait être là mais incapable de la trouver, comme si je l'avais abandonnée dans le fourré auprès de mes habits.

J'observai Clay un moment, puis entrepris de le contourner. Je l'avais presque dépassé quand il se tourna et plongea de côté pour me saisir la patte arrière. Lorsque je trébuchai, il me sauta dessus. On roula dans les broussailles, heurtant un jeune arbre et faisant fuir un écureuil qui fila en quête d'un perchoir plus stable, lâchant une salve de petits bruits agacés. Quand je parvins enfin à me dégager, je bondis sur mes pattes et me mis à courir. Derrière moi, Clay traversait bruyamment les broussailles. Moins d'une dizaine de mètres plus tard, j'entendis un cri puis sentis le sol vibrer lorsque Clay chuta. Je jetai un coup d'œil par-dessus mon épaule et le vis tirer sur une plante grimpante enroulée autour de sa patte avant. Je ralentis pour faire demi-tour et lui venir en aide, puis je le vis se libérer et se mettre à courir. Je compris que je perdais mon avance, me remis dans le bon sens et heurtai quelque chose de dur qui m'expédia dans un carré d'orties après un vol plané.

Levant les yeux depuis l'endroit où j'avais atterri, je vis Nick penché sur moi. Je me redressai avec un grondement et toute la dignité que je pus rassembler. Nick demeura en retrait et me regarda faire, un éclat moqueur dans les yeux tandis que je me dégageais des orties. Du coin de l'œil, je vis Clay se faufiler derrière Nick. Il se tapit, pattes avant repliées, arrière-train en l'air. Puis il bondit et envoya Nick valser dans les orties. Tandis que Nick luttait pour se relever, je passai près de lui en m'ébrouant avec l'air de dire « Bien fait pour toi ». Il saisit ma patte avant et me fit basculer. On se bagarra une bonne minute avant que je parvienne à me dégager et à filer derrière Clay.

Pendant que Nick s'extirpait des orties, Clay frotta son museau contre le mien, ébouriffant la fourrure de mon encolure à l'aide de son haleine chaude. Lorsque je l'imitai, une partie distante de mon cerveau me rappela que j'étais en colère contre lui, mais je ne me rappelais pas pourquoi et je m'en moquais bien. Nick nous contourna, pour venir nous saluer en nous reniflant et en se frottant contre nous. Comme il reniflait un peu trop longtemps aux alentours de ma queue, Clay le rabroua d'un grondement.

Au bout de quelques minutes, on se sépara et on se remit à courir, Clay et moi nous disputant la première place tandis que Nick restait sur nos talons. La forêt était chargée d'odeurs, parmi lesquelles la senteur musquée du cerf, mais il s'agissait essentiellement de vieilles pistes desséchées depuis longtemps. On parcourut huit cents mètres avant que je trouve l'odeur que nous cherchions. Un cerf passé ici tout récemment. Je me précipitai, prise d'un sursaut d'énergie. Derrière moi, Nick et Clay couraient à travers bois dans un silence quasi total. Seul le bruit des broussailles mortes sous leurs pattes les trahissait. Puis le vent tourna et nous souffla l'odeur du cerf en pleine figure. Nick glapit et accéléra pour se placer auprès de moi, cherchant à prendre la tête. Je ripostai d'un coup de dent et lui arrachai une touffe de fourrure sombre tandis qu'il essayait de m'échapper.

Pendant que je m'occupais de Nick, je m'aperçus que Clay n'était plus derrière nous. Je ralentis, puis tournai et revins sur mes pas. Il se tenait à une soixantaine de mètres, remuant le nez tandis qu'il reniflait l'air. À mon approche, il croisa mon regard et je compris pourquoi il s'était arrêté. Nous étions assez près. L'heure était venue de concevoir un plan. Ça peut paraître idiot de considérer un cerf comme dangereux, mais nous ne sommes pas des chasseurs humains qui n'approchent jamais à moins de trente mètres de leur proie. Un simple coup de ramure peut éventrer un loup. Un coup de sabot bien ciblé peut fendre un crâne. Clay avait sur la cuisse une cicatrice de trente centimètres, séquelle d'un coup de sabot. Même les vrais loups savent qu'une chasse au cerf nécessite prudence et prévoyance.

Ce qui ne signifiait bien sûr pas débattre du sujet, car ce genre de communication de haut niveau nous était impossible en tant que loups. Mais, contrairement aux humains, nous possédions mieux que ça : l'instinct et un cerveau où étaient enracinés des schémas qui fonctionnaient depuis des milliers de générations. Nous pouvions estimer la situation, rappeler un plan et le communiquer d'un seul regard. Ou, du moins, Clay et moi en étions capables. Comme beaucoup de loups-garous, soit Nick n'était pas sensible aux messages que lui envoyait son cerveau de loup, soit son cerveau humain ne leur faisait pas confiance. Mais peu importait. Clay et moi étions ici le couple Alpha, et Nick suivrait les ordres sans chercher d'explication.

Je me dirigeai vers l'est, reniflai l'air et retrouvai l'odeur du cerf. Un mâle isolé. Nous n'aurions donc pas à nous soucier de le séparer de sa harde. Mais un cerf restait beaucoup plus dangereux qu'une biche, surtout s'il était muni de sa pleine ramure. Clay vint se placer près de moi, renifla en quête de l'odeur du cerf, puis me regarda avec une expression qui disait : « Et puis merde, on ne vit qu'une fois. » J'acquiesçai en m'ébrouant et rejoignis Nick. Clay ne me suivit pas. Il se glissa de nouveau dans la forêt et disparut. Le plan était fixé.

Imitée par Nick, je décrivis des cercles dans les bois de manière à me retrouver sous le vent avant de recommencer à suivre la piste. On trouva le cerf en train de paître dans un fourré. Guettant mon signal, Nick se frotta contre moi, geignant trop bas pour que le cerf nous entende. J'émis un discret bruit de gorge pour le faire cesser. Le cerf leva la tête et regarda autour de lui. Quand il se remit à paître, je me tapis et bondis. L'animal ne s'arrêta qu'une fraction de seconde avant de sauter par-dessus les buissons et de s'enfuir au galop. On se précipita à sa suite, mais l'intervalle s'accrut entre le cerf et nous. Les loups sont des coureurs de fond, pas des sprinters, si bien que notre seule chance d'attraper un cerf par-derrière consiste à l'épuiser.

Comme souvent, il commit l'erreur fatale de gaspiller toute son énergie dans le sprint de départ. Nous n'étions pas allés très loin quand il se mit à ralentir, à siffler, à chercher son souffle, trop effrayé pour se ménager. Je commençais à m'essouffler, moi aussi, car j'avais déjà dépensé pas mal d'énergie à trouver et traquer l'animal. C'était son odeur qui me poussait à avancer, cette alléchante senteur musquée qui faisait gronder mon estomac.

Je repérai l'odeur de Clay dans l'air et poussai le cerf dans sa direction en pivotant à une vitesse légèrement accrue afin de le forcer à changer de cap. À mesure qu'on courait, la peur du cerf grimpait jusqu'à se changer en panique. Il se mit à galoper à toute allure, sautant par-dessus les troncs tombés à terre et traversant les broussailles. Les arbres et les buissons lui lacéraient la peau et l'odeur de son sang se diffusait dans l'air. Alors qu'on tournait à un coin, Clay jaillit des buissons et attrapa le cerf par le nez.

L'animal s'arrêta en glissant, secouant violemment la tête pour s'efforcer de le déloger. Pendant ce temps, nous le rattrapions. Je me précipitai au-dessous de la bête et plongeai les dents dans son ventre. Je sentis un goût de sang chaud sous une couche de graisse et me mis à saliver. Nick l'attaqua par le flanc, plongeant, mordant puis esquivant avant que l'animal puisse riposter à coups de bois ou de sabot. Clay se faisait secouer dans tous les sens, mais il tenait bon. C'était un stratagème exhumé de notre mémoire ancestrale : mordre la proie au visage afin qu'elle ignore les autres agresseurs, trop occupée à se libérer du danger le plus immédiat.

Accrochée au bas-ventre du cerf, je tranchais et déchirais, dansant sur mes pattes arrière pour éviter ses sabots. Quand j'eus ouvert un trou béant, je lâchai prise et mordis un peu plus haut. Les entrailles commencèrent à s'échapper du premier trou et l'odeur faillit me rendre folle. Le sang coulait aussi des plaies infligées par les attaques éclairs de Nick, ce qui rendait la peau du cerf glissante et difficile à saisir. Je mordis plus fort, sentis mes dents traverser la peau et atteindre les organes vitaux. Les pattes avant du cerf finirent par glisser en avant. Clay lâcha prise sur son nez et lui déchira la gorge. Le cerf s'effondra lourdement.

Une fois l'animal à terre, Nick recula et trouva un endroit proche où s'étendre. Clay baissa la tête et me regarda. Son museau était maculé de sang. Je le léchai et me frottai contre lui, le sentis traversé des frissons de l'adrénaline dépensée. Au-dessous de nous, les membres du cerf frémissaient toujours, mais ses yeux morts regardaient fixement devant lui. Tandis qu'on lui déchirait le flanc, de la vapeur s'élevait en volutes dans la fraîcheur de l'air nocturne. On se mit à festoyer en arrachant des morceaux de viande qu'on gobait tout entiers.

Quand on fut rassasiés, Nick approcha et commença à se nourrir. Clay marcha jusqu'à une clairière et me regarda par-dessus son épaule. Je le suivis et me laissai tomber près de lui. Clay s'approcha, passa une patte autour de mon cou et se mit à me lécher le museau. Je fermai les yeux tandis qu'il s'activait. Quand il eut nettoyé le sang de mon cou et de mes épaules, je lui rendis la pareille. Une fois que Nick eut fini de manger, il se pelotonna contre nous, et on s'endormit en formant une masse de fourrure aux couleurs variées et de membres entremêlés.

Nous dormions depuis peu lorsque Clay se redressa d'un bond et nous fit basculer à terre, Nick et moi. Je m'éveillai en sursaut quand ma tête heurta une pierre. Je me relevai, tendue, guettant le danger. Nous étions seuls dans la clairière. La nuit était tombée, peuplée seulement des bruits nocturnes de la nature, les appels des tueurs et les cris de leurs proies. Je grondai à l'intention de Clay et fis mine de me réinstaller pour somnoler. Il m'assena un coup de museau dans les côtes et se mit à renifler l'air à gestes appuyés. Je le fusillai du regard mais lui obéis. Au départ, je ne sentis rien. Puis le vent tourna et je compris ce qui l'avait fait sursauter. Il y avait quelqu'un ici. Un autre loup-garou. Zachary Cain.

Clay disparut dès qu'il vit que j'avais compris. Derrière moi, Nick se secouait toujours pour chasser la brume hébétée du sommeil interrompu. Je le regardai puis me mis à courir, sachant qu'il me suivrait même s'il ignorait pourquoi. Au bord de la clairière, l'odeur de Cain s'accentua. Mon flair me conduisit à un fourré tout proche. L'herbe piétinée et aplatie empestait l'odeur de Cain. Il s'était étendu ici, si près de nous qu'il aurait pu pointer le museau à travers les ronces et nous regarder dormir. Quelque chose sonnait faux dans ce scénario, mais j'ignorais quoi. La partie humaine en moi avait envie de se rasseoir pour méditer le problème, mais l'instinct de la louve neutralisait mon cerveau et poussait mes pattes à l'action. Il y avait un intrus dont nous devions nous occuper.

Si j'avais hésité près du fourré, Nick n'en fit rien. Il y plongea le nez, inspira profondément, recula et se lança à la poursuite de Clay. On me laissa pour une fois fermer la marche. Les deux autres étaient déjà si loin que je ne les voyais ni ne les entendais, ce qui m'obligea à suivre la piste de Clay. Elle s'enfonçait dans les bois, à travers des arbres si denses qu'ils étouffaient la lune et les étoiles. Malgré l'acuité de ma vision nocturne, il me fallait de la lumière, même reflétée, à partir de laquelle travailler. Il n'y en avait ici aucune. Je ne distinguais que les formes des troncs et buissons, ombres denses sur un arrière-plan plus sombre encore. Je ralentis, baissai le nez à terre et me fiai plutôt à la piste de Clay.

Un peu plus loin, les arbres s'écartèrent pour laisser passer les rayons de la lune. Tandis que j'accélérais, les buissons craquèrent au nord, indiquant que quelque chose de gros traversait les broussailles. Ce n'était pas Nick, ni

Clay. Même Nick traversait les bois avec davantage de finesse. J'abandonnai la piste de Clay et me dirigeai vers le nord. J'avais parcouru quatre cents mètres quand je sentis la vibration de pattes heurtant le sol derrière moi. C'étaient Clay et Nick. Je les reconnus sans regarder, et ne ralentis donc pas. Mais, dans la mesure où j'ouvrais la voie, je courais moins vite qu'eux, si bien que j'entendis bientôt le souffle cadencé de Clay sur mes talons. On contourna un gros affleurement rocheux. Des branches craquèrent derrière nous. Je me tortillai et vis une ombre immense d'un brun rougeâtre jaillir de derrière le rocher et courir dans la direction opposée.

Je plongeai les griffes dans le sol mou pour m'arrêter, puis pivotai et me lançai à la poursuite de Cain. Je n'entendis que deux paires de pattes à ma suite, celles de Nick. Clay avait disparu, empruntant un autre trajet dans l'espoir d'intercepter Cain comme il l'avait fait pour le cerf. Cain suivait la piste que j'avais coupée pour revenir sur ses pas. Au bout de huit cents mètres, il dévia à l'est. Il se dirigeait vers la route dans l'espoir de s'échapper. Je me précipitai et approchai assez près pour que les poils de sa queue me chatouillent le museau. Puis ma patte accrocha un relief à terre, non pas un trou ni quelque chose d'assez gros pour me faire trébucher, mais juste un minuscule changement d'élévation qui me ralentit suffisamment pour laisser Cain reprendre un peu d'avance. Nick jaillit de derrière moi. Lorsqu'il commença à me dépasser, je ralentis pour conserver mon énergie. Devant moi, la forêt s'ouvrit tandis que nous approchions de la route. Je pivotai vers la gauche, espérant gagner quelques mètres en anticipant le trajet de Cain. Mais il ne tourna pas. Il continua à courir pour retourner dans la forêt.

Voyant ce que faisait Cain, je regardai devant moi et aperçus un terrain plus dégagé au nord-ouest. Comme il ne s'y dirigeait pas, je le fis. Nick continua à suivre la piste de Cain, moins pour essayer de l'attraper que par espoir de l'y diriger. Mon chemin menait vers une colline rocailleuse. Tandis que je la gravissais, je reniflai des traces de l'odeur de Clay. Le terrain se fit plus raboteux sous mes pas, ce qui me ralentit et me fit maudire d'avoir choisi ce raccourci. Alors que je parvenais à mi-hauteur de la colline, ma patte avant glissa sur des pierres dont l'une était assez coupante pour m'entailler les coussinets. Je grognai mais continuai à courir. Mes efforts se révélèrent payants quand j'atteignis le sommet. D'ici, je pouvais baisser les yeux et embrasser tout le terrain du regard. J'aperçus à l'est la forme dorée de Clay qui se frayait un chemin à travers les arbres. Nick, presque noir sous sa forme de loup, était bien moins facile à repérer la nuit, mais je vis au bout de quelques instants des branches s'agiter au-dessous de moi. Je suivis le chemin des arbres et buissons que j'entendais bruire. Ils se dirigeaient par là. Je retraçai mentalement leur trajet et me rendis là où je pensais les voir ressortir. Je fus récompensée par un bruit surgi des broussailles, droit devant moi. Quelques secondes plus tard, une forme immense en jaillit.

Me voyant sur son chemin, Cain s'arrêta. Il gronda et baissa la tête. Ses yeux verts s'enflammèrent et sa fourrure d'un blond foncé se hérissa, ce qui le fit grandir de quelques centimètres. C'était inutile : Cain n'avait pas besoin de ça pour paraître imposant. Sous forme humaine, il dépassait le mètre quatre-vingt-quinze, avec les épaules et la masse d'une vedette de football américain. Sous forme de loup, il mesurait littéralement deux fois ma taille. Je retroussai les lèvres et grondai, mais je me sentais aussi menaçante qu'un loulou face à un pit-bull. Une partie de mon cerveau, imprégnée d'adrénaline, me soufflait avec insistance que je pouvais me battre contre Cain malgré la différence de taille. Une autre partie se demandait ce que trafiquaient Nick et Clay. La partie la plus bruyante criait simplement : *Fonce, andouille, mais fonce !*

Alors que je ruminais ces pensées, Cain se tourna soudain et… s'enfuit. L'espace d'un moment, je restai paralysée, incapable d'en croire mes yeux. Cain s'enfuyait ? Devant moi ? Mon ego aurait adoré penser que je l'effrayais, mais le bon sens me dictait le contraire. Alors pourquoi courait-il ? De nouveau, mon instinct de louve refusa de laisser mon cerveau méditer la question. Lorsque Cain disparut au bas de la colline, l'instinct reprit le dessus et je m'élançai à sa suite.

J'avais parcouru trois mètres quand quelque chose atterrit sur mon dos et me fit chuter. Je me tortillai pour voir Clay se dresser au-dessus de moi. Je tentai de me relever mais il me clouait au sol. Avait-il perdu la tête ? Cain était en train de s'enfuir. Je saisis sa patte avant entre mes mâchoires et serrai avec un grondement. Il me saisit à la gorge et m'immobilisa. À chaque seconde, je voyais Cain s'éloigner. Je luttai, mais Clay se débattit et me maintint à terre. Je compris enfin qu'il était trop tard. Cain avait disparu. Clay hésita l'espace d'une seconde. Puis il s'élança, non pas à la poursuite du cabot, mais dans la direction opposée. Une fois debout, je l'imitai. Je suivis sa piste sur quinze mètres jusqu'à une clairière où je sentis l'odeur de ses vêtements. C'était là que nous avions muté. Je passai le museau à travers les broussailles et vis Clay en pleine Mutation, dos cambré, peau animée de vibrations, trop absorbé par sa transformation pour me remarquer. Je fis une pause, hésitante. Puis je retrouvai mes habits et repris forme humaine.

Quand je déboulai de la clairière, Clay était déjà là.

— Où est Nick ? demanda-t-il avant que je puisse dire quoi que ce soit. Et merde ! C'est lui qui a les clés. Il n'était pas juste derrière toi ?

— De quoi tu parles ?

Clay s'enfonça dans les buissons et regarda autour de lui.

— Mais tu n'as rien compris ? Il essayait de nous distraire, de nous occuper.

— Nick ?

— Cain. (Clay était à présent hors de vue et je n'entendais que l'écho de sa voix depuis la forêt.) Quand on dormait, il ne nous a pas attaqués. Quand on l'a poursuivi, il ne s'est pas défendu, il n'a pas essayé de s'enfuir. Il nous faisait juste tourner en rond. Nicholas !

— Mais pourquoi…

— Jeremy. Ils ont dû s'en prendre à Jeremy. Merde ! Ils devaient surveiller la maison et on n'a même pas… Te voilà !

— Deux secondes, protesta la voix de Nick dans le noir. J'ai quand même le droit d'enfiler mon slip ?

Clay jaillit du buisson, traînant Nick par le bras.

— Dans la voiture. Tous les deux. Ne perdez pas de temps.

Aussitôt dit, aussitôt fait.

Guet-apens

Sur le chemin de Bear Valley, Clay prit le volant, Nick la banquette arrière et je m'assis à l'avant, où les dispositifs de sécurité étaient meilleurs. Comme je le craignais, la Camaro n'était pas impatiente de redémarrer. Clay enfonça l'accélérateur, fit hurler le moteur, puis passa brutalement la marche arrière, ignorant les cliquetis qui s'échappaient de sous le capot. Embarquée dans une partie de bras de fer, la voiture céda et se laissa malmener pendant tout le trajet jusqu'à Bear Valley.

— Non, prends la prochaine, dis-je lorsque Clay fit mine d'emprunter la première sortie vers Bear Valley. La direction de l'est. Vers l'hôtel.

— L'hôtel ?

— Ça ne sert à rien de nous balader dans tout Bear Valley si les cabots n'ont même pas quitté leur chambre. S'ils n'y sont pas, on pourra peut-être suivre leur piste à partir de là.

Les mains de Clay se crispèrent sur le volant. Je savais qu'il pensait que les cabots étaient partis à la poursuite de Jeremy et que vérifier leur chambre d'hôtel ne revenait qu'à perdre de précieuses minutes. Mais il comprenait. Au lieu de me répondre, il reprit la direction de l'autoroute, se précipitant juste devant un camion grumier chargé. Je fermai les yeux pendant le restant du trajet.

Quand on atteignit le motel, Clay gara la voiture sur la place pour handicapés proche du vestibule et s'arracha à son siège avant même que le moteur soit arrêté. Je retirai la clé de contact et le suivis. Cette fois, il n'essaya même pas d'embobiner le réceptionniste. Heureusement, il n'y avait personne à la réception. Clay monta les marches quatre à quatre. Parvenu devant la chambre de LeBlanc, il brisa le pêne fraîchement réparé et défonça la porte sans s'assurer qu'il n'y ait personne de l'autre côté. Je montais les dernières marches quand il ressortit.

— Disparus, dit-il en me croisant dans l'escalier.

Il venait d'atteindre le milieu de l'escalier quand il s'aperçut que je montais toujours et fit demi-tour.

— Je viens de te dire qu'ils n'étaient plus là.

— Ce n'est pas la seule chambre, répondis-je. Marsten n'est pas du genre à accepter de squatter chez les autres.

Clay grommela quelque chose, mais je longeais déjà le couloir, m'arrêtant devant chaque porte pour tenter de repérer l'odeur de Cain ou de Marsten. Clay remonta les marches et se dirigea vers moi à grands pas.

— On n'a pas le temps de...

— Alors vas-y, dis-je. Vas-y.

Il n'en fit rien. Je m'arrêtai à la troisième porte après celle de LeBlanc.

— Cain, dis-je, main tendue vers la poignée.

— OK. Ne t'arrête pas, cherche celle de Marsten.

Il occupait la chambre voisine. Pendant que Clay inspectait toujours celle de Cain, je forçai la porte de Marsten et entrai. À l'exception d'une valise de cuir italien dans le coin, la pièce semblait vide. Le lit était fait, les tables immaculées, et les serviettes toutes pendues bien soigneusement au support. C'était sans aucun doute la chambre de Karl Marsten. S'il devait s'abaisser à prendre une chambre au motel Big Bear, il n'y passerait pas plus de temps que nécessaire. Je m'apprêtais à repartir quand je remarquai une autre odeur familière.

— Jeremy, dit Clay derrière moi alors qu'il entrait dans la chambre.

Il se dirigea vivement vers la fenêtre du balcon et en écarta brusquement les rideaux. La porte était tout juste entrouverte, comme si on l'avait fermée depuis l'extérieur, qui ne comportait pas de poignée.

— Il est parti, dis-je. Il a dû passer ici récupérer ses affaires.

Clay hocha la tête et me frôla en regagnant la porte. On rejoignit la voiture. Puis Clay patrouilla de parking en parking en quête de la Mercedes ou de l'Acura. En fait, « patrouiller » n'est pas le terme exact, j'aurais dû dire qu'il déboulait dans les parkings telle une fusée, y décrivait des cercles assez brusques pour nous démolir les cervicales et en ressortait tout aussi brutalement. Ce fut dans un parking situé derrière une boutique de vêtements qu'on trouva l'Acura de Marsten.

Je ne pouvais que deviner que c'était la sienne, mais je ne risquais pas de me tromper de beaucoup. LeBlanc avait peut-être un revenu fixe quand il vivait à Chicago, mais, à en juger par sa chambre d'hôtel, il ne devait pas avoir les moyens de se payer des bagnoles de luxe ces jours-ci. Marsten, en revanche, remportait un grand succès professionnel… si on peut toutefois qualifier le vol de profession. C'était le métier le plus prisé des cabots. Leur style de vie ne les encourageait pas à demeurer assez longtemps dans une ville pour y trouver un boulot régulier. Même s'ils étaient tentés d'y prendre racine, ça ne durait pas. La Meute avait coutume de chasser les cabots qui semblaient vouloir adopter un mode de vie sédentaire. Se créer un foyer revenait à revendiquer un territoire, et seule la Meute en avait le droit. La plupart des cabots erraient donc de ville en ville, volant juste assez pour rester en vie. Mais certains faisaient mieux que ça. Marsten s'était spécialisé dans les bijoux, plus précisément ceux qui provenaient du cou et des chambres de douairières esseulées d'âge moyen. Il avait de l'argent et s'estimait supérieur aux autres loups-garous. La Meute se moquait bien qu'il sache parler cinq langues et refuse de boire du vin plus jeune que lui. Un cabot était un cabot.

Clay ralentit derrière l'Acura, puis mit les gaz et quitta le parking.

— On ne les poursuit pas ? demanda Nick en se penchant par-dessus le siège de devant.

— Je me fous de savoir où ils sont, *eux*. C'est Jeremy que je cherche.

On trouva la Mercedes d'Antonio quelques bâtiments plus loin, dans le parking de la papeterie. La piste fut facile à suivre pour moi, car les odeurs étaient si familières que je pouvais laisser mon cerveau en pilote automatique tandis que je me concentrais sur la recherche d'indices.

La piste décrivait une boucle, passait devant les bureaux du journal local, l'entrepôt où s'était déroulée la rave, ainsi qu'un bar de musique country qui donnait sur la grand-rue. Chaque fois qu'on passait devant un de ces endroits, je comprenais la logique qui y avait conduit Jeremy : le journal pour lire les dernières nouvelles, le bar pour les ragots, l'entrepôt pour des indices qui nous auraient échappé. La taverne nous donna plus de fil à retordre, jusqu'à ce que je repère une âcre odeur d'urine sur le mur de derrière, contre lequel Cain avait sans doute pissé pour évacuer les quelques verres bus la veille. À partir de là, la piste se dirigeait de nouveau vers la papeterie où était garée la voiture d'Antonio.

— Ils retournent à l'hôtel, dit Nick. Je crois qu'on vient de les manquer.

On avait avancé de cinq pas quand un chat siffla dans notre direction depuis un tas d'ordures. Nick lui rendit son sifflement. Les yeux du chat se rétrécirent et sa queue se dressa en un point d'exclamation indigné.

— Laisse ce chaton tranquille, lui dis-je. Il est trop maigre pour faire plus qu'une bouchée, et filandreuse, avec ça.

Lorsque je me détournai, je vis dépasser quelque chose sous les sacs-poubelle. On aurait dit, au départ, un alignement de quatre galets pâles qui pointaient depuis l'intervalle entre deux sacs. Vision tellement déplacée que je m'approchai, ignorant la puanteur des ordures qui étouffait tout le reste. Je compris alors de quoi il s'agissait en réalité : des doigts.

— Merde, marmonnai-je. Regardez-moi ça. Soit ces cabots deviennent négligents avec leurs victimes, soit ils les laissent volontairement en évidence.

— Vingt dollars sur la deuxième solution, dit Clay.

Il s'avança et repoussa légèrement le sac-poubelle du haut pour y regarder de plus près. Les doigts étaient rattachés à une main, elle-même reliée à un bras. Lorsque Clay souleva le sac du haut, celui du bas glissa et le corps bascula à terre. Il roula sur le dos. La tête de l'homme tomba sur le côté selon un angle impossible, indiquant une nuque brisée. Ses cheveux d'un roux agressif brillaient même dans le noir.

— Peter, murmurai-je.

— Non, dit Clay. Jeremy. Non !

Clay se précipita dans les ténèbres et j'entendis l'écho de ses pas résonner dans la ruelle. Les yeux de Nick s'écarquillèrent et croisèrent les miens. Puis je vis s'y produire un déclic lorsqu'il se rappela que Jeremy n'était pas seul avec Peter. Il s'élança à la suite de Clay. Je m'arrêtai pour cacher le corps de Peter, puis courus après eux, le cœur cognant si fort que je ne pouvais plus respirer, cherchant de l'air tandis que je courais. À six mètres devant moi, je vis une mare d'un rouge épais luire sous la lumière maladive d'une lampe à moitié morte. Des pistes sanglantes se déployaient tels des tentacules, puis convergeaient en un unique filet. Je le suivis. Plus loin, je voyais s'éloigner la forme blanche de la chemise de Nick dans le noir. J'entendais les pas de Clay mais je ne le voyais pas. La piste sanglante bifurqua deux fois. Alors que je tournais au deuxième coin de rue, je vis non loin de moi Clay et Nick s'arrêter puis faire demi-tour. Ils avaient dépassé la fin de la piste, qui se terminait dans une flaque de sang juste après ce tournant.

Je me penchai, plongeai le doigt dans le sang puis l'élevai vers mon nez.

—C'est… ? demanda Clay.

—Celui de Jeremy, murmurai-je.

—Et il y en a plein ici, si vous voulez regarder de plus près, dit une voix grave.

Clay releva brusquement la tête. On regarda autour de nous, puis on aperçut un bassin de chargement sur notre droite. Clay bondit sur le rebord surélevé de un mètre et disparut dans l'entrée obscure, suivi de Nick et de moi. À l'arrière du bassin de chargement, Jeremy était assis dans un coin, jambe droite reposant sur un cageot cassé tandis qu'Antonio déchirait des lambeaux de sa chemise. À notre approche, Jeremy leva le bras gauche pour écarter ses cheveux de son visage, puis grimaça et se servit plutôt de sa main droite, laissant la gauche retomber maladroitement sur le côté.

— Ça va ? lui demandai-je.

— Peter est mort, répondit Jeremy. On est tombés dans une embuscade.

— On regagnait la voiture, dit Antonio tout en ajoutant une nouvelle couche de bandages à la jambe de Jeremy. Je suis parti chercher des toilettes. Cinq minutes. J'avais à peine tourné au coin de la rue quand… (Il garda les yeux concentrés sur sa tâche, mais le remords suintait de ses paroles.) Moins de cinq minutes. Pendant que je partais pisser…

— Ils attendaient une occasion, dit Jeremy. Il aurait suffi que n'importe lequel d'entre nous tourne le dos un instant pour qu'ils attaquent les deux autres.

Antonio regarda par-dessus son épaule tout en s'affairant.

— Le nouveau, le cabot qui a tué Logan, a attaqué Jeremy avec un couteau.

— Un couteau ? (Clay regarda Jeremy pour demander confirmation, aussi incrédule que si Antonio parlait d'une agression avec un obusier antique.) Un couteau ?

Jeremy hocha la tête.

— Ils ont sauté sur Peter et Jeremy, poursuivit Antonio. Personne n'a eu le temps de réagir. Quand j'ai débarqué, ils se sont barrés. J'aurais dû leur courir après, mais Jeremy saignait méchamment.

— Et je ne t'aurais pas laissé faire, de toute façon, ajouta celui-ci. Nous n'avons pas le temps de ressasser ce qui s'est passé. On doit déblayer le terrain et nous en aller.

Il fit mine de se lever. Clay bondit sur un cageot pour l'aider.

— On a laissé Peter sur place, dit Jeremy.

— Je sais, répondis-je. On l'a trouvé.

—Au milieu des ordures, dit Antonio en se passant une main sur le visage. On n'aurait pas dû. Désolé, mais Jeremy saignait et…

—Tu devais trouver très vite une cachette, conclut Jeremy. Personne ne te le reproche. Maintenant, on va aller le chercher et le ramener chez nous.

Clay aida Jeremy à descendre. Je me plaçai à sa gauche pour prendre son autre bras, puis me rappelai qu'il était blessé et choisis plutôt de marcher à ses côtés, prête à le rattraper si sa jambe cédait. Je confiai mes clés de voiture à Nick qui courut rapprocher la Camaro au bout de la ruelle. Quand on atteignit le tas d'ordures, Antonio découvrit Peter et le dégagea.

—Marsten va nous le payer, dit Clay qui regardait le corps de Peter en serrant et desserrant les poings. Il va vraiment nous le payer.

—Ce n'est pas Marsten qui a tué Peter. C'est Daniel.

—Dan… (Clay s'étouffa sur la fin du nom.) Ah, merde.

Je rentrai à Stonehaven dans la Mercedes d'Antonio, assise sur la banquette arrière avec Jeremy, au cas où l'hémorragie s'aggraverait. Antonio roulait en silence. Jeremy regardait fixement par la fenêtre tout en tenant les bandages de sa jambe bien serrés. Je m'efforçai de me concentrer sur autre chose que la vue de ma propre voiture à travers le pare-brise et la présence du corps de Peter dans le coffre. Je pensai plutôt aux cabots.

Alors c'était Daniel, en fin de compte. Mauvais signe. Très mauvais signe. Plus encore que Marsten ou Cain, Daniel savait comment fonctionnaient la Meute et chacun de ses membres. Il en avait fait partie, car il avait grandi avec Nick et Clay… ou, plus précisément, parmi eux, car « avec » donnerait l'impression trompeuse qu'ils avaient été amis. Avant l'arrivée de Clay, Nick et Daniel étaient de vagues camarades de jeu, réunis par leur proximité d'âge, comme deux cousins qui jouent ensemble lors des réunions de famille car ils n'ont personne d'autre avec qui traîner. Puis Clay était arrivé. Je ne connaissais pas bien les détails, mais on m'avait raconté que Daniel et Clay s'étaient haïs dès le départ. L'événement qui avait tout précipité semblait être la fois où Daniel avait épié une conversation entre Nick et Clay et s'était empressé de rapporter à la Meute comment Clay avait été expulsé de maternelle après avoir disséqué le cochon d'Inde de la classe pour voir comment il fonctionnait, mais, comme je le disais, je ne connais pas les détails – quand j'avais interrogé Clay, il s'était contenté de répondre « Il était déjà mort », ce qui était censé tout justifier. Quelle que soit l'histoire, elle embarrassait Jeremy, qui évitait les détails quand il expliquait aux autres pourquoi la scolarité de Clay n'avait duré qu'un mois. En contrariant Jeremy, Daniel s'était attiré la rancœur éternelle de Clay.

Lors des années suivantes, leur relation était devenue de plus en plus acrimonieuse à mesure qu'ils luttaient pour occuper la plus haute place de la jeune génération. Ou plutôt, devrais-je dire, à mesure que Daniel se bagarrait pour cette place. Clay estimait tout simplement qu'elle lui revenait et étouffait les aspirations de Daniel avec le mépris paresseux de quelqu'un qui chasse un moustique. Quand ils avaient tous trois une vingtaine d'années, Jeremy était devenu Alpha. J'ai peut-être donné l'impression que son ascension s'était effectuée sans effusions de sang. Ce n'était pas le cas. Le gros de la Meute soutenait Jeremy à l'exception de quatre membres, parmi lesquels Daniel et son frère Stephen. La discorde n'avait fait qu'empirer lorsque Stephen avait tenté d'assassiner Jeremy. Clay l'avait tué. Daniel maintenait que son frère était innocent et que Clay l'avait assassiné pour étouffer toute opposition à l'accession de Jeremy à ce titre. Quand celui-ci avait été nommé Alpha, Daniel avait décidé qu'il n'y avait pas de place pour lui dans la nouvelle Meute.

Malheureusement pour tous, l'histoire ne s'était pas arrêtée là. Bien qu'ils ne soient plus frères de Meute, Daniel et Clay avaient eu depuis pas mal de prises de bec. Après mon arrivée, les choses avaient même empiré. Daniel avait décidé qu'il me voulait absolument, ne serait-ce que parce que j'« appartenais » à son rival. La première fois qu'il m'avait approchée, je l'avais même pris pour un type bien. Je le croyais lorsqu'il racontait avoir été maltraité et calomnié par Clay – à l'époque, je croyais bien volontiers tout ce qu'on me disait de négatif sur lui. Un jour où je me trouvais à San Diego avec Antonio venu livrer un avertissement à un autre cabot, j'avais faussé compagnie à Antonio pour aller saluer Daniel, sachant qu'il habitait là depuis quelques mois. Quand j'avais atteint son appartement, je l'avais surpris à tenter de cacher une femme dans le placard. Ce qui n'aurait pas été si grave si elle était encore vivante. Visiblement, elle l'avait été jusqu'au moment où j'avais sonné et où Daniel lui avait brisé la nuque avant d'essayer de la dissimuler pour que je ne le trouve pas avec quelqu'un. Après quoi j'avais davantage écouté les mises en garde de Clay contre Daniel.

La femme dans le placard n'était pas la première qu'il ait tuée. Quand il avait quitté la Meute, il avait renoncé à son enseignement et commencé à s'en prendre à des humains. Comme tous les cabots meurtriers à succès, et d'une grande longévité, Daniel avait appris l'astuce nécessaire pour tuer des humains, celle-là même qu'utilisent les loups confrontés à un gros troupeau : éliminer depuis les bords.

En se limitant aux marginaux – toxicos, ados fugueurs, prostituées, sans-abri –, on a de bonnes chances de s'en sortir. Pourquoi ? Parce que tout le monde s'en fout. Oh, bien sûr, la police, les hommes politiques et tous ceux qui sont censés faire respecter la loi affirment le contraire, mais ce n'est pas vrai. Quand des gens disparaissent, tout le monde s'en fout tant qu'on ne les retrouve pas. Je ne parle pas de dictatures du tiers-monde ni même de métropoles américaines tristement réputées pour leur taux de criminalité. À Vancouver, il avait fallu que plus d'une vingtaine de prostituées disparaissent dans le même quartier pour que les autorités commencent à soupçonner un problème. Croyez-moi, si ces femmes avaient été étudiantes à l'université de la Colombie-Britannique, les gens se seraient réveillés beaucoup plus vite. C'était là où Thomas LeBlanc avait commis une erreur, en choisissant ses proies parmi les filles et les femmes de familles des classes moyennes. S'il s'en était tenu aux fugueurs et aux prostituées, il serait toujours en train de faire des affaires à Chicago. Dans toutes mes disputes avec Jeremy sur l'injustice du système hiérarchique de la Meute, j'avais mis en avant, en comparaison, le modèle démocratique humain dans lequel tout le monde possédait censément une égale importance. Mais c'étaient des conneries, bien sûr. Même si la Meute obéissait à une hiérarchie stricte, elle ne laisserait jamais impuni le meurtre ne serait-ce que du dernier de ses membres, l'oméga.

Lorsqu'on fut rentrés, Jeremy me demanda de l'aider à panser ses blessures. Il supposait sans doute que je serais une infirmière plus douce et plus convenable que les hommes. Soit. Il ne connaissait peut-être pas grand-chose aux femmes, mais il en savait assez sur moi pour ne pas me confondre avec Betty Crocker [1], Martha Stewart [2] ou Florence Nightingale [3]. Il devait plus probablement se dire que, à choisir entre jouer les infirmières et les fossoyeuses, je préférerais enfiler une mignonne petite coiffe et une robe blanche. Ma dernière visite au bord d'une tombe était une expérience que je souhaitais répéter le plus tard possible. Au moins, si je m'occupais de Jeremy, je pourrais reléguer mes autres pensées à l'arrière-plan.

En temps ordinaire, c'était lui qui jouait les infirmières. Il était le médecin de la Meute. Non, ce n'était pas un rôle traditionnel transmis sur des générations de loups-garous. Il s'y était mis lorsque Clay, enfant, avait sauté de cinq étages dans la cage d'ascenseur d'un grand magasin et s'était fracturé le bras à plusieurs endroits. Ne voulant pas risquer la future mobilité de Clay à cause d'une attelle de fortune, il l'avait conduit chez un médecin. Il s'était montré prudent, invoquant des motifs religieux pour refuser les analyses de sang et autres examens de routine, mais le docteur y avait procédé malgré tout. Les résultats auraient pu être ignorés, car ils avaient peu à voir avec une fracture du bras, mais un technicien de laboratoire qui s'ennuyait, étant de service la nuit, avait remarqué une anomalie et appelé Jeremy à 2 heures du matin. Le sang de loup-garou est déglingué. Ne me demandez pas les détails, je connais à peine le cours de biologie de seconde. Tout ce que je sais, c'est que nous ne

1. Célèbre personnage créé aux États-Unis dans les années 1920 pour répondre à des questions culinaires, et qui donna son nom à une marque de produits alimentaires. (*NdT*)

2. Femme d'affaires et présentatrice d'une émission sur l'art de vivre et la décoration d'intérieur. (*NdT*)

3. Pionnière du métier d'infirmière, qui contribua notamment à la lutte contre les maladies infectieuses au XIXᴱ siècle. (*NdT*)

devons laisser personne prélever ni analyser notre sang. J'ignore ce que le technicien avait lu dans ces résultats, mais il s'était persuadé que Clay était atteint de quelque maladie extrêmement grave et avait ordonné à Jeremy de le conduire immédiatement à l'hôpital. En conséquence de toute cette histoire, le technicien et le dossier de Clay avaient disparu lorsque l'équipe de jour était arrivée. Après quoi Jeremy avait acheté et lu toute une bibliothèque de livres médicaux. Quelques années plus tôt, j'avais commis l'erreur de lui donner un exemplaire du guide des premiers secours de la St. John's Ambulance[1]. Il l'avait tellement apprécié qu'il m'avait fait acheter des exemplaires pour nous tous à conserver dans notre boîte à gants, histoire de pouvoir gérer nous-mêmes une amputation en cas d'urgence. Traitez-moi de petite nature, mais, si jamais je perds un membre et qu'il n'y a personne dans les alentours, je suis foutue, même si le guide contient de formidables instructions (assorties d'illustrations très utiles) expliquant comment poser un garrot à l'aide d'un bâton et d'un sac-poubelle.

— La jambe d'abord ? demandai-je à Jeremy alors qu'il tirait sa boîte de fournitures médicales du placard de la salle de bains.

— Le bras. Je vais remettre l'os en place. Tu poses l'attelle.

Ça me paraissait jouable. Jeremy s'assit sur le siège des toilettes et je m'accroupis auprès de lui pour me mettre à l'œuvre. La fracture n'était pas ouverte, ce qui nous épargna de devoir recourir à ces répugnantes manœuvres consistant à remettre l'os sous la peau. Elle se situait juste

1. Association humanitaire qui propose entre autres la formation de sauveteurs. (*NdT*)

au-dessous du poignet. Quand il eut réaligné l'os, je plaçai l'attelle matelassée sous son bras. Puis je déroulai le pansement. Suivant les instructions de Jeremy, je l'attachai d'abord sous son coude, puis au-dessus de son poignet. Ensuite, je façonnai une écharpe afin de garder son bras surélevé. Ça prit un moment mais c'était assez facile… comparé à ce qu'il me demanda ensuite.

— Tu vas devoir me suturer la jambe, dit-il.

— Suturer… ?

— Je ne peux pas le faire d'une seule main.

Il se leva et s'appuya contre la coiffeuse, dégrafa son jean de sa main valide, puis se débattit pour le retirer.

— Je veux bien que tu m'aides pour ça aussi, si ce n'est pas trop te demander.

— Pas de problème, répondis-je. Déshabiller les hommes, je sais faire. Mais les recoudre, c'est une autre histoire. La plaie n'est peut-être pas si profonde.

Je déroulai les lambeaux de la chemise d'Antonio, trempés de sang, qui entouraient la cuisse de Jeremy. Le muscle et la peau s'écartèrent comme la mer Rouge, métaphore encore plus adaptée pour décrire le flot qui en jaillit. Voir Jeremy sans ses sous-vêtements ne me posait aucun problème, mais j'aurais préféré que cette vision interne me soit épargnée.

— Va chercher un gant de toilette, dit-il en s'asseyant rapidement et en pressant une serviette contre la plaie.

Je mouillai le gant, nettoyai la plaie puis appliquai un antiseptique. Je ne travaillais pas aussi vite que j'aurais dû, si bien que le sang me coulait sur les doigts lorsque j'eus terminé.

— Prends l'adhésif en toile, dit Jeremy. Non, pas celui-là. L'autre… Voilà.

À l'aide d'adhésif et de quelques manœuvres compliquées, on parvint à arrêter le flux sanguin avant que Jeremy tourne de l'œil. Il prit dans la trousse quelque chose qui ressemblait étonnamment à une aiguille munie de fil et me le tendit.

— Pas la peine de reculer comme ça, Elena. Ça ne va pas te mordre. Prends cette aiguille et mets-toi au travail. N'y réfléchis pas trop. Essaie simplement de faire une ligne à peu près droite.

— Facile à dire, mais tu n'as jamais vu mes travaux de couture.

— Non, mais j'ai eu le privilège de tester tes coupes de cheveux. Comme je le disais, *essaie* de faire une ligne droite.

— Je t'ai toujours coupé les cheveux droit.

— Si je penche la tête selon un certain angle, ils sont coupés parfaitement droit.

— Fais gaffe. J'ai une aiguille.

— Alors peut-être que, si je t'énerve assez, tu vas vraiment me piquer avec et te mettre au travail avant que je me vide de mon sang.

Je saisis l'allusion. Malgré ce que disait Jeremy, ce n'était pas tout à fait comme coudre du tissu, et je ne pouvais pas m'en donner l'illusion. Le tissu ne saigne pas. Je me concentrai pour faire de mon mieux, sachant qu'on me chambrerait sinon jusqu'à la fin de mes jours à propos de la cicatrice tordue de Jeremy. J'avais presque fini quand j'éprouvai une bouffée de colère à l'idée qu'un cabot ait osé lui faire ça, ce qui me rappela comment ça s'était produit, et par association la mort de Peter. D'abord Logan. Maintenant Peter. De toute la Meute, c'étaient ceux qui le méritaient le moins. Jeremy ne les envoyait jamais chasser ni tuer des cabots, pas même donner des avertissements. Leur mort n'était pas une revanche. Elle n'avait pas pour but de supprimer les combattants les plus forts de la Meute. On avait tué Logan et Peter pour attirer de force notre attention. Rien de plus. Ma main se crispa. Le vieux serpent de la rage recommençait à se mouvoir en moi. Je m'interrompis, inspirai puis repris, mais je ne pouvais plus empêcher mes doigts de trembler.

— Alors nous voilà face à trois cabots expérimentés, dit Jeremy, lisant dans mes pensées.

Je ravalai la boule qui se formait dans ma gorge et acceptai de me laisser distraire.

— Plus au minimum un nouveau.

— Je n'ai pas oublié, même si ce sont les anciens qui m'inquiètent. C'est vrai qu'ils sont forts, mon bras et ma jambe le prouvent, mais ils ne jouent pas dans la même catégorie que Daniel.

Je coupai le fil.

— C'est parce que tu connais Daniel. Et même si tu connais moins bien Marsten et Cain, tu sais à quoi t'attendre de leur part, car ils te ressemblent. Ils pensent comme toi, réagissent comme toi, tuent comme toi. Pas ces nouveaux. Les loups-garous n'étranglent pas les gens. C'est comme ça que LeBlanc a tué Logan, et il y a réussi parce que c'était la dernière chose au monde à laquelle Logan s'attendait. Puis il t'a attaqué avec un couteau. Tu t'y attendais autant qu'un samouraï à un coup de pied dans les parties. C'est pour ça que LeBlanc est toujours en vie. Il t'a déstabilisé. Si…

— On a creusé la tombe, dit Antonio en entrant dans la salle de bains. Désolé. Je vous ai interrompus ?

— Rien qu'on ne puisse finir plus tard, répondit Jeremy en se levant et en testant les sutures.

Comme elles ne cédaient pas et qu'il n'en coulait pas de sang, il hocha la tête.

— Parfait. Je m'habille et on sort.

Conviction

J'accompagnai Jeremy sur le lieu de sépulture de Peter. Je n'en avais pas particulièrement envie, car il ne s'était pas écoulé trente-six heures depuis la dernière fois où j'avais craqué au bord d'une tombe. Et Jeremy n'avait pas besoin de mon aide pour s'assurer que la tombe était bien cachée. Il en avait cependant besoin d'une tout autre façon, même s'il ne l'aurait jamais avoué ni demandé. Avec sa jambe fraîchement recousue, il n'était pas en état de marcher sans un bras pour le soutenir. Je l'aidai donc à sortir dans la cour, mais un observateur aurait sans doute cru que c'était lui qui m'aidait. Ce n'était pas totalement involontaire. L'Alpha de la Meute ne devait pas montrer de faiblesses, même s'il se relevait à peine d'une bagarre qui avait failli lui coûter la vie. Aucun d'entre nous, toutefois, n'aurait jamais saisi l'occasion de défier Jeremy pour prendre sa place. Mais, parce que la Meute accordait à son Alpha une position d'autorité absolue, l'idée qu'il puisse ne pas être à la hauteur de la tâche, même temporairement, risquait de déstabiliser les autres.

Jeremy devait souffrir atrocement mais ne le montrait pas. Il accepta mon bras à l'aller et au retour, en n'y appuyant jamais plus que le poids minimal. Ce fut seulement sur le chemin du retour qu'il s'arrêta une seconde, sans doute pour reprendre son souffle, même s'il faisait mine d'inspecter une pierre en train de s'effriter dans le mur du jardin.

— Je crois qu'on ferait mieux de dormir un peu maintenant, dis-je en feignant de bâiller. J'en aurais bien besoin.

— Vas-y, répondit Jeremy. Tu as passé de sales moments ces derniers jours. J'ai l'intention de parler de ce qu'on a trouvé à Bear Valley avant notre embuscade, mais je pourrai tout te raconter demain.

— Tout le monde doit être épuisé. On peut se réunir demain matin, non ? Je n'ai pas envie de manquer quoi que ce soit.

— J'aimerais qu'on en parle ce soir. Si tu as envie d'être là, tu n'as qu'à te réserver le canapé et somnoler pendant la réunion.

D'accord, oublions la subtilité. C'était le moment de choisir une attaque frontale.

— *Toi*, tu as besoin de sommeil. Ta jambe doit te faire un mal de chien, sans parler de ton bras. Personne ne te reprochera de reporter la réunion à demain.

— Ça ira. Ne serre pas les dents comme ça, Elena, je ne sais pas jouer les dentistes. Si tu veux m'aider, va dire aux autres de se rassembler dans le bureau, s'ils ne s'y trouvent pas déjà.

— Si tu veux que je t'aide vraiment, je peux t'assommer pour que tu restes KO jusqu'à demain matin.

Il répondit d'un demi-sourire empreint d'ironie, indiquant que ma proposition était plus tentante qu'il n'osait l'avouer.

— Et si on optait pour un compromis ? Tu peux m'aider en rassemblant les autres et en me préparant un verre, double si possible.

Avant l'embuscade, les informations rassemblées par Jeremy avaient confirmé ce que Clay et moi savions déjà, la présence de trois cabots à Bear Valley. Il avait également appris quelques détails supplémentaires. Marsten était arrivé le premier, avant Cain et LeBlanc. Il s'était installé au Big Bear trois jours plus tôt, ce qui signifiait qu'il était en ville avant la mort de Brandon. Encouragé par la vue de quelques billets de vingt dollars, le réceptionniste s'était rappelé un jeune homme correspondant à la description de Brandon, venu plusieurs fois rendre visite à Marsten à l'hôtel. Si nous doutions encore de l'implication de Brandon, on venait de nous la confirmer. Je me demandai si Marsten se trouvait à la rave cette nuit-là, savourant un whisky soda tout en nous observant, Brandon et moi, masquant son odeur et sa silhouette dans un coin sombre et enfumé. Oui, j'en étais persuadée. Il avait vu Brandon commencer à muter, avait compris ce qui allait se passer et s'était esquivé avant que les choses dégénèrent, abandonnant son protégé à son sort. Les cabots étaient peut-être capables de nouer des relations entre eux, mais elles ne duraient que tant qu'elles servaient les intérêts des deux parties. Dès que Marsten avait vu Brandon sur le point de s'attirer des ennuis, il n'avait pensé qu'à s'échapper avant de s'y retrouver impliqué.

Cain et LeBlanc s'étaient installés au Big Bear la nuit de la mort de Brandon. Soit ils avaient suivi Logan depuis Los Angeles, soit ils l'avaient attendu à l'aéroport. Il était quasiment impossible de l'attaquer à Bear Valley. Pendant que nous pourchassions Brandon, Logan était déjà mort et se trouvait sans doute à l'arrière d'une voiture louée qui roulait vers Bear Valley. Quelque part en chemin, ils avaient dû apprendre de Marsten que Clay et moi étions en ville et avaient pensé nous faire une mauvaise farce en installant le cadavre de Logan près de notre voiture. L'idée venait sans doute de LeBlanc. Cain n'avait pas assez de cervelle pour y penser et Marsten considérerait ce type d'humour grossier comme indigne de lui.

Il n'était pas tout à fait 7 heures du matin quand la sonnette de la porte d'entrée retentit. On leva tous les yeux, surpris par ce bruit. La sonnette servait rarement à Stonehaven, car la maison était trop isolée pour les représentants et Témoins de Jéhovah. Les colis étaient livrés à une boîte postale de Bear Valley. Même les membres de la Meute n'utilisaient pas la sonnette, excepté Peter. Je crois que cette réflexion nous traversa tous quand on l'entendit. Personne ne bougea avant la deuxième sonnerie, après laquelle Jeremy se leva et quitta la pièce. Je le suivis. Depuis la fenêtre de la salle à manger, on voyait un véhicule de patrouille garé dans l'allée.

— On n'a vraiment pas besoin de ça, dis-je. Mais alors vraiment pas.

Jeremy ôta d'un coup d'épaule l'écharpe qui retenait son bras, l'accrocha au portemanteau, puis saisit le sweat-shirt de Clay sur une patère. Je l'aidai à l'enfiler. Ce vêtement ample cachait son attelle, et son pantalon masquait les bandages enveloppant sa jambe. Ses vêtements étaient propres et repassés, car il s'était changé quelques heures plus tôt. Contrairement au reste d'entre nous. Un coup d'œil au miroir de l'entrée m'apprit que j'avais une mine affreuse, avec mes vêtements couverts de boue et de sang, mon visage barbouillé, mes cheveux emmêlés d'avoir été étendue sur le canapé.

— Monte dire aux autres de s'habiller, me demanda Jeremy. Dis à Clay, à Nick et à Antonio de rester là-haut. Vous pouvez me rejoindre derrière la maison.

— Ils vont trouver ça suspect si tu leur fais faire le tour de la maison une fois de plus.

— Je sais.

— Invite-les à prendre le café. Il n'y a rien ici qu'ils ne doivent pas voir.

— Alors on se retrouve dans le bureau ?

Jeremy hésita. Savoir qu'il devait inviter la police à entrer était une chose, passer à l'acte en était une autre. Les seuls humains qui venaient à Stonehaven étaient des réparateurs, et seulement en cas de nécessité. Il n'y avait rien dans la maison qui risquait de susciter les soupçons des gens, ni morceaux de cadavres dans le congélateur, ni pentagrammes taillés dans le bois. La chose la plus effrayante, à Stonehaven, était ma chambre, et je n'avais aucune intention d'y inviter des flics, même s'ils étaient très mignons en uniforme.

— Le salon, dit-il au troisième coup de sonnette. On sera au salon.

— Je vais préparer le café, annonçai-je, puis je m'esquivai avant qu'il change d'avis.

Quand je revins dans le salon, deux policiers s'y trouvaient avec Jeremy. Le plus âgé était le commissaire, un type baraqué à la calvitie naissante du nom de Morgan. Je l'avais vu en ville, même s'il n'accompagnait pas le groupe venu nous rendre visite la veille. L'arrivée de Morgan indiquait manifestement une montée de la tension, même si, dans un bled comme Bear Valley, voir débarquer le commissaire chez vous suscitait davantage l'inquiétude que la panique. L'autre policier était jeune et terne, le genre de type qu'on pouvait croiser vingt fois avant de se le rappeler. D'après son insigne, il s'appelait

O'Neil. Ni son visage, ni son nom ne m'évoquaient de souvenirs de la veille, mais il avait dû être présent. Son expression indiquait qu'il se souvenait de moi, même s'il semblait déçu de me voir habillée. Au moins, j'apportais le café.

Jeremy et Morgan discutaient d'un contentieux concernant une terre du coin appartenant aux Indiens. Jeremy s'enfonça dans son siège, pieds sur l'ottomane, le bras cassé reposant sur sa jambe avec tant de décontraction que personne n'aurait deviné sa blessure. Son visage était détendu, ses yeux alertes et intéressés, comme si ce policier venait chez lui chaque jour et que le contentieux dont ils parlaient l'inquiétait grandement, et il collait aux opinions du commissaire avec l'aisance d'un manipulateur chevronné. Le policier le plus jeune, O'Neil, lorgnait la pièce sans vergogne, yeux écarquillés, absorbant tous les détails afin de pouvoir les répéter plus tard à des amis curieux.

La conversation s'interrompit à mon entrée. Je posai le plateau sur une table basse et entrepris de servir le café comme une parfaite maîtresse de maison.

— Oh, je ne bois pas de thé, dit Morgan avec un coup d'œil à la cafetière argentée, comme si elle risquait de le mordre.

— C'est du café, répondit Jeremy avec un sourire modeste. Veuillez nous pardonner. Comme nous ne recevons pas beaucoup d'invités, Elena doit se servir de la théière.

O'Neil se pencha pour prendre la tasse que je lui tendais.

— Elena. Joli prénom.

— C'est russe, non ? demanda Morgan en plissant les yeux.

— Possible, répondis-je avec un sourire radieux. Lait, sucre ?

— Trois sucres. Je n'ai pas vu votre mari. Il dort encore ?

Je renversai du café brûlant sur ma main et ravalai un cri. Alors les mensonges matrimoniaux de Clay avaient remonté la chaîne des rumeurs jusqu'au commissaire. Génial. Formidable. Mais le bon sens me dictait de jouer le jeu. Après tout, Bear Valley n'était pas le genre d'endroit où l'on tolérait qu'une femme s'ébatte toute nue dans les bois avec un autre homme que son mari. En fait, on n'y tolérait sans doute pas les ébats à poil en plein air, quels qu'ils soient, mais la question n'était pas là. Le problème était que nos tentatives pour « apaiser les gens du coin » allaient trop loin. Les laisser entrer chez nous était une chose, les laisser reluquer les lieux et nous croire incapables de différencier une cafetière d'une théière aussi, mais confirmer officiellement la rumeur selon laquelle j'étais mariée à Clay ? Me voir cataloguée à jamais à Bear Valley comme son épouse ? Et puis quoi encore ? Une femme doit savoir poser ses limites.

— Oui, il dort, dit Jeremy avant que je puisse parler. Elena se lève toujours tôt pour lui préparer son petit déjeuner.

Je lui lançai un regard noir indiquant qu'il me le paierait. Il feignit de ne pas le remarquer, mais je lisais dans ses yeux un éclat hilare. Je laissai tomber cinq sucres dans son café. Il serait obligé de l'avaler. Après tout, il ferait preuve d'impolitesse s'il ne buvait pas en même temps que ses visiteurs.

— Comme je vous le disais, reprit Morgan, veuillez m'excuser de vous rendre visite si tôt le matin, mais je pensais que vous apprécieriez d'être au courant. Mike

Braxton n'a pas été tué sur votre propriété. Le médecin légiste en est sûr à cent pour cent. C'est quelqu'un d'autre qui l'a tué puis abandonné sur vos terres.

— Quelqu'un ? demanda Jeremy. Vous voulez dire une personne, pas un animal ?

— Eh bien, à mes yeux, ça reste un animal, mais de la variété humaine. Toute cette histoire nous embrouille pas mal. Les deux autres avaient été, sans aucun doute, tués par des bêtes, mais d'après le coroner, on a ouvert la gorge de Mike avec un couteau, pas avec les dents.

— Et les empreintes de pattes ?

Ça me coûtait de demander ça, mais il nous fallait savoir ce qu'en pensait la police.

— Nous supposons qu'elles sont fausses. La personne qui a abandonné le corps les a imprimées dans le sol pour faire attribuer le meurtre à un chien sauvage. Mais il a commis une erreur. Elles étaient trop grosses. C'est ce qui nous a mis sur la voie. Il n'existe pas de chiens aussi gros. Enfin, mon fils affirme qu'il y a une race, les mastiffs ou un truc comme ça, qui peut laisser ce genre d'empreintes, mais il n'y en a pas dans le coin. Ni nos chiens de meute ni nos chiens de berger ne deviennent aussi gros, quelle que soit leur alimentation. Vous vous rappelez que j'ai dit hier que Mike avait laissé un message à un ami disant qu'il venait ici. Il s'avère qu'il l'a en fait laissé à la femme de cet ami, qui dit maintenant que Mike avait « une drôle de voix », qu'il n'était pas dans son état normal, mais elle s'est dit que la ligne était peut-être mauvaise. On peut supposer que ce n'est pas du tout Mike qui a laissé ce message. Son meurtrier a dû s'en charger pour s'assurer qu'on débarque ici et qu'on y trouve le corps. Assemblez tout ça et ça me donne la certitude que cet enfoiré – pardon, m'dame – que notre tueur est humain.

—Alors il n'y a pas de chiens sauvages dans notre forêt, dit Jeremy. C'est un soulagement, même si je ne peux pas dire que savoir un tueur humain en liberté me plaise beaucoup plus. Vous avez des pistes ?

—On y travaille. C'est sans doute quelqu'un que Mike connaissait. C'était un type génial, mais… (Morgan s'interrompit comme s'il hésitait à dire du mal des morts.) On a tous nos problèmes, non ? Nos ennemis, tout ça. (Nouvelle pause pour boire lentement une gorgée de café.) Et vous, alors ? Vous avez une idée des raisons pour lesquelles on pourrait vouloir abandonner le corps de Mike sur votre terrain ?

—Non, répondit Jeremy d'une voix impassible mais ferme. Je me posais la question.

—Vous n'avez pas d'ennemis en ville ? Vous ne vous êtes brouillés avec personne ?

Jeremy répondit d'un petit sourire.

—Comme vous devez le savoir, nous ne sommes pas les gens les plus sociables des environs de Granton. Nous n'avons pas assez de contacts avec nos voisins pour risquer de nous brouiller avec eux. Soit le tueur pensait qu'il détournerait l'attention de lui-même en faisant porter le chapeau à des « étrangers », soit il n'avait aucune intention de nous impliquer et pensait simplement que ce serait un bon endroit où abandonner le cadavre.

—Vous êtes sûr de n'avoir contrarié personne ? demanda Morgan en se penchant en avant. Peut-être quelqu'un qui estime que vous lui devez de l'argent ? Un mari jaloux… (Morgan me lança un coup d'œil)… ou une femme jalouse ?

—Non, et non. Nous ne jouons pas et n'empruntons jamais. Quant à l'autre hypothèse, personne ne m'a jamais vu rôder dans les bars pour célibataires du coin, et Elena et Clayton n'ont ni l'envie, ni l'énergie de chercher des aventures extraconjugales. Bear Valley est une petite ville. S'il y avait des rumeurs nous concernant, vous me poseriez des questions plus précises.

Morgan ne répondit pas. Il se contenta de fixer Jeremy pendant deux minutes pleines. Cette tactique fonctionnait peut-être sur les ados de seize ans soupçonnés de vandalisme, mais avait peu de chances de faire céder un Alpha de cinquante et un ans. Jeremy se contenta de soutenir son regard, l'expression calme et attentive.

Au bout de quelques minutes, Jeremy déclara :

— Je suis désolé que vous ayez dû vous déplacer deux jours de suite, mais j'apprécie que vous soyez venus nous en parler ce matin.

Jeremy reposa sa tasse et se déplaça vers le bord de son siège. Comme Morgan et O'Neil ne saisissaient pas l'allusion, il se leva et déclara :

— Si c'est tout ce que…

— Nous allons devoir fouiller la propriété un peu plus minutieusement, répondit enfin Morgan.

— Je vous en prie.

— Et interroger vos invités. Je leur conseillerais de ne pas écourter leur séjour.

— Ils n'en feront rien.

Morgan le gratifia d'un autre regard fixe qui se prolongea une bonne minute. Comme Jeremy ne cillait même pas, il se redressa.

— Un tueur a abandonné ce cadavre sur vos terres, dit-il. Si j'étais vous, je ferais mon possible pour essayer de comprendre qui, et je nous appellerais si vous trouviez des réponses.

— Je n'hésiterai pas, répondit Jeremy. J'espère que celui qui a laissé le corps de M. Braxton ici n'a aucun grief envers nous, mais si c'était le cas, je n'aurais aucune envie de l'ignorer et d'attendre qu'il repasse à l'acte. Personne ici n'a envie de se colleter avec un tueur. Nous préférons nettement que la police s'en charge.

Avec un grognement, Morgan vida le fond de sa tasse.

— Autre chose ? demanda Jeremy.

— Je vous déconseille de vous balader dans ces bois pendant un moment.

— Nous avons déjà cessé de le faire, dit Jeremy. Mais merci de votre avertissement. Elena, tu veux bien raccompagner nos visiteurs à la porte ?

Je m'exécutai. Aucun des flics ne m'adressa la parole, à part un vague grommellement d'adieu de la part de Morgan. En tant que femme, je ne méritais visiblement pas qu'on m'interroge.

Après le départ de la police, on s'aperçut que Clay, Nick et Antonio étaient partis. S'il ne s'était agi que de Clay, ou même de Clay et de Nick, on s'en serait inquiétés. Comme Antonio les accompagnait, on en déduisit donc qu'ils ne prévoyaient pas de vengeance impromptue contre Bear Valley.

La police était partie depuis dix minutes à peine quand la Mercedes apparut dans l'allée. Nick bondit du côté passager. Je ne remarquai pas qui conduisait, car toute mon attention était focalisée sur le grand sac en papier que tenait Nick. Le petit déjeuner. Plus vraiment chaud et fumant, compte tenu du trajet parcouru depuis le resto de l'autoroute, mais j'avais trop faim pour m'en soucier.

Un quart d'heure plus tard, le sac était vide, son contenu réduit à des fantômes de miettes et de traces de graisse sur des assiettes éparpillées sur la table du grand salon. Après le repas, Jeremy répéta les propos de la police.

Je m'attendais constamment à ce que Clay dise quelque chose, proclame que ça prouvait son innocence et attende que je m'excuse. Il n'en fit rien. Il écouta Jeremy, puis aida Antonio à nettoyer la table de la cuisine tandis que je m'échappais en direction du bureau, prétextant d'aller lire le journal qu'ils avaient rapporté de la ville.

Il fallut exactement trois minutes à Clay pour partir à ma poursuite. Il entra dans le bureau, ferma la porte derrière lui puis resta planté là deux minutes de plus, à me regarder lire. N'y tenant plus, je repliai bruyamment le journal et le jetai de côté.

— D'accord, ce n'est pas toi qui l'as tué, dis-je. Pour une fois, tu étais innocent. Mais si tu t'attends à ce que je m'excuse de t'en avoir cru capable…

— Pas du tout.

Je le regardai, surprise. Clay poursuivit :

— Je ne m'attends pas à ce que tu t'excuses de m'en avoir cru capable. Évidemment que j'en suis capable. Si le type nous avait vus courir ou muter ou s'il nous avait menacés, je l'aurais tué. Mais je te l'aurais dit. C'est ça qui me fout en rogne. Que tu me croies capable de trafiquer derrière ton dos, de te cacher les preuves et de te mentir.

— Non, j'imagine que ça ne te viendrait pas à l'esprit que je n'aie *pas* envie de savoir que tu l'as fait. L'idée de m'épargner ne te traverserait pas la tête.

— De t'épargner ? répéta-t-il avec un rire âpre. Tu sais ce que je suis, Elena. Si je faisais semblant d'être autre chose, tu m'accuserais d'essayer de te tromper. Je ne veux pas que tu reviennes vers moi parce que tu crois que j'ai changé. Je veux que tu reviennes parce que tu acceptes ce que je suis. Si je pouvais changer, tu ne crois pas que je l'aurais déjà fait pour toi ? Je veux que tu reviennes. Pas pour une nuit, quelques semaines ni même quelques mois.

Je veux que tu reviennes pour de bon. Je suis malheureux quand tu n'es pas là...

— Tu es malheureux parce que tu n'as pas ce que tu veux. Pas parce que tu me veux, *moi*.

— Fait chier ! s'écria-t-il en brandissant le poing, renversant un porte-plume de cuivre sur le bureau. Tu refuses de m'écouter ! De m'écouter et de me voir. Tu sais que je t'aime, que j'ai *besoin* de toi. Et merde, Elena, si je voulais juste une partenaire, n'importe laquelle, tu crois que j'aurais passé dix ans à essayer de te récupérer ? Pourquoi je n'ai pas abandonné et trouvé quelqu'un d'autre ?

— Parce que tu es têtu.

— Oh non. Ce n'est pas moi qui suis têtu. C'est toi qui refuses de passer sur ce que j'ai fait, quoi que je puisse...

— Je n'ai pas envie d'en parler.

— Évidemment. Grands dieux, il ne faudrait surtout pas que la vérité vienne compliquer tes convictions.

Clay se détourna, sortit à grands pas de la pièce et claqua la porte derrière lui.

Après son départ, je décidai de rester dans le bureau – ou de m'y cacher, question d'interprétation. Je parcourus le contenu de la bibliothèque. Il n'avait pas changé au cours de l'année écoulée. Au cours de la dernière décennie, même. Une collection hétéroclite de littérature et d'ouvrages de référence remplissait les étagères. Seuls quelques-uns de ces derniers appartenaient à Clay. Il achetait tous les livres et revues se rapportant à sa carrière, puis les jetait à la poubelle dès qu'il en avait fini le dernier mot. Il n'avait pas une mémoire photographique, simplement la singulière capacité d'absorber tout ce qu'il lisait, si bien qu'il lui était inutile de conserver des écrits. Presque tous les livres appartenaient à Jeremy. Plus de la moitié d'entre eux n'étaient même pas en anglais, renvoyant à sa précédente carrière de traducteur.

Jeremy n'avait pas toujours été en mesure de gâter sa famille adoptive à grands coups de voitures de sport et de lits antiques. Quand Clay était arrivé à Stonehaven, Jeremy luttait pour payer les factures, situation qu'il devait entièrement au caractère dépensier de son père et à son refus de se salir les mains avec toute activité susceptible de rapporter de l'argent. Entre vingt et trente ans, Jeremy avait travaillé comme traducteur, métier idéal pour quelqu'un d'aussi enclin à la solitude et doué pour les langues. Par la suite, la situation financière de Stonehaven avait connu une spectaculaire amélioration, grâce à deux événements simultanés : le décès de Malcolm Danvers et le lancement de la carrière de peintre de Jeremy. Ces jours-ci, il écoulait très peu de tableaux, mais ses ventes lui rapportaient assez d'argent pour entretenir Stonehaven plusieurs années.

Tandis que je cherchais quelque chose à lire, Jeremy passa me rappeler de contacter Philip. Je n'avais pas oublié. J'avais pensé le faire avant le dîner et n'appréciai pas qu'il me le rappelle, comme s'il pensait que c'était nécessaire. J'ignorais ce que Jeremy savait de Philip et ne tenais pas à le savoir. Je préférais me dire qu'à mon départ de Stonehaven, je m'étais échappée vers un endroit dont la Meute ne savait rien. D'accord, je me fourrais le doigt dans l'œil, mais l'illusion était agréable. Je soupçonnais Jeremy de s'être renseigné sur Philip, mais je ne prenais pas la peine de m'en assurer. Si je le faisais, il affirmerait simplement qu'il me protégeait pour m'empêcher de tomber aux mains d'un type qui avait trois femmes ou était connu pour tabasser ses copines. Bien entendu,

Jeremy ne ferait jamais rien dans le seul dessein de se mêler de mes affaires. Jamais de la vie.

Malgré tout ce qu'il pouvait savoir de Philip, il ignorait mes sentiments pour lui. Là encore, je n'avais aucune intention de lui en apprendre plus. Je savais ce qu'il répondrait. Il s'enfoncerait dans son siège, me dévisagerait une minute, puis se mettrait à parler de ma situation difficile, entre ma relation avec Clay et le fait d'être la seule femme loup-garou, il dirait qu'il ne me reprochait pas d'être perdue et de vouloir explorer les choix qui s'offraient à moi. Sans jamais l'affirmer ouvertement, il me laisserait sous-entendre qu'il était persuadé, s'il me laissait assez de latitude pour commettre mes propres erreurs, que je finirais par comprendre que ma place était auprès de la Meute. Pendant toute cette conversation, il resterait parfaitement calme et compréhensif, n'élèverait jamais la voix, ne s'offusquerait de rien de ce que je dirais. Il me semblait parfois préférer les colères de Clay.

La vérité était que je tenais bien plus à Philip que Jeremy ne l'imaginait. Je voulais le retrouver. Je ne l'avais pas oublié. J'avais compté l'appeler… plus tard.

Le moment semblait parfaitement choisi pour que Jeremy nous informe de ses projets. Les autres ne parurent pas remarquer qu'il n'en faisait rien. Ils s'en moquaient plus probablement. Les loups-garous élevés au sein de la Meute grandissent avec certaines attentes. Parmi elles, celle que leur Alpha s'occupe d'eux. Questionner Jeremy sur ses projets laisserait sous-entendre qu'il puisse ne pas en avoir. Même Clay, malgré son impatience de passer à l'action, le laisserait largement mettre au point ses projets avant d'y faire allusion. Cette confiance me rendait dingue. Ce n'était pas que je croie que Jeremy n'avait pas de projets. Je savais que si. Mais je voulais être dans le secret. Je voulais l'aider. Quand je conçus enfin une manière subtile de l'interroger, je le trouvai dehors avec deux revolvers. Non, il ne partait pas à la poursuite des cabots armé comme Billy le Kid. Pas plus qu'il n'envisageait d'abréger rapidement ses souffrances. Il s'entraînait à tirer à la cible, ce qu'il faisait souvent quand il était plongé dans ses pensées –pas franchement la méthode la moins dangereuse pour se concentrer, mais qui étais-je pour en juger ? Les revolvers étaient une superbe paire d'époque que lui avait donnée Antonio des années plus tôt. Il lui avait offert en même temps une balle d'argent où étaient gravées les initiales de Malcolm Danvers, suggestion à moitié ironique que Jeremy, bien entendu, ne releva jamais. Plus sérieusement, Antonio destinait ces armes à leur usage actuel : le tir à la cible. À cette époque, Jeremy maîtrisait l'arbalète depuis longtemps et cherchait de nouveaux défis. Ne me demandez pas pourquoi il avait choisi le tir comme hobby. Il ne se servait jamais de ses arcs ni de ses flingues en d'autres circonstances. Autant me demander pourquoi il peignait. Ce n'était pas non plus ce qu'on qualifierait de hobby typique d'un loup-garou. Là encore, personne n'avait jamais accusé Jeremy d'être un loup-garou typique. Enfin bref, quand je sortis et le vis en train de tirer, je décidai que le moment était mal choisi pour l'ennuyer au sujet de ses projets. Règle vingt-deux de la survie en milieu urbain : ne jamais déranger un homme armé.

Quand je quittai Jeremy, je me rendis à l'étage pour un somme. Je m'éveillai quelques heures plus tard et descendis déjeuner. La maison était silencieuse, toutes les portes de l'étage fermées comme si les autres rattrapaient eux aussi du sommeil en retard. Alors que je me dirigeais vers la cuisine, Clay sortit du bureau. Ses yeux étaient injectés de sang et soulignés de cernes. Malgré son épuisement, il refusait de dormir. Pas maintenant, alors que deux frères de Meute étaient morts, son Alpha blessé, et aucun d'entre eux vengé. Une fois que Jeremy aurait dévoilé ses plans, Clay pourrait se reposer, ne serait-ce que pour se préparer.

Il s'avança devant moi. Quand je tentai de l'esquiver, il écarta les bras et posa les mains sur chaque mur du couloir.

— On fait la paix ? demanda-t-il.

— Lâche-moi.

— J'adore ces réponses engagées. Je vais prendre ça comme un oui. Pas qu'on en ait terminé avec notre petite discussion, mais je laisse courir pour l'instant. Tu n'auras qu'à me dire quand tu voudras reprendre.

— Tu n'auras qu'à me dire quand Satan commencera une bataille de boules de neige.

— Je n'y manquerai pas. Tu veux déjeuner ?

Comme je hochais enfin la tête, il recula et me fit signe de rejoindre la cuisine. Je le sentais bouillonner mais il affichait une expression joyeuse, si bien que je décidai de l'ignorer. Lors d'une crise, nous étions tous deux capables de faire preuve d'assez de maturité pour comprendre quand nous ne pouvions pas nous permettre de menacer la stabilité de la Meute par nos conflits. Ou, du moins, nous pouvions le feindre provisoirement.

On prépara un repas froid à la cuisine, remplissant des assiettes de viande, de pain et de fruits, sachant que les autres auraient faim à leur réveil. Puis je m'assis dans le grand salon et me servis. Clay m'imita. Aucun de nous ne parla en mangeant. Même si ça n'avait rien d'inhabituel, le silence avait quelque chose de funeste qui me poussait à manger un peu plus vite, impatiente d'en finir et de quitter cette pièce. Quand je jetai un coup d'œil à Clay, je vis qu'il engouffrait sa nourriture tout aussi vite et avec aussi peu de plaisir. Nous en étions à la moitié de notre repas quand Jeremy et Antonio nous rejoignirent.

— On va manquer de provisions, leur dis-je. Je sais bien que c'est le cadet de vos soucis en ce moment, mais ce ne sera pas le cas quand on se retrouvera à court. J'irai en ville faire quelques courses.

— Je vais passer commande, répondit Jeremy. En supposant que cette sale histoire avec la police n'ait rien changé à notre arrangement. Tu ferais mieux de prendre du liquide, des fois que mes chèques ne soient plus les bienvenus ces jours-ci. Bien sûr, il va falloir que quelqu'un t'accompagne. Personne ne quitte la maison seul ou n'y reste seul à partir de maintenant.

— J'y vais, dit Clay par-dessus une bouchée de melon. J'ai un colis en attente à la poste.

— C'est ça, répondis-je.

— Mais si, répondit Jeremy. Le facteur a laissé un avis de passage l'autre jour.

— Des livres que j'ai commandés en Grande-Bretagne, précisa Clay.

— Et dont tu as besoin dans l'immédiat, dis-je. Pour te distraire un peu entre une mutilation et une mise à mort.

— Il vaut mieux éviter qu'ils restent trop longtemps à la poste, répondit Clay. Quelqu'un pourrait se méfier.

— De bouquins d'anthropologie ?

Antonio se pencha par-dessus la table et s'empara d'une poignée de raisin.

— J'ai des trucs à faxer. Je vous accompagne, comme ça je pourrai m'interposer entre vous.

Je repoussai ma chaise.

— Bon, alors ma présence n'est plus nécessaire, hein ? Je suis sûre que vous vous débrouillerez très bien pour les courses.

— Mais c'est toi qui voulais y aller, protesta Clay.

— J'ai changé d'avis.

— Allez-y, dit Jeremy. Tous les trois. Ça vous changera les idées.

Antonio sourit.

— Et Jeremy ne serait pas contre quelques heures de calme.

Quand je levai les yeux, il me sembla voir Jeremy rouler les yeux, mais si brièvement que je n'en suis pas sûre. Antonio éclata de rire et se remit à manger. Alors que je m'apprêtais à reprendre la dispute, Antonio raconta une anecdote sur un cabot qu'il avait rencontré à San Francisco la dernière fois qu'il y était allé pour affaires. Le temps qu'il finisse, j'avais oublié ce que je voulais dire, ce qui était sans doute le but recherché.

Une heure après, lorsque Antonio et Clay m'invitèrent à rejoindre la voiture, je me rappelai que je n'avais pas envie d'y aller, et que je cherchais un moyen d'y couper quand Antonio m'avait interrompue. Il était trop tard à présent. Jeremy était introuvable, Antonio attendait dans la Mercedes et Nick pillait les restes de nourriture dans la cuisine pour son déjeuner. Il fallait bien que quelqu'un fasse les courses, et si je n'y allais pas, je maudirais mon entêtement à l'heure du dîner. Je me ravisai donc.

La banque se trouvait juste en face de la poste. Comme Antonio avait réussi à se garer devant, je les avais convaincus que je ne courais aucun risque en y allant seule pendant que Clay se rendrait à la poste. Depuis sa place de parking, Antonio pourrait nous garder à l'œil à tout moment. Et ça me permettait d'écourter de quelques minutes le temps que j'allais devoir passer avec Clay.

Le compte en banque de Jeremy était également à mon nom et à celui de Clay, ce qui nous permettait de retirer de l'argent pour les besoins de la maisonnée. J'avais possédé une carte pour ce compte, mais je m'en étais débarrassée l'année précédente en quittant Stonehaven. Je le regrettais à présent. Bear Valley était le genre d'endroit où les gens allaient encore au guichet. Alors que je faisais la queue depuis un quart d'heure, écoutant un vieux monsieur parler de ses petits-enfants à l'employé, je couvais d'un œil nostalgique le distributeur délaissé, flambant neuf. Quand le type se mit à sortir des photos, je me demandai combien de temps il me faudrait pour obtenir une nouvelle carte bancaire. J'abandonnai cette idée avec un soupir. Ça nécessiterait sans doute de remplir deux formulaires en trois exemplaires et d'attendre que le directeur d'agence rentre de sa pause-café d'une heure. Et, dans la mesure où j'allais quitter Stonehaven d'ici quelques jours, je n'en aurais plus jamais besoin.

J'atteignis enfin le guichet et dus montrer trois pièces d'identité avec photo avant qu'on me laisse retirer deux cents dollars du compte. Je fourrai l'argent dans ma poche, me dirigeai vers la porte et vis une camionnette marron occupant la place de parking devant la banque. Je crus m'être trompée d'emplacement et regardai autour de moi. La place située derrière la camionnette était vide. Celle de devant était occupée par une Buick. Je balayai la rue du regard. Aucune trace de la Mercedes.

Prisonnier

Comme il y avait autant de Mercedes que de Porsche à Bear Valley, je n'eus pas à balayer la rue très longtemps pour savoir que celle d'Antonio ne s'y trouvait pas non plus. Je ne voyais que deux raisons expliquant que Clay et lui m'aient abandonnée. Premièrement, une contractuelle faisait sa tournée et aucun des deux n'avait de monnaie pour l'horodateur. Deuxièmement, ils ne m'avaient pas vue à la banque et, comme j'étais restée longtemps, ils croyaient que j'avais filé. Il y avait une troisième possibilité : Clay était *vraiment* furax contre moi et avait assommé Antonio avant de mettre les bouts, m'abandonnant à mon triste sort. Joli rebondissement bien théâtral, mais pas très plausible.

Il y avait derrière la banque un minuscule parking réservé aux employés et aux clients qui ne souhaitaient pas dépenser leur ferraille dans les horodateurs du parking de devant. J'y jetai un œil et ne vis qu'un monospace et une autre camionnette. Je penchai la tête pour écouter. Même à quelques mètres à peine de la route, le silence retombait, comme si les bâtiments qui longeaient la grand-rue étaient conçus de manière à bloquer tous les bruits en les limitant au quartier commerçant. J'entendis au loin le bruit assourdi d'un moteur diesel bien réglé. Certainement pas celui d'une camionnette. Je fermai les yeux et chassai tout le reste. La Mercedes ne se trouvait qu'à quelques rues de là, et le bruit du moteur s'estompait, puis s'amplifiait, pour s'estomper de nouveau, donnant l'impression qu'elle avançait en décrivant des cercles lents. Où ? Selon toute logique, dans un autre parking, où Antonio tournait en rond en m'attendant. Avais-je manqué une consigne ? Étais-je censée les retrouver ailleurs ? C'était absurde, puisque Clay ne voulait même pas me laisser aller seule à la banque. Enfin bref, quelle qu'en soit la raison, ça ne servait à rien de rester plantée là à y réfléchir.

D'étroites traces de roues dessinaient une piste le long d'une ruelle qui menait dans la direction de la voiture qui tournait en rond. Le passage boueux était à peine assez large pour laisser passer la Mercedes compacte sans que les rétroviseurs raclent les murs, mais je savais qu'Antonio ne se soucierait ni de la salir, ni de l'érafler. Clay et Antonio aimaient les voitures chères mais ce n'étaient pour eux que des objets utilitaires, destinés à les conduire d'un point A à un point B, avec la plus grande vitesse et le plus grand confort possible. Ils se souciaient peu de leur apparence.

Je remontai la ruelle, évitant les flaques et les profondes ornières boueuses. À un moment donné, la ruelle se divisait. Je n'eus pas besoin de suivre les traces de la voiture pour deviner qu'elle continuait tout droit. Négocier un tournant dans une ruelle aussi étroite lui aurait coûté plus que quelques couches de peinture. À mesure que je m'éloignais de la route principale, la ruelle s'élargissait et s'élevait selon une pente légère, la boue cédant la place au gravier. Des bennes à ordures longeaient le côté droit du passage, mais il restait néanmoins toujours assez de place pour laisser passer la Mercedes. Le sol plus sec ne faisait que me rappeler la quantité d'eau boueuse qui s'était infiltrée dans mes chaussures. À chaque pas, mes baskets émettaient des bruits de succion et mon moral chutait. Je m'apprêtais à retourner à la banque afin d'appeler Jeremy pour qu'il me donne le numéro de portable d'Antonio quand je vis luire devant moi un éclat argenté. Je m'arrêtai. À plus de trente mètres de là, la ruelle débouchait sur un terrain vague envahi par les mauvaises herbes. Je vis la Mercedes passer devant l'entrée de la ruelle. J'agitai les bras mais la voiture disparut derrière les murs de brique.

— Allez, les mecs, marmonnai-je. C'est fini cette partie de cache-cache ?

Je marchais d'un pas vif dans mes chaussures trempées, faisant signe à la Mercedes chaque fois qu'elle apparaissait devant la ruelle et marmonnant des épithètes de plus en plus salées chaque fois qu'elle passait sans s'arrêter. À l'entrée d'une autre ruelle, j'entendis un bruit étouffé que j'ignorai, n'étant pas d'humeur à la curiosité. Environ trois mètres plus loin, le gravier crissa derrière moi et les contours d'une ombre de grande taille se dessinèrent dans mon champ de vision sur la gauche. C'était Clay. Il avançait sous le vent, mais je n'avais pas besoin de sentir son odeur pour reconnaître son goût de la farce.

Tandis que je me retournais, une main m'agrippa par le col de ma chemise et m'envoya valser face contre terre. D'accord. Ce n'était pas Clay.

— Levez-vous, ordonna une voix tandis qu'une ombre énorme passait au-dessus de moi.

Je levai la tête, crachant du sang et du gravier.

— Quoi ? répondis-je. Pas de repartie spirituelle ? Pas de réplique bien sentie ?

— Levez-vous.

Cain me saisit de nouveau par le col pour me remettre sur pied, et me reposa assez brusquement pour me tordre la cheville. Je fis mine d'essuyer la boue de mon visage et de me passer les doigts dans les cheveux.

— Ce n'est pas comme ça qu'on salue les filles, lançai-je. Pas étonnant que vous soyez obligé de les payer.

Cain resta planté là, bras croisés, sans un mot. Ses épaules occupaient la moitié de la largeur du passage entre les bâtiments. Sa chevelure d'un blond foncé coiffait un visage aux traits de bouledogue.

— Vous attendez que je m'enfuie ? demandai-je. Ou vous cherchez toujours une réplique ?

Il s'avança. Je pivotai et me précipitai au bout de la ruelle. Un cabot ne fuit jamais devant la bagarre. Un loup-garou de la Meute sait quand prendre ses jambes à son cou. Même dans mes meilleurs jours (et ce n'en était pas un), je n'étais pas de taille à affronter Cain. Je faisais la moitié de sa carrure, mais j'étais deux fois plus rapide. Si je pouvais atteindre le bout de la ruelle, je serais libre. Les deux meilleurs combattants de la Meute se trouvaient là, et je n'étais pas assez idiote ou têtue pour refuser leur aide. Alors que j'étais à mi-chemin, la Mercedes passa une fois de plus devant l'entrée de la ruelle. Je levai les deux bras pour lui faire signe et mon pied gauche glissa sur le gravier. Alors que je tombais, la voiture argentée disparut lentement de ma vue.

Je me relevai péniblement, mais il était trop tard. Une fois de plus, Cain tendit la main pour m'agripper par le dos de la chemise. Cette fois, il me souleva de terre. Mon pied gauche heurta une benne métallique et je ravalai un cri. De sa main libre, Cain m'attrapa sous le menton et me projeta contre le mur. Ma tête heurta les briques, ce qui fit naître des éclairs sous mon crâne. Il me maintint plaquée là, pieds suspendus en l'air. Puis tendit la main pour arracher le devant de ma chemise.

— Pas grand-chose à voir, hein ? articulai-je malgré ma trachée écrasée. Oui, je sais bien qu'on peut y remédier de nos jours. Traitez-moi de féministe, mais j'estime qu'on ne devrait pas juger de la valeur d'une femme en fonction de la taille de sa poitrine, mais plutôt…

Je lui balançai mon poing en plein sur la pomme d'Adam. Il grogna et recula en vacillant.

— … de la puissance de son direct du droit, poursuivis-je en me jetant contre sa poitrine avant qu'il retrouve son équilibre.

Cain s'effondra à terre. Pendant sa chute, je restai tout contre lui et plaquai ma main ouverte contre son cou pour le clouer au mur par la gorge.

— Oui, je suis capable de parler et de penser en même temps, dis-je. Comme la plupart des gens, même si j'imagine que vous ne le savez pas d'expérience.

Avec un rugissement, Cain balança le bras dans ma direction. Avant qu'il m'atteigne, une chaussure jaillit pour écraser sa main à terre.

— Bon, dit la voix traînante de Clay au-dessus de moi. Elena a joué avec toi assez longtemps. À mon tour.

J'attendis que Clay déplace son pied jusqu'à la gorge de Cain, puis reculai. Antonio se trouvait à ses côtés.

— Guet-apens ? demandai-je.

Antonio hocha la tête.

— Clay l'a vu rôder dans la ruelle. On a pensé que tu viendrais à notre recherche.

— Alors tu as laissé une piste et tourné en rond dans ce terrain abandonné en attendant que je morde à l'hameçon, et que je serve d'appât à Cain ?

— Quelque chose comme ça.

Clay souleva Cain pour le remettre sur pied. La rougeur et les cernes avaient déserté les yeux de Clay. Il était à présent pleinement réveillé. C'était ce qu'il attendait.

Cain dépassait Clay d'une bonne douzaine de centimètres et le battait de trente-cinq kilos au moins. C'était un combat équitable.

Ils reculèrent tous deux et se dévisagèrent. Puis Cain s'avança d'un pas vers la gauche. Clay imita cette manœuvre, mais en avançant vers la droite. Ils répétèrent ces pas de danse, sans se quitter des yeux un instant, chacun attendant que l'autre plonge. Le schéma de ce rituel était inscrit dans nos cerveaux. Avancer, tourner, observer. Pour gagner, il fallait soit plonger sans prévenir, soit anticiper le moment où l'autre s'élançait, puis s'écarter. Ça dura quelques minutes. Ensuite, Cain perdit patience et bondit. Clay esquiva, l'attrapa par la ceinture et le plaqua au mur. Cain récupéra le temps d'un battement de cœur et assena un coup violent dans la poitrine de Clay qu'il renversa à terre.

Je ne détaillerai pas le combat, en partie parce que ce serait une litanie assommante de coups, de grognements et de chutes, et en partie parce que je ne les regardais pas très attentivement. Non par manque d'intérêt, mais parce que ça m'intéressait trop. Je ne supportais pas de rester en retrait pour regarder Clay se faire tabasser, cogner, projeter contre des murs. Ce n'était pas faute d'avoir parfois envie de le faire moi-même, mais les circonstances étaient différentes. J'aurais éprouvé la même chose en voyant se battre n'importe quel frère de Meute. Pas seulement Clay. Je vous assure.

Même sans regarder le combat, je percevais les odeurs. Je sentis d'abord le sang de Cain, mais celui de Clay suivit peu après. Quand je levai les yeux, du sang coulait de la bouche et du nez de Clay, qui toussait et crachait.

Antonio et moi devions demeurer à l'écart et les regarder faire. C'était comme ça qu'on se battait. Un contre un, sans armes ni tricheries. C'était le loup en nous qui dictait les règles du combat ; le côté humain nous pousserait à gagner à tout prix. Ça ne signifiait pas qu'on serait restés passifs en regardant Clay se faire tuer. Quand c'était possible, la loyauté envers un frère de Meute passait avant tous les codes de conduite. Mais il y avait entre la vie et la mort pas mal d'os et de sang, et nous ne pouvions pas nous en mêler avant que cette ligne soit franchie.

Tout prit fin lorsque Cain s'affala face contre terre dans le gravier. Comme il ne se relevait pas, je le crus mort. Puis je vis son dos se soulever et s'abaisser tandis qu'il respirait.

— Inconscient, siffla Clay, essuyant sa chemise sur son nez ensanglanté. Tu peux regarder, maintenant.

— Mais je regardais, protestai-je. Je me suis détournée parce qu'il m'avait semblé entendre quelque chose dans la ruelle.

Clay sourit et du sang jaillit de sa lèvre supérieure fendue.

— Ne commencez pas, dit Antonio. On doit ramener ce cabot à Stonehaven pour que Jeremy puisse l'interroger. Elena, tu peux aller jusqu'à la voiture, au bout de la ruelle ? Et t'assurer qu'il n'y ait personne aux alentours ? Clay, prends les clés et ouvre le coffre. Je vous apporte le zouave.

Comme je le pensais, la ruelle débouchait sur un terrain abandonné. On pouvait autrefois y accéder par la route au nord, mais des bennes à ordures la bloquaient à présent, si bien qu'on ne pouvait plus entrer ou sortir qu'en faisant un long détour par la ruelle du sud. De ce côté, il y avait assez d'espace entre les bennes pour laisser passer une personne, si bien que j'allai me placer à côté pour chercher des passants du regard. Derrière moi, Antonio et Clay chargeaient Cain dans le coffre. Puis Clay me rejoignit là où je montais la garde.

— Ça va ? demanda-t-il.

— À part ma joue éraflée, ma cheville tordue, un risque de commotion, des chaussures trempées et une chemise foutue ? Ouais, ça gaze. N'hésitez surtout pas à me refaire jouer les appâts.

— Content que tu le prennes comme ça.

— Fais gaffe ou tu vas te retrouver avec autre chose qu'un nez en sang et une lèvre fendue. (Je l'inspectai brièvement de la tête aux pieds.) C'est tout ?

— Peut-être quelques côtes brisées. Rien de permanent.

Il toussa et du sang lui jaillit du nez. Il arracha sa chemise et s'en servit pour l'étancher.

Quand on rejoignit la voiture, Antonio refermait le coffre. Le corps inconscient de Cain occupait tout l'espace.

— Je suppose qu'on ne fera pas de courses en route, dis-je.

— On dirait bien, répondit Antonio. Il faudra que je revienne. On achètera un en-cas sur le trajet pour tenir le coup.

Je croyais qu'il blaguait. J'aurais dû savoir que non. Avant de quitter la ville, il se gara près d'un centre commercial et alla acheter de gros sandwichs et des salades en nous laissant dans la voiture, Clay et moi, pisser le sang à moitié nus, avec Cain inconscient dans le coffre. Pas étonnant que je meure d'envie de retourner à Toronto. Quand on passait trop de temps en compagnie de ces gens-là, on développait un peu trop d'insouciance par rapport aux habits ensanglantés et aux macchabées dans le coffre.

À Stonehaven, Antonio et Nick emportèrent un Cain toujours inconscient dans la cage du sous-sol tandis que

Jeremy inspectait les plaies de Clay et les miennes. Je reçus deux aspirines pour ma tête ainsi que de l'iode et de la compassion pour mes éraflures et mes bleus. Clay reçut un emplâtre pour sa lèvre, des bandages pour ses côtes et quelques réprimandes pour m'avoir employée comme appât. Malgré ce que j'avais dit à Clay, cette histoire d'appât ne me dérangeait pas. La capture de Cain valait bien une chemise déchirée et un mal de tête. Clay me savait capable de m'en sortir, ce que j'appréciais d'une certaine façon. J'aurais été plus contrariée s'il m'avait crue trop fragile pour jouer avec les grands garçons. Bien sûr, je ne lui pardonnais pas plus que je ne le défendais. Pas à voix haute, en tout cas. Dans le cas contraire, Jeremy se serait inquiété bien davantage de mon coup à la tête.

Une fois que Cain fut enfermé et que Jeremy eut fini de nous soigner, on reçut notre en-cas. Puis Nick et Antonio retournèrent en ville pour les courses, tandis que Jeremy, Clay et moi décidions quelles informations nous voulions soutirer à Cain. Vers 18 heures, des cris et bruits métalliques surgis du sous-sol nous apprirent que notre prisonnier était réveillé. Jeremy et Clay descendirent voir la cage.

Je demeurai à l'étage. J'étais la bienvenue si je souhaitais descendre les aider, mais, sachant ce qui se préparait, je préférai rester dans le bureau, où j'entendais ce que disait Cain sans voir ce qui le forçait à parler. La torture me dégoûtait facilement. Ça peut paraître ridicule, compte tenu de toute la violence à laquelle j'avais assisté ou pris part au cours de ma vie. Mais quelque chose, dans l'idée d'être brutalisé sans pouvoir se défendre, me donnait des frissons et des cauchemars. Peut-être les vestiges d'une pathologie refoulée depuis longtemps et remontant à mon enfance. Quelques années plus tôt, j'étais allée voir *Reservoir Dogs* avec Clay. Arrivée à la célèbre scène où M. Blonde tranche l'oreille d'un flic, je m'étais caché les yeux tandis que Clay prenait exemple. Je ne pensais pas qu'il ait déjà attaché quelqu'un avant de l'arroser d'essence, mais il avait fait des choses tout aussi terribles. Je le savais d'expérience. Je l'avais vu en action, et c'était son expression qui m'avait le plus effrayée. Ses yeux ne brûlaient pas sous l'effet de l'exaltation ou de l'anticipation, comme lorsqu'il pourchassait une proie. Ils étaient au contraire d'un bleu glacial, impénétrable. Quand il torturait un cabot, il se montrait parfaitement méthodique, sans trahir la moindre émotion. Bien entendu, j'aurais été autrement plus inquiète de le voir aborder cette tâche avec jubilation, mais il y avait quelque chose de tout aussi glaçant à le regarder accomplir ces choses-là avec un tel détachement. La plupart des gens torturent pour obtenir des informations. Clay, c'était pour marquer les esprits. Pour chaque cabot qu'il aurait malmené et laissé en vie, cinq autres retiendraient la leçon. Pour chaque cabot tué, une vingtaine entendraient raconter l'histoire. Ceux qui envisageaient d'attaquer la Meute n'avaient qu'à se rappeler ces récits pour changer d'avis. La plupart des loups-garous ne redoutaient pas la mort, mais il existe des sorts bien pires, et Clay s'assurait qu'ils le sachent.

Tandis que j'écoutais, assise dans le bureau, la scène qui se déroulait au-dessous, je dus reconnaître que les méthodes de Clay présentaient un autre avantage. Plus sa réputation grandissait, moins il avait besoin de la maintenir. Pendant l'interrogatoire de Cain par Jeremy, je n'entendis pas de cris à glacer le sang. Lors des quatre longues heures qu'il dura, j'entendis en tout et pour tout trois grognements de douleur, sans doute lorsque Clay frappait un Cain peu disposé à répondre. Le seul fait de voir Clay et de *savoir* de quoi il était capable suffisait à le faire parler.

Des trois cabots expérimentés de Bear Valley, Cain était l'informateur le moins utile. Tous les projets que Daniel et Marsten avaient daigné partager avec lui s'étaient perdus depuis dans le terrain vague et vide de son cerveau. D'après Cain, Jimmy Koenig participait lui aussi à la « révolution », mais il ne s'était pas encore pointé.

Cain les avait rejoints parce qu'il cherchait à se « libérer de la tyrannie », une phrase sans doute absorbée à force d'avoir trop regardé *Braveheart*. Comme le formulait Cain avec tant d'éloquence, il en avait « ras le cul de devoir regarder par-dessus mon épaule chaque fois que je pisse de travers ». La Meute n'ayant jamais manifesté d'intérêt pour les habitudes urinaires des cabots, il parlait sans doute de défendre son droit à tuer les humains sans peur de représailles, certainement mentionné dans la clause de la Constitution américaine réservée aux loups-garous. D'après Cain, Koenig voulait la même chose – l'extermination de la Meute, un peu comme les criminels rêvent d'éliminer la police. Ils semblaient tous deux persuadés qu'ils seraient ainsi libres de céder à leurs pires penchants sans crainte des conséquences. Daniel, comme toujours, avait des projets plus grandiloquents. Il voulait anéantir la Meute pour lancer la sienne, imaginant sans doute une sorte de mafia des loups-garous. Cain connaissait mal les détails et ne s'y intéressait pas. Quant à Marsten, Cain ignorait totalement pourquoi il avait rejoint la bataille. Là encore, il s'en moquait.

C'était Daniel qui avait eu l'idée de nouvelles recrues. Il avait fait des recherches, trouvé les candidats, et rejoué la version loup-garou du *Parrain* en les contactant pour leur faire une proposition qu'ils ne pouvaient pas refuser. S'ils l'aidaient à éliminer quelques vieux ennemis, il leur accorderait un corps de tueur invincible. Aucun d'entre eux n'avait décliné son offre. À partir de là, Daniel avait attribué une recrue à chacun de ses camarades. Il avait lui-même mordu et formé Thomas LeBlanc. Marsten s'était chargé de Scott Brandon. Nous n'avions pas encore rencontré le protégé de Cain. C'était apparemment un homme du nom de Victor Olson, qui attendait dans la voiture le jour où Cain nous avait entraînés dans cette course-poursuite en forêt. Jeremy avait demandé à Cain ce que faisait Olson lors de sa vie humaine. C'était ma question, qu'il n'avait sans doute posée que pour me faire plaisir… et parce qu'il savait que j'écoutais. Cain ne connaissait pas très bien les détails, car il s'intéressait aussi peu au passé d'Olson qu'à tout ce qui ne le concernait pas directement. Il savait seulement qu'Olson avait fait de la prison pour « avoir un peu déconné avec des filles » et en avoir tué une. Ce qui évoquait un violeur gravissant les échelons pour devenir un tueur à la Thomas LeBlanc. Pas franchement un meurtrier expérimenté, mais Daniel avait dû voir du potentiel en lui, car il avait envoyé Cain jusqu'en Arizona le faire évader de prison.

Une fois Cain écarté, restaient donc deux cabots expérimentés et deux nouveaux. Si peu ? Façon de parler. Comme je le disais, Koenig n'était pas encore arrivé. Sa recrue récupérait encore de sa conversion mais ils débarqueraient bientôt à Bear Valley. Lutter contre cette bande revenait à combattre une hydre. Chaque fois qu'on coupait une tête, il en apparaissait plusieurs à la place. Clay essaya d'en apprendre plus, mais sans pousser trop loin. Jusque-là, Cain n'avait pas tenté de retenir quoi que ce soit, et il était donc peu probable qu'il s'y mette maintenant.

Il dirait n'importe quoi pour s'épargner la torture, même si ça impliquait de condamner ses complices à mort. La loyauté des cabots était décidément édifiante.

Il était 22 heures passées quand Jeremy monta. Il entra dans le bureau et m'y trouva pelotonnée sur son siège.

— Autre chose ? demanda-t-il.

Je secouai la tête et il redescendit. Il y eut un cri, un bruit étouffé, entre colère et supplication. Puis le silence. Quelques secondes plus tard, la porte du sous-sol s'ouvrit et j'entendis Jeremy se diriger vers le patio de derrière. Je compris qu'il fallait le laisser seul un moment. Quand la porte s'ouvrit pour la deuxième fois, je jetai un coup d'œil hors du bureau. Clay s'essuyait le visage. Des gouttelettes de sang constellaient sa chemise. Il semblait épuisé, comme s'il avait passé les quatre dernières heures à tabasser Cain au lieu de jouer les interrogateurs silencieux. Quand il me vit, il esquissa un pâle sourire.

— Salut.

— Fini ? demandai-je.

— Ouais. Il est mort. On l'évacuera demain. Il est dans le débarras pour l'instant. (Il se frotta la nuque.) Tu as mangé ?

Je fis signe que non et répondis :

— Tonio a fait du ragoût, tout à l'heure. Tu en veux un bol ?

— Là, tout de suite, j'ai envie d'une douche, mais si tu en réchauffes, je redescends avant qu'il soit prêt. Jeremy n'aura pas faim, alors tu vas te retrouver seule avec moi. Ça ira ?

Je hochai la tête et il se rendit à l'étage.

Une heure plus tard, je regagnai le bureau en compagnie de Clay pour y trouver Jeremy déjà présent, enfoncé dans son fauteuil, yeux fermés. Il entrouvrit une paupière à notre entrée.

— Désolée, lui dis-je. Tu veux qu'on te laisse ?

De sa main valide, il nous fit signe d'entrer, puis referma les yeux. Je m'assis sur le canapé pendant que Clay nous servait à boire. Il posa un verre près du bras de Jeremy, qui ne fit pas mine de s'en saisir.

— Alors on en a quatre en ville, dis-je à Clay lorsqu'il s'assit près de moi. Plus deux autres en route. La question, c'est de savoir ce qu'on va faire.

— Tous les tuer.

— Bon plan, murmura Jeremy sans ouvrir les yeux. Très succinct.

— Hé, si mes idées ne t'intéressent pas, tu n'as qu'à pas nous espionner.

— J'étais ici le premier.

— On croyait que tu dormais, dis-je.

Jeremy haussa un sourcil puis se tut, les yeux toujours clos. Clay tendit la main derrière moi pour prendre son verre, but une gorgée, puis laissa son bras derrière ma tête, les doigts pendant contre mon épaule.

— On devrait s'occuper de Daniel en premier, dit-il. C'est le chef. Personne d'autre ne connaît quoi que ce soit à l'organisation d'une Meute. Si on arrache le cœur, tout le reste se casse la figure.

— Ouais, répondis-je. Ça va être facile. C'est un si petit gabarit, Daniel. La seule chose qui t'ait empêché de le tuer jusqu'ici, c'est que tu as toujours un faible pour ton camarade d'enfance, hein ?

Clay s'étrangla de rire.

— Exactement, dis-je. Il est toujours en vie parce qu'il sait comment tu fonctionnes et qu'il ne risque pas de foncer droit dans un piège comme Cain. Je dirais qu'on ferait mieux de se lancer d'abord à la poursuite des deux nouveaux. Ce sont eux, les éléments imprévisibles. Si on se débarrasse d'eux, on saura exactement à quoi on fait face.

— Pas question que je perde mon temps avec deux cabots tout neufs.

— Alors j'y vais, moi. Sans toi.

— Ah, merde. (Il cogna la tête contre le haut du canapé.) Jer, tu nous écoutes ?

— Non, je dors.

Il resta un moment silencieux. Comme nous ne reprenions pas notre conversation, il soupira et ouvrit les yeux.

— Clay a raison de cibler Daniel, dit-il. Mais ça ne va pas être si facile de le tuer. Je serais d'avis de lui parler.

— De lui parler ? répéta Clay. Pourquoi ça ?

— Parce que je sais comment il fonctionne et qu'il sera peut-être plus facile de l'apaiser que de risquer d'autres vies en le combattant. Une fois Daniel sur la touche, le groupe va se dissoudre, comme tu le disais. À ce moment-là, on frappe individuellement pour détruire toute menace future. J'ai toléré beaucoup de choses de la part de Daniel, parce qu'il avait fait partie de la Meute et que son père était quelqu'un de bien. Mais plus maintenant. On lui donne satisfaction cette fois, mais ensuite on le garde à l'œil. S'il tue ne serait-ce qu'un humain en Australie, il est mort.

— Qu'est-ce qui te fait penser que Daniel acceptera de discuter ? demandai-je. Cain semblait penser qu'il voulait éliminer la Meute.

— Peut-être, acquiesça Jeremy, mais par-dessus tout, il veut se venger. Nous voir à genoux. Si on lui propose de marchander, il verra qu'il a réussi. Quand il comprendra que Zachary Cain est mort, il commencera à s'inquiéter. Jimmy Koenig ne s'est pas encore pointé. Il n'a que Karl Marsten.

— Et les deux nouveaux.

— Ils n'ont aucun enjeu dans cette bataille, dit Jeremy. Ils se retrouvent embarqués dans une guerre qui ne les concerne pas. Ils se battent uniquement parce qu'ils ont passé un accord avec Daniel. Ils ont obtenu de lui ce qu'ils voulaient. Quand ils verront que tout se casse la figure, ils partiront. Qu'est-ce qui pourrait les pousser à rester ? Ils n'ont pas assez traité avec la Meute pour avoir de raisons de se venger. Ils ne sont pas loups-garous depuis assez longtemps pour ressentir un besoin de territoire. Pourquoi se battraient-ils ?

— Pour le plaisir. (Je me tournai vers Clay.) Tu as vu Brandon dans ce bar. Comment il a tué cet homme et quel plaisir il y a pris. Tu as déjà vu un loup-garou se comporter comme ça ?

— Je ne dis pas qu'on doit les ignorer, chérie, répondit Clay. LeBlanc doit payer pour ce qu'il a fait à Logan et à Jeremy. Je ne l'oublierai pas.

Les mains de Clay glissèrent du dossier du canapé pour retomber sur mon épaule et jouer avec mes cheveux. Je m'appuyai contre lui, sous l'effet conjugué d'une boisson corsée et du manque de sommeil. Quand Jeremy referma les yeux, je l'imitai, laissant tomber ma tête sur l'épaule de Clay. Celui-ci se tortilla dans ma direction et tendit l'autre main qu'il posa sur ma jambe. J'en éprouvais la chaleur à travers mon jean. Une odeur de scotch se mêlait à son haleine. J'étais en train de m'assoupir quand la porte s'ouvrit brusquement.

— Qu'est-ce qu'il y a ? demanda Nick. C'est l'heure d'aller se coucher ?

Personne ne lui répondit. Je gardai les yeux fermés.

— Tu m'as l'air radieux, Clayton, poursuivit Nick qui s'avançait d'un pas lourd. Ça n'aurait rien à voir avec le fait qu'Elena soit blottie contre toi ?

— Fait froid ici, murmurai-je.

— Je n'ai pas l'impression.

— Si, il fait froid, gronda Clay.

— Je peux faire du feu.

— Moi aussi, dit Clay. Avec tes fringues. Sans que tu les retires.

— C'est une allusion, Nicky, lança Antonio depuis la porte. Tu ferais mieux de la saisir. Je n'ai pas envie de finir mes jours dans la peau d'un vieillard sans enfant.

J'entendis Antonio se déplacer dans la pièce, puis des verres cliqueter. Ensuite il s'installa dans l'autre fauteuil. Nick resta par terre, s'étira et s'appuya contre nos jambes. Au bout de quelques minutes, la quiétude revint, ponctuée seulement par des bribes de conversation murmurée. Bientôt, la somnolence qui me gagnait étendit ses doux tentacules vers les autres. Les voix se changèrent en chuchotements, la conversation se raréfia, puis se dissipa dans le silence. J'écartai les doigts contre la poitrine de Clay, sentis les battements de son cœur et m'endormis.

Détour

À mon réveil, je me rappelai vaguement m'être endormie sur le canapé et commençai à me positionner en fonction, plaçant bras et jambes de manière à éviter de glisser à terre en me levant. Puis je compris qu'aucun de mes membres n'était là où je l'attendais. Mes bras étaient pliés sous un oreiller et mes jambes entortillées dans des draps. L'odeur poudreuse de l'assouplissant m'emplissait les narines. J'ouvris un œil et vis les contours de branches d'arbres danser contre le baldaquin. De surprise en surprise. Je me trouvais non seulement dans un lit, mais dans le mien. En règle générale, quand je m'endormais en bas avec Clay, il me trimballait dans sa chambre comme un homme des cavernes traînant sa partenaire jusqu'à sa tanière. Me réveiller dans ma chambre suscita chez moi une surprise proche du choc… jusqu'à ce que je m'éveille assez pour sentir un bras autour de ma taille et entendre ronfler doucement dans mon dos. Quand je remuai, les ronflements s'interrompirent et Clay s'approcha.

— C'est sympa de voir que tu te rappelles comment t'inviter dans mon lit, lui dis-je.

— J'étais avec toi quand tu t'es endormie, murmura-t-il d'une voix somnolente. Je me suis dit que ça ne changerait pas grand-chose si je restais.

Je baissai les yeux vers mon corps nu.

— Je crois me rappeler que je m'étais endormie tout habillée.

— Je voulais juste que tu sois à l'aise.

— Et je vois que tu t'es mis à ton aise, toi aussi, répondis-je en déplaçant les jambes et en éprouvant le contact de sa peau nue contre la mienne.

— Pour *voir*, tu dois te retourner.

Je ricanai.

— Peu probable.

Il se blottit contre mon dos. Sa main glissa de ma hanche à mon ventre. Je refermai les yeux, le cerveau dérivant toujours dans le brouillard du demi-sommeil. La tiédeur du corps de Clay contre le mien tenait à distance la froideur du petit matin. Le baldaquin plongeait le lit dans l'obscurité et invitait à s'y attarder. Autour de nous, la maison était silencieuse. Nous n'avions aucune raison de nous lever pour l'instant ni même de nous justifier. Nous étions bien, ici. Nous avions besoin de repos. Le contact du corps nu de Clay contre le mien suscitait bien quelques images et pensées malvenues, mais il ne faisait rien pour provoquer le besoin de les chasser. Il respirait lentement, profondément, comme s'il se rendormait. Ses jambes s'entortillaient dans les miennes mais restaient immobiles, tout comme ses mains. Au bout de quelques minutes, il se mit à m'embrasser la nuque. Toujours aucune raison de s'inquiéter. Ce n'était pas franchement une zone érogène, bien que ce soit agréable. Très agréable, même. Surtout quand il leva la main pour écarter les cheveux de mon épaule et passa le bout des doigts le long de ma mâchoire, jusqu'à ma bouche.

J'entrouvris les lèvres, sortis la langue pour goûter son doigt, puis longeai la surface dure de son ongle. Il avança le doigt entre mes dents. Je le mordillai, frôlant les reliefs de sa peau. Il fit descendre ses lèvres jusqu'au bas de ma nuque. Son souffle y chatouilla le duvet et fit naître un frisson en moi. Tandis que je lui mordillais le doigt, ses lèvres et son autre main se déplacèrent le long de mon dos, qui se couvrit de chair de poule dans leur sillage. Sa main se glissa dans le creux séparant ma cage thoracique et l'os de ma hanche et en caressa la courbe. Quand ses doigts glissèrent jusqu'à mon ventre, je me tournai vers lui. Il me tira sur le côté, de manière à me placer face à lui, puis se mit à m'embrasser. Ses baisers étaient doux et lents, et leur rythme accompagnait celui de ses mains explorant mon corps, glissant le long de mes flancs, de mon dos, de mes bras, de mes épaules, de l'arrière de mes cuisses, et de mes hanches. Je gardai les yeux clos, flottant entre éveil et sommeil. Bougeant contre lui, je savourai la chaleur de sa peau ainsi que les surfaces lisses et les reliefs de son corps. Quand je le sentis durcir contre mon ventre, la question de ce qui allait suivre ne se posa même pas. Mon corps réagit sans instructions, déplaça mon torse vers le haut, écarta mes jambes et…

— Tu l'as appelé hier ? demanda Jeremy.

— Hein ?

J'étais en train de vider le lave-vaisselle. Mon esprit se trouvait toujours au lit avec Clay.

— Ton… ami a appelé avant que tu te réveilles. Tu avais laissé ton téléphone portable dans l'entrée.

Mes pensées quittèrent brusquement la chambre.

— Tu as répondu ?

— Tu aurais préféré que j'attende que Clay s'en charge ? Tu ne l'as pas appelé, hein ? (Il ne me laissa pas le temps de répondre.) Ne t'inquiète pas, je n'ai rien dit, donc l'histoire que tu lui as racontée tient toujours, quelle qu'elle soit. Mais il pensait apparemment que tu rentrais aujourd'hui.

— Je vais m'en occuper.

— Elena…

— J'ai dit que j'allais m'en occuper.

Je rangeai la dernière assiette et me dirigeai vers la porte.

Je n'avais pas appelé Philip parce que je l'avais oublié. C'est affreux, mais c'était la vérité. J'aimais cet homme, je le savais, ce qui ne faisait qu'empirer les choses. Si au moins je pouvais dire que je n'étais pas amoureuse de… Amoureuse ? Étais-je amoureuse de Philip ? Merde, quelle excuse bidon, quelle banalité. « Amoureuse », ça n'existait pas. Il n'existait que « excitée, » « entichée » et « en chaleur », trois émotions destructrices, en fin de compte, qui n'avaient rien à voir avec l'amour réel et durable. J'avais oublié Philip parce que c'était ma façon de gérer cette sale situation : séparer ma vie en deux catégories distinctes, l'humaine et la Meute. Comme Philip appartenait au monde des humains, penser à lui quand je me trouvais avec la Meute revenait à souiller ce que nous partagions. C'était ainsi, du moins, que je m'expliquais cet oubli.

Clay apparut alors que je m'apprêtais à récupérer mon téléphone portable dans l'entrée. Bien sûr, je ne pouvais pas m'excuser et monter passer mon coup de fil. Je laissai donc le portable en place et allai me promener avec Clay. Je comptais rappeler Philip à mon retour. Il avait laissé un message sur mon portable, mais, à notre retour, Jeremy nous rappela qu'on devait se débarrasser du corps de Cain. À partir de là, les choses se compliquèrent et, à la lumière de ce qui se passa ce jour-là, je crois qu'on peut me pardonner d'avoir oublié d'appeler Philip… une fois de plus.

Au bon vieux temps du non-respect des lois et des juges itinérants, la Meute pouvait larguer des corps là où ça lui chantait. Lorsque les humains avaient commencé à se soucier davantage des gens morts et des personnes disparues, la Meute avait dû commencer à enterrer les cabots qu'elle tuait. De nos jours, avec les autopsies, l'informatisation de la police et les analyses d'ADN, se débarrasser d'un corps était un véritable événement nécessitant une bonne demi-journée de travail et de préparation. Tous les membres de la Meute avaient été instruits des procédures, si bien que nous étions capables de cacher un corps plus efficacement encore que le plus prudent des tueurs humains.

À bord de l'Explorer, on roula une heure vers le nord, en évitant tous les dépotoirs qui nous avaient déjà servi lors des dernières décennies. On passa une heure de plus à progresser le long d'un chemin forestier et à nous enfoncer dans la forêt, puis à sortir et traîner le cadavre de Cain jusqu'à un site approprié où on le déshabilla, le nettoya et l'examina en quête de blessures. Son corps comportait, pour toutes marques, celles qu'avaient laissées sous sa gorge les pouces de Clay lorsqu'il lui avait brisé la nuque. Pour plus de sécurité, Clay excisa les bleus à l'aide d'un canif. Puis on enterra enfin Cain. Suite à quoi je replaçai les mottes de gazon tandis que Clay apportait deux rochers trop lourds pour être soulevés par un humain, qu'il plaça sur la tombe. On fit marche arrière jusqu'à l'Explorer, recouvrant nos propres traces, avant de nous diriger vers le site numéro deux.

Celui-ci avait été choisi avec tout autant de prudence que le premier, mais se trouvait à plus d'une heure de distance. On y creusa un trou, où l'on jeta les habits de Cain, ses pièces d'identité, ainsi que les sacs et serviettes dont on s'était servis pour transporter et nettoyer son corps. On les arrosa de kérosène avant de les enflammer, en nous efforçant de dégager le moins de fumée possible. Lorsque tout fut réduit en cendres, Clay enterra les vestiges et notre tâche prit fin. Ce n'était pas infaillible, mais nul ne partirait à la recherche de Cain. Les cabots ne laissaient jamais personne pour les pleurer.

Nous étions à moins de vingt minutes de Stonehaven quand un gyrophare bleu clignota dans le rétroviseur. Je balayai la route du regard, certaine qu'il était destiné à quelqu'un d'autre. Je savais que je n'enfreignais pas de lois. Il n'y a rien de plus idiot, après avoir caché un cadavre, que de s'enfuir en transgressant le code de la route, raison pour laquelle c'était moi qui conduisais plutôt que Clay. La vitesse de contrôle était fixée à trois kilomètres à l'heure au-dessus de la vitesse maximale – il m'avait toujours paru aussi suspect de rouler tout juste à la limite que de faire des excès de vitesse. Je roulais depuis cinquante kilomètres sur une autoroute bien droite où je ne risquais pas de tourner au mauvais endroit ni de manquer un stop. Je cherchai d'autres voitures devant et derrière nous, mais nous étions seuls sur la route. Clay regarda la voiture de police par-dessus son épaule.

— La limitation de vitesse a changé, ici ? demandai-je.

— La limitation de vitesse ?

— Laisse tomber. Je me gare.

— Pas de quoi s'en faire. On a tout nettoyé.

Je me garai sur le bas-côté en espérant que les flics allaient continuer pour filer s'occuper de quelque urgence un peu plus loin. Lorsque leur véhicule s'arrêta derrière moi sur le gravier, je jurai à mi-voix.

— On a nettoyé, répéta Clay. Arrête de t'inquiéter.

L'un des policiers s'avança jusqu'au côté passager et frappa à la fenêtre. Clay attendit assez longtemps pour exprimer sa contrariété, mais pas assez pour se montrer irrespectueux, avant d'appuyer sur le bouton pour baisser sa vitre.

— Clayton Danvers ? demanda le policier.

Clay le regarda sans rien répondre.

Le jeune policier poursuivit :

— Mon collègue a reconnu votre véhicule. Nous espérions que vous étiez à bord. Ça nous épargnera un trajet jusque chez vous.

Clay continua à le dévisager.

— Voulez-vous bien sortir de voiture, s'il vous plaît, monsieur Danvers ?

Là encore, Clay hésita aussi longtemps qu'il était acceptable avant d'ouvrir la portière. J'ôtai ma ceinture et sortis moi aussi, en restant de mon côté. Paniquée, je fouillai ma mémoire pour tout passer en revue. Le coffre était bien propre, n'est-ce pas ? On s'était bien récuré les mains et on avait inspecté nos habits ? On s'était bien débarrassés de tout le matériel ? Oui, tout était en ordre. Du moins, pour autant que je sache. Et si on avait oublié quelque chose ? Comme un bout de tissu accroché à l'arrière de l'Explorer ? L'odeur de fumée qui imprégnait nos vêtements était-elle aussi forte pour un nez humain que pour le mien ?

L'autre policier, un gaillard solidement bâti approchant de la quarantaine, contourna l'Explorer, inspecta la vitre arrière, puis approcha le visage tout près du verre teinté en s'abritant les yeux afin de voir à l'intérieur.

— Y en a de la place, là-dedans, dit-il. Combien de trucs vous pouvez y ranger ?

— De trucs ? répétai-je en clignant des yeux. Ah oui, des bagages ? Assez pour partir en vacances une semaine, je dirais.

Il éclata de rire.

— Si vous faites les bagages comme ma femme, ça veut tout dire. (Il regarda à l'intérieur en plissant les yeux.) C'est bien propre et rangé, là-dedans. Vous n'avez pas de gosses, hein ?

Il éclata de rire, une fois de plus, et se mit à genoux pour inspecter les pneus et le châssis.

— C'est un de ces nouveaux chars d'assaut urbains, hein ? Un 4x4 qui n'est pas conçu pour faire du 4x4 ?

— Elle fait aussi du tout-terrain, dis-je en m'efforçant de garder mon calme tandis qu'il regardait sous l'Explorer. Mais elle est trop massive pour faire vraiment du 4x4. Enfin, c'est pratique en plein milieu des hivers new-yorkais.

— J'imagine. (Il se tourna vers Clay.) Quelle est la capacité de remorquage de ces engins-là ?

— Aucune idée, répondit Clay.

Il demeurait sur le côté pour me laisser me charger des mondanités. L'une de ses astuces pour parvenir à se maîtriser : éviter les confrontations.

— On n'a jamais rien remorqué avec, précisa-t-il.

L'aîné des deux flics regardait toujours le dessous de l'Explorer, peut-être pour inspecter la suspension, ou bien pour chercher autre chose. J'attendis le plus longtemps possible, puis demandai :

— J'étais en excès de vitesse ?

— On a reçu un tuyau, dit le plus jeune avant de se tourner vers Clay. Un informateur anonyme qui nous disait que vous saviez quelque chose sur le meurtre de Mike Braxton. Il faudrait que vous nous accompagniez au poste pour répondre à quelques questions.

La mâchoire de Clay se crispa.

— Vous croyez vraiment que je vais laisser tomber ce que je faisais…

Il s'interrompit. Sans que j'aie prononcé un mot, il comprit ce que je pensais. L'hostilité n'arrangerait rien. Se mettre sur la défensive les pousserait peut-être à laisser tomber s'ils n'avaient pas de raison de l'arrêter, mais c'était trop risqué. Si on les énervait, ils pouvaient très bien décider de fouiller l'Explorer ainsi que Clay lui-même. Les flics des petites villes ont la réputation de ne pas toujours suivre les procédures. Légalement, ils ne pouvaient pas forcer Clay à leur parler, mais au moins ne risquaient-ils pas de découvrir des preuves de nos activités de ce matin à travers une simple conversation.

Clay accepta de leur accorder une heure. Il les accompagna au poste à l'arrière de leur véhicule. Je les suivis dans l'Explorer. L'informateur anonyme devait être l'un des cabots, ce qui me laissait soupçonner un piège. Si je suivais dans une autre voiture, les cabots n'oseraient pas nous tendre un guet-apens. Une fois au poste, nous serions en sécurité. Ils n'attaqueraient pas dans un bâtiment rempli d'humains armés.

La salle d'attente du poste de police était plus petite que ma chambre de Stonehaven et son ameublement avait dû coûter moins cher que mon service à coiffeuse en argent. Elle faisait globalement trois mètres sur trois avec une porte et deux fenêtres. La fenêtre sud était en réalité une vitre sans tain qui donnait sur une pièce encore plus petite. Ce qui surprenait jusqu'à ce qu'on se rappelle que ce poste de police avait été une maison de l'ère de la Grande Dépression. La plupart des pièces devaient faire double emploi. Dans l'hypothèse improbable où la police aurait besoin de surveiller un suspect ou un interrogatoire important, cette salle d'attente pouvait leur servir à observer la scène. Clay ne semblait pas mériter ce traitement à leurs yeux : dès notre arrivée, on l'avait conduit dans une petite pièce privée pour l'interroger.

La deuxième fenêtre était une ouverture munie de barreaux donnant sur une cage où une réceptionniste d'une vingtaine d'années surveillait le téléphone, l'accueil et la salle d'attente, tout en répondant à d'incessantes consignes des policiers lui demandant de taper ou de classer des documents et de préparer du café. Ne me demandez pas pourquoi la fenêtre était barrée. Peut-être craignaient-ils qu'elle s'échappe. Les trois fauteuils de la salle d'attente étaient garnis d'un épais velours doré, rongé par les mites, et de ruban adhésif en toile qui commençait à se décoller. Je choisis le meilleur et m'assis prudemment, en prenant garde de ne pas laisser de zones de peau exposée toucher le tissu et en me promettant de laver mes vêtements dès mon retour. Je parcourus la pile de revues entassée sur une table en contreplaqué. Le mot « Canada » en couverture de *Time* attira mon regard. Je m'en saisis, compris que l'article parlait du référendum sur le Québec et reposai la revue. Non seulement c'était un sujet assuré de guérir d'insomnie quatre-vingt-dix pour cent des Canadiens, mais, à moins qu'il se soit produit des événements exceptionnels chez moi lors de la semaine écoulée, la revue devait dater de cinq ans. Ça, c'étaient des nouvelles fraîches.

Levant les yeux, je vis la réceptionniste braquer sur moi le regard qu'on réserve habituellement aux mendiants et aux chiens enragés. À travers la vitre, je voyais le jeune policier qui était venu à Stonehaven, appuyé contre le comptoir, occupé à parler à la réceptionniste.

Comme ils me regardaient, je supposai être le sujet de leur conversation. Quelque chose me soufflait qu'ils ne commentaient pas l'état déplorable de mes Reebok éraflées et tirant vers le gris. Sans aucun doute, il devait lui répéter l'histoire de mon escapade dans la forêt. J'avais bien besoin de ça. Dix ans passés à me bâtir une réputation correcte à Bear Valley, et j'avais tout foutu en l'air l'espace d'une journée, en courant nue dans les bois par une froide matinée de printemps et en me faisant déchirer mes habits lors d'un étrange rituel SM. Les villes comme Bear Valley réservaient aux femmes comme moi une place bien particulière – invitées d'honneur du bûcher du pique-nique estival annuel.

Tandis que je feuilletais les revues, la porte de la salle d'attente s'ouvrit. Je levai les yeux et vis entrer Karl Marsten suivi de Thomas LeBlanc. Marsten portait un pantalon de coton, des chaussures de cuir à mille dollars, ainsi qu'une chemise de golf de grande marque. Je ne remarquai pas la tenue de LeBlanc. À côté de Marsten, personne ne lui prêterait attention. Marsten entra d'un pas nonchalant avec l'air désinvolte et naturel d'un homme qui avait passé des années à travailler cette posture. Mains dans les poches, juste assez pour sembler détendu, pas assez pour que son pantalon s'affaisse de manière peu seyante. Le demi-sourire à ses lèvres était un parfait mélange d'intérêt, d'ennui et d'amusement. Quand il en gratifia la réceptionniste, elle se redressa et tira sur sa chemise pour la remettre en place. Il lui chuchota quelques mots. Elle rougit et se tortilla sur son siège. Marsten se pencha contre les barreaux pour ajouter autre chose. Puis il se tourna vers moi et roula les yeux. Je secouai la tête. La seule chose qui rachetait Karl Marsten, c'était sa propre conscience d'être un imposteur.

— Elena, dit-il en s'asseyant près de moi. (Sans aller jusqu'au murmure, il parlait d'une voix assez basse pour que la réceptionniste ne puisse pas écouter depuis sa cage à l'autre bout de la pièce.) Vous avez bonne mine.

— Ne vous entraînez pas sur moi, Karl.

Il éclata de rire.

— Je voulais dire que vous aviez étonnamment bonne mine pour quelqu'un qui a eu une prise de bec avec Zachary Cain. Je suppose que c'est à lui que vous devez cette éraflure sur la joue. Je suppose aussi qu'il est maintenant hors jeu.

— Quelque chose comme ça.

Marsten s'enfonça dans son siège et croisa les chevilles, visiblement très inquiet de la disparition de son partenaire.

— Je ne vous avais pas vue depuis un moment. Ça remonte à, quoi, deux ans ? Trop longtemps. Ne me regardez pas comme ça. Je ne m'entraîne pas sur vous et je ne vous drague pas. Dieu m'a donné quelques grammes de cervelle. Je voulais simplement dire que ça m'avait manqué de ne plus vous parler. Vous êtes toujours d'une compagnie intrigante, à tout le moins.

LeBlanc s'était installé de l'autre côté par rapport à moi. Je l'ignorai. À choisir, je préférais nettement parler à Marsten qu'au meurtrier de Logan.

— J'ai lu quelques-uns de vos articles, poursuivit Marsten. Toutes mes félicitations. On dirait que vous faites une brillante carrière.

— Moins brillante que certains, dis-je en jetant un coup d'œil à sa Rolex. Achetée ou volée ?

Ses yeux scintillaient.

— À votre avis ?

J'y réfléchis.

—Achetée. Ça vous serait plus facile et moins cher de la voler, mais vous ne porteriez pas les bijoux de quelqu'un d'autre. Cela dit, ça ne vous dérangerait pas de l'acheter avec l'argent gagné en vendant des bijoux volés aux autres.

—En plein dans le mille, comme toujours.

—Les affaires doivent être bonnes.

Là encore, Marsten éclata de rire.

—Je ne m'en sors pas trop mal, merci, si je considère que je ne sais strictement rien faire d'autre. D'ailleurs, à ce sujet, j'ai acheté quelque chose, il y a quelques mois, qui m'a fait penser à vous. Un collier de platine avec un pendentif en forme de tête de loup. Très joli travail. La tête est en filigrane de platine avec des éclats d'émeraude pour les yeux. Très élégant. J'ai pensé vous l'envoyer, mais je me suis dit qu'il finirait dans la poubelle la plus proche.

—Bien vu.

—Cela dit, je n'ai pas renoncé à l'idée. Si vous le voulez, il est à vous. Sans que ça vous engage à quoi que ce soit. Il vous irait très bien, et je pense que vous apprécieriez ce petit trait d'ironie à sa juste valeur.

—Vous savez, lui dis-je, ça m'étonne que vous soyez impliqué dans tout ça. Je croyais que vous n'aimiez pas Daniel.

Il poussa un soupir théâtral.

—Sommes-nous obligés de parler boutique ?

—C'est seulement que je ne vous ai jamais imaginé comme un anarchiste.

—Anarchiste ? (Nouveau rire.) Loin de là. Les autres ont leurs raisons de vouloir la mort de la Meute, essentiellement pour pouvoir céder à leurs penchants les plus sales et les plus antisociaux. Moi, elle ne m'a jamais causé d'ennuis. Bien sûr, elle n'a jamais rien fait pour moi non plus. En retour, je me moque donc bien de ce qui peut lui arriver, dans un sens comme dans l'autre. Je veux seulement mon territoire.

— Et si vous l'aviez, vous vous retireriez de la bagarre ?

— En abandonnant mes camarades anarchistes ? Ce serait là le comportement d'un franc-tireur méprisable, totalement absorbé par la poursuite de sa propre fortune au détriment des autres. Vous trouvez que ça me ressemble ?

Près de moi, LeBlanc émit un petit bruit impatient. Avant que je puisse reprendre la conversation avec Marsten, il lui fit un signe de main.

— Celui-là voulait vous rencontrer, dit Marsten. Quand nous avons vu la police vous suivre en ville, il a décidé qu'il voulait vous parler. Je l'ai accompagné pour faire les présentations. S'il commence à vous ennuyer, vous n'aurez qu'à hurler. Je serai en train de lire une revue. (Il en tira une de la pile.) Une revue sur la chasse. Hmmm. J'y trouverai peut-être quelques conseils.

Marsten s'installa dans son fauteuil et ouvrit la revue. LeBlanc lui lança un regard lourd de mépris. Il avait visiblement déjà décidé que Marsten était un loup-garou médiocre méritant à peine ce nom. Il se trompait. Si je devais désigner le cabot le plus dangereux du pays, ça se jouerait entre Marsten et Daniel. Comment Marsten avait-il gagné cette réputation ? En tuant plus d'humains que tous les autres ? En tourmentant la Meute ou en nous causant des ennuis ? Rien de tout ça. C'était l'un des rares cabots qui ne tuaient pas d'humains. Comme tant d'autres choses, c'était indigne de lui. Quant aux membres de la Meute, quand il les rencontrait, il se montrait envers eux aussi courtois et avenant qu'il l'était avec moi en ce moment. Mais c'était le cabot que nous surveillions de plus près, Daniel mis à part. Pourquoi ?

Parce qu'il possédait une détermination égale à celle de Clay. Quand Marsten arrivait dans une nouvelle ville, il rencontrait tous les loups-garous de la zone, les invitait à dîner dans des restaurants hors de prix, les baratinait et les prévenait qu'ils avaient tout intérêt à quitter la ville, puis les tuait s'ils ne partaient pas avant minuit. Ce qu'il voulait, il le prenait… sans scrupule ni rancune. Il souhaitait à présent un territoire. Depuis plusieurs années, il parlait de s'installer quelque part, déclarant sur le ton de la blague qu'il atteignait l'âge de la retraite. La Meute l'ignorait. Mais Marsten s'était lassé d'attendre. Aujourd'hui, il s'asseyait près de moi, me complimentait sur mes articles et m'offrait des bijoux. Demain, si je me trouvais en travers de son chemin, il m'éliminerait. Rien de personnel, mais il fonctionnait comme ça.

Impressions

Pendant dix bonnes minutes, LeBlanc m'étudia comme un entomologiste examine une nouvelle espèce d'insecte. J'avais envie de m'en aller. C'était peut-être le but recherché. Si cette ordure me dévisageait assez longtemps, je filerais aux toilettes me laver les mains, et là, Marsten et lui pourraient me coincer. J'essayais de me concentrer sur l'idée que LeBlanc avait tué Logan et attaqué Jeremy, mais en vain. J'en revenais toujours aux femmes qu'il avait assassinées, aux détails lus dans son album. Pour Logan, j'avais envie de le tuer. Pour les autres, je voulais le voir mort, mais sans m'en occuper moi-même, car ça nécessiterait un contact physique.

Je me forçai à oublier tout ça pour le parcourir plutôt de la tête aux pieds. La vie n'avait pas fait de cadeaux à Thomas LeBlanc ces dernières années. Il était loin, le jeune homme bien soigné de la photo de son arrestation. Je ne veux pas dire par là qu'il avait les cheveux gras ou qu'il était mal rasé, le genre de détails que monsieur Tout-le-monde attend d'un tueur en série. Il ressemblait à un ouvrier trentenaire portant un jean bas de gamme, un tee-shirt délavé et des baskets de chez Wal-Mart. Il avait pris du poids depuis cette photo. Malheureusement, c'était du muscle, pas de la graisse.

— Vous vouliez me parler ? lui lançai-je enfin.

— Je me demandais pourquoi on faisait tout un foin, répondit-il en me jaugeant d'un air de dire qu'il se posait toujours la question.

Un silence à entendre voler les mouches retomba. Je dus faire appel à toute ma volonté pour ne pas m'éloigner. Je m'efforçai de garder le sens de la mesure : c'était un jeune loup-garou, tandis que moi, j'avais de l'expérience. Pas de problème. Mais mon système de référence était fluctuant. Il s'attaquait aux femmes, et j'en étais une. J'avais beau m'efforcer de rationaliser, de m'endurcir, cet homme m'effrayait. Au plus profond de mes tripes, là où ni la logique, ni la raison ne pouvaient pénétrer.

Au bout de quelques minutes, je perçus un mouvement devant la vitre sans tain. Saisissant cette occasion de me distraire, je me levai pour m'y diriger. Clay se trouvait dans l'autre pièce. Seul. Il était assis à la table, appuyé contre le dossier de son siège, soulevant de terre les deux pieds de devant. Il n'était ni menotté, ni surveillé, ni esquinté. Tout allait bien. Jusqu'ici.

— C'est lui ? demanda LeBlanc derrière moi. Le célèbre Clayton Danvers ? Dites-moi que je rêve.

Je continuai à surveiller Clay.

— Non mais j'hallucine, marmonna LeBlanc. Où est-ce que la Meute vous a trouvés, tous les deux ? À un tournoi de volley de plage ? Chouette bronzage. Et jolies bouclettes. (LeBlanc secoua la tête.) Il n'est même pas aussi costaud que moi. Il fait quoi, un mètre quatre-vingts à tout casser ? Cent kilos avec ses bottes ? Putain. Je m'attends à voir une grosse brute encore plus balèze que Cain, et je tombe sur quoi ? Un jeune premier d'*Alerte à Malibu*. Il doit avoir le QI d'une huître. Il sait mâcher du chewing-gum tout en nouant ses lacets ?

Clay cessa de jouer avec sa chaise et se tourna vers la

vitre. Il se leva, traversa la pièce et vint se placer devant moi. Je me penchai en avant, une main appuyée contre la vitre. Clay posa le bout de ses doigts face aux miens et sourit. LeBlanc recula en sursaut.

— La vache, dit-il. Je croyais que c'était une vitre sans tain.

— C'en est une.

Clay tourna la tête vers LeBlanc et articula deux mots. Puis la porte s'ouvrit derrière lui et l'un des policiers l'appela. Clay me sourit, puis suivit le policier d'un pas nonchalant. Une nouvelle vague de confiance m'envahit alors.

— Qu'est-ce qu'il a dit ? demanda LeBlanc.

— « Attends-moi. »

— Quoi ?

— C'est un défi, marmonna Marsten de l'autre côté de la pièce, sans lever les yeux de sa revue. Il t'invite à rester pour apprendre à mieux le connaître.

— Vous y allez aussi, vous ? demanda LeBlanc.

Les lèvres de Marsten esquissèrent un sourire.

— Il ne m'a pas invité.

LeBlanc ricana.

— Pour une bande de tueurs sanguinaires, vous vous posez là. Avec toutes vos règles, vos défis, vos bravades. (Il agita une main dans ma direction.) Comme vous. Qui restez plantée là d'un air nonchalant, à essayer de me faire croire que vous n'avez pas la trouille de vous retrouver dans la même pièce que moi.

— Pas du tout.

— Vous devriez. Vous savez à quelle vitesse je pourrais vous tuer ? Vous vous tenez à soixante centimètres de moi. Si j'avais un flingue ou un couteau dans la poche, vous seriez morte avant d'avoir le temps de crier.

— Ah oui ? Eh ben.

Un tic agita la joue de LeBlanc.

— Vous ne me croyez pas, hein ? Comment savez-vous que je ne cache pas d'arme ? Il n'y a pas de détecteur de métaux à la porte. Je pourrais en tirer une maintenant, vous tuer et m'enfuir en trente secondes.

— Alors allez-y. Je sais que vous n'aimez pas nos petits jeux, mais faites-moi plaisir. Si vous avez un pistolet ou un couteau, sortez-le. Sinon, faites semblant. Prouvez-moi que vous en êtes capable.

— Je n'ai pas à prouver quoi que ce soit. Certainement pas à une grande gueule comme…

Il leva brusquement la main en plein milieu de sa phrase. Je la saisis et lui brisai le poignet. Le bruit résonna dans toute la pièce. La réceptionniste me jeta un coup d'œil, mais LeBlanc lui tournait le dos. Je la gratifiai d'un sourire et elle se détourna.

— Putain… de… salope…, haleta LeBlanc, serrant son bras contre lui. Vous m'avez cassé le poignet.

— Donc j'ai gagné.

Son visage s'empourpra.

— Espèce de…

— Personne n'aime les mauvais perdants, répondis-je. Serrez les dents. On ne pleure pas dans les jeux des loups-garous. Daniel ne vous a pas appris ça ?

— Je crois que vous avez abusé de sa patience, dit Marsten en se levant et en rejetant sa revue sur la pile.

Comme LeBlanc ne bougeait pas, Marsten s'avança vers lui et voulut lui prendre le bras. LeBlanc fit un écart avant que Marsten puisse le toucher, me lança un regard noir, puis quitta la pièce à grands pas.

— Les joies du baby-sitting, dit Marsten. Bon, dans ce cas, je vais y aller. Passez le bonjour à Clayton de ma part.

Puis il se retira.

Je restai plantée là, le cœur battant la chamade. Je m'en étais sortie, j'avais masqué ma peur sous couvert de bravades et LeBlanc n'y avait vu que du feu. Du gâteau. Je pourrais battre ce cabot sans problème. Alors pourquoi mon cœur bondissait-il toujours comme un lapin pris au piège ?

Vingt minutes plus tard, je me trouvais toujours dans la salle d'attente, cherchant désespérément de quoi lire. Un test de *Cosmopolitan* attira mon regard. Il s'intitulait : « Disputes constructives : êtes-vous en train de renforcer votre relation avec votre partenaire ou de l'éloigner ? » Intrigant, surtout cette idée d'éloignement, mais je me forçai à reposer la revue. *Cosmo* ne parlait jamais de ma vie. Ses tests posaient toujours des questions du style « Comment réagiriez-vous si votre partenaire vous annonçait qu'il acceptait un poste en Alaska ? », et « bondir de joie » ne figurait jamais parmi les réponses possibles. Déménager en Alaska ? Merde, mon partenaire avait trente-sept ans et n'était encore jamais parti de chez lui. Où étaient les questions qui se rapportaient à ma vie ? Par exemple : « Comment réagiriez-vous si on découvrait les poils et les empreintes de votre partenaire près d'un cadavre ? » Le jour où on trouvera ça dans *Cosmo*, ils gagneront une abonnée.

Je cherchais autre chose à lire quand Clay entra dans la pièce. Cette fois encore, la réceptionniste s'anima. Elle sourit et murmura quelque chose que je n'entendis pas. Elle ne récolta en retour qu'un regard vague et une moue dédaigneuse. Je la pris presque en pitié lorsqu'elle s'affala sur ses papiers comme une baudruche qui se dégonfle. Quel charmeur, ce Clay, par moments.

— Peine de mort ? demandai-je tandis qu'il s'avançait vers moi.

— Dans tes rêves. C'étaient des conneries, ma chérie. Un monceau de conneries, et elles m'ont fait manquer le déjeuner.

— Tu devrais les poursuivre en justice.

— Je vais y songer. (Il rejoignit la porte et la tint ouverte pour moi.) Alors tu as eu de la visite ?

— Marsten et LeBlanc.

— Qu'est-ce qu'il voulait, Marsten ?

— Il m'a proposé un collier.

— En échange de ?

— Rien. C'était du Karl typique. Aussi avenant que d'habitude et oubliant totalement qu'on fait partie de groupes adverses impliqués dans une bataille mortelle. En parlant de meurtres, LeBlanc s'est vanté de pouvoir me tuer dans la salle d'attente. Je lui ai cassé le poignet. Ça ne l'a pas impressionné.

— Parfait. Qu'est-ce qu'il était venu faire ?

— Me dévisager, je crois. Il n'a pas eu l'air très impressionné de ce qu'il a vu, là non plus.

Clay s'étrangla de rire et on regagna le parking.

À Stonehaven, on se gara dans l'allée. Jeremy nous accueillit à la porte.

— Vous avez manqué le déjeuner, dit-il. Il s'est passé quelque chose ?

— Nan, répondit Clay. Je me suis fait embarquer au poste pour un interrogatoire.

— *Après* qu'on s'était occupés de Cain, précisai-je avant que Jeremy éprouve de douleurs à la poitrine. J'aurais bien appelé du poste, mais le téléphone était trop exposé. La police nous a fait garer alors qu'on revenait d'enterrer le corps. On dirait que Daniel leur avait appris que Clay savait peut-être quelque chose sur la mort de Mike Braxton. On dirait qu'il espérait nous attraper avant qu'on se débarrasse du corps de Cain. Mais il n'a pas eu cette chance.

— Qu'est-ce que la police semblait savoir ?

— Pas grand-chose, dit Clay. Les questions étaient très vagues. Ils cherchaient juste à en apprendre un peu plus.

— Ils ont fouillé la voiture ?

— Difficile à dire, répondis-je. L'un d'entre eux a regardé très attentivement par les vitres et inspecté le châssis. Il donnait l'impression de ne s'intéresser qu'à l'Explorer en général, combien elle convient, comment elle roule en tout-terrain, ce genre de choses. D'un autre côté, c'était peut-être un moyen de l'examiner discrètement sous nos yeux.

— Magnifique, dit Jeremy en secouant la tête. Entrez vite manger. Il faut qu'on parte.

— Tu as réfléchi à un moyen de transmettre un message à Daniel ? lui demandai-je.

Jeremy fit un geste de la main.

— Ce n'était pas un problème. Je lui ai déjà transmis le mien.

— Il a répondu ?

— Oui, mais c'est sans aucun rapport avec ce que nous faisons en ce moment. Dépêchez-vous. Nous n'avons pas beaucoup de temps.

— Où est-ce qu'on va ? demanda Clay, mais Jeremy était déjà rentré dans la maison.

Moins d'une heure plus tard, nous nous trouvions tous les cinq à bord de l'Explorer. C'était la première fois que la

Meute tout entière voyageait dans un seul véhicule. Nous n'étions plus que cinq. Bien sûr, je l'avais déjà remarqué, mais je n'en avais pas *vraiment* pris conscience jusqu'à ce qu'on se retrouve sur l'autoroute dans une seule voiture. Plus que cinq. Quatre hommes et une femme qui n'était pas sûre de se considérer comme faisant partie du groupe. Si je partais, y aurait-il encore une Meute ? Deux pères et deux fils pouvaient-ils être considérés comme tels ? Je chassai cette idée. Avec ou sans moi, la Meute survivrait. Elle l'avait toujours fait. Et, par ailleurs, il n'était pas nécessaire que je déclare mon indépendance dès maintenant ni dans un futur proche. Je prévoyais de rentrer à Toronto dès que tout ça serait terminé, mais, comme l'avait dit Jeremy, il n'était pas urgent que je prenne une décision quant à mon statut par rapport à la Meute.

Nous allions à l'aéroport, à la rencontre de Jimmy Koenig. Appelons ça un comité d'accueil surprise. Jeremy avait découvert que Koenig arrivait ce jour à New York par le vol de 19 h 10 en provenance de Seattle. Ne me demandez pas comment il le savait. J'imagine qu'il avait obtenu cette information grâce à quelques coups de fil, quelques mensonges et une bonne dose de courtoisie. Sa méthode coutumière. C'était incroyable, ce qu'on pouvait apprendre des employés des compagnies aériennes, de l'équipe de réservation des motels et autres employés des services clientèle rien qu'en leur racontant une bonne histoire avec une politesse exagérée. Comme je le disais, je suppose seulement que Jeremy s'y était pris ainsi. Quand il partagea ses informations, il ne nous expliqua pas comment il les avait obtenues. Il ne le faisait jamais. J'aurais soupçonné toute autre personne de frimer en tirant un lapin d'un chapeau sans révéler l'astuce. Mais je savais qu'il n'avait pas de tels motifs. C'est en révélant des informations qu'il aurait eu l'impression de fanfaronner, comme s'il s'attendait à ce que son intelligence nous impressionne.

Le plan consistait à intercepter Koenig à l'arrivée, à l'aider à récupérer ses bagages, puis à l'escorter jusqu'à Bear Valley en grande pompe après avoir bavardé autour de quelques verres. Si, je vous assure.

Bon, d'accord. Pas vraiment.

Il consistait à éliminer ce cabot minable avant qu'il puisse poser les yeux sur l'Empire State Building. L'heure n'était plus à la réflexion. Enfin, nous passions à l'acte.

Vengeance

Le vol en provenance de Seattle avait quarante minutes de retard, ce qui arrangeait nos affaires, car on n'arriva que vingt minutes après l'heure initialement prévue. Un semi-remorque qui s'était mis en travers de l'autoroute nous avait retardés de près d'une heure. À 19 h 30, Antonio pénétra dans l'aéroport en faisant crisser les pneus, slaloma au milieu du trafic comme un taxi new-yorkais, puis nous lâcha devant les portes quelques minutes plus tard. Le temps qu'il trouve une place de parking et nous rejoigne au terminal, l'avion de Koenig atterrissait à peine. Nous arrivions à temps, mais de justesse. Je ne savais pas trop s'il fallait y voir un bon ou un mauvais signe.

On se plaça bien en retrait de la foule des amis, parents et chauffeurs venus accueillir les passagers, pour les regarder débarquer. Jimmy Koenig était facile à repérer. C'était un grand nerveux très maigre dont le visage évoquait Keith Richards dans ses mauvais jours. Il affichait pleinement ses soixante-deux ans, revanche de son corps soumis à tous les excès connus pendant cinquante ans. Trop d'alcool, de drogues, et bien trop de réveils matinaux dans des chambres d'hôtel étrangères auprès de femmes qui ne l'étaient pas moins. Ce sont des gens comme Jimmy Koenig qu'il faudrait embaucher pour les campagnes de pub antidrogues. Diffusez sa photo à la télé et tous les gamins ayant ne serait-ce qu'une once de vanité renonceront illico à l'alcool et à la drogue. Croyez-moi.

Koenig n'arrivait pas seul. Il descendit de l'avion avec un type qui ressemblait à un garde du corps du FBI – trentenaire, impeccable, rasé de près, vêtu d'un costume sombre et de lunettes de soleil. Malgré les verres qui lui cachaient les yeux, il tournait la tête de gauche à droite comme s'il inspectait les alentours en permanence. Je m'attendais presque à voir des menottes le reliant à Koenig. Lorsqu'ils parvinrent au bas de la passerelle, ils s'arrêtèrent. Puis échangèrent brièvement quelques mots. Le type du FBI paraissait contrarié, mais Koenig ne revenait pas sur sa position. Au bout de quelques minutes, le type du FBI se dirigea vers la livraison des bagages. Koenig rejoignit la salle d'attente et s'affala sur le siège le plus proche.

— Clay, Elena, occupez-vous de Koenig, dit Jeremy. Tonio et moi, on va chercher son ami. Nick ?

— Je reste avec Clay, répondit celui-ci.

Jeremy hocha la tête, puis Antonio et lui se dirigèrent vers la livraison des bagages. Lorsque j'eus parlé tactique avec Clay, il rejoignit la foule en compagnie de Nick. J'attendis qu'ils disparaissent de mon champ de vision, puis contournai une famille aux retrouvailles bruyantes pour rejoindre Koenig. Quand j'atteignis son siège, je me plaçai derrière et attendis. Il lui fallut quelques minutes avant de redresser brusquement la tête. Il renifla l'air, puis se tourna lentement.

— Bouh, lui dis-je.

Il réagit comme le font toujours les cabots en ma présence. Il bondit de son siège et se rua vers la sortie la plus proche, tremblant de terreur. Dans mes rêves. Il me jeta un coup d'œil et se mit à chercher Clay. Ça ne ratait jamais. Les cabots ne tremblaient à mon apparition que parce qu'ils en déduisaient que Clay n'était pas loin. Ils ne voyaient en moi qu'un signe annonciateur de malheur.

— Où est-il ? demanda Koenig, plissant les yeux et scrutant la foule.

— Je suis seule, répondis-je.

— Ouais, à d'autres.

Je contournai la rangée de sièges pour venir m'asseoir près de lui. Son haleine n'était imprégnée que d'un léger relent de scotch, ce qui signifiait qu'il ne s'était envoyé qu'un verre pendant le vol. Là encore, j'ignorais si c'était bon signe ou pas. Sobre, il évoquait un lion sans dents, cruel mais guère capable de mordre. Cependant, ça signifiait aussi que son cerveau et ses réflexes étaient en parfait état de marche.

— Clay est parti accueillir votre copain aux lunettes, répondis-je.

— Mon cop…

Il s'interrompit et émit un grognement.

— Il s'est dit que je pourrais m'occuper de vous toute seule.

Visiblement insulté, il me fusilla du regard. Il marmonna quelque chose. J'allais lui demander de répéter quand je vis Nick approcher de l'autre côté. Je jurai à mi-voix. Koenig tourna la tête. Voyant Nick, il eut d'abord une réaction de soulagement. Il commença à se détendre, puis se raidit de nouveau. Nick était peut-être moins dangereux que Clay, mais Koenig le redoutait bien plus que moi.

— L'enfoiré, marmonnai-je. Il n'était pas censé intervenir.

Le visage de Nick s'éclaira, non pas d'un sourire amical, mais du rictus prédateur du chasseur qui flaire sa proie. Il allongeait le pas à notre approche. Son regard était braqué sur Koenig.

— Nicholas..., l'avertis-je à mi-voix en me relevant.

Koenig tomba dans le panneau. Me croyant contrariée, prête à affronter Nick, il fonça. Nick me lança un sourire victorieux, et on s'élança à sa poursuite. Malgré sa vitesse, Koenig n'alla pas très loin. Autant traverser en courant une forêt très dense. Il passait son temps à slalomer pour contourner les gens et les chaises, n'évitant les uns que pour foncer dans les autres. Nick et moi le suivions d'un pas rapide. Non seulement il nous était plus facile de contourner les obstacles, mais nous ne donnions pas l'impression de lui courir après. Compte tenu de son apparence, personne ne s'étonnerait de le voir courir à travers l'aéroport pour échapper à d'invisibles poursuivants. Les gens s'imagineraient qu'il était saoul, défoncé ou plongé dans un flash-back d'enfer qui le ramenait dans les années soixante. Ils juraient quand il les fauchait, mais personne ne s'en mêlait.

Nick et moi restions chacun d'un côté de Koenig. C'était la même technique que nous avions employée contre le cerf : le pousser vers la ligne d'arrivée. Et devinez qui attendait là ? Je fus presque surprise de voir Koenig tomber dans le panneau. Je dis « presque », car j'avais assez d'expérience pour ne pas m'étonner totalement qu'il se laisse berner par une si vieille ruse. Les cabots ne chassaient pas le cerf. Le schéma était peut-être inscrit dans le cerveau de Koenig, mais il n'avait jamais pris la peine d'y recourir, si bien qu'il ne le reconnut pas quand on le retourna contre lui.

Je suivis l'odeur de Clay et guidai Koenig hors du hall surpeuplé, le long d'un couloir désert, puis derrière un étroit escalier. Clay jaillit de l'escalier, saisit Koenig par la gorge, puis lui brisa le cou. Trop vite fini, c'est vrai, mais on ne pouvait prendre le risque de l'interroger dans un aéroport bondé. Jeremy nous avait dit de le tuer, et Clay venait donc de le faire, avec une efficacité absolue. Avant même que le corps de Koenig devienne flasque, Clay le fourrait sous l'escalier parmi les ombres.

— On le laisse ici ? demandai-je.

— Nan. Y a une porte de sortie là-bas. J'ai vu des bennes à ordures, dehors. Si vous montez la garde, je vais l'y emporter.

— Tu as besoin de nous deux ? demandai-je. Tonio et Jeremy ont peut-être besoin d'aide.

— Bonne idée. Vas-y, alors. Nick peut s'occuper de monter la garde.

Je filai donc.

Le temps que j'atteigne la livraison des bagages, la plupart des passagers du vol de Koenig étaient repartis. Il ne restait que les inévitables traînards qui regardaient fixement le tapis roulant, immobiles. Au passage de chaque tas de bagages, ils s'animaient et l'inspectaient, espérant en dépit de tout y trouver leurs affaires, refusant de croire qu'elles avaient été dévorées par le dieu démoniaque des bagages perdus. Le type du FBI ne se trouvait pas parmi les croyants. Pas plus qu'Antonio et Jeremy. Je jetai un dernier coup d'œil autour de moi, puis revins sur mes pas.

Près des toilettes, j'aperçus le type du FBI. J'essayai de flairer une odeur de loup-garou, mais elle se perdait parmi la puanteur des inconnus. Je ne sentis pas davantage Jeremy ni Antonio, ce qui ne m'étonna pas. Premièrement, compte tenu du nombre d'humains qui circulaient toutes les heures dans ce couloir, j'avais déjà de la chance d'identifier la moindre odeur. Deuxièmement, Jeremy approchait sans doute depuis un autre angle, car il était bien moins enclin aux farces de gamins consistant à approcher de sa cible pour lui faire « Bouh ! »

Je suivis la piste du nouveau loup-garou, en restant assez en retrait pour ne pas risquer de lui tomber dessus et de bousiller ainsi le plan de Jeremy, quel qu'il soit. Je m'attendais à ce que le cabot retourne dans le hall où attendait Koenig. Il n'en fit rien. Il se dirigea plutôt vers une sortie latérale. Je le suivis jusqu'à une sorte de couloir évoquant une aire de chargement. À partir de là, il prit la direction du parking.

Là encore, son trajet ne colla pas à mes attentes. Au lieu de rejoindre le parking, il emprunta un autre couloir. Alors que je m'y engageais, un bruit aigu brisa le silence et je me retournai vivement pour voir un chariot élévateur débouler derrière moi. Je bondis hors de son chemin. Lorsque l'engin passa près de moi, le chauffeur désigna le parking mais ne ralentit pas, visiblement trop occupé pour se soucier de touristes qui s'aventuraient dans une zone sans doute réservée. Après quoi je rasai le mur, prête à filer vers une cachette si quelqu'un d'autre apparaissait.

Je me précipitai au bout du couloir, mais le cabot avait disparu. Je cherchai son odeur. Elle était toujours perdue, à présent cachée par celles des machines et des gaz d'échappement. Je commençais à me dire que Jeremy et Antonio n'étaient nulle part dans le coin. L'air était lourd de vapeurs d'essence et de diesel. Ils avaient dû renoncer depuis longtemps. Je m'apprêtais à faire demi-tour quand je tournai à un coin et vis le cabot à moins de six mètres. Je reculai vivement pour me cacher, m'arrêtai, tendis l'oreille et réfléchis aux solutions qui s'offraient à moi.

Si j'étais tellement certaine que Jeremy et Antonio ne se trouvaient pas dans le coin, je ferais mieux de m'en aller. Jeremy me scalperait si je me lançais seule à la poursuite du cabot, même si je parvenais à le maîtriser. Je le savais bien, mais la tentation était trop grande. Tout en me répétant que je voulais seulement le regarder de plus près, je m'avançai prudemment.

Quand je parvins de nouveau au coin, le cabot avait disparu. Rasant le bâtiment sur ma gauche, je me glissai le long de la chaussée et le retrouvai. On avança encore de cinq ou six mètres. Puis il s'arrêta et regarda autour de lui, comme s'il cherchait ses repères. Je m'aplatis contre le mur et attendis. Quand il se remit en marche, je restai dans ma cachette et le laissai prendre de l'avance. Je me concentrais tellement sur ma proie que je n'entendis pas les bruits de pas derrière moi. Je me retournai trop tard. Un bras me saisit à la gorge et me plaqua au mur.

—Elena, dit LeBlanc. Vous ici.

Je tournai vivement la tête en m'attendant à voir le type du FBI revenir vers nous. Il avait disparu.

—Un ami à vous ? demanda LeBlanc.

—À vous, pas à moi.

Il haussa les sourcils, puis éclata de rire.

—Ah, je vois. Vous le suiviez parce que vous l'aviez vu parler à Koenig, et vous pensiez donc qu'il était l'un des nôtres. Mauvaise déduction, jeune fille. Très mauvaise. Le protégé de Koenig n'est plus des nôtres. Il n'a pas supporté la Mutation. Il est mort hier. Triste et regrettable. Daniel m'a envoyé chercher le vieux chnoque. Je vous ai vus traîner dans le coin, vous et votre bande, alors je suis resté en retrait pour admirer le spectacle. Ensuite, je vous ai vue filer et je me suis dit que je pourrais peut-être me charger de cette course, en fin de compte.

Tandis qu'il parlait, je me raidis pour l'attaquer, mais il tira quelque chose de sa poche avant que je puisse frapper. Un pistolet. LeBlanc l'éleva pour l'appuyer au milieu de mon front. Le sol tangua sous mes pieds, mes genoux menacèrent de céder. *Arrête*, me dis-je. *Ce n'est qu'un jeu. Pas le genre dont tu as l'habitude, mais un jeu quand même.* Bon, j'avais bien un flingue braqué sur le front, mais j'allais trouver un moyen de m'en sortir. Les cabots étaient des animaux prévisibles. LeBlanc ne me tuerait pas car j'étais un trophée trop précieux pour qu'on le gaspille afin d'en tirer quelques secondes de plaisir meurtrier. J'étais la seule femme loup-garou. Il essaierait peut-être de me violer, de me kidnapper ou de me rudoyer un peu, mais il ne me tuerait pas.

Je ravalai ma peur. La bravade avait marché la dernière fois. Autant m'en tenir aux formules éprouvées.

— Les loups-garous n'utilisent pas de flingues, lui dis-je. Les armes, c'est pour les chochottes. Vous vous en rendez bien compte, non ?

— Bouclez-la, dit LeBlanc en élevant la sienne un peu plus haut.

— Vous aviez sans doute raison quand vous disiez qu'on n'était pas très finauds, nous autres, dis-je. Si j'étais maligne, je vous aurais cassé le poignet droit. Comment ça va, au fait ? Ça ne vous fait pas trop mal ?

— Bouclez-la.

— Je discute un peu, c'est tout.

— Si vous voulez parler, dit LeBlanc, je vous conseille de commencer par vous excuser.

— De quoi ?

Son visage vira au rouge foncé, les yeux baignés d'une émotion que je mis un moment à reconnaître. La haine. Une haine pure, dix fois plus forte que celle que j'y avais lue ce matin au poste de police. Était-il furieux parce que je lui avais cassé le poignet ? Cette idée me stupéfia. Bien entendu, la plupart des gens seraient contrariés par ce genre de choses, mais les cabots en faisaient rarement tout un plat, surtout si c'était moi qui causais les dégâts. En fait, ils en riaient généralement, comme si, non sans perversité, ils étaient ravis que j'en aie eu le cran. Des années auparavant, j'avais arraché avec les dents une des oreilles de Daniel. Il ne m'en gardait pas rancune. Il était même, d'une certaine façon, fier de cette oreille manquante, et racontait à tout cabot qui l'interrogeait les circonstances exactes de cette perte, comme pour prouver que nous entretenions une relation personnelle et intime. Aucune preuve d'amour ne vaut une mutilation permanente.

— C'est votre poignet ? demandai-je. C'est vous qui vouliez démontrer que vous pouviez me poignarder. Je prouvais seulement que j'étais capable de me défendre.

— N'importe quoi. Vous trouviez ça drôle. D'humilier le petit nouveau. Une fois rentrés, devinez ce qu'a fait Marsten ? Il a tout raconté à Daniel et à Olson. Ils ont bien rigolé. (Il arma son pistolet.) Je veux des excuses.

J'y réfléchis. Les excuses, ça ne mangeait pas de pain. Bien sûr, je ne regrettais pas mes actes, mais il n'était pas obligé de le savoir. Pourtant, les mots me restèrent en travers de la gorge. Pourquoi m'excuser ? *Parce qu'il te menace d'un flingue, andouille.* Mais si j'étais certaine qu'il ne s'en servirait pas… Aucune importance. Aggraver la situation ne servirait à rien.

— Je suis désolée, répondis-je. Je ne voulais pas vous embarrasser.

— À genoux.

— Quoi ?

— Faites-moi vos excuses à genoux.

— Allez vous f…

Le Blanc me fourra le pistolet dans la bouche. Je serrai les dents malgré moi. Des élancements de douleur me parcoururent la mâchoire quand mes dents heurtèrent le métal. Je tentai de me dégager, mais il m'avait plaquée contre le mur. Il enfonça le flingue jusqu'à me donner un haut-le-cœur.

Le métal avait un goût infect, puissant. Je tentai d'en éloigner la langue, mais le canon était enfoncé trop loin. Mon cœur s'emballait mais je ne paniquais pas. Quoi qu'il ait bien pu dire, LeBlanc ne me tuerait pas. Il pensait que les menaces de mort suffiraient à me faire obéir à toutes ses exigences. Il comprendrait vite son erreur. Dès que je trouverais comment retirer ce flingue de ma bouche. Alors même que cette pensée me traversait, je compris que la réponse était simple. Ça ne me plaisait guère, mais c'était la solution la plus facile.

Je levai une jambe et esquissai un geste afin de montrer que j'étais prête à m'agenouiller. Les lèvres de LeBlanc se tordirent en un hideux sourire et il retira l'arme de ma bouche.

— Brave fille, dit LeBlanc. Loup-garou ou pas, je vois que vous restez une femme. Le moment venu, vous savez où est votre place.

Je serrai les dents, gardai les yeux baissés, et il parut en déduire qu'il m'avait suffisamment intimidée.

— Alors ? dit-il.

Je penchai la tête, laissant mes cheveux retomber en rideau autour de mon visage. Puis je commençai à renifler.

LeBlanc éclata de rire.

— On fait moins la maligne, hein ?

Une nuance triomphale imprégnait sa voix. Je reniflai encore et levai une main pour m'essuyer les yeux. À travers les cheveux qui me bouchaient la vue, je n'apercevais que la moitié inférieure de LeBlanc. C'était suffisant. Après m'avoir regardée pleurer quelques secondes, il baissa le bras et laissa son arme retomber le long de son corps. Je levai les deux mains vers mon visage pour le couvrir. Puis les baissai de nouveau et entourai de la gauche mon poing droit, que je lui balançai dans l'entrejambe. Lorsqu'il recula en titubant, je bondis, le renversai et me mis à courir. J'avais parcouru la moitié de l'allée quand j'entendis le premier coup de feu. Je me jetai instinctivement à terre. Quelque chose me brûla l'épaule gauche. Je heurtai le trottoir en roulant maladroitement sur moi-même, parvins à me redresser, et continuai. Deux coups de feu se succédèrent rapidement, mais je tournais déjà au coin.

Tandis que je courais, du sang me coulait sur l'épaule, mais la douleur était minime, il ne devait s'agir que d'une vilaine éraflure. L'épaule gauche, me dis-je. Une quinzaine de centimètres au-dessus de mon cœur. Il visait le cœur. Je chassai cette idée ainsi qu'une panique naissante. J'entendais LeBlanc courir derrière moi. Je pris le premier tournant, puis le suivant et encore le suivant, courant le moins longtemps possible en ligne droite afin d'éviter un nouveau coup de feu. Ça fonctionna cinq minutes environ, puis je me retrouvai dans un long couloir, qui ne possédait qu'une unique issue à son extrémité. Je me penchai et accélérai comme une dingue. Ça ne suffisait pas. LeBlanc tourna au coin avant que j'atteigne le bout du couloir. Nouveau coup de feu. Nouvelle plongée. Cette fois, soit le tir n'était pas précis, soit je bougeais plus vite. La balle s'enfonça dans une benne. Je pivotai à gauche et fonçai tête baissée, droit devant moi. Il y avait une voiture juste en face de moi, et une autre à côté, puis encore une autre et une autre. Un parking. Une étincelle de joie s'éveilla en moi. Un endroit public. J'étais en sécurité.

Je me ruai jusqu'au coin pour me retrouver hors de portée de tir. Tout en courant, je m'efforçai de trouver la plus grosse concentration d'activité humaine. C'était la clé. M'approcher suffisamment de la foule pour que LeBlanc soit obligé de cacher son arme. S'il n'en faisait rien, j'attirerais l'attention en hurlant – stratagème féminin d'une efficacité presque aussi universelle que les larmes. Lorsque j'avais jeté un premier coup d'œil autour de moi, je n'avais vu personne, mais c'était difficile de regarder attentivement tout en courant comme une dératée. Je me dirigeai vers une rangée de voitures et ralentis à l'abri d'un monospace. Je regardai autour de moi. Il n'y avait personne du côté est du parking. Je jetai un coup d'œil par la vitre du côté passager pour inspecter le côté ouest. Personne en vue. Absolument personne. Je me trouvais soit dans un parking réservé au personnel, soit dans un parc de stationnement avec forfait à la semaine.

Le vent charriait l'odeur de LeBlanc.

Je me laissai tomber sur les mains et les genoux. Inspirant profondément, je maîtrisai ma panique naissante et baissai la tête pour observer le parking depuis le niveau du sol. À quinze mètres environ sur ma droite, une paire de baskets. C'était lui. Je roulai sous le monospace et tordis le cou pour mieux regarder. Les rangées de pneus semblaient s'étendre à l'infini dans toutes les directions. Au bout de quelques instants, je décidai que la ligne de pneus sur ma droite paraissait la plus courte. Rampant à plat ventre, je me dirigeai vers l'avant du monospace, sortis la tête et regardai à gauche. Au-delà du parking, je n'y voyais rien. Mais j'aperçus une voiture qui passait au bout de la rangée. Puis une autre. Une sorte de route. Peut-être simplement une voie de service, mais, là où il y avait des voitures en mouvement, il devait y avoir des gens. Je sortis de sous le monospace et m'avançai, toujours pliée en deux, derrière les voitures.

—Allez, chantonna LeBlanc, sortez de votre cachette.

Puis, après une brève pause :

—Je n'aime pas jouer, Elena. Vous m'obligez à vous chercher et vous allez le regretter. Je peux vous faire passer le goût du jeu. Vous avez vu mon album. Vous savez de quoi je suis capable.

Je longeai l'arrière d'une berline et jetai un coup d'œil de l'autre côté pour m'assurer que la voie était libre avant de traverser à toute allure une place de parking vide. J'aperçus un mouvement et reculai brusquement la tête. Regardant sous la voiture, j'aperçus les chaussures de LeBlanc. Je me figeai et vérifiai le sens du vent. Sud-est. J'étais dans le vent. Je cessai de respirer mais compris que faire ou non du bruit n'y changerait rien. Il sentirait mon odeur. Forcément. Les baskets passèrent de l'autre côté de la berline et continuèrent à avancer. LeBlanc ne marqua même pas de pause. Je fermai les yeux et expirai lentement. Il ne se servait pas de son nez. Une inquiétude en moins. J'attendis que ses chaussures disparaissent, puis m'avançai dans l'étroit passage séparant les deux rangées de voitures garées. Chaque fois que j'atteignais un espace vide, je vérifiais avant de m'y engager. À plus d'une reprise, je dus renoncer à me faufiler entre deux voitures, car un chauffeur s'était arrêté trop près de celle d'en face. C'était plus délicat à négocier que la traversée des espaces vides. Je ne pouvais passer que par-dessus ou par-dessous. La première fois, je choisis l'option numéro un, ce qui fit tanguer la voiture. J'attendis quelques minutes, essoufflée, le temps de m'assurer que LeBlanc ne m'avait pas remarquée. Après quoi, lorsque les voitures étaient contiguës, je me glissai au-dessous. Méthode plus lente mais moins risquée.

J'avais passé quinze voitures et il m'en restait une dizaine quand j'entendis des pas sur ma gauche. Je me baissai vivement, m'immobilisai et tendis l'oreille. Je savais que LeBlanc était sur ma gauche, mais la dernière fois que j'avais vérifié, il était derrière moi. Ces pas venaient de la gauche, mais de devant moi. Et le bruit ne ressemblait pas à celui d'une paire de baskets. C'étaient des chaussures à semelle dure qui claquaient vivement sur le trottoir et se dirigeaient presque droit vers moi. Je tombai à plat ventre et regardai par-dessous la rangée de voitures. Sur ma gauche immédiate, des chaussures marron longeaient la rangée. Une femme qui regagnait sa voiture à pas pressés. Je pensai me lever, agiter les bras, attirer son attention. Un témoin suffirait-il à empêcher LeBlanc de tirer ?

— Aha, chantonna-t-il.

Ma tête se releva brusquement et heurta le dessous de la voiture avec un bruit sonore. LeBlanc jura et se mit à courir. Je regardai frénétiquement autour de moi, cherchant ses pieds afin de décider dans quelle direction m'échapper. La femme. Je devais saisir cette chance et foncer vers elle. Mais je n'entendais plus ses pas. Était-elle déjà dans sa voiture ?

— Merde ! s'écria LeBlanc. Putain, mais j'y crois pas. Elena !

Je m'immobilisai. Pourquoi m'appelait-il ? Il savait où j'étais, non ? Il avait bien dû entendre ma tête heurter le dessous de la voiture. Le choc avait résonné dans tout le parking. LeBlanc jurait toujours. Je suivis le son de sa voix et aperçus ses baskets à six mètres environ. Et, tout près de ses chaussures, le corps d'une femme, étendu à terre, dont les yeux ouverts me fixaient sous un cratère sanglant lui trouant le front. Quand LeBlanc avait crié, ce n'était pas parce qu'il m'avait vue. Le bruit que j'avais entendu n'était pas celui de ma tête heurtant une voiture. Il avait aperçu un mouvement, celui d'une femme qui marchait vite, avait entrevu des cheveux clairs et tiré. Regardant fixement cette femme morte, je me mis à trembler. Je me répétais que ma réaction horrifiée était pour elle, une innocente abattue dans un parking. Mais je mentais. Si ma gorge se serrait, si mon cœur cognait à tout rompre, ce n'était pas pour elle. C'était pour moi. Je regardai son corps, aux yeux aveugles braqués sur l'infini, et je me vis étendue à sa place. Ça devait être moi. Tuée en une seconde. Une brève seconde. Vivante et en mouvement. Puis morte. Terminé. La fin de tout. Aurais-je entendu le coup de feu ? L'aurais-je ressenti ? J'aurais pu mourir aujourd'hui, dans ce parking. Je le pouvais toujours. Je m'étais peut-être réveillée pour la dernière fois ce matin. J'avais peut-être déjeuné pour la dernière fois ce midi. Une demi-heure plus tôt, à l'aéroport, j'avais peut-être vu pour la dernière fois Antonio, Nick, Jeremy… et Clay. Mes tremblements s'amplifièrent. Je pouvais mourir. Réellement. Malgré toutes les batailles que j'avais livrées, je n'avais jamais réellement pensé à ça. À tout ce que ça impliquait. La fin pouvait survenir en une seconde d'une incroyable brièveté. À présent que j'y réfléchissais, j'avais peur.

J'éprouvai des élancements de douleur dans mes poings crispés. Quand je les desserrai, la douleur s'atténua et se changea en étirement doublé d'une palpitation, comme si quelque chose remuait sous la peau. Je l'ignorai. J'avais plus important en tête. Mais la sensation ne s'effaça pas. Elle empira au contraire. Je baissai les yeux et vis mes doigts se rétracter dans mes mains, des poils pousser sur le dos. Je n'avais rien fait pour précipiter une Mutation et n'y avais même pas pensé. Je secouai vivement les mains en les serrant, souhaitant de toutes mes forces que la transformation s'arrête. Lorsque je remuai les doigts, de nouveaux élancements me parcoururent les bras. Puis mes pieds se mirent à picoter. Je fermai les yeux et ordonnai à mon corps de cesser. Mon dos se cambra. Ma chemise commença à se déchirer. *Non!* s'écriait mon cerveau. *Pas maintenant! Arrête!* En vain. Mes jambes agitées de spasmes cherchaient à s'extirper de sous mon corps, mais il n'y avait pas la place. J'étais planquée sous une Coccinelle neuve, avec à peine quelques centimètres d'espace au-dessus de moi. Je ne pouvais pas me lever à quatre pattes. Ni bouger bras et jambes pour les remettre en place. Je fermai très fort les yeux et me concentrai. Rien ne se produisit. Les premières vaguelettes de panique déferlèrent. La Mutation accéléra alors et mes habits se déchirèrent tandis que mon corps semblait décidé à se soumettre à d'impossibles contorsions. C'était la peur qui précipitait les changements. La peur de me retrouver coincée dans ce parking avec un tueur avait déclenché la transformation, et celle de me retrouver coincée sous la voiture l'aggravait à présent. Je savais ce que je devais faire. Je devais sortir. Une nouvelle étincelle de peur me fit brusquement redresser le torse, si bien que mon dos heurta le dessous de la voiture. Cette fois, je sus que le bruit que j'entendais était bien réel. J'entendis vaguement les chaussures de LeBlanc crisser sur le trottoir. Je l'entendis dire quelque chose. Je l'entendis rire…

Je bondis de sous la Coccinelle. Mes ongles raclèrent le trottoir. Alors que j'étais à moitié sortie, mes jambes s'ankylosèrent et je tombai par terre face la première. Tous les muscles de mes bras et de mes jambes semblèrent simultanément agités de spasmes. Un hurlement de douleur jaillit de ma gorge. Je crispai la mâchoire. Mes yeux s'exorbitèrent de douleur. Il était trop tard pour inverser la Mutation. J'avais dépassé le milieu du processus ; revenir en arrière prendrait plus longtemps qu'aller jusqu'au bout. J'y concentrai toute mon énergie pour en finir, le nourrissant de ma peur. La phase finale arriva enfin, accompagnée d'une vague de douleur si fulgurante que je m'évanouis. Je revins à moi dès que mon museau heurta le trottoir, puis restai étendue sur le ventre, haletante, aspirant l'air à grandes goulées. Je n'avais aucune envie de bouger. Je percevais des pas venant vers moi. Il m'avait entendue. Il savait à peu près où je me trouvais et se rapprochait, réduisant ses recherches à un rayon plus étroit. Dans un premier temps, j'étais trop épuisée pour m'en soucier. Puis je tournai la tête et vis la femme morte. Je me redressai et me mis à courir.

J'avais renoncé à l'idée de fuir rapidement et furtivement, chassée par le besoin de détaler à toute allure. Je m'arrachai de la masse des voitures et me mis à courir comme une dératée. Je ne tendis pas l'oreille pour écouter s'il me suivait. Je ne pouvais pas gaspiller cette énergie. Je concentrai toute celle que je possédais dans la course. Un cri retentit derrière moi. Puis un coup de feu. Il passa en sifflant au-dessus de ma tête. Je ne ralentis pas, ni ne changeai de cap. Je chassai toute autre considération et continuai à foncer. Puis j'atteignis enfin le bout de la rangée de voitures. Je me trouvais sur une route. Un klaxon retentit. Le passage d'un camion souleva une rafale qui m'ébouriffa la fourrure. Je ne ralentis pas pour autant. De l'autre côté de la route se trouvaient deux bâtiments. Je me précipitai par là sans comprendre où je me dirigeais, sachant seulement que je devais m'enfuir.

Alors que j'émergeais d'entre les bâtiments, j'entendis s'élever une voix. On m'appelait par mon nom. Le bruit venait de derrière moi. Je m'abaissai et accélérai. Un mur de brique apparut soudain sur mon chemin. Je voulus m'arrêter, mais il était trop tard. Je dérapai et percutai le mur avec un bruit sourd. Derrière moi, LeBlanc courait toujours en m'appelant. Je me relevai et me tortillai pour voir derrière moi la silhouette de mon poursuivant. Je n'avais plus le temps de m'échapper. Courant toujours, je m'élançai vers lui. Il leva le bras pour protéger sa gorge. Je le heurtai en pleine poitrine et on bascula en arrière. Je retroussai les babines. Alors que je m'apprêtais à mordre, le brouillard rouge de la panique qui m'aveuglait se dissipa et je vis qui se trouvait étendu sous moi. Ce n'était pas LeBlanc. Mais Clay.

Je reculai la tête juste à temps. La vitesse acquise lors de ce brusque changement de cap me fit basculer sur le flanc. Tandis que j'essayais de me relever, Clay m'attrapa et me força à demeurer immobile. Il murmura quelque chose que je ne distinguai pas. Ne lisant dans mes yeux aucune compréhension, il attendit une seconde, puis reprit la parole en articulant lentement.

— Il est parti, dit-il. Ne t'inquiète pas. Il est parti.

J'hésitai et jetai un coup d'œil derrière moi, entre les deux bâtiments, persuadée de voir apparaître LeBlanc à tout moment, l'arme en main. Clay secoua la tête.

— Il est parti, chérie. Quand tu as traversé la route, il a laissé tomber. Trop exposé.

J'attendis toujours, tremblante. Clay enfouit les mains dans ma fourrure et voulut m'attirer contre lui, mais je résistai. Nous devions être prêts à courir. Il s'apprêtait à dire quelque chose quand des pas retentirent non loin de nous. Je me relevai d'un bond, mais Clay me retint. Jeremy, Antonio et Nick apparurent au coin du bâtiment. Je restai plantée là un moment, jambes tremblantes, reniflant l'air pour m'assurer que mes yeux ne me trahissaient pas. Oui, ils étaient là. Ils étaient tous là. J'étais en sécurité. Je m'arrêtai une seconde, puis m'effondrai à terre.

Promesse

Clay passa tout le trajet de retour à Stonehaven assis près de moi. J'étais toujours secouée, peut-être même en état de choc, mais il ne tenta pas de m'attirer plus près ni de me réconforter. Il savait que c'était une mauvaise idée. Il se contenta de me tenir la main et de me jeter un coup d'œil de temps en temps, pour voir si j'avais envie d'en parler. Ce n'était pas le cas.

Nous étions presque arrivés quand il rompit le silence et se pencha pour attirer l'attention de Jeremy sur le siège passager à l'avant.

— Tu ne nous as pas dit ce qu'exigeait Daniel, dit-il. C'était Elena, c'est ça ?

— Oui, répondit doucement Jeremy sans se retourner.

Antonio quitta l'autoroute.

— C'est comme si un pirate de l'air demandait dix milliards de dollars, ajouta-t-il. Comme il sait qu'on ne l'envisagera jamais de la vie, c'est juste une façon de nous dire qu'il refuse de négocier.

— Pas seulement, dit Clay. Il nous donne un avertissement. Il sait qu'on n'abandonnera jamais Elena. Il nous avertit de sa prochaine manœuvre. Il va s'emparer d'elle.

Jeremy hocha la tête.

— J'aurais dû le comprendre. On se serait épargné quelques frayeurs. Je pensais comme Tonio, qu'en exigeant Elena, Daniel nous disait qu'il ne négocierait pas.

— Alors ce cabot, à l'aéroport, essayait de kidnapper Elena ? demanda Nick.

— Non, répondis-je. Il essayait de me tuer.

— Un cabot ne ferait jamais ça, Elena, commença Jeremy. Tu es trop précieuse pour eux vivante. Tu as peut-être eu l'impression…

— Tu n'étais pas là. Une femme traversait le parking. LeBlanc a cru que c'était moi et lui a tiré une balle dans la tête. Il n'essayait pas juste de me ralentir. C'était une exécution.

La main de Clay se resserra sur la mienne. Jeremy se renfonça dans son siège. Personne ne parla pendant cinq bonnes minutes.

— Pourquoi est-ce qu'il ferait ça ? demanda Nick. Si c'est toi que veut Daniel, il doit te vouloir vivante.

— LeBlanc se moque bien de ce que veut Daniel, répondis-je. C'est peut-être parce qu'il est nouveau, ou parce qu'il tue en solitaire depuis longtemps, mais il ne semble pas avoir l'instinct lui dictant d'obéir à un loup-garou plus ancien.

— Mais pourquoi te tuer ? demanda Nick. Comme dit Jeremy, ces nouveaux cabots n'ont aucun enjeu dans la bagarre, en dehors d'une promesse faite à Daniel. S'il ne veut pas te voir morte, pourquoi se donner tout ce mal en essayant de te tuer ?

— Thomas LeBlanc s'attaque à des femmes. Il les torture, les viole et les tue. Les hommes comme lui haïssent les femmes et se sentent facilement menacés par elles. J'avais oublié ce détail. Après tout mon discours sur l'importance de ne pas traiter ces hommes comme les autres cabots, c'est exactement ce que je viens de faire. Je l'ai humilié au poste de police, je me suis moquée de lui, je l'ai insulté et je lui ai cassé le poignet devant Marsten. Maintenant, il veut me dominer. Il en a besoin.

Le pouce de Clay me frotta le poignet, mais il ne dit rien. Les autres non plus.

Lorsqu'on atteignit Stonehaven, je montai dans ma chambre. Alors que je gravissais les marches, j'entendis Clay derrière moi, mais je ne dis rien. Je regagnai ma chambre dont je laissai la porte ouverte. Il la ferma derrière lui. À mi-chemin de mon lit, je m'arrêtai. Je restai immobile avec Clay toujours silencieux derrière moi. Un serpent de peur glacial se tortilla en moi et je me mis à trembler. J'avalai une grosse goulée d'air et fermai les yeux. Tout allait bien. J'étais chez moi, en sécurité. Et j'avais failli être tuée. La peur qui me traversait se mêlait à la colère et à l'indignation, pour se fondre en quelque chose de brûlant. J'avais envie de me réfugier dans mon lit et de tirer les couvertures. De lancer quelque chose contre le mur et de le regarder se briser. D'aller trouver ces cabots et de leur hurler : « Comment osez-vous ! »

Quand je regardai Clay, je vis mes émotions reflétées sur son visage, la colère, l'indignation, et quelque chose de si rare que je l'identifiai à peine, une expression hagarde à demi cachée au fond de ses yeux. La peur. Il tendit la main pour m'attirer vers lui. Je tournai le visage vers le sien, trouvai ses lèvres et les embrassai. Elles s'entrouvrirent contre les miennes. Je redoublai d'ardeur, fermai les yeux et m'appuyai contre lui. Une étincelle de vie pénétra l'engourdissement qui envahissait mon cerveau. Je m'y accrochai, embrassai Clay encore plus fort, plus profond, serrant mon corps contre le sien. L'étincelle se fit flamme et tous mes sens se ranimèrent d'un coup. Le monde se rétrécit jusqu'à ce que je ne ressente plus, ne veuille plus connaître que lui. Je le goûtais, le humais, le voyais, l'entendais, le sentais, savourant toutes ces sensations comme quelqu'un qui sort du coma.

Tandis qu'on reculait contre le lit, nos pieds accrochèrent le tapis qui nous fit chuter. Une fois à terre, j'agrippai la chemise de Clay et la soulevai brusquement, mais il m'entourait toujours de ses bras et l'idée de les écarter m'était insupportable, comme si cette seule seconde de contact rompu allait suffire à ce que je sombre de nouveau dans la peur et le choc. J'agrippai de mes poings le dos de sa chemise et tirai. Comme le tissu se déchirait, je cessai. Trop d'efforts, trop de temps perdu. Je dirigeai les mains jusqu'à son jean, tirai la braguette et le baissai par-dessus ses hanches. Sans cesser de m'embrasser, il le retira avant de s'occuper maladroitement du mien. Je repoussai ses mains pour le baisser moi-même. Clay déchira alors ma culotte qu'il jeta de côté. Sa main se déplaça de mes fesses jusqu'à l'intérieur de ma cuisse. Il glissa les doigts en moi.

— Non, dis-je en me tortillant pour me dégager.

Je baissai la main et l'attirai en moi. Ses yeux s'écarquillèrent. Je m'approchai de lui. Quand il recula puis s'enfonça en moi, je saisis ses hanches et l'immobilisai.

— Non, haletai-je. Laisse-moi faire.

Il changea de position et s'immobilisa au-dessus de moi. Je cambrai les hanches pour approcher des siennes et me frottai contre lui. Au-dessus de moi, il haleta. Un frisson le parcourut et je repoussai ses épaules afin de pouvoir le regarder. Tandis que je bougeais, il gardait les yeux fixés aux miens, pointant le bout de la langue entre les dents tandis qu'il luttait pour rester immobile. Je me projetai contre lui et restai là, sans bouger, savourant cette impression de maîtrise après avoir à ce point perdu la tête quelques heures plus tôt. Je levai une main vers sa poitrine et la gardai appuyée contre son cœur. J'y sentais la vie palpiter sous mes doigts.

— D'accord, chuchotai-je.

Clay s'enfouit en moi et gémit. Je me cambrai pour le rejoindre. On se mit à bouger ensemble. Quand je sentis approcher l'orgasme, je reculai, pas encore résolue à le perdre.

— Attends, haletai-je. Attends un peu.

Je fermai les yeux et inspirai. Son odeur omniprésente suffisait presque à me faire jouir. J'appuyai mon visage au creux de sa clavicule et inhalai goulûment. Tandis que j'absorbais son odeur, le monde sembla s'arrêter et ce fouillis de sensations se dissocier en me laissant vivre chacune d'entre elles distincte des autres. Je ressentais tout : les contractions des biceps de Clay sous mes mains, la sueur qui coulait de sa poitrine à la mienne, la pression et la démangeaison de sa chaussette contre mon mollet, ses palpitations en moi. J'avais envie de tout figer ainsi jusqu'à l'avoir mémorisé. C'était ça, être en vie.

Je me resserrai autour de lui, l'entendis répondre d'un gémissement et sentis ma propre réaction me traverser en un frisson. La perfection de l'instant s'évanouit en un soudain besoin d'atteindre une autre sorte de perfection, une autre image idéale de la vie.

— Maintenant, lui dis-je. S'il te plaît.

Clay pencha le visage vers le mien et m'embrassa vigoureusement tout en s'activant en moi. Je sentis s'accumuler les vagues de l'orgasme, le goûtai dans ses baisers. J'enveloppai Clay, enchevêtrant mes jambes et les siennes, l'attirant contre moi. Alors que je m'apprêtais à me perdre en lui, il rompit le baiser et tendit les mains pour y enrouler mes cheveux. Au lieu de reculer la tête, il garda le visage au-dessus du mien, les yeux si proches que je ne voyais rien d'autre que du bleu.

— Ne me fais plus jamais de frayeurs pareilles, souffla-t-il. Si je t'avais perdue... Je ne peux pas te perdre.

Je levai les mains vers ses cheveux et l'embrassai. Cette fois encore, il s'arrêta en plein baiser.

— Promets-le-moi, dit-il. Promets-moi de ne plus jamais prendre de tels risques.

Lorsque je le lui promis, il baissa le visage vers le mien et nos derniers vestiges de contrôle nous échappèrent alors.

Jeremy frappa à ma porte avant que l'aube perce entre les arbres devant ma fenêtre. Clay ouvrit les yeux, mais ne fit pas mine de se lever ni même de répondre.

— J'ai besoin de vous deux en bas, déclara Jeremy à travers la porte close.

Je lançai un coup d'œil à Clay et attendis qu'il réponde. Il n'en fit rien.

— Tout de suite, dit Jeremy.

Clay garda le silence trente secondes de plus, puis grommela « Pourquoi ça ? » sur un ton que je ne l'avais jamais entendu employer avec Jeremy. Ce qui désarçonna également celui-ci, qui resta de longues secondes sans répondre.

— Descendez, dit-il enfin. Tout de suite.

J'entendis ses pas s'éloigner dans le couloir.

— J'en ai ras le bol, dit Clay en rejetant les couvertures. On ne va nulle part. Tout ce qu'on a fait pour l'instant, c'est tourner en rond. On leur court après, on s'enfuit, et ainsi de suite. Et ça nous a menés à quoi ? À la mort de Logan, à celle de Peter, et on a échappé de peu à celle de Jeremy et à la tienne. Maintenant que tu es en danger, il a tout intérêt à chercher une solution.

— C'est ce que je fais, répondit la voix de Jeremy flottant depuis l'escalier. C'est pour ça que je vous demande de descendre.

Des taches rouges fleurirent sur les joues de Clay. Il avait oublié que Jeremy l'entendait aussi bien depuis le bas des marches que depuis la porte de la chambre. Il marmonna une vague excuse et sortit du lit.

Antonio et Nick se trouvaient déjà dans le bureau, en train de grignoter le contenu d'une assiette de viande froide et de fromage. Lorsqu'on franchit la porte, Jeremy déposait des cafés pour nous près du canapé.

— Je sais que tu t'inquiètes pour Elena, Clayton, dit-il tandis qu'on s'installait. Comme nous tous. C'est pour ça que je vais la renvoyer. Aujourd'hui même.

— Quoi ? demandai-je en me redressant brusquement. Attends une minute. Ce n'est pas parce que je me suis fait des frayeurs hier soir que…

— Tu n'es pas la seule à avoir eu des frayeurs, Elena. Daniel t'a prise pour cible et il semblerait que LeBlanc aussi. L'un d'eux veut te capturer, l'autre te tuer. Tu crois sincèrement que je vais rester assis à attendre de voir lequel y parvient en premier ? J'ai perdu Logan et Peter. Je ne veux pas courir le risque, même infime, de perdre quelqu'un d'autre. J'ai commis une erreur hier en te laissant nous accompagner alors même que je savais que Daniel te voulait. Je ne veux pas en commettre une autre en te laissant demeurer ici un jour de plus.

Je jetai un coup d'œil à Clay, m'attendant à ce qu'il proteste aussi, mais il tenait son café à mi-chemin de ses lèvres et en scrutait les sombres profondeurs comme une diseuse de bonne aventure cherchant réponse au fond d'une tasse de thé. Il le reposa enfin sans y avoir touché. Même Jeremy le regarda, en attente d'une objection qui ne vint pas.

— Génial, répondis-je. Une crise de panique et on veut m'enfermer sous bonne garde. Et je peux savoir où tu comptes me cacher ? Ou tu ne peux pas me confier cette information ?

Jeremy poursuivit sur le même ton égal :

— Au dernier endroit où les cabots iraient te chercher. Tu rentres à Toronto.

— Qu'est-ce que je suis censée foutre là-bas ? Me terrer quelque part pendant que les hommes se battent ?

— Tu ne seras pas seule. Clay va t'accompagner.

— Holà ! m'écriai-je en me levant d'un bond. Tu plaisantes, j'espère ?

Je me tournai vers Clay. Il n'avait pas bougé.

— Tu n'as pas entendu ? Dis quelque chose, merde.

Clay ne répondit rien.

— Qu'est-ce qu'on est censés faire à Toronto ? demandai-je. Nous cacher dans une chambre d'hôtel ?

— Non, tu vas faire exactement la même chose qu'en temps ordinaire. Rentrer chez toi, reprendre ton travail si tu veux, retrouver la vieille routine. C'est ça qui te protégera. La familiarité. Tu connais ton immeuble, les itinéraires que tu empruntes, les restaurants et magasins que tu fréquentes. Tu seras plus à même de repérer les dangers potentiels que dans un environnement moins connu. Et tu seras plus à ton aise.

— À mon aise, bredouillai-je. Je ne peux pas emmener Clay chez moi. Tu le sais très bien, merde.

Clay releva brusquement la tête, comme arraché à un profond sommeil.

— Et pourquoi ça ?

Quand je croisai son regard, je compris qu'il ignorait que je vivais avec Philip. J'ouvris la bouche pour répondre, mais la vue de son expression me coinça les mots dans la gorge.

— Tu vas devoir te débarrasser de lui, dit Jeremy. Appelle-le et demande-lui de partir.

— Se débarrasser de qui ? Appeler…

Clay s'interrompit. Une expression blessée passa sur son visage. Il me dévisagea un long moment. Puis se leva et quitta la pièce.

Il est vrai que Jeremy possédait davantage de talents et y excellait davantage que toute autre personne de ma connaissance. Il savait parler et traduire plus d'une dizaine de langues, poser une attelle de sorte que la fracture guérisse parfaitement, peindre des scènes que je n'aurais jamais pu ne serait-ce qu'imaginer, et arrêter d'un regard un loup de cent kilos en train de charger. Mais il ne connaissait strictement rien aux relations amoureuses.

— Merci, dis-je après le départ de Nicholas et d'Antonio. Merci beaucoup.

— Il est au courant de l'existence de cet homme, répondit Jeremy. Je pensais qu'il savait que vous viviez ensemble.

— Et si ce n'était pas le cas ? Tu avais décidé de l'humilier devant Nick et Tonio ?

— Je te dis que je croyais qu'il savait.

— Eh bien, il est au courant maintenant, et tu vas devoir faire avec. Hors de question qu'il m'accompagne à Toronto, à supposer même que j'y aille.

— Tu vas y aller et lui aussi. En ce qui concerne cet homme, il s'est installé chez toi, non ? C'était ton appartement en premier lieu.

Je ne demandai pas à Jeremy comment il le savait. Je ne répondis pas non plus.

—Alors tu peux lui demander de partir, poursuivit-il.

—L'appeler pour lui dire que je rentre aujourd'hui et que je veux qu'il dégage avant ?

—Je ne vois pas où est le problème.

J'éclatai d'un rire âpre.

—On ne largue pas l'homme avec qui on vit par téléphone. On ne coupe pas tous les ponts en un clin d'œil. On ne lui donne pas quelques heures pour libérer l'appartement, pas sans lui donner une raison en béton.

—Tu en as une.

—Ce n'est pas… (Je m'interrompis et secouai la tête.) Je vais formuler ça de manière que tu comprennes. Si je l'appelle pour lui dire que tout est fini, il refusera de partir. Il exigera une explication et restera jusqu'à ce que je lui en donne une qui le satisfasse. En d'autres termes, il fera des histoires. Ça te suffit, comme raison ?

—Alors ne romps pas avec lui. Contente-toi de rentrer chez toi.

—Avec Clay ? Jamais de la vie. Si tu tiens à me faire escorter par une baby-sitter, choisis plutôt Nick. Il saura se tenir, lui.

—Clay connaît Toronto. Et rien ne pourra le distraire de la mission consistant à te protéger. (Jeremy se dirigea vers la porte.) Je vous ai réservé deux places pour un vol en début d'après-midi.

—Pas question que…

Jeremy était déjà parti.

Ce fut ensuite au tour de Clay de se disputer avec Jeremy. Je ne les espionnai pas, mais il m'aurait fallu quitter la maison pour ne pas les entendre. Et, comme la conversation concernait mon avenir, je ne voyais aucune raison de ne pas les écouter. Clay n'aimait pas plus que moi cet arrangement. Son instinct le poussait avant toute chose à protéger son Alpha, ce qu'il ne pourrait faire à des centaines de kilomètres de distance. Malheureusement, l'instinct lui dictant d'obéir à Jeremy était presque aussi puissant. Tandis que je les écoutais en débattre énergiquement, Clay protestant assez fort pour noyer la voix de Jeremy qui insistait calmement, je priai pour que Clay remporte la partie et qu'on nous autorise à rester. Jeremy tint bon. J'allais donc partir et, comme Clay était responsable de m'avoir imposé cette vie, c'était à lui de s'assurer que j'y survive.

Plantée dans le bureau, je fulminais. Puis je pris une décision. Je ne rentrerais pas à Toronto et je n'emmènerais Clay nulle part. Personne ne pouvait m'y contraindre.

Je sortis dans le couloir vide, ramassai mes clés et mon portefeuille sur la table puis me dirigeai vers la porte du garage. Je m'apprêtais à rejoindre ma voiture quand je m'arrêtai. Où allais-je ? Où pouvais-je aller ? Si je partais, je ne pouvais rentrer ni à Toronto, ni à Stonehaven. Au lieu de choisir entre deux vies, j'abandonnerais les deux. Mes doigts se crispèrent sur mes clés, enfonçant assez fort le métal dans ma paume pour me faire saigner. J'inspirai et fermai les yeux. Je ne pouvais pas partir, mais, si je partais, je devrais obéir à Jeremy. Personne ne pouvait exercer ce genre de pouvoir sur moi. Je ne les laisserais pas faire.

Tandis que je contournais la voiture, j'entendis crisser des semelles sur le béton et levai les yeux pour voir Jeremy près de la portière passager, poignée en main.

— Où est-ce qu'on va ? demanda-t-il calmement.

— Je pars.

— Je le vois bien. Je répète ma question : où est-ce qu'on va ?

— On ne…

Je m'interrompis et balayai le garage du regard.

— La voiture de Clay est juste là, dit Jeremy d'une voix toujours égale et impassible. Tu as les clés, mais pas la télécommande de l'alarme. L'Explorer est dehors. Pas d'alarme, mais elle se trouve à quinze mètres. La Mercedes est plus proche, mais tu n'as pas les clés. On fonce jusqu'à l'Explorer ? Ou tu préfères te ruer dans l'allée et voir si tu me bats à la course ?

— Tu ne peux pas…

— Mais si, je peux. Tu ne vas pas partir. La cage est en bas. Je n'hésiterai pas à m'en servir.

— Ce n'est pas…

— Oui, c'est affreusement injuste. Je sais. Personne ne te ferait ça dans le monde des humains, hein ? Ils te reconnaîtraient le droit de te suicider.

— Je ne…

— Si tu pars seule, c'est du suicide. Je ne te laisserai pas faire. Soit tu vas à Toronto avec Clay, soit je t'enferme ici jusqu'à ce que tu acceptes.

Je jetai les clés sur le sol de ciment et tournai le dos à Jeremy. Au bout d'une minute de silence, je déclarai :

— Ne m'oblige pas à l'emmener. Tu sais quel mal j'ai eu à me construire une vie là-bas. Tu m'as toujours dit que tu me soutenais sur ce point, malgré ton désaccord. Envoie-moi ailleurs ou attribue-moi une autre escorte. Ne m'oblige pas à emmener Clay. Il va tout foutre en l'air.

— Mais non, je ne vais rien foutre en l'air.

Clay avait parlé d'une voix aussi douce que celle de Jeremy, à tel point que j'hésitai, croyant les avoir confondues.

La porte de la maison se referma avec un déclic lorsque Jeremy rentra. Je ne me retournai pas pour regarder Clay.

— Le plus important, dans l'immédiat, c'est de te protéger, dit-il. Que je sois en colère n'y change rien. Je peux très bien m'intégrer là-bas, Elena. Ce n'est pas parce que je ne le fais pas que je n'en suis pas capable. J'étudie et je pratique l'intégration depuis l'âge de huit ans. Pendant quinze ans, je n'ai rien fait d'autre qu'étudier le comportement humain. Une fois que je l'ai compris et que je me suis reconnu capable de m'intégrer, j'ai arrêté d'essayer. Pourquoi ? Parce que ce n'est pas nécessaire. Du moment que je modifie assez mon comportement public pour ne pas m'inquiéter d'être attaqué par des foules armées de balles d'argent, ça suffit à Jeremy et au reste de la Meute. Si j'en faisais plus, je me trahirais. Je refuse de faire ça sans raison. Mais ta protection, c'est une raison suffisante. Ce type ne verra sans doute pas en moi la personne la plus sympa au monde, mais il n'aura aucune raison de penser pire que ça. Je ne détruirai rien.

— Je ne veux pas de toi là-bas.

— Et je n'ai pas envie d'y aller. Mais aucun d'entre nous n'a son mot à dire dans l'histoire, hein ?

J'entendis de nouveau le déclic de la porte. Quand je me retournai, Clay était parti. Jeremy, de retour, me tenait la porte ouverte. Je le fusillai du regard, puis détournai les yeux et rentrai dans la maison sans ajouter un mot.

Cet après-midi-là, je pris avec Clay un vol pour Toronto.

Descente

Ça allait être une catastrophe. Mon moral chutait à mesure que l'avion gagnait en altitude. Pourquoi avais-je laissé Jeremy me faire ça ? Savait-il qu'il s'apprêtait à gâcher ma vie ? S'en souciait-il seulement ? Comment pourrais-je amener Clay dans l'appartement que je partageais avec Philip ? J'étais sur le point de conduire l'homme avec lequel j'avais couché dans le foyer de celui envers lequel je m'étais engagée. J'avais toujours eu le plus grand mal à croire aux histoires entendues sur les gens qui faisaient furtivement entrer chez eux leur amant ou maîtresse comme gouvernante, nourrice ou jardinier. Pour se livrer à de tels actes, il fallait être un déchet humain dépourvu de toute moralité… ce qui décrit assez bien la façon dont je me percevais en ce moment même.

J'avais appelé Philip le matin pour l'avertir que je rentrais en compagnie d'un invité. Je lui avais expliqué que Clay était mon cousin, le frère de Jeremy, et qu'il envisageait de déménager à Toronto, si bien que j'avais accepté de l'accueillir une semaine, le temps qu'il trouve du travail. Philip avait accepté de bonne grâce, même si, quand il disait qu'il apprécierait de rencontrer mes cousins, il parlait sans doute de les inviter à dîner, pas de partager notre minuscule appartement.

Et Clay ? Jeremy devait savoir à quel point tout ça le blesserait. Une fois encore, s'en moquait-il ? Comment

Clay et moi étions-nous censés nous entendre dans ces circonstances ? Nous devions vivre ensemble dans un deux pièces sans aucun membre de la Meute pour servir de tampon. Jusqu'ici, nous n'avions pas échangé un seul mot depuis que Clay était sorti du garage ce matin-là. À une demi-heure de notre arrivée à Toronto, nous étions assis côte à côte comme des étrangers.

— Où est-ce que tu habites ? demanda Clay.

Le son de sa voix me fit sursauter. Je lui lançai un coup d'œil, mais il regardait droit devant lui comme s'il parlait à l'appui-tête du siège de devant.

— Où est-ce que tu habites ? répéta-t-il.

— Heu… Près du lac, répondis-je. Au sud de Front Street.

— Et tu travailles où ?

— Au niveau de Bay et Bloor.

Il donnait simplement l'impression de me faire la conversation, mais je savais bien que non. Derrière ses yeux, son cerveau tournait à plein régime, estimant la géographie et calculant les distances.

— La sécurité ? demanda-t-il.

— Plutôt bonne. Mon immeuble a une entrée sécurisée. Rien de sophistiqué. Des serrures et un interphone, un verrou et une chaîne sur ma porte.

Clay renifla. Si un cabot arrivait à franchir la porte d'entrée, tous les verrous du monde ne pourraient l'empêcher de pénétrer dans mon appartement. J'avais déjà parlé à Philip d'installer un système de sécurité, mais il pensait que la seule manière fiable de protéger son foyer était une bonne police d'assurance. Je ne pouvais pas lui dire que je craignais d'être attaquée. Ça collait mal avec l'image d'une femme qui va se promener seule à 2 heures du matin.

— Sur mon lieu de travail, il y a un agent de sécurité au premier étage, répondis-je. Il faut une carte d'identité pour entrer dans mon bureau. Et l'endroit est bondé. Si je m'en tiens aux horaires normaux, personne n'ira me chercher là-bas. Je ne suis même pas obligée de retourner travailler, en fait…

— Tu dois t'en tenir à la routine, comme l'a dit Jeremy.

Clay regarda par la vitre.

— Alors, reprit-il, je suis censé être qui ?

— Mon cousin. Qui vient en ville chercher du travail.

— C'est nécessaire ?

— Ça paraissait convaincant. Si tu es mon cousin, je suis obligée de t'héberger…

— Je parlais de cette histoire de recherche de boulot. Je ne suis pas venu en chercher, Elena, et je ne veux pas de scénario élaboré à suivre. Tu n'as qu'à dire que je suis en ville pour travailler à l'université – mon boulot normal. Je vais y contacter quelques personnes, m'arrêter au département d'anthropologie, peut-être faire quelques recherches. Ça restera plausible.

— Bien sûr, mais ça paraît plus facile de dire…

— Pas question que je joue un rôle, Elena. Pas plus que nécessaire.

Il se tourna vers la vitre et ne prononça plus un mot de tout le restant du trajet.

Malgré tout ce que j'avais pu ressasser pendant le vol, l'impact de ce que nous étions en train de faire ne me heurta de plein fouet qu'une fois à l'aéroport. Nous avions récupéré nos bagages et nous dirigions vers la station de taxis quand je me rendis compte que je m'apprêtais à emmener Clay dans l'appartement que je partageais avec Philip. Ma poitrine se serra, mon cœur se mit à cogner, et la panique commençait à me gagner lorsqu'on atteignit l'entrée.

Clay me dépassait d'un bon pas. Je tendis la main pour lui saisir le bras.

— Tu n'es pas obligé de faire ça, lui dis-je.

Il ne me regarda pas.

— C'est ce que veut Jeremy.

— Mais ça ne veut pas dire que tu es *obligé*. Il veut que je sois en sécurité, non ? Il doit exister un autre moyen.

Clay continua à me tourner le dos.

— J'ai dit que je resterais avec toi. Et je compte bien le faire.

— Tu peux le faire sans entrer dans mon appartement.

Il s'arrêta et se tourna juste assez pour que je le voie de quart de profil.

— Et je ferais comment ? Je dormirais dans la ruelle devant ton immeuble ?

— Non, je veux dire qu'on n'est pas obligés d'aller chez moi. On peut aller ailleurs. Dans une chambre d'hôtel par exemple.

— Et tu m'accompagnerais ?

— Oui, bien sûr.

— Tu resterais avec moi ?

— Exactement. Tout ce que tu voudras.

J'entendais dans ma propre voix une nuance de désespoir que je méprisais, mais je ne pouvais m'en empêcher. Mes mains tremblaient tellement que les gens, autour de nous, commençaient à nous regarder fixement.

— Tout ce que tu voudras, répétai-je. Jeremy n'en saura rien. Il a dit qu'il ne nous contacterait pas par téléphone, alors il ne saura pas si on loge dans mon appartement. Je serai en sécurité et en ta compagnie. C'est l'essentiel, non ?

Clay resta près d'une minute immobile. Puis il se tourna lentement vers moi. J'aperçus alors une sorte de lueur d'espoir dans ses yeux, mais elle disparut sitôt qu'il vit mon expression. Sa mâchoire se crispa et il soutint mon regard.

— Très bien, dit-il. Tout ce que je voudrai ?

Il se tourna vers une rangée de téléphones publics et s'empara du combiné le plus proche.

— Appelle-le.

— Il nous a dit de ne pas l'appeler. Pas de contacts par téléphone.

— Pas Jeremy. Ce type. Appelle-le et dis-lui que tout est fini. L'appartement est à lui. Tu récupéreras tes affaires plus tard.

— Ce n'est pas…

— Ce n'est pas ce que tu voulais dire, hein ? Je m'en doutais. Quels sont tes plans, alors ? Faire la navette entre nous deux jusqu'à ce que tu aies pris ta décision ?

— Je l'ai déjà prise. Ce qui s'est passé à Stonehaven était une erreur, comme ça l'a toujours été. Je ne t'ai jamais embobiné là-dessus. Tu savais qu'il y avait quelqu'un d'autre. Mais il se produit toujours la même saloperie quand je retourne là-bas. Je me laisse piéger. Je m'égare.

— Quand tu retournes où ? Dans cette maison ? Un tas de briques et de mortier ?

— Là-bas, répétai-je en serrant les dents. Ce monde et tout ce qui en fait partie, toi compris. Je n'en ai aucune envie, mais chaque fois que je suis là-bas, je suis incapable de résister. Ça prend le dessus.

Il éclata d'un rire âpre.

— N'importe quoi. Il n'y a rien dans ce monde-ci, ni dans celui-là, ni dans aucun monde que tu ne puisses pas combattre, Elena. Tu sais comment il s'appelle, le sortilège lié à cet endroit ? Le bonheur. Mais tu refuses de l'admettre car, pour toi, le seul bonheur acceptable se trouve dans le monde « normal », avec des amis « normaux » et un mec « normal ». Tu es obstinée à te rendre heureuse avec ce genre de vie, même si ça doit te tuer.

Les gens nous regardaient ouvertement à présent. L'alarme aurait dû se déclencher dans ma tête pour m'avertir que je n'agissais pas comme il se devait dans le monde des humains. Mais elle n'en faisait rien. Je m'en foutais. Je pivotai sur mes talons et fusillai du regard les deux femmes âgées qui émettaient de petits bruits désapprobateurs derrière moi. Elles reculèrent en ouvrant de grands yeux. Je me dirigeai d'un pas vif vers la sortie.

— Quand est-ce que tu l'as appelé pour la dernière fois ? me lança Clay derrière moi.

Je m'arrêtai.

Il me rejoignit et baissa la voix afin que personne d'autre ne puisse entendre.

— Sans compter le coup de fil de ce matin, pour le prévenir qu'on arrivait. Ton dernier appel remonte à quand ?

Je ne répondis rien.

— Dimanche, dit-il. Il y a trois jours.

— J'étais occupée, répondis-je.

— N'importe quoi. Tu l'avais oublié. Tu crois qu'il te rend heureuse, que cette vie te rend heureuse ? Alors voilà ta chance. Emmène-moi là-bas. Montre-moi à quel point ça te rend heureuse. Prouve-le-moi.

— Je t'emmerde, aboyai-je avant de me diriger vers la porte.

Clay me suivit, mais trop tard. Je quittai l'aéroport et montai dans un taxi avant qu'il puisse me rattraper. Je claquai la portière, manquant ses doigts de très peu, puis donnai mon adresse au chauffeur. Lorsqu'on démarra, je m'autorisai la petite satisfaction de regarder dans le rétroviseur et de voir Clay planté sur le trottoir.

Dommage que je ne lui aie pas dit plus précisément où j'habitais. « Près du lac », ça couvrait pas mal de terrain… et pas mal d'immeubles.

Quand j'atteignis le mien, je sonnai à l'interphone. Philip me répondit et parut surpris que je m'annonce. Je n'avais pas perdu ma clé. Ne me demandez pas pourquoi j'avais sonné pour entrer. J'espérais seulement que lui non plus ne me poserait pas la question.

Parvenue à l'étage, je trouvai Philip dans le couloir, à la sortie de l'ascenseur. Il tendit la main pour me serrer contre lui. Je me raidis par réflexe, puis lui rendis son étreinte.

— Tu aurais dû appeler de l'aéroport, dit-il. J'attendais ton coup de fil pour venir vous chercher. (Il regarda par-dessus mon épaule.) Où est notre invité ?

— Il a été retardé. Peut-être indéfiniment.

— Il ne vient pas ?

Je haussai les épaules et feignis de bâiller.

— Le vol a été rude. Pas mal de turbulences. Tu ne peux pas savoir comme je suis contente de rentrer.

— Pas autant que moi de te voir, chérie, dit Philip en m'escortant dans l'appartement. Va t'asseoir. Je suis passé chercher du poulet rôti chez le traiteur. Je vais le réchauffer.

— Merci.

Je n'avais même pas retiré mes chaussures quand on cogna à la porte. Je pensai l'ignorer, mais ça ne servirait à rien. Philip n'avait peut-être pas mon ouïe, mais il n'était pas sourd.

J'ouvris brusquement. Clay se tenait là, nos bagages en main.

— Comment as-tu…, commençai-je.

Il me tendit mon sac de voyage. Une étiquette affichant mon nom et mon adresse, notés d'une écriture soigneuse, pendait à la poignée.

— Le livreur de pizzas m'a tenu la porte ouverte, dit-il. Géniale, la sécurité.

Il entra et jeta nos bagages près du portemanteau. La porte de la cuisine s'ouvrit derrière moi. Je me raidis et écoutai approcher les pas de Philip. Je voulus faire les présentations mais les mots restèrent coincés dans ma gorge. Et si l'histoire ne convenait pas à Clay ? Était-il trop tard pour en changer ? Pour le flanquer à la porte ?

— Vous devez être le cousin d'Elena, dit Philip en s'avançant vers lui, main tendue.

— Clay, réussis-je à articuler. Clayton.

Philip sourit.

— Ravi de vous rencontrer. Vous préférez quoi ? Clayton ou Clay ?

L'intéressé ne répondit rien. Il ne jeta pas même un coup d'œil à Philip, qu'il n'avait pas regardé depuis son entrée dans la pièce. Il gardait les yeux fixés sur les miens. J'y voyais couver une colère mêlée d'indignation et d'humiliation. Je m'attendais à une explosion. Qui n'eut pas lieu. Il opta plutôt pour une impolitesse éhontée, ignorant Philip, son salut, sa question et sa main tendue pour se diriger à grands pas vers le salon.

Le sourire de Philip ne faiblit qu'une seconde, puis il se tourna vers Clay, qui se tenait à la fenêtre et nous tournait le dos.

— Le canapé-lit est juste ici, dit-il en désignant la pile de draps et couvertures qu'il y avait posée. J'espère qu'il n'est pas trop inconfortable. Il n'a jamais servi, n'est-ce pas, chérie ?

La mâchoire de Clay se crispa, mais il continua à regarder par la fenêtre.

— Non, répondis-je.

Je m'efforçai de trouver quelque chose à ajouter, ou un autre sujet à aborder, mais rien ne me vint.

— Nous sommes *censés* avoir vue sur le lac, déclara Philip avec un petit rire forcé. Je crois que si vous vous tenez trois pas à gauche de la fenêtre entre 13 heures et 14 heures et que vous vous tournez vers la droite en plissant les yeux, vous entrapercevez un bout du lac Ontario. Enfin, en théorie.

Clay ne disait toujours rien. Moi non plus. Un silence mortel planait dans la pièce, comme si Philip parlait dans le vide sans que ses mots laissent d'écho ni d'impression. Il poursuivit :

— L'autre côté de l'immeuble dispose d'une meilleure vue de Toronto. C'est une ville géniale. Des équipements de niveau international mais un coût de vie peu élevé, un taux de criminalité bas et des rues propres. Je pourrai peut-être quitter le travail plus tôt demain pour vous balader en voiture avant le retour d'Elena.

— Pas la peine, répondit Clay.

Il avait parlé entre ses dents, ce qui camouflait son accent au point de le rendre méconnaissable.

— Clay a vécu ici, à Toronto, dis-je. Un certain temps. Il y a… hum… quelques années.

— Et ça vous avait plu ? demanda Philip.

Comme Clay ne répondait pas, il s'obligea à émettre un autre petit rire.

— Si vous revenez, j'en déduis que l'expérience n'a pas dû être si terrible.

Clay se tourna vers moi.

— J'ai de bons souvenirs.

Il soutint mon regard un moment, puis se détourna pour se diriger vers la salle de bains. Quelques secondes plus tard, j'entendis couler la douche.

— N'hésite pas à prendre une douche si tu en as envie, marmonnai-je en roulant les yeux. La sympathie incarnée, hein ?

Philip sourit.

— Alors ce n'est pas le décalage horaire ?

— J'aimerais bien. J'aurais dû te prévenir. Il a des troubles de la personnalité non diagnostiqués qui le rendent antisocial. Ne le laisse pas t'emmerder pendant son séjour. Ignore-le ou dis-lui d'aller se faire foutre.

Philip haussa les épaules. Je crus d'abord que c'était à cause de ma description de Clay, mais, le voyant me dévisager, je répétai mentalement ce que je venais de dire et y perçus sarcasme et mordant. Philip n'était pas habitué à cette Elena-là. Salaud de Clay.

— Je blague, ajoutai-je. Le vol a été long. Le temps qu'on arrive à l'aéroport, j'avais perdu patience et on s'est un peu accrochés.

— Perdu patience ? répéta Philip en s'approchant pour m'embrasser sur le front. Je ne t'en croyais pas capable.

— Clayton fait ressurgir le pire en moi. Avec un peu de chance, il ne restera pas longtemps ici. Mais il fait partie de la famille, alors je dois le supporter jusqu'à son départ.

Je me tournai vers la cuisine et reniflai d'un air théâtral.

— On dirait que le poulet est prêt.

— On attend ton cousin ?

— Il ne nous attendrait pas, lui, répondis-je avant de me diriger vers la cuisine.

La seule chose positive que je puisse dire de cette soirée, c'est qu'elle fut brève. Clay sortit de la douche (habillé, Dieu merci), entra dans le salon et tira un de mes livres de la bibliothèque. Nous étions toujours en train de manger. J'allai le lui annoncer dans le salon. Il grommela qu'il mangerait plus tard et j'en restai là. Quand on eut terminé et débarrassé, il était assez tard pour que je prétexte l'épuisement et file au lit. Philip me suivit. Je compris aussitôt que j'avais oublié un détail concernant la vie commune. Le sexe.

J'enfilais ma chemise de nuit quand Philip entra. Je n'étais pas trop branchée lingerie nocturne, ayant dormi en sous-vêtements depuis que j'avais quitté ma dernière famille adoptive, mais, quand Philip s'était installé avec moi et que j'avais remarqué qu'il portait un pantalon de pyjama au lit, j'avais songé que je pourrais peut-être porter quelque chose, moi aussi. J'avais essayé la lingerie, toutes ces fanfreluches minuscules et sexy sur lesquelles s'extasient les magazines féminins. Mais cette saleté de dentelle démangeait à des endroits inhabituels, l'élastique me pinçait, les bretelles se tordaient, et j'avais donc décidé que ces choses-là ne devaient être portées que juste avant le sexe et délaissées ensuite au profit de tenues plus confortables. Comme la dentelle noire et le satin rouge ne semblaient, de toute façon, guère exciter Philip, j'y avais renoncé au profit de tee-shirts trop grands. Puis il m'avait offert à Noël une chemise de nuit blanche descendant au genou. Très féminine, assez vieux jeu et un rien trop virginale à mon goût, mais je la portais parce qu'elle lui plaisait.

Il attendit que je me sois brossée puis m'approcha par-derrière et se pencha pour m'embrasser dans le cou.

— Tu m'as manqué, murmura-t-il contre ma peau. Je ne voulais pas me plaindre, mais la séparation était plus longue que prévue. Encore quelques jours et tu aurais reçu de la visite à New York.

Je faillis m'étouffer et tentai de le cacher derrière un rire sifflant et un peu factice. Philip à Bear Valley. Scénario encore plus infernal que l'actuel.

Ses lèvres se déplacèrent vers ma nuque. Il s'appuya contre moi et glissa une main sous ma chemise de nuit qu'il remonta jusqu'à ma hanche. Je me raidis. Sans y réfléchir, je jetai un coup d'œil à la porte de la chambre. Le regard de Philip suivit le mien dans le miroir.

— Ah, dit-il avec un petit rire. J'avais oublié notre invité. On pourrait faire ça sans bruit, mais si tu préfères attendre qu'on ait un peu plus d'intimité…

Je hochai la tête. Philip m'embrassa de nouveau dans le cou, feignit un soupir, puis rejoignit notre lit. Je savais que j'aurais dû me blottir contre lui, le câliner, discuter. Mais je ne pouvais pas.

Je ne pouvais vraiment pas.

Ça allait être une catastrophe.

Installation

Le lendemain matin, je sentis au réveil une odeur de pain perdu et de bacon. Je consultai l'heure. Près de 9 heures. Philip partait normalement vers 7 heures. Il avait dû rester plus tard pour préparer le petit déjeuner. Très agréable surprise.

Je sortis de la chambre pour aller dans la cuisine. J'y trouvai Clay aux fourneaux, en train de fourrer une spatule sous une montagne de bacon. Il se tourna vers moi lorsque j'entrai. Ses yeux balayèrent ma chemise de nuit.

— C'est quoi, ce truc ? demanda-t-il.

— Une chemise de nuit.

— T'as dormi avec ?

— Dans le cas contraire, ce serait une chemise de jour, non ? rétorquai-je.

Ses lèvres frémirent comme s'il ravalait un rire.

— C'est… mignon comme tout, chérie. On dirait le genre de chose que t'achèterait Jeremy. Ah oui, au fait. Il t'a envoyé des fleurs.

— Jeremy ?

Clay secoua négativement la tête.

— Elles sont près de la porte d'entrée.

Je trouvai dans l'entrée une douzaine de roses rouges dans un vase plaqué argent. La carte disait :

« J'ai préféré te laisser dormir. Ravi de te retrouver. Tu m'as manqué. Philip. »

Pourquoi m'étais-je inquiétée ? Rien n'avait changé. Philip était toujours aussi attentionné. Un sourire aux lèvres, je soulevai le vase et lui cherchai un emplacement. La table du salon ? Non, les fleurs étaient trop grandes. Celle de l'entrée ? Trop de passage. La cuisine ? J'ouvris la porte. Pas la place.

— La chambre, murmurai-je avant de faire demi-tour.

— Et de l'eau, cria Clay derrière moi.

— Quoi ?

— Elles ont besoin d'eau.

— Je le savais.

— Et de soleil, ajouta-t-il.

Je ne répondis pas. Je me serais rappelé l'eau et le soleil… plus tard. Je dois avouer que je n'avais jamais bien compris la coutume consistant à envoyer des fleurs. C'est vrai qu'elles étaient jolies, mais elles ne faisaient rien de particulier. Je ne veux pas dire que je ne les appréciais pas. Bien sûr que si. Jeremy cueillait toujours au jardin des fleurs fraîches qu'il plaçait dans ma chambre, et je les appréciais. Bien entendu, s'il ne les avait pas placées au soleil et arrosées, je n'en aurais pas profité longtemps. J'étais bien plus douée pour tuer les choses que pour les maintenir en vie. Encore heureux que je n'aie jamais prévu d'avoir d'enfants.

Après avoir disposé les roses et rempli le vase d'eau, je regagnai la cuisine. Clay posa deux tranches de pain grillé sur mon assiette et en souleva une troisième.

— Ça ira, lui dis-je en retirant mon assiette.

Il haussa les sourcils.

— Je veux dire que ça ira pour l'instant, répondis-je. J'en reprendrai d'autres après, évidemment.

— C'est tout ce que tu manges quand il est là ? Ça m'étonne que tu arrives à partir bosser sans tomber dans les pommes. Tu ne peux pas manger comme ça, Elena. Ton métabolisme a besoin…

Je reculai ma chaise. Clay se tut et me servit mon bacon avant de garnir sa propre assiette et de s'asseoir.

— À quelle heure tu pars travailler ? demanda-t-il.

— J'ai appelé hier soir en disant que j'y serais pour dix heures et demie.

— Alors on ferait mieux d'y aller. C'est loin d'ici, à pied ? Dix minutes ?

— Je prends le métro.

— Le métro ? Tu détestes ça. Tous ces gens entassés dans cette voiture minuscule, bousculés de tous côtés par des étrangers, et l'odeur…

— Je m'y suis habituée.

— Pour quoi faire ? Ce n'est pas la mer à boire, d'y aller à pied, il suffit d'aller jusqu'à Bloor et de remonter.

— Les gens ne vont pas travailler à pied, répondis-je. Ils y vont à vélo, en rollers, ou en faisant du jogging. Je n'ai ni vélo, ni rollers, et je ne sais pas courir en jupe.

— Tu portes des jupes pour aller bosser ? Tu détestes ça.

Je repoussai mon assiette et quittai la table.

Je tentai de persuader Clay qu'il pouvait marcher jusqu'à mon bureau et me laisser prendre seule le métro. Il ne voulut rien savoir. Pour ma sécurité, et en accord avec la volonté expresse de son chef, il subirait la torture du métro. J'avoue que je pris un peu trop de plaisir à le regarder se tortiller pendant les sept minutes que dura ce trajet insoutenable. Enfin, il ne se tortillait pas littéralement. Les autres passagers auraient vu un homme debout dans un wagon bondé, surveillant impatiemment notre progression sur la carte au-dessus de nous. Mais je lisais au fond de ses yeux une expression d'animal en cage, claustrophobie mêlée de révulsion et de panique naissante. Chaque fois qu'on le frôlait, il resserrait sa prise sur le poteau. Il soufflait par la bouche et gardait les yeux braqués sur la carte, ne les détournant que pour vérifier le nom de chaque station lorsque le métro ralentissait. À une occasion, il me jeta un coup d'œil. Je souris et me détendis exagérément sur mon siège. Il me fusilla du regard, se détourna et m'ignora pendant le reste du trajet.

Je déjeunai avec mes collègues de travail. Alors que nous regagnions le bureau, je vis une silhouette familière assise sur un banc devant l'immeuble où je travaillais. Je trouvai un prétexte pour ne pas rentrer et retournai vers Clay.

— Qu'est-ce qu'il y a ? demandai-je en approchant de lui.

Il se tourna et me sourit.

— Salut, chérie. Bien déjeuné ?

— Qu'est-ce que tu fais ici ?

— Je te surveille, tu te rappelles ?

Je fis une pause.

— Ne me dis pas que tu as passé la matinée assis ici.

— Bien sûr que si. J'avais l'intuition que je ne serais pas le bienvenu dans ton bureau.

— Tu ne peux pas rester assis ici.

— Pourquoi pas ? Ah, laisse-moi deviner. Les gens normaux ne restent pas assis sur des bancs dans la rue. Ne t'en fais pas, chérie. Si je vois des flics, j'irai m'asseoir de l'autre côté de la rue.

Je lançai un coup d'œil au bâtiment pour m'assurer qu'il n'en sorte personne que je connaisse.

—Je ne travaille pas au bureau toute la journée, tu sais. Je dois faire un reportage sur un meeting à Queen Park cet après-midi.

—Alors je t'accompagne. À une distance respectueuse, en m'assurant que tu n'aies pas à subir l'humiliation d'être publiquement associée à moi.

—Tu veux dire que tu vas me suivre à la trace ?

Clay sourit.

—C'est le genre de talent qui mérite d'être amélioré.

—Tu ne peux pas rester assis ici.

—Et c'est reparti…

—*Fais* quelque chose, au moins. Lis un livre, un journal, une revue.

—C'est ça, en risquant de laisser passer un cabot pendant que je fais les mots croisés.

Je levai les bras au ciel et regagnai le bâtiment d'un pas énergique. Cinq minutes plus tard, je rejoignis son banc.

—Je te manque déjà ? demanda-t-il.

Je lançai par-dessus son épaule un magazine qui atterrit sur ses genoux. Il s'en saisit, regarda la couverture et fronça les sourcils.

—Une revue sur les bagnoles ?

—C'est le genre de revues que lisent les mecs normaux. Fais au moins semblant de t'y plonger.

Il la feuilleta, s'arrêta sur la photo d'une rouquine en bikini vautrée sur le capot d'une Corvette Stingray. Il parcourut le texte puis examina l'image.

—Qu'est-ce qu'elle fout là, cette bonne femme ? demanda-t-il.

—Elle cache une rayure du capot. Ça coûtait moins cher que de refaire la peinture.

Il feuilleta quelques pages de voitures classiques et de femmes court vêtues.

— Nick avait ce genre de revues quand on était gosses. Mais sans les bagnoles. (Il tourna une photo à 90 degrés.) Et sans les bikinis.

— Fais semblant de la lire, d'accord ? demandai-je avant de me diriger vers les portes. On ne sait jamais. Peut-être qu'avec un peu de chance, tu trouveras quelque chose à ton goût.

— Je croyais que tu aimais ma voiture ?

Je commençai à m'éloigner.

— Je ne parlais pas des voitures.

Après dîner, on traîna dans l'appartement, Clay et moi, en jouant aux cartes. Au retour de Philip, j'avais déjà trente dollars et cinquante cents d'avance. Je venais de gagner ma quatrième partie d'affilée et je m'en vantais avec une totale immaturité quand il entra. Dès qu'il proposa de se joindre à nous, Clay décida qu'il était l'heure de prendre une nouvelle douche. À ce rythme-là, il serait bientôt le type le plus propre de tout Toronto. On disputa quelques parties, Philip et moi, mais ce n'était pas pareil. Il ne jouait pas pour de l'argent. Pire encore, il s'attendait à ce que je suive les règles.

Cette nuit-là, Jeremy me contacta pour s'assurer que tout allait bien. Il interdit les appels téléphoniques, mais ça ne voulait pas dire que nous n'avions aucun moyen de nous joindre. Comme je l'ai déjà dit, Jeremy avait sa propre façon de nous contacter au moyen d'une liaison psychique nocturne. Tous les loups-garous possèdent une sorte de pouvoir psychique. La plupart d'entre eux l'ignorent, car ils trouvent ça trop mystique pour des créatures habituées à communiquer avec les poings et les crocs.

Clay et moi partagions un lien mental, peut-être parce qu'il m'avait mordue. Nous ne pouvions pas lire chacun dans l'esprit de l'autre, ni quoi que ce soit d'aussi spectaculaire. Ça évoquait plutôt cette conscience mutuelle accrue que disent partager certains jumeaux, des petites choses comme éprouver un pincement quand il était blessé ou savoir quand il était proche avant même de le voir, de l'entendre ou de le sentir. Mais ce don me mettait assez mal à l'aise, si bien que je ne le cultivais pas, ni n'en admettais l'existence.

Celui de Jeremy était différent. Il pouvait communiquer avec moi pendant que nous dormions. Ce n'était pas comme si j'entendais des voix dans ma tête, ou quoi que ce soit d'aussi extraordinaire. Je dormais et rêvais que je lui parlais, mais je sentais à un niveau inconscient que c'était davantage qu'un rêve, et j'étais capable d'écouter et de répondre de manière rationnelle. C'était plutôt chouette, en réalité, même si je ne le lui avouerais jamais.

Au réveil, je sentis une odeur de crêpes. Cette fois, je sus précisément qui préparait le petit déjeuner et n'y vis aucune objection. La nourriture, c'était de la nourriture. Pour moi, rien ne valait un petit déj déjà prêt quand je me levais. J'étais incapable de cuisiner le matin. Au réveil, j'étais trop affamée pour m'activer aux fourneaux – parfois, même griller du pain me semblait trop long. Il y avait mieux encore que me faire préparer le petit déjeuner par quelqu'un d'autre : pouvoir sortir du lit et filer droit vers la table, en sautant la douche, les fringues, le brossage des cheveux et des dents, toutes ces choses indispensables pour faire de moi une compagne agréable lors des repas. Avec Clay, ça n'avait aucune importance. Il avait vu pire.

Je m'enfouis sous les couvertures. Quand le petit déjeuner était prêt, il m'apportait le café. Je n'avais qu'à attendre.

— C'est vraiment génial. On ne mange pas souvent de crêpes. Elena n'aime pas trop les petits déjeuners. En général, c'est du pain grillé et des céréales froides. Je ne sais pas si elle va vouloir de ça, mais moi, oui, sans hésiter.

Je me redressai d'un bond. Ce n'était pas la voix de Clay.

— Comment est-ce qu'on les appelle dans le Sud ? poursuivit Philip. Des *flapjacks* ? Ou des *johnnycakes* ? Je ne m'y retrouve jamais. C'est bien de là que vous venez, non ? À l'origine, je veux dire. D'après votre accent, je pencherais pour la Georgie, ou peut-être le Tennessee.

Clay grommela. Je bondis hors du lit et fonçai vers la porte. Puis j'aperçus ma chemise de nuit dans le miroir. Un peignoir. Il me fallait un peignoir.

— Votre frère Jeremy n'a pas d'accent, dit Philip. En tout cas, je n'en ai pas remarqué quand je lui ai parlé au téléphone.

Merde ! Je fouillai le placard. Où était ce peignoir ? Est-ce que j'en possédais un, d'ailleurs ?

— Mon beau-frère, répondit Clay.

— Ah oui ? Ah, je vois. Tout s'explique.

Je m'emparai d'habits que j'enfilai précipitamment, me ruai hors de la chambre et fonçai dans la cuisine. Je m'arrêtai en dérapant entre Clay et Philip.

— T'as faim ? demanda Clay, toujours tourné vers la cuisinière.

Philip se pencha pour m'embrasser sur la joue et tenta de lisser mes cheveux emmêlés.

— N'oublie pas d'appeler maman ce matin, chérie. Elle ne voulait pas s'occuper des préparatifs de la fête de Betsy sans toi. (Il se tourna vers Clay.) Ma famille adore

Elena. Si je ne l'épouse pas bientôt, ils sont capables de l'adopter.

Son regard s'attarda sur Clay. Celui-ci fit glisser trois crêpes sur une pile croissante, se détourna et les porta à table, le visage impassible. Une moue effleura les lèvres de Philip. Il se lassait sans doute de monologuer sans réponse.

— Le beurre est dans le…, commença Philip, mais Clay avait déjà ouvert le réfrigérateur. Ah oui, et le sirop est au-dessus de la cuisinière, dans le plac…

Clay tira du réfrigérateur une bouteille en verre de sirop d'érable, le genre qu'on vend à prix d'or dans les boutiques pour touristes.

— C'est nouveau, dis-je en souriant à Philip. Quand est-ce que tu l'as acheté ?

— Heu… Ce n'est pas moi.

Je me tournai vers Clay.

— Je l'ai apporté hier, répondit-il.

— Oh, je ne suis pas sûr qu'Elena aime…, commença Philip avant de s'interrompre pour nous regarder tour à tour, Clay et moi. Enfin, en tout cas, c'était très gentil.

La sonnerie du téléphone m'épargna de devoir chercher quelque réponse.

— J'y vais, annonça Philip avant de disparaître dans le salon.

— Merci, sifflai-je à Clay tout bas. Tu n'as pas pu t'en empêcher, hein ? D'abord le petit déj, ensuite le sirop. Faire tout un numéro pour montrer que tu sais ce que j'aime et l'embarrasser.

— Quel numéro ? Je n'ai pas dit un mot. C'est toi qui as parlé du sirop.

— Tu ne l'aurais pas fait ?

— Bien sûr que non. Pourquoi veux-tu ? Ce n'est pas une compétition, Elena. J'ai remarqué hier en faisant du pain perdu que tu n'avais pas de vrai sirop. Comme je sais à quel point tu te plains des ersatz, je suis allé t'en acheter.

— Et le petit déj ? N'essaie pas de me faire croire que tu ne cherches pas à faire passer un message en me préparant le petit déjeuner.

— Ouais, un message. Te faire comprendre que ça m'inquiète de ne pas te voir bien manger et que je veux m'assurer que tu prennes au moins un bon repas. En tant qu'invité, il doit simplement penser que j'essaie de me rendre utile. J'en ai fait assez pour lui.

— Tu en as fait assez pour tout l'imm…

Je m'arrêtai, regardai autour de moi et m'aperçus qu'il y avait tout juste assez de nourriture pour trois personnes normales.

— Le reste est dans le four, dit Clay. Je l'ai caché quand je l'ai entendu se réveiller. Je l'emballerai pour que tu l'emportes au travail. Si quelqu'un fait des commentaires, tu pourras dire que tu as sauté le petit déj.

Je cherchai que répondre et fus, cette fois encore, sauvée par une interruption, lorsque Philip rentra dans la cuisine.

— Le boulot, dit-il avec une grimace. Comme toujours, hein ? Il suffit que je prévoie d'arriver tard un matin pour qu'ils aient besoin de moi. Ne t'inquiète pas, chérie. Je leur ai dit que je prenais le petit déjeuner avec toi et que j'arrivais ensuite.

Il tira une chaise, s'assit et se tourna vers Clay.

— Alors, comment se passe votre recherche d'emploi ?

Nous nous étions mis d'accord, Clay et moi, pour nous retrouver à l'heure du déjeuner. Il acheta son repas chez un traiteur tout proche et on alla manger dans l'enceinte de l'université. Ce n'était pas moi qui avais choisi ce cadre. Bien que ne travaillant qu'à quelques rues de la fac de Toronto, je n'avais pas visité le campus depuis que je bossais au magazine. Pas plus que je n'y étais allée lors de mes visites à Toronto ces dix dernières années. C'était à l'université que j'avais rencontré Clay, que j'étais tombée amoureuse. C'était là aussi qu'on m'avait menti, qu'on m'avait dupée, et enfin trahie. Quand je compris où Clay comptait déjeuner ce jour-là, je me braquai. Je réfléchis à une dizaine d'excuses et à une dizaine d'autres endroits où déjeuner. Mais rien ne franchit mes lèvres. Je me rappelai ce qu'il avait dit sur Stonehaven, trop embarrassée pour avouer que je n'avais aucune envie d'aller à l'université. Ce n'était qu'un endroit, un « tas de briques et de mortier ». Peut-être y avait-il cependant là plus que de la gêne. Peut-être n'avais-je pas envie d'avouer quels échos émotionnels ce tas de briques-là faisait encore résonner en moi. Je ne voulais peut-être pas qu'il sache dans quelle mesure je me rappelais, dans quelle mesure ça m'affectait. Je m'abstins donc de tout commentaire.

On s'assit sur des bancs devant le bâtiment du University College. Les examens prenaient fin et seule une poignée d'étudiants pour qui l'agitation des cours n'était plus qu'un lointain souvenir flânaient autour de King's College Circle. Un groupe de jeunes gens jouait au *touch football* dans le cercle, ayant abandonné en tas leurs vestes de demi-saison et leurs sacs à dos près du poteau de but. Pendant notre repas, Clay parla de son article sur les cultes du jaguar d'Amérique du Sud tandis que mon esprit vagabondait dans le temps, se rappelait des conversations passées sous ces mêmes arbres, entre ces bâtiments. Je me représentai Clay toutes ces années auparavant, assis à une table de pique-nique de Queen Park, de l'autre côté de la route, discutant tout en déjeunant, tellement concentré sur nous deux que des Frisbee pouvaient lui passer en sifflant au-dessus de la tête sans qu'il les remarque. Il s'asseyait toujours dans la même position, jambes étendues de manière à placer ses pieds derrière les miens, soulignant ses paroles d'incessants gestes des mains, comme si une partie de lui avait besoin de bouger en permanence. Sa voix gardait la même tonalité, désormais si familière que je pouvais en suivre mentalement la cadence, prédire chaque inflexion, chaque changement d'intonation.

Même alors, il voulait déjà connaître mes pensées et opinions sur tout. Aucun remous de mon jeune esprit ne lui semblait trop ordinaire ni ennuyeux. Au fil du temps, je lui avais dévoilé mon passé, mes aspirations, peurs, espoirs et insécurités, toutes ces choses que je n'avais jamais imaginé partager avec quiconque. J'avais toujours redouté de me confier. Je voulais être une femme forte et indépendante, pas une orpheline esquintée au passé tout droit sorti d'un mélo à la Dickens. Je cachais mon histoire, ou, si quelqu'un l'apprenait, je prétendais que ça n'avait eu aucun impact, que ça ne m'avait pas affectée. Avec Clay, tout avait changé. Je voulais qu'il connaisse tout de moi afin de m'assurer qu'il sache ce que j'étais et m'aime malgré tout. Il m'avait écoutée et il était resté. Plus encore, il m'avait rendu la pareille. Il m'avait parlé de son enfance, de ses parents perdus suite à un drame qu'il ne se rappelait pas, de son adoption, de ses problèmes d'intégration à l'école (où on le fuyait, où on se moquait de lui), des ennuis qu'il s'attirait et des expulsions si fréquentes qu'il semblait changer d'école comme moi de famille adoptive. Il m'en avait tant raconté que je pensais le connaître totalement. Puis j'avais compris mon erreur. Parfois, cette tromperie me blessait bien plus que la morsure elle-même.

Turbulences

Philip rentra du travail à minuit passé. Clay et moi regardions un film. J'étais étendue sur le canapé. Clay bâfrait du pop-corn sur le siège inclinable. Philip entra, se plaça derrière le canapé et regarda l'écran quelques minutes.

— Un film d'horreur ? dit-il. Tu sais, je n'en ai pas vu depuis l'université. (Il contourna le canapé et vint s'asseoir près de moi.) C'est lequel ?

— *Evil Dead 2*, répondis-je en m'emparant de la télécommande. Mais il doit y avoir autre chose.

— Non, non. Laisse. (Il se tourna vers Clay.) Vous aimez les films d'horreur ?

Clay resta un moment silencieux, puis grommela une réponse évasive.

— Clay n'est pas très fan, répondis-je. Trop violent pour lui. C'est une vraie petite nature. Je suis obligée de changer de chaîne si ça devient trop sanglant.

Clay ricana.

— Celui-là est volontairement kitsch, expliquai-je à Philip. C'est une suite. Les suites des films d'horreur sont toujours pourries.

— *Scream 2*, répondit Clay.

— C'est l'exception, mais seulement parce que les scénaristes savaient que les suites sont pourries et ont joué là-dessus.

— Nan, fit Clay. L'idée…

Il s'interrompit, puis jeta un coup d'œil à Philip qui suivait notre conversation comme un tournoi de ping-pong, et enfourna une poignée de pop-corn.

— Fais passer.

— C'est moi qui l'ai acheté.

— Et c'est moi qui l'ai préparé au micro-ondes. Fais passer.

— Y en a encore deux sachets à la cuisine.

— C'est celui-ci que je veux. Fais passer.

Il jeta le saladier sur la table et le poussa vers moi du bout du pied.

— Il est vide ! m'écriai-je.

Philip éclata de rire.

— On voit que vous vous êtes connus gamins, tous les deux.

Le silence retomba. Puis Clay se leva.

— Je vais prendre une douche, dit-il.

Le lendemain était un samedi. Philip partit au golf avant mon réveil. Le golf était un sport que j'évitais. Il exigeait trop peu de moi sur un plan physique et trop sur un plan comportemental. L'automne précédent, j'avais accepté d'essayer, et Philip m'avait donc remis deux listes de règles. La première expliquait comment jouer. La deuxième, comment s'habiller et se comporter. Je savais très bien que certains sports imposaient des codes vestimentaires pour des questions de protection, mais je ne voyais pas en quoi porter un chemisier sans manches sur le terrain représentait un risque. Loin de moi l'idée d'affoler les joueurs mâles par la vue de mes épaules nues, au risque qu'ils se mettent à lancer des balles dans tous les sens. J'avais bien assez de soucis dans la vie sans devoir m'inquiéter que la longueur de mon short soit réglementaire. Et puis j'avais découvert, après quelques parties avec Philip, que le golf n'était vraiment pas mon truc. Taper de toutes ses forces dans une balle était un bon moyen d'évacuer son agressivité, mais ce n'était visiblement pas le but. Philip allait donc jouer au golf. Mais sans moi.

À son retour, on alla déjeuner tous les trois, et ce fut sans aucun doute la première occasion depuis dix ans où je ne pris aucun plaisir à un repas. Pendant vingt minutes insoutenables, Philip tenta d'engager la conversation avec Clay. Il aurait eu plus de succès en s'adressant à sa salade. Je volai à son secours en m'embarquant dans un long monologue que je dus ensuite prolonger jusqu'à l'arrivée de la note, trente-huit minutes et vingt secondes plus tard. Ce fut alors que Clay retrouva sa voix par miracle et suggéra qu'on rentre à pied à l'appartement, sachant très bien que nous étions venus dans la voiture de Philip, ce qui signifiait que celui-ci devrait rentrer seul au volant. Avant que je puisse protester, Philip se rappela soudain qu'il avait du travail au bureau, et déclara donc qu'il s'y rendrait directement si ça ne nous dérangeait pas de marcher. Sur ce, tous deux foncèrent vers la sortie comme des détenus en pleine évasion, me laissant raquer pour le pourboire.

Le dimanche matin, pendant que Philip était au golf, je m'occupai avec Clay des corvées hebdomadaires assommantes telles que le ménage, la vaisselle et les courses. Au retour des courses, je trouvai un message de Philip sur le répondeur. Je le rappelai.

— Comment s'est passée ta partie ? lui demandai-je quand il décrocha.

— Pas terrible. J'appelais à propos du dîner.

— Tu ne vas pas pouvoir rentrer à temps ?

— En fait, je voulais te proposer d'aller dîner dehors. Dans un resto sympa. (Il marqua une pause.) Rien que toi et moi.

— Génial.

— Ça ne pose pas de problème ?

— Pas du tout. Clay peut se débrouiller seul. Il déteste les repas au resto. Et puis il n'a pas apporté de tenues habillées.

— Qu'est-ce qu'il porte pour les entretiens ?

Oups.

— C'est très décontracté, chez les universitaires, répondis-je.

— Très bien. (Nouvelle pause.) Après dîner, je me disais qu'on pourrait aller voir un spectacle. On trouvera peut-être des billets de dernière minute à moitié prix.

— Ça ne va pas être facile, un week-end férié, mais on peut se débrouiller.

— Je pensais qu'on pourrait… (Il s'éclaircit la voix.) Y aller seuls. Tous les deux.

— C'est ce que je me disais. Tu veux que je m'occupe des réservations ? Que j'achète les billets ?

— Non, je m'en charge. Je devrais rentrer vers 18 heures. Tu devrais peut-être avertir Clayton qu'on rentrera tard ce soir. Resto, spectacle, et un café ou un verre ensuite.

— Ça devrait être génial.

Philip resta un moment silencieux, comme s'il attendait que j'ajoute quelque chose. Comme je n'en faisais rien, il me dit au revoir et raccrocha.

Ce dîner aussi fut un cauchemar. Rien n'alla vraiment de travers, mais je le regrettai presque. Si notre réservation n'avait pas été enregistrée, si nos plats étaient arrivés froids, ça aurait au moins alimenté la conversation. Au lieu de quoi on passa près d'une heure à se comporter comme deux personnes qui comprennent, au premier rendez-vous, qu'il n'y en aura pas de second. On ne trouvait rien à se dire. On discutait, ça oui. Philip me parlait de la campagne sur les appartements au bord du lac à laquelle il travaillait. Je rapportai une anecdote amusante sur un impair commis par le Premier ministre lors de sa dernière conférence de presse. On évoqua les projets de ravalement du front de mer de Toronto. On se plaignit de l'augmentation annoncée des tarifs de la Société des transports. On débattit des chances qu'avaient les Blue Jays de remporter la prochaine compétition. En clair, tout ce que deux personnes se connaissant à peine se raconteraient au restaurant. Pire encore, on aborda tous ces sujets avec le désespoir de deux quasi-étrangers terrifiés par le silence. Au dessert, on se retrouva à court de sujets de conversation. Derrière nous, trois hommes à peine sortis de l'âge de l'acné se vantaient assez fort de la chance qu'ils avaient eue avec les actions d'une société point-com pour que tous les passants soient au courant. Je m'apprêtais à faire un commentaire en roulant les yeux, mais je me retins. Je ne savais pas trop comment réagirait Philip. Jugerait-il ma remarque trop négative ? Ou narquoise ? C'était le genre de commentaire qu'appréciait Clay. Mais Philip ? N'en sachant trop rien, je m'abstins.

Tandis que le serveur nous reversait du café, Philip s'éclaircit la voix.

—Alors, dit-il. Tu penses que ton cousin va rester chez nous combien de temps ?

— Quelques jours, sans doute. Ça pose un problème ? Je sais qu'il peut être odieux par moments, mais…

— Non, non. Ce n'est pas ça. (Il parvint à esquisser un pâle sourire.) C'est vrai qu'il n'est pas d'une compagnie des plus agréables, mais j'y survivrai. C'est simplement… un peu bizarre.

— Bizarre ?

Philip haussa les épaules.

— C'est sans doute parce que vous vous connaissez depuis si longtemps, tous les deux. Il y a un vrai… Je ne sais pas. Je sens… (Il secoua la tête.) Ça vient seulement de moi, chérie. Je me sens un peu exclu. Ce n'est pas la réaction la plus adulte au monde. Je ne sais pas… (Il tapota sa tasse de café du bout des doigts, puis leva les yeux vers les miens.) Il y a eu quelque chose… ?

Il laissa sa phrase en suspens.

— Quoi ?

— Rien du tout. (Il prit une gorgée de café.) Que donnent ses entretiens ?

— Il est en train de régler quelques affaires à la fac. Dès que ce sera fini, il va déménager.

— Alors il reste à Toronto ?

— Quelque temps.

Philip ouvrit la bouche, hésita puis prit une autre gorgée de café.

— Bon, dit-il. Tu as entendu la dernière déclaration du maire ?

N'ayant pas trouvé de billets de dernière minute pour un bon spectacle, on alla finalement voir un film, puis prendre un verre dans un bar de jazz. Il était près de 2 heures quand on regagna l'appartement. Clay ne s'y trouvait pas. Tandis que Philip allait chercher son portable dans sa chambre pour consulter ses messages, Clay franchit la porte à toute allure, les joues rouges.

— Salut, dit-il, regard glissant sur moi pour chercher Philip.

— Il est dans la chambre. Tu es allé courir ?

— Sans toi ?

Clay se dirigea vers la cuisine. Quelques secondes plus tard, il revint muni d'une bouteille d'eau, la déboucha, en engloutit la moitié puis me tendit le reste. Je secouai la tête.

— S'il te plaît, lui lançai-je, dis-moi que tu t'exerçais en bas, à la salle de remise en forme.

Clay but une autre gorgée.

— Et merde, marmonnai-je en me laissant tomber sur le canapé. Tu m'avais promis de ne pas me suivre ce soir.

— Non, c'est toi qui m'as demandé de ne pas te suivre. Je ne t'ai pas répondu. Mon boulot, ici, c'est de te protéger. Et c'est bien ce que je compte faire, ma chérie.

— Je n'ai pas besoin…

Philip ressortit de la chambre.

— Mauvaises nouvelles. (Son regard passa de Clay à moi.) Ah, désolé, je vous interromps ?

Clay engloutit une nouvelle gorgée d'eau et se dirigea vers la cuisine.

— Quelles mauvaises nouvelles ? demandai-je.

— Réunion d'urgence demain, dit-il en soupirant. Oui, je sais que c'est la fête de la Reine. Je suis vraiment désolé, chérie. Mais j'ai appelé Blake et déplacé notre partie de golf à 8 heures, alors j'aurai le temps d'aller jouer et ensuite de t'emmener déjeuner avant la réunion. J'espérais vraiment passer plus de temps avec toi ce week-end.

Je haussai les épaules.

— Pas grave. On trouvera de quoi se distraire, Clay et moi.

Philip faillit répondre quelque chose, mais jeta ensuite un coup d'œil vers la cuisine et garda le silence.

Le lundi midi, tandis que j'attendais que Philip passe me chercher, il appela pour dire qu'il y avait eu une embrouille au club de golf et que sa partie avait démarré avec une heure de retard. Ils venaient à peine de finir. Donc, pas de déjeuner.

Après son coup de fil, on décida, Clay et moi, d'aller déjeuner à Chinatown. On passa le restant de la journée à flemmarder, à découvrir de nouveaux quartiers résidentiels, puis à courir le long de la plage avant de rejoindre l'appartement avec le nécessaire pour une soirée barbecue. Vers 19 heures, quelqu'un sonna à l'appartement. Comme je me trouvais à la salle de bains, je criai à Clay de répondre. Quand je sortis, il tenait un nouveau vase de fleurs, cette fois un assortiment d'iris dans un pot de terre.

— Il est désolé d'avoir raté le déjeuner, dit-il. Tu veux que je les range dans la chambre avec les autres ?

Je m'arrêtai, le regardai avec les fleurs en main, hésitai un instant.

— Vas-y, dis-le, lui lançai-je.

— Dire quoi ?

Je lui arrachai les fleurs des mains.

— Je sais bien ce que tu penses. Que s'il le regrettait vraiment, il aurait écourté sa partie de golf.

— Je n'allais pas dire ça.

— Mais tu le pensais.

— Non, c'est toi qui le pensais. C'est toi qui l'as dit.

Je me dirigeai vers la chambre d'un pas furieux.

— N'oublie pas l'eau, me lança-t-il.

Avec un grognement, je déviai vers la salle de bains. Je versai brutalement de l'eau dans le vase, délogeant un tas de billes vertes. Trois d'entre elles tombèrent en tintant dans le lavabo, d'autres encore à terre. Je ramassai celles du lavabo, cherchai brièvement les autres du regard et décidai de les laisser là jusqu'au prochain jour de ménage.

— Contrairement à certaines personnes, dis-je en repassant par l'entrée, Philip n'estime pas nécessaire qu'un couple vive soudé comme des siamois. Ça me convient très bien. Au moins, il envoie des fleurs.

Seul le silence me répondit depuis le salon. Je posai bruyamment le vase sur ma table de chevet et rejoignis Clay. Perché sur le dossier du canapé, il lisait les notes que j'avais rapportées du boulot le vendredi.

— Dis-le, lui lançai-je.

Il leva les yeux de mes notes.

— Quoi donc ?

— Ça fait une semaine que tu attends de me dire ce que tu penses de Philip. Vas-y. Lâche-toi.

— Mon opinion en toute franchise ?

Je serrai les dents.

— Oui.

— Tu es sûre ?

Je grinçai des dents.

— Oui.

— Je trouve que c'est un type bien.

Mes dents commençaient à me faire mal.

— Ce qui signifie ?

— Exactement ce que je viens de te dire, chérie. Je trouve que c'est un type bien. Pas parfait, mais tu en connais, des gens parfaits ? Visiblement, il tient à toi. Il essaie d'être attentionné. Il est très patient. À sa place, y a un bail que je me serais foutu à la porte. Il a fait preuve d'une grande politesse. Un chouette type.

— Mais quoi ?

— Mais ça ne va pas marcher. (Il leva la main avant que je puisse protester.) Enfin, Elena. Tu sais pourquoi tu l'as choisi, quand même ? Je veux dire, pas seulement parce que tu cherches un foyer, une famille, tout ça. Tu crois que je ne sais pas que c'est ce que tu veux ? Si, je le sais. Et je te dirais bien que tu as déjà tout ça sous ton nez, mais tu ne m'écouterais pas. La question, c'est : pourquoi avoir choisi ce type en particulier pour assouvir tes fantasmes ? Tu le sais bien, quand même, ma chérie ?

— Parce que c'est quelqu'un de bien. Il est…

— Gentil, patient, attentionné. Ça ne te rappelle personne ?

— Pas toi.

Clay se laissa glisser au bas du dossier et éclata de rire.

— Ah non, certainement pas moi.

Il reposa mes papiers sur la table et scruta mon visage.

— Tu ne comprends vraiment pas, ma chérie ? Eh bien, quand tu pigeras, tu sauras pourquoi ça ne peut pas marcher. Peut-être que tu l'aimes bien, ce type, mais avec lui, tu n'auras jamais l'équivalent de ce que nous partageons. C'est impossible. Aussi gentil soit-il, tu l'as choisi pour de mauvaises raisons.

— Tu te trompes.

Il haussa les épaules.

— Y a toujours une première fois. Bon, et ces steaks ? Le barbecue doit être prêt. File-les-moi et tu peux t'occuper des légumes.

On alla longuement se promener après dîner. Quand on regagna l'appartement, Philip était passé et nous avait laissé un mot sur la table, disant qu'on l'invitait à une réunion à Montréal le lendemain matin. Il était venu chercher ses affaires et se trouvait déjà dans un train en direction du Québec.

— Alors il sera absent toute la nuit ? demanda Clay qui se penchait par-dessus mon épaule pour lire le mot.

— On dirait.

— Quel dommage. On va devoir trouver une autre occupation.

Il consulta le calendrier.

— Voyons un peu. Six jours que tu n'as pas muté. Huit pour moi. Tu sais ce que ça veut dire.

Il était temps d'aller courir.

Étincelles

On débattit pour décider si on rejoignait le ravin à pied ou en voiture. Ça faisait une trotte, mais aucun de nous n'avait d'objection à marcher – c'était la perspective de rentrer à pied après une course épuisante qui semblait moins séduisante. On s'était presque accordés à choisir la voiture quand je commis l'erreur de préciser qu'elle appartenait à Philip, suite à quoi Clay décida que la nuit était si belle que ce serait un crime de ne pas y aller à pied. Je ne le contredis pas. Prendre la voiture de Philip causait généralement plus d'ennuis que ça n'en valait la peine. Trouver de nuit une place de parking près du ravin n'avait rien d'évident et je redoutais toujours de récolter une contravention ou de voir la voiture embarquée à la fourrière et de devoir expliquer à Philip ce que je faisais dans cette partie de la ville au milieu de la nuit.

On atteignit le ravin à minuit. On se sépara. Je trouvai un fourré où je me déshabillai. Lorsque je m'accroupis pour commencer à muter, je fus frappée par une impression que je n'avais encore jamais ressentie, du moins à Toronto. Je m'apprêtais à me transformer avec autant de préparation mentale que pour me brosser les dents. Tandis que d'autres pensées occupaient mon cerveau, mon corps se mettait en position comme si j'accomplissais la chose la plus naturelle au monde. C'est vrai que la routine, au bout de dix ans, aurait dû devenir quasi automatique, et c'était le cas… quand je me trouvais avec la Meute ou à Stonehaven. Ce n'était pas moins douloureux, mais la transition mentale se faisait en douceur. Un instant j'étais humaine, l'instant d'après j'étais louve. Rien de très étonnant à ça – je suis un loup-garou, non ? Mais muter ici, à Toronto, était une tout autre affaire. Quatre-vingt-quinze pour cent du temps, je vivais comme le commun des humains. Je me levais, j'allais travailler, je rentrais chez moi en métro, je dînais, passais la soirée avec mon petit ami et allais me coucher. Une routine parfaitement normale, interrompue par le besoin occasionnel de me transformer en louve, de courir dans les bois, de pourchasser les lapins et de hurler à la lune. Contraste si déstabilisant qu'il m'arrivait souvent d'atteindre le ravin, de me dévêtir et de rester plantée là, toute nue, à me demander : *Je suis censée faire quoi ?* Je m'attendais presque à m'agenouiller et à me concentrer sur la Mutation sans voir se produire quoi que ce soit… si ce n'est me réveiller en camisole auprès d'un gentil docteur me répétant pour la millième fois que les gens ne se transformaient pas en loups.

Quand je commençai à me mettre en position cette nuit-là, tout me sembla parfaitement naturel. Je le devais sans doute en grande partie à la présence de Clay. Il représentait une sorte de pont entre deux mondes. Quand il était là, je pouvais oublier ce que j'étais. Ça n'avait rien d'une grande surprise. Ce qui me stupéfiait, c'était que ça ne me dérange pas, et même que je m'y fasse très bien. J'essayais depuis si longtemps de réprimer ce côté de ma nature, persuadée qu'il me fallait devenir quelqu'un d'autre pour m'intégrer au monde des humains. Je voyais à présent se profiler une autre solution. Peut-être Clay avait-il raison. Peut-être que je déployais trop d'efforts, que je me compliquais les choses plus que nécessaire. Avec Clay dans les parages, il m'était presque impossible de continuer longtemps à jouer le rôle de l'Elena « humaine ». J'avais été moi-même – hargneuse, têtue, ergoteuse. Et le monde ne s'était pas effondré ni enflammé autour de moi. Je n'étais peut-être pas obligée d'incarner la « gentille » Elena, tranquille, sage et douce. Ce qui ne voulait pas dire pour autant que je devais piquer une crise quand Philip laissait le siège des toilettes relevé ou balancer mon genou dans les parties des inconnus qui me marchaient sur les pieds dans le métro, mais je n'étais peut-être pas obligée de reculer chaque fois qu'une confrontation menaçait. Si je laissais d'autres aspects de ma personnalité normale infiltrer mon image « humaine », vivre dans ce monde me deviendrait peut-être plus facile, voire naturel au bout du compte. La clé était peut-être là.

Le bruissement des buissons me rappela à la réalité. J'entraperçus la fourrure de Clay qui frôlait le fourré. Il poussa tout bas un grondement impatient. J'éclatai de rire et me laissai retomber en position pour commencer ma Mutation, en songeant à quel point il était curieux que la personne qui haïsse le plus le monde des humains soit celle qui m'aide le mieux à y vivre. Clay gronda de nouveau et passa le museau dans la brèche.

— Attends, lui dis-je.

Je secouai la tête pour la vider puis me préparai pour la Mutation.

Après notre course, on muta en sens inverse et on resta étendus dans une clairière herbeuse, à nous reposer et à parler. C'était la partie la plus sombre et la plus silencieuse de la nuit, bien après la fin de la soirée mais bien avant l'arrivée de l'aube. Malgré la froideur de l'air, aucun de nous deux ne s'était rhabillé. La course nous avait à ce point échauffé le sang qu'on aurait sans doute pu s'attarder dans la neige jusqu'à l'aube sans nous en apercevoir. Allongée sur le dos, je savourais la sensation du vent frais contre ma peau. Au-dessus de nous, les arbres nous cachaient la lune et les étoiles. La lumière filtrait tout juste assez pour tenir les ténèbres à distance.

— J'ai quelque chose pour toi, dit Clay quand on se fut reposés un moment.

Il tâtonna derrière lui dans le noir, tira de sa veste deux longs bâtonnets qu'il brandit au-dessus de sa tête.

Je me redressai.

— Tu as apporté des cierges magiques ?

— C'est le week-end des feux d'artifice, par ici, non ? Tu croyais que j'allais oublier tes cierges ?

J'adorais les cierges magiques. D'accord, j'étais sans doute la seule trentenaire au monde grisée par la vue de bâtonnets enduits de soufre, mais je m'en moquais. Du moins, en présence de Clay. Il ignorait que les adultes n'étaient pas censés jouer avec des cierges magiques et je ne souhaitais pas le lui apprendre. L'un de mes rares souvenirs de mes parents était un jour de fête nationale. Je savais que c'était la fête du Canada car je voyais dans mon souvenir un gâteau de la forme du drapeau. Ainsi que des feux d'artifice, innombrables. J'entendais de la musique et des rires. Je sentais l'odeur du soufre et de vieilles couvertures étalées par terre. Je me rappelais mon père en train de me tendre mon tout premier cierge magique. Et ma mère et moi dansant pieds nus dans l'herbe, agitant les cierges comme des baguettes magiques, tournoyant et pouffant de rire, regardant la piste de lumière féerique que nous laissions dans notre sillage.

Clay tira de sa veste une pochette d'allumettes et embrasa le premier cierge. Je me relevai pour le lui prendre.

Des étincelles orange en jaillirent, dessinant une étoile crépitante et crachotante. Je l'élevai pour tenter de tracer une ligne dans les airs. Trop lentement. Je répétai mon geste plus vite et l'image s'attarda quelques secondes, ligne de feu dans la pénombre. Je lui fis décrire un cercle et regardai les étincelles s'envoler et tournoyer. J'écrivis mon nom dans le ciel, mais le premier E disparut avant que je termine le A. Je fis une nouvelle tentative, plus rapide. Cette fois, mon nom resta suspendu en l'air le temps d'un clin d'œil.

— Presque fini, me cria Clay. Jette-le et fais un vœu.

— C'est pour les bougies d'anniversaire, ça, répondis-je. Sauf qu'on souffle dessus au lieu de les jeter.

— Une fois, tu les as jetées. Avec le gâteau et tout.

— Je *te* les ai jetées, à la figure. Et le seul vœu que j'ai fait, je ne peux pas le répéter.

Clay éclata de rire.

— Mais tu jettes toujours les cierges magiques, alors autant faire un vœu. Nouvelle superstition de loup-garou.

Quand je reculai le bras, le cierge s'éteignit en clignotant. Clay alluma l'autre qu'il me tendit. Je l'élevai au-dessus de ma tête pour dessiner un huit, puis baissai le bras et pivotai si vite que je faillis trébucher sur Clay. Il éclata de rire et posa une main derrière mon mollet pour me remettre d'aplomb. Quand je recouvrai mes esprits, il ne retira pas sa main. Je baissai les yeux vers lui, étendu sur le dos au-dessous de moi.

— Je t'aime, dit-il.

Je clignai des yeux et me figeai.

— Pas le bon moment ? ajouta-t-il avec un petit sourire, avant de retirer sa main de ma jambe. C'est mieux comme ça ?

— Je…, commençai-je, puis je m'arrêtai.

J'ignorais ce que j'avais failli dire, ce que je voulais lui dire.

— Je n'essaie pas de te séduire, Elena. La course, les cierges, tout ça ne mène à rien de particulier. Ces derniers jours, j'ai essayé de te faciliter les choses. Pas de t'embobiner. Ni de te mettre la pression. Je veux que tu voies clairement les choses. Et alors, tu seras capable de faire ton choix. Le bon.

— C'est-à-dire toi.

Il désigna mon cierge d'un geste.

— Tu ferais mieux de te dépêcher. Il est presque fini. C'est le dernier jusqu'à l'an prochain.

Je baissai les yeux et vis que la lueur atteignait le bout du cierge. Je levai les yeux vers les arbres, puis reculai le bras et lançai le bâtonnet bien haut. Le bout incandescent fonça vers le ciel, décrivit un arc, puis redescendit en basculant cul par-dessus tête, pareil à une étoile filante. Je baissai les yeux vers Clay. Il regardait le cierge et souriait avec la même joie enfantine que j'avais éprouvée en dansant dans le bosquet avec ma baguette de fée. Je levai de nouveau les yeux vers la lueur, fermai les yeux et fis un vœu.

Celui de savoir ce que je voulais.

Possibilités

On dormit dans la forêt jusqu'à l'aube, puis on s'habilla et on partit avant que les randonneurs et joggeurs matinaux fassent intrusion dans notre domaine. On trouva un troquet minuscule près de Yonge, où on petit-déjeuna sur le patio. Il était assez animé, mais les clients étaient essentiellement des gens qui venaient travailler depuis la banlieue et s'arrêtaient prendre un double expresso et des biscuits sur le trajet de leur bureau. Personne n'avait le temps de s'arrêter ni de s'asseoir. On disposait du patio pour nous seuls et le personnel nous laissait tranquilles alors même qu'on se trouvait là depuis plus d'une heure. Yeux clos, doigts réchauffés par ma tasse de café, je me laissais aller en arrière et j'écoutais Clay commenter en continu le flot de voitures et de gens qui passaient devant nous à toute allure.

— Tu as l'air heureuse, dit-il soudain.

— Je le suis, répondis-je sans ouvrir les yeux.

Je penchai la tête en arrière et sentis la chaleur du soleil sur mon visage.

— Tu sais, je ne m'imagine pas vivre à un endroit qui ne connaisse pas de saisons.

— Ah bon ?

— De véritables saisons, je veux dire. Ça me manquerait, ces changements, cette variété. Surtout le printemps. Je ne pourrais pas vivre sans printemps. Les jours comme aujourd'hui valent bien toutes les tempêtes et les flaques de neige fondue. En mars, on dirait que l'hiver ne prendra jamais fin. Toute cette neige, cette glace, c'était tellement fabuleux en décembre, ça rend dingue. Mais on sait que le printemps arrive. Chaque année, on attend cette première journée de chaleur, et puis la suivante, et encore la suivante, et chacune est meilleure que la précédente. On oublie l'hiver et on se trouve face à l'occasion de tout recommencer. De nouvelles possibilités.

— Un nouveau départ.

— Exactement.

Clay hésita, puis se pencha en avant comme pour dire quelque chose, mais il s'interrompit, recula et n'ajouta rien.

On regagna l'appartement à 9 heures passées. J'étais en retard au travail, mais de trop bonne humeur pour m'en soucier. Je pourrais toujours travailler à l'heure du déjeuner ou rester plus tard ce soir. Rien de bien grave.

Tandis qu'on se dirigeait vers l'ascenseur, Clay me raconta comment des zonards avaient tenté de lui faucher sa voiture lors d'un trajet vers New York l'hiver précédent. Le temps que j'atteigne l'appartement, je riais si fort que je faillis basculer en ouvrant la porte.

— Sérieusement ? répondis-je en la refermant.

Il ne répondit pas. Quand je lui jetai un coup d'œil, je vis que lui ne riait pas. Il ne me regardait même pas. Ses yeux étaient dirigés quelque part au-dessus de mon épaule. Je me retournai et vis Philip assis sur le siège inclinable, bras croisés, avec l'air d'un parent qui a attendu toute la nuit un enfant en vadrouille. J'ouvris la bouche mais rien n'en sortit. Mon cerveau s'emballait, se demandait depuis combien de temps il était rentré, quelle excuse lui présenter. Était-il rentré ce matin ? Dans ce cas-là, je pourrais toujours dire que nous étions sortis prendre le petit déjeuner. Alors que nous entrions, Philip se leva.

— J'aimerais parler à Elena, dit-il.

Clay se dirigea vers la salle de bains. Philip lui bloqua la voie. Clay s'arrêta, épaules contractées. Il s'apprêtait à tourner les yeux vers lui mais changea d'avis regardant au-delà de Philip. Il tenta de le contourner comme s'il ne voyait personne.

— J'ai dit que je voulais parler à Elena, répéta Philip. J'aimerais que vous partiez.

Clay se retourna et se dirigea vers le canapé. De nouveau, Philip alla se placer devant lui, et de nouveau Clay se raidit. Ses poings se crispèrent, puis se détendirent. Voyant Philip le défier, il devait faire appel à toute sa maîtrise pour l'ignorer. J'étais sur le point d'intervenir quand Clay se retourna vers moi.

— S'il te plaît, lui dis-je.

Il hocha la tête et se dirigea vers la porte, murmurant « Je serai en bas » lorsqu'il me frôla. La porte se ferma, et je me tournai vers Philip.

— Tu es rentré quand ? lui demandai-je.

— Je ne suis pas parti.

— Alors tu…

— J'ai passé la nuit ici.

Je m'efforçai de gagner du temps pour trouver une excuse.

— Ta réunion a été annulée ?

— Il n'y en avait pas.

Je levai brusquement la tête.

— Oui, Elena, j'ai menti. Je devais me prouver que mes soupçons n'étaient pas fondés.

— Tu crois que Clay et moi…

— Non. Je me suis posé la question, mais vous n'auriez pas eu besoin de quitter l'appartement pour ça. Il se passe quelque chose, et pas juste ce qui paraît évident. (Philip marqua une pause.) Tu sais qu'il est amoureux de toi, non ?

Comme j'ouvrais la bouche, il leva la main.

— S'il te plaît, non, poursuivit-il. Je me fiche de savoir si tu en es consciente, et si tu es d'accord ou pas. Mais il l'est vraiment. Ça saute aux yeux chaque fois qu'il te regarde ou qu'il te parle. J'ignore quels sont tes sentiments pour lui. Je n'en ai aucune idée. Chaque fois que j'entre dans la pièce, vous êtes en train de vous chamailler, de rire, ou les deux à la fois. Je n'y comprends rien. Je ne comprends plus grand-chose depuis ton retour.

— Il va bientôt partir.

— Pas bientôt. Tout de suite. Aujourd'hui.

Il se détourna et se dirigea vers la chambre. Tandis que j'hésitais à le suivre, il revint muni d'une poignée de feuilles qu'il me tendit. Je regardai celle du haut. C'était une annonce immobilière pour une maison à Mississauga. Je feuilletai les papiers et découvris trois autres annonces pour des maisons en banlieue.

— Je ne suis pas allé au golf dimanche, dit-il. Je cherchais des maisons. Pour nous.

— Tu veux emménager dans une maison ?

— Non, je… Enfin si, je veux emménager dans une maison, mais… (Il s'interrompit, croisa puis décroisa les bras.) Je veux qu'on se marie. C'est ce qu'une maison représente à mes yeux. Un engagement, le mariage, des enfants un jour. La totale. C'est ce que je veux.

Je le dévisageai. Il s'avança vers moi puis s'arrêta, croisant et décroisant de nouveau les bras comme s'il ne savait trop qu'en faire.

— Ça te surprend à ce point ? demanda-t-il doucement.

Je fis signe que non.

— C'est juste… un peu soudain. On a bu hier soir, Clay et moi, et je suis encore un peu… Je ne suis pas sûre de pouvoir…

— Alors ne me donne pas de réponse. Laisse-moi le temps d'acheter une bague et de faire les choses en bonne et due forme.

Il plongea les mains dans ses poches et resta planté là avec l'air, malgré ce qu'il affirmait, d'attendre une réponse. Je ne dis rien.

— Va travailler, reprit-il. Réfléchis à tout ça.

On resta plantés là un moment, gênés, puis je m'éloignai. Je me dirigeai vers la porte, hésitai, puis revins sur mes pas pour serrer Philip dans mes bras. Il me rendit mon étreinte, s'attardant une ou deux secondes après que je l'eus lâché. Je l'embrassai, marmonnai que je rentrerais à 19 heures, puis je m'enfuis.

J'allai travailler dans un tel état d'hébétude que je m'étonnai de descendre du métro au bon arrêt. J'étais assise à mon bureau quand je me rappelai Clay. Il n'était pas à la porte de l'appartement quand j'étais sortie et je ne l'avais pas cherché. Il ne lui faudrait pas longtemps pour comprendre que j'étais partie travailler et me suivre. Que ferais-je à son arrivée ? Que dirais-je ? Je chassai ces questions de ma tête. Je ne voulais pas penser à Clay pour l'instant.

Philip m'avait fait sa demande.

Une demande en mariage.

Cette idée ressuscitait des espoirs et des rêves que j'avais crus morts depuis dix ans. Je savais que je ne pouvais pas me marier, mais la question était exclue depuis si longtemps que j'avais oublié à quel point l'envie m'en tenaillait. Était-ce toujours le cas ? La douleur que j'éprouvais dans la poitrine répondit à cette question. Je me dis que j'étais idiote et vieux jeu. Le mariage était pour les femmes qui voulaient qu'on s'occupe d'elles. Je n'en avais pas besoin. Ni envie. Mais il y avait des choses que je voulais bel et bien. La stabilité. La normalité. La famille. Ma place dans le monde des humains. Le mariage pouvait me l'accorder. Philip pouvait m'accorder tout ça. Mais je ne pouvais pas me marier. À moins que si ? J'avais vécu jusqu'ici avec Philip. Était-il possible de prolonger cette situation éternellement ? Une petite voix dans ma tête demanda si je voulais rester à jamais avec Philip, mais je l'étouffai. J'aimais Philip. Pour l'instant, la question n'était pas de savoir si je voulais l'épouser, mais si c'était possible.

Est-ce que ça l'était ?

Peut-être.

Je pourrais mieux m'adapter si nous avions une maison. Je pourrais m'assurer qu'on l'achète près d'une forêt, ou peut-être à la campagne avec quelques hectares de terrain. Je pourrais travailler à domicile et muter pendant la journée afin de ne jamais devoir disparaître de notre lit au beau milieu de la nuit. La voix refit surface, pour me demander cette fois si j'imaginais une vie où je muterais de jour, furtivement et brièvement, sans oser courir ni chasser, ni faire toutes ces choses trop dangereuses en plein jour. Cette fois encore, je la fis taire. J'étais en train de réfléchir aux possibilités, pas de prendre des décisions.

Je pourrais peut-être continuer à cacher mon secret à Philip, mais en avais-je envie ? Je n'avais encore jamais envisagé de lui dire la vérité, mais la tromperie finirait peut-être un jour par me peser au-delà du supportable. Je me rappelais Clay à l'époque où l'on flirtait, réécrivant minutieusement son passé, et je comprenais son malaise avec le recul. Comment aurais-je réagi s'il m'avait dit la vérité ? Je l'aurais acceptée. Je l'aimais tant que je m'en serais moquée. Philip disait qu'il m'aimait, mais était-ce à ce point ? Même s'il acceptait ma nature, m'en voudrait-il pour tous ces mensonges ? Malgré toute l'affection que je lui portais, il m'était impossible de lui dire la vérité. Alors pourquoi reprocher ses mensonges à Clay ? Je chassai cette question. Il s'agissait de Philip, pas de Clay. Ce n'était pas la même chose. Jamais je ne mordrais Philip. Cette idée était inenvisageable. Mais s'il le voulait, s'il voulait me rejoindre ? Un frisson me parcourut. Non. Jamais. Même s'il le voulait. C'était une partie de ma vie dans laquelle je ne l'entraînerais jamais.

Le téléphone de mon bureau sonna. Alors même que je décrochais, je savais qui était à l'autre bout. Je répondis malgré tout.

— Où es-tu ? me demanda Clay en guise de salut.

— Au travail.

Une pause.

— C'est une question débile, non ? Si je t'appelle au boulot et que tu réponds, je dois bien savoir où tu es. Ça m'étonne que tu n'aies pas relevé.

Je ne répondis pas.

— Qu'est-ce qu'il y a ? demanda-t-il.

— Rien.

— Chaque fois que tu rates une occasion de me claquer le beignet, ma chérie, c'est qu'un truc ne va pas.

— Ce n'est rien.

Nouvelle pause.

— C'est à cause de ces papiers, dit-il. Pour les maisons. Je les ai vus sur la table quand je suis monté te chercher. J'espérais… C'est ça, non ?

Je ne répondis pas. Clay écarta l'appareil de sa bouche et jura. La ligne siffla comme si on lui arrachait le combiné. J'entendis un bruit sourd suivi d'un crépitement. Puis le silence. J'allais raccrocher quand la voix de Clay reprit, étouffée, puis plus claire.

— D'accord. D'accord. (Il inspira, et ce bruit se répercuta sur la ligne.) Il faut qu'on parle. J'arrive.

Là encore, je ne répondis pas.

— Il faut qu'on parle, répéta-t-il. Je ne te jouerai aucun sale tour. Je t'ai fait une promesse et je compte la tenir, Elena. Pas de sales tours. Je ne veux plus gagner comme ça. On va aller dans un endroit public, où tu seras à l'aise, et on va parler. Tu vas m'écouter jusqu'au bout, et tu pourras partir quand tu voudras.

— D'accord.

— Je suis sincère. Je sais que… (Il s'interrompit.) D'accord ?

— Je viens de te le dire.

Il hésita, puis ajouta précipitamment :

— Donne-moi dix minutes, quinze grand max. Je prends le métro et je te retrouve devant ton bureau.

Il raccrocha sans attendre ma réponse.

Sitôt raccroché, je descendis. Je me demandais ce que j'étais en train de faire. Pourquoi avais-je accepté de retrouver Clay ? Qu'est-ce que je m'attendais à l'entendre dire ? « Philip t'a demandé de l'épouser ? C'est génial, ma chérie, je suis ravi pour toi » ? Malgré tout, je ne fis pas demi-tour pour rentrer. Ça n'aurait servi à rien. Je ne pouvais pas me cacher. Je n'en avais pas envie. Je n'aurais pas dû en avoir besoin.

Mon estomac commençait à se soulever. L'anxiété. Je fermai les yeux et cherchai à me détendre, mais la nausée empira. Sous mes pieds, le sol se fit caoutchouteux, instable. Je basculai d'un côté puis me redressai, jetant des coups d'œil alentour pour m'assurer que personne n'avait rien vu. Mon corps se redressa d'un coup, soudain tendu, inquiet. Je regardai autour de moi mais ne vis rien qui sorte de l'ordinaire. Quand je me tournai pour regarder derrière moi, j'éprouvai un vertige passager. Puis tout devint noir.

Un homme d'âge moyen me rattrapa dans ma chute. Du moins, je le suppose. D'abord j'étais debout sur le trottoir en proie au vertige, l'instant d'après j'étais penchée en arrière, levant les yeux vers le visage inquiet d'un inconnu. Mon sauveteur et son épouse me conduisirent jusqu'à un banc et m'aidèrent à m'asseoir. Je marmonnai que j'avais sauté le petit déjeuner. Ils s'assurèrent que tout allait bien, me firent promettre de manger quelque chose et de rester à l'écart du soleil, puis se remirent en marche à contrecœur.

Je rentrai dans le bâtiment et montai la garde devant les portes. Il s'était écoulé un quart d'heure depuis le coup de fil de Clay. Il allait arriver d'un instant à l'autre. Mon estomac se soulevait toujours. C'était incontestablement l'effet de l'anxiété, mais je ne parvenais pas à l'attribuer à une cause. Bien sûr, j'étais prise de vertige suite à la demande de Philip et je n'avais pas vraiment envie de parler à Clay, mais l'anxiété ne semblait curieusement liée à aucun de ces facteurs. Elle flottait là, étrangement lointaine, déconnectée.

Je me concentrai de nouveau sur Clay. Il avait promis de ne pas me jouer de sales tours. Cette promesse ne durerait que tant qu'il parvenait à ses fins. Si je décidais d'épouser Philip ou même de rester avec lui, Clay allait piquer une crise, incontrôlable, toutes promesses oubliées. Je le savais mais, à ma grande surprise, je ne m'inquiétais pas de ce qu'il ferait. Après toutes ces années, je connaissais si bien ses ruses qu'elles ne marchaient plus sur moi. Quoi qu'il tente, je pouvais l'anticiper. Je me tiendrais prête. Il m'avait dit la veille que je devais faire un choix. Il avait raison. Je le devais. Je n'allais pas le laisser choisir pour moi.

Quelque part, une horloge sonna onze coups. Je vérifiai que ma montre affichait la bonne heure. Oui, il était bien 11 heures. Clay avait appelé à 10 h 35. L'anxiété refit surface. *Ne sois pas idiote*, me dis-je. Vingt-cinq minutes, ça n'avait rien d'extravagant. Peut-être qu'il n'avait pu se résoudre à prendre le métro et avait donc préféré marcher. *Il y a un problème*, me chuchota la petite voix de tout à l'heure. *Non*, lui répondis-je. *Tout va bien.*

J'attendis encore dix minutes. L'anxiété empirait et mon estomac se retournait à présent. Je devais y aller. Rentrer chez moi.

DÉCOUVERTE

Lorsque j'ouvris la porte à toute volée, elle heurta un obstacle et rebondit vers moi. Je la poussai de nouveau. Elle s'ouvrit de quelques centimètres, puis s'immobilisa. Je la poussai plus fort. Elle était bloquée par quelque chose de lourd, qui finit par bouger en faisant bruire la moquette. Baissant les yeux, je vis une jambe à terre. Je me faufilai par l'étroite ouverture et faillis trébucher dans ma hâte d'entrer.

C'était Philip. Il était affalé derrière la porte. Quand je le regardai, mon cerveau refusa d'enregistrer ce qu'il voyait. Je restai plantée là, les yeux baissés, tandis que la pensée perverse qui me traversait la tête était non pas *Oh ! mon Dieu* mais *Comment est-il arrivé là ?* Malgré la vue du sang qui s'accumulait près de lui, coulait de sa bouche, traçait une piste sur la moquette, mon cerveau n'acceptait toujours que des explications simples et ridicules. Évanouissement ? Crise cardiaque ? Attaque ? Toujours engourdie, je m'agenouillai près de lui et commençai à effectuer les gestes de base du secourisme. Était-il conscient ? Non. Respirait-il ? Oui. Son pouls ? Ni fort ni faible. Je soulevai ses paupières sans trop savoir ce que je vérifiais. Lorsque j'écartai sa chemise, mes doigts lui frôlèrent le flanc et glissèrent dans une plaie béante. Je retirai la main et regardai fixement mes doigts ensanglantés.

Clay.

Saisie d'un haut-le-cœur, je m'écartai brusquement de Philip comme si je redoutais de le souiller et vomis un filet de bile sur la moquette. Le choc se dissipa en une seconde et je me mis à trembler, oscillant entre peur et rage. C'était Clay qui avait fait ça. Non, impossible. Enfin, si, il en était capable, mais ne le ferait jamais. Ah non ? Pourquoi ça ? Qu'est-ce qui l'en empêcherait ? Je n'avais pas été là pour le retenir. Mais non, il ne ferait jamais rien de tel. Pourquoi ? Parce qu'il était gentil et arrangeant depuis quelques jours ? Avais-je oublié de quoi il était capable ? Pas de ça. Jamais. Clay n'attaquait pas les humains. Sauf s'ils représentaient une menace. Mais Philip ignorait notre nature et n'était donc pas dangereux pour la Meute et notre mode de vie. Peut-être pas pour le *nôtre*, mais celui de Clay… ?

Philip remua. Je me redressai d'un bond et me rappelai soudain le premier réflexe en cas d'urgence. Je me ruai vers le téléphone et composai le 911. Il me fallut quelques secondes pour comprendre que je n'entendais rien à l'autre bout du fil. Je raccrochai et réessayai. Toujours rien. Je baissai les yeux. Le cordon s'enroulait autour d'un pied de table. L'extrémité reposait à trente centimètres de là et des fils de couleur en dépassaient. Sectionnés. Quelqu'un avait volontairement coupé le fil du téléphone. Je sus alors que ce n'était pas l'œuvre de Clay. Il n'aurait pas laissé Philip en vie, en sang, avant de couper le téléphone. Clay était bien des choses, mais pas un sadique.

Je me précipitai vers le placard de l'entrée que j'ouvris en grand. Le porte-documents de Philip se trouvait sur son support et son téléphone portable était rangé au même endroit que d'habitude. Je composai le 911 puis expliquai à l'opérateur que mon petit ami était blessé, que je l'avais trouvé inconscient à mon retour, que j'étais incapable de mesurer l'étendue de ses blessures et que je ne savais pas ce qui s'était passé. J'ignore si elle me crut, mais je m'en fichais. Elle prit l'adresse et promit d'envoyer une ambulance. C'était suffisant.

Après avoir raccroché, je me ruai vers le placard et m'emparai d'un drap que je déchirai en lambeaux. Tandis que je bandais les côtes de Philip, je me penchai assez près pour sentir l'odeur de la personne qui l'avait touché, qui lui avait fait ça. L'odeur qui s'éleva de ses habits n'était pas celle de Clay, mais je l'identifiai sans la moindre surprise. Thomas LeBlanc. Dans un recoin de mon cerveau, je me demandai comment il m'avait retrouvée, où il était à présent, s'il allait revenir, mais je ne perdis pas de temps à méditer ces questions ni à en chercher la réponse. Ma première priorité était Philip. Ma deuxième, trouver et prévenir Clay.

Je vérifiai de nouveau la respiration et le pouls de Philip. Aucun changement. Je me penchai sur lui, entourai son cou d'une main et le soulevai pour traquer la présence de plaies cachées. Quand je me redressai pour m'agenouiller, j'entrevis quelque chose sous la table de l'entrée. Une seringue hypodermique. Une bouffée d'inquiétude m'envahit de nouveau. LeBlanc lui avait-il injecté quelque chose ? L'avait-il empoisonné ? Reposant Philip, je me précipitai. J'allais me pencher pour prendre la seringue quand je vis l'anneau doré sur la table. Si familier que je l'identifiai avant même de l'inspecter. L'alliance de Clay. Elle reposait sur un bout de papier déchiré où l'on avait griffonné quelques mots. L'espace d'une brève seconde, je crus que Clay avait ôté son alliance, qu'il était venu ici avant l'arrivée de LeBlanc, qu'il avait rédigé ce mot, puis qu'il était parti – qu'il m'avait abandonnée. Une émotion monta en moi mais, avant que je puisse l'analyser, je me rendis compte que l'écriture n'était pas la sienne. Mes mains se mirent à trembler. Je m'emparai du bout de papier. L'anneau en glissa et bascula vers le tapis. Je plongeai pour m'en saisir, et ma main se referma sur le métal froid avant qu'il touche le sol. Je revins au message.

Elena,
Motel Big Bear. Ch. 211. Demain. 10 heures.
D.

Une sensation de malaise me noua les tripes. Alors même que je me penchais pour ramasser la seringue, je sus quelles odeurs j'y sentirais. Celle de Daniel sur le piston. Celle de Clay sur l'aiguille.

— Non, murmurai-je.

Je retirai brutalement le piston et reniflai à l'intérieur. Une forte odeur de médicament adhérait au corps vide de la seringue, mais je n'arrivais pas à l'identifier. Ce n'était pas du poison, me dis-je. Daniel n'en utiliserait pas. Si c'en était, ils auraient abandonné Clay ici, pas uniquement son alliance. L'anneau et le mot étaient un signe. Clay était toujours en vie. Toujours en vie ? Cette pensée me transperça comme un couteau glacial, non pas le fait qu'il soit en vie, mais celui que j'aie même besoin de me poser la question.

— Oh, mon Dieu, murmurai-je avant de me mettre à tanguer, me retenant à la table.

Reprends-toi, me dis-je. Clay allait bien. Daniel lui avait administré quelque chose pour l'assommer. Ce qui expliquait mon évanouissement de tout à l'heure, manifestation du lien psychique qui nous unissait. Daniel avait drogué puis enlevé Clay, mais il allait bien. Dans le cas contraire, je le saurais. Oh ! mon Dieu, comme je l'espérais. Je regardai de nouveau le message. Un rendez-vous. Daniel détenait Clay et voulait que je le retrouve le lendemain à Bear Valley, à 10 heures. Et si je ne me présentais pas…

Je lâchai le bout de papier et me détournai pour franchir la porte en courant. Le corps de Philip me bloquait toujours la voie.

— Je suis désolée, murmurai-je. Je suis vraiment, sincèrement désolée.

Je me penchai pour l'écarter de mon chemin. Lorsque je le touchai, ses yeux s'ouvrirent d'un coup et sa main m'agrippa le poignet.

— Elena ? dit-il en regardant autour de lui, perdu, sans parvenir à faire le point.

— Tout va bien, lui dis-je. J'ai appelé une ambulance.

— Il y avait un homme… Deux hommes…

— Je sais. Tu as été blessé, mais tout va s'arranger. Une ambulance arrive.

— … demandaient où tu étais… Je n'ai rien dit… Et puis Clayton… Bagarre…

— Je sais. (La panique infiltrait ma voix. Il fallait que je parte. Maintenant.) Attends ici. Je descends accueillir l'ambulance.

— Non… Peut-être encore là… T'attendre…

— Je vais faire attention.

Je tentai de décoller ses doigts de mon poignet mais il resserra sa prise. Je me dégageai le plus doucement possible puis me redressai. Il se souleva de quelques centimètres et se laissa tomber de nouveau, bloquant la porte. Il posa la main sur ma jambe.

— Non, répéta-t-il. Tu ne peux pas y aller.

— Il le faut.

— Non !

Ses yeux se voilèrent de fièvre et de peur. Un pincement d'angoisse me traversa. C'était moi qui avais fait ça. Qui avais attiré ça sur lui. Je devais rester pour l'aider. S'il paniquait, ça aggraverait peut-être son état. Quelques minutes de plus ne feraient pas grande différence. Mes mains se crispèrent. L'alliance de Clay s'enfonça dans ma paume et je me redressai d'un coup.

Dix heures. Je devais y être pour dix heures.

Philip dit quelque chose que je n'entendis pas. La panique m'envahit.

Je devais partir. Tout de suite.

Je tentai de me raisonner, de me calmer, mais il était trop tard. Mon corps réagissait déjà à la peur. Une douleur fulgurante me plia en deux. J'eus vaguement conscience de voir l'alliance de Clay tomber à terre, d'entendre Philip dire quelque chose. Je m'étouffai, prise de haut-le-cœur, cherchant de l'air. Quand je basculai en avant, mes bras voulurent amortir ma chute. Je tentai de me rouler en boule, gardant la tête baissée, mais mes jambes se contractèrent et ma tête se releva brusquement. À travers une brume de douleur, je vis son visage face au mien, lus dans ses yeux l'horreur et la révulsion. Je tombai à quatre pattes, recroquevillée sur moi-même. Mon dos se redressa. Ma chemise se déchira. J'émis de nouveau une plainte, cette fois un hurlement inhumain. La Mutation était si rapide et brutale que je ne pouvais même pas envisager de l'interrompre. Mon cerveau se vida de tout ce qui n'était ni peur ni souffrance. Mon corps se convulsa une fois, puis deux, avec une telle intensité qu'il me sembla me sentir déchirée, mais je m'en moquais, seulement consciente que ces spasmes arrêteraient la douleur. Puis tout prit fin.

Je redressai la tête et compris que j'étais louve. Suivit un moment d'épuisement total qui s'évanouit aussi vite qu'il était apparu. La panique et la terreur le remplacèrent aussitôt. Je levai les yeux. Philip était étendu sur le sol à quelques mètres de moi. Je ne voyais que ses yeux qui me fixaient, remplis d'horreur et d'impuissance.

Je me détournai, traversai la pièce en courant, fermai les yeux et franchis d'un bond les portes du balcon. La vitre éclata. Des bouts de verre m'entaillèrent la peau mais je les sentis à peine. Sans m'arrêter ni même réfléchir, je sautai par-dessus la balustrade. L'espace d'un instant, je flottai. Puis je heurtai le gazon quatre étages au-dessous. Ma patte avant gauche se tordit. La douleur me remonta le long de la jambe. Quelqu'un cria. Je me mis à courir.

Je contournai le bâtiment et pénétrai dans le parking souterrain. Plongeant sous la première voiture, je guettai des bruits de pas derrière moi. N'entendant rien, je me secouai et m'efforçai de me détendre et de me concentrer. Même si personne ne me poursuivait, j'étais coincée. Tant que j'étais nerveuse et paniquée, je ne pouvais pas muter en sens inverse. Même si je le faisais, je me retrouverais nue dans un parking. Je parviendrais peut-être à dénicher des habits, mais ensuite ? Mon portefeuille, contenant de l'argent ainsi que mes cartes de crédit et d'identité, se trouvait dans l'appartement. Sans eux, je ne pourrais pas sortir de Toronto. J'allais devoir non seulement trouver des habits, mais aussi retourner dans l'appartement. Je ne pouvais pas. Philip m'avait vue et l'ambulance arriverait d'une minute à l'autre. Peut-être que si j'attendais… Combien de temps ? Quand pourrais-je y retourner sans courir de risque, si c'était seulement possible ? Le message de Daniel me revint brusquement en mémoire. Demain à 10 heures. Dernière limite. Une nouvelle bouffée d'inquiétude chassa de mon esprit toute pensée rationnelle.

Fonce.

Tout de suite.

Je n'hésitai qu'un instant avant d'obéir.

J'empruntais les ruelles quand je le pouvais et les rues transversales dans le cas contraire. Des gens m'aperçurent. Aucune importance. Je continuai à courir. Quand je sortis de Toronto, je fonçai à travers champs, prés et bois. D'un point de vue logique, ma fuite était absurde. J'aurais mieux fait de patienter, de me faufiler dans mon appartement une heure plus tard et de prendre l'avion. Mais ça ne me traversa jamais l'esprit. Toutes mes fibres se rebellaient contre l'idée d'attendre. Mes tripes me dictaient d'agir et je leur obéissais.

Je courais avec le cerveau déconnecté, laissant l'instinct contrôler mes muscles. Quelques heures plus tard, j'atteignis un obstacle que mes réflexes seuls ne me permettraient pas de franchir : la douane de Niagara Falls. Je passai près d'une heure à faire les cent pas derrière un entrepôt tandis que mes pensées tournoyaient inutilement, glissant et dérapant comme une voiture sur la glace. Je rassemblai enfin assez de maîtrise pour examiner le problème et trouver une solution. Sur le pont s'alignait une immense rangée de camions, ralentis au passage de la douane par des changements récents dans les conditions d'accès au territoire américain. Grâce à la bureaucratie, j'eus le temps de repérer un camion à la remorque recouverte d'une bâche et de me faufiler à son bord. Par chance, personne ne vérifia sa cargaison à la frontière et il poursuivit son chemin sans encombre de Niagara Falls, Ontario à Niagara Falls, New York. Puis il quitta la ville et mit le cap au sud, en direction de Buffalo.

Mes tripes me hurlèrent que j'allais dans le mauvais sens et je bondis hors du camion avant que mon cerveau ait le temps de protester. Je heurtai violemment l'asphalte et roulai dans un fossé. Quand je me levai, la patte qui avait été blessée lorsque j'avais sauté du balcon céda sous moi. Mon estomac gronda, me rappelant que j'avais manqué le déjeuner et le dîner. J'envisageai de ralentir, de trouver une zone boisée où chasser pour me nourrir, mais la panique régnait toujours sous mon crâne, m'empêchant de penser à un niveau supérieur de raisonnement. *Cours*, disait-elle. Je m'exécutai.

À la tombée de la nuit, je n'étais mue que par la peur absolue et la vitesse acquise. J'ignorais la faim car j'avais la certitude que, si je m'arrêtais, je ne redémarrerais jamais. *Dix heures*, hurlaient mes tripes chaque fois que je pensais m'arrêter pour manger ou me reposer. *Dix heures. Si tu t'arrêtes ne serait-ce qu'une seconde, tu n'y arriveras jamais. Et si tu n'y arrives pas à temps...* Je refusais d'y réfléchir. C'était plus facile de continuer à courir.

Il devait être près de minuit quand un grondement tonitruant résonna dans ma tête et me fit basculer dans l'herbe. Il retentit de nouveau tandis que je me relevais. Je poussai un gémissement, baissai la tête et la secouai, grattant mon oreille droite de ma patte avant. *Tu dois courir. Tu ne peux pas t'arrêter.* Je me remis en mouvement.

— Elena ! (Le bruit qui résonnait dans ma tête prenait la forme d'une voix et de paroles. Jeremy. Sa voix tonna de nouveau avec une intensité qui me fendit le crâne.) Elena ! Où es-tu ?

Je baissai de nouveau la tête et gémis. *Va-t'en, Jeremy. Va-t'en. Tu m'obliges à m'arrêter. Je ne peux pas.*

— Où es-tu, Elena ? Je n'arrive pas à contacter Clay ! Mais où es-tu, bon sang ?

Je tentai de lui répondre, ne serait-ce que pour le faire taire, mais mon cerveau refusa de former des mots, rien que des images. Jeremy se tut et je restai immobile, hébétée, à me demander si je l'avais bel et bien entendu. Est-ce que j'hallucinais ? J'étais réveillée, n'est-ce pas ? Jeremy ne pouvait nous contacter que dans notre sommeil. Est-ce que je dormais ou est-ce que je perdais la tête ? Aucune importance. *Dix heures, dix heures, dix heures. Tu n'y seras jamais à temps. Fonce.*

Je me remis à courir. Je commençai bientôt à avoir des absences. J'avançais toujours, mais tout s'évanouissait autour de moi pour réapparaître ensuite. Mes pattes étaient engourdies. Je sentais le sang couler de mes coussinets déchirés. Un instant, le sol évoquait un lit de clous sous mes pattes, l'instant d'après, une couche de coton au-dessus de laquelle je flottais, filant plus vite que le vent. Il fit soudain jour, puis de nouveau nuit. Je traversais une ville. Non, je courais à travers Toronto, et la tour CN me faisait signe au loin. J'entendais des voix. Un cri. Un rire. Celui de Clay. Je m'efforçai de percer l'obscurité. Le brouillard s'était levé depuis le lac Ontario, mais je l'entendais rire. Le béton se changea en herbe. Le brouillard ne provenait pas du lac, mais d'un étang. Notre étang. Je me trouvais à Stonehaven, traversant le terrain derrière la maison. Clay courait devant moi. J'entrapercevais sa fourrure dorée au travers des arbres. Je rentrai les griffes et accélérai. Soudain, le sol disparut. Je courais dans les airs. Puis je me sentis tomber. Je luttai pour retrouver prise, mais il n'y avait autour de moi qu'une obscurité d'un noir d'encre. Puis plus rien du tout.

Cage

J'éprouvai à mon réveil une sensation de froid. Frissonnante, je sentis de l'herbe humide sous ma peau nue. J'ouvris un œil. Des arbres. De l'herbe haute. Un pré. Je voulus lever la tête mais n'y parvins pas. *Clay.* Ce fut ma première pensée, mais j'ignorais pourquoi. Avais-je couru avec lui ? Je ne sentais pas son odeur. Pourquoi ne pouvais-je pas lever la tête ? Rien ne m'entravait. Mes muscles refusaient simplement de répondre. Étais-je morte ? Morte. Clay. Je me rappelai et relevai brusquement la tête. Une douleur fulgurante me transperça le crâne.

Quelque chose de doux et de tiède tomba autour de mes épaules. Je me relevai d'un coup, mouvement qui me tira un cri de douleur. Sur mon torse nu reposait une veste à l'odeur familière, mais c'était pourtant impossible. S'agissait-il d'un rêve ? D'une hallucination ? Je sentis des mains se glisser au-dessous de moi pour me soulever, contact aussi familier que l'odeur de la veste.

— Elena ?

Un visage se pencha au-dessus du mien. Jeremy, repoussant d'une main impatiente les cheveux sombres qui lui tombaient sur le front. Impossible. Pas ici. Je fermai les yeux.

— Elena ?

Puis sa tonalité se fit plus brusque, inquiète.

Je voulus bouger, mais ça me faisait trop mal. Je décidai de m'abandonner à cette hallucination et soulevai une paupière.

— Co…, lâchai-je, cherchant à lui demander comment il était arrivé ici. Co…

Rien d'autre ne sortit.

— N'essaie pas de parler, dit-il. Ni de bouger. Je vais te porter jusqu'au camion. Il est juste là.

— Cl… Cl…

— Ils l'ont capturé, c'est ça ?

Ses bras se resserrèrent autour de moi.

— D… dix… heures, réussis-je à articuler avant que tout redevienne noir.

Je m'éveillai cette fois avec la sensation d'une chaleur artificielle qui m'était soufflée au visage. J'entendis le vrombissement d'un moteur, sentis la vibration et les petites secousses d'une voiture roulant sur une route lisse. Je sentis du vieux cuir et remuai au-dessous de la veste jetée sur moi. J'étendis les jambes, mais la douleur me fit gémir et me poussa à les reculer.

— C'est trop chaud ? demanda la voix de Nick.

Je sentis son bras s'avancer par-dessus moi, tendue vers le chauffage qu'il écarta de mon visage.

— Elle est réveillée ? demanda Jeremy près de lui.

Devant moi. Sur le siège avant.

— Je ne sais pas trop, répondit Nick. Elle a les yeux fermés. Tu peux sans doute éteindre le chauffage. Elle a retrouvé ses couleurs.

Le cliquetis d'une molette qu'on réglait. Le souffle brutal céda la place à un ronronnement sourd. J'ouvris un œil, puis l'autre. J'étais étendue sur le siège à moitié incliné à l'arrière de l'Explorer, la tête reposant contre la vitre latérale, les jambes repliées près de moi sur le siège. Le paysage et les voitures défilaient à toute allure. Devant moi, Antonio occupait la place du chauffeur. Il me jeta un bref coup d'œil dans le rétroviseur.

— Elle est réveillée, dit-il.

Déclic d'une ceinture qu'on détachait. Puis le bruissement du jean sur le tissu des sièges. Nick se pencha sur moi.

— Tu as assez chaud ? me demanda-t-il. Tu as besoin de quoi que ce soit ?

— L… l…

— Ne parle pas, Elena, dit Jeremy. Prends la bouteille d'eau dans la glacière, Nick. Elle est déshydratée. Laisse-la en boire une gorgée, mais pas trop.

Nick fouilla dans la glacière. Puis une paille de plastique froid toucha mes lèvres. Je reculai et secouai légèrement la tête, ce qui fit naître des éclairs dans mon crâne.

— L…, articulai-je péniblement. L'… heure. Quelle… heure.

— Quelle heure ? demanda Nick, visage penché vers le mien. Quelle heure est-il ?

Je hochai la tête, ce qui fit cette fois naître une gerbe d'étincelles dans ma tête. Nick semblait toujours perdu, mais il regarda sa montre.

— 11 h 30… Ou pas loin.

— Non ! m'écriai-je en me redressant d'un coup. Non !

Nick recula brusquement. L'Explorer fit une embardée, Antonio jura, puis il le redressa d'un coup de volant. Je luttai pour me dégager de sous la veste.

— Elena, dit la voix calme et ferme de Jeremy à l'avant. Tout va bien, Elena. Calme-la, Nick, avant qu'elle donne une crise cardiaque à ton père.

— Elle m'a surpris, c'est tout, dit Antonio. Nicky, assure-toi…

Je n'entendis pas le reste. Je me dégageai de la veste que je rejetai, puis m'efforçai de détacher ma ceinture. Chaque geste me transperçait de douleur. Mes mains étaient écorchées et meurtries. Mais je m'en moquais. J'étais en retard. Je devais partir. Je devais y aller. Tout de suite.

Nick éloigna de moi le fermoir de la ceinture, mais je l'avais déjà détachée et me tortillais pour me dégager de la courroie. Il m'agrippa par les épaules.

— Non ! m'écriai-je en repoussant ses mains.

Il me saisit de nouveau, plus fort cette fois. Je luttai, montrai les dents, le griffant partout où je le pouvais.

— Arrêtez la voiture ! m'écriai-je.

L'Explorer ralentit à la moitié de sa vitesse, mais pas plus, comme si Antonio hésitait quant à ce qu'il allait faire.

— Continue, dit Jeremy. Elle délire. *Continue.*

Nick s'efforçait de me maintenir en place, visage durci par la résolution. J'entendis un bruit à l'avant. Par-dessus l'épaule de Nick, je vis Jeremy se lever de son siège et tendre la main pour me maintenir en place. Je rassemblai toutes mes forces et ma maîtrise, pour reculer le poing que je lui balançai dans le ventre. Ses yeux s'écarquillèrent et il se plia en deux. Une partie de moi était horrifiée, tout au fond, mais je m'en moquais. La fièvre, dans mon cerveau, consumait tout sursaut de conscience. Je devais sortir. J'étais en retard. Rien d'autre n'importait.

Je repoussai Nick et me jetai vers la portière opposée. Je saisis la poignée, ouvris d'un coup et baissai les yeux. Le gravier défilait sous la voiture, masse grise et floue. Nick cria. Les freins crissèrent. L'Explorer fit une embardée sur la droite. Je me raidis pour bondir. Deux paires de mains m'agrippèrent, une par le dos, une par les épaules, et me tirèrent en arrière. Je sentis les mains de Jeremy entourant mon cou, puis une pression sur ma gorge, puis tout redevint noir.

Je me réveillai dans un souvenir. Tout mon corps me faisait mal. J'avais muté la nuit précédente. Ce souvenir était une vague suite d'images et de sensations – peur, douleur, rage, incrédulité. Mais ce n'était pas dans l'État de New York que j'avais couru. J'avais muté dans une cellule de deux mètres sur trois, avec les pieds et les mains menottés. Ma septième Mutation. Sept semaines depuis mon arrivée. J'ignorais quel jour nous étions, mais je savais combien de fois j'avais vécu l'enfer et je m'en servais comme de repère marquant le passage du temps. Quand je me réveillai, j'étais toujours dans la cage. Je m'y trouvais depuis cinq semaines, cinq Mutations depuis que l'homme avait cessé d'essayer de me garder dans une chambre à l'étage. Je connaissais son nom, Jeremy, mais je ne l'utilisais jamais, ni pour m'adresser à lui, ni même dans mes pensées. Face à face, je ne lui donnais aucun nom. Je refusais de lui parler. Dans mon esprit, il était simplement « lui » ou « l'homme », appellation dissociée de toute pensée ou émotion.

Je sentis au réveil le contact du tissu rêche d'un matelas au-dessous de moi. Il y avait eu au départ des draps de flanelle doux ainsi qu'un édredon. Puis il m'avait surprise en train de les déchirer en lambeaux et avait cru que je comptais me pendre. Ce n'était pas le cas. Je ne lui aurais pas donné la satisfaction de me voir morte. J'avais déchiré les draps pour la même raison qui m'avait poussée à détruire les revues et les habits qu'il m'apportait, ainsi que les jolies images qu'il fixait aux murs de pierre de la cage. Je ne voulais rien qui vienne de lui. Je n'accepterais rien qui soit destiné à faire passer cette cage pour autre chose que la prison infernale qu'elle était. Je n'acceptais que la nourriture, et uniquement parce que je devais garder des forces pour mon évasion. C'était ce qui me permettait de tenir, l'idée de mon évasion future. Bientôt, je m'échapperais, je retournerais vers la ville, vers des gens capables de m'aider, de me guérir.

Ouvrant les yeux, je vis une silhouette sur la chaise placée près de la cage. Je crus d'abord que c'était lui. Il restait là le plus gros de la journée, à me regarder et à me parler, cherchant à me laver le cerveau avec les absurdités qui se déversaient de ses lèvres. Quand mes yeux firent le point, la silhouette se précisa et se pencha, genoux sur les coudes, ses boucles dorées luisant à la lumière artificielle. La seule personne au monde que je détestais plus encore que l'homme. Je m'empressai de refermer les yeux pour feindre le sommeil, mais trop tard. Il m'avait vue. Il se leva et se mit à parler. J'eus envie de me boucher les oreilles mais ça ne servirait à rien. Je l'entendais trop bien à présent. Même si je parvenais à ignorer ses paroles, je saurais ce qu'il était en train de me dire. Il répétait les mêmes à chaque visite, se faufilait ici chaque fois que l'homme sortait. Il tentait de m'expliquer ce qu'il avait fait et pourquoi. Il s'excusait. Il me suppliait d'obéir à l'homme de sorte que je puisse sortir de la cage. Il voulait que je parle à l'homme, que je lui demande de lever son bannissement afin qu'il puisse revenir m'aider. Mais il n'existait qu'un moyen pour lui de me venir en aide. Chaque fois qu'il venait, chaque fois qu'il me jurait de tout mettre en œuvre pour se racheter, je lui faisais la même réponse. Les seuls mots que je lui adressais. *Soigne-moi. Défais ce que tu as fait.*

— Clay.

Le son de ma propre voix me tira de mes souvenirs. Étendue sur le dos, je fixais une ampoule nue pendue à un plafond de ciment blanchi à la chaux. Je tournai la tête et vis de solides murs de pierre. Pas de fenêtres. Ni d'ornements. Je sentis au-dessous de moi la surface rêche du matelas à deux places.

— Non, murmurai-je. Non.

Tournant la tête, je vis les barreaux. Au-delà, quelqu'un était assis sur une chaise. Mon cœur bondit. Puis la silhouette se leva et ses yeux noirs croisèrent les miens.

— Non, murmurai-je de nouveau en m'asseyant. Tout mais pas ça.

— Je n'avais pas le choix, Elena, dit Jeremy. J'avais peur que tu te fasses mal. Maintenant, si tu te sens mieux…

Je me jetai contre les barreaux. Jeremy s'écarta pour ne pas rester à ma portée, prudent mais guère surpris.

— Laisse-moi sortir ! m'écriai-je.

— Elena, si tu…

— Tu ne comprends pas !

— Mais si. Daniel détient Clay. Il l'a capturé à Toronto. Il voulait que tu le retrouves à l'hôtel à 10 heures aujourd'hui. Tu as parlé dans ton sommeil, sur le trajet du retour.

— Tu… (Je m'interrompis, avalai ma salive.) Tu es au courant ?

— Oui, je…

— Tu es au courant et tu me retiens ici ? Comment as-tu osé ? (J'agrippai les barreaux et tirai de toutes mes forces.) Tu savais que la vie de Clay était en danger et tu m'as enfermée ici ?

— Que crois-tu que Daniel comptait faire, Elena ? Te garder et relâcher Clay ? Bien sûr que non. Si tu étais allée là-bas, on vous perdait tous les deux.

— Je m'en fous !

Jeremy se passa une main sur le visage.

— Ce n'est pas vrai, Elena. Tu es simplement trop bouleversée pour réfléchir de manière logique…

— Logique ? Logique ? Comment peux-tu être aussi froid ? C'est toi qui l'as élevé. Tu représentes tout pour lui. Il a passé sa vie à te protéger. Il l'a risquée pour te protéger, il la met constamment en danger pour toi. Tu resterais calmement assis à étudier la situation pour décider si ça vaut le coup de le sauver ?

— Elena…

— S'il est mort, c'est ta faute.

— Elena !

— C'est ma faute. S'il est mort parce que je ne suis pas arrivée à temps…

Jeremy m'agrippa le bras à travers les barreaux, serrant jusqu'à l'os.

— Arrête, Elena ! Il n'est pas mort. Je sais que tu es bouleversée, mais si tu veux bien te calmer…

— Me calmer ? Tu me traites d'hystérique ?

— … te calmer et réfléchir, tu comprendras que Clay n'est pas mort. Réfléchis. Daniel sait quelle importance a Clayton pour la Meute. Pour toi. Pour moi. C'est un otage trop précieux.

— Mais Daniel ne sait pas pourquoi je ne suis pas venue. Il croit peut-être qu'on s'en fout, qu'on a abandonné Clay, qu'on l'a laissé pour mort.

— Daniel a plus de bon sens que ça. Pour en être sûr, je lui ai envoyé un message. La semaine dernière, il m'a indiqué une boîte postale par laquelle le contacter. Antonio et Nick y ont laissé une lettre disant que nous t'empêchions d'aller au rendez-vous mais que je consentais à négocier, tant qu'il ne faisait pas de mal à

Clay. Je suis sûr que Daniel le sait déjà, mais je voulais que les choses soient bien claires. Je ne mets pas la vie de Clay en jeu, Elena.

À un certain niveau, je savais que Jeremy avait raison. Ça ne m'aidait pas. Je me répétais : *Et s'il se trompe ?* Et si Clay n'était même jamais retourné dans l'État de New York ? Et s'il s'était réveillé, s'ils s'étaient battus et s'il se trouvait dans une benne à Toronto ? Et si Daniel n'avait pas pu résister à cette occasion de détruire la vie de son vieil ennemi tant qu'il était impuissant et drogué ? Et même si Daniel parvenait à se retenir, qu'en était-il de LeBlanc ? Il avait déjà prouvé qu'il se moquait bien de la volonté de Daniel. Si Clay contrariait LeBlanc, il le tuerait. Même si Clay ne lui avait rien fait, il le tuerait peut-être parce que ça lui chantait. Tandis que toutes ces possibilités défilaient dans ma tête, mes jambes douloureuses cédèrent et je m'affalai à terre, serrant toujours les barreaux.

— Tu ne m'as pas prévenue, dis-je.

Jeremy s'accroupit et posa une main sur la mienne.

— Je ne t'ai pas prévenue de quoi, ma chérie ? demanda-t-il doucement.

— Je ne pensais pas. J'aurais dû le savoir.

— Savoir quoi ?

— Qu'il était en danger, lui aussi. Il me surveillait. Mais moi, je ne le surveillais pas.

Je laissai retomber ma tête sur mes genoux et sentis les larmes picoter derrière mes yeux.

Jeremy me laissa passer la nuit dans la cage. Malgré mon envie de croire le contraire, ce n'était ni par cruauté ni par insensibilité. Après ma crise de larmes, on aurait pu s'attendre à ce que je cède docilement et accepte sa volonté. Du moins, toute personne ne me connaissant pas aurait pu s'y attendre. Jeremy savait qu'il n'en serait rien. Tandis que je sanglotais à terre, il tendit la main à travers les barreaux pour me réconforter, mais ne déverrouilla pas la porte. Quand j'eus bien pleuré et essuyé mes dernières larmes, je piquai une crise de rage. Je cassai le lit, seul objet fragile de la cellule. Je balançai un coup de pied dans les toilettes sans briser quoi que ce soit, sauf peut-être mes orteils. Je renversai mon dîner à terre. Je maudis Jeremy à pleins poumons. Quand tout ça fut terminé, j'aurais dû me sentir mieux, non ? Eh bien non. Je me sentis idiote. J'avais l'impression de sortir d'une crise d'hystérie et de m'être ridiculisée. J'avais besoin de me ressaisir, de me maîtriser. Piquer des colères n'aiderait Clay en rien.

Bien entendu, ce n'était pas parce que j'étais prête à quitter la cage que Jeremy allait m'autoriser à sortir. Il m'y laissa toute la matinée, passant de temps à autre pour s'assurer que je n'avais pas repris mon imitation de *L'Exorciste*. Quand il descendit me servir mon déjeuner, il m'apporta également une enveloppe kraft format lettre. Avant de me tendre le plateau, il me passa l'enveloppe sans un mot.

Elle contenait un Polaroïd de Clay. Il était assis par terre, genoux relevés, pieds liés et bras derrière le dos. Ses mains étaient hors de vue, mais, à en juger par sa position, elles devaient être elles aussi liées ou menottées. Ses yeux mi-clos étaient voilés par les drogues au point qu'ils paraissaient gris plutôt que bleus. Quoique ne voyant pas de barreaux, je savais qu'il se trouvait en cage. Aucun loup-garou ne capturerait Clay sans s'assurer qu'il lui soit impossible de muter et de s'échapper. Pour le neutraliser, il fallait recourir à des drogues et des liens, ou une cage.

Daniel devait employer les trois. Il s'était déjà battu contre Clay et ne courrait pas le risque de devoir répéter la scène.

Je regardai de nouveau la photo. Des bleus couvraient les bras et le torse nu de Clay, une hideuse entaille lui barrait la joue gauche, ses lèvres étaient fendues et enflées, et il affichait un œil au beurre noir. Malgré son état, il regardait fixement l'objectif avec un air de vague contrariété, comme un top model qui a vu défiler trop de photographes la même journée. Un air de défi n'aurait servi qu'à faire exploser Daniel. Clay savait que c'était une mauvaise idée.

Je repris l'enveloppe et la trouvai vide. Je levai les yeux vers Jeremy. Pour la première fois depuis qu'il m'avait ramenée ici, je le regardai réellement. Ses yeux étaient soulignés de violet et ses mèches lui tombaient mollement sur le front, comme s'il n'avait ni dormi ni pris de douche depuis des jours. Des rides minuscules étaient apparues autour de ses yeux et de sa bouche. Il paraissait presque son âge.

— Où est la lettre ? lui demandai-je avec plus de douceur que prévu. Je sais que Daniel a dû en envoyer une. Je peux la voir ?

— Elle dit qu'ils retiennent Clay, ce qui est une évidence, et qu'il n'est pas en grande forme mais qu'il est bien vivant, ce qui en est une aussi. Si tu regardes l'arrière-plan de la photo, tu verras un journal accroché au mur. C'est la dernière édition du *New York Times*, sans doute pour prouver que la photo a bien été prise aujourd'hui.

— Que veut Daniel ?

— Clay ne court pas de danger immédiat.

— Tu vas finir par répondre directement à mes questions ?

— J'ai envoyé un message en réponse. J'exige des photos quotidiennes pendant qu'on négocie.

Je me renfrognai et me dirigeai bruyamment de l'autre côté de la cellule, me rappelant la nécessité d'adopter un profil bas. Piquer une nouvelle colère ne m'aiderait pas à sortir vite d'ici.

— Je sais que j'ai perdu la tête hier, dis-je. Mais je vais bien, maintenant. Je veux vous aider. Je peux sortir ?

— Voici ton déjeuner. Je reviendrai voir tout à l'heure si tu as encore faim.

Jeremy fit glisser le plateau par terre et remonta. Je me mordis la langue pour me retenir de lui lancer des noms d'oiseau que je regretterais ensuite… du moins, tant qu'il pouvait m'entendre.

Projets

Jeremy me laissa sortir plus tard dans l'après-midi. Avant même qu'on monte l'escalier, je l'interrogeai sur ses projets. Il me fit attendre jusqu'au dîner, sans doute pour voir jusqu'où il pouvait pousser ma patience avant que je craque. J'avoue que j'en étais tout près lors du repas, mais je parvins à me retenir. Tandis qu'Antonio et Nick débarrassaient la table, Jeremy m'emmena dans le bureau. Pour vous faire un résumé à la *Reader's Digest* de notre conversation d'une heure : il avait un plan destiné à ramener Clay et je n'étais autorisée ni à l'entendre, ni à participer à sa mise en œuvre. Comme on pouvait s'y attendre, j'acceptai cette nouvelle avec autant de bonne grâce que de compréhension.

— C'est l'idée la plus débile que j'aie jamais entendue ! aboyai-je pour la dixième fois depuis une heure. Pas question que je reste ici sans rien faire !

— Tu préfères rester dans la cage sans rien faire ?

— Ne commence pas à me menacer.

— Alors ne me menace pas, toi.

Une nuance perçue dans la voix de Jeremy me persuada de fermer mon clapet et de faire plutôt les cent pas.

— Je peux vous aider, lui dis-je d'une voix basse et que j'espérais calme. S'il te plaît, Jer, ne m'exclus pas. Tu me reproches peut-être ce qui s'est passé à Toronto, mais ne me punis pas comme ça.

— Tu n'as rien fait de mal à Toronto. Si c'est la faute de quelqu'un, c'est la mienne. Je croyais que vous seriez en sécurité là-bas. Je n'avais pas compris que Daniel était parti, et je ne m'en suis rendu compte que mardi, alors qu'il se trouvait déjà là-bas. Si je refuse de te dire comment je compte aller chercher Clay, c'est parce que tu voudras nous aider, et si je te l'interdis, tu iras essayer de ton côté.

— Mais…

Il se pencha en avant.

— Je te parle sincèrement, Elena. Plus qu'à n'importe qui d'autre. Tout se délite. Je n'étais pas préparé à gérer ça. Si j'ai été un bon Alpha pendant toutes ces années, c'est parce qu'on ne m'a jamais mis à l'épreuve. Pas de cette façon. J'ai commencé lentement, en tâtant le terrain, en rassemblant des informations. Peter et Logan ont été tués. J'ai changé de cap et je suis parti à la poursuite de Jimmy Koenig. Tu as failli te faire tuer aussi. Je vous ai envoyés tous deux dans un endroit que je croyais sûr. Moins d'une semaine plus tard, Daniel t'a retrouvée. Maintenant, il retient Clay.

— Mais…

Debout devant moi, Jeremy m'adressa un demi-sourire tordu et écarta une mèche de mon épaule.

— Je suis désolé, ma chérie, vraiment. Mais on n'a pas le choix.

Avant que je puisse réagir, il était parti.

Malgré les ordres de Jeremy, je n'avais aucune intention de rester assise à ne rien faire. Après tout, il ne m'avait pas ouvertement interdit de faire quoi que ce soit. Je commençai donc à méditer un plan.

Première étape : trouver un allié. Facile. Enfin, je n'avais pas beaucoup de choix, mais Nick s'imposait de toute façon. En plus d'être le meilleur ami de Clay, il avait été lui aussi exclu du plan de sauvetage, ce qu'il n'appréciait pas davantage. Jeremy affirmait qu'il avait besoin de Nick pour me surveiller, mais Nick lui-même était assez futé pour comprendre que, si Jeremy ne lui disait rien, c'était par peur qu'il vienne me le rapporter. Je parvins à convaincre Nick en lui disant que je voulais seulement rassembler des informations, afin de prouver notre valeur à Jeremy. Ce n'était pas vraiment un mensonge. J'avais bel et bien l'intention de partager avec Jeremy tout ce que je découvrirais. Et s'il refusait quand même de m'aider ? Je ne m'en inquiétais pas. Je pourrais toujours renégocier plus tard mon accord avec Nick.

Deuxième étape : prévoir un plan d'action. Jeremy tenterait de découvrir où les cabots détenaient Clay. Pas besoin d'être un génie pour le deviner. Les négociations avec Daniel ne seraient qu'une couverture permettant de l'occuper pendant que Jeremy découvrait où ils résidaient. Nick me le confirma. La veille, avant de l'exclure du plan, Jeremy l'avait envoyé ainsi qu'Antonio au motel Big Bear. Tous l'avaient quitté le lundi, excepté Daniel, parti le mercredi. J'en avais donc conclu, comme Jeremy sans doute, que les cabots avaient trouvé une autre cachette où ils avaient conduit Clay à son retour de Toronto. Ne souhaitant pas me mêler des plans de Jeremy (ou, plus exactement, me faire prendre en train de m'en mêler), j'allais devoir le laisser traquer les cabots et trouver un autre moyen de découvrir où ils cachaient Clay.

Troisième étape : détourner l'attention de mes activités. S'il s'était agi de toute autre personne que Jeremy, j'aurais joué les subalternes intimidées. Mais lui comprendrait aussitôt que je mijotais quelque chose. Si bien que je râlai, me plaignis et lui menai une vie infernale. Il n'attendait rien de moins. Chaque fois que l'occasion se présentait, je suppliais, exigeais ou tentais de l'amadouer pour qu'il m'informe de ses plans. Puis, après une soirée et une matinée passées à le harceler, je lui lançai un ultimatum. S'il ne trouvait pas Clay d'ici à trois jours, je partirais à sa recherche, avec ou sans permission. Jeremy supposa donc qu'il avait trois jours avant que je recommence à faire des miennes et se détendit par conséquent. Une ruse ingénieuse, sans vouloir me lancer des fleurs.

Bien que Nick ait accepté de m'aider, il refusait de désobéir aux ordres de Jeremy concernant mon assignation à domicile, si bien que je ne pouvais aller nulle part. Enfin je pouvais toujours assommer Nick et m'enfuir, mais je ne lui ferais jamais ça. Et puis Jeremy me retrouverait, me ramènerait, et Nick ne serait plus si enthousiaste à l'idée de m'aider s'il souffrait d'une commotion.

Je commençai par appeler l'hôpital. Non, je n'appelai pas l'hôpital du coin suite à une prémonition me soufflant qu'ils avaient admis Clay ou savaient où il était. J'appelai l'hôpital St. Michael de Toronto. Je n'oubliais pas que j'avais laissé Philip en train de saigner sur le sol de notre appartement. J'avoue que je n'y avais pas repensé autant que j'aurais dû, mais je savais que ses blessures ne mettaient pas sa vie en danger, car j'avais arrêté l'hémorragie et appelé des secours, alors que Clay se trouvait dans une situation plus inquiétante, si bien qu'on peut sans doute me pardonner de ne pas avoir également partagé mon attention entre les deux. Philip ne se trouvait pas à St. Mike. Les urgences étaient fermées aux nouvelles arrivées le mardi après-midi, et ce n'était pas la première fois, conséquence de coupes dans le budget de la santé plusieurs années consécutives. On l'avait conduit au centre hospitalier de Toronto Est où il se trouvait toujours. Je parlai à l'infirmière de son étage, me présentai comme sa sœur et appris qu'il souffrait de blessures internes qui avaient nécessité une intervention chirurgicale, mais qu'il était en voie de guérison et sortirait sans doute le lundi, ce qui signifiait qu'il irait réellement mieux le mercredi ou le jeudi – coupes budgétaires, là encore. Elle proposa de me passer sa chambre pour que je puisse lui parler mais je refusai, affirmant que je ne voulais pas troubler son repos. En réalité, j'étais trop lâche pour lui parler. Même s'il me pardonnait de l'avoir abandonné, restait ce petit détail : il m'avait vue me changer en loup. Je décidai de lui envoyer des fleurs accompagnées d'un mot disant que je lui rendrais bientôt visite, en espérant ne pas lui coller une frousse telle qu'elle l'expédierait aux soins intensifs.

J'appelai ensuite l'agence immobilière locale. Non pas parce que je comptais déménager et cherchais un endroit où loger. L'idée était tentante, mais je savais que je n'irais pas loin. Si Jeremy m'avait retrouvée jusque dans un champ du nord de l'État de New York – et il refusait toujours de me dire comment il y était parvenu –, alors il me localiserait certainement, avant ou après les cabots, si je vivais à Bear Valley. Quoi qu'il en soit, je n'étais pas suicidaire. J'appelai l'agence pour vérifier si des logements avaient été loués ou achetés ces deux ou trois dernières semaines, particulièrement des maisons dans la zone rurale. Seules trois avaient été vendues récemment dans les environs de Bear Valley. Deux avaient été achetées par de jeunes familles et la troisième par un couple à l'âge de la retraite. D'autres avaient été louées, mais toutes à des résidents de longue date de la région.

Comme cette idée de maison ne débouchait sur rien, je m'orientai vers les locations de gîtes. La mauvaise nouvelle, c'était que nous habitions dans un coin où ils étaient légion. La bonne, qu'il était encore tôt dans la saison et que la zone de Bear Valley elle-même n'était pas la plus prisée, car il y avait trop d'arbres et trop peu de lacs et de voies navigables. J'appelai l'association qui s'occupait de la location des gîtes dans les environs de Bear Valley. Avec un peu d'ingéniosité, pas mal de mensonges et encore plus de politesse (Jeremy m'avait bien formée), je découvris que seuls quatre gîtes du coin étaient actuellement loués, trois à des couples en lune de miel et le quatrième à un groupe de quinquagénaires new-yorkais qui venaient chaque année, au mois de mai, en retraite thérapeutique visant à raffermir leur amitié virile au contact de la nature. Nouvelle impasse. J'allais devoir trouver une autre tactique. Laquelle au juste, je l'ignorais.

Maintenant que j'agissais avec résolution, les heures défilaient à toute vitesse, ce qui me laissait peu de temps pour ruminer le sort de Clay. Mais quand vint le soir, je me retrouvai seule avec mes pensées. Je m'occupai du feu dans le bureau. Il n'en avait pas besoin. Ni même d'être allumé, car la température extérieure avoisinait toujours les 24 degrés. Mais je trouvais un certain réconfort à m'asseoir au bord du foyer, à tisonner les bûches et à regarder les flammes danser en projetant des étincelles. Mieux valait des actions inutiles que pas d'actions du tout. Et puis fixer les flammes exerçait sur moi un effet hypnotique qui me permettait de me concentrer sur autre chose que les pensées et les peurs transperçant les barrières mentales que j'avais soigneusement dressées ces dernières vingt-quatre heures.

Je n'étais pas seule dans le bureau. Nick s'y trouvait aussi, somnolant à demi sur le canapé. De temps à autre, il ouvrait les yeux et disait quelque chose. On parlait quelques minutes, puis la conversation approchait dangereusement de Clay et le silence retombait. Lorsque l'horloge de la cheminée sonna minuit, Nick s'éveilla de nouveau. Il inclina la tête en arrière sur le bras du canapé et regarda par la fenêtre.

— La pleine lune approche, dit-il. Deux, trois jours ?

— Deux.

— Je vais avoir besoin de courir. Et toi ?

Je parvins à produire un petit sourire.

— Tu sais parfaitement que je n'ai pas besoin de courir, comme j'ai eu plus que mon compte il y a trois jours. Ce que tu me demandes, en fait, c'est : est-ce que je veux bien courir avec toi et t'épargner ainsi l'horrible perspective de devoir y aller seul ?

— Je ne sais pas comment tu faisais, à Toronto, pendant tout ce temps, répondit-il en frissonnant. J'ai dû m'y résoudre plusieurs fois l'hiver dernier. Tonio était en voyage d'affaires, Logan occupé par un procès, et Clay… Enfin bref, j'ai dû muter tout seul.

— Pauvre chéri.

— C'était affreux. Un truc du style : aller dans les bois, muter, rester planté là jusqu'à ce qu'il se soit passé assez de temps, muter en sens inverse. C'était à peu près aussi marrant que d'aller aux chiottes.

— Chouette analogie.

— Je suis sérieux. Allez, Elena. Avoue. Ça ressemble à ça, quand on est seul. Je me rappelle quand j'étais gamin, avant ma première Mutation, quand Clay avait l'habitude de…

Il s'arrêta. Cette fois, il ne reprit pas. Comme le silence se prolongeait, je me remis à tisonner le feu et regarder les étincelles jaillir des bûches. La porte s'ouvrit. J'entendis entrer Jeremy mais ne me retournai pas. L'instant d'après, les ressorts du canapé gémirent lorsque Nick se leva. Il traversa la pièce et la porte se referma. Jeremy s'assit près de moi au bord du foyer. Sa main se posa derrière ma tête, hésitante, puis me caressa les cheveux.

—Je sais à quel point c'est difficile pour toi, Elena. Je sais comme tu as peur, comme tu redoutes de le perdre.

—Ce n'est pas ça. Enfin si, bien sûr, j'ai peur de le perdre. Mais si tu crois que c'est parce que j'ai soudain compris combien je l'aime et que si… et qu'à son retour, je reviendrai ici et que tout s'arrangera, alors tu te trompes. Je suis désolée. Je sais que tu en as envie, que ce serait plus facile pour toi et pour tout le monde, mais ça ne va pas se passer comme ça. Oui, je tiens à lui. Beaucoup. Et oui, je veux qu'il revienne. Pour toi, pour Nick et pour la Meute. Je suis bouleversée parce que je me sens responsable.

Jeremy ne répondit rien.

Je le regardai par-dessus mon épaule.

—Alors tu me tiens pour responsable, toi aussi ?

—Non, pas du tout. Je n'ai pas répondu parce que je pensais qu'il valait mieux tenir ma langue au sujet du reste. Si tu crois que c'est pour ça que tu es bouleversée…

—C'est le cas.

Il se tut un moment et tendit la main pour me frotter le dos puis masser le nœud entre mes épaules contractées.

—Contrairement à ce que tu crois pour je ne sais quelle raison, je ne te considère pas comme responsable de ce qui s'est passé. On a déjà parlé de tout ça. J'aurais dû t'envoyer ailleurs. Je me croyais malin, mais je n'avais même pas compris qu'il se passait quelque chose avant d'essayer de contacter Clay cette nuit-là…

—Tu l'as fait depuis ? demandai-je en me redressant

avant de me tourner vers lui. Tu as contacté Clay depuis qu'ils l'ont capturé ? Tu as essayé, hein ? Qu'est-ce qu'il a dit ? Est-ce qu'il est…

Jeremy posa les doigts sur mes lèvres.

— Oui, j'ai essayé. Encore et encore. Mais je n'arrive pas à le joindre. À cause des drogues.

Il y avait une autre raison qui pouvait expliquer pourquoi Jeremy n'y parvenait pas, mais je n'osai pas la soulever. Il sembla toutefois la lire sur mon visage et fit signe que non.

— Ne pense pas ça. Tu as vu la photo d'aujourd'hui. Il a l'air en sale état, mais il est vivant.

J'entendais une telle fatigue dans sa voix… La Meute était assiégée et les cabots terrassaient nos défenses aussitôt que Jeremy les érigeait. Ça l'épuisait. J'aurais préféré ne pas voir ça. J'aurais préféré croire, comme Antonio et Nick, que l'Alpha de la Meute était indestructible. Les loups-garous de la Meute sont élevés ainsi, rassurés par la certitude que leur Alpha les protégera quoi qu'il arrive. Ils se trompaient. Totalement. Ça marchait très bien dans des circonstances habituelles, quand la Meute affrontait un cabot à la fois et que le boulot de l'Alpha consistait surtout à régler les dissensions internes et à assurer notre cohésion contre les cabots. Face à un problème de cette envergure, l'Alpha aurait toutefois besoin d'aide, non seulement pour lutter contre cette menace, mais aussi pour décider comment la combattre. Une telle collaboration était inconcevable. Jeremy soumettait bien ses idées à Antonio, mais il ne lui demanderait jamais conseil, pas plus qu'un membre de la Meute n'envisagerait de lui en proposer. Moi, si. Je voulais dire à Jeremy ce que je pensais et tenter de l'aider, mais je savais que c'était impossible. S'il se sentait dépassé actuellement, savoir que j'anticipais ses plans ne ferait qu'empirer les choses. Il obéissait à la même conception erronée du rôle de dirigeant que Nick et Antonio. La responsabilité du sauvetage de la Meute lui incombait entièrement. Je ne pouvais l'aider qu'en mijotant mes propres stratégies.

Réveil

Jeremy et Antonio repartirent le lendemain matin. Je me remis au travail. Ou m'y préparai, du moins. J'appelai l'hôpital pour prendre des nouvelles de Philip, puis m'installai dans le bureau, allumai l'ordinateur portable de Clay et demeurai là, à regarder tour à tour le téléphone et le portable. C'étaient mes seuls outils pour trouver Clay et j'ignorais totalement comment me servir de l'un ou de l'autre. Je sortis un bloc-notes et passai en revue tout ce que je savais, espérant qu'une nouvelle piste à creuser me sauterait aux yeux.

Il nous restait deux cabots expérimentés, la moitié du chiffre d'origine. Idée rassurante, jusqu'à ce que je me rappelle que nous avions éliminé les cabots les moins importants et que les plus dangereux restaient en vie. Ce qui n'était pas une si bonne chose. Nous avions aussi deux nouveaux. LeBlanc, je le connaissais, je comprenais son fonctionnement. Cette fois encore, j'éprouvai une brève bouffée de soulagement avant de me rappeler que je n'avais pas encore rencontré le protégé de Cain, Victor Olson. Ce serait donc la prochaine étape : en apprendre plus sur lui. Bien entendu, il y avait une marge entre décider de ce que j'allais faire et déterminer *comment*. Des deux outils à me disposition, Internet semblait le meilleur choix, car je ne savais pas par où commencer avec le téléphone.

Cain disait que son protégé s'appelait Victor Olson et qu'il l'avait fait évader d'une prison d'Arizona où il était détenu pour crimes sexuels. Comme c'était Daniel qui avait trouvé Olson, ses crimes avaient dû être assez atroces pour lui garantir l'attention des médias. Une simple recherche sur le nom et la ville me fournit sept correspondances exactes. La première se rapportait à un fondateur de la ville nommé Victor Olson, mort depuis longtemps. Les quatre correspondances suivantes concernaient Vic Olson, dit le « Chien fou », ce qui me parut prometteur, jusqu'à ce que le lien me conduise à une publicité pour un avocat spécialisé dans les dommages personnels et corporels résultant d'accidents. Les deux derniers me permirent de trouver un filon. Victor Olson s'était échappé de prison quatre mois plus tôt, alors qu'il était condamné à perpétuité pour le viol et le meurtre d'une fillette de dix ans. Je relus plusieurs fois l'âge de sa victime. Cain avait dit qu'Olson avait fait de la prison pour « avoir un peu déconné avec des filles ». J'avais pensé que, par « filles », il désignait en réalité des femmes. Visiblement non. Réprimant ma répulsion, je parcourus l'article. Olson était un pédophile de longue date, plusieurs fois déclaré coupable d'attentats à la pudeur, mais les inculpations avaient toujours été retirées lorsque le juge avait estimé que les témoignages de ses victimes n'étaient pas « fiables ». Dans le cas de la dernière victime, le juge avait dû reconnaître la fiabilité du témoignage que fournissait son cadavre. Je passai à l'article figurant sur l'autre site et compris pourquoi Daniel avait choisi Olson. C'était un désaxé qui suivait les petites filles à la trace. Il choisissait ses victimes avec soin et les suivait pendant des semaines avant de passer à l'acte. Un policier avait déclaré qu'il n'avait jamais vu personne de si « doué pour la chasse » – c'étaient ses termes, pas les miens.

Je consacrai une heure de plus à passer en revue ce que je savais. Comme ça ne menait nulle part, j'allai trouver Nick dans la salle de musculation et lui répétai tout, en espérant soit qu'il lui vienne une intuition, soit que le fait de formuler tout ça m'aide à réfléchir. Nick m'écouta, sans que ça lui inspire la moindre idée. Ce n'était pas dans ses habitudes. Formulé comme ça, ça paraît franchement salaud. Je voulais dire par là qu'il était habitué à suivre les plans des autres. C'était un second enthousiaste et un ami fidèle, mais il n'était pas franchement – comment le dire gentiment – pas franchement un grand penseur. Lui parler ne m'aida en rien à trouver une solution. Je laissai donc mes papiers de côté, éteignis l'ordinateur et me consacrai à la tâche la plus basse et la plus abrutissante que je puisse concevoir : la lessive.

Personne ne s'en était occupé depuis notre départ pour Toronto, sans doute parce que c'était le cadet des soucis de la Meute. Je n'en avais pas compris pleinement l'implication avant de tomber sur une chemise de Clay pendant que je pliais la première charge. Je restai plantée là, dans la buanderie, sa chemise en main. Clay la portait la veille de notre départ. J'ignore pourquoi je me rappelai ce détail. C'était une chemise de golf vert foncé, l'une des rares à trancher parmi la masse de chemises noires ou blanches unies. Sans doute un cadeau de Logan, qui s'attribuait la tâche ingrate consistant à égayer un peu la garde-robe de Clay. Je regardai fixement la chemise, songeant à Logan, et la douleur refit brusquement surface. Puis je pensai à Peter, me le rappelai en train de vanner Clay sur sa garde-robe monochrome, menaçant de lui donner une pile des tee-shirts de concert les plus criards qu'il puisse trouver. Clignant très fort des yeux, je fourrai la chemise sous une pile de sous-vêtements de Nick et me remis au travail.

Après avoir plié la première charge, je montai à l'étage ranger les vêtements. Je laissai la pile de Clay pour la fin. Je passai plusieurs minutes plantée devant la porte close de sa chambre, à rassembler le courage d'entrer. J'en finis le plus vite possible, fourrant chemises, slips et chaussettes dans ses tiroirs. Ses jeans allèrent dans la penderie. Oui, il les accrochait à des cintres, sans doute parce que la penderie ne contiendrait rien dans le cas contraire. J'étais en train de les ranger quand je vis le tas de cadeaux emballés au fond de la penderie. Je compris de quoi il s'agissait avant même d'y jeter un œil. Une partie de moi eut envie de claquer la porte et de s'enfuir en courant. Je ne voulais pas les voir. Mais je ne pus résister. Je tendis la main vers celui du haut. Il était enveloppé dans du papier cadeau de Noël, orné de sucres d'orge et de rubans de couleurs vives. Un nom griffonné sur l'étiquette recouvrait le « DE : » et le « POUR : » Elena.

Nick m'avait dit que Clay guettait mon retour. Je m'étais moi-même presque attendue à revenir ici lors du Noël précédent, non pas de ma propre volonté, mais par magie, comme si je pouvais m'endormir à Toronto à la veille de Noël et me réveiller à Stonehaven le lendemain matin. Pâques, Thanksgiving, les anniversaires, tous étaient passés sans me faire le même effet, sans réveiller ce besoin de revenir. Mais c'était différent.

Enfant, je détestais Noël. De toutes les fêtes, c'était celle qui célébrait le plus la famille, et tous les films, les émissions spéciales, les publicités, les couvertures de magazines montraient des familles heureuses en train de se livrer à tous les rites saisonniers. Je ne peux pas dire que j'étais privée des ornements habituels de Noël. Mes parents adoptifs n'étaient pas des ogres complets. J'avais droit à des cadeaux, à de la dinde au dîner. J'allais à des fêtes et à la messe de minuit. Je m'asseyais sur les genoux du Père Noël et j'apprenais des chants traditionnels pour le concert de l'école. Mais, sans liens familiaux véritables, tous les rituels de la fête sonnaient aussi faux que la neige en aérosol. J'avais donc cessé de fêter Noël quand j'avais emménagé seule à dix-huit ans. Puis j'avais rencontré Clay. Lors de notre première année ensemble, il m'avait enfin semblé possible de fêter un vrai Noël. Bien sûr, je n'étais pas entourée de parents, de grands-parents, d'oncles et de tantes, mais j'avais quelqu'un. Mon premier lien avec tout ce dont je rêvais tant.

Je dois préciser que Clay ignorait totalement comment fêter Noël. Ce n'était pas un jour férié officiel chez les loups-garous. D'accord, il n'existait pas de jour férié officiel pour nous, mais la question n'était pas là. La Meute ne reconnaissait Noël que comme une occasion de se rassembler parmi les dizaines qui se présentaient dans l'année. Ils échangeaient des cadeaux, comme pour les anniversaires, mais ça n'allait pas plus loin. Que fit donc Clay quand je laissai sous-entendre que je voulais un Noël en bonne et due forme ? Il m'en offrit un.

Même si je l'ignorais à l'époque, il avait passé des semaines à se documenter sur cette fête. Puis il m'avait offert un Noël avec tous les ornements. Nous étions sortis couper un sapin, avant de comprendre l'impossibilité de le rapporter dans son appartement sur sa moto. Nous nous l'étions donc fait livrer puis nous l'avions orné. Nous avions fait des sablés, du pain d'épice et autres biscuits à décorer, et découvert la difficulté de former des bonshommes de pain d'épice sans emporte-pièce. Nous avions fait un cake, qui devait toujours se trouver sur le balcon de son ancien appartement où il nous servait à caler la porte. Nous avions acheté des illuminations pour le balcon et dû retourner chercher d'abord une rallonge, puis des cisailles afin de percer un trou dans le panneau à travers lequel faire passer le câble. Nous avions écouté des chants de Noël, regardé *How the Grinch Stole Christmas* et loué *La vie est belle*, même si Clay s'était endormi pendant ce dernier – bon, je l'avoue, moi aussi. On avait bu du lait de poule près du feu, ou plutôt près d'une photo de feu tirée d'un magazine et que Clay avait accrochée au mur. Nous n'avions oublié aucune tradition. C'était le Noël parfait. Nous n'étions pas allés jusqu'à Pâques.

Il n'y eut pas de Noël l'année suivante. Sans doute avait-il toujours lieu dans le monde extérieur, mais il passa inaperçu à Stonehaven. J'étais à peine sortie de la cage quand arriva l'hiver. Clay était toujours en exil. Logan me rendit visite, mais je le chassai comme je l'avais fait la demi-douzaine d'autres fois où il avait tenté de venir me voir. Nick m'envoya un cadeau. Je le jetai sans même l'ouvrir. Avant ma morsure, j'avais déjà rencontré Logan et Nick et même commencé à les considérer comme des amis. Par la suite, je leur en voulus de ne pas m'avoir prévenue. Je pris donc à peine conscience du passage de Noël.

L'année suivante, Clay se trouvait toujours en exil. J'étais alors bien en voie de guérison. J'avais pardonné à Logan, à Nick et même à Jeremy. Je commençais à connaître un peu Antonio et Peter. À accepter mon existence de loup-garou. Puis Noël était arrivé. Je pensais qu'il passerait de nouveau sans grande pompe, comme l'année précédente. Au lieu de quoi on avait passé un Noël authentique, avec des cadeaux sous le sapin, des guirlandes électriques qui se reflétaient sur la neige et une dinde sur la table. La Meute au complet vint passer la semaine à Stonehaven et je sus pour la première fois à quel point un Noël en famille pouvait être animé, stressant, bruyant et merveilleux. Je croyais que c'était ainsi que la Meute fêtait Noël en temps ordinaire, quand elle ne devait pas se colleter avec une femme loup-garou en colère. Je n'avais appris la vérité qu'en janvier. Clay avait contacté Jeremy et lui avait demandé de faire ça pour moi. C'était le cadeau qu'il m'offrait. En retour, je demandai à Jeremy de lever son bannissement.

Chacune des années qui suivirent, on fêta pleinement Noël à Stonehaven. La Meute se pliait totalement à ma lubie, sans jamais me donner l'impression qu'ils cherchaient simplement à me faire plaisir. Tous les Noëls n'avaient pas été agréables pour autant. Parfois, Clay et moi nous entendions bien, le plus souvent non, mais nous étions toujours ensemble. Si ce dernier Noël loin de Clay avait été difficile, une certitude l'avait rendu supportable : savoir qu'il était là, quelque part. Tandis que je fixais la pile de cadeaux dans sa penderie, je compris que ça s'appliquait à ma vie le restant de l'année, pas simplement à Noël. Parfois, savoir que Clay était là, qu'il m'attendait si je choisissais de revenir, me fournissait un certain réconfort dans ma vie. D'une façon assez perverse, il était l'élément le plus stable de mon existence. Quoi que je puisse bien faire, il serait là. Et s'il ne l'était plus ? Cette idée me glaça à tel point que mon souffle sembla geler dans mes poumons et que je dus m'appliquer à respirer. Je n'avais pas menti à Jeremy, la veille. Ce n'était pas une de ces romances de contes de fées où l'héroïne comprend son amour éternel pour le héros lorsqu'il est confronté à un danger mortel. Il n'y avait dans cette histoire ni héros, ni héroïnes, et il n'y aurait jamais de fin heureuse où ils se marient et ont beaucoup d'enfants, même si nous retrouvions Clay. Je ne me voyais toujours pas vivre avec lui, pas plus que je ne pouvais envisager mon univers sans lui. J'avais besoin de lui. C'était peut-être d'un égoïsme incommensurable. Ça l'était presque certainement. Mais c'était sincère. J'avais besoin de Clay et je devais le retrouver. Je regardai de nouveau les cadeaux et compris que je n'en faisais pas assez.

— Je vais à Bear Valley, déclarai-je.

C'était le lendemain. Nick et moi nous trouvions sur le patio, étendus sur des chaises longues, nos plateaux de déjeuner sur les genoux. Jeremy et Antonio étaient partis une heure plus tôt. Depuis, je cherchais comment annoncer à Nick le plan que j'avais conçu. Après une demi-douzaine de faux départs, je choisis une approche plus franche.

— J'ai dit à Daniel que je voulais le voir, ajoutai-je.

— C'est ce qu'il y avait dans le message ?

Lorsque Antonio et Nick étaient allés livrer la dernière missive à la boîte postale de Daniel, j'avais glissé à Nick un mot à ajouter à celui de Jeremy. Nick ne m'avait encore posé aucune question, sans doute parce qu'il ne voulait pas savoir.

— Oui, répondis-je. Je vais le rencontrer à 14 heures.

— Et comment il t'a répondu ?

— Il ne l'a pas fait. Je lui ai donné rendez-vous à 14 heures. Il y sera.

— Jeremy est d'accord ?

À l'intonation de Nick, je devinai qu'il savait parfaitement que je ne lui en avais pas touché mot. Cette question était sa façon d'aborder prudemment le sujet. Ou peut-être espérait-il malgré tout que j'avais conçu ce plan avec Jeremy et que nous avions simplement oublié de lui en parler.

— Je ne peux plus rester assise à ne rien faire, dis-je. Je ne peux plus. J'ai essayé, mais c'est inutile.

Nick passa les jambes par-dessus le bord du siège et s'assit.

— Je sais comme c'est dur pour toi, Elena. Je sais à quel point tu l'aimes…

— Ce n'est pas ça. Écoute, j'ai déjà parlé de tout ça avec Jeremy. On a besoin que Clay revienne. À toi de décider si tu veux nous aider ou pas.

— Je veux vous aider à le secourir, mais pas question que je t'aide à te faire tuer.

— Qu'est-ce que tu veux dire ?

— Tu m'as bien compris. J'ai vu dans quel état tu étais il y a quelques jours…

— Alors c'est ça ? Tout ça parce que j'ai pété un câble il y a trois jours ? Regarde-moi bien. J'ai l'air complètement flippée ?

— Non, et ça m'effraie sans doute encore plus que si tu l'étais.

— J'y vais, déclarai-je.

— Pas sans moi.

— Très bien.

— Mais je n'y vais pas. Alors toi non plus.

Je me levai et me dirigeai vers la porte de derrière. Nick se releva d'un bond et me barra la route.

— Qu'est-ce que tu vas faire ? lui demandai-je. M'assommer et m'enfermer dans la cage ?

Il détourna le regard mais ne bougea pas. Je savais qu'il ne ferait rien. Si on en arrivait là, Nick ne recourrait pas à la force physique pour m'arrêter. Ce n'était pas dans sa nature.

— Où a lieu ce rendez-vous ? demanda-t-il enfin. C'est dans un lieu public ? Parce que sinon…

— C'est au *Donut Hole*. Il n'y a pas plus public. Quoi que tu puisses bien penser, je ne fais rien qui puisse me mettre en danger. Je ne ferais rien pour te mettre, *toi*, en danger. Le seul risque que je prenne, c'est en enfreignant les ordres de Jeremy. Et je le fais uniquement parce qu'il a tort de m'exclure.

— Alors tu vas retrouver Daniel dans ce café et je serai là. On se garera juste devant. On n'ira nulle part avec lui, même pas pour se balader dans la rue.

— Exactement.

Nick se détourna et rentra dans la maison. Tout ça ne lui plaisait pas, mais il le ferait. Je le lui revaudrais un jour.

Lorsque je me garai devant le café, j'aperçus Daniel par la vitre. Il était assis à une table. Ses cheveux auburn lui arrivant aux épaules étaient repoussés derrière son oreille gauche – sa seule oreille, en fait, suite à ce petit accident de morsure quelques années plus tôt. Il avait le profil anguleux, pommettes hautes, menton pointu et nez fin, plutôt séduisant, avec un certain charisme animal, mais il évoquait moins un loup qu'un renard, qui reflétait mieux sa personnalité.

Quand je sortis de la voiture, ses yeux verts me suivirent, mais il ne montra d'aucune façon qu'il avait noté ma présence, ayant appris depuis longtemps que je réagissais mal aux grandes démonstrations. Il ne mesurait guère plus d'un mètre soixante-quinze car nous avions, debout, les yeux exactement au même niveau. À une occasion où j'avais dû le rencontrer pour lui livrer un avertissement de la part de Jeremy, je portais des talons de cinq centimètres et avais pris un grand plaisir à baisser les yeux vers lui pour lui parler, jusqu'à ce qu'il me dise à quel point il me trouvait sexy. Depuis, il ne m'avait jamais vue porter autre chose que mes vieilles baskets sales.

Aujourd'hui, Daniel arborait un tee-shirt noir uni et un jean, c'est-à-dire à peu près la même chose que le reste du temps. Il copiait la garde-robe monochrome de Clay, son style décontracté d'ouvrier du bâtiment, comme s'il pensait que ça lui donnait un certain cachet. Comme il se trompait…

Marsten était assis face à Daniel. Suivant son habitude, il était pomponné et vêtu comme s'il sortait des pages d'un magazine masculin, ce qui donnait à Daniel des allures de plouc en comparaison.

Lorsque j'entrai en compagnie de Nick, Marsten se leva et vint nous accueillir à la porte.

— Vous savez, me dit-il, je suis surpris que Jeremy vous ait laissé venir. Est-il seulement au courant ?

Je me balançai un coup de pied mental. Je n'avais pas pensé à l'impression que je donnerais en enfreignant ouvertement les consignes de Jeremy. Des dissensions au sein de la Meute. Génial. On pouvait faire confiance à Marsten pour les flairer en cinq secondes chrono.

— Vous avez bonne mine, Elena, poursuivit-il sans attendre ma réponse. Fatiguée, mais ça n'a rien de surprenant. Espérons que tout ceci prenne bientôt fin.

— Ça dépend de vous, répondis-je.

— En partie. (Il se tourna vers la serveuse derrière le comptoir.) Deux cafés. Noir pour la dame, et… (Il jeta un coup d'œil à Nick.) Lait et deux sucres, c'est bien ça ?

Nick se contenta de le fusiller du regard.

— Un noir. Et un crème avec deux sucres, répéta Marsten à la serveuse. Mettez-les sur ma note. (Il s'arrêta, puis se retourna vers moi avec un sourire ironique.) Je n'arrive pas à croire que je viens de dire ça dans un café. Il est temps que je quitte cette ville.

Je détournai le regard.

— Ça faisait longtemps, Nicholas, poursuivit Marsten. Comment va votre père ? J'ai investi dans une de ses sociétés l'an dernier. Trente pour cent de retours. Il n'a vraiment pas perdu la main.

Nick l'ignora et s'assit sur un tabouret au comptoir pour étudier la carte des beignets. Marsten prit le tabouret voisin et me fit signe d'avancer vers Daniel.

— Je vais tenir compagnie à Nicholas, dit-il.

Daniel ne leva pas les yeux à mon approche. Il continua à remuer son café et ne me salua que d'un infime signe de tête. La serveuse m'apporta ma tasse. Je la repoussai et m'assis sur le banc face à Daniel. Il remuait toujours son café. Je restai immobile quelques secondes. En d'autres circonstances, j'aurais attendu de voir combien de temps il pouvait continuer à feindre l'indifférence avant de craquer et de me regarder. Mais il n'était plus temps de jouer.

— Qu'est-ce que vous voulez ? lui demandai-je.

Sans cesser de remuer, il fixait sa tasse comme si elle risquait de lui échapper s'il la quittait des yeux.

— Qu'est-ce que je veux en règle générale ?

— Vous venger.

Il leva les yeux et croisa mon regard, puis rompit le contact pour me jauger lentement de la tête aux pieds, comme à son habitude. Je serrai les dents et attendis. Au bout de quelques secondes, je fus tentée de claquer des doigts devant son visage en lui disant qu'il n'y avait pas *tant que ça* à regarder en moi.

— Vous voulez vous venger, répétai-je pour remettre son cerveau sur les rails.

Daniel s'enfonça dans son siège, une jambe surélevée pour paraître cool et détendu au possible.

— Pas du tout. Je ne l'ai jamais voulu. Quoi que la Meute ait pu me faire, j'ai tourné la page. Elle ne mérite pas mon temps. Mais vous, si.

— Nous y voilà, marmonnai-je.

Daniel m'ignora.

— Je sais pourquoi vous restez avec ces gens-là, Elena. Parce que vous avez peur de partir, peur de ce qu'ils feront, et de ce qui vous arrivera sans leur protection. J'essaie de vous prouver qu'ils ne peuvent ni vous faire de mal ni vous protéger. Si vous voulez un partenaire, un véritable, vous méritez mieux qu'un tordu qui doit se retourner trois fois avant de s'allonger. Je peux vous donner mieux.

— Alors tout ça, c'est pour me gagner, moi ? N'importe quoi.

— Vous ne croyez pas le mériter ? Je croyais que vous vous estimiez plus que ça.

— C'est mon QI que j'estime plus que ça. Il ne s'agit pas de moi. Ça n'a jamais été le cas. Il s'agit de vous et de Clay. Vous pensez qu'il me possède, alors vous me voulez. Vos motivations sont aussi complexes que celles d'un gosse de deux ans qui en voit un autre avec un jouet brillant. Vous le voulez.

— Vous vous sous-estimez.

— Non, mais je ne sous-estime pas la haine qu'il vous inspire. Qu'est-ce qui s'est passé ? Il a toujours eu la plus grosse part du gâteau d'anniversaire ?

— Il a fait de ma vie un enfer. Lui et son fidèle second, là. (Daniel lança un regard noir à Nick.) « Pauvre petit Clay. Il a des problèmes. Il a eu la vie dure. Tu dois être gentil avec lui. Tu dois devenir son copain. » J'entendais ça tout le temps. Tout ce qu'ils voyaient, c'était un adorable petit louveteau. Quand il montrait les dents, ils trouvaient ça mignon. Il nous tyrannisait comme un Napoléon miniature et ils trouvaient ça mignon. Mais ça ne l'était vraiment pas, vu de ma position. C'était…

Je levai la main.

— Vous divaguez.

— Quoi ?

— Je tenais juste à vous le signaler. Vous divaguez. Ce n'est pas très joli à voir. Dans deux minutes, vous allez m'exposer vos plans de conquête du monde. C'est ce que font les méchants après avoir exposé leurs motivations. J'espérais que vous seriez différent.

Daniel but une gorgée de café, puis secoua la tête avec un petit rire.

— Eh bien, vous venez de me remettre à ma place. Vous avez toujours été douée pour ça. Si vous me demandez de sauter dans un cerceau, je vous demande juste à quelle hauteur.

— Et si je vous demande de relâcher Clay…

Daniel fit la grimace.

— Je vous réponds : à quoi bon ? D'accord, il y a des limites à ma docilité. Je ne vais pas le laisser partir simplement parce que vous le voulez, Elena. Vous pourrez faire la moue, battre des cils, supplier, je trouverai tout ça très excitant mais ça ne me convaincra pas de le relâcher. Je vais vous proposer le même échange qu'à Jeremy. Vous contre Clay.

— Pourquoi ?

— Je viens de vous le dire.

— Parce que je suis irrésistible. Ouais. Donnez-moi une meilleure explication ou je fous le camp d'ici.

Daniel resta un moment silencieux, puis se pencha vers moi.

— Vous avez déjà pensé à créer votre propre Meute ? Pas en recrutant une bande de cabots demeurés, mais en fondant une dynastie ? Nous ne sommes pas immortels, Elena, mais il existe un moyen d'assurer notre immortalité.

— J'espère vraiment que vous ne sous-entendez pas ce que je crois.

— Des enfants, Elena. Une nouvelle race de loups-garous. Pas moitié loups-garous et moitié humains, mais pleinement loups-garous, ayant hérité des gènes des deux parents. Des loups-garous parfaits.

— La vache. Alors vous voulez vraiment conquérir le monde.

— Je suis sérieux.

— Sérieux dans votre folie. Désolée, mais mon utérus n'est ni à louer, ni à vendre.

— Pas même au prix d'une vie ? Celle de Clay ?

Je feignis d'y réfléchir. Il était temps de le mettre au pied du mur.

— Alors si j'accepte de vous suivre, vous allez le relâcher ?

— Voilà. Seulement, mettons les choses au clair, je ne vais pas me contenter d'espérer que vous me suiviez docilement. Il y a un endroit sûr où je compte vous emmener, suffisamment loin d'ici. Vous serez enfermée. Un peu comme dans la cage de Stonehaven, mais en bien plus luxueux. Si vous me donnez ce que je veux, absolument tout, vous n'y resterez pas longtemps. Quand je vous aurai convaincue que je suis le meilleur choix, je vous laisserai sortir. Si vous tentez de vous enfuir, je vous enfermerai de nouveau.

— La vache, quelle tentation.

— Je vous parle sincèrement, Elena. C'est un échange. Sa captivité contre la vôtre.

Je fis mine d'hésiter en regardant par la fenêtre. Puis je me retournai vers Daniel.

— Voici ma condition. Je veux le voir libre. Vous le relâcherez en plein jour dans un endroit public. Je serai là pour vous surveiller. Ensuite, je vous appartiendrai.

— Ça ne marche pas comme ça. Une fois que vous serez à moi, il sera libre.

— Vous n'avez aucune intention de le libérer, dis-je. C'est bien ce que je pensais.

Je me levai, me détournai et quittai le café. Nick et Daniel se précipitèrent tous deux à ma suite. Quand j'atteignis la voiture, la main de Daniel jaillit pour maintenir la portière fermée.

— Vous avez vu les photos, non ? demanda-t-il.

Je m'arrêtai mais ne me retournai pas.

— Je sais que oui, poursuivit Daniel. Vous avez vu dans quel état il est. Vous savez que ça empire. Combien de temps pensez-vous qu'il tiendra encore ?

Je me retournai lentement. Je vis alors le visage de Daniel, lus la satisfaction dans ses yeux et perdis la tête. Depuis une demi-heure, je m'efforçais de ne pas penser à Clay. Tandis que je parlais à Daniel, je luttais pour ne pas me rappeler que c'était lui qui le gardait captif, qu'il l'avait drogué et battu jusqu'à ce qu'il ne lui reste presque plus un centimètre de peau indemne. Je m'étais concentrée sur ce que je disais à Daniel comme je lui avais parlé une centaine de fois auparavant, comme si je ne faisais que lui transmettre un message de Jeremy lui laissant le choix entre rentrer dans le rang ou affronter un châtiment. J'avais vraiment, vraiment essayé d'oublier ce qui se passait en réalité. Mais, quand je l'entendis menacer Clay, il me devint impossible de faire semblant. La rage contenue en moi bouillonna et déborda avant que je puisse la refréner.

J'agrippai le devant de sa chemise et le projetai si fort contre la vitre passager qu'elle se brisa en millions de fragments de verre Securit.

— Espèce de sale hyène pleurnicharde, lançai-je en m'appuyant contre lui jusqu'à ce que nos visages se touchent presque. D'abord vous le kidnappez avec une seringue hypodermique. Ensuite vous l'enchaînez pour pouvoir le tabasser. Mais ça ne vous suffit pas. Vous devez le droguer d'abord. Vous assurer qu'il ne puisse même pas rassembler assez de force pour vous cracher au visage. Ensuite vous le tabassez. Ça vous a plu ? Ça vous a donné l'impression d'être un homme, en réduisant votre ennemi en bouillie alors qu'il ne pouvait même pas lever le petit doigt pour se défendre ? Vous n'êtes ni un homme, ni un loup. Vous êtes une hyène, un charognard, un lâche. Si vous levez la main sur lui ne serait-ce qu'une fois de plus, je vais vous faire subir quelque chose qui fera passer cette morsure à l'oreille pour une égratignure. Et si vous le tuez, je le jure devant Dieu et le diable, et devant tout autre témoin, si vous le tuez, je vous pourchasserai. Je vous retrouverai et je vous infligerai toutes les tortures imaginables. Je vous aveuglerai, je vous castrerai, je vous brûlerai. Mais je ne vous tuerai pas. Je ne vous laisserai pas mourir. Je vous enverrai en enfer et je vous obligerai à y passer le restant de vos jours.

Je repoussai Daniel. Il vacilla, se reprit, puis se tourna pour me faire face. Sa bouche s'ouvrit, se referma, se rouvrit encore, mais il paraissait incapable de trouver une réplique digne de ce nom et préféra donc tourner les talons pour regagner à pas lourds le café où les clients, au nombre d'une dizaine, semblaient tous avoir pris place près de la fenêtre. Quand je détournai le regard, j'entendis un sifflement tout bas et me tournai pour voir Marsten appuyé contre l'arrière de la voiture.

— La tigresse est de retour, dit Marsten. Eh bien, eh bien. Ça va peut-être devenir intéressant.

— Allez vous faire foutre, aboyai-je.

J'ouvris brusquement la portière, montai dans la voiture et mis le contact alors que Nick sautait du côté du passager. La Camaro quitta en rugissant la place de parking dans un crissement de pneus. Je ne consultai pas une fois le compteur de vitesse pendant tout le trajet jusqu'à Stonehaven.

J'avais eu raison sur un point. Il n'était plus temps de jouer.

Régression

Je quittai Stonehaven quand les autres furent allés se coucher. Je m'habillai dans le noir, sautai par ma fenêtre, puis poussai ma voiture sur les huit cents premiers mètres avant de la faire démarrer. Je n'avais pas averti Nick de mon plan. Mieux valait pour lui qu'il n'en sache rien.

Je m'étais retirée tôt dans ma chambre où j'avais passé la soirée au lit, à réfléchir. J'avais commis une erreur en donnant rendez-vous à Daniel. En refusant son offre, je n'avais fait qu'aggraver les choses. Jeremy faisait gagner du temps à Clay. Je lui en avais volé. Pour me racheter, je devais agir sur-le-champ.

Pendant plusieurs heures, ce soir-là, je tentai de contacter mentalement Clay. Bien entendu, ça ne fonctionnait pas. Je ne savais même pas avec certitude comment faire, mais j'avais conservé le mince espoir que notre lien suffirait. Peut-être était-ce le cas, mais ça revenait à exiger de gros efforts d'un muscle ignoré depuis trop longtemps. Rien ne se produisit. Faute de pénétrer dans l'esprit de Clay, je décidai de sonder celui des cabots qui le gardaient prisonnier. Au sens figuré, je veux dire. Si je me mettais à leur place et que j'essayais d'imaginer ce qu'ils ressentaient ou pensaient, je trouverais peut-être une faiblesse. Daniel et Marsten étaient faciles à comprendre. Je savais ce qu'ils voulaient et comment ils fonctionnaient. Mais Marsten ne me laissait aucune faille où me glisser.

La faiblesse de Daniel était son obsession concernant Clay et moi. Je pouvais travailler là-dessus, le recontacter et tenter de l'appâter à l'aide de mensonges et de sourires, mais le temps me manquait. Restaient les nouveaux. Je me trouvais ici en terrain moins familier. Ce n'étaient pas des loups-garous, me rappelai-je. Pas des vrais. Alors comment pénétrer dans leur esprit ?

Je restai une éternité étendue sur mon lit, terrassée par l'impossibilité de comprendre ces deux-là. Puis une idée me traversa. Ce n'étaient pas des loups-garous, mais des humains. Je l'avais été. J'essayais toujours de l'être. Qu'est-ce qui m'empêchait d'entrer dans leur tête ? Tout ce que j'avais à faire, c'était me dépouiller de mon côté louve, ce que je tentais de faire depuis des années déjà. Mais il fallait bien plus pour comprendre ces tueurs. Je ne pouvais pas être le genre d'humaine que j'avais voulu être : douce, passive et bienveillante. Je devais redevenir ce que j'avais été auparavant.

Tous les mécanismes de défense de mon cerveau dressèrent des barrières à cette idée. Redevenir ce que j'étais avant la morsure de Clay ? Mais j'étais alors douce, passive et bienveillante. C'était Clay qui avait changé tout ça. Avant lui, j'étais différente. Je n'étais pas comme *ça*. C'était ce que je voulais croire, mais je savais que je me mentais. J'avais toujours porté de la violence en moi. Clay l'avait bien vu. L'enfant loup-garou regardait l'enfant victime et voyait en elle une âme sœur, quelqu'un qui comprenait ce que c'était de grandir aliéné, sous le regard d'adultes qui observaient minutieusement nos bizarreries, d'enfants qui nous raillaient. À l'âge de sept ans, Clay était pleinement loup-garou, avec une capacité inhérente à la violence et un caractère adapté. Quand j'avais le même âge, mes familles adoptives m'avaient appris à haïr, à développer mon propre potentiel pour la violence, même si je le cachais mieux, en le tournant vers l'intérieur et en luttant pour montrer au monde la petite fille passive qu'il s'attendait à voir. Il était temps que j'affronte ça. Ce n'était pas Clay qui avait fait de moi ce que j'étais. Il m'avait simplement fourni un exutoire à la haine et à la colère. Je devais revenir en arrière, vers la méfiance, la haine, l'impuissance et la rage, surtout la rage, envers tous ceux qui m'avaient causé du tort. C'était là que je trouverais l'esprit d'un tueur, d'un tueur humain.

LeBlanc haïssait les femmes. Peut-être avait-il été maltraité par sa mère, ou raillé par les filles à l'école, ou peut-être avait-il une si piètre estime de lui-même qu'il éprouvait le besoin de se sentir supérieur à une catégorie d'individus et avait choisi les femmes au lieu des Noirs ou des Juifs. Si c'était une question d'estime de soi, je pouvais m'en servir. Mais j'allais devoir, pour découvrir la vérité, me renseigner sur sa vie, chercher un panneau indiquant sa psychopathologie. Là encore, je n'avais pas le temps.

Et Victor Olson ? Je m'apprêtais à chasser cette idée sans y réfléchir. Après tout, je ne l'avais même jamais rencontré. Mais était-ce nécessaire ? Je sortis du tiroir de ma coiffeuse l'impression papier des deux articles trouvés sur le Net et les étudiai. Que m'apprenaient-ils sur Olson ? C'était un désaxé. Qui s'en prenait aux petites filles. Dans un article, il avouait sortir chaque nuit pour regarder dormir ses victimes, déclarait que voir leurs beaux visages paisibles et endormis le détendait et l'aidait à combattre l'insomnie. Devenir loup-garou lui permettrait-il de guérir cette pulsion ou cette insomnie ? Bien sûr que non. Ce qui signifiait qu'Olson n'avait sans doute pas renoncé à ses anciens schémas et regardait toujours dormir des fillettes, ici, à Bear Valley.

J'avais quitté Stonehaven pour partir à sa recherche. D'après les articles, il ciblait des jeunes filles de familles des classes moyennes. Il devait sans doute chercher des maisons de plain-pied, afin de pouvoir observer par les fenêtres du rez-de-chaussée. Ce qui restreignait mes recherches à deux subdivisions. Je n'avais qu'à parcourir les rues en tâchant de repérer son odeur.

Après avoir roulé plus d'une heure dans Bear Valley, je commençai à saisir l'ampleur de la tâche. Bien sûr, il n'y avait que deux subdivisions, mais chacune représentait plus d'une dizaine de rues et une bonne centaine de maisons. Je ne disposais que de quelques heures avant l'aube. Afin de couvrir le plus de terrain possible, je roulais lentement avec toutes les vitres baissées, sauf celle du chauffeur, qui était brisée et donc ouverte en permanence. Parfois, le vent jouait en ma faveur. La plupart du temps, il n'en faisait rien, et je ne sentais que l'odeur de renfermé de ma voiture si peu utilisée. Pour tout compliquer, la police se déployait dans toute la ville, cherchant toujours un tueur. Elle arrêtait toutes les voitures qui sortaient si tard le soir, si bien que je passai autant de temps à l'éviter qu'à chercher Olson. Au bout de deux heures, j'eus fait le tour des deux quartiers. Aucune trace de mon tueur. Pour autant que je sache, il n'était même pas sorti cette nuit.

Je quadrillais une dernière fois la deuxième subdivision quand j'aperçus une voiture isolée dans le parking d'une épicerie fermée pour la nuit. Je remarquai en passant l'autocollant de l'agence de location sur le pare-chocs arrière. Bien sûr. Si les cabots ne se cachaient pas en ville, Olson aurait besoin d'un moyen de transport jusqu'à Bear Valley. Je tournai vers une rue latérale, me garai et sortis. Je n'étais même pas arrivée à mi-chemin du magasin quand je perçus l'odeur d'un loup-garou inconnu.

J'allai me cacher au coin et m'arrêtai net. Un homme costaud d'âge moyen, vêtu d'un coupe-vent, longeait le trottoir à moins de six mètres du coin. Par chance, Olson me tournait le dos. Il se dirigeait vers sa voiture. Je me précipitai jusqu'au coin pour aller chercher la mienne. Je vis passer son véhicule alors que je faisais demi-tour dans une allée. Je le suivis, phares éteints.

Tandis que nous quittions Bear Valley, mon cœur battait à tout rompre. J'avais raison. Ils logeaient dans la campagne. Olson allait me conduire tout droit vers eux. Nous suivions la direction du nord-ouest depuis près de vingt minutes quand il tourna vers une allée envahie de mauvaises herbes, taillée dans la forêt. Il arrêta sa voiture au-delà de la lisière des bois. Je m'apprêtais à mettre en œuvre la deuxième partie de mon plan quand je compris qu'Olson ne quittait pas son véhicule. Restant bien en arrière, je coupai le contact et attendis. Dix minutes s'écoulèrent. Je voyais à travers sa vitre les contours de sa tête. Je me penchai pour ouvrir prudemment ma portière côté passager et me glisser dans le fossé.

Je me faufilai jusqu'au bout de l'allée. La forêt était noire. Même quand mes yeux s'habituèrent à la pénombre, je ne vis toujours aucune maison. Lorsque je fis demi-tour pour rejoindre la voiture d'Olson, je constatai que l'allée ne menait nulle part. Ce n'était sans doute qu'une place de parking proche d'un sentier de randonnée. Je m'avançai dans les bois et m'approchai furtivement de la voiture. Quand je me retrouvai face au côté du passager, je m'arrêtai et plissai les yeux pour scruter les ténèbres. La tête d'Olson reposait contre l'appui-tête. Il fermait les yeux. Il dormait. Je me demandai brièvement pourquoi, mais la question importait peu. Peut-être ne pouvait-il pas dormir près des autres. Ou peut-être aimait-il rester seul après ses expéditions de voyeur. Peu importait. Victor Olson ne me mènerait pas à Clay. Du moins, pas cette nuit. Mais je ne pouvais pas attendre le lendemain. Au matin, Jeremy saurait que j'étais partie. La Meute me chercherait. Même si je parvenais à leur échapper une journée de plus, ce seraient vingt-quatre heures pendant lesquelles Daniel pouvait tuer Clay. Et si Olson ne prenait pas simplement une pause loin des autres ? Et s'il ne retournait jamais vers eux ? Il savait où se trouvait Clay. Je devais le découvrir – cette nuit.

Un plan se forma dans ma tête tandis que je regardais dormir Olson. Je me rebellai contre cette idée alors même que j'y réfléchissais. J'hésitai, puis me forçai à quitter l'abri des arbres avant de pouvoir changer d'avis. Je me faufilai jusqu'à la voiture, puis reculai le poing et brisai la vitre du côté chauffeur. Alors même qu'Olson se réveillait en sursaut, je tendis la main à travers la vitre. Je tirai brusquement la ceinture. Elle glissa entre mes doigts en se resserrant contre lui. Il recula brusquement la tête pour m'échapper, mais je tendais déjà la main. Je me penchai dans la voiture, agrippai le fermoir de la ceinture, tordant le métal et brisant le plastique, puis y enfonçai brusquement la boucle. Ensuite je m'extirpai de la voiture.

Olson secoua vigoureusement la tête, suivant ma main lorsqu'elle passa devant lui. Il leva les yeux vers moi. L'espace d'un instant, il se contenta de me regarder fixement avec les yeux d'un trouillard qui anticipe le premier coup. Alors même que je reculais, il tressaillit. Quand il comprit que je me retirais, son front se plissa, puis un éclat furtif de ruse malveillante brilla dans ses yeux et il se mit à sourire. Sans me quitter du regard, il baissa la main droite vers le fermoir de la ceinture. Il appuya sur le bouton pour la libérer, mais rien ne se produisit. Comprenant ce que je venais de faire, il agrippa la courroie et tira d'un coup sec, mais elle enserrait fermement sa poitrine.

Je savais ce que je devais faire, mais j'hésitai cette fois encore. En étais-je capable ? Le souvenir de Jose Carter me traversa la tête. *C'est différent*, me dis-je. *Ce n'était pas un escroc humain, mais un tueur.* Malgré tout, ce que je m'apprêtais à faire dépassait ce que j'avais fait à Carter. Et de loin. C'était le territoire de Clay. Étais-je capable de faire ça ? De me détacher de mes sentiments pour agir ? *Olson est un tueur*, me dis-je. Et bien plus que ça. Un sale pervers qui s'en prenait à des petites filles, comme celle que j'avais été il y a une éternité. Je fermai les yeux, me concentrai et sentis le serpent de la colère se tortiller en moi.

Olson se bagarrait contre la ceinture mais elle lui résistait, car elle était faite d'une matière conçue pour encaisser bien plus que tout ce qu'un loup-garou pouvait lui infliger. Je l'ignorai et concentrai toute mon énergie dans ma main gauche. Elle se mit à palpiter puis à se tordre, et la douleur remonta le long de mon bras. J'ouvris les yeux et la regardai. Quand ma main gauche se fut à moitié transformée, je la tendis dans la voiture et agrippai le poignet droit d'Olson. Je l'entaillai d'un coup de griffes. Il poussa un cri aigu évoquant celui d'un lapin. Une ligne rouge s'ouvrit sur le dessous de son poignet. Du sang jaillit. J'agrippai son poignet gauche et fis de même. Il hurla de nouveau et se tortilla furieusement. Du sang aspergea le volant et le tableau de bord.

— Si vous bougez, ça ne fera qu'aggraver les choses, dis-je d'une voix que je gardai calme, commandant à mes doigts de reprendre leur forme normale. Si vous voulez que l'hémorragie ralentisse, levez les mains.

— P… P… ?

— Pourquoi ? Pourquoi je fais ça ? Ou pourquoi je vous explique comment la ralentir ? Je ne devrais pas avoir à répondre à la première question. De toute évidence, vous savez qui je suis. Ça devrait suffire, comme réponse. Quant à la deuxième question, je ne cherche pas à vous tuer. Je veux seulement des informations. Si vous me les donnez, je détacherai la ceinture. Vous pourrez bander votre poignet et vous aurez sans doute le temps d'atteindre l'hôpital. Si vous ne me dites pas ce que je veux savoir, vous vous tuerez vous-même.

— Qu…, demanda-t-il, la gorge serrée. Qu'est-ce que vous v-voulez savoir ?

— Là encore, je ne devrais pas avoir à vous répondre. Mais comme vous entrez sans doute en état de choc et n'avez peut-être plus les idées très claires, je vous accorde cette faveur. Où est Clayton ?

Je ne rapporterai pas le restant de la conversation. Olson n'était pas en état de négocier ni de protester, et il le savait. Comme je m'y attendais, il se moquait bien des autres. Seule sa propre vie comptait. Il m'apprit tout ce que j'avais besoin de savoir, et même plus encore, jacassant furieusement comme si chaque mot prononcé augmentait ses chances de survie.

Quand il en eut fini, je le laissai assis dans sa voiture. Je pensai détacher sa ceinture et lui laisser une chance de s'enfuir. Après tout, je le lui avais promis. Je n'avais encore jamais manqué à ma parole. Puis je me rappelai toutes les fillettes auxquelles il s'en était pris, imaginai toutes les promesses qu'il leur avait faites, celle de ne pas leur faire de mal, de ne jamais recommencer. Il ne les avait pas tenues. Pourquoi le ferais-je ?

Je m'éloignai en laissant Victor Olson saigner à mort dans la forêt.

Confrontation

Je m'arrêtai à une station-service pour appeler Stonehaven. Les deux premières fois, le répondeur se déclencha. Nick décrocha à la troisième tentative. Comme il dormait à moitié, je dus m'y prendre à deux fois avant qu'il comprenne que je ne me trouvais pas quelque part dans la maison. Personne n'avait encore remarqué ma disparition. Je lui donnai des instructions que je lui demandai de noter puis de me répéter. Ce fut alors qu'il comprit enfin ce que je lui disais et ce que je comptais faire. Je raccrochai comme il commençait à hurler.

Dix minutes plus tard, je frappais à la porte d'entrée de la planque des cabots. C'était un gîte délabré, situé si loin dans les bois qu'aucune lumière ne pénétrait le dôme des arbres. Plantée sur le seuil, je guettai le bruissement du vent ou le chant des grillons, en vain. Le silence et l'obscurité étaient absolus.

Plusieurs minutes s'écoulèrent sans réponse. Je frappai de nouveau. D'autres minutes passèrent, mais je ne doutais pas qu'Olson m'ait donné les bonnes indications. C'était le bon endroit. Je sentais la présence de Clay.

Je cognai plus fort. Un faible éclat lumineux perça enfin entre les lourdes tentures. Des pas résonnèrent sur un plancher de bois. Je baissai les yeux vers la poignée de la porte que je trouvai brisée. Au-dessus, je vis à la place du verrou un trou cerné d'échardes. Est-ce que je m'attendais vraiment à ce que les cabots achètent ou louent une chaumière alors qu'ils pouvaient y entrer par effraction ? Quelle idiote. Que de temps perdu.

La porte s'ouvrit. Je levai les yeux. Il me fallut une seconde pour identifier l'homme qui se tenait devant moi comme Karl Marsten, en partie à cause du faible éclairage, et en partie à cause de sa tenue. Il ne portait qu'un pantalon de pyjama, et sa poitrine nue affichait ses muscles ainsi que des cicatrices de guerre normalement cachées par ses coûteuses chemises. Il plissa les yeux et me regarda en clignant des paupières, puis jura à mi-voix et s'écarta de la porte qu'il referma derrière lui.

— Qu'est-ce que vous foutez ici ? demanda-t-il dans un murmure furieux.

Je regardai derrière lui la porte close.

— Vous avez peur que je réveille votre femme ?

— Ma… ?

Il jeta un coup d'œil à la porte par-dessus son épaule, puis se retourna vers moi, effaçant son froncement de sourcils et retrouvant sa nonchalance étudiée.

— Je suis persuadé que vous avez un plan formidable, Elena, mais je me permets de vous le déconseiller formellement. Si vous entrez ici, vous ressortirez enchaînée ou les pieds devant. Aucune de ces deux options ne vous rendrait justice.

— Vous êtes sorti pour me prévenir ? On dirait que la galanterie n'a pas tout à fait disparu, en fin de compte.

— Vous me connaissez mieux que ça. Quand je vois une occasion, j'en tire parti.

— Alors vous allez me laisser filer en échange de… ?

— Ce pour quoi je suis venu. (Ses yeux scintillaient, et un éclat de dureté transperçait son sang-froid.) Un territoire. Faites-moi cette promesse et je vous laisse repartir. Je m'en irai aussi. La Meute aura un « cabot » de moins sur les bras.

— Et les autres peuvent aller se faire foutre ?

— Daniel me ferait la même chose. Je ne l'ai pas entendu citer mon nom dans cette offre qu'il vous a faite au café.

Je secouai la tête.

— Aucune importance. Je ne partirai pas d'ici.

Ma main le contourna pour saisir la poignée. Marsten agrippa mon avant-bras qu'il serra assez fort pour le meurtrir.

— Ne soyez pas idiote, Elena. Ce n'est pas de cette façon que vous allez le récupérer.

— De quelle façon ? demanda la voix de Daniel, froide et calme, lorsqu'il ouvrit la porte et croisa le regard de Marsten. De quelle façon, Karl ?

— Tu pionçais, mon Danny ? Bon sang, la Meute tout entière pourrait brailler sur le pas de ta porte sans que tu te réveilles. (Marsten lui lança un regard hautain puis me poussa dans la maison.) C'est un guet-apens, crétin. Elena ne viendrait pas ici seule. Fais fouiller les bois par ton larbin. Qu'il se rende utile, pour une fois.

J'ignore si Daniel protesta, car j'étais trop occupée à me relever après avoir été poussée à terre par Marsten à travers la pièce. Avant que je recouvre mes esprits, Marsten me clouait au sol d'un genou appuyé sur mon dos. Je m'attendais à ce qu'on m'attache. Ce ne fut pas le cas. Peut-être Marsten ne voyait-il pas en moi une menace suffisante. Quelques instants plus tard, j'entendis des pas derrière moi. Je flairai l'odeur de LeBlanc venu rejoindre Daniel et Marsten.

— Olson est parti, dit Daniel.

— Pour de bon, j'imagine, répondit Marsten. Comment croyez-vous qu'elle nous ait trouvés ? Mais c'est une grande perte pour la cause. On ne sait jamais quand on peut avoir besoin d'un violeur de gamines.

— Il avait d'autres…, commença Daniel avant de la boucler brusquement. Thomas, dehors. Va chercher les autres.

La porte d'entrée claqua derrière LeBlanc.

— C'est un chiot très obéissant que vous avez là, dis-je en soulevant la tête du sol. Vous savez qu'il a essayé de me tuer à l'aéroport ? Avant mon départ pour Toronto.

Il y eut un instant de silence. Puis Daniel éclata de rire.

— Bien essayé, Elena. Vous voulez semer la zizanie ?

— Je n'ai pas l'impression que ce soit nécessaire.

— Voyons, Elena, dit Marsten dont le genou m'appuya plus fort contre le sol. Malgré toute l'admiration que nous portons à votre langue, ce n'est pas le moment de vous en servir.

— N'oubliez pas qui est en bas, dit Daniel. Vous n'êtes pas en position de le défendre, pour l'instant.

Je me tus et calculai combien de temps il faudrait à Jeremy, Antonio et Nick pour arriver. Au moins cinq minutes pour se réveiller, s'habiller et monter dans la voiture, cinq autres pour rouler jusqu'ici. Quand LeBlanc revint au bout de dix minutes, je sus qu'il n'avait trouvé personne. Les autres n'étaient pas encore arrivés.

— Y a personne dehors, dit-il en cognant ses bottes l'une contre l'autre pour en faire tomber la boue.

— Prends la voiture, dit Daniel. Fais le tour pour t'assurer qu'il n'y ait vraiment personne. Cherche un véhicule en bord de route. Ils ont dû venir en voiture.

LeBlanc demeura un moment sans bouger. Je crus qu'il allait dire à Daniel d'aller se faire foutre. Au lieu de quoi il s'empara d'une veste et d'un trousseau de clés puis franchit la porte. Cette fois, il resta absent une bonne vingtaine de minutes, au cours desquelles ni Daniel ni Marsten ne pipèrent mot. Quand il rentra enfin, je parvins à tourner la tête sur le côté et le vis afficher un rictus.

— Quoi ? s'enquit Daniel.

— Oh, ça va vous plaire. La cavalerie a été retenue. (Il tourna vers moi son sourire de requin.) Ils sont sur Pinecrest, à la sortie de l'autoroute, en train de profiter de l'hospitalité de la police locale. Les flics les ont chopés. J'ignore pourquoi, mais ils sont en train de démonter la voiture boulon par boulon. Qu'en dites-vous ?

— Que ce sont des conneries, répondis-je.

Son sourire s'élargit.

— Une Ford Explorer verte ? Trois types ? Minces, les cheveux sombres, et deux d'entre eux dépassent le mètre quatre-vingts ? L'aîné est plus petit que moi, avec des épaules de rugbyman ? Quand je suis passé en voiture, le plus jeune essayait de se faufiler dans les bois. Les flics l'avaient rattrapé et plaqué au sol quand je suis repassé.

— N'importe quoi, répondis-je.

LeBlanc éclata de rire.

— Vous avez l'air moins sûre de vous, cette fois.

— Ça suffit, dit Marsten en me soulevant brusquement pour me remettre debout. Ils ne seront pas retenus éternellement. (Il tira mes poignets derrière mon dos et y referma brusquement une main.) Tommy, fais monter notre autre pensionnaire. Il est temps de s'en aller.

LeBlanc se tourna pour le dévisager.

— S'en aller ? Je croyais que c'était ce que vous vouliez, les gars ? Éliminer cette « meute » ? On en a deux ici. Les trois derniers sont en route. Trois contre trois et on est déjà prévenus de leur arrivée. On a le dessus.

— Fais monter Clayton, répondit Daniel.

— Mais c'est quoi, ces conneries ? demanda LeBlanc, dont le regard passa de Marsten à Daniel. On y est. Règlement de comptes à OK Corral. L'heure de la mise à mort. Ne me dites pas que vous n'avez pas les couilles de…

— Nous avons plus de cervelle que de couilles, rétorqua Marsten. C'est pour ça que nous sommes toujours en vie. Maintenant, va chercher Clayton. Nous le détenons, ainsi qu'Elena. Ce qui garantit que tu auras bientôt ta bagarre, et c'est nous qui orientons les chances.

LeBlanc lui décocha un regard de pur mépris et disparut dans un couloir.

Je serrai les dents et me concentrai sur mon plan. Les autres étaient-ils vraiment retenus par la police ? Je n'y croyais pas. Je ne le pouvais pas. Mais j'avais vu les flics, là-bas. S'ils déboulaient à toute allure sur l'autoroute, au volant du même véhicule pour lequel la police avait manifesté un tel intérêt l'autre jour… ? Pourquoi n'avais-je pas mis Nick en garde ?

D'accord. Détends-toi. C'est le moment de passer au plan B. Si seulement tu en avais un.

Tandis que je réfléchissais furieusement à un plan de repli, Marsten me fit pivoter. Daniel s'assit sur le bras d'un fauteuil inclinable rembourré qui sentait le moisi. Deux silhouettes émergèrent d'une autre pièce. L'une d'entre elles s'avança d'un pas vacillant et trébucha. Des boucles blondes brillèrent sous la faible lumière.

— Clay !

Sans réfléchir, je plongeai vers lui. Marsten, qui tenait toujours mes poignets, me tira en arrière, assez fort pour m'arracher un hoquet. Clay était à genoux, mains liées devant lui. Il fit de gros efforts pour lever la tête. Il croisa mon regard. L'espace d'une seconde, il me dévisagea, s'efforçant de faire le point. Puis il me reconnut à travers le brouillard des drogues.

— Non, murmura-t-il d'une voix faible. Non.

Il esquissa un mouvement si infime que je le vis à peine. Derrière lui, le pied de LeBlanc se souleva pour s'abattre droit dans son dos, si bien qu'il s'affala face contre terre.

— Non ! m'écriai-je.

Je me jetai sur LeBlanc. Cette fois encore, Marsten me tira en arrière et faillit me déboîter l'épaule. Je m'en moquais. Je continuai à tirer. LeBlanc agrippa Clay par les menottes et le força à se remettre debout.

— Laissez-le là, dit Marsten.

Lorsque LeBlanc le frôla d'un pas nonchalant, Marsten tendit brusquement la main pour lui arracher quelque chose de la ceinture. Son pistolet.

— Tu ne vas donc jamais te débarrasser de ton doudou ?

LeBlanc voulut reprendre son arme. Marsten la garda hors de sa portée.

— Un loup-garou armé d'un flingue ? s'exclama Marsten. Triste spectacle. Quelle idée géniale, Daniel. Transformer une bande de tueurs humains en loups-garous. Pourquoi n'y avais-je pas pensé ? Peut-être bien... parce que c'est débile. Tu ne réussiras jamais à le sevrer de ses armes, mon Danny.

Sur ma gauche, j'entendis respirer Clay. Je me forçai à ne pas le regarder. Pendant que Marsten et Daniel discutaient de ce qu'ils allaient faire ensuite, je consultai furtivement ma montre : 5 h 30. Si les flics avaient arrêté Jeremy, combien de temps le garderaient-ils ? Combien de temps devrais-je encore attendre ? Était-ce là tout ce que je trouvais comme plan de repli ? Attendre l'arrivée des secours ? Ça ne suffisait pas. Pour ce que j'en savais, on pouvait très bien les embarquer au poste et les garder des heures. Jeremy serait dans tous ses états, mais la seule alternative consisterait à tuer les flics, ce qu'il ne ferait qu'en cas d'absolue nécessité. Il savait que Daniel nous garderait en otages, Clay et moi, et ne nous tuerait pas – du moins pas tout de suite. En l'absence de danger immédiat, Jeremy attendrait la fin des procédures policières. Mais, le temps qu'il arrive, on serait peut-être partis. Non, rayez-moi ça. On serait partis. Daniel rassemblait déjà son portefeuille et ses clés de voiture.

Je regardai Clay. Il reposait toujours face contre terre. Son dos formait un patchwork d'ecchymoses violettes, jaunes et noires où les coupures et zébrures rouges figuraient des sutures. Sa jambe gauche déviait légèrement sur la gauche, comme si elle était cassée et qu'on l'avait forcé à marcher dessus. Son dos s'élevait et s'abaissait au rythme de sa respiration superficielle. Je le regardai et compris ce que je devais faire.

— On avait un marché, dis-je en me tournant vers Daniel. Je suis ici. Laissez-le repartir.

Personne ne répondit. Marsten et Daniel me dévisagèrent comme si j'avais perdu la tête. C'était exactement la réaction que j'avais anticipée une heure plus tôt. J'avais prévu de me présenter à la porte d'entrée et de me livrer à Daniel. Ils seraient stupéfaits, bien sûr. Au milieu de la surprise et de l'autosatisfaction qui s'ensuivrait, la Meute arriverait. Ma version de la vieille ruse du cheval de Troie. Sauf que les guerriers n'arrivaient pas. Le cadeau se trouvait dans le camp ennemi et il n'était plus question de le récupérer.

— Jamais… de… la… vie, s'éleva la voix de Clay, à peine un murmure, depuis le sol.

Il leva suffisamment la tête pour me fusiller du regard. Je détournai les yeux. Les autres l'ignorèrent. Pour la première fois de toute la vie de Clay, il se trouvait parmi un groupe de cabots et personne ne lui prêtait la moindre attention. Ils l'avaient privé non seulement de sa force, mais aussi de sa dignité. C'était ma faute. J'étais censée rester avec lui à Toronto, mais je n'en avais rien fait. Qu'est-ce qui avait bien pu me distraire au point que j'aille travailler en abandonnant Clay ? La demande en mariage d'un autre homme. Ce souvenir me contracta l'estomac.

Je me retournai vers Daniel.

— Vous me vouliez, vous m'avez. Vous vouliez voir Clay à genoux. Vous l'avez. Maintenant, à vous de respecter votre part du marché. Laissez-le partir et je vous accompagnerai de mon plein gré. Tout de suite. (Je me tortillai pour regarder Marsten par-dessus mon épaule.) Assurez-vous qu'il laisse Clay ici et vous aurez votre territoire. Quand Jeremy arrivera, Clay lui dira que j'ai conclu ce marché. Il l'honorera.

Nouveau silence. Marsten et Daniel réfléchissaient. Je leur offrais précisément ce qu'ils voulaient – un territoire pour Marsten et ma personne pour Daniel, ce qui concrétiserait sa vengeance contre Clay et la Meute. Est-ce que ça suffisait ? Ils ne voulaient pas d'une épreuve de force. Le temps leur manquait déjà, et chaque seconde augmentait la probabilité de voir débarquer Jeremy, Antonio et Nick. Je me battrais avant de les laisser m'emmener loin d'ici. Ils le savaient. Ils devraient me maîtriser, puis nous embarquer tous les deux, Clay et moi, dans la voiture.

— Pas de marché.

Je levai brusquement la tête. La réponse provenait de la même direction que Daniel, mais la voix n'était pas la sienne. LeBlanc s'avança, mains dans les poches.

— Pas de marché, répéta-t-il.

Il parlait d'une voix douce, mais qui fendait le silence comme un rasoir.

Marsten gloussa de rire.

— Ah, la révolte des paysans. Je suppose…

Avant qu'il puisse finir, la main de LeBlanc jaillit de sa poche. Un éclat argenté scintilla à la lueur de la lampe. Sa main surgit devant la gorge de Daniel et trancha de biais. L'espace d'une milliseconde, rien ne parut changé. Daniel resta planté là, l'air quelque peu perdu. Puis sa gorge s'ouvrit dans un flot écarlate. Du sang fusa. Les mains de Daniel remontèrent brusquement vers sa gorge. Ses yeux incrédules s'exorbitèrent. Le sang gicla sur ses doigts et lui coula le long des bras. Sa bouche s'ouvrit. Il souffla une bulle rose évoquant un chewing-gum macabre, puis glissa sur le sol.

Je le regardai fixement, clignant des yeux, aussi incapable que lui de croire à sa mort. Daniel était en train de mourir. Le cabot qui tourmentait la Meute depuis plus d'une décennie, qui avait déjoué des plans conçus par Clay et moi pour le pousser à franchir les limites jusqu'à mériter une exécution. Mort. Non pas tué lors d'une bagarre longue et dangereuse. Ni éliminé par Clay. Mais par un nouveau cabot muni d'un couteau. Tué en un instant. Par un acte si lâche et si profondément humain que Marsten et moi ne pouvions que l'observer bouche bée.

Tandis que Daniel agonisait à terre en suffoquant, LeBlanc l'enjamba comme s'il n'était guère plus qu'une bûche. Il éleva son couteau à cran d'arrêt. Il était presque propre, à peine taché de quelques gouttelettes écarlates.

— Pas de marché, répéta-t-il en s'avançant vers Marsten.

Celui-ci s'empara du pistolet sur la table et le pointa vers LeBlanc.

— Oui, je sais. J'ai dit que les vrais loups-garous n'utilisaient pas d'armes. Mais tu vas t'apercevoir que je suis très flexible, surtout quand il s'agit de sauver ma peau. (Marsten sourit, lèvres retroussées, regard glacial.) C'est ça, ton « règlement de comptes à OK Corral » ? Un couteau contre un flingue ? Des paris quant à l'issue ?

LeBlanc secoua légèrement son arme comme s'il envisageait de la jeter. Puis il s'arrêta.

— Toi qui es si malin, lança Marsten, qu'est-ce que tu dirais de conclure un marché pour nous épargner un bain de sang ? Cinquante-cinquante. Je garde Clayton. Tu gardes Elena. Et on suit des chemins séparés à partir d'ici.

Comme LeBlanc ne répondait pas, Marsten poursuivit :

— C'est ce que tu veux, non ? C'est pour ça que tu as tué Daniel, parce que Elena t'a humilié et que tu veux te venger.

En voyant l'expression furtive qui naquit sur le visage de LeBlanc, je compris qu'il n'avait pas tué Daniel pour m'obtenir. Ni pour obtenir quoi que ce soit d'autre. LeBlanc s'était engagé dans cette bataille parce qu'il aimait tuer. À présent qu'un cessez-le-feu approchait, il se retournait contre ses camarades, non pas par colère ou par cupidité, mais simplement parce qu'ils étaient là, parce qu'il y avait encore des vies à prendre avant la fin des réjouissances. Il réfléchissait à présent aux possibilités qui s'offraient à lui. Avait-il plutôt intérêt à se contenter de me prendre ? Ou pouvait-il inclure Marsten et Clay dans les termes du marché ?

— Tu ne la veux pas ? demanda LeBlanc. Je croyais que vous la vouliez tous, les mecs.

— Je n'ai jamais été du genre à suivre la foule, répondit Marsten. Même si Elena ne manque pas d'attraits, elle ne correspondrait pas à mon style de vie. Je veux un territoire. Clayton est mon meilleur argument dans la négociation. Et je suis sûr que tu t'amuseras bien plus avec Elena.

— Fils de pute, grondai-je.

Je me retournai brusquement, arrachant mes bras à l'emprise de Marsten. Mon poing visa son estomac, mais il se tourna au tout dernier instant et mes jointures ne firent que lui effleurer les abdos. Son pied jaillit pour accrocher le mien et me fit basculer. Ma tête heurta le coin d'un râtelier d'armes vide. Je perdis connaissance un moment. Quand je revins à moi, les yeux gris de Marsten étaient plantés dans les miens. Je clignai des yeux et voulus me lever, mais il me maintenait en place. Il poussa mon menton de sorte que je regarde dans la direction du mur.

— Elle est inconsciente, dit-il en se mettant à genoux. Tant mieux. On commençait à manquer de sédatifs.

Inconsciente ? Je clignai de nouveau des yeux, lentement, et sentis mes paupières se fermer puis se rouvrir. Je regardais une rangée de crottes de souris au bas du mur. J'étais bel et bien réveillée. Marsten ne m'avait-il pas vue ouvrir les yeux ? Je voulus soulever la tête, puis me ravisai et restai immobile. Mieux valait qu'ils me croient dans les vapes. Autant tirer parti de tous les avantages possibles.

Marsten se leva. Je l'entendis s'éloigner de un ou deux mètres.

— Qu'est-ce que tu fais ? demanda brusquement LeBlanc.

— Je prends mon butin et je me taille d'ici, ce que je te conseille de faire également. Si Elena ne te suffit pas comme récompense, n'hésite pas à prendre tout l'argent que tu trouveras dans les affaires de Daniel et de Vic.

— Ne le détache pas, répondit LeBlanc.

Marsten soupira.

— Ne me dis pas que Daniel t'a rendu parano, en plus. Clayton respire à peine. Il ne menacerait même pas un chihuahua. Je suis pressé. S'il peut marcher, je veux qu'il marche.

— Je n'ai pas encore accepté le marché.

Les yeux fermés, je baissai légèrement le menton puis jetai un coup d'œil. Marsten se penchait sur Clay. Il l'avait soulevé pour le mettre à genoux. Clay titubait. Ses yeux plissés ne laissaient entrevoir qu'un mince filet de bleu. Le pistolet était abandonné à quelques mètres. Je doutais de toute façon que Marsten sache s'en servir.

— Je t'ai demandé de ne pas le détacher, insista LeBlanc.

— Au nom du ciel, marmonna Marsten. Bon, d'accord.

Il se redressa. Puis, avant même d'être pleinement debout, il se jeta sur LeBlanc. Ils tombèrent tous deux à terre. Pendant qu'ils se battaient, je me redressai sur les mains et les pieds et m'approchai de Clay. Quand je me saisis de ses menottes, il releva brusquement la tête. Il me regarda par-dessus son épaule.

— Va-t'en, souffla-t-il.

Je m'emparai des menottes et tirai très fort sur la chaîne. Les maillons s'étirèrent mais ne cédèrent pas.

— Pas le temps, dit-il en essayant de se tortiller dans ma direction. Va-t'en.

Quand je croisai son regard, je compris à quel point je m'étais trompée. Je n'étais pas revenue le chercher ici pour Jeremy ou pour la Meute. Je l'avais fait pour moi. Parce que je l'aimais à un point tel que j'aurais tout risqué pour l'espoir infime de le sauver. Encore maintenant, alors que je comprenais qu'il avait raison, que nous n'avions pas le temps de le faire sortir, je savais que je ne pouvais pas l'abandonner ici. Plutôt mourir.

Je cherchai frénétiquement une arme autour de moi, puis m'arrêtai brusquement. Une arme ? Je cherchais une arme ? Avais-je perdu la tête ? Je possédais déjà la meilleure qui soit. Si seulement j'avais le temps de la préparer.

Je me laissai tomber sur les mains et les genoux puis me concentrai. J'entendis vaguement Clay gronder mon nom. Je m'éloignai. La Mutation commença à son allure habituelle. Trop lente. Je n'avais pas assez de temps ! Mes pensées se mirent à voltiger furieusement. Je tentai de les maîtriser mais compris alors que ma Mutation accélérait. Renonçant à tout contrôle, je laissai mes peurs s'emballer. Si j'échouais, j'étais morte. Et Clay aussi. J'avais tout foutu en l'air, tout fait de travers. La peur et la douleur déferlèrent en moi. Je me pliai en deux et y cédai. Un bref instant de supplice. Puis la victoire.

Je me redressai. Je vis devant moi LeBlanc penché sur la forme de Marsten, étendu sur le ventre. Il leva la main. Le couteau scintilla. Je grondai. LeBlanc s'arrêta à mi-geste et me regarda. Je me jetai sur lui. Il lâcha son couteau et s'éloigna d'une roulade. J'avais dépensé trop d'énergie dans ce saut et heurtai le sol de travers, culbutant contre le mur. Le temps que je recouvre mes esprits, LeBlanc avait disparu.

J'entendis une voix et levai brusquement la tête dans cette direction. Marsten se redressait en sifflant. Il désigna la porte de derrière ouverte et toussa en crachant du sang. Il en coulait également des entailles couvrant ses bras et sa poitrine. Je jetai un coup d'œil à la porte de derrière. Je ne pouvais pas laisser LeBlanc s'échapper. Une femme lui avait fait tourner les talons. Il n'aurait de cesse qu'il n'ait pris sa revanche. Marsten dit quelque chose que je ne compris pas. Le sang cognait à mes oreilles, me pressant de partir à la poursuite de LeBlanc. Je fis mine de gagner la porte. Derrière moi, Clay poussa un grognement et je l'entendis essayer de se relever. Je me rappelai alors sa présence et me retournai vers Marsten. Pas question que je le laisse avec Clay. Baissant la tête entre mes omoplates, je rugis. Marsten se figea. Ses lèvres bougeaient, mais seule une suite de sons sans queue ni tête atteignait mes oreilles. Je me tapis.

— Elena ! dit Clay.

Je le compris et m'arrêtai. Clay était à présent sur pied.

— Perds… pas… de temps, dit-il.

Je regardai Marsten. Il prononça un mot que je ne compris toujours pas, mais je lisais sur ses lèvres. *Territoire.* C'était tout ce qu'il voulait. Tout ce qui l'intéressait. Il savait parfaitement que j'étais consciente, allongée à terre. J'avais participé à son plan. C'était un sale traître monomaniaque, mais il ne ferait pas de mal à Clay. Le tuer ne l'aiderait pas à obtenir son territoire. Il n'y parviendrait qu'en gardant la vie et en cherchant la sécurité.

Je lui adressai un nouveau grondement, puis m'élançai à la poursuite de LeBlanc.

Sa piste était facile à trouver. Je n'eus même pas besoin de me fier à son odeur. Je l'entendais traverser bruyamment les épaisses broussailles. Crétin. Je pénétrai dans la forêt et me mis à courir. Des branches accrochaient ma fourrure et me cinglaient le visage. Je plissai très fort les yeux pour les protéger et continuai à courir. LeBlanc avait tracé une piste en piétinant les broussailles. Je la suivis. Quelques minutes plus tard, le silence se fit dans les bois. LeBlanc s'était arrêté. Il avait dû comprendre que son seul espoir consistait à muter. Je levai le nez et flairai le vent. Celui de l'est charriait des traces de son odeur, mais, lorsqu'un courant d'air provenant du sud-est me heurta de plein fouet, il était imprégné de lui. Je soulevai une patte avant pour l'abaisser sur un tas de broussailles mortes. Elles étaient humides de rosée matinale et murmuraient à peine sous mon poids. Parfait. Je mis le cap vers le sud-est et m'avançai prudemment.

La nuit était passée. L'aube soulignait l'épaisse couverture d'arbres au-dessus de nos têtes, projetant des éclats de soleil sur le sol de la forêt. Lorsque je traversai une flaque de lumière, je la sentis me réchauffer le dos d'une promesse d'étouffante journée de fin de printemps. De la brume s'élevait des herbes hautes et des arbrisseaux à mesure que la fraîcheur de l'air nocturne montait à la rencontre de la tiédeur matinale. J'inhalai le brouillard, fermai les yeux pour savourer la fadeur propre de cette odeur. Un merle bleu se mit à chanter quelque part sur ma gauche. Belle matinée. J'inspirai de nouveau pour l'absorber, sentir la peur de la nuit céder la place à l'anticipation de la chasse. Elle prendrait fin ici. Tout se terminerait ici, par cette splendide matinée.

Quand j'entendis respirer LeBlanc, je m'arrêtai. Je penchai la tête pour écouter. Tapi derrière un fourré, il s'affairait à muter en respirant bruyamment. Je m'approchai petit à petit jusqu'au bord de son fourré et jetai un œil à travers une frange de fougères. Comme je l'avais deviné à la hauteur de ses bruits de respiration, il était accroupi. Mais je m'étais trompée sur un point. Il n'était pas en train de muter. Il ne s'était même pas dévêtu. Un frisson d'excitation me parcourut. Il avait peur, mais, au lieu d'y céder, il luttait contre la Mutation. Je passai le museau à travers les fougères et savourai le nectar de sa peur. Il me réchauffa, attisant cette étincelle d'excitation jusqu'à approcher de l'intensité du désir. LeBlanc avait peut-être réussi à me faire peur sur le parking de l'aéroport, mais c'était ici mon arène.

LeBlanc déplaça son poids et se pencha en avant pour regarder hors du fourré. *Sers-toi de ton nez*, pensai-je. *Renifle une seule fois et tu sauras la vérité.* Mais il n'en fit rien. Il recula une jambe. Son genou craqua et il se figea, respirant vite et de manière superficielle. Sa tête bougeait de gauche à droite tandis qu'il écoutait et regardait. Élevant le couteau à cran d'arrêt, il l'ouvrit, puis attendit que le bruit me conduise à lui. Quelque chose traversa d'un pas léger les broussailles au-delà, un chat, un renard ou quelque autre créature tout aussi petite et silencieuse. LeBlanc se raidit, brandissant le couteau. Quel crétin. Je commençais à me lasser. J'avais envie de courir. De le prendre en chasse. Je reculai de trois mètres. Puis levai le museau vers les arbres et poussai un hurlement. LeBlanc surgit du fourré et se mit à courir. Je le poursuivis.

Il avait l'avantage. Je le laissai le conserver. On traversa les arbres et les buissons, enjambant des troncs, écrasant des fleurs sauvages, effrayant deux faisans qui filèrent droit vers le ciel. Il s'enfonçait de plus en plus dans la forêt. Puis il cessa enfin de courir. Quand je m'aperçus que je ne l'entendais plus, je déboulais dans une clairière. Quelque chose me blessa la patte arrière. Je culbutai tête la première dans l'herbe haute. Alors que je chutais, je me tortillai pour voir LeBlanc derrière moi, jambes écartées, couteau levé, figé dans la pose d'un boxeur qui attend le prochain round. Il ricana et me dit quelque chose. Je n'eus pas besoin d'entendre ses paroles pour les deviner. *Viens me chercher*. Un frisson de plaisir me traversa. Quel crétin.

Je me tapis et bondis sur lui. Je ne cherchai pas à éviter la lame. Elle n'avait aucune importance. Je la sentis m'entailler légèrement au niveau du cou et glisser sur mon épaule. Du sang coula, sensation chaude sur ma peau. Mais il ne jaillissait pas et je n'éprouvais guère qu'un agaçant picotement. Ma fourrure était trop épaisse. Le couteau m'avait à peine égratignée. Le bras de LeBlanc recula de nouveau pour porter un coup, mais trop tard. J'étais déjà sur lui. Lorsqu'il vola en arrière, la lame éjectée de sa main décrivit un arc puis disparut parmi les arbres. Quand mon visage approcha du sien, il écarquilla les yeux. De choc. D'incrédulité. De peur. Je m'accordai un long moment pour savourer sa défaite. Puis je lui déchirai la gorge.

Acceptation

Jeremy, Antonio et Nick finirent par atteindre la maison. Ils franchirent la porte alors que je me servais des liens de Clay pour attacher Marsten. Naturellement, Jeremy fut très impressionné par mon efficacité et jura de ne plus jamais m'exclure de quoi que ce soit. Ouais, à d'autres. Je ne tiens pas à répéter ses premiers mots. Il déclara ensuite que, si je faisais de nouveau quelque chose d'aussi stupide, il allait… enfin cette partie-là non plus, je ne veux pas la répéter, même si Clay, Antonio et Nick ne se gênèrent pas pour le faire, chacun ajoutant ses propres menaces. Si bien que l'âme courageuse qui avait sauvé la mise se vit contrainte de quitter furtivement les lieux de sa victoire et rentrer sur la banquette arrière de sa propre voiture. Ça aurait pu être pire. Ils auraient pu m'enfermer dans le coffre. Nick l'avait bien suggéré, mais il plaisantait… Enfin, je crois.

Jeremy accorda son territoire à Marsten. Le Wyoming, précisément. Comme Marsten se plaignait, Jeremy proposa de le remplacer par l'Utah. Marsten partit en ronchonnant une phrase sur des cow-boys de pacotille. Bien entendu, il ne comptait pas se retirer dans un ranch. Il allait repartir en quête d'un territoire plus adapté à son style de vie, mais il avait désormais appris quand fermer son clapet et prendre ce qu'on lui offrait.

La guérison de Clay dura un moment. Un bon moment, même. Il avait une jambe et quatre côtes cassées ainsi qu'une épaule démise. Il était tellement démoli qu'il souffrait quand il se tenait allongé, assis, debout… en gros, en permanence quand il était réveillé. Il était épuisé, affamé, déshydraté et bourré d'assez de drogues pour assommer plusieurs jours un rhinocéros. Je passai une semaine assise à son chevet avant de me convaincre qu'il allait s'en tirer. Même alors, je ne quittais sa chambre que pour préparer les repas, et seulement parce que j'avais décidé que la cuisine de Jeremy lui faisait plus de mal que de bien.

Je devais retourner à Toronto. Je le savais depuis ce jour-là, dans la maison des bois, mais j'avais retardé ce moment en me disant que Clay allait trop mal, que Jeremy avait besoin de mon aide ici, que la Camaro était à court d'essence, à peu près toutes les excuses qui me passaient par la tête. Mais je devais rentrer. Philip attendait. Je devais lui parler de ce qu'il avait vu et découvrir comment il comptait réagir. Quand ce serait fini, je reviendrais à Stonehaven. La question du foyer que je choisirais ne se posait plus. Peut-être ne s'était-elle jamais posée.

Ma place était ici. Cette idée me restait toujours en travers de la gorge. Peut-être n'avais-je jamais été totalement en paix avec cette vie parce que je ne l'avais pas choisie et que j'étais trop têtue pour accepter totalement ce qu'on m'imposait. Mais Clay avait raison. J'étais heureuse ici. Il y aurait toujours en moi une partie qui se braquait contre ce mode de vie, une moralité humaine horrifiée par sa violence, des vestiges de puritanisme qui se rebelleraient face à une immersion si totale dans la satisfaction de besoins primitifs. Mais, même lorsque Stonehaven ne me rendait pas heureuse, quand j'étais furieuse contre Jeremy, Clay ou moi-même, je restais, d'une manière assez perverse, toujours heureuse, ou du moins satisfaite et comblée.

Tout ce que j'avais recherché dans le monde humain était ici. Je voulais la stabilité ? Je l'avais trouvée sous forme d'un endroit et de gens qui m'accueilleraient toujours, quoi que je fasse. Je voulais une famille ? Je l'avais grâce à la Meute, dont l'amour et la loyauté dépassaient les simples notions de père, mère, frère et sœur. Ayant donc compris que tout ce que je désirais depuis l'enfance se trouvait ici, étais-je prête à renoncer à mes aspirations humaines pour m'enterrer à jamais à Stonehaven ? Bien sûr que non. J'avais toujours éprouvé le besoin de m'intégrer au reste du monde. Aucune thérapie ni travail sur moi-même n'y changerait rien. Je conserverais un travail dans le monde humain, j'y prendrais peut-être quelques vacances quand la vie isolée de la Meute m'étoufferait. Mais Stonehaven était mon foyer. Je ne m'enfuirais plus.

Pas plus que je ne pouvais continuer à me fuir moi-même. Je ne parle pas seulement de la partie loup-garou. Je crois l'avoir acceptée des années auparavant, peut-être même justement parce qu'elle me fournissait une excuse justifiant tant de choses dans ma vie. Si j'étais agressive et hargneuse, c'était le sang de loup en moi. Si je m'en prenais aux autres, le sang de loup, là encore. Idem pour toutes mes tendances violentes. Cyclothymique ? Colérique ? Merde, j'avais des raisons de l'être, non ? J'étais un monstre. Ces choses-là éveillent rarement la paix et l'harmonie interne chez les meilleurs des gens. Mais je devais m'avouer la vérité. Ce n'était pas ma nature de loup-garou qui m'avait transformée ainsi. Il suffisait de regarder Jeremy, Antonio, Nick, Logan et Peter. Chacun d'eux partageait peut-être mes caractéristiques les moins séduisantes, mais ce serait le cas de n'importe quel étranger croisé dans la rue. Ma nature de loup-garou me rendait plus à même d'exprimer ma colère, et vivre avec la Meute avait rendu ce genre de comportement plus acceptable, mais tout ce que j'étais remontait à plus loin que la morsure de Clay. Bien entendu, il y avait une marge entre le savoir et l'accepter. J'allais devoir y travailler.

Il m'avait fallu près d'un mois, depuis ce jour à Toronto, pour comprendre ce qu'avait voulu dire Clay quand il affirmait savoir pourquoi j'avais choisi Philip, et pourquoi ça ne pouvait pas marcher. Les deux premières semaines après le retour de Clay avaient été infernales car, certains jours, nous doutions qu'il tienne jusqu'au lendemain. Du moins l'avais-je ressenti ainsi. Je le regardais étendu dans son lit, inconscient, et il me semblait que sa poitrine avait cessé de se soulever. J'appelais alors Jeremy. Non, rayez ça. Je hurlais pour appeler Jeremy et il accourait. Bien sûr, Clay respirait normalement, mais Jeremy ne me faisait jamais ressentir que ma réaction était excessive. Il murmurait une explication comme quoi Clay cherchait brièvement son souffle, peut-être en proie à une légère apnée du sommeil, et il l'examinait méticuleusement avant de s'installer à son chevet pour guetter une « rechute ». La troisième semaine, Clay restait conscient pendant de plus longs intervalles et je dus reconnaître que tout danger paraissait enfin écarté. Je ne cessai pas pour autant de camper à son chevet. Pas du tout. Je ne le pouvais pas. Et, tant que je tenais à être présente, Jeremy insistait pour prendre le relais quand je dormais ou quand j'allais courir, même si nous savions tous deux que cette vigilance constante n'était nécessaire que pour ma tranquillité d'esprit.

Vers la fin de la troisième semaine, je revins de la douche pour trouver Jeremy à mon poste auprès du lit de Clay, dans la même pose vigilante où je l'avais laissé vingt minutes plus tôt. Je m'attardai près de la porte et l'observai, pris conscience des cernes sous ses yeux, de la proéminence des pommettes dans son visage aux traits tirés. Je compris alors que je devais arrêter, me reprendre et admettre que Clay allait bien et se porterait tout aussi bien – si ce n'est mieux – sans surveillance constante. Dans le cas contraire, j'allais m'épuiser et Jeremy suivrait sans l'ombre d'une protestation.

— Tu te sens mieux ? demanda-t-il sans se retourner.

— Beaucoup.

Il tendit la main derrière lui à mon approche, prit la mienne et la serra.

— Il va bientôt se réveiller. Son estomac gronde.

— Grands dieux, il ne faudrait surtout pas qu'il manque le dîner.

— En parlant de ça, on sort ce soir. Toi et moi. Dans un endroit où il faut porter une cravate et être rasé de près – enfin, en ce qui me concerne. Antonio arrive avec Nick. Ils vont s'occuper de Clay.

— Ce n'est pas néc…

— C'est totalement nécessaire. Tu dois sortir, te changer les idées. Clay va s'en tirer. On prendra nos téléphones portables au cas où il se passerait quoi que ce soit.

Tandis que je hochais la tête puis m'installais dans le fauteuil près de Jeremy, la réponse à la question de Clay me heurta avec un tel impact qu'elle m'arracha un hoquet. Puis je dus me filer des baffes pour ne pas l'avoir compris plus tôt. Pourquoi avais-je choisi Philip ? J'avais la réponse sous les yeux depuis mon retour à Stonehaven. Qui me rappelait-il ? Jeremy, bien sûr.

À ma décharge, ces deux-là n'avaient pas grand-chose en commun, extérieurement du moins. Ils ne se ressemblaient pas du tout. Ils n'avaient pas les mêmes gestes. Ils ne se comportaient même pas de la même façon. Philip n'avait pas la maîtrise émotionnelle de Jeremy, son autoritarisme, sa réserve. Mais ce n'étaient pas là les qualités que j'admirais le plus chez Jeremy. Ce que je voyais en Philip n'était qu'un pâle reflet de ce que j'appréciais chez Jeremy, sa patience infinie, sa prévenance, sa bonté innée. Pourquoi avais-je inconsciemment choisi quelqu'un qui me rappelait Jeremy ? Parce que je voyais en celui-ci une version enfantine du Prince Charmant, quelqu'un qui m'apporterait des fleurs et s'occuperait de moi malgré toutes les bêtises que je pourrais faire. Le problème de ce fantasme était que Jeremy ne m'inspirait pas le moindre sentiment amoureux. Je l'aimais comme ami, comme chef et comme figure paternelle. Rien de plus. Si bien qu'à travers une version humaine de mon idéal, j'avais trouvé un homme que j'étais sûre d'aimer, mais jamais avec la passion que j'éprouverais pour un amant.

Est-ce que ça m'aidait à me sentir mieux ? Bien sûr que non. En excusant mon incapacité à tomber amoureuse de Philip, je voulais pouvoir dire que c'était à cause d'un problème venant de lui, de quelque lacune de sa part. En réalité, c'était entièrement ma faute. J'avais commis une erreur dont il allait devoir souffrir, aussi gentil et patient soit-il.

Après avoir retardé cinq semaines mon retour à Toronto, je décidai de me lancer. Clay faisait la sieste. J'étais étendue près de lui, somnolant à moitié, quand je compris que je devais partir sur-le-champ, avant de changer d'avis. Je me levai et griffonnai un mot à l'intention de Clay.

Jeremy était dehors, en train de réparer le mur de pierre. Je ne l'avertis pas de mon départ. Je craignais qu'il veuille que je dîne d'abord ou que j'attende qu'il me conduise à l'aéroport, tout ce qui risquait de me retarder et donnerait à ma résolution le temps de faiblir.

Je n'appelai pas Philip pour le prévenir que j'arrivais. Entendre sa voix risquait également de me pousser à changer d'avis. Je me dirigeai droit vers l'appartement et y entrai. Il ne s'y trouvait pas. Je m'installai sur le canapé pour l'attendre. Une heure plus tard, il rentra essoufflé d'une séance de jogging dans la chaleur de début juillet. Il franchit la porte, me vit et s'arrêta net.

— Salut, dis-je en esquissant un faible sourire.

Je lus la peur dans ses yeux et compris que ça n'aurait jamais marché entre nous. Quelle que puisse être l'intimité que je développe avec les autres humains, s'ils apprenaient la vérité à mon sujet, ils y répondraient toujours par la peur. Impossible d'y échapper.

— Bonjour, répondit-il enfin.

Il hésita, puis referma la porte de l'appartement et s'épongea le visage. Après s'être laissé le temps de recouvrer ses esprits, il posa sa serviette sur la table de l'entrée et me rejoignit dans la pièce.

— Quand es-tu rentrée ?

— À l'instant. Comment tu te sens ?

— Très bien. J'ai reçu tes fleurs. Merci.

J'inspirai. Bon Dieu que c'était pénible. Est-ce que ça avait toujours été comme ça ? Je ne me rappelais même pas comment on se parlait, avant. Tout sentiment de familiarité s'était évaporé.

— Ton… heu… ta blessure doit avoir guéri, dis-je, si tu as repris le jogging.

— Non, je marche. Je ne cours pas. Pas encore.

Il s'assit face à moi dans le fauteuil inclinable. J'inspirai de nouveau. Ça ne marchait pas. Il n'existait aucun moyen de rendre ça facile.

— Pour ce que tu as vu l'autre jour…, commençai-je.

Il ne répondit rien.

— Ce que tu m'as… vue faire.

— Je n'ai rien vu, répondit-il d'une voix douce, à peine audible.

— Je sais que si, et il faut qu'on en parle.

Il croisa mon regard.

— Je n'ai rien vu.

— Philip, je sais…

— Non.

Il cracha ce mot, puis recula et secoua la tête.

— Je ne me rappelle rien de ce jour-là, Elena. Tu es allée travailler. Ton cousin est venu te chercher. Deux autres types aussi. Quelqu'un m'a poignardé. Ensuite c'est le trou noir.

Je savais qu'il mentait. Pour la sécurité de la Meute, je devais m'obstiner, lui faire avouer ce qu'il avait vu et trouver une explication convaincante. Mais quelque chose me disait que ça valait mieux pour lui. Qu'il trouve donc sa propre explication. Je lui devais bien ça.

— Je dois y aller maintenant.

Je me levai. Il ne répondit rien. Je vis mes affaires entassées dans l'entrée, près de cartons contenant les siennes.

— J'ai sous-loué l'appartement, dit-il. Je… (Il se frotta l'arête du nez.) Je pensais t'appeler sur ton portable. Je… m'apprêtais à le faire.

— Je suis désolée.

— Je sais.

Il croisa mon regard pour la première fois depuis mon arrivée et esquissa un pâle fantôme de sourire.

— Mais ça a été agréable. Une erreur, mais une chouette erreur. Si tu reviens à Toronto un de ces jours, tu peux peut-être passer me voir. On pourrait aller boire un verre par exemple.

Je hochai la tête. Tandis que je soulevais mes sacs, mon regard se dirigea vers la table de l'entrée.

— C'est dans le tiroir, dit doucement Philip.

Je me retournai pour répondre quelque chose, mais il se dirigeait vers la chambre en me tournant le dos. Il ferma la porte.

— Je suis désolée, murmurai-je.

Je poussai les portes du vestibule et sortis munie de deux petits bagages. J'avais laissé un mot à Philip, lui demandant de donner le reste à des œuvres de bienfaisance ou de le jeter aux ordures. Il n'y avait rien là dont j'aie besoin. Je n'avais pris ces deux sacs que pour qu'il ne croie pas que j'abandonnais mes affaires par colère. Il n'y avait dans cet appartement qu'un seul objet que je tienne vraiment à récupérer, celui que j'avais pris dans le tiroir de la table de l'entrée. Je l'avais toujours en main. Debout dans le vestibule de l'immeuble, je posai mes bagages et ouvris le poing. L'alliance de Clay se mit à luire à la lumière des lampadaires.

Clay.

Qu'est-ce que j'allais faire de lui ?

Malgré tout ce que nous avions traversé, je ne pouvais toujours pas lui donner ce qu'il espérait. Je ne pouvais pas lui promettre ma vie, jurer d'être à ses côtés à chaque minute d'éveil ou de sommeil, jusqu'à ce que la mort nous sépare. Mais je l'aimais. Pleinement. Il n'y aurait pas d'autres hommes dans ma vie, pas d'autres amants, je pouvais lui faire cette promesse-là. Pour le reste, je lui offrirais ce que je pourrais en espérant que ça suffirait.

— Te voilà.

Je levai brusquement les yeux. Clay se tenait à la lumière jaune et vacillante d'un lampadaire. L'espace d'un instant, je crus que je me faisais des idées. Puis il s'avança, traînant la jambe gauche pas encore guérie des suites de son épreuve.

— Tu n'as pas eu mon mot ? demandai-je.

— Quel mot ?

Je secouai la tête.

— Tu ne devrais pas être ici. Tu es censé être au lit.

— Je ne pouvais pas te laisser partir. Pas avant de t'avoir parlé.

Je regardai les bagages à mes pieds et compris qu'il avait dû croire que j'attendais de rentrer dans l'appartement, au lieu d'en sortir. Hmmm. On ne pourra pas dire que je laisse passer les occasions d'exploiter une situation au maximum. Oui, je sais me montrer cruelle, voire sadique à l'occasion.

— Et qu'est-ce que tu voulais me dire ? demandai-je.

Il s'avança, posa une main sur mon coude et me força à m'approcher si près que je sentis battre son cœur dans sa poitrine. Il cognait fort, mais c'était peut-être dû à l'épuisement résultant de ce voyage impromptu.

— Je t'aime. Je sais que tu as déjà entendu ça un million de fois, mais je ne sais pas quoi dire d'autre. (Il leva la main vers mon visage et me caressa la joue.) J'ai besoin de toi. L'année dernière, pendant ton absence, c'était l'enfer. J'avais décidé qu'à ton retour, je ferais absolument tout le nécessaire pour te récupérer. Plus de sales tours. Plus de crises de colère. Je sais que je ne m'en suis pas très bien sorti. Et merde, tu n'as peut-être même jamais remarqué la différence. Mais je faisais des efforts. Et je vais continuer. Rentre avec moi. S'il te plaît.

Je le regardai droit dans les yeux.

— Pourquoi tu es remonté dans l'appartement ?

Il cligna des yeux.

— Quoi ?

— Le jour de ton agression. Tu as vu Daniel et LeBlanc monter dans l'appartement, non ?

— Ouais…

— Tu savais que je n'y étais pas. Tu venais de me parler au téléphone.

— Ouais…

— Alors tu savais que la seule personne présente dans l'appartement était Philip. Mais tu es remonté pour essayer de le protéger. Pourquoi ça ?

Clay hésita, puis répondit :

— Parce que je savais que c'était ce que tu voudrais que je fasse. (Il me caressa la joue à l'aide du pouce.) Je sais que ce n'est pas la réponse que tu veux entendre. Tu veux que je dise que j'ai eu un soudain sursaut de conscience et que je suis remonté sauver Philip. Mais je ne peux pas te mentir. Je ne peux pas ressentir les choses comme tu le voudrais. Je m'en foutais pas mal que Philip vive ou meure. Je l'ai sauvé parce que je savais que tu le voudrais, parce que je savais que tu en souffrirais s'il lui arrivait quelque chose.

— Merci, répondis-je en l'embrassant.

— C'était la bonne réponse ? demanda-t-il, avec dans les yeux et la voix l'écho de son vieux rictus.

— La meilleure que je puisse espérer. Je m'en rends bien compte, maintenant.

— Alors tu vas rester ?

Je lui souris.

— Je n'ai jamais eu l'intention de partir, ce que tu saurais si tu avais pris la peine de lire mon message avant de foncer ici pour m'arrêter.

— Tu…

Il s'interrompit, rejeta la tête en arrière et éclata de rire, puis me saisit dans une vigoureuse étreinte.

— Je crois que j'ai bien mérité ça.

— Et bien plus encore.

Je lui souris puis l'embrassai avant de reculer pour le regarder.

— Qu'est-ce qu'il y a ? demanda-t-il.

— Quand tu as disparu, j'ai pensé que cette histoire n'aurait pas de fin heureuse. Peut-être que je me trompais.

— Une fin heureuse ? répéta-t-il en souriant. Comme celle où ils se marient et ont beaucoup d'enfants ?

— Oui, enfin peut-être pas la partie sur les enfants. Peut-être simplement celle où ils vivent heureux un bon moment ?

— Je peux m'en contenter.

— Ils vécurent heureux au moins un jour ou deux.

— Un jour ou deux ? (Il grimaça.) Je voyais ça un peu plus long. Pas l'éternité, bien sûr. Mais disons huit ou neuf décennies.

— N'exagère pas.

Il éclata de rire et me souleva dans une nouvelle étreinte.

— On va y travailler.

— Oui, répondis-je en lui souriant. Je suis prête à y travailler.

AUBIN IMPRIMEUR

Achevé d'imprimer en septembre 2010
N° d'impression L 73994
Dépôt légal, septembre 2010
Imprimé en France
81120257-2